VERONIKA RUSCH

ALLER TAGE HOFFNUNG

DIE BAHNHOFS MISSION

ROMAN

lübbe

Dieser Titel ist auch als Hörbuch und E-Book erschienen

Die Bastei Lübbe AG verfolgt eine nachhaltige Buchproduktion. Wir verwenden Papiere aus nachhaltiger Forstwirtschaft und verzichten darauf, Bücher einzeln in Folie zu verpacken. Wir stellen unsere Bücher in Deutschland und Europa (EU) her und arbeiten mit den Druckereien kontinuierlich an einer positiven Ökobilanz.

FSC
www.fsc.org
MIX
Papier | Fördert gute Waldnutzung
FSC® C014496

Originalausgabe

Textredaktion: Katharina Rottenbacher, Berlin
Umschlaggestaltung: Guter Punkt, München | www.guter-punkt.de
Einband-/Umschlagmotive: © Adobestock: Victor zastol'skiy; / © iStock / Getty Images Plus: Daria Bayandina | LiuSol
Satz: Dörlemann Satz, Lemförde
Gesetzt aus der Adobe Caslon
Druck und Einband: GGP Media GmbH, Pößneck

Printed in Germany
ISBN 978-3-404-18889-5

2 4 5 3 1

Sie finden uns im Internet unter luebbe.de
Bitte beachten Sie auch: lesejury.de

I

BERLIN, 4. SEPTEMBER 1908

Wie hässlich lachende Menschen sind, dachte das kleine Mädchen, während sie die Zuschauer betrachtete, die im Halbkreis um sie herumstanden. Ihre aufgerissenen Münder waren rote Höhlen, in denen fleischige Zungen lagen und schadhafte, schiefe Zähne standen davor wie kaputte Zäune. Sie ekelte sich vor ihnen. Dabei war es gut, dass die Menschen lachten, weil es bedeutete, dass sie heute Abend etwas zu essen bekommen würde.

Seit Tagen hatte es geregnet. Die alte Nuria mit ihrer Glaskugel hatte etwas von der Sintflut und den Heimsuchungen des jüngsten Tages gefaselt und sie damit zum Weinen gebracht, bis schließlich Claudine die Alte angefaucht hatte, sie solle gefälligst die Klappe halten, sonst würde sie ihr zeigen, was eine Heimsuchung sei. Das Mädchen schaute ängstlich in den Himmel. Die Regenwolken waren noch immer da, die Abendsonne streckte nur ganz vorsichtig ihre Finger dazwischen hindurch. Es war nur eine kurze Pause, doch Papa hatte beschlossen, sie zu nutzen und eine Vorstellung zu geben. Sie war eilig in ihr Harlekinkostüm geschlüpft, das schon so zerschlissen war, dass sie es nicht mehr zuknöpfen konnte, sondern es stattdessen mit einem Strick um den Bauch zubinden musste. Dann hatte sie ihr Tambourin mit den kleinen Glöckchen daran genommen und war hinausgelaufen, um die Menschen, die schon neugierig um den Lagerplatz herumschlichen, anzulocken, näher zu kommen. Der Wanderzirkus, mit dem sie unterwegs waren, seit sie denken konnte, lagerte auf einer Wiese vor einer kleinen Stadt und, Papa hatte gemeint, hier wären die Leute reich, hier wäre ein guter Platz für sie. Als sie angekommen waren, hatte auch alles hübsch ausgesehen, die Wiese mit den Bäumen drumherum, der Bach, der vorüberfloss, die hübschen grauen Steinhäuser und die große Kirche. Doch bereits in der Nacht ihrer Ankunft hatte es zu regnen begonnen und seitdem nicht wieder aufgehört. Niemand war gekommen, um ihren Aufführungen zuzusehen, und sie hatten kein Geld verdient, was Papa so wütend gemacht hatte, dass er seine leere Flasche Branntwein gegen die Wand ihres Wagens geworfen hatte, wo sie in tausend Stücke zerbrochen war. Das Mädchen hatte die Scherben schnell aufgesammelt, damit Papa sich nicht schnitt, denn das würde ihn noch wütender machen.

Es regnete nun seit sieben Tagen. Die Wiese hatte sich in einen Sumpf verwandelt, und auf ihrem Lagerplatz stand das Wasser knöcheltief. Es war dem Mädchen daher auch schwergefallen, zu hüpfen und zu springen, so wie sie es tun sollte, weil Harlekine das nun einmal taten. Ihre Schuhe waren zu groß und waren immer wieder im dunkelbraunen Matsch steckengeblieben. Dennoch blieben Leute stehen und sahen zu. Sie musste sich nicht zu der kleinen Bühne des Theaters hinter ihr umdrehen, um zu wissen, wie weit Papa mit der Geschichte war, sie kannte die ganze Geschichte auswendig und wusste auch, wann die Zuschauer wieder ihre Münder aufreißen und lachen würden. Das war ganz einfach. Bei den

Erwachsenen genauso wie bei den Aufführungen für die Kinder. Nur dass sie bei den Aufführungen für die Erwachsenen nie so richtig verstand, weshalb die Leute lachten. Sie fand nichts von dem, was bei diesen Stücken passierte, richtig lustig, und Papa erklärte es ihr auch nicht. Sie hatte einmal danach gefragt, aber er hatte nur gelacht und gemeint, sie sei zu dumm, um das zu verstehen. Das war etwas verwirrend, denn Claudine sagte immer »Du bist die klügste kleine Kröte, die mir je untergekommen ist«, und kniff sie dabei grinsend in die Wange. So dumm konnte sie also nicht sein. Aber sie war eben noch klein, und vielleicht war man da auch noch dumm. Wenn man Papa glauben durfte, war sie ungefähr acht Jahre alt. Doch so sicher war das nicht, weil Papa nicht so gut war mit Zahlen und auch sonst viele Dinge vergaß oder durcheinanderbrachte.

Jetzt kam gleich der Moment, der am allerlustigsten war für die Erwachsenen. Sie lauschte Papas Stimme, die kaum wiederzuerkennen war, wenn er spielte. Er konnte sich in alle Figuren seines Stücks verwandeln und redete jedes Mal mit einer anderen Stimme, mal sanft und liebenswürdig, mal gemein und böse. Gerade als die Stelle kam, wo die Leute wieder lachen würden, traf sie ein dicker Regentropfen im Gesicht und sie erstarrte. Nein. Es durfte jetzt nicht regnen! Sie ließ ihr Tambourin fallen, mit dem sie besondere Stellen im Stück immer begleitete, zum Beispiel wenn zwei Figuren tanzten, oder wenn es spannend wurde, und drehte sich um, um die Blechbüchse zu holen, die neben der Bühne bereitstand. Damit ging sie am Ende immer herum und sammelte das Geld ein, das die Leute zu geben bereit waren. Wenn sie genug gelacht und sich womöglich sogar auf die Schenkel geklopft hatten, waren sie spendabler, als wenn sie nicht lachten. Heute hatten sie viel gelacht, aber nun kam der Regen und der würde alles kaputt machen. Das Geld einzusammeln war ihre allerwichtigste Aufgabe. Dafür war sie auf der Welt, sagte Papa immer. Das war ihre Arbeit, mit der sie sich etwas zu essen verdiente. Kein Geld, kein Essen, so einfach war das. Das verstand man, auch wenn man erst acht Jahre alt und dumm war.

Bis sie sich die Büchse geschnappt hatte, war der Regen stärker geworden. Sie wirbelte wieder herum und begann zu laufen, auf die Leute zu, die bereits anfingen, wegzugehen, die Krägen hochgeschlagen, die Köpfe unter dem beginnenden Regen geduckt. Ihre Schuhe blieben im Matsch stecken, zuerst der eine, dann der andere, sie schlüpfte heraus und lief barfuß weiter, auf die Leute zu. Dabei schüttelte sie die Büchse, in der ein paar Kieselsteine lagen, damit es so klang, als sei bereits Geld darin, doch es regnete bereits zu stark, die Menschen beachteten sie nicht mehr, egal wie auffordernd sie ihnen die Büchse vor die Nase hielt. Sie rempelten sie an, schoben sie zur Seite und flüchteten unter die schützenden Dächer der Häuser. Das Mädchen blieb zurück. Der Regen tropfte ihr ins Gesicht und in den Kragen ihres zerschlissenen Kostüms und machte leise Tropfgeräusche auf der leeren Blechbüchse. Auf dem Deckel war eine Tänzerin abgebildet, mit einem grünen Prinzessinnenkleid und schwarzen Haaren, die fast bis zum Boden reichten, und das Mädchen stellte sich oft vor, dass das ihre Mutter sei. Die Tänzerin lächelte aufmunternd, doch das tröstete das Mädchen nicht. Es würde heute Abend nichts zu essen geben. Und morgen früh auch nicht. Höchstens ein Glas Milch bei Claudine, wenn es ihr gelang, sich davonzuschleichen. Papa hatte ihr verboten, bei anderen Leuten etwas zu essen oder zu trinken. Wir sind Puppenspieler, keine Bettler, sagte er immer und wurde sehr wütend, wenn er erfuhr, dass sie nicht gehorchte und ein Stück Brot oder ein Glas Milch annahm.

Sie trottete zurück zur Theaterbühne, wo Papa aufgehört hatte zu spielen. Ihre nackten Füße waren kalt, und zwischen den Zehen drückte sich bei jedem Schritt der Schlamm nach oben. Es klang genauso wie das Geräusch, wenn die alte Nuria, die kaum noch Zähne hatte, ein Stück Weißbrot aß, irgendetwas zwischen Schmatzen und Saugen. Sie war gerade bei ihren Schuhen angelangt, als Papa hinter der Bühne hervorkam. Sie hörte seine schweren Schritte auf sie zukommen, sah jedoch nicht auf, sondern hielt den Blick fest auf ihre Lederschuhe gerichtet, die halb im Schlamm steckten. Als er bei ihr angelangt war, konnte sie seinen Atem riechen, der nach Branntwein roch, den Schweiß und den kalten Rauch der Zigaretten, der immer in seiner Kleidung hing. Er riss ihr die Blechbüchse aus der Hand und öffnete sie. Das Mädchen hörte die Steine darin herumkullern. Dann hörte sie ihn fluchen. Es klang wie das Knurren eines bösen schwarzen Hundes. »Du warst zu langsam. Wieder mal. Du kleines Stück Scheiße taugst einfach zu gar nichts«, knurrte der schwarze Hund, zu dem Papa geworden war und warf die Blechbüchse auf den Boden. Obwohl sie sich duckte, traf sein Schlag sie mit voller Wucht. Sie taumelte, fiel hin und landete mit dem Gesicht im Matsch. Kalter, nasser Schlamm drang ihr in Augen und Mund. Sie spürte ihn rau und kratzig zwischen ihren Zähnen, es schmeckte nach Erde und Moder und vermischte sich mit dem Geschmack von Eisen, als das Blut aus ihrer aufgeplatzten Lippe drang. Irgendwann kamen die Tränen dazu.

Natalie betrachtete prüfend ihre Zähne im Spiegel. Sie waren schwarz von dem Zahnpulver, das sie benutzte, eine Mischung aus zerstoßener Holzkohle, Schlämmkreide und ein paar Tropfen Nelkenöl. Dieses Pulver erinnerte sie jeden verfluchten Morgen an damals. An den Moment, als ihr Vater sie wegen der leeren Blechbüchse verprügelt und sie den Mund voller Schlamm gehabt hatte. Schon oft hatte sie sich vorgenommen, endlich eine dieser neuen, sündhaft teuren Zahncremes zu kaufen, die in den Zeitungen angepriesen wurden. Sie hießen Kalodont und Odors Zahncreme und versprachen »aromatisch erquickend« und zudem hilfreich gegen Zahnschmerzen und Zahnpilz zu sein. Natalie hatte weder Zahnschmerzen, noch konnte sie sich vorstellen, was ein Zahnpilz sein sollte, es ging ihr nur darum, weiße Zähne zu haben und sie so lange wie möglich zu behalten. Ihr selbstgemachtes Zahnpulver leistete ihr dabei seit Jahren gute Dienste. Wenn nur die Erinnerungen nicht wären. Aber vielleicht rief sie diese Erinnerungen auch absichtlich herbei, jeden Morgen aufs Neue, denn anders war es nicht zu erklären, dass sie noch nie zugegriffen hatte, wenn sie in der Drogerie die Zahncremes hatte liegen sehen, ordentlich aufgereiht, daneben ein Aufsteller aus Pappe, auf dem stand: »Anerkannt bestes, unentbehrliches Zahnputzmittel«. Am Geld lag es nicht, obwohl 70 Pfennige für eine Tube schon Wucher waren. Vermutlich war es einfach das Richtige, bei ihrem altbewährten Zahnpulver zu bleiben: Es war preiswert und erinnerte sie daran, wo sie hergekommen war und wo sie nie wieder hinwollte.

Natalie goss Wasser aus dem Krug in den Becher und spülte ihre Zähne so lange und sorgfältig, bis auch der letzte Rest Kohle verschwunden war. Dann fuhr sie mit der Zunge prüfend darüber, freute sich an dem glatten, sauberen Gefühl und zog sich an. Seit einiger Zeit verzichtete sie auf ein Korsett, zumindest tagsüber. Es war einfach zu unpraktisch bei der Arbeit. Meistens trug sie Rock und Bluse, aber heute war ihr mehr nach einem Kleid zumute. Ihre Freundin Juliette, die Schneiderin war, hatte ihr ein sommerliches Alltagskleid genäht, das sie momentan am liebsten mochte. Es war schlicht, der Stoff robust, aber von einem schönen Blau, das gut zu ihren Augen passte, hatte duftige Keulenärmel und einen Rock, der ausreichend Bewegungsfreiheit bot, um rasch laufen, sich hinknien und bücken zu können. Als Natalie es sich übergestreift hatte, zog sie Schnürstiefel an, legte sich ein leichtes Wollcape um und setzte sich ihren Sommerhut auf, der ebenfalls blau war. Nie wieder in ihrem Leben würde sie verschlissene, schmutzige, stinkende Kleidung tragen, das hatte sie sich vor vielen Jahren schon geschworen. Nie wieder würde sie nach etwas anderem riechen als nach duftender Seife und Honigwasser in den Haaren. Sie warf einen letzten Blick in den Spiegel, der neben der Kommode mit der Waschschüssel an der Wand hing, und der so groß war, dass sie sich fast vollständig darin sehen konnte. Sie war vierzehn gewesen, als sie sich zum ersten Mal in einem Spiegel betrachtet hatte, vorher hatte sie gar nicht genau gewusst, wie sie aussah. Das war, nachdem es ihr gelungen war, ihrem Vater endgültig zu entkommen. Sie hatte ihr altes Leben abgestreift wie das zerschlissene Harlekinkostüm. Obwohl sie für ihr Alter sehr klein und mager war, war es ihr viel zu klein gewesen, doch ein neues gab es nicht. Sie hatte das Kostüm ohne Bedauern in dem schäbigen Wagen zurückgelassen, hatte das alte Pferd zum Abschied gestreichelt und war gegangen, ohne sich noch einmal umzudrehen.

Natalie lächelte ihrem Spiegelbild zu und drehte sich dann übermütig um die eigene Achse. Der Stoff ihres neuen Kleides raschelte leicht, sie spürte einen feinen Luftzug an ihren bestrumpften Beinen und die Erinnerungen an früher verblassten wie ein rätselhafter Traum, den man nach dem Erwachen bereits vergessen hat. Das Sonnenlicht drang durch das Dachfenster und ließ das Zimmer hell erstrahlen. Das hier war ihr kleines Reich. Ihr Leben, das sie liebte und für das sie jeden einzelnen Tag dankbar war, sobald sie die raue Kohle des Zahnputzpulvers nicht mehr schmeckte. Nichts davon würde sie je wieder hergeben. Sie nahm die weiße Armbinde mit dem aufgestickten Johanniterkreuz von der Kommode, streifte sie sich über und ging an die Arbeit.

2

Alice lehnte ihre Wange an die vom Fahrtwind kühle Scheibe und sah hinaus. Saftig grüne Wiesen, auf denen Pferde grasten, zogen vorbei, gelbe Weizenfelder, zartblauer Himmel. Ein Greifvogel saß auf einem Holzgatter und musterte den vorüberfahrenden Zug ohne erkennbaren Schrecken, bevor er sich mit elegantem Schwung in die Lüfte erhob. Es war ein Rotmilan, wie Alice an den rotbraunen, gegabelten Schwanzfedern erkannte. Sie kannte nicht nur alle Vögel dieser Gegend und konnte ihre Rufe nachahmen, sie kannte auch die meisten der Pflanzen und wusste zu sagen, wofür man sie verwendete oder ob sie giftig waren. Ihr Onkel hatte ihr all das beigebracht, früher, als Kind, während der gemeinsamen Spaziergänge an der Oder. Damals hatten sie und ihre Schwester noch jedes Jahr die Sommerferien auf dem Gut ihres Onkels und ihrer Tante in Küstrin verbracht. Endlose Wochen, in denen sie durch die Flussauen gestreift waren und sie gar nicht genug von all den Dingen hatte bekommen können, die der Onkel über die Pflanzen und Tiere zu erzählen wusste.

Unnützes Wissen, dachte Alice bitter. Taugt nicht für eine junge Dame von Stand. Hilft nicht weiter, wenn es darum geht, einen Haushalt zu führen, Gesellschaften zu geben,

Dienstboten zu beaufsichtigten. Sie seufzte leise und schloss die Augen. Sie hatten Küstrin vor etwa einer Viertelstunde verlassen und würden in knapp zwei Stunden in Berlin ankommen. Ihr graute davor. In der sommerschweren Trägheit des verschlafenen Garnisonsstädtchens, wo sie zusammen mit ihrer Schwester fast wie früher als Kinder die letzten Wochen bei Onkel und Tante verbracht hatte, war es ihr gelungen, den hässlichen Streit zu verdrängen, der ihrer Abreise vor sechs Wochen vorausgegangen war. Doch jetzt, als sie sich Berlin wieder näherten, unaufhaltsam in diesem gleichgültigen, eintönigen Rhythmus der Eisenbahn, kam auch die Erinnerung daran wieder zurück. »Unpassend!« Mit einem einzigen Wort hatte ihre Mutter den Kompromissvorschlag, was ihre Zukunft anbelangte, zunichtegemacht. Alice konnte nicht sagen, worüber sie sich im Laufe dieses Streits mehr aufgeregt hatte: über dieses lapidare, nichtssagende Wort, mit dem ihr Wunsch, wenn schon nicht Ärztin, dann doch wenigstens Krankenschwester werden zu dürfen, niedergebügelt worden war oder die Erkenntnis, dass sie nie eine Wahl gehabt hatte. Ihr Weg war von Anfang an vorgezeichnet gewesen, und alles, was sie sich selbst für ihr Leben ersehnte, was sie hoffte, wünschte und liebte, spielte dabei nicht die geringste Rolle. Es war »vollkommen unmöglich«, Medizin zu studieren, als Frau, und noch dazu, wenn der eigene Vater ein angesehener Arzt in der Charité und außerdem Universitätsprofessor war. Und aus demselben Grund war es auch »unpassend«, Krankenschwester zu werden. »Du willst doch deinen Vater nicht kompromittieren«, hatte ihre Mutter zutiefst entrüstet ausgerufen, als Alice diesen Wunsch geäußert hatte. »Was sollen denn die Leute denken, wenn die Tochter von Professor Hardtleben das Nachtgeschirr der Patienten leert?«

Alice hatte versucht, sachlich zu argumentieren. Zunächst brachte sie wider besseren Wissens noch einmal ein Medizinstudium ins Spiel und verwies auf all die Frauen, die bereits erfolgreich studierten, in der Schweiz, in Frankreich, Italien und sogar anderswo in Deutschland, weil es nur in Preußen noch immer nicht erlaubt war, und als sie damit erwartungsgemäß bei ihrer Mutter auf taube Ohren stieß, ging sie dazu über, den Beruf der Krankenschwester mit zahlreichen Argumenten ins beste Licht zu rücken. Sie sprach vom Dienst an der Gesellschaft, von dem hohen Ansehen, das Frauen in einem solchen Beruf genossen (taten sie das wirklich? Sie hatte keine Ahnung, aber es klang gut), zählte die vielen praktischen Aspekte auf, die es mit sich brachte, wenn man sich in der Krankenpflege gut auskannte. Als alles an der unnachgiebigen Miene ihrer Mutter abzuprallen drohte, schleuderte sie ihr schlussendlich als letzte Waffe ein Zitat ihres Vaters entgegen: »Frauen, die stumm und einfältig wie angemalte Püppchen in den Salons herumstehen, brauchen sich nicht zu wundern, wenn man sie mit einer Stehlampe verwechselt.« Die Tatsache, dass ihr dabei Tränen hilfloser Wut in die Augen traten und ihre Stimme hörbar zitterte, nahm der Argumentation an diesem Punkt allerdings ein wenig das Sachliche.

»Verdrehe deinem Vater nicht das Wort im Mund«, hatte ihre Mutter sie scharf zurechtgewiesen. »Du weißt, dass er genau deswegen Wert auf eine solide Bildung seiner Töchter legt. Du hast nicht nur Französisch und Literatur, sondern auch Latein, Philosophie und sogar Physik gelernt! Er möchte, dass du und deine Schwester selbstbewusste Mitglieder der Gesellschaft werdet und euren Teil leistet. Auf dem privilegierten Platz, der für euch vorgesehen ist. Alles andere ist Firlefanz.« Damit hatte sie das Gespräch beendet, und Alice war, türenknallend und in Tränen aufgelöst, auf ihr Zimmer gelaufen. Später am Abend hatte sie noch ein Gespräch der Eltern im Salon belauscht, in dem ihre Mutter sich beklagte, dass Alice »so viel schwieriger« sei als ihre ältere Schwester Constanze und man ihr womöglich zu viele Freiheiten gelassen habe.

»Warte nur ab, wenn erst einmal Constanzes Kind auf der Welt ist«, hatte ihr Vater erwidert. »Sobald sie das Kind in den Armen hält, wird Alice keinen Gedanken mehr an ein Studium oder gar eine Krankenschwesterausbildung verschwenden. Auf den Mutterinstinkt war schon immer Verlass.«

Das hatte Alice den Rest gegeben. Leise war sie die Treppe wieder hinauf in ihr Zimmer geschlichen und hatte bei jeder Stufe mit der ganzen Inbrunst ihrer achtzehn Jahre geschworen, dem Mutterinstinkt, sofern sie über Derartiges überhaupt verfügte, niemals Vorrang gegenüber ihren beruflichen Zielen einzuräumen.

Sie wandte den Kopf von der Scheibe und betrachtete ihre Schwester Constanze, die ihr gegenübersaß und in einer Zeitschrift blätterte. Sie hatte vor einem knappen Jahr geheiratet und war im vierten Monat schwanger. Man konnte bisher nur eine kleine Wölbung sehen, was vermutlich auch daran lag, dass Constanze noch immer ein Korsett trug, das sie zwar locker band, das aber dazu dienen sollte, ihre üppige Figur, die seit der Schwangerschaft ein wenig ausgeufert war, zu bändigen. Es ging ihr nicht gut, sie übergab sich jeden Morgen und auch untertags, hatte Kreislaufprobleme und litt unter Stimmungsschwankungen. Deshalb hatten ihre Eltern und Gottfried, Constanzes Mann, der Arzt wie ihr Vater war, angeregt, sie möge den Sommer lieber außerhalb der Stadt verbringen, wo die Luft besser war. Wenn sie im Herbst zurückkehrten, würden diese anfänglichen Probleme überwunden sein. Alice hatte nichts dagegen gehabt, ihre Schwester zu begleiten. Seit sie im letzten Jahr die Schule beendet hatte, langweilte sie sich fast zu Tode. Sie verstand nicht, wozu sie sich viermal am Tag umziehen und neu frisieren sollte, am Vormittag, zum Tee, zur Promenade, zum Abendessen, wenn doch ohnehin nie etwas Aufregendes geschah. Die endlosen Gespräche ihrer Freundinnen aus Schulzeiten über die neueste Mode, die Stoffe der Saison und welche Frisuren in Paris getragen wurden, ermüdeten sie, und wenn sie sich jetzt hin und wieder noch zum Tee trafen, gelang es ihr oft nur mit Mühe, ein Gähnen zu unterdrücken. Genauso erging es ihr mit jenem Thema, das über allen Modefragen und sonstigen Albernheiten schwebte: der Mann fürs Leben. Die meisten ihrer ehemaligen Mitschülerinnen waren bereits verlobt oder kurz davor, nur ihre Freundin Käthe und sie waren noch »auf dem Markt«, wie Käthe einmal mit bitterem Spott bemerkt hatte. Dies hatte dazu geführt, dass Alice und ihre alte Schulfreundin sich kaum noch sahen. Käthe und ihre Mutter waren viel zu sehr damit beschäftigt, ständig zur Schneiderin, zur Hutmacherin oder auf irgendwelche Gesellschaften zu gehen. Alice hingegen war es vollkommen gleichgültig, dass sie noch nicht verlobt war. Es war nicht so, dass sie sich nichts aus Männern machte. Sie hatte bisher einfach noch keinen kennengelernt, der sie interessiert hätte und der vor allem auch ihre Ansichten, etwa was Berufstätigkeit von Frauen anbelangte, teilte. Die jungen Männer, denen sie bisher begegnet war, waren ihr alle albern und einfältig erschienen, und dabei so geblendet von ihrer eigenen Herrlichkeit, dass es fast lächerlich war.

»In diesem Herbst sind Chevronstoffe en vogue!«, unterbrach Constanze Alices trübe Gedanken. Sie tippte auf eine Seite in der Zeitschrift. »Bei Wertheim ist schon die Ware aus England und Frankreich eingetroffen. Es gibt schöne Wollstoffe, Plaids und Messaline …«

Alice runzelte die Stirn. »Was?«

»Chevron, das bedeutet Zickzackmuster, Alice! Und Messaline ist Atlasgewebe.« Constanze seufzte. »Ich fürchte, das ist dieses Jahr beides nichts für mich. Ich sehe jetzt schon aus wie ein aus der Form gegangener Hefeteig, da ist Zickzack wohl nicht vorteilhaft. Dabei hätte ich so gerne einen Rock mit diagonalem Muster.«

»Nächstes Jahr kannst du so einen Rock sicher wieder anziehen«, tröstete Alice sie.

»Nächstes Jahr?« Constanze hob empört die Brauen. »Daran sieht man mal wieder, dass du keine Ahnung von Mode hast, Schwesterherz. Wer weiß schon, was nächstes Jahr getragen werden wird? Ich kann mir doch nicht in diesem Herbst einen Chevronstoff kaufen, um ihn im nächsten Winter zu tragen!«

»Oh Gott, nein! Wie unsäglich dumm von mir«, erwiderte Alice scheinbar schockiert.

Constanze betrachtete sie misstrauisch, und als Alice grinsen musste, schlug ihre Schwester lachend mit der Zeitschrift nach ihr. »Nimm mich nicht immer auf den Arm. Ich meine es ernst! Wir sind jung und hübsch – also, ich werde es, so Gott will, wieder sein – und da können wir doch nicht in alten Lumpen der letzten Saison herumlaufen!«

Alice schüttelte, noch immer lächelnd, den Kopf. »Nein, das können wir natürlich nicht.« Auch wenn Constanze ihr mit ihrer Oberflächlichkeit bisweilen auf die Nerven ging, sie liebte ihre lustige, lebhafte, ältere Schwester, die sich stundenlang über Nichtigkeiten ereifern konnte, sich dann aber nicht zu schade dafür war, auch über sich selbst zu lachen, bis ihr die Tränen kamen. Constanze war, im Gegensatz zu Alice, die für ihren Geschmack viel zu groß, zu eckig und zu dünn geraten war, tatsächlich sehr hübsch. Alles an ihr war rund und weich, sie hatte große blaue Augen mit langen Wimpern, üppiges, schokoladenbraunes Haar und einen rosigen Teint, normalerweise jedenfalls. Im Augenblick war davon schwangerschaftsbedingt leider nicht viel zu sehen. Obwohl sie nun sechs Wochen außerhalb der Stadt verbracht hatten, auf einem Gutshof mit großem Garten direkt an der Oder, waren ihr Gesicht blass und ihre Haare strähnig und kraftlos. Jetzt zuckte sie die Schultern und schlug die Zeitschrift wieder auf. Sie blätterte zu einer Seite, wo verschiedene Modelle abgebildet waren. »Lassen wir meine Wenigkeit mal beiseite. Ich werde nämlich in diesem Jahr sehr wohl in alten Lumpen der letzten Saison herumlaufen, denn die kann man schadlos so ändern, dass mein Riesenbauch darin Platz findet. Aber du solltest dir unbedingt etwas Neues zulegen. Lass mich dich ausstaffieren. Du brauchst unbedingt ein Kostüm in dieser neuen schlanken Linie, du hast die Figur dazu. Rot ist dieses Jahr sehr gefragt. Ein schönes, sattes Rotbraun würde gut zu deinen blonden Haaren passen …«

Alice nickte gutmütig und ließ sie reden. Bei Rotbraun musste sie wieder an den Raubvogel denken, den sie gerade gesehen hatte und der jetzt vermutlich hoch oben am Morgenhimmel seine Kreise zog. Wenn sie doch auch fortfliegen könnte, frei und ungebunden am Himmel schweben, niemandem verantwortlich, nur sich selbst …

Constanzes Begeisterung über ein rotbraunes Kostüm für ihre kleine Schwester, die, obwohl vier Jahre jünger, fast einen

Kopf größer als sie war, währte jedoch nicht lange. Mitten im Satz unterbrach sie sich, schlug die Hand vor den Mund und presste undeutlich darunter hervor: »Mir ist übel.«

»Jetzt? So plötzlich?«, wunderte sich Alice, kramte aber fast schon reflexartig eine Papiertüte aus ihrer Handtasche, die sie in letzter Zeit immer dabei hatte, wenn sie mit ihrer Schwester unterwegs war. Constanze war furchtbar schusslig und vergaß immer, selbst welche einzupacken. Constanze nahm ihr die Tüte ab, beugte sich darüber und würgte, dann lehnte sie sich stöhnend zurück. »Himmel, verflucht noch mal, wie ich das hasse!«, stieß sie hervor und wischte sich mit einem Taschentuch den Schweiß von der Stirn. »Heißt es nicht immer, die Schwangerschaft lässt die Frauen aufblühen? Davon merke ich nichts.«

»Du solltest dein Korsett weglassen«, riet Alice ihr. »Es ist zu eng. Vor allem, wenn es warm ist.«

Constanze gab keine Antwort. Sie stöhnte nur und wedelte sich mit ihrem Taschentuch Luft zu.

»Ich werde mal nachsehen, ob ich die Teemamsell aufspüre. Eine Tasse Tee wird dir sicher guttun«, schlug Alice vor, und Constanze nickte dankbar.

Der Speisewagen des Zuges, der aus Königsberg kam, war in Küstrin abgekoppelt worden, wie der Schaffner ihnen bei der Abfahrt erklärt hatte. Stattdessen gab es für die restliche Fahrt bis Berlin eine Frau mit einem Wagen, die in der ersten Klasse Tee ausschenkte und Gebäck und kleine Knabbereien anbot. Sie war vor etwa einer halben Stunde bei ihnen vorbeigekommen. Alice stand auf und trat durch die offene Abteiltür auf den Gang hinaus, auf dem sich Reisende, die keinen Sitzplatz mehr ergattert hatten, drängten. Der Zug war jetzt, zu Ende der Ferienzeit, sogar in der Polsterklasse ziemlich überfüllt, und es war nur der Umsicht ihrer Tante zu verdanken, die dem Schaffner etwas Geld zugesteckt hatte, dass sie in ihrem Abteil bisher alleine geblieben waren. Constanze hatte vor ihrer Abreise angesichts der Aussicht, sich womöglich im Beisein fremder Mitreisender übergeben zu müssen, fast eine Nervenkrise bekommen. Direkt gegenüber ihrem Abteil lehnte ein junger Offizier am Fenster und las in einem Buch. Er war mit ihnen eingestiegen, wie sie glaubte, sich zu erinnern. Vermutlich war er in Küstrin stationiert und hatte Urlaub. Als sie sich wegen einer Kurve, die der Zug gerade in diesem Moment nahm, direkt neben ihm abstützte, sah er von seiner Lektüre auf.

»Verzeihung«, murmelte Alice und sah sich nach der Frau mit dem Teewagen um.

»Kann ich Ihnen behilflich sein, gnädiges Fräulein?«, fragte er, doch sie schüttelte den Kopf. »Nein, danke, das ist sehr freundlich. Ich suche nur die Teemamsell. Meiner Schwester ist nicht ganz wohl, sie ist … in Erwartung.« Alice spürte, wie sie rot wurde, angesichts dieses unbeholfenen Ausdrucks. Aber wie sonst sollte man gegenüber einem fremden Mann Constanzes Zustand beschreiben?

Der Mann überlegte. »Ich glaube, sie ist in dieser Richtung weitergegangen«, sagte er und deutete nach rechts. »Aber sicher bin ich mir nicht. Ich war zu sehr in die Lektüre vertieft.« Er lächelte entschuldigend und hob sein Buch hoch.

»Das Herz der Finsternis«, las Alice den Titel. »Sie lesen Joseph Conrad?«

Der Offizier nickte. »Mit Begeisterung. Wobei Begeisterung nicht das richtige Wort ist. Dazu ist es zu …«, er suchte nach einem passenden Begriff.

»Beängstigend?«, schlug Alice vor. »Schwer zu ertragen?«

»Sie haben es gelesen?« Der junge Mann hob überrascht die Brauen.

Alice nickte. »Es hat mir ein paar Albträume beschert, muss ich zugeben. Aber die Sprache ist sehr eindrucksvoll.«

»Da haben Sie recht. Dennoch ist es wohl kaum die richtige Lektüre für eine junge Frau, mit all den dort beschriebenen Grausamkeiten …«

»Niemand sollte die Augen vor den Dingen verschließen, die in der Welt passieren. Auch junge Frauen nicht«, gab Alice ein wenig forsch zurück.

Der junge Offizier lächelte. Er sah gut aus, blond und groß, mit einem kühn gezwirbelten Schnurrbart. Alice schätzte ihn auf Ende zwanzig. »Ich wette, Ihre Eltern sind da anderer Meinung?«, sagte er mit freundlichem Spott in der Stimme.

»Natürlich«, gab Alice im gleichen Ton zurück. »Deshalb habe ich einen anderen Einband um das Buch gelegt. Sie sollen sich schließlich nicht beunruhigen. Offiziell habe ich das Stundenbuch gelesen.«

Das Lächeln des Offiziers wurde noch ein wenig breiter. »Nun, gegen Rilke können natürlich nicht einmal die besorgtesten Eltern etwas einwenden.«

Alice verabschiedete sich von dem jungen Mann mit einem knappen Kopfnicken und ging vorsichtig weiter, sich immer wieder mit den Händen an den Wänden abstützend. Wenn der Zug weiter so schlingerte, würde sie den Tee niemals heil bis zu ihrer Schwester bringen. Vielleicht konnte sie die Teemamsell bitten, mit ihrem Wägelchen zu ihnen zu kommen, das wäre einfacher. Sie musste lächeln. Ein gutaussehender Offizier war das gewesen. Und sogar belesen. Allzu viele Männer, die Joseph Conrad und Rilke lasen, hatte sie bisher nicht getroffen. Keinen einzigen, um genau zu sein.

In den Waggons der Polsterklasse fand sie die Teemamsell nicht, auch nicht in denen der dritten Klasse, die so voll mit Leuten waren, dass kaum ein Durchkommen war. An der Verbindungstür zur vierten Klasse blieb Alice zögernd stehen. Hier nach der Teemamsell zu suchen, erschien ihr unsinnig. Vorsichtig linste sie durch die Scheibe in den Großraumwaggon, in dem nur längs einfache Holzbänke angebracht waren, die meisten Passagiere jedoch stehen mussten. Der Waggon hatte keine Fensterscheiben, so dass es ziemlich zugig sein musste, wie Alice an den Frauen sehen konnte, die teilweise ihre Hüte festhielten. Ein Mädchen fiel ihr ins Auge, etwa so alt wie sie selbst. Es kauerte direkt neben der Tür auf dem nackten, von Unrat übersäten Holzboden und wirkte völlig entkräftet. Ihr blondes Haar hing ihr in Strähnen ins Gesicht, und sie hatte die Augen geschlossen. Mit roten Händen, die von harter Hausarbeit zeugten, hielt sie eine schäbige Stofftasche umklammert. Ohne lange nachzudenken, öffnete Alice die Tür, zwängte sich in den Waggon und beugte sich zu dem Mädchen hinunter.

»Ist dir nicht gut? Brauchst du Hilfe?«, fragte sie, doch das Mädchen schüttelte nur matt den Kopf. Alice betrachtete das gerötete Gesicht, die glasigen Augen und legte ihr eine Hand auf die Stirn. Sie war glühend heiß. »Du hast Fieber«, sagte sie erschrocken. »Wie lange sitzt du schon hier?«

»Seit … seit Königsberg.« Das Mädchen hustete in den Ärmel ihrer fadenscheinigen Bluse.

»Hier kannst du nicht bleiben. Da holst du dir den Tod.« Alice schauderte, als sie sich vorstellte, wie das Mädchen die ganze Nacht hier auf dem Boden gekauert hatte. »Komm mit in mein Abteil, da ist es nicht so zugig«, sagte sie energisch und nahm das Mädchen am Arm. »Ich wollte mir und meiner Schwester gerade Tee holen, den kannst du auch gebrauchen.«

Zögernd stand das Mädchen auf. »Das ist sehr freundlich«, sagte sie mit belegter Stimme und wurde erneut von einem Hustenanfall geschüttelt.

»Wieso bist du überhaupt losgefahren, so krank, wie du bist?«, fragte Alice, während sie das Mädchen durch den Zug bugsierte.

»Ich war bis vorgestern in Stellung und kann es mir nicht leisten, lange ohne Arbeit zu bleiben«, keuchte das Mädchen. »In Berlin bekomme ich eine neue Anstellung. Bei feinen Leuten.« Auf ihrem fiebrigen Gesicht erschien ein Lächeln. »Bei feinen Leuten«, wiederholte sie, als könne sie es selbst nicht glauben. »Ich habe sonntags frei und an den Abenden auch. Ich kann tanzen gehen!«

Inzwischen hatten sie ihr Abteil erreicht. »Setz dich«, sagte Alice. »Das ist meine Schwester Constanze.«

Das Mädchen nickte Constanze, die erstaunt von Alice zu dem Mädchen und wieder zurück blickte, schüchtern zu, dann setzte sie sich auf die vorderste Kante der Polsterbank. Ihre Finger glitten so vorsichtig über den dunkelblauen Bezug, als fürchtete sie, ihn mit ihren Händen zu beschmutzen. Alice wollte ihr die Tasche abnehmen, um sie in die Gepäckablage zu legen, doch das Mädchen umklammerte die Griffe, als hinge ihr Leben davon ab.

»Was hast du uns denn da mitgebracht?«, fragte Constanze, die wieder ein wenig Farbe im Gesicht hatte. »Nach Tee sieht das nicht aus.«

Alice zuckte entschuldigend mit den Schultern. »Die Teemamsell habe ich nicht gefunden. Aber dieses Mädchen saß am Boden, in einem offenen Waggon. Sie hat Fieber, da …«

»… da hast du sie gleich adoptiert, so wie die halbverhungerte Katze, die du mal mit nach Hause gebracht hast, oder die flügellahme Taube, die du unbedingt aus dem Rinnstein fischen musstest …«

»Das ist doch etwas anderes!«, zischte Alice und warf dem Mädchen einen schuldbewussten Blick zu. Ihre Schwester konnte mitunter recht taktlos sein.

»Wie heißt du?«, wandte sich Constanze jetzt an das Mädchen direkt.

»G … Gerda«, stotterte sie. »Ahrens.«

Constanze musterte das Mädchen. »Du siehst wirklich nicht gesund aus. Bist du schwanger?«

»Nein!« Gerda errötete bis unter die Haarspitzen.

»Ich dachte nur. Ich bin es nämlich, und ich fühle mich so ähnlich, wie du aussiehst.« Constanze öffnete ihre Tasche, nahm einen Parfumflakon heraus und sprühte etwas davon in die Luft. Sie wedelte mit der Hand herum, schnupperte und setzte eine zufriedene Miene auf. »So ist es besser.«

Das Mädchen duckte sich in ihren Sitz, als wäre sie geschlagen worden. Ihr Blick wanderte zur offenen Abteiltür. Offenbar dachte sie über Flucht nach. Alice nahm ihre glühend heiße Hand. »Ich besorge uns jetzt Tee. Lass dich von meiner Schwester nicht einschüchtern. Sie meint es nicht so.« Sie warf Constanze einen mahnenden Blick zu. »Nicht wahr?«

Constanze riss ihre himmelblauen Augen auf. »Ich verstehe nicht, was du meinst?«

Alice stand auf, ohne zu antworten. Es lohnte nicht, ihre Schwester auf ihre unsensiblen Bemerkungen hinzuweisen. Wenn Constanze ein Gespür dafür gehabt hätte, was sich in einem solchen Fall gehörte, hätte sie ihren Mund gehalten. Ihr das zu erklären, war ungefähr so hilfreich wie zu versuchen, einem Kalb das Fliegen beizubringen. Gerade als sie das Abteil wieder verlassen wollte, hörte sie den Schaffner, der den Waggon betrat und in breitem ostpreußischem Dialekt »Jemand zugestiegen?« schnarrte. Alice erinnerte sich, dass der Zug vor Kurzem an irgendeiner kleinen Bahnstation mitten im Nirgendwo gehalten hatte und ließ sich erleichtert zurück auf ihren Platz sinken. Sie würde den Schaffner bitten, ihnen die Teemamsell vorbeizuschicken, dann musste sie sich nicht auch noch durch den restlichen Zug kämpfen. Als der Schaffner kam, fiel sein Blick sofort auf Gerda, die ihre Zugfahrkarte aus einer Tasche ihres Kleides nestelte und ihm hinhielt.

»Sie ist nicht zugestiegen …«, begann Alice, doch der Schaffner beachtete sie nicht, sondern nahm dem Mädchen die Karte aus der Hand. »Das ist ein Billet für die vierte Klasse«, sagte er streng.

»Ja, ich habe sie hergebracht, sie ist krank«, mischte sich Alice ein. »Sie hat Fieber …«

»Und mit Fieber darf man in die Polsterklasse? Das wäre mir neu.« Der Schaffner, ein kleiner Mann mit einem gewaltigen Schnauzbart, musterte Gerda mit zusammengekniffenen Augen. »Mach, dass du fortkommst, du kleines Luder. Und dass dir nicht nochmal einfällt, Herrschaften zu belästigen.«

Das Mädchen stand hastig auf, doch Alice hielt sie fest. »Nein!«, rief sie empört. »Ich habe sie gebeten, in unser Abteil zu kommen, und ich werde auch den Zuschlag für die Polsterklasse bezahlen. Was kostet das?«

Jetzt wandte sich der Schaffner zum ersten Mal Alice zu. »Junges Frollein«, sagte er, »ich glaube kaum, dass Ihre Eltern Ihnen erlauben würden, ihr Geld für so ein Lumpenmädel zum Fenster hinauszuwerfen.«

»Es geht Sie nichts an, wofür ich *mein* Geld ausgebe«, fauchte Alice und spürte, wie ihr Gesicht sich zornesrot färbte.

»Alice, lass es gut sein!« Der Einwand kam von Constanze, doch Alice zog es vor, ihn zu überhören. »Sie täten besser daran, sich darum zu kümmern, uns Tee bringen zu lassen. Oder sollen wir uns über Sie beschweren?«

Der Schaffner schnaubte vor Entrüstung. »Das ist eine Unverschämtheit ...«, begann er, offensichtlich hin- und hergerissen zwischen Empörung und dem eigentlich gebotenen Respekt vor den Passagieren der ersten Klasse.

»Sie haben gehört, was die junge Dame gesagt hat«, ertönte eine scharfe Stimme vom Gang her. Der junge Offizier war hinter den Schaffner getreten. Als dieser sich zu ihm umwandte, steckte der junge Mann ihm einen Geldschein in die Brusttasche seiner Uniform. »Das dürfte für den Zuschlag genügen. Wenn Sie nun so freundlich wären, für den Tee zu sorgen?«

Der Schaffner öffnete den Mund, doch es kam kein Ton heraus. Er klappte ihn wieder zu und nickte. Dann murmelte er ehrerbietig: »Jawohl, Herr Offizier«, und verließ das Abteil, ohne Alice und die beiden anderen Frauen noch eines Blickes zu würdigen.

»Du liebe Güte!«, stieß Constanze hervor und ließ sich zurück in ihr Polster sinken. »Was für ein unsympathischer Zeitgenosse. Warum musstest du dich mit ihm anlegen?« Sie warf Alice einen vorwurfsvollen Blick zu und wandte sich dann an den jungen Offizier. »Vielen Dank! Sie haben uns gerettet!«, rief sie. »Sie bekommen das Geld natürlich zurück ...«

»Auf gar keinen Fall. Es war mir eine Ehre, Ihnen behilflich sein zu können.« Er machte eine angedeutete Verbeugung und lächelte ihnen der Reihe nach zu. Auf Alice blieb sein

Blick ein wenig länger ruhen. »Niemand sollte die Augen vor den Dingen verschließen, die in der Welt passieren«, sagte er, an sie gewandt, dann drehte er sich um und nahm seinen Platz am Fenster wieder ein.

»Was war das denn?«, fragte Constanze etwas später, als die Teemamsell gekommen und ihnen drei Tassen Tee gebracht hatte, leise. »Was hat dieser schneidige Offizier wohl mit dem letzten Satz gemeint? Das klang so beziehungsvoll.« Sie pustete in ihre Tasse und nahm einen kleinen Schluck. Gerda balancierte die Tasse Tee so vorsichtig auf ihren Knien, als handle es sich um eine Schale roher Eier. Seit sie ihnen ihren Namen verraten hatte, hatte sie kein Wort mehr gesprochen.

»Das war eine Bemerkung, die ich vorher ihm gegenüber gemacht habe«, sagte Alice und bemühte sich, nicht allzu auffällig hinaus auf den Gang zu sehen. Wider Willen hatte der junge Offizier sie beeindruckt.

»Du hast schon mit ihm geredet?«

»Ja, wir haben kurz über Bücher gesprochen. Er liest … Rilke.«

»Über Bücher? Ihr habt euch über Bücher unterhalten?« Constanzes große Augen wurden noch runder. Jetzt erinnerte sie Alice tatsächlich ein wenig an ein Kälbchen. Lesen gehörte nicht zu Constanzes Lieblingsbeschäftigungen. Und mit einem fremden Mann in einem Zug über Bücher zu sprechen, fand sie offensichtlich völlig abwegig. Als Alice nicht antwortete, hakte sie das Thema Bücher daher kommentarlos ab und meinte nur versonnen: »Was für ein gut aussehender, charmanter Mann. Wenn ich nicht schon verheiratet wäre …« Sie kicherte. »Hast du bemerkt, wie er dich angesehen hat, Schwesterherz?«

»Er hat uns alle angesehen.«

»Aber dich besonders.«

»Blödsinn. Und überhaupt, er hätte sich nicht einzumischen brauchen. Wir hätten uns durchaus auch allein gegen den Schaffner behaupten können.«

Constanze starrte sie an. »Was stimmt nicht mit dir, Alice?«

»Wieso?«

»Da kommt ein schöner Mann daher, jung, ohne Buckel und sonstige Gebrechen, ein Offizier noch dazu und sieht dich mit einem Blick an, dass einem heiß und kalt gleichzeitig wird, und du bist beleidigt, weil er uns geholfen hat?«

»Ich bin nicht beleidigt. Das war nett von ihm. Es ärgert mich, dass der Schaffner uns nicht ernst genommen hat. Und das nur, weil wir Frauen sind! Wir hätten ...«

»Papperlapapp. So ist es nun mal«, fiel Constanze ihr ins Wort. »Gewöhn dich dran. Immerhin haben wir viele Vorteile dadurch, dass man uns für das schwache Geschlecht hält. Wir müssen unsere Koffer nicht selbst tragen, keine sinnlosen Kriege führen, und rasieren müssen wir uns auch nicht.« Sie strich sich mit dem Zeigefinger prüfend über ihre makellos glatte Oberlippenpartie. »Das hoffe ich jedenfalls. Oder hast du schon einmal davon gehört, dass einem während der Schwangerschaft ein Damenbart wächst? Das hätte mir gerade noch gefehlt.«

Die restliche Fahrt verlief ereignislos. Alice versuchte, Gerda in ein Gespräch zu verwickeln, doch offensichtlich schüchterte Constanzes Anwesenheit sie zu sehr ein. Sie blieb wortkarg, und das glückselige Lächeln, mit dem sie Alice zuvor von ihrer neuen Anstellung erzählt hatte, zeigte sich nicht mehr. Immerhin gelang es Alice, Gerda zu entlocken, dass eine Freundin in Berlin ihr diese neue Stelle besorgt hatte. Diese

Freundin hatte in ihren Briefen offenbar so in den höchsten Tönen von der Stadt und ihren Möglichkeiten geschwärmt, dass Gerda ihre Anstellung gekündigt und sich auf den Weg von Königsberg nach Berlin gemacht hatte. »Caroline wird mich abholen«, verkündete sie, als sie in den Bahnhof einfuhren. »Ich kann bei ihr wohnen, bis ich bei den neuen Herrschaften anfange.«

Alice nahm das mit einer gewissen Erleichterung zur Kenntnis, wofür sie sich jedoch sofort schalt. Wenn das Mädchen keinen Ort zum Bleiben gehabt hätte, hätte sie sich verpflichtet gefühlt, sich weiter um sie zu kümmern, was vermutlich für Ärger mit Constanze und ihren Eltern gesorgt hätte. Als sie in den Schlesischen Bahnhof einfuhren und vor den Fenstern für einen Moment alles in Dampf und Rauch gehüllt war, stellte das Mädchen behutsam die Tasse ab, griff nach ihrer Tasche und stand auf. »Vielen Dank«, sagte sie leise zu Alice und machte einen kleinen Knicks. »Das werde ich Ihnen nie vergessen.«

Alice winkte gerührt ab. »Das war doch selbstverständlich.«

Gerda schüttelte den Kopf. »Nein, das war es nicht. Jetzt weiß ich, dass die Berliner großherzige und gute Menschen sind. Von nun an wird alles besser werden.« Und da war es wieder, das hoffnungsvolle Lächeln, das ihr zartes, vom Fieber und der Erschöpfung ausgezehrtes Gesicht verwandelte und erahnen ließ, dass sie eigentlich ein sehr hübsches Mädchen war.

Alice, die ebenfalls aufgestanden war und ihr Handgepäck und das ihrer Schwester aus der Gepäckablage genommen hatte, drückte ihre Hand. »Ich wünsche dir alles Gute. Mögen deine Hoffnungen in Erfüllung gehen!«

Dann war das Mädchen fort, hinausgeschlüpft aus dem

Abteil wie eine Maus aus der Speisekammer und im Gedränge der aussteigenden Passagiere verschwunden. Alice hoffte inständig, dass es ihr in der Stadt gut ergehen und ihre gute Meinung über die Berliner nicht allzu rasch enttäuscht werden würde.

Als sie mit Constanze auf den Bahnsteig trat, war sie für einen Moment wie erschlagen von dem Trubel, der sie dort erwartete. Die Luft war erfüllt vom Geruch nach Kohle, Rauch und Bratwürsten, die an einem Stand angeboten wurden. Ankommende und Abreisende liefen durcheinander, Gepäckstücke standen herum, und die Dienstmänner mit ihren Karren bemühten sich um die begüterten Passagiere. Alice und Constanze standen einen Moment lang etwas unschlüssig da. Sie würden von Johann, dem Faktotum des Hauses, mit der Kutsche abgeholt werden, doch er war nirgends zu sehen. Als Constanze von einem vorbeihastenden Mann so rüde angerempelt wurde, dass sie fast gestürzt wäre, war sogar Alice trotz ihres Bemühens um Selbständigkeit erleichtert, als der junge Offizier auf sie zutrat und fragte, ob er ihnen mit dem Gepäck behilflich sein könne. Er besorgte ihnen einen Dienstmann und gab diesem nach ihrer Beschreibung genaue Anweisungen betreffend ihrer Koffer. Während sie warteten, stellte er sich als Heinrich von Kessel vor. Alice entging nicht, dass sich der Gesichtsausdruck ihrer Schwester bei diesem Namen veränderte. »Von Kessel? Etwa der Tuchwarenfabrikant?«, fragte sie unverblümt.

Der Offizier nickte, etwas verlegen, wie Alice schien. »Mein Vater.«

»Wie interessant! Ich musss gestehen, schöne Stoffe sind meine Leidenschaft!« Constanze strahlte. »Haben Sie schon eine Fahrgelegenheit? Ansonsten würde wir uns freuen, Sie mit unserer Kutsche mitnehmen zu dürfen.« Sie reichte ihm die Hand. »Constanze Nissen, geborene Hardtleben. Das ist meine Schwester, Alice Hardtleben.«

»Sehr erfreut.« Heinrich wandte sich Alice zu. »Wenn Sie nichts dagegen haben, Fräulein Hardtleben, nehme ich das Angebot Ihrer Schwester sehr gerne an. Ich habe überraschend Urlaub bekommen und mich zu Hause nicht angekündigt, daher holt mich niemand ab.«

Alice lächelte verwundert. »Natürlich können Sie mit uns fahren. Warum sollte ich denn etwas dagegen haben?«

Constanze stieß sie unauffällig an, und als Alice ihr einen überraschten Blick zuwarf, verdrehte ihre Schwester demonstrativ die Augen. Alice kannte die Botschaft dahinter: Du bist ein hoffnungsloser Fall! Sie hatte jedoch keinen blassen Schimmer, was sie falsch gemacht haben könnte, deshalb beschloss sie, Constanze einfach zu ignorieren. Gerade als sie sich abgewandt hatte, um weiter nach Johann Ausschau zu halten, bemerkte sie eine bekannte Gestalt. Es war Gerda, die, ihre Tasche fest umklammert, an einer der Säulen in der Bahnhofshalle stand und sehr verloren aussah. Die Freundin, die sie abholen kommen sollte, war offenbar noch nicht eingetroffen. Alice spürte, wie sie ungehalten wurde. Wenn man eine Freundin dazu brachte, alles zurückzulassen und in eine ihr vollkommen fremde Großstadt Hunderte Kilometer entfernt von ihrem Zuhause zu kommen, hatte man gefälligst pünktlich zu sein, fand sie. Sie wollte gerade auf das Mädchen zugehen und ihr erneut ihre Hilfe anbieten, als ein Mann auf Gerda zutrat und sie ansprach. Nicht unattraktiv, mit einem gewinnenden Lächeln auf den Lippen, wirkte er durchaus respektabel. Er trug ein ordentliches Jackett und Weste zum weißen Hemd und seine Schuhe glänzten ebenso wie die

Brillantine in seinen akkurat gescheitelten, rabenschwarzen Haaren. Dennoch sagte Alice irgendetwas an seiner Haltung und der Art, wie er das Mädchen ansah, dass er nicht vertrauenswürdig war. Sie versteifte sich und fixierte die beiden, bereit einzugreifen, falls der Mann sich in irgendeiner Weise anstößig benehmen sollte. Bisher wirkte er sehr zurückhaltend, sprach freundlich und ruhig mit Gerda, die ihn zuerst etwas verschreckt, dann jedoch dankbar anlächelte. Womöglich ein Bekannter von Gerdas Freundin, versuchte Alice das Unbehagen zu vertreiben, das sie bei seinem Anblick erfasst hatte. Im Grunde ging sie dieses Mädchen ja nichts mehr an. Dennoch konnte sie den Blick nicht abwenden. Jetzt bückte sich Gerda und nahm etwas aus ihrer Tasche, das wie ein schmales Büchlein aussah. Gerade wollte sie es dem Mann reichen, als eine dritte Person zu den beiden trat und mit offensichtlich scharfen Worten dazwischenfuhr. Es war eine Frau mit üppigen dunklen Locken, die sich unter einem kecken blauen Hut hervorringelten. Auch das Kleid, das sie trug, war blau, und am Arm hatte sie eine weiße Armbinde mit einem Symbol darauf, das Alice aus der Entfernung jedoch nicht erkennen konnte. Sie war sehr klein und zierlich, der Mann, obwohl auch er nicht besonders groß, überragte sie um eine gute Kopflänge, doch offensichtlich war sie davon nicht im Geringsten beeindruckt. Obwohl Alice nicht hören konnte, was sie zu ihm sagte, war deutlich zu erkennen, dass es nicht freundlich war. Den Mann nicht aus den Augen lassend, legte die Frau jetzt einen Arm um Gerda und nahm mit der anderen Hand deren Tasche. Dann zog sie sie sanft, aber bestimmt von ihm weg, was das Mädchen, das das dünne Büchlein noch immer in der Hand hielt, ohne Widerspruch geschehen ließ. Offenbar war es ebenso verwirrt wie Alice über das unerwartete Eingreifen der Frau. Auch der Mann erhob keinen Einspruch. Reglos stand er da und sah den beiden nach, während sie in der Menge verschwanden. Dann gab er sich einen Ruck, spuckte einmal verächtlich auf den Boden, was nicht ganz zu seinem respektablen Eindruck von vorhin passte, und ging in die andere Richtung davon. Für einen kurzen Moment konnte Alice dabei seine Augen sehen, die auffallend hell waren. Ein Schauder lief ihr über den Rücken. Sie wusste nicht, worum es hier ging und was vorgefallen war, aber sie erkannte, dass sich diese energische kleine Frau mit den ungebärdigen Locken soeben einen Feind fürs Leben gemacht hatte.

»Kommst du?« Constanze zupfte sie am Ärmel. »Was träumst du denn hier mit offenen Augen? Johann ist da, und unser Gepäck steht auch schon bereit. Und ich freue mich aufs Mittagessen.« Sie hakte sich bei Alice unter und zog sie mit sich. Alice ließ sich von ihrer Schwester in Richtung Ausgang bugsieren, von wo Johann ihnen bereits entgegenkam. Heinrich von Kessel und ein Dienstmann, auf dessen Karre sich ihr Gepäck befand, folgten ihnen. Johann begrüßte sie mit dem Lüpfen seiner Melone.

»Schön, dass Sie wieder bei uns sind, meine Damen. Ich hoffe, Sie hatten eine angenehme Fahrt«, sagte er in seiner wie immer sehr förmlichen Art, aber seine Augen zwinkerten freundlich. Er warf Heinrich von Kessel einen kurzen Blick zu, der nichts von seinen Gedanken verriet, doch Alice war sich sicher, dass Johann neugierig war, was es mit ihrer unerwarteten Begleitung auf sich hatte. Sie kannte Johann seit ihrer Kindheit und mochte ihn. Als sie noch klein gewesen war, hatte sie ihm immer mit den beiden Pferden geholfen, hatte sie gestriegelt und gefüttert, und er hatte sie darauf sitzen lassen und sie herumgeführt. Im Gegensatz zu den Dienst-

und Küchenmädchen, die häufig wechselten, waren Johann und seine Frau Else schon bei ihnen, seit Alice denken konnte. Er kümmerte sich um die Pferde und die Kutsche, den weitläufigen Garten hinter dem Haus und alles, was sonst noch so anfiel, während Elses Reich die Küche war. Constanze stellte Heinrich von Kessel knapp vor und wies Johann dann an, ihn als Erstes nach Hause zu fahren. Dabei warf sie dem jungen Offizier einen vielsagenden Blick zu und fragte: »Unter den Linden, nicht wahr?«, woraufhin er überrascht nickte.

Alice, der im Gegensatz zu ihrer Schwester der Name von Kessel nichts sagte, wunderte sich ebenfalls, dass Constanze sogar wusste, wo die Familie wohnte. Sie selbst hatte keine Ahnung von Tuchwarenfabrikanten und kannte auf dem Boulevard Unter den Linden nur das Café Kranzler, weil sie dort schon ein paar Mal mit ihrer Großmutter Kuchen gegessen hatte.

Als sie in den Landauer stiegen, der vor dem Bahnhof wartete, fielen Alice zwei weitere Frauen auf, die wie die kleine, dunkelhaarige Frau von eben eine weiße Armbinde trugen. »Wissen Sie, was diese Armbinden zu bedeuten haben?«, wandte sie sich an Heinrich von Kessel, der ihr beim Einsteigen galant die Hand reichte, während Johann das Gepäck verstaute. Sie deutete auf die zwei Frauen, die gerade vorbeigingen. Jetzt konnte sie auch sehen, dass auf den Armbinden ein Kreuz abgebildet war. Er folgte ihrem Blick. »Ich glaube, das ist das Zeichen der Bahnhofsmission, die es seit einiger Zeit hier am Schlesischen Bahnhof gibt«, sagte er und wandte sich Constanze zu, um ihr ebenfalls beim Einsteigen zu helfen. »Die haben ein Büro oder so etwas Ähnliches am anderen Ende der Halle.«

Ihre Schwester kletterte so schwerfällig in die Kutsche, als stünde die Niederkunft unmittelbar bevor und ließ sich dann ächzend auf die Bank fallen. Alice betrachtete sie mit einer Mischung aus Mitleid und Ungeduld. Wenn das so weiterging, würde Constanze sich in den nächsten Monaten nicht mehr von der Stelle bewegen können.

»Was macht die Bahnhofsmission?«, wollte sie weiter wissen.

Er zuckte mit den Schultern. »So genau weiß ich das nicht. Ich glaube, sie helfen jungen Frauen vom Land, die hier ankommen und Arbeit suchen.«

»Wieso interessiert dich das?«, wollte Constanze wissen, während sie ihren Hut zurechtrückte, der ein wenig Schieflage bekommen hatte. »Das sind vermutlich scheinheilige alte Jungfern, denen langweilig ist, so wie unsere Tante Dotti, die ständig Kuchen für arme Waisenkinder bäckt und ihnen hässliche Handschuhe strickt. Sie geben vor, arme Seelen vor der Verdammnis zu retten, dabei wollen sie sich nur die Zeit vertreiben und dabei von ihren Freundinnen für Heilige gehalten werden.«

Alice hielt nach den beiden Frauen Ausschau, konnte sie jedoch nicht mehr entdecken. Ihre Schwester hatte bei der Charakterisierung ihrer Tante zwar den Nagel auf den Kopf getroffen, doch was die Bahnhofsmission anging, so täuschte sie sich gewaltig: Die Frau mit dem wilden Haarschopf und dem kecken Hut mochte alles Mögliche sein, aber sie war mit Sicherheit keine scheinheilige alte Jungfer.

3

Natalie führte das Mädchen durch die Bahnhofshalle, bis sie zu der unscheinbaren Tür gelangten, über der in schlichten weißen Lettern BAHNHOFSMISSION stand. Neben der Tür befand sich ein buntes Emailleschild, auf dem eine junge Frau abgebildet war, die weinend auf einem Koffer saß. »*Du weißt nicht mehr weiter? Komm zur Bahnhofsmission, dort hilft man dir!*«, stand darüber. Darunter prangte in Rot ihr Erkennungszeichen, das achtzackige Johanniterkreuz. Natalie hatte noch immer den Arm um das Mädchen gelegt und spürte die Hitze, die ihr Körper ausstrahlte. Die glasigen Augen und der rasselnde Husten ließen keinen Zweifel daran, dass das Mädchen krank war. Sie brauchte nicht nur moralische Unterstützung, sie brauchte auch medizinische Hilfe.

Der Raum, in dem die Bahnhofsmission seit ein paar Monaten untergebracht war, war ein langer, schmaler Schlauch. Er hatte bis vor Kurzem noch als Leichenkammer gedient, in der Verstorbene, die überführt werden mussten, auf ihren Weitertransport warteten. Es war ihr Glück gewesen, dass wegen Verbesserungen der Logistik eine Lagerung der Toten am Schlesischen Bahnhof überflüssig wurde und sie daher den Raum samt einem kleinen Keller zur Verfügung gestellt bekommen hatten. Ein paar zartbesaitete Frauen unter ihren Helferinnen hatten zwar Bedenken angemeldet und schaudernd gemeint, sie wollten nicht an einem Ort arbeiten, an dem Tote gelegen hätten, doch dieses Argument hatte Pfarrer Burckhardt mit einer harschen Handbewegung weggewischt. »Die Toten sind nicht zum Fürchten. Sie sind uns nur vorausgegangen.«

Der Pfarrer mochte recht haben, dennoch hatte Natalie dieses Argument nicht als besonders hilfreich empfunden. Die Aussicht, bald selbst in einem Sarg zu liegen, trug ihrer Meinung nach nicht dazu bei, sich in einer ehemaligen Leichenkammer wohler zu fühlen. Sie hatte daher auf praktische Argumente gesetzt und den noch zweifelnden Damen die Renovierung des Raums in den höchsten Tönen ausgemalt. Dabei hatten ihr Marthe, die Köchin und eine weitere Helferin, die alle nur »die Gräfin« nannten, beigestanden. Letztere war Natalie von allen Frauen, die sich in der Bahnhofsmission engagierten, die liebste. Die energische ältere Dame mit dem aristokratischen Auftreten unterstützte den Pfarrer schon seit vielen Jahren und hatte bei der Diskussion um die neue Örtlichkeit den Standpunkt vertreten, dass man einem geschenkten Gaul auch dann nicht ins Maul schauen solle, wenn es sich dabei um eine ehemalige Leichenkammer handelte und alle vorgebrachten Argumente dagegen mit einem forschen *Papperlapapp* beiseitegeschoben. Derart bekräftigt, war Natalie zur Tat geschritten, ohne zuerst noch auf die Spendenbitte des Pfarrers in den Kreisen der wohltätigen Damen der Stadt zu warten. Einen Eimer vanillegelbe Kalkfarbe und taubenblauen Lack für die Holzvertäfelung hatte sie einem Malermeister aus dem Viertel am Bahnhof für zwei

Flaschen Weinbrand aus dem Kreuz geleiert und dann ein paar dort herumlungernde Jungs, die nichts Besseres zu tun hatten, überredet, ihnen für Zigaretten und eine warme Mahlzeit beim Streichen zu helfen. Von ihrer Tatkraft angesteckt, hatten die anderen Helferinnen zwei Pritschen, Stühle, einen Tisch, ein Pult, Geschirr und sogar einen Holzofen beigesteuert, auf dem man auch kochen konnte. Frisch gestrichen und mit den ausrangierten Möbeln aus den Häusern der feinen Damen ausgestattet, wirkte der vormals so düstere Raum fast wie eine behagliche Stube. Als Pfarrer Burckhardt ihre neue Wirkungsstätte am Ende auch noch gesegnet und ein Kruzifix aus dem Pfarrhaus aufgehängt hatte, waren selbst Hedwig und Margarethe, die ängstlichsten der Helferinnen, besänftigt und fürchteten nicht mehr, von den Geistern der Toten heimgesucht zu werden. Woher die zwei Flaschen Weinbrand und die Zigaretten beziehungsweise das Geld dafür stammten, fragte niemand, und Natalie hütete sich, etwas darüber verlauten zu lassen.

Natalie steuerte mit dem noch immer erschrocken wirkenden Mädchen die hinter einem Paravent stehenden Pritschen an, auf denen sich erschöpfte Reisende ausruhen und in Notfällen auch einmal eine Nacht verbringen konnten. Heute Vormittag waren sie noch leer, so dass sie dort ungestört sein würden. Aus Erfahrung wusste Natalie, dass die Mädchen offener sprachen, wenn sie sich nicht beobachtet fühlten, vor allem am Anfang, daher waren die vom übrigen Raum abgeteilten Pritschen besser, um sich zu unterhalten, als der Tisch, wo gerade mehrere Helferinnen saßen und die Flugblätter untereinander aufteilten, die sie heute auslegen wollten. Erschöpft setzte sich das Mädchen, das, wie Natalie inzwischen erfahren hatte, Gerda hieß, auf die mit einer dünnen Decke belegte Liege.

»Warum haben Sie mich von dem Mann weggebracht?«, fragte sie, nachdem sie ein wenig zu Atem gekommen war.

»Er wollte dir dein Dienstbuch wegnehmen.«

»Er hat mich drum gebeten und gesagt, er würde es den Herrschaften geben, bei denen ich die neue Anstellung bekommen würde. Die haben ihn geschickt, um mich abzuholen. Weil meine Freundin nicht kommen kann.«

»Und das hast du ihm geglaubt?«

Das Mädchen nickte schüchtern. »Er hat ja den Namen von meiner Freundin gewusst. Caroline heißt die. Und er war freundlich und hat ausgesehen wie'n Herr.«

»Dein Dienstbuch ist dein wertvollster Besitz, Gerda. Da steht alles drin, was dich ausmacht, Name, Herkunft, Arbeitgeber, Zeugnisse. Und du bist verpflichtet, es der Polizei vorzulegen, wenn du an einen neuen Ort ziehst. Was meinst du, was passiert, wenn du es nicht mehr hast?«

Als das Mädchen nicht antwortete, fuhr Natalie unerbittlich fort: »Du wirst unsichtbar. Niemand weiß, dass du hier bist, niemand wird dich suchen, wenn dir etwas passiert. Du kannst dich nicht mehr ausweisen, und keine anständige Herrschaft wird dir eine Stellung geben.«

»Aber …«

»Dieser Mann hatte keinen Grund, nach deinem Dienstbuch zu fragen. Du musst es nur den neuen Herrschaften zeigen, sonst niemandem und darfst es nie aus der Hand geben! Ich bin mir sicher, der Mann hat dich angelogen. Hat er dir seinen Namen genannt?«

»Pavel.«

»Wie noch?«

Das Mädchen hob die Schultern.

»Wie heißen denn die Leute, bei denen du deine neue Arbeit anfängst?«

»Ich weiß es nicht. Caroline wollte sich um alles kümmern.«

»Und wo wohnt deine Freundin?«

»Das weiß ich auch nicht.« Gerda sprach jetzt so leise, dass sie kaum noch zu verstehen war. »Ich hab ihr immer postlagernd geschrieben. Sie meinte, die Briefe kämen sonst nicht bei ihr an, weil so viele Parteien in ihrem Haus wohnten und der Postbote in ihrer Straße so schusslig wär.«

Natalie unterdrückte einen Seufzer. Es war immer das Gleiche. Diese Mädchen, die auf der Suche nach einem besseren Leben von irgendwoher in die Stadt strömten, waren einfach zu gutgläubig. »Wie gut kennst du diese Caroline denn?«

»Wir haben eine Weile zusammen gearbeitet. Sie war Dienstmädchen und ich Küchenmagd auf einem Gutshof bei Königsberg. Das war kein gutes Haus, deswegen ist sie auch weg von da. Die Herrschaften waren geizig und unfreundlich. Wenn wir einen Fehler machten oder nicht schnell genug waren, gab's gleich Schläge. Wir haben auch immer nur Brühe mit Knochen zum Essen gekriegt, und ich musste im Hängeboden über dem Herd schlafen, da war's im Sommer so heiß wie im Backofen.« Sie hob den Kopf, und in ihren fiebrigen Augen leuchtete etwas auf: »Deswegen hab ich mich auch so gefreut, als Caroline mir geschrieben hat. Ich hab ja geglaubt, sie hätt mich längst vergessen. Sie hat geschrieben, dass sie eine feine Anstellung bei netten Herrschaften gekriegt hat und 150 Mark im Jahr verdient! Außerdem hat sie jeden Sonntag frei und zu Mittag bekommen die Dienstboten sogar Fleisch und Kuchen, genau wie die Herrschaften, nicht nur Brühe.«

»Und da hast du gedacht, das willst du auch.«

Das Mädchen nickte, und das hoffnungsvolle Funkeln in ihren Augen erlosch. Offenbar dämmerte ihr langsam, dass sie getäuscht worden war. Natalie hatte Mitleid mit ihr. Sanft sagte sie: »Das kann ich gut verstehen. Wäre mir vermutlich genauso gegangen. Was haben deine Eltern dazu gesagt, dass du nach Berlin willst?«

»Ich hab keine Eltern. Komm aus'm Waisenhaus.« Gerda hustete.

Natalie warf einen Blick am Paravent vorbei in Richtung Küchenbereich. Marthe, die bei dem ledigen Pfarrer als Haushälterin arbeitete und jeden Tag in die Mission kam, rührte in einem großen Topf Suppe. Außerdem roch es nach frisch aufgebrühtem Kaffee und Kuchen.

»Du hast sicher Hunger?«, fragte Natalie, wartete die Antwort des Mädchens jedoch nicht ab, sondern stand auf. »Ich bringe dir etwas. Dann sehen wir weiter.«

Sie sah zu, wie Gerda in Windeseile den Teller Erbsensuppe verschlang und dann ehrfürchtig ein Stück von dem Sandkuchen abbrach, den eine der Helferinnen mitgebracht hatte.

»So weich«, hauchte sie und kaute andächtig, bevor sie an der Tasse Kaffee schnupperte. »Ist das echter Kaffee?«

Als Natalie nickte, nippte sie vorsichtig. »Hab ich noch nie getrunken.«

Als Gerda mit dem Essen fertig war und ihr schmales Gesicht ein wenig den erschöpften Ausdruck verloren hatte, nahm ihr Natalie das Tablett ab und stellte es auf den Boden.

»Es gibt ein Haus, in dem du für eine Weile unterkommen kannst«, sagte sie. »Es heißt Johannisstift und ist ganz in der Nähe. Die Schwestern, die es leiten, werden dir auch

Medizin gegen deinen Husten geben. Dort kannst du erst mal gesund werden, und dann können wir deine Freundin suchen und schauen, was es mit dieser Stelle, die sie dir versprochen hat, auf sich hat.« Natalie glaubte keine Sekunde an diese fabelhafte Anstellung und bezweifelte auch, dass diese »Freundin« jemals wieder auftauchen, geschweige denn sich um Gerda kümmern würde, aber das musste sie ihr jetzt noch nicht sagen. Stattdessen sagte sie betont fröhlich: »Oder aber wir vermitteln dir gleich eine neue Stelle. Was hältst du davon?«

»Ich hab kein Geld, um irgendwo zu wohnen«, flüsterte das Mädchen verzagt.

»Das macht nichts. Das Haus gehört der Kirche. Du kannst dort bleiben, bis du weißt, wie es weitergeht.«

Natalie brachte Gerda in das Johannisstift am Stralauer Platz. Es war in einem frisch renovierten Gründerzeithaus in unmittelbarer Nähe der St. Andreas-Kirche untergebracht und hob sich wohltuend sauber und respektabel von seiner eher tristen, von Arbeiterwohnungen und Fabriken geprägten Umgebung ab. Die Stralauer Vorstadt war Teil des Stadtbezirks Friedrichshain und erstreckte sich längs der Spree bis zum Osthafen und der Stralauer Halbinsel. Im Westen und zur Spree hin dominierten die Gebäude des Zentralmagazins, das auf dem Gelände der ehemaligen Gasanstalt errichtet worden war. Im Schatten der Mietskasernen und Schlote der Fabriken wimmelte es von Hinterhof-Bordellen, zwielichtigen Kaschemmen und zweifelhaften Etablissements. Die Pfarrei des Pfarrers umfasste das gesamte Viertel sowie den angrenzenden Rudolfkiez mit der Gasglühlicht-AG, er selbst wohnte im Pfarrhaus hinter der St. Andreas-Kirche, die mit ihrem spitzen, hohen Turm wie ein Schiff mit hohem Mast aus dem Gewirr der Straßen und Häuser hervorstach.

Im Johannisstift angekommen, brachte sie Gerda zusammen mit Schwester Heidrun, einer der Diakonissinnen, die das Stift leiteten, auf die kleine Krankenstation, die zum Wohnheim gehörte. In dem sauberen, hellen Zimmer mit Blick auf die Linde im Hinterhof gab es vier Betten. Daneben befand sich ein Behandlungszimmer mit einer gut bestückten Hausapotheke, die von Schwester Heidrun, die ausgebildete Krankenschwester war, verwaltet wurde. Alles war blitzsauber und ordentlich und konnte dank großzügiger Spenden wohltätiger Frauen der Pfarrei mit der Ausstattung eines kleinen Krankenhauses durchaus mithalten. Im Moment befand sich neben Gerda nur noch eine weitere junge Frau auf der Krankenstation, die schlief, als sie eintraten. Ida erholte sich im Stift von einer stümperhaft durchgeführten Abtreibung, die sie fast das Leben gekostet hätte. Pfarrer Burckhardt hatte sie vor einer Woche bewusstlos auf den Kirchenstufen vorgefunden, wo jemand sie offenbar in den frühen Morgenstunden abgelegt hatte. Das Mädchen hatte sich bisher strikt geweigert, den Namen der Engelmacherin zu verraten, die dieses »Werk« verbrochen hatte und wer sie dorthin geschickt hatte. Natalie hatte schließlich aufgegeben zu insistieren. Ida würde aufgrund der gravierenden Verletzungen nie Kinder bekommen können, und Natalie hätte dieses Schicksal gerne anderen unglücklichen Mädchen erspart. Doch immerhin hatte jemand Mitgefühl bewiesen und sie zur Kirche gebracht, anstatt sie einfach in irgendeinem Hinterzimmer krepieren zu lassen, was oft genug vorkam. Dafür musste man schon dankbar sein.

Mit einem Seufzer, der ihre tiefe Erschöpfung verriet, sank Gerda auf das Bett. Ihre Hand glitt ehrfürchtig über die frisch gestärkten Bettlaken, und Natalie vermutete, dass das Mädchen noch nie auf einer richtigen Matratze und in so weißem, glatten Bettzeug gelegen hatte. In Waisenhäusern wie auch in den Dienstbotenunterkünften waren Strohmatratzen und grobe Leintücher die Regel, und meistens waren sie vielfach geflickt und vom vielen Waschen von einer undefinierbaren gräulich gelblichen Farbe. Sie stellte Gerdas Reisetasche neben dem Nachttisch ab und bat sie, leise, um das schlafende Mädchen im Nachbarbett nicht zu wecken, ihr die Poststelle zu nennen, an die sie die Briefe an ihre Freundin adressiert hatte. Gerda gab ihr Carolines letzten Brief, in dem diese überschwänglich davon schrieb, wie sehr sie sich darüber freue, dass Gerda schon bald in Berlin ankomme und versprach, sie vom Bahnhof abzuholen.

»Glauben Sie wirklich, Caroline hat mich betrogen?«, fragte Gerda und wischte sich eine Träne aus dem Augenwinkel.

»Ich weiß es nicht«, erwiderte Natalie. »Aber es wäre nicht das erste Mal, dass ein Mädchen mit falschen Versprechungen in die Stadt gelockt worden wäre. Statt einer Anstellung bei netten Herrschaften wartet auf sie meist Schinderei bis aufs Blut in einer der Fabriken, oder noch Schlimmeres.« Was das noch Schlimmere war, führte Natalie nicht aus, und Gerda fragte auch nicht nach. Sie wirkte vollkommen erledigt. Natalie schob den Brief in die Tasche ihres Kleides und überließ Gerda der Diakonissin, jedoch nicht ohne zu versprechen, am Abend noch einmal nach ihr zu sehen. »Ruh dich aus und werde erst einmal gesund, dann sehen wir weiter«, meinte sie aufmunternd. Sie konnte die Erschöpfung des Mädchens buchstäblich am eigenen Leibe spüren, kannte sie doch dieses Gefühl völliger Kraftlosigkeit und Verlorenheit genau. Fast meinte sie, wieder das sandige Gefühl des Schlamms zwischen ihren Zähnen zu spüren, als sie aufstand und dem Mädchen noch einmal zulächelte. Bei ihr hatte es nie jemanden gegeben, der zu ihr gesagt hätte, ruh dich aus, ich passe auf dich auf. Doch die Vergangenheit war vorbei. Für immer. Jetzt galt es, voll und ganz in der Gegenwart zu leben. Sie nickte Schwester Heidrun noch einmal zu und verließ raschen Schrittes das Krankenzimmer.

Zurück auf der Straße hielt Natalie einen Moment lang ihr Gesicht in die warme Spätsommersonne, die sogar der tristesten Umgebung einen goldenen Schimmer verlieh. Sie brauchte diese kurzen Momente des Innehaltens, dieses beglückende Gefühl von Luft und Licht und Wärme auf der Haut, das ihr sagte, dass das Leben trotz allem schön war. Ein Blick auf die Kirchturmuhr sagte ihr außerdem, dass noch Zeit war, bevor der nächste Zug aus dem Osten ankam. Das Ende des Sommers wie auch die Quartalstage, an denen die Dienstboten wechselten und die Tage der Freisprechung rund um Lichtmess im Februar, an denen das Dienstbotenjahr endete, waren die Zeiten, an denen am Bahnhof die meiste Arbeit auf sie wartete. An diesen Tagen kamen nicht nur besonders viele junge Mädchen an, auch die Schlepper lauerten dann wie die Aasgeier, und man musste schnell und resolut sein, um ihnen zuvorzukommen. Leider hatten sie nicht genug Helferinnen, ausreichend resolute noch weniger, um alle Mädchen, die ankamen, persönlich ansprechen zu können. Sie behalfen sich deshalb mit Flugblättern und Plakaten, doch Natalie machte sich keine Illusionen. Warnungen dieser Art wurden von den Ankommenden, die noch voller Enthusiasmus waren, selten beachtet, und wenn sie sich daran erinnerten, dann meist erst, wenn es schon zu spät war. Natalie war sich sicher, dass es sich bei dem Mann, der Gerda angesprochen hatte, um einen Schlepper handelte. Vermutlich für ein Bordell hier in der Stadt oder womöglich sogar in Übersee. Die Auswanderungswellen der letzten Jahre hatten für einen Überschuss an deutschen Männern überall auf der Welt gesorgt, und die Schlepper schafften unentwegt junge, unerfahrene Mädchen für sie heran. Bis diese begriffen, wie ihnen geschah, befanden sie sich schon auf einem Dampfer nach Südamerika. Und von dort gelang es so gut wie keiner jemals wieder zurückzukehren. Den schwarzhaarigen Mann mit dem öligen Lächeln hatte sie am Bahnhof noch nie gesehen. Vielleicht war er neu in der Stadt. Sie musste mit dem Pfarrer und den anderen Frauen sprechen und sie warnen. Außerdem würde sie sich umhören und ein paar Nachforschungen zu einem Mann namens Pavel anstellen, vielleicht hatte sie Glück, und es war sein richtiger Name. Sie wusste gerne, mit wem sie es zu tun hatte. Das konnte einem wenigstens einen kleinen Vorteil verschaffen.

Am Schlesischen Bahnhof angekommen, nahm Natalie nicht den Haupteingang, sondern ging am Gebäude entlang, bis sie zu den Gleisen kam. Dort schlüpfte sie in einem unbeobachteten Moment durch ein Loch im Zaun und ging weiter die Gleise entlang. Der Bereich hier war für den Güterverkehr bestimmt, und um diese Zeit befanden sich kaum Arbeiter hier. Die meisten von ihnen kannten sie ohnehin und winkten ihr zu, als sie vorüberging. Sie hob ihre Röcke und stieg über Geröll und Unkraut, rostiges Metall und allerlei Gerümpel, das hier herumlag, bis sie zu dem toten Gleis gelangte, das das

Ziel ihres Ausflugs war. Hier kam kaum einer hin. Brennnesseln wucherten zwischen den Gleisen und auf dem Schotter wuchsen Huflattich, Wegwarte und Ackerschachtelhalm. Am Ende des von Unkraut fast zugewachsenen Gleises befand sich ein Verschlag aus Wellblech und verzogenen Brettern, der früher einmal zur Aufbewahrung irgendwelcher Werkzeuge gedient haben mochte. Jetzt allerdings war es Babas Reich. Sie lebte schon seit Jahren hier, Sommer wie Winter, von den Bahnhofsmitarbeitern, soweit sie von ihrer Existenz überhaupt wussten, geduldet. Niemand wusste, woher sie kam und was sie hierher verschlagen hatte. Sie hatte schon in dieser erbärmlichen Hütte gehaust, als Natalie begonnen hatte, für die Bahnhofsmission zu arbeiten. Ihre Bemühungen, sie im Wohnheim unterzubringen, waren umsonst gewesen, Baba hatte sich buchstäblich mit Händen und Füßen gewehrt, und Natalie hatte es, wie schon Pfarrer Burckhardt vor ihr, schließlich aufgegeben. Der Pfarrer hatte Natalie auf Baba aufmerksam gemacht und sie gebeten, ihr Glück zu versuchen, weil Natalie aus ihrer Zeit im Wanderzirkus ein klein wenig Russisch sprach und Baba offenbar aus Russland stammte. Mehr als das wusste man über sie nicht, und Natalie hatte bisher auch nicht mehr erfahren, all ihrer Bemühungen und ihrem russischen Radebrechen zum Trotz. Im Gegenteil, Baba schien gar keine große Lust zu haben, sich in ihrer Muttersprache zu unterhalten, sie wechselte immer wieder ins Deutsche, das sie mit der Zeit besser beherrschte als Natalie Russisch, so dass diese es bald sein ließ und nur noch Deutsch mit ihr sprach.

Als Natalie die Tür öffnete und in den düsteren kleinen Raum trat, hockte Baba gerade vor ihrer aus einer Mülltonne selbstgebauten Kochstelle, von der ein verbeultes Ofenrohr durch die Holzwand hinaus ins Freie führte und rührte in einem verbeulten Topf, den sie sich aus einem alten Blechkanister gehämmert hatte.

»Bist du das, Natascha?«, fragte sie, ohne sich umzusehen. Baba nannte sie immer nur Natascha, was eine Verkleinerungsform von Natalia war, wie sie Natalie erklärt hatte.

»Ja, ich bin's.« Natalie trat ein.

»Mach die Tür zu.«

»Aber es ist warm und schön draußen. Die Sonne scheint«, widersprach Natalie.

Die Luft in dem Kabuff war stickig, und es stank nach ungewaschenen Kleidern, Alkoholdünsten und Dingen, deren genauen Ursprung Natalie sich nicht vorstellen mochte. Darüber breitete sich, fast entschuldigend, der säuerlich herbe Duft nach Roter Bete. Baba kochte also in ihrem Blechkanister Borschtsch oder was unter den gegebenen Umständen als solcher galt. Baba kochte kaum je etwas anderes als krude Eintöpfe, in die sie alles warf, was zu kriegen war. Auf dem Streifen Erde hinter ihrem Verschlag beackerte sie – zumindest wenn sie nüchtern genug war – ein kleines, karges Gemüsebeet, wo sie Karotten, Rüben, ein paar Kartoffeln, Zwiebeln und Rote Bete zog.

»Es zieht. Da geht das Feuer aus.«

Natalie schloss die Tür und atmete flach durch den Mund, bis sie sich an den strengen Geruch gewöhnt hatte.

»Hast du mir was mitgebracht?«

»Ja.« Natalie packte die Flasche billigen Kornbrand aus, den sie für Baba gekauft hatte und stellte sie auf eine der Gemüsekisten, die in Babas Heim als Tisch, Stuhl und Aufbewahrungsbehälter dienten. Baba besaß eine Menge Kram, den sie überall zusammensammelte, von den Straßen und aus den

Abfalltonnen, doch ihr größter Schatz war ein dickes Buch, das sie offenbar aus Russland herübergerettet hatte. Sie hielt es in dem Lager aus Decken und Strohmatratzen versteckt, auf dem sie schlief und zeigte es niemandem außer Natalie, der sie offenbar vertraute. Natalie hatte die kyrillische Schrift nicht lesen können, aber die feinen Tuschezeichnungen, die sich darin befanden, bewundert. Flüsternd, als offenbare sie ein großes Geheimnis, hatte Baba ihr erzählt, dass es sich um ein Märchenbuch handelte. Babas Lieblingsgeschichte handelte von Baba Yaga, einer Art Hexe, mal gut, mal böse, die Jagd auf Menschen machte und bisweilen auch Kinder verspeiste, wenn Natalie das deutsch-russische Kauderwelsch eines branntweintrunkenen Abends richtig verstanden hatte. Von ihr gab es auch eine Zeichnung in dem Buch: eine hässliche alte Frau, in Lumpen gekleidet, die in einem türlosen Haus auf Hühnerbeinen wohnte. Offenbar erkannte Baba sich in dieser Figur wieder, weshalb sie sich auch so nannte. Ihren richtigen Namen kannte niemand. Bei Betrachtung der Zeichnung hatte Natalie sich eingestehen müssen, dass es tatsächlich eine gewisse Ähnlichkeit Babas mit der Märchenfigur und ihrem windschiefen Häuschen gab, auch wenn Babas Verschlag nicht auf Hühnerbeinen stand. Baba war zwar jünger, vermutlich nicht viel älter als fünfzig, sah aber aus wie weit über sechzig. Sie war klein, hatte etwa dieselbe Größe wie Natalie, ein verwittertes Gesicht mit tiefschwarzen Äuglein, dünne Gliedmaßen und einen aufgeblähten Bauch, auf dem kraftlos ihre großen schlaffen Brüste lagen. Ihre fettigen schwarzen, mit grauen Strähnen durchzogenen Haare waren meist zu einem unordentlichen Knoten im Nacken zusammengewickelt. Meist trug sie viele Kleider übereinander, Röcke, Blusen, Tücher, Geschenke aus der Wohlfahrt oder irgendwo zusammengesucht, im Winter auch Wolldecken, die sie sich mit einem Strick um den Leib band. Natalie brachte ihr hin und wieder eine Flasche Schnaps mit, weil sie nicht wollte, dass Baba zu viel von dem selbstgebrannten Fusel trank, den die Schwarzbrenner den armen Teufeln hier in der Gegend für ein paar Groschen oder Tauschware unterjubelten und von dem man blind und blöd im Kopf wurde. Im Gegenzug zu diesem Geschenk ließ Baba es zu, dass Natalie ihre offenen Beine regelmäßig neu verband, weshalb sie auch heute gekommen war. Sie hatte versucht, Baba dazu zu bewegen, wenigstens dafür in die Bahnhofsmission zu kommen, wo es auch Essen und heiße – nichtalkoholische – Getränke gab, doch Baba war nur ein einziges Mal gekommen. Natalie vermutete, dass sie die Blicke der anderen Helferinnen nicht ertragen hatte. In der Tat war es nicht ganz leicht, Baba auszuhalten. Meistens war sie betrunken, sie verströmte einen penetranten Geruch, war ungewaschen, ungepflegt und im Umgang mit anderen Menschen eher rüde, vor allem, wenn sie nichts zu trinken bekam. Nichts für eher zartbesaitete Geheimratsgattinnen und Apothekerwitwen wie Margarethe und Hedwig, für die bereits ein Glas Pfefferminzlikör Teufelszeug war.

»Wie geht's dir, Baba?«

Baba knurrte etwas Unverständliches, rührte ein letztes Mal in ihrem Blechtopf und nahm ihn dann vom Feuer. »Komm essen, Natascha«, brummelte sie und wackelte zur Tür.

»Ich habe keinen Hunger, Baba …«, begann Natalie, doch die alte Frau unterbrach sie barsch: »Nimm den Teller mit. Wir geh'n raus in die Sonne, wie du gesagt hast.«

Froh, die muffige Hütte, verlassen zu können, nahm Natalie Babas einzigen Porzellanteller und einen Blechlöffel aus einer der Kisten und folgte ihr hinter die Hütte, wo ein wackeliger Gartenstuhl und ein Küchenhocker auf dem Schotter neben dem Gemüsebeet standen. Baba schüttete eine großzügige Portion Borschtsch in den Suppenteller und reichte ihn Natalie. Sie nahm ihn resigniert entgegen. Wenn Baba gekocht hatte, musste man mitessen. Da gab es kein Pardon. Sie vermied es daher normalerweise, zur Essenszeit zu kommen, doch heute war es nicht anders möglich gewesen, weil sie sich erst um Gerda hatte kümmern müssen. Nachmittags war Baba immer unterwegs, wo auch immer, und kam erst am Abend oder spätnachts zurück. Soweit Natalie wusste, streunte sie durch die Stadt und am Spreeufer entlang, ziellos, rastlos, wie auf einer rätselhaften Suche.

»Iss, damit du groß und stark wirst.« Baba machte eine auffordernde Handbewegung mit dem Kochlöffel. Natalie warf einen Blick auf ihren Teller. In der rötlich grauen Brühe schwammen kleine Fleischbrocken, die mit Sicherheit nicht bei einem Metzger gekauft worden waren. Natalie wusste nicht, wie und wo sich Baba ihre Fleischrationen beschaffte, argwöhnte aber, dass sie von Katzen oder Eichhörnchen stammten, wenn nicht gar von Ratten, die es hier in der Nähe des Bahnhofs zahlreich gab. Baba begann schlürfend mit dem Kochlöffel direkt aus dem Topf zu essen. Vorsichtig fischte Natalie etwas aus ihrer Portion, was aussah wie eine Karotte. Es schmeckte auch wie eine Karotte, allerdings mit einem etwas merkwürdigen Beigeschmack. Sie unterdrückte einen Brechreiz und schluckte die Karotte hastig hinunter. »Schmeckt gut«, log sie mühsam.

Sie sah Baba eine Weile beim Essen zu und hoffte, dass ihr nicht auffiel, dass sie nicht weiteraß. In ihrem Mund hatte sich der tranige Geschmack festgesetzt, und sie wünschte, sie hätte etwas, um ihn hinunterzuspülen. »Sollen wir ein Gläschen Wodka zusammen trinken?«, schlug sie daher vor. Es war zwar Kornbrand und kein Wodka, den sie mitgebracht hatte – den gab es in Berlin nur als Spezialität bei sehr reichen Leuten, für normale Menschen war er unbezahlbar – doch das war egal. Für Baba waren alle Schnäpse Wodka.

Auf dieses Stichwort hin stand Baba sofort auf. Sie stellte ihren Topf in den Staub neben dem Gartenstuhl und wieselte überraschend flink zurück in die Hütte.

Hastig sprang auch Natalie auf und schüttete den Inhalt ihres Tellers mit einer raschen Bewegung über den Zaun, der das Bahnhofsgrundstück abgrenzte. Kaum hatte sie sich gesetzt, kam Baba auch schon zurück. In der einen Hand die Flasche, in der anderen zwei leere Marmeladengläser. Als sie Natalie eines reichte und es fast randvoll goss, fiel ihr Blick auf den leeren Teller. »Schon fertig? Magst du noch was?«

»Nein!« Natalie schüttelte hastig den Kopf. »War gut, danke.« Sie lächelte, wartete, bis Baba sich ebenfalls eingeschenkt hatte und nahm dann einen großen Schluck. Der scharfe Alkohol füllte ihren Mund aus, brannte auf ihrer Zunge und an ihrem Gaumen, bevor sie ihn aufatmend hinunterschluckte und mit ihm den ranzigen Geschmack des Eintopfs. Baba war vermutlich nur deshalb noch nicht an einer Lebensmittelvergiftung gestorben, weil sie soff wie ein Loch und so alles Giftige, was in ihrem Magen landete, sofort abtötete. So war Babas Glas auch flugs leer, und Natalie machte sich daran, sich um ihre Beine zu kümmern. Sie entfernte die schmutzigen Stofflappen, die an den offenen Geschwüren festklebten, säuberte diese, schmierte Salbe darauf und verband sie mit Kompressen und neuen Stoffstreifen. Die schmutzigen Lappen packte sie in ihre Tasche. Sie kochte sie in der Mission aus und benutzte sie immer im Wechsel.

»Wie geht's dir denn?«, wiederholte sie die Frage von vorhin noch einmal. »Tun die Beine weh?«

»Nee. Tun nicht weh. Aber ist keine gute Zeit.«

»Wie meinst du das?«

»Hab was Böses gesehen. Einen schwarzen Teufel.«

Natalies Blick wanderte hinauf zu den Krähen, die über dem Bahnhof kreisten. An der Spree gab es große Kolonien der Vögel, und Baba fürchtete sich vor ihnen, nannte sie immer Höllenvögel. »Die Krähen sind nicht böse, Baba. Es sind einfach nur Vögel.«

»Nein. Nicht die Vögel. Die schwarzen Teufel! Sie kommen wieder. Heute Nacht hab ich einen von ihnen gesehen …«

»Du hattest einen Albtraum?«

»Nein …«

Natalie spürte, wie die alte Frau zu zittern begann, während sie den Verband um ihre Beine wickelte. Als sie den Kopf hob und Baba ansah, erschrak sie. Das Gesicht der alten Frau war zu einer Fratze verzerrt, und in ihren Augen stand das blanke Entsetzen. Aus ihrem Mundwinkel troff ein dünner Faden Speichel. Sie begann leise zu wimmern, ein schauerlicher, hoher Ton, der Natalie erschauern ließ.

»Das war nur ein böser Traum, Baba«, versuchte sie, Baba zu beruhigen und streichelte ihre runzelige Hand. »Sollen wir reingehen und uns ein bisschen das Märchenbuch ansehen? Möchtest du mir etwas daraus vorlesen?«

Baba schüttelte den Kopf. Ihr Gesicht verlor den entsetzten Ausdruck, doch mit einem Mal wirkte sie verschlossen, ja fast wütend. Unvermittelt stand sie auf und gab Natalie einen heftigen Schubs. »Geh weg, Natascha. Weit weg. Damit die Teufel dich nicht kriegen.«

Sie packte die Flasche Schnaps und ging. Natalie sah ihr verwundert nach. Baba war oft seltsam, aber so hatte sie sie noch nie erlebt. Sie packte das Geschirr und den halbleeren Blechkanister mit dem Borschtsch und folgte der alten Frau, doch als sie um die Hütte kam, fand sie die Tür verschlossen vor. Sie klopfte, doch Baba reagierte nicht. Kein Laut drang aus dem Inneren. Sie stellte das Geschirr auf dem Boden ab, rief laut: »Bis bald«, und machte sich nachdenklich auf den Weg zurück zum Bahnhof.

4

Baba sah Natalie durch das kleine Fenster neben der Tür nach. Sie hatte einen Vorhang davor gehängt, ein Stück Stoff, das sie von irgendwoher hatte, sie wusste nicht mehr, woher, aber es waren kleine Blumen darauf, die sie an etwas erinnerten. Sie wusste auch nicht mehr woran, aber es war eine gute Erinnerung, eine von der Sorte, wie sie das Herz ein wenig wärmten und die scharfen Kanten der Welt weniger schmerzhaft machten. Baba ließ sich nicht täuschen, die Welt blieb schmerzhaft und kalt, aber es war trotzdem schön, es hin und wieder fast zu vergessen. So war es auch mit Natascha. Wenn sie da war, schmerzten die Kanten, auf denen sie balancierte, weniger, gruben sich die Splitter weniger tief in ihr Fleisch, marterten die Scherben des Daseins sie nicht ganz so grausam. Sie sah der jungen Frau nach, wie sie leichtfüßig über die Schienen stieg, die Röcke erhoben, um nicht an dem rostigen Unrat, der hier überall herumlag, hängen zu bleiben. Sie war klein und feingliedrig wie ein Mädchen und dabei so stark. Aber womöglich nicht stark genug. Wenn Baba sie ansah, ihre wilden schwarzen Haare, die dunkelblauen Augen, das zarte Gesicht, das von innen zu glühen schien, sah sie alles, was Natascha war. Sie wusste von ihrem Schmerz, ihrer Einsamkeit und ihrer Angst, diese aufzugeben. Baba trank ein paar Schlucke Wodka, direkt aus der Flasche. Es war ein Fluch, alles zu sehen. Sie wäre lieber blind, dann müsste sie auch die Scherben nicht sehen, das zersplitterte Licht der Sonne, die messerscharfen Ecken und Kanten dieser zerbrochenen Welt, durch sie tappte, vorsichtig, mit blutenden Händen und Füßen. Sie waren wieder da. Baba wusste es. Sie tippte sich mit der Wodkaflasche an die Schläfe. Alles war da drin. Eingesperrt. Sie hatte den Schlüssel weggeworfen, vor vielen Jahren schon. In den Fluss, zusammen mit dem Blut und den Tränen. Aber etwas war hindurchgekrochen, letzte Nacht.

»Die schwarzen Teufel«, flüsterte sie leise, zu dem Vorhang gewandt. »Sie sind zurück.«

»Du musst sie retten«, erwiderte der Vorhang.

»Nein!« Sie ließ den Vorhang fallen, als hätte sie sich verbrannt. Womöglich tat er nur so, als sei er eine gute Erinnerung, versuchte, sie zu täuschen. Es knirschte drohend im Gebälk, und Baba wusste, dass es die Scherben und Splitter der Welt waren, die sich über ihr und um sie herum bewegten. Sie würden auseinanderbrechen, wenn sie nicht aufpasste. Und was dahinter war, wusste sie auch: das Grauen.

5

Sie hätte es sich denken können. Bereits in dem Moment, in dem Heinrich von Kessel seinen Namen erwähnt und Alice das Blitzen in Constanzes himmelblauen Kälbchenaugen gesehen hatte, hätte ihr klar sein müssen, dass ihre Schwester den jungen Offizier nicht mehr vom Haken lassen würde. Constanze sammelte Bekanntschaften wie andere Leute Porzellanfiguren. Dabei ging es ihr keineswegs darum zu flirten, sie war schließlich frisch verheiratet und obendrein auch noch schwanger, sondern es ging ihr um Beziehungen. Constanze hatte ein untrügliches Gespür dafür, wer ihr oder ihrer Familie von Nutzen sein konnte und wer nicht. In Gesellschaften, auf Bällen und festlichen Diners fühlte sie sich wohl wie ein Fisch im Wasser. Sie konnte über sehr viele Dinge unterhaltsam plaudern und schenkte ihren Charme stets den richtigen Leuten. Auf diese Weise hatte sie auch Gottfried Nissen kennengelernt, einen Doktoranden aus einer steinreichen Hamburger Reedereifamilie, der bei ihrem Vater promovierte und eine glänzende Zukunft als Arzt in der Charité vor sich hatte. Gleich nachdem er seinen Doktortitel erhalten hatte, hatten sie geheiratet, sehr zur Freude ihrer Eltern, die diese Verbindung von Geld und Medizin zu schätzen wussten.

Vermutlich würde ihre Schwester einmal einen sehr erfolgreichen Salon führen, wo sich die Intellektuellen, die Künstler, die Salonlöwen und all die anderen einflussreichen oder zumindest amüsanten Mitglieder der Gesellschaft die Klinke in die Hand gaben. Alice konnte es förmlich vor sich sehen, wie sich alle, Männer wie Frauen, um eine Einladung bei Frau Dr. Nissen rissen. Man würde sie »die Nissen« nennen, respektvoll geraunt, und diejenigen, die noch nie eingeladen worden waren, würden in der Öffentlichkeit so tun, als sei es ihnen gleichgültig, sich zu Hause aber vor Neid und Enttäuschung die Fingernägel wund knabbern. Bei *der Nissen* nicht eingeladen zu sein, hieße nämlich, dass man ein gesellschaftlicher Niemand war.

Bei Heinrich von Kessel war natürlich der Umstand, dass es sich um den Sohn eines Tuchfabrikanten handelte, ausschlaggebend für Constanzes Interesse. Constanze liebte Mode, teure Stoffe und ausgefallene Schnitte und lechzte jetzt schon dem Tag entgegen, an dem sie all das wieder tragen konnte. Und nachdem Alice das imposante Palais gesehen hatte, in dem die Familie von Kessel wohnte, war sogar ihr klargeworden, dass es sich nicht um irgendeine kleine Weberklitsche unweit des Hausvogteiplatzes handelte, wo die Konfektionsbetriebe ihren Sitz hatten, sondern ganz offensichtlich um eine sehr wohlhabende Familie. Was sie sich hätte gleich denken können, wenn man bedachte, dass Heinrich von Kessel offensichtlich von Adel war und einen Offiziersrang innehatte. Doch sie war im Gegensatz zu ihrer Schwester immer sehr unaufmerksam, wenn es um solcherlei Dinge ging. Viel interessanter als sein Name, Epauletten, die Farbe der Tressen am Kragen und das Portepee am Säbel, war für sie, dass Heinrich von

Kessel Humor und einen spannenden Literaturgeschmack hatte.

Als Johann vor der Villa der von Kessels gehalten hatte, hatte Constanze den jungen Mann bestürmt, doch mit ihnen zu Abend zu essen. »Immerhin haben Sie uns aus einer misslichen Situation befreit«, meinte sie. »Da sind meine Schwester und ich Ihnen doch mindestens eine Einladung schuldig.«

Alice fand noch immer nicht, dass es dieser »Befreiung« bedurft hätte, doch es wäre unhöflich gewesen, ihrer Schwester nicht beizupflichten, daher nickte sie und sagte pflichtschuldig: »Es wäre uns eine Freude.« Dieser Offizier schien ein netter Kerl zu sein, und wenn er heute Abend beim Essen dabei war, würde sie wenigstens nicht mit ihren Eltern über ihre berufliche Zukunft streiten müssen.

Und so kam es, dass sie jetzt, nach dem Nachmittagstee mit ihrer Mutter und Tante Dotti, auf ihrem Bett saß und ihrer Schwester zusah, die, nach einem kleinen Schläfchen und Nougattorte wieder flink und lebhaft geworden, in Alices Kleiderschrank herumwühlte, um nach einem passenden Kleid zu suchen. Nachdem sie etliche als zu brav verworfen hatte, zog sie schließlich mit einem Triumphschrei ein zart fliederfarbenes Seidenkleid heraus und hielt es Alice hin. »Das ist ja meines! Ich habe es dir geschenkt, als ich ausgezogen bin.«

Alice nickte. Das Kleid war wunderschön, schmal geschnitten, aus schimmernder Seide, mit Ärmeln und einem eingefassten Ausschnitt aus zart gepunktetem Netztüll. Alice hatte es noch nie getragen, weil ihr der tiefe V-Ausschnitt, obwohl verbrämt durch den Tüll, zu gewagt schien.

»Das musst du anziehen. Heinrich von Kessel wird Stielaugen bekommen. Ich weiß noch, wie ich es einmal anhatte, bei einem Abendessen bei …«

»Ich will nicht, dass jemand Stielaugen bekommt!«, unterbrach Alice ihre Schwester. »Außerdem, wieso sollte er?«

Constanze stutzte, dann lachte sie auf und setzte sich neben Alice aufs Bett. »Du bist so ein Schäfchen, Alice. Was denkst du denn, weshalb ich den schneidigen Offizier für heute Abend eingeladen habe?«

»Weil sein Vater Kleiderstoffe herstellt und die Familie reich ist? Weil du denkst, dass man solche Beziehungen immer gebrauchen kann?«, sprach Alice ihre Vermutung unverblümt aus.

Constanze lachte noch mehr. »Du hast ja eine feine Meinung von mir, Schwesterherz. Nun ja, ganz falsch liegst du nicht, aber ich dachte doch in erster Linie an dich.«

»An mich?«

»Ja, an dich, du Schaf! Heinrich von Kessel wäre doch der ideale Mann für dich. Er sieht gut aus, ist ritterlich, kann seine Augen nicht von dir lassen, hat Geld und …«, sie machte eine theatralische Pause und hob einen Finger wie eine Lehrerin, bevor sie ihren Schülern etwas Außergewöhnliches verkündete, »er liest sogar Bücher! Mehr kannst du wirklich nicht verlangen.«

»Ich brauche keinen Mann! Und schon gar keinen, den meine Schwester für mich aussucht!«, widersprach Alice erbost. »Außerdem stimmt es nicht, dass er seine Augen nicht von mir lässt«, fügte sie etwas lahm hinzu. »Da spinnst du dir was zusammen. Das wäre mir doch aufgefallen.«

Constanze kicherte. »Bis dir sowas auffällt, geht die Sonne im Westen auf.«

Alice schlug mit einem Kissen nach ihr, doch Constanze wich geschickt aus und krabbelte über das Bett, um ihrerseits ein Kissen nach Alice zu werfen. Ihre Schwangerschaftsbeschwerden schien sie ganz vergessen zu haben. Es entspann sich eine kleine Kissenschlacht, fast wie früher, als sie noch Kinder gewesen waren.

»Im Ernst, Alice«, sagte Constanze später, als sie nebeneinander auf dem zerwühlten Bett lagen und wieder zu Atem kamen. »Auch wenn du ihn nicht magst, ist doch nichts dabei, sich für heute Abend hübsch zu machen und ein bisschen Konversation zu betreiben. Besser mit Heinrich von Kessel als mit Tante Dotti.«

Alice blickte zur Decke, auf die die schon tief stehende Sonne lebhafte Schatten zeichnete. »Also … er ist schon nett«, gab sie schließlich widerstrebend zu. »Wobei, wir kennen ihn ja gar nicht. Vielleicht entpuppt er sich als reaktionäres Scheusal.«

»Eben drum ist es gut, dass er heute Abend kommt. Dann können wir uns ein genaueres Bild von ihm machen. Das ist doch spannend!« Constanze sprang auf, griff erneut nach dem Seidenkleid und legte es neben Alice auf das Bett. »Zieh es einfach an, Alice. Und sprich wenn möglich, nicht gleich heute Abend über deine Ideen zur Berufstätigkeit der Frau. Reaktionär oder nicht, du willst den guten Mann ja nicht gleich überfordern.«

Als sich Alice am Abend für das Essen zurechtmachte, stellte sie mit Verwunderung fest, dass sie ein wenig aufgeregt war. Sie schalt sich sofort eine Idiotin. Warum sollte sie ein Abendessen zu Hause nervös machen, nur weil man einen jungen Mann zu Gast hatte? Sie hatte sich von Constanzes albernen Kuppelplänen anstecken lassen. Dabei wusste sie doch, dass das eine der Lieblingsbeschäftigungen ihrer Schwester war. Sie hatte früher großen Spaß daran gehabt, für ihre noch unverheirateten Freundinnen immer wieder vermeintlich passende Partner auszusuchen. Es war ein Spiel unter ihnen, die Vorzüge und Nachteile der in Frage kommenden Männer gegeneinander abzuwägen, so als gälte es, eine Geschäftsbilanz zu erstellen. Wenn die ahnungslosen Erwählten dann an einem Abend zu viel Portwein tranken, bekannt wurde, dass sie auf Pferde wetteten, sie bei Gesprächen etwas Langweiliges oder Dummes sagten, Tabakkrümel im Bart hatten oder gar Gerüchte über Liebschaften auftauchten, wurden sie ohne Reue verworfen und flugs gegen vielversprechendere Kandidaten ausgetauscht.

Und nun war also sie dran. Und Heinrich von Kessel war der vielversprechende Kandidat, gleichgültig, ob Alice auf dieses Spiel Lust hatte oder nicht. Sie schlüpfte in das fliederfarbene Kleid und schloss die zahlreichen Ösen des Wickelverschlusses, bevor sie sich prüfend im Spiegel betrachtete. Constanze hatte recht. Es passte gut zu ihrer hellen Haut und den blonden Haaren. Wenn nur der Ausschnitt nicht so offenherzig wäre. Sie nestelte noch an dem Tüll herum, als Constanze in ihr Zimmer platzte. »Wo bleibst du denn? Unsere Eltern und Tante Dotti sind schon unten. Er kann jeden Moment kommen!«

»Ist Gottfried auch schon da?«, wollte Alice wissen. Constanzes Mann war bekannt dafür, zu spät zu kommen.

Ein Schatten legte sich für einen kurzen Moment auf das Gesicht ihrer Schwester, die ihre Schwangerschaftsblässe mit Rouge und rosa Lippenstift gemildert hatte. »Frieder wird es wohl nicht schaffen, meinte Vater. Er hat noch in der Charité zu tun.«

Alice erwiderte nichts, obwohl es, wie sie fand, dazu eine ganze Menge zu sagen gegeben hätte. Nach sechswöchiger Abwesenheit hätte sie erwartet, dass Constanzes Gatte alles stehen und liegen lassen würde, um seine schwangere Ehefrau in die Arme zu schließen. Sie fragte sich, ob ihre Schwester das insgeheim nicht genauso sah. Doch Constanzes Miene hellte sich schon wieder auf. »Du siehst wunderschön aus, Alice!« Sie zupfte ein paar Strähnen von Alices krausem blonden Haar zurecht, das, egal, wie oft sie es auch bürstete, nie so glatt und glänzend wurde wie das ihrer Schwester. Als Kind hatten die anderen Kinder sie »Wischmopp« genannt. Damals hatte sie das als sehr kränkend empfunden, heute würde sie sagen, dass die Bezeichnung eher noch freundlich gewesen war. Sie selbst fand, dass ihre Haare mehr Ähnlichkeit mit Stahlwolle als mit einem Wischmopp hatten.

Gerade als sie am Absatz der Treppe ankamen, die von den beiden oberen Stockwerken in den Eingangsbereich führte, klingelte es an der Haustür, und das Dienstmädchen kam aus der Küche gelaufen. Constanze packte Alice am Arm und zog sie mit sich.

»Los, gehen wir über den Salon ins Esszimmer, damit es nicht so aussieht, als hättest du schon im Foyer auf ihn gewartet.«

Alice wäre nie in den Sinn gekommen, im Foyer auf Heinrich von Kessel zu warten, daher hatte sie auch nicht angenommen, dass er so etwas denken könnte, aber sie folgte Constanze, die ein nagelneues, pastellgrünes Kleid mit hoher Taille und einem weiten Rock trug und ein bisschen wie ein Pfefferminztörtchen aussah, in den Salon. Gerade, als sie die Tür hinter sich schlossen, konnte sie hören, wie das Dienstmädchen die Haustür öffnete, dann erklang schon Heinrich von Kessels Stimme. Etwas atemlos schoben sie sich durch die Verbindungstür vom Salon ins Esszimmer, wo ihre Mutter sie mit leicht hochgezogenen Brauen begrüßte.

»Keine Sekunde zu früh«, sagte sie. »Euer Gast trifft gerade ein.« Adelheid Hardtleben betonte das Wort *euer*, um deutlich zu machen, dass es in der Verantwortung ihrer Töchter lag, für einen gelungenen Abend zu sorgen und dass Zuspätkommen dabei nicht dienlich war. Alice schob eine vorwitzige Strähne in ihre Hochsteckfrisur zurück und zuckte die Achseln. »Wir sind da, oder?« Keine Sekunde zu früh war immer noch pünktlich genug, fand sie. Schließlich war das hier immer noch ein zwangloses Abendessen und der Offizier nur irgendein junger Mann und nicht der Kaiser höchstpersönlich. Im Übrigen war es Constanzes Idee gewesen, ihn einzuladen und nicht die ihre, also war sie auch für das Gelingen des Abends zuständig. Sie selbst würde sich benehmen wie immer. Das musste reichen.

Während des Essens musste Alice sich eingestehen, dass ihr erster Eindruck im Zug sie nicht getäuscht hatte. Der Offizier sah auch jetzt noch immer recht gut aus mit seinem leicht gewellten Haar und dem schmissigen Schnurrbart. Und er verstand es, zu unterhalten, war witzig, klug und charmant. Ihre Eltern waren sichtlich angetan von ihm, und Tante Dotti bekam jedes Mal rote Flecken am Dekolleté, wenn Heinrich sie ansprach.

»Wie kam denn nun Ihre Bekanntschaft mit meinen beiden Nichten zustande?«, fragte sie schließlich, nachdem die Suppe gegessen war und man auf den Hauptgang wartete. Else war ziemlich verstimmt gewesen, als man ihr mitgeteilt hatte, dass ein Gast zum Essen erwartet wurde, weil sie, wie üblich während der Woche, nur ein leichtes Abendbrot geplant hatte und keine Zeit mehr blieb, ihren vielgerühmten Rinderbraten zuzubereiten.

»Das ist doch völlig egal«, hatte Alice sie zu beruhigen versucht. »Alles, was du kochst, ist gut. Mach doch einfach eine Eierspeise. Oder es gibt eingelegten Hering mit Kartoffeln. Das liebe ich.«

Beides hatte Else entrüstet zurückgewiesen. Man sei doch hier nicht bei armen Leuten, hatte sie gemeint und das Küchenmädchen losgeschickt, um ein Suppenhuhn zu besorgen. »Was soll der Gast denn von dem Herrn Professor denken, wenn es kein Fleisch gibt? Er wird glauben, er könnte sich keins leisten. Oder, noch schlimmer, er sei geizig.«

So stand nun Hühnerfrikassee auf der Speisekarte, ein, wenn man nach Else ging, nur kümmerlicher Ersatz für ihren Braten, aber immerhin ein Fleischgericht.

»Ich hatte ein Gespräch mit Ihrer Nichte Alice«, Heinrich machte eine kleine Pause und warf Alice einen vielsagenden Blick zu, »über Rilke.«

»Sie lesen Gedichte?«, fragte nun Alices Mutter, die ein großes Herz für Poesie hatte und immer wieder unbekannte Dichter zu ihren Abendgesellschaften einlud, um sie zu fördern. Alice fand zwar, ebenso wie ihr Vater, dass die Dichterfreunde ihrer Mutter meist zu Recht völlig unbekannt waren und es vermutlich auch bleiben würden, aber sie enthielt sich ihrer Meinung, um ihre Mutter nicht zu enttäuschen. Es reichte schon, wenn ihr Vater sich lustig machte und immer gönnerhaft über »Adelheids Dichterfreunde« sprach.

Heinrich nickte und wollte gerade etwas hinzufügen, als Constanze sich einmischte. »Aber das war nicht der Grund für diese Einladung«, rief sie. »Alice hat da so ein Mädchen angeschleppt und die hatte natürlich keine Fahrkarte für die Polsterklasse, und da hat …«

»Was für ein Mädchen?«, wollte ihr Vater wissen.

»Ein Dienstmädchen oder so. Ein armseliges, schmutziges Ding«, Constanze rümpfte die Nase und trank einen Schluck Wein. »Sie hat nicht gut gerochen und ständig gehustet.«

»Das Mädchen war krank und hatte keinen Sitzplatz«, konkretisierte Alice Constanzes Beschreibung. »Seit Königsberg saß sie am Boden, mitten in der Zugluft.«

»Und da bringst du sie einfach in euer Abteil? Zu deiner schwangeren Schwester?« Ihr Vater sah sie ungehalten an. »Was, wenn diese Frau eine ansteckende Krankheit hatte? Etwas, das gefährlich für das ungeborene Kind ist?«

Erschrockenes Schweigen machte sich am Tisch breit, und Alice fühlte, wie sich alle Blicke auf sie richteten. Sie hob trotzig das Kinn. »Man soll nicht wegsehen, wenn es jemandem schlecht geht. Habt ihr mir das nicht beigebracht?«

»Man soll aber auch nicht andere durch die eigene Gedankenlosigkeit in Gefahr bringen.« Der Ton ihres Vaters war schärfer geworden. »Das war sehr unbedacht von dir, Alice. Du bist alt genug, um deinen Verstand zu nutzen, bevor du handelst.«

Alice erwiderte seinen tadelnden Blick mit zusammengepressten Lippen und spürte, wie ihre Wangen zu brennen begannen. Daran, dass die Krankheit des Mädchens Constanze und dem ungeborenen Kind schaden könnte, hatte sie tatsächlich nicht gedacht. Dennoch überwog der Zorn ihre Scham über diese Unbesonnenheit. Wie konnte ihr Vater es wagen, sie in Anwesenheit eines Gastes wie ein kleines Kind zu behandeln? Das unbehagliche Schweigen, das sich nach diesem kurzen Wortwechsel ausbreitete, wurde vom Dienstmädchen unterbrochen, das die Schüssel mit dem Hühnerfrikassee und eine Schale mit dampfenden Kartoffeln hereinbrachte. Es dauerte eine Weile, bis das Essen verteilt war, und so fiel nicht auf, dass die zuvor so locker dahinfließende Konversation nahezu versiegt war. Es war Tante Dotti, die schließlich einen Versuch machte, das Gespräch wieder zu beleben. Inzwischen waren sie schon beim Nachtisch, einer Fruchtkaltschale mit flüssiger Sahne, angelangt.

»Ihre Familie ist im Tuchgeschäft tätig?«, fragte sie den Offizier.

Heinrich von Kessel nickte. »Schon seit fast hundert Jahren. Mein Vater stammt aus Cottbus, wo das Tuchmacherhandwerk eine lange Tradition hat. Dort ist auch unser Stammhaus. Unsere zweite Fabrik in Berlin ist jüngeren Datums, sehr modern und auf dem neuesten Stand der Technik.«

»Dann werden Sie vermutlich auch in das Geschäft Ihrer Familie einsteigen?«, wollte Alices Mutter wissen.

Heinrich von Kessel nickte erneut. »Ich bin der einzige Sohn. Doch noch ist es nicht so weit. Mein Vater ist noch sehr rüstig und voller Energie, so kann ich mich vorher noch meiner militärischen Karriere widmen.«

»Vermutlich nicht nur der Karriere«, ließ Alices Vater mit trockenem Spott vernehmen. »In Garnisonsstädten wimmelt es üblicherweise von Weinschänken und hübschen Frauen, die den Offizieren schöne Augen machen. Dagegen ist schwer anzukommen, oder etwa nicht?«

Alice hielt für einen Moment die Luft an. Das war eine dieser berühmten Fangfragen ihres Vaters, um sein Gegenüber aus der Reserve zu locken. Schon so mancher hoffnungsvolle Doktorand, der bei ihnen zu Abend gegessen hatte, hatte auf

Prof. Dr. Hardtleben als Doktorvater verzichten müssen, weil er sich aufgrund seiner Antworten auf solche Fragen als zu leichtfertig oder aber in dem angestrengten Bemühen, dem Professor zu gefallen, als zu schmeichlerisch erwiesen hatte. Alices Vater verabscheute die zweite Variante, die er als Speichellecker titulierte, noch mehr als die erste. Die Ärmsten wussten oft gar nicht, wie ihnen geschah, wenn sie in der Universität von seiner Ablehnung erfuhren.

Auch ihre Mutter wirkte plötzlich ein wenig angespannt. Nur Tante Dotti und Constanze löffelten ungerührt weiter ihre Nachspeise. Heinrich von Kessel jedoch schien kein bisschen nervös. Er erwiderte den spöttisch-fragenden Blick seines Vaters gelassen. »Jeder, wie es ihm beliebt«, antwortete er ebenso freundlich wie nichtssagend. »Das ist heute vermutlich nicht anders als zu Ihrer Zeit, nehme ich an.«

»In der Tat.« Alices Vater verzog seinen Mund zu einem anerkennenden Lächeln, und Alice freute sich, dass der Offizier die Provokation ihres Vaters so elegant an sich hatte abperlen lassen.

Jetzt legte Heinrich von Kessel die Serviette beiseite und warf einen Blick in die Runde. »Es ist schon spät, und ich möchte Ihre überaus großzügige Gastfreundschaft nicht überstrapazieren. Die beiden jungen Damen sind mit Sicherheit müde von der langen Fahrt.« Er stand auf, woraufhin auch alle anderen aufstanden und man noch ein paar belanglose Floskeln austauschte. Alice stand steif und stumm neben ihrer Schwester, noch immer wütend und tief beschämt angesichts der Zurechtweisung ihres Vaters. Sie verfluchte das fliederfarbene Kleid, das sie sich von Constanze hatte aufschwatzen lassen und das nicht zu ihr passte und sie daher vermutlich noch mehr wie ein Kind aussehen ließ. Ein ungelenkes, dummes

Kind, das in Erwachsenenkleider schlüpft und sich damit lächerlich macht. Als Heinrich von Kessel auf sie zukam, zwang sie sich, ihn anzusehen, obwohl sie lieber davongelaufen wäre. Auf seiner Miene zeigte sich jedoch nicht jene herablassende Freundlichkeit, die sie erwartet hatte und die Männern Frauen gegenüber, die etwas in ihren Augen Albernes oder Dummes getan hatten, oft an den Tag legten. Im Gegenteil. Er wirkte sehr ernst, als er leise, nur an sie gewandt, sagte: »Es war mir eine besondere Freude, Sie kennenzulernen, Fräulein Alice.« Dann griff er in die Innentasche seines Jacketts, zog ein Buch heraus und reichte es ihr. »Ich hoffe, Sie nehmen mein bescheidenes Geschenk an als ein Zeichen dafür, dass ich Sie, wenn Sie erlauben, gerne wiedersehen würde.«

Verdattert nahm Alice das Buch entgegen. »Vielen Dank«, stotterte sie.

Er verneigte sich knapp und fügte dann wieder laut und für alle vernehmlich hinzu: »Ein großes Herz zu haben, ist eine Tugend und keine Schande.«

Dann war er fort und alle starrten ihm nach. Constanze fing sich als Erste. »Was hat er dir denn für ein Buch geschenkt?«, fragte sie neugierig.

Alice warf einen Blick darauf. »Neue Gedichte«, las sie, was auf den blassgelben Umschlag gedruckt war. »Von Rainer Maria Rilke.«

»Oh, wie romantisch«, rief Tante Dotti, die wie üblich nichts von dem, was tatsächlich um sie herum vorging, mitbekommen hatte. »Dann war seine letzte Bemerkung mit dem Herz wohl ein Zitat des Dichters?«

»Das glaube ich kaum«, gab Alices Vater kühl zurück. Niemand erwiderte etwas darauf, und Alice bemühte sich, ihren Vater nicht anzusehen. Sie hob das Kinn und sagte so ruhig und unbeteiligt wie möglich: »Unser Gast hatte recht: Es war wirklich ein anstrengender Tag, ich bin müde.«

Betont langsam verließ sie das Esszimmer, im Bewusstsein, dass ihre Familie ihr nachsah. Erst auf der Treppe, als sie außer Sichtweite war, begann sie zu laufen, nahm zwei Stufen auf einmal und stürzte in ihr Zimmer. Sie schleuderte ihre Schuhe von sich und ließ sich auf ihr Bett fallen. Ihr Zorn auf ihren Vater wich einem kribbelnden, perlenden Gefühl, das sie nicht kannte, das ihr jedoch ein Lächeln auf das Gesicht zauberte. Dieser Fremde, den sie heute erst kennengelernt hatte, hatte verstanden, wie beschämend diese Zurechtweisung gewesen war. Er hatte sich auf ihre Seite gestellt und ihrem Vater mit seiner Bemerkung auf ziemlich deutliche Weise widersprochen, was dem Herrn Professor vermutlich noch nicht oft passiert sein dürfte. Ihr Lächeln wurde breiter, als sie sich das Gesicht ihres Vaters vorstellte, in das sie in dem Moment nicht zu blicken gewagt hatte, aus Angst, ihre eigene Genugtuung über diesen Seitenhieb zu verraten.

Draußen fuhr eine Kutsche vorbei. Sie konnte das Klappern der Hufe und das Rumpeln der Räder auf dem Kopfsteinpflaster hören. Womöglich war es Constanze, die von Johann nach Hause zu ihrem Mann gefahren wurde. Sie wohnten ebenfalls im Alsenviertel, nicht weit von ihnen entfernt, in einem hübschen kleinen Palais am Kronprinzenufer mit Blick auf den Spreebogen. Alice lauschte noch eine Weile den Geräuschen, die von unten heraufdrangen, das Klappern des Geschirrs, das abgeräumt wurde, leises Gemurmel ihrer Eltern, Schritte, Türen, die geöffnet und wieder geschlossen wurden. Erst als Ruhe eingekehrt war, richtete sie sich auf und zündete ihre Nachttischlampe an. Sie hatten seit einiger Zeit elektrisches Licht über der Haustür und sogar im Hofeingang, während der Salon, das Esszimmer, die Bibliothek und die Küche über Gaslampen verfügte. Im ersten Stock gab es bisher weder das eine noch das andere, wobei ihr Vater durchaus darüber nachdachte, im ganzen Haus elektrische Leitungen verlegen zu lassen, wie Alice wusste. Als Arzt und Wissenschaftler liebte er es, sich mit den Neuerungen der Technik zu beschäftigen, er las alles dazu und fachsimpelte gerne mit seinen Freunden darüber. Die größte Begeisterung riefen dabei bei ihm die Automobile hervor, die man immer häufiger auf der Straße sah und die seiner Meinung nach die Pferdekutschen in nicht allzu ferner Zukunft verdrängt haben würden. Ihre Mutter dagegen wollte weder von selbstfahrenden Fahrzeugen noch von elektrischem Strom im Haus etwas wissen. Ersteres hielt sie für gefährlichen Unfug, Letzteres für viel zu teuer und eine Verschwendung. Im Gegensatz zu ihrer Schwester, deren Mann bereits ein Automobil besaß und deren Palais vom Erdgeschoss bis unters Dach mit elektrischem Licht ausgestattet war, musste Alice daher in ihrem Schlafzimmer nach wie vor mit einer Petroleumlampe vorlieb nehmen, was ihr jedoch herzlich egal war. Es kümmerte sie nicht, woher das Licht stammte, Hauptsache, es war hell genug, um lesen zu können.

Sie besah sich Heinrichs Geschenk noch einmal. Für einen Gedichtband war es ziemlich dick. »Gegen Rilke können nicht einmal die besorgtesten Eltern etwas einwenden«, hatte er im Zug gesagt, als sie ihm erzählt hatte, dass sie zur Tarnung von Joseph Conrads *Herz der Finsternis* den Schutzumschlag des *Stundenbuchs* darum gelegt hatte. Sollte dies etwa … Sie schlug das Buch auf und las den Titel auf der ersten Seite. Ihr Gefühl hatte sie nicht getrogen. Tatsächlich handelte es sich nicht um ein Buch von Rilke. *Lord Jim* las Alice. Ein weiterer Roman Joseph Conrads, von dem sie gehört, den sie aber nicht gelesen hatte. Auch eine Widmung stand dort: *Eine abenteuerliche Geschichte für ein unerschrockenes Herz. Ich hoffe, wir können uns irgendwann darüber austauschen. Ihr ergebenster H.*

6

Natalie war die Letzte, die die Bahnhofsmission an diesem Abend verließ. Wie erwartet, war den ganzen Tag über viel zu tun gewesen, wenn auch, gottlob, keine wirklich tragischen Geschichten darunter gewesen waren. Wobei, das konnte man anfangs nie wissen. Oft genug tauchten die Mädchen, denen man Hilfestellung geboten, sie mit Essen und heißem Tee gestärkt und ihnen Informationen und eventuell ein paar Münzen für die Pferdedroschke oder die Straßenbahn gegeben hatte, nach ein paar Tagen wieder auf, völlig verzweifelt, weil die von vermeintlich guten Freunden erhaltenen Versprechen sich als Lug und Trug herausgestellt und sie in Teufels Küche gebracht hatten.

Wie meistens hatten sie auch heute nicht nur Mädchen und jungen Frauen geholfen, die alleine unterwegs waren, sondern auch anderen Reisenden. Frauen, denen die lange Fahrt im vollbesetzten Abteil zugesetzt hatte und die kurz vor der Ohnmacht standen, alten Leuten, die ohne Unterstützung nicht in den Zug steigen konnten und eine helfende Hand brauchten, Kindern, die im Gedränge ihre Eltern verloren hatten und umgekehrt, oder Menschen, die bestohlen worden waren und jetzt, ohne Geld und Papiere, nicht mehr weiterwussten. Viele von ihnen brauchten nur jemanden, der da war, wenn sie zu müde, zu ratlos oder zu verzweifelt waren, um den nächsten Schritt zu gehen. Dann setzten sie sich zu ihnen und hörten zu. Sie putzten kleinen Kindern die Nasen, machten erschöpften Müttern Mut und beruhigten die Betrunkenen. Die meisten von ihnen würde Natalie nie wiedersehen. Sie würde nicht wissen, was aus ihnen geworden war, ob ihre Träume und Hoffnungen auf ein besseres Leben sich erfüllt hatten, ob ihre Flucht vor Elend erfolgreich sein oder sich als folgenschwerer Irrtum erweisen würde. Sie wusste nicht, ob das kleine Kind, das sie im Arm gehalten und mit Brei gefüttert hatte, ein behütetes Leben bei der Mutter haben würde, die es Stunden später weinend abgeholt hatte, oder ob es nicht womöglich besser gewesen wäre, es in die Obhut der städtischen Fürsorge zu geben. Sie wusste nicht, ob die Menschen, die von hier abgereist waren, manche traurig, weil sie jemanden zurückließen, manche voll Vorfreude und banger Hoffnung auf etwas Neues, ihr Ziel jemals erreichen würden und welchen Preis es sie kosten würde.

Und dann gab es noch die, denen sie täglich aufs Neue begegnete. Baba in ihrer Hütte am toten Gleis, Willi, den Obdachlosen, der sein Lager in einer Ecke der Bahnhofshalle aufgeschlagen hatte und auf einem mottenzerfressenen Berg aus alten Pferdedecken und Strohsäcken fluchend und schimpfend wie eine bizarre Prinzessin auf der Erbse thronte, Josefine und Cilli, die beiden in die Jahre gekommenen Prostituierten, die immer am Nachmittag kamen, auf der Suche nach anreisenden Vertretern und anderen einsamen Männern, die etwas Wärme und eine Umarmung suchten. Und dann noch all die anderen, die sich am Bahnhof herumtrieben, Taschendiebe, Schieber, Luden, großmäulige Schläger und traurige Trinker. Überall auf der Welt waren Bahnhöfe Orte der Einsamkeit und der Sehnsucht. Orte, die nirgendwohin gehörten, für die Ankommenden waren sie noch nicht das Ziel, für die Abfahrenden nur noch eine Erinnerung dessen, was sie zurückließen. Aus diesem Grund zogen sie Heimatlose und Verlassene, aber auch Hochstapler, Betrüger und Gauner an. Menschen, die sich im Unbestimmten wohlfühlten, an Orten, wo das Licht ein wenig trüber war als anderswo, das Recht noch ein kleines bisschen weniger galt und die Schwachen noch ein bisschen schwächer waren. Natalie wusste, dass sie selbst aus ähnlichen Gründen hier gelandet war. Auch sie gehörte nirgendwo hin, hatte keinen angestammten Platz in dieser Stadt, niemanden, der auf sie wartete und niemanden, der sie vermisste. Das Gefühl der Heimatlosigkeit überfiel sie in manchen Momenten so heftig wie ein wildes Tier, das seine Reißzähne in ihr Fleisch grub und in den Abgrund zu ziehen versuchte. Auch sie fühlte sich aus purer Gewohnheit zu Orten hingezogen, wo man sich vor den Augen des Gesetzes verbergen konnte, wo das grelle Licht der Rechtschaffenheit nicht jede Ecke erreichte, und auch für sie war ein Ort, wo die Schwachen am schwächsten waren, genau der richtige. Letzteres allerdings nicht, um ihre Schwäche auszunutzen, sie zu bestehlen, auszubeuten oder zu missbrauchen, sondern um ihnen beizustehen. Denn sie war selbst bestohlen, ausgebeutet und missbraucht worden und wusste, welch ein Segen es war, wenn man einem Menschen begegnete, der einem die Hand reichte und einem ein kleines Stückchen des Weges weiterhalf.

Natalie wischte ein letztes Mal über den ohnehin bereits blitzblanken Tisch, kontrollierte, ob das Feuer im Herd mit Asche bedeckt war und nahm sich noch einen Stapel Flugblätter vom Stehpult am Eingang. Es war schon spät, die letzten ihrer Kolleginnen waren schon vor einer Stunde gegangen. Sie hatte am Nachmittag eigentlich mit Pfarrer Burckhardt über den Unbekannten sprechen wollen, der das kranke Mädchen bedrängt hatte, doch er hatte nur kurz hereingeschaut, um nach dem Rechten zu sehen und war gleich wieder gegangen. Sie konnte nicht genau sagen, was sie an diesem Mann so irritierte. Viele der Schlepper, die die Mädchen für die Fabriken oder die Bordelle abzufangen versuchten, kannte sie vom Sehen und selbst wenn sie sie zuvor noch nie gesehen hatte, waren sie doch alles dieselben Typen, so dass es nicht schwer zu erraten war, was sie im Schilde führten. Dieser Mann jedoch war anders gewesen. Eleganter im Auftreten, gewandter, er hatte fast gebildet gewirkt, andererseits war etwas Rohes, Grausames von ihm ausgegangen, was sie zutiefst abgestoßen hatte. Zu gerne hätte sie gewusst, für wen er arbeitete und ob er tatsächlich Pavel hieß. Sie würde in den nächsten Tagen die Augen offen halten, ob sie ihm erneut begegnete und sich ein wenig umhören, vielleicht kannte ihn ja jemand.

Natalie löschte das Licht, nahm ihren Mantel und trat aus der Tür. Während sie sorgfältig absperrte und den Schlüssel in ihrer Handtasche verstaute, meinte sie, aus den Augenwinkeln eine Bewegung an einer der Säulen wahrzunehmen. Rasch drehte sie sich um, doch da war nichts. Der Bahnsteig war menschenleer. An diesem Gleis wurde heute Abend kein Zug mehr erwartet. Es waren nur die Gaslampen, die lange Schatten warfen. Unwirsch schüttelte sie den Kopf. Jetzt sah sie schon Gespenster, nur weil sie über diesen dubiosen Kerl von heute Mittag nachgedacht hatte. Natalie war kein furchtsamer Mensch. Sie hatte in den achtundzwanzig Jahren ihres Lebens schon so einige brenzlige Situationen erlebt, und meist hatte sie sich mit Geistesgegenwart und einem gewisses Maß an Chuzpe daraus befreien können. Um acht Uhr abends allein durch den Schlesischen Bahnhof zu gehen, war normalerweise nichts, wovor sie sich fürchtete. Doch heute war es anders. Sie konnte sich eines gewissen Unbehagens nicht erwehren, als sie den Bahnsteig verließ und durch die Bahnhofshalle ging. Ein paar Mal drehte sie sich um und einmal sah sie dabei aus den Augenwinkeln einen huschenden Schatten, der hinter einer der Säulen verschwand. In diesem Teil des Bahnhofs brannten keine Lichter mehr, hier fuhren keine Züge ab und die Schalter hatten schon geschlossen. Als sie nach kurzem Zögern auf die Stelle zuging, wo sie etwas gesehen zu haben glaubte, löste sich eine Gestalt aus dem Schatten und huschte tiefer in die Dunkelheit.

»Baba?« Natalie glaubte, den Zipfel eines fahlroten Rocks erspäht zu haben, genau so einen, wie Baba ihn über ihren vielen Unterröcken trug. Doch niemand antwortete, und Natalie war sich sicher, dass sich Baba bemerkbar machen würde. Sie hatte keinen Grund, sich vor Natalie zu verstecken. Sie blieb noch einen Moment stehen, lauschte in die Stille, in der die laute Betriebsamkeit des Tages, das Kreischen der Züge, die rufenden Schaffner, das Krakeelen der fliegenden Händler mit ihren Bauchläden, wie ein längst verklungenes Echo nachhallte. Es regte sich nichts mehr, keine Schritte waren zu hören, und sie ging rasch weiter, bis sie zu der Stelle kam, an der Willi sein Lager aufgeschlagen hatte. Der alte Tippelbruder war zwar ein äußerst verdrießlicher Zeitgenosse, der immer lautstark kundtat, wie tief er alle Menschen verabscheute, und viele ihrer Kolleginnen fürchteten sich vor ihm, doch Natalie vermutete, dass er ihr dennoch beistehen würde, wenn sie in

Bedrängnis kommen sollte. Ihre Erleichterung angesichts des Deckenturms währte jedoch nicht lange. Willis Lager war leer. Der Abend war warm und trocken, vielleicht trieb er sich vor den Trinkhallen des Viertels herum. Ihre Stiefeletten klapperten lauter, als sie ihre Schritte beschleunigte und sich dabei noch einmal umdrehte. Niemand folgte ihr. Sie erreichte unbehelligt den Ausgang und atmete auf, als sie auf den Vorplatz trat und die milde Abendluft einatmete. Es war nicht nur dieser Mann, sondern auch Babas verfluchte Unkerei von heute Morgen, die sie noch immer beschäftigte. Auch wenn Natalie es nicht gerne zugab, war sie doch ziemlich abergläubisch. Sie kannte einige Abwehrsprüche gegen Schadzauber, besaß eine Hasenpfote als Glücksbringer, und in ihrer Tasche befand sich ein Amulett, das Nuria ihr geschenkt hatte, als sie noch ein Kind gewesen war. Der schön gearbeitete Anhänger aus Labradorit und Glas sah wie ein Auge aus und schützte angeblich vor dem bösen Blick. Ihr Aberglaube war das Erbe ihrer Kindheit auf den zahllosen Jahrmärkten und Rummelplätzen. Immer hatte es dort auch Wahrsagerinnen gegeben, Kartenleserinnen, Geisterbeschwörer, Gedankenleser und dergleichen. Die alte Nuria mit ihren Tarotkarten und der Glaskugel hatte sich ihr dabei am nachhaltigsten eingeprägt, weil sie am ehesten so etwas wie eine Ersatzmutter für sie gewesen war.

Baba erinnerte sie oft an die alte Spanierin, deren Gesicht von Runzeln tief zerfurcht gewesen war und die die Angewohnheit gehabt hatte, die Zukunft immer in den allerschwärzesten Farben auszumalen. Auch Baba liebte es, Böses vorherzusagen. Für sie gingen die Dinge immer schlecht aus, und wenn etwas Neues kam, war es nie besser als das Alte. Es war ihr schon längst zur Gewohnheit geworden, über die

Schlechtigkeit der Welt zu schimpfen. Heute allerdings war es anders gewesen. Heute hatte sie von schwarzen Teufeln gesprochen wie von konkreten Personen. Natalie fröstelte ein wenig, als sie daran dachte, wie entsetzt die alte Frau dabei ausgesehen hatte. Schluss damit, ermahnte sie sich. Baba war nicht mehr ganz bei Verstand. Sie redete oft wirres Zeug, in das man alles hineininterpretieren konnte, wenn man wollte.

Wieder etwas beruhigt, überquerte Natalie den Vorplatz, der deutlich belebter als die Bahnhofshalle war und ging die im abendlichen Dämmerlicht liegende Straße entlang, bis der Stralauer Platz und der spitze Kirchturm der St. Andreas-Kirche in Sicht kamen. Gleich war sie zu Hause, und morgen würden die Gespenster dieses Abends nur noch Schall und Rauch sein.

Als sie die Gestalt bemerkte, die plötzlich dicht neben ihr auftauchte, war es zu spät, um zu reagieren. Jemand packte sie am Arm und zog sie in eine lichtlose Gasse, die nicht mehr als ein Durchlass zwischen zwei Häusern war. Eine Hand legte sich auf ihren Mund, und sie wurde mit Wucht gegen die Hausmauer gestoßen. Ihr Hinterkopf krachte gegen den groben Stein, und für einen Moment zuckten Blitze vor ihren Augen auf. Als sie sich von ihrer Benommenheit erholt hatte, versuchte sie sich zu wehren, doch der Unbekannte presste sie mit dem Gewicht seines Körpers so unerbittlich gegen die Hausmauer, dass sie keinen Muskel bewegen konnte. Etwas Silbernes blitzte auf, und sie spürte die Klinge eines Messers an ihrer Kehle. »Ein Mucks und du bist tot«, flüsterte eine Stimme in schleppendem Tonfall, und die Hand löste sich von ihrem Mund. Es war zu dunkel, um den Mann zu erkennen, doch er war mit seinem Gesicht so nah an ihrem, dass sie seinen schalen Atem spüren, seine Haut riechen konnte. Der scharfe Geruch nach Pomade, Schweiß und Zigarettenrauch stieg ihr in die Nase. Und Rasierwasser, aufdringlich, teuer, unpassend in dieser stinkenden Abseite, in der es nach Hundepisse, Abfällen und Moder stank.

»Was wollen Sie?«, gelang es ihr zu fragen. Ihre Stimme klang heiser und fremd, schien nicht die ihre zu sein.

»Wenn du mir noch einmal in die Quere kommst, schlitze ich dich auf«, flüsterte er, und das Messer glitt an ihrer Kehle entlang. Als es an ihrem Ausschnitt angelangt war, durchzuckte Natalie ein scharfer Schmerz, und sie spürte, wie die Klinge an ihrem Brustbein entlangschnitt. Endlich kehrten ihre Widerstandskräfte zurück, und sie begann zu schreien. Der Mann fluchte in einer fremden Sprache und schlug ihr ins Gesicht. Schritte näherten sich, jemand rief: »Lassen Sie die Frau los!«

Seine Hände lösten sich von ihr, der Angreifer trat zurück, und von einem Moment auf den anderen war er verschwunden. Plötzlich von dem Druck befreit, sackte Natalie zusammen. Sie glitt an der Wand zu Boden, und ein rauer Schluchzer entfuhr ihrer Kehle. Dann war der Mann bei ihr, der zuvor gerufen hatte. Er kniete vor ihr nieder, auch er nur ein dunkler Schatten gegen den hellen Schein der Bogenlampe auf dem Stralauer Platz, der so fern schien wie das Licht des Mondes.

»Sind Sie verletzt? Können Sie aufstehen?«, fragte eine tiefe, leicht raue Stimme, die ihr vage bekannt vorkam. Starke Hände griffen ihr um die Schultern, und sie rappelte sich mühsam hoch. »Es geht mir gut«, sagte sie. »Ich bin …«

Unverletzt hatte sie sagen wollen, doch dann erinnerte sie sich an das Messer an ihrer Brust, den stechenden Schmerz und eine Sekunde lang hatte sie das beängstigende Gefühl, tatsächlich aufgeschlitzt worden zu sein, wie der Angreifer gedroht hatte. Ihre Hand fuhr zu ihrer Brust, sie spürte Blut, doch es war nicht viel, ein Kratzer, nichts weiter. Alles andere war der Schock. Erleichtert ließ sich von dem Mann hinaus auf die Straße führen. »Wo ist er hin?«, fragte sie und sah sich um. »Haben Sie ihn herauskommen sehen?«

»Nein. Er ist durch die Gasse entkommen. Es gibt einen Ausgang auf der anderen Seite.«

Sie schwankte leicht, und der Griff um ihre Schulter wurde stärker. »Geht es Ihnen wirklich gut?«

Jetzt waren sie an der Bogenlampe angelangt, wo ein paar Passanten stehengeblieben waren und sie anstarrten. Einige wirkten erschrocken, die meisten jedoch nur von milder Neugier erfasst, die sich in dem Moment in Gleichgültigkeit verwandelte, in dem sie feststellten, dass niemand ernsthaft zu Schaden gekommen war.

»Ja. Es ist alles gut.« Natalie war die Aufmerksamkeit der Leute unangenehm.

»Aber Sie bluten …«

»Das ist nur ein Kratzer, wirklich, vielen Dank für Ihre Hilfe, ich …« Sie hob den Kopf und sah ihren Retter zum ersten Mal an. Ein ausdrucksstarkes, unverwechselbares Gesicht, hohe Wangenknochen, dunkle Augen, Schnurrbart. Sie erstarrte. »Sie!«, stieß sie hervor. Auch wenn einige Zeit vergangen war und er keine Uniform trug, erkannte sie den Mann wieder. Es war Leo Hirschfeld, der Polizist, der vor fünf Jahren dafür gesorgt hatte, dass sie ins Gefängnis gekommen war. Jäh riss sie sich von ihm los. »Verfolgen Sie mich etwa noch immer?«

Hirschfeld blinzelte. »Natalie Castellana!« Es klang ehrlich überrascht. Doch Natalie ließ sich nicht täuschen. Selbst wenn ihre Begegnung tatsächlich rein zufällig sein mochte, würde sie sich von diesem Mistkerl, der ihr damals auf die Schliche gekommen war, nicht einwickeln lassen. Da konnte er so fürsorglich tun, wie er wollte. Sie trat einen Schritt zurück. »Was schleichen Sie hier herum?«

»Ich ermittle gerade in der Gegend.« Interessiert sah er sie an. »Und Sie, Natalie? Was führt Sie in dieses verrufene Viertel? Früher waren Sie in weitaus nobleren Gegenden unterwegs.«

»Ich wohne hier«, schnappte Natalie. »Und ich arbeite. Am Schlesischen Bahnhof.«

Als sie sah, wie er seine Augenbrauen hob, auf diese wissende und gleichzeitig mitleidige Art, kochte ihr Zorn erneut hoch. »Ist mir klar, was Sie denken. Aber nein, ich muss Sie enttäuschen. Es ist eine grundanständige Tätigkeit. Ich arbeite für die Bahnhofsmission. Wir unterstützen junge Frauen.«

Die Augenbrauen wanderten noch ein wenig höher. »Wie kommen Sie darauf, dass ich enttäuscht bin? Es freut mich, dass Sie inzwischen auf dem Pfad der Tugend wandeln.«

»Sparen Sie sich Ihr gönnerhaftes Getue«, fauchte Natalie, jetzt außer sich vor Wut. »Ich bin Ihnen dankbar, dass Sie mir geholfen haben, aber jetzt scheren Sie sich zum Teufel!«

Sie wartete seine Entgegnung nicht ab, sondern drehte sich auf dem Absatz um und überquerte den Stralauer Platz in Richtung Johannisstift, ohne sich noch einmal umzusehen.

7

Baba lief fort, fort nur fort von dem schwarzen Teufel, der Natascha gepackt hatte. Ihre zerschlissenen Stiefel flogen nur so über die Steine, das Unkraut, die Gleise. Sie blieb an einem Draht hängen, so dass ihr Rock einen langen Riss bekam, doch sie blieb nicht stehen, hastete leise wimmernd weiter, die Hände an die Ohren gelegt, als könne sie so das Zersplittern der Welt um sie herum aussperren. Doch es gelang ihr nicht. Der schwarze Teufel hatte jeden Schutz, den sie um sich herum errichtet hatte, hinweggefegt. Der Duft der Akazienblüten lag wieder in der Luft, obwohl das nicht sein konnte, es war nicht April, sondern September, doch sie konnte ihn riechen, er strömte von den Bäumen in ihrer Straße mit den einstöckigen, breiten Häusern. Der Duft, der immer Frühling bedeutet hatte, vermischte sich mit dem Geruch von Blut und Tod. Rauch stieg auf, sie hörte die Schreie der Nachbarn, das Splittern der Fenster, die wahnsinnig gewordenen Stimmen derer, die angestachelt von den schwarzen Teufeln durch die Straßen hetzten wie tollwütige Hunde, Blutdurst und Irrsinn in den Augen: »Tötet die Juden!«, schrie der Schuhmacher, der vor ein paar Tagen noch ihre Schuhe neu besohlt hatte. »Tötet die Juden«, kreischte die Frau des Bäckers, die im Festtagsgewand zusammen mit dem Pfarrer aus der Kirche kam, und Speichel rann ihr dabei aus dem aufgerissenen Mund. Baba lief und lief, bis sie endlich ihre Hütte erreichte. Sie riss die Tür auf und stürzte hinein, kauerte sich in die Ecke neben der Matratze, dort, wo kein Fenster war, kein Licht, wiegte sich hin und her, die Hände noch immer an den Ohren und begann leise auf Jiddisch zu singen:

Shlof main kind, main treyst, main sheyner …

Baba, die einmal Chaia Keigelman geheißen und mit ihrem Mann und ihren drei Kindern in einem hübschen Häuschen in Kischinjow in Bessarabien gelebt hatte, saß wieder neben ihrem erschlagenen Mann am Boden, wiegte wieder ihre toten Kinder im Arm. Sie strich ihnen über die glatten Stirnen, schloss die vor Entsetzen noch immer aufgerissenen Augen, wischte das Blut von den Wangen und sang. Sie sang die ganze Nacht, so lange dauerte es, bis der Duft der Akazienblüten fort war.

8

Die Schnittwunde war etwa sechs Zentimeter lang, ein hauchdünner Schnitt, wie von einem Skalpell und nicht tief. Das Messer, das sehr scharf gewesen sein musste, hatte nur die oberste Hautschicht verletzt, es blutete kaum noch. Dennoch schauderte Natalie, als sie sich im Spiegel betrachtete. Die kalte Präzision, mit der Pavel ihr diese Verletzung zugefügt hatte, erschien ihr wie eine exakte Ankündigung dessen, was ihr widerfahren würde, wenn er seine Drohung wahr machte. Und dass es Pavel gewesen war, daran hegte sie keinen Zweifel. Zwar hatte sie sein Gesicht nicht gesehen, doch wusste sie mit jeder Faser ihres Körpers, dass ihr Angreifer der Mann gewesen war, aus dessen Klauen sie am Vormittag Gerda gerettet hatte. Und dass es eine Rettung vor etwas weit Furchtbarerem gewesen war, als in einer Fabrik zu schuften oder in ein Bordell geschickt zu werden. Während sie einen Waschlappen in kaltes Wasser tauchte und die Wunde vorsichtig abzutupfen begann, überlegte sie, was sie da so sicher machte. War es die Stimme gewesen? Sein Flüstern war vollkommen emotionslos gewesen, noch nicht einmal Wut hatte man heraushören können. Oder die Brutalität, mit der er sie gepackt und gegen die Wand geworfen hatte? Sie wusch den

Waschlappen in der Schüssel aus und sah den dünnen Blutfäden zu, die sich mit dem Wasser vermischten und schließlich darin aufgingen. Nein, es war die Routine, mit der Pavel gehandelt hatte. So, als sei es sein tägliches Brot, Frauen in dunklen Ecken mit dem Messer zu bedrohen und anschließend aufzuschlitzen. Natalie zweifelte keine Sekunde daran, dass er Letzteres schon einmal getan hatte. Sie fröstelte und trocknete ihr Dekolleté vorsichtig ab. Wer auch immer dieser Mann war, er war kein gewöhnlicher Schlepper oder Zuhälter. Er war irgendetwas anderes. Natalie wandte sich vom Spiegel ab und bückte sich. Aus der Kommode, auf der die Waschschüssel stand, holte sie eine halbvolle Flasche französischen Cognac, ein Glas und ein Zigarettenetui samt Feuerzeug und Aschenbecher heraus. Das Zigarettenetui und das Feuerzeug waren aus schwerem Silber, mit Ornamenten verziert und mit einer verschnörkelten Gravur versehen: *Natalie*. Den Cognac hatte sie vom Schwarzmarkt. Aschenbecher und Feuerzeug waren ein Geschenk gewesen, Relikte aus der Vergangenheit. Einer Vergangenheit, die sie ebenso hinter sich gelassen hatte wie ihre Kindheit als Tochter eines italienischen Puppenspielers und einer blutjungen Vaudeville-Tänzerin aus Paris, deren Namen sie nicht einmal kannte. Natalie, so hatte man ihr erzählt, hatte die Zeit bei ihrer Mutter nur knapp überlebt. Sie hatte sich um ihr ungewolltes Kind kaum gekümmert, und als ihr Vater, Emilio Castellana, von einer mehrwöchigen Tournee mit seinem Puppentheater zurückgekommen war, war der Säugling krank und halb verhungert gewesen. Er hatte seine Tochter zu sich genommen und war mit ihr fortgegangen. Den Namen der Mutter hatte er nie mehr in den Mund genommen, es gab weder Fotos noch irgendwelche Erinnerungsstücke. Wenn jemand ihn nach Natalies Mutter fragte, wurde er so wild, dass Natalie selbst es nur ein einziges Mal gewagt hatte. Die Frauen aus dem Wanderzirkus, dem er sich anschloss, päppelten sie wieder auf, so erzählten sie es ihr später. Geblieben aus dieser Zeit waren ihre geringe Größe und die Zartheit ihrer Glieder. Im Widerspruch zu diesem zerbrechlichen Aussehen stand jedoch, dass sie von ziemlich robuster Gesundheit und hart im Nehmen war. »Diese verdammte Göre ist zäher als mein Ochsenziemer«, hatte ihr Vater immer gesagt, mal voller Stolz, mal voller Wut, je nach Laune und Alkoholpegel. Das war auch ihr Glück gewesen, denn mit einer zarteren Konstitution hätte sie ihre Kindheit wohl auch bei ihrem Vater nicht überlebt.

Natalie goss sich großzügig von dem Cognac ein und nahm eine Zigarette aus dem Etui. Sie rauchte selten, doch mitunter brauchte sie das, um dem Leben weiterhin die Stirn bieten zu können, das Kinn erhoben, den Blick geradeaus. »Niemals die Augen niederschlagen. Vor niemandem, auch wenn's der Kaiser von China ist.« Das war eines der nützlicheren Dinge, die sie von ihrem Vater gelernt hatte.

Langsam, Schluck für Schluck, Zug für Zug, wich der Schock. Leo Hirschfeld fiel ihr wieder ein. Was für ein seltsamer Zufall, dass ausgerechnet er ihr zur Hilfe geeilt war. Sie hatte damals, als sie nach einem Dreivierteljahr aus dem Königlich-Preußischen Weiber-Gefängnis in der Barnimstraße entlassen worden war, gehofft, diesem Mann niemals wieder zu begegnen. Er hatte damals in der Polizeiinspektion Friedrichstraße gearbeitet und sie offenbar eine ganze Weile beobachtet, bevor er zugeschlagen hatte. Sie war gerade aus dem Varieté Wintergarten gekommen, mit einer Gruppe Herren und Damen aus der besseren Gesellschaft, mit denen sie sich als angebliche Comtesse de Pougy angefreundet hatte. Ohne jede Rücksicht und Diskretion hatte er sie vor aller Augen als Hochstaplerin betitelt und mitgenommen. Dabei hatte sie nichts wirklich Böses getan, niemandem ernsthaft geschadet. Im Grunde war ihr Verhalten genau das Gleiche gewesen wie das aller Reichen und Adeligen, nur mit dem Unterschied, dass sie weder das eine noch das andere war. Allein aus dem Grund, weil die anderen sie für ihresgleichen gehalten hatten, gewürzt mit einem Schuss Extravaganz und Exotik, war sie eingeladen, hofiert und verwöhnt worden, man hatte ihr Pelze und Schmuck geschenkt und sich mit ihrer Gesellschaft geschmückt. Erst nach der Verhaftung, als alle Welt erfahren hatte, dass sie keine Comtesse war, über keinerlei Vermögen und auch über kein Schloss an der Loire verfügte, hatte ein Gefährte von damals sie angezeigt und des Diebstahls und Betrugs bezichtigt, für Dinge, die er ihr zuvor geradezu aufgedrängt hatte. Das war es, was sie Hirschfeld übel nahm. Es wäre zu keiner Anzeige dieses beleidigten Fatzkes gekommen, wenn er diskreter vorgegangen wäre. Dann hätte man sie wegen fälschlichen Gebrauchs eines Adelstitels oder solcher Mätzchen verwarnt und wieder nach Hause geschickt. Durch die öffentliche Verhaftung jedoch war der Stein erst ins Rollen gekommen, und man hatte sie als Betrügerin zu einem Jahr Gefängnis verurteilt – um sie nach neun Monaten zu entlassen, mit nichts als dem Zigarettenetui und dem Feuerzeug, eingenäht in eines ihrer ältesten Kleider.

Als sie ihre Zigarette zu Ende geraucht hatte, stand sie auf, das Glas in der Hand und ging zu der einzigen Wand ihres Zimmers, die keine Schräge aufwies. Dort neben dem Kleiderschrank, fast unsichtbar in die Wand eingelassen, befand sich eine Tapetentür ohne Knauf, nur mit einem Schlüssel zu öffnen. Sie führte zu einem kleinen Dachbodenabteil. Diese Tür war der Grund gewesen, weshalb Natalie sich damals, vor drei Jahren, als Pfarrer Burckhardt ihr angeboten hatte, zu bleiben, für dieses Zimmer entschieden hatte. Es wäre noch ein weiteres frei gewesen, ein Stockwerk tiefer, ohne Schrägen und mit einem Blick auf den Innenhof, wo eine mächtige Linde stand. Dort wäre es im Sommer kühler und im Winter wärmer, hatte die Diakonissin gemeint, doch das hatte Natalie nicht umstimmen können. Nach einem Leben, wie sie es bis dahin geführt hatte, immer unterwegs, immer auf dem Sprung, fand sie den Gedanken, nicht nur ein eigenes Zimmer, sondern auch noch ein geheimes Versteck zu besitzen, einfach unwiderstehlich. Sie nahm den Schlüssel für die Tapetentür, der im Schrank hinter ihren Kleidern an einem Haken hing, und sperrte sie auf. Ein warmer Geruch nach Holz, vermischt mit einem Hauch Parfum schlug ihr entgegen. Das kleine Gelass war irgendwann einmal vom Trockenboden abgetrennt worden. Wie ihr Zimmer und alles andere, was sie besaß, hielt Natalie es blitzsauber. Keine Spinne, keine Maus, kein Flöckchen Staub hatten bisher eine Chance gehabt, sich hier einzunisten. In diesen knapp zwei auf zwei Metern lagerte Natalie ihren größten Schatz: In einem der eingelassenen Regalböden stand die alte Blechbüchse ihres Vaters. Sie hatte sie bei ihrer Flucht aus dem Wanderzirkus mitgenommen, mit den gesamten Einnahmen eines Abends. Damals, mit vierzehn, hatte sie sich bereits nicht mehr vorgestellt, die Tänzerin, die darauf abgebildet war, wäre ihre Mutter, so wie sie es als kleines Kind getan hatte. Sie hatte die Büchse als das gesehen, was sie war, ein guter Aufbewahrungsort für Geld. Und diese Funktion hatte sie auch heute noch, nur dass es nicht mehr Münzen, sondern Scheine waren, die darin lagen. Natalie war eisern, wenn es ums Sparen ging. So gerne sie die Bahnhofsmission hin und wieder mit ein paar heimlichen Zuwendungen unterstützte, so mächtig saß ihr doch noch das alte, graue Gespenst der Armut im Nacken. Nie mehr wollte sie dorthin zurückkehren, wo sie hergekommen war. Und für eine Frau, die nichts vorzuweisen hatte, was man für eine gute Heirat benötigte, war die einzige Absicherung, die blieb, so bitter es auch war, nur das Geld. Sie öffnete die Büchse und ließ ihren Blick über die ansehnliche Anzahl von Scheinen wandern, die sie in den letzten Jahren zusammengespart hatte. Auch wenn es kein echtes Vermögen war, wie es reiche Leute auf der Bank hatten, ihr Vater hatte mit Sicherheit noch nie so viel Geld auf einem Haufen gesehen. Falls er noch am Leben war, würde ihn der Schlag treffen, wenn er wüsste, wozu sich die Blechbüchse in den Jahren gemausert hatte. Sie klappte den Deckel behutsam wieder zu. Neben den Regalfächern gab es in dem Gelass noch eine Kleiderstange, dort hing ein weiterer Schatz: Ein ganz besonderes Kleid. Es war aus schwarzer Seide, schimmernd und knisternd, mit Jettperlen und kleinen schwarzen Rosetten aus irischer Spitze bestickt und unterschied sich von ihrem praktischen Tageskleid wie ein Messdiener vom Teufel. Natalie lächelte, als ihre Finger über den edlen Stoff glitten. Heute nicht, aber bald. Bald war wieder Zeit, sich zu verwandeln.

9

Bereits die Fahrt mit der Elektrischen war ein kleines Abenteuer. Alice war noch nie mit der Straßenbahn gefahren und versuchte, sich ihre Aufregung nicht anmerken zu lassen. Kerzengerade saß sie auf der Holzbank und sah aus dem Fenster, vor dem die Stadt an ihr vorüberzog und sich dabei langsam verwandelte. Sie fuhren quietschend und bimmelnd durch den Tiergarten, an den Zelten vorbei, dann weiter zum Brandenburger Tor. Als sie die Linden entlangfuhren und dabei das Palais von Heinrich von Kessels Familie passierten, musste sie an das Abendessen vor zwei Tagen denken, und ein warmes Gefühl der Zuneigung für den jungen Offizier durchströmte sie. Er war es gewesen, der sie, wenn auch nicht ausdrücklich, so doch, wie sie fand, unmissverständlich, ermutigt hatte, sich nicht in jeder Hinsicht den Regeln und Wünschen ihrer Eltern zu fügen. Es mochte ihr zwar nicht erlaubt sein, zu studieren oder eine Ausbildung als Krankenschwester zu machen, doch sie war deswegen noch lange nicht dazu verpflichtet, untätig im Haus ihrer Eltern herumzusitzen und zu warten, bis ein passender Ehemann um ihre Hand anhielt. Sie hatte deshalb beschlossen, zumindest den Spielraum, der sich ihr bot, so weit wie möglich auszunutzen. Ihrer Mutter hatte sie heute Morgen gesagt, sie wolle in die Leihbücherei der Pfarrei gehen und neue Lektüre besorgen und sich dann mit ihrer Freundin Käthe im Tiergarten zu einem Samstagnachmittagsspaziergang treffen und Kuchen essen, so wie sie es früher bei schönem Wetter oft gemacht hatten. Ihre Mutter hatte keinen Verdacht geschöpft, sondern ihr nur viel Spaß gewünscht. Sie war zerstreut gewesen, ganz mit der Planung von Vaters bevorstehender Geburtstagsfeier beschäftigt, zu dem nicht nur die Kollegen und ihre Gattinnen, sondern auch der Leiter der Charité eingeladen waren.

Alice hatte ein wenig ein schlechtes Gewissen gehabt, als sie, nachdem sie in der Bücherei ihre ausgeliehenen Bücher abgegeben und sich ein neues als Alibi mitgenommen hatte, in die Trambahn gestiegen war, anstatt in den Tiergarten zu gehen. Gerne log sie ihre Mutter nicht an, aber es musste sein. Noch ein paar Monate tatenlos zu Hause und sie würde durchdrehen. Seit sie ihren Abschluss am Lyzeum gemacht hatte, vertrödelte sie nur ihre Zeit. Zwar hatte sie danach noch einen Malkurs und einen Kurs in französischer Konversation besuchen dürfen und erhielt weiter Klavierunterricht, eine weitergehende Ausbildung hielten ihre Eltern jedoch nicht für nötig. Dabei gab es noch so viel zu lernen und zu wissen! Doch dieses Wissen war den Männern vorbehalten, von denen man annahm, dass sie mehr Verstand hätten und an denen eine teure Ausbildung nicht verschwendet war wie an den Mädchen, deren Lebensziel es war, zu heiraten und Kinder zu gebären und die das Erlernte daher ohnehin nicht würden anwenden können. Um die Berufe aufzuzählen, die Frauen aus höheren Familien ergreifen konnten, benötigte man nicht einmal eine ganze Hand, am Zeigefinger war schon Schluss: Gouvernante und Lehrerin, mehr Auswahl gab es nicht. Und für beides genügte die Schulbildung und der Besuch eines Lehrerinnenseminars – und, ganz wichtig – man musste unverheiratet bleiben. In dem Moment, in dem eine Frau in die Falle der Ehe tappte, war es auch mit dieser Berufstätigkeit aus und vorbei, was Alice so ungerecht fand, dass sie jedes Mal fast schreien musste, wenn sie nur daran dachte. Ein Mann durfte alles! Er konnte studieren, heiraten, eine Familie gründen und einfach weiterarbeiten, während eine Frau auf ewig dazu verdammt war, Haus und Kinder zu hüten.

Am Alexanderplatz musste Alice umsteigen, und es war nicht ganz leicht, sich zu orientieren. Anders als im beschaulichen Alsenviertel, wo sich zwischen ruhigen, baumgesäumten Straßen Villa an Villa reihte, eingerahmt von der Spree und dem Tiergarten mit seinen gepflegten Grünflächen und romantischen Alleen, tobte am Alexanderplatz der Verkehr. Kutschen, Fuhrwerke, Pferdeomnibusse, Automobile und Trambahnen fuhren kreuz und quer durcheinander, folgten keiner erkennbaren Ordnung, dazwischen zahllose Passanten, Fahrräder, Handkarren. Zeitungsverkäufer verkündeten mit gellenden Stimmen die Schlagzeilen des Tages, Schuhputzer, Blumen- und Obstverkäufer warteten auf Kundschaft. Überall drängten sich die Leute, alle hatten es eilig, niemand stand einfach nur da, so wie Alice, die sich trotz des verwirrenden Durcheinanders lächelnd umsah. Natürlich kannte sie den Alexanderplatz, war schon gelegentlich mit der Kutsche darübergefahren, doch sie hatte sich noch nie wirklich hier aufgehalten. Und alleine sowieso nicht. Wenn sie einkaufen gingen, dann immer im Westen der Stadt, vor allem in der Leipziger Straße, wo sich die großen Warenhäuser befanden, und natürlich am Kurfürstendamm. Den Osten kannte Alice so gut wie gar nicht. Im Grunde kam sie nur hierher, wenn Johann sie und Constanze für ihre Besuche bei den Verwandten in Küstrin zum Schlesischen Bahnhof fuhr oder wieder abholte. Nach einigem Suchen fand sie schließlich die richtige Trambahnlinie und fuhr weiter. Noch ein wenig tiefer in den ihr unbekannten Teil der Stadt hinein. Als sie wenig später am Schlesischen Bahnhof ausstieg, hatte sie das Gefühl, noch nie hier gewesen zu sein, so fremd erschien ihr alles. Die Trambahn hatte an einer völlig anderen Stelle gehalten als Johann mit der Kutsche für gewöhnlich, und sie brauchte einen Moment, um sich zurechtzufinden. Die Straße, an der sie stand, war gesäumt von rußgeschwärzten, fünfstöckigen Häusern mit kleinen Geschäften und Lokalen im Parterre, wobei nichts davon sehr vertrauenserweckend aussah. Dahinter, in Richtung Spree, erhoben sich die rauchenden Schlote von Fabriken. Sie überquerte die Straße und ging zum Bahnhofsvorplatz, wo Marktstände aufgebaut waren.

Alice zögerte nur kurz, dann ging sie mitten in den Markt hinein, ließ sich durch das Gedränge treiben, mal hierhin, mal dorthin ziehen. Jetzt, wo sie fast an ihrem Ziel angekommen war, hatte sie es nicht eilig, schließlich erwartete sie niemand, und sie hatte dank ihrer Schwindelei den ganzen Tag Zeit. Der Markt war ein einziges, kunterbuntes Durcheinander. Es gab Blechspielzeug zum Aufziehen, geräucherte Würste, Kochtöpfe, Blumen, Teppichklopfer, Hosenträger, Gemüse, Schuhe, Bürsten, Weißwäsche, Blumen, Seifenlaugen zum Abfüllen, Kerzen, alte Bücher und sogar lebendige Tiere. Zwischen den Ständen hockten Scherenschleifer und verhutzelte alte Weiber in bäuerlicher Kleidung, die Lakritze und Kräuter in kleinen zu Sträußen gebundenen Bündeln anboten. Vor dem Spielzeugstand drängten sich die Kinder und bestaunten die Zauberdinge, die sich dort scheinbar von selbst bewegten, und auch Alice konnte sich an all dem kaum sattsehen. Es roch nach Kohlerauch, heißem, in Fett ausgebratenem Gebäck und gebrannten Mandeln. Um einen Getränkestand der Patzenhofer-Brauerei hatte sich eine Traube Männer in Arbeitskleidung gebildet. Sie trugen schwere Schuhe und Schiebermützen, tranken Bier aus Steinkrügen und debattierten lautstark über etwas im höchsten Maße Empörendes, den geröteten Gesichtern und aufgeregten Gesten nach zu schließen.

Als Alice an ihnen vorbeiging, hörte sie, wie einer rief: »Die Weiber sind doch komplett meschugge«, und ein anderer ihm energisch beipflichtete: »Dit kannste laut sagen. Die jehörten alle mal ordentlich jepimpat, dann wär Schluss mit die Fisimatenten.« Dieser Vorschlag erhielt großen Beifall von den Umstehenden, sie johlten und stießen die Krüge zusammen. Etwas irritiert ging Alice weiter Richtung Bahnhof und fragte sich dabei, über welche Frauen die Männer wohl gesprochen hatten. Doch hoffentlich nicht über ihre eigenen?

Als sie auf den Eingang zur Bahnhofshalle zuging, fiel ihr eine weitere Gruppe auf. Eine größere Schar Frauen hatte sich um eine energisch aussehende Dame versammelt, die etwas erhöht stand. Einige von ihnen hielten Schilder in die Höhe, doch Alice konnte aus der Entfernung nicht lesen, was daraufstand. Alice begann zu ahnen, dass sich das Gespräch der Männer am Bierstand womöglich um diese Frauen gedreht haben könnte. Neugierig ging sie näher heran. Die Rednerin, eine Frau in weißer Bluse und grauem Rock, stand auf einem Bierfass und redete mit kraftvoller Stimme, wobei sie jeden ihrer Sätze mit einer entschiedenen Handbewegung unterstrich. Die Zuhörerinnen applaudierten und schwenkten ihre

Schilder. Doch es gab auch andere, überwiegend Männer, die den Kopf schüttelten, höhnisch lachten oder finstere Mienen machten. Einige von ihnen wirkten eher peinlich berührt.

Alice mischte sich unter die Menge, um herauszufinden, worum es ging. Die Frauen schienen überwiegend Arbeiterinnen zu sein, was man an ihrer einfachen Kleidung, den rauen Händen und abgearbeiteten Gesichtern erkennen konnte, aber es waren auch Bürgerfrauen darunter, in Schneiderkostümen, gestärkten Blusen und opulenten Hüten. Auch die Rednerin war erkennbar keine Arbeiterin. Sie war schlank und groß, mit sorgfältig in Wellen gelegten Haaren und gut gearbeiteter Kleidung. Am Stehkragen ihrer mit Rüschen besetzten Bluse steckte eine goldene, mit Perlen besetzte Brosche. »Wir dürfen nicht vergessen, liebe Freundinnen«, sagte sie jetzt, »dass wir nichts fordern, was uns die Männer aus Güte schenken und wofür wir ihnen etwa dankbar sein müssten. Nein! Wir fordern nur das, was uns von Rechts wegen zusteht. Denn wie unsere Freundin Hedwig Dohm so treffend sagt: ›Menschenrechte haben kein Geschlecht!‹«

Unter den Frauen brach Jubel aus. Alle klatschten, manche pfiffen sogar auf ihren Fingern und die, die ein Schild trugen, schwenkten es. *Den Frauen ihr Recht!*, stand dort zu lesen und *Mädchen und Frauen heraus aus der Finsternis!*

Alice hatte das Gefühl, als träfen die Worte dieser unbekannten Frau sie mitten ins Herz. Hier ging es um sie! Um ihr Leben und ihre Zukunft!

»Geht lieber nach Hause, für euren Mann kochen!«, rief da eine Männerstimme von hinten. »Oder habt ihr keinen abgekriegt?« Andere Männer lachten.

Neben Alice stand eine ältere Dame in einem hochgeschlossenen braunen Kleid, die ebenfalls geklatscht hatte.

Als Reaktion auf die Kommentare der Männer schüttelte sie den Kopf und murmelte etwas, das Alice nicht verstand, was aber recht despektierlich klang. Alice fasste sich ein Herz und sprach sie an: »Entschuldigen Sie, aber worum geht es hier?«

Die Dame wandte sich zu ihr um. Sie war klein und rundlich, hatte aber eine sehr aufrechte Haltung, die sie größer wirken ließ. Ihr Hut über dem dunklen, mit einzelnen grauen Fäden durchzogenen Haar war schlicht, aber elegant und mit Sicherheit teuer gewesen. So etwas konnte man nicht von der Stange kaufen. Kluge graue Augen, die von einem Kranz feiner Falten umgeben waren, blickten Alice freundlich an. »Es geht um das Frauenwahlrecht«, sagte sie. »Davon haben Sie doch sicher schon gehört?«

Alice nickte entschieden, obwohl das, was sie darüber wusste, nur von hitzigen Gesprächen bei Tisch herrührte. Ihre Versuche, mehr darüber zu erfahren, waren bisher gescheitert. In der Schule war dieses Thema nicht vorgekommen, und die Tageszeitungen, die ihre Eltern lasen, waren so konservativ, dass das, was darin über das Frauenwahlrecht zu lesen war, keinesfalls dazu taugte, sich ernsthaft und objektiv zu informieren. Ihre Eltern blockten ihre Fragen jedes Mal ab, ganz so, als fürchteten sie, allein durch ein intensiveres Gespräch darüber könnte Alice sich mit diesem gefährlichen Thema wie mit einem Virus infizieren. Ihr Vater hielt die ganze Diskussion darüber ebenso wie alles andere, was mit Frauenrechten zu tun hatte, für sozialistischen Humbug, und ihre Mutter trieb vor allem Empörung darüber um, dass mit einem allgemeinen Wahlrecht für Frauen die Stimme ihres Dienstmädchens ihrer eigenen Stimme womöglich ebenbürtig sein könnte. Außerdem verabscheute sie das unweibliche und ihrer Meinung nach gefährliche Gebaren der Suffragetten und Blaustrümpfe und fand, dass diese der weiblichen Jugend Flausen in den Kopf setzten, die nur für Unruhe sorgten.

»Das ist Lotte Seiffert«, klärte die Dame Alice weiter auf und deutete auf die Rednerin. »Sie ist Vorsitzende des Vereins Frauenrechte und eine der ersten Frauen, die einen Doktortitel in Jurisprudenz haben.«

Alice betrachtete die Frau auf dem Bierfass mit Ehrfurcht. Sie hatte noch nie von einer Frau in Deutschland gehört, die Jurisprudenz studiert und dann auch noch einen Doktor gemacht hatte. Sie musste eine außergewöhnliche Frau sein. Lotte Seiffert wirkte in der Tat ungemein selbstbewusst. Sie ließ sich von den Zwischenrufen und Pfiffen der Männer nicht irritieren, ignorierte sie vielmehr auf eine Art und Weise, die provozierend wirkte. Ihre Rede war erkennbar an die Arbeiterfrauen unter den Zuhörerinnen gerichtet, die sie immer wieder direkt anredete. Jetzt sprach sie von Mitbestimmungsrechten in den Fabriken, mahnte Rechte gegen Ausbeutung an und forderte eine angemessene soziale Absicherung, was zu großem Applaus führte. Als sie bei dem Recht auf freie Bildungs- und Berufswahl für alle Frauen, gleich welcher Stände, anlangte, hatte Alice das Gefühl, ihr öffne sich ein Fenster in eine neue Welt. »Was ist das für ein Verein? Kann man da Mitglied werden?«, fragte sie und hörte, wie atemlos ihre Stimme auf einmal klang. So, als sei sie weit gelaufen, um hierherzukommen. Und irgendwie stimmte das auch.

»Natürlich kann man Mitglied werden! Wir freuen uns über jedes neue Gesicht.« Die ältere Dame warf ihr einen freundlichen Blick zu. Lotte Seiffert war jetzt am Ende ihrer Rede angelangt, und die umstehenden Frauen klatschten und riefen so laut »Bravo«, dass die vereinzelten Pfiffe und Buhrufe der Männer nahezu übertönt wurden. »Kommen Sie doch zu einem unserer Treffen. Sie finden jeden ersten Mittwoch im Monat statt. Ab sechs Uhr, im Hinterzimmer von Aschinger in der Leipziger Straße.«

»Oh ja, das werde ich! Ganz sicher!« Alice war noch immer etwas atemlos. Diese Welt, nach der sie sich immer gesehnt hatte, existierte tatsächlich! Es gab Frauen, die so dachten wie sie! »Vielen herzlichen Dank«, sagte sie, während die Menge sich langsam zu zerstreuen begann. »Jetzt bin ich doppelt froh, heute Morgen hierhergekommen zu sein.«

»Was hat Sie denn hierhergeführt, wenn nicht diese Versammlung?«, wollte die Dame wissen. »Sie sehen nicht aus, als ob Sie aus der Gegend kämen. Möchten Sie verreisen?«

»Nein, ich bin auf der Suche nach der Bahnhofsmission. Ich habe kürzlich im Zug ein Mädchen kennengelernt, das krank war, und ich glaube, eine Dame aus der Mission hat ihr weitergeholfen. Ich wollte mich erkundigen, wie es ihr geht.« Plötzlich kam ihr dieser Grund, der halb ernst, halb vorgeschoben war, um mehr über die Arbeit der Mission zu erfahren, etwas albern vor. Auch wenn sie Gerdas Schicksal tatsächlich interessierte: Welche junge Dame aus dem noblen Alsenviertel fuhr quer durch die Stadt, um sich nach einem Dienstmädchen zu erkundigen, dem sie rein zufällig begegnet war? Constanze würde die Augen verdrehen, wenn sie ihr davon erzählte: »Du hast *was* gemacht? Wer ist Gerda, um Himmels willen? Ach, die übel riechende Kleine von neulich, die hatte ich schon wieder vergessen …«

Der Dame jedoch schien dieses Ansinnen nicht seltsam vorzukommen. Ihre Augen leuchteten auf, als habe sie unversehens ein Sonnenstrahl getroffen. »Zur Bahnhofsmission wollen Sie? Das trifft sich ja fein. Da will ich auch hin. Wir können zusammen gehen, wenn Sie möchten.«

10

Pfarrer Johannes Burkhardt war Mitte fünfzig und eine stattliche Erscheinung. Sein früh ergrautes, bereits spärlich werdendes Haar trug er straff zurückgekämmt, so dass sein scharf geschnittenes Profil mit der Adlernase gut zur Geltung kam. Sein noch dunkler Bart war üppig und mit grauen Strähnen durchsetzt, und hinter kleinen ovalen Brillengläsern blitzten scharfsinnige Augen hervor. Er hatte immer eine gute Gesichtsfarbe, so als ob er sich viel auf dem Land aufhielte und nicht tagein tagaus im Dunst und Kohlerauch der Stadt. Jetzt ruhte sein Blick besorgt auf Natalie, die ihm gerade von Pavel und seinen Drohungen erzählt hatte. Sie saßen am großen Esstisch der Bahnhofsmission, wo es heute Vormittag erfreulich ruhig war. Marthe war zum Markt auf dem Vorplatz gegangen, um Lebensmittel einzukaufen, die Gräfin hatte sie begleitet, um irgendeine politische Kundgebung zu besuchen, die ebenfalls dort stattfand, und die anderen Helferinnen waren entweder noch nicht da oder irgendwo im Bahnhofsgebäude unterwegs, um Flugblätter zu verteilen. Natalie war es ganz recht, dass sie mit dem Pfarrer allein war. Sie wollte keine Unruhe unter den oft etwas zartbesaiteten Damen verbreiten, hielt es aber trotzdem für notwendig, dass er Bescheid wusste.

»Das gefällt mir nicht«, sagte Pfarrer Burckhardt, »das gefällt mir ganz und gar nicht. Gottlob war ein Polizist in der Nähe. Sie haben doch wohl Anzeige erstattet?«

»Anzeige? Nein. Er hat mich ja nur bedroht. Die Polizei tut nichts, solange nichts passiert ist.« Unwillkürlich wanderte ihre Hand zu ihrer Brust, wo sich unter der hochgeschlossenen Bluse der feine Schnitt verbarg, an dem sich über Nacht eine leichte Kruste gebildet hatte. Davon hatte sie dem Pfarrer nichts erzählt.

»Nichts passiert?« Pfarrer Burckhardt schnaubte. »Du meine Güte, Natalie! Reicht es nicht, eine wehrlose Frau in eine finstere Gasse zu ziehen und sie mit dem Tod zu bedrohen? Himmelherrgott noch mal, was sollte denn noch passieren?«

»Aber Herr Pfarrer«, Natalie musste lächeln. »Sie sollten wirklich nicht fluchen.«

Der Pfarrer seufzte. »Sie haben ja recht. Aber manchmal fällt es mir schwer, die Contenance zu bewahren. Ich will einfach nicht akzeptieren, dass es Menschen gibt, die gegen unsere Arbeit etwas einzuwenden haben. Wir tun schließlich Gutes. Wir helfen jungen Frauen, denen sonst keiner hilft.«

Natalie wunderte sich, wie jemand, der so klug war wie Pfarrer Burckhardt, gleichzeitig so naiv sein konnte.

»Es gibt mehr als genug Gründe, uns das Leben schwermachen zu wollen«, sagte sie trocken. »Wir gefährden immerhin ein Geschäftsmodell, das genau darauf beruht: auf jungen unerfahrenen Mädchen, die niemanden haben, der sie beschützt.«

Pfarrer Burckhardt nickte. »Ich weiß. Trotzdem konnte ich mir bisher nicht vorstellen, dass diese Männer so weit gehen und jemanden von uns tätlich angreifen.«

»Normale Schlepper würden das vermutlich auch nicht tun«, gab Natalie nachdenklich zurück. »Sie haben kein Interesse, mit dem Gesetz in Konflikt zu geraten. Daher greifen sie vermutlich erst einmal zu weniger brutalen Mitteln, würden vielleicht versuchen, uns einzuschüchtern, oder unsere Arbeit auf andere Weise zu behindern. Außerdem lehnen die sich wegen eines einzelnen Mädchens, das ihnen durch die Lappen geht, nicht so weit aus dem Fenster. Es gibt ja genug davon.« Sie dachte kurz nach und fügte dann hinzu: »Ich glaube, in diesem Fall steckt etwas anderes dahinter. Es ging Pavel ausdrücklich um dieses Mädchen.«

»Wenn man Ihnen so zuhört, Natalie, könnte man meinen, Sie gehörten selbst zu diesen Gaunern, so gut kennen Sie sich mit deren Psyche aus«, seufzte der Pfarrer. Er sah noch immer tief besorgt aus.

Natalie warf ihm einen grimmigen Blick zu. »Diese Kerle sind nicht so schwer zu durchschauen. Kennt man einen, kennt man alle.«

»Sie glauben also, dieser Pavel ist kein normaler Schlepper?«

Natalie überlegte einen Moment, bevor sie antwortete: »Er ist zumindest keiner der üblichen kleinen Ganoven und Tagediebe, die herumstrolchen und die Mädchen für ein paar Groschen Provision von den Bordellen und Fabriken ansprechen. Er führt etwas anderes im Schilde.« Sie spürte, wie sich an ihren Unterarmen und im Nacken die Härchen aufstellten, als sie an seine Stimme dachte und an den kurzen, stechenden Schmerz an ihrer Brust, als das Messer ihre Haut berührt hatte. »Da ist noch etwas«, begann sie zögernd und erzählte dem Pfarrer schließlich auch noch von Babas Angst vor schwarzen Teufeln. Wie erwartet, wurde die Miene des

Pfarrers skeptisch. »Sie wissen doch, dass Baba immer so düstere Dinge faselt«, sagte er abwehrend. »Das sollten Sie nicht ernst nehmen.«

»Tu ich auch nicht, normalerweise. Aber in Zusammenhang mit diesem Mann …«

»Was sollte Baba mit ihm zu schaffen haben?« Der Pfarrer schüttelte den Kopf. »Sie sehen Verbindungen, wo keine sind, Natalie.« Er warf einen Blick auf die Uhr. »Es tut mir leid, aber ich muss zurück in die Pfarrei.« Während er aufstand, hob er mahnend einen Finger: »Erzählen Sie den anderen Damen bloß nichts davon. Sie wissen doch, wie schnell sie zu verunsichern sind, und Baba ist ihnen ohnehin unheimlich.«

Natalie nickte. »Werd ich nicht.« Eher hätte sie sich die Zunge abgebissen, als mit ihren Kolleginnen über Babas Andeutungen zu sprechen. Sie sah schon Hedwigs und Margarethes entsetzte Mienen vor sich, wenn sie ihnen von Teufeln erzählte, die am Bahnhof ihr Unwesen trieben.

Pfarrer Burckhardt legte ihr die Hand auf die Schulter. Ernst sagte er: »Passen Sie bitte auf sich auf, Natalie, und versprechen Sie mir, Anzeige zu erstatten. Sie haben ja sogar einen Zeugen, diesen Polizisten, der Ihnen zu Hilfe geeilt ist.«

Die wohltuend warme Hand, die tröstlich auf ihrer Schulter lag, berührte Natalie mehr, als sie zugeben wollte. Zu selten in ihrem Leben war es bisher vorgekommen, dass sich jemand um sie sorgte. »Sie wissen doch, Herr Pfarrer, ich hab's nicht so mit der Polizei«, sagte sie unbehaglich. »Bitte verlangen Sie nicht, dass ich Ihnen so ein Versprechen gebe. Ich könnte es womöglich nicht halten.«

Er drückte einmal kurz ihre Schulter und zog die Hand dann zurück. »Dann versprechen Sie mir wenigstens, nicht waghalsig zu sein und in Zukunft nicht erst nach Einbruch der Dunkelheit nach Hause zu gehen. Ich weiß, dass Sie unerschrocken sind, Natalie, aber dieser Bahnhof ist nachts kein Ort für eine Frau. Das galt schon, bevor Leute wie dieser Pavel einem auflauerten und jetzt noch mehr.«

Natalie nickte. »Das kann ich versprechen. Ich bin auch nicht scharf auf eine neuerliche Begegnung mit diesem Kerl, das können Sie mir glauben.«

Kurz nachdem der Pfarrer sich verabschiedet hatte, kamen Hedwig und Margarethe, dann noch zwei weitere Damen, die seltener dabei waren und die Natalie daher nicht so gut kannte, und schließlich Marthe, mit einem Einkaufskorb voller Kartoffeln, Suppengemüse und mehreren Laiben Brot.

»'n Remmidemmi ist dit!«, stöhnte sie und wischte sich mit dem Zipfel ihrer Schürze den Schweiß von der Stirn. »Der halbe Vorplatz ist voll von die janzen Frauen, die unbedingt wählen gehen wollen. Stellt euch vor, einige von denen haben sogar auf die Finger jepfiffen wie die Straßenjungs.« Sie schüttelte den Kopf und begann, ihre Einkäufe auszupacken. »Ick versteh nicht, wat die Gräfin dort will.«

»Das Frauenwahlrecht ist doch eine gute Sache«, wandte Hedwig ein. »Wir sollten doch auch entscheiden können, von wem wir regiert werden, nicht nur die Männer, oder etwa nicht?«

»Pah, als ob dit darum ginge. Die Politik ist doch nur 'n schmutzijes Jeschäft. Dit wird nicht sauberer durch ein paar Frauen, die aufmucken. Die feinen Herrn da oben werden ihre Jeschäfte weiter alleene machen, dit kannste mir glauben. Icke jedenfalls mach mir meine Finger mit die Politisiererei nicht schmutzig.« Sie wischte sich demonstrativ die Hände an ihrer Schürze ab und griff nach dem Gemüsemesser.

Natalie, die sich aus solchen Diskussionen grundsätzlich heraushielt, band sich eine Schürze um und begann die Kartoffeln zu schälen. In dem Moment ging die Tür erneut auf, und herein kam die Gräfin, mit einer jungen Frau im Schlepptau.

***

Alice erkannte sie sofort wieder: Das war die energische Frau mit dem blauen Kleid, die Gerda an jenem Tag am Bahnsteig mitgenommen hatte. Sie trug eine Schürze über einem grauen Rock und eine hochgeschlossene Bluse mit Stehkragen, stand neben einer massigen rothaarigen Frau am Herd und schälte Kartoffeln. Als die Dame, die Alice begleitet hatte, sie ansprach, legte sie das Schälmesser weg, wischte sich die Hände an der Schürze ab und kam auf sie zu. Aus der Nähe betrachtet war sie noch kleiner und zierlicher, als Alice sie in Erinnerung hatte. Ihr dichtes schwarzes Haar war zu einem lockeren Knoten aufgesteckt, doch an den Schläfen und im Nacken kringelten sich widerspenstige Locken. Sie hatte ungewöhnlich leuchtende dunkelblaue Augen.

»Natalie, meine Liebe, ich bringe uns Besuch mit!«, rief Alices Begleiterin, die sich ihr auf dem Weg zur Bahnhofsmission schlicht mit Vornamen vorgestellt hatte. »Ich bin Auguste«, hatte sie gesagt und ihr eine behandschuhte Hand gereicht.

»Das ist Alice«, stellte Auguste sie nun ebenfalls vor. »Ich habe sie bei der Kundgebung getroffen. Sie möchte einen unserer Schützlinge besuchen. Gerda.«

Alice fühlte sich misstrauisch gemustert.

»Warum?«, fragte die Frau. Sie hatte eine rauchige, tiefe

Stimme, die gar nicht zu ihrer zarten Statur passen wollte, und Alice glaubte einen schwachen Akzent herauszuhören. Vermutlich Französisch. Ihre Miene war undurchdringlich. Nicht einmal die Hand hatte sie ihr gegeben.

Alice spürte, wie ihr Mut schwand. Was hatte sie sich nur dabei gedacht, einfach hier aufzukreuzen?

Doch jetzt, wo sie schon einmal hier war, wollte sie keinen Rückzieher mehr machen. Sie straffte die Schultern und sagte: »Ich habe Gerda im Zug kennengelernt. Sie war krank und schien Hilfe zu brauchen, daher habe ich sie zu mir und meiner Schwester ins Abteil gebracht. Ich habe gesehen, wie Sie sie am Bahnhof in Empfang genommen haben und wollte fragen, wie es ihr geht.« Und außerdem möchte ich mich nützlich machen, mitarbeiten, helfen, irgendetwas tun … fügte sie in Gedanken hinzu, wagte aber angesichts Natalies argwöhnischer Miene nicht, es laut auszusprechen.

Natalie kniff die Augen zusammen und verschränkte ihre Hände vor der Brust. »Haben Sie etwas mit dem Mann zu tun, der das Mädchen am Bahnsteig angesprochen hat? Denn wenn das so wäre, rate ich Ihnen, sich ganz schnell zu ver…«

»Natalie, ich bitte dich!« Es war Auguste, die Natalie energisch unterbrach. »Sieh sie dir doch an. Das ist eine anständige junge Frau. Was sollte sie denn mit solchen Männern zu tun haben?«

Alice runzelte die Stirn. Sie spürte, wie sich angesichts des Misstrauens, das ihr seitens dieser Frau entgegenschlug, die sie vor ein paar Tagen noch so bewundert hatte, ihre Verlegenheit in Zorn verwandelte. »Ich sagte doch, ich habe Gerda im Zug kennengelernt«, wiederholte sie mit fester Stimme. »Ich kenne diesen Mann vom Bahnsteig nicht und möchte ihn auch nicht kennenlernen. Er war mir nicht geheuer. Und Ihnen ja wohl auch nicht, wie ich sehr gut sehen konnte.«

Natalie starrte sie einen Moment unverwandt an, dann schüttelte sie den Kopf. »Natürlich. Entschuldigen Sie. Man muss vorsichtig sein. Die Menschen sind nicht immer das, was sie zu sein scheinen.« Sie lächelte plötzlich, und dieses Lächeln verwandelte ihr Gesicht, so als ob jemand einen Vorhang zurückgeschlagen hätte, um die Sonne hereinzulassen. Sie reichte Alice eine kleine, energische Hand. »Ich bin Natalie Castellana. Gerda hat nur eine fiebrige Erkältung, gottlob keine Lungenentzündung. Es geht ihr schon besser. Sie muss sich nur noch ein paar Tage ausruhen. Ich kann Sie nach dem Mittagessen zu ihr bringen, wenn Sie möchten.«

Alice nickte erleichtert. »Gerne.« Dann, ermutigt von Natalies Lächeln, fügte sie ein wenig verlegen hinzu: »Obwohl ich das Mädchen ja eigentlich gar nicht kenne, habe ich mich doch verantwortlich für sie gefühlt. Meine Schwester hat mich deswegen ausgelacht, und mein Vater hat mir Vorwürfe gemacht.«

»Die Begegnung zweier Menschen ist niemals zufällig«, ließ sich eine sanfte Stimme von der anderen Seite des Raumes vernehmen.

Alice drehte sich um. Dort stand eine Frau mittleren Alters in einem strengen schwarzen Kleid, einer etwas altbackenen Frisur mit aufgesteckten Zöpfen und rosigen Wangen. »Ich bin Hedwig«, sagte sie und kam näher. »Meiner Meinung nach hat jeder Mensch, der einem begegnet, eine Bedeutung für das eigene Leben. Er hilft einem dabei, die Aufgabe zu finden, die Gott einem zugedacht hat.«

Alice starrte sie an. Zum zweiten Mal an diesem Tag hatte sie das Gefühl, jemand habe ihr direkt ins Herz gesehen. Sie dachte an die Zugfahrt, an das fiebernde Mädchen, ihre Begegnung mit Heinrich von Kessel, die Frauen mit den weißen Armbinden, die sie zum ersten Mal bemerkt hatte und an das Buch mit dem falschen Umschlag, das in ihr den Entschluss hatte reifen lassen, dass es an der Zeit war, eigene Wege zu gehen.

»Ich …«, begann sie, wurde jedoch von der rothaarigen Frau am Herd unterbrochen: »Dit is ja alles jut und schön, aber wenn wa hier noch länger palavern, jibt es nüscht zu Mittag. Die Kartoffeln schälen sich nicht von alleene!«

»Ich schäle sie!«, rief Alice spontan. »Also … wenn ich darf.«

Natalie warf ihr einen amüsierten Blick zu. »Sie wollen Kartoffeln schälen? Haben Sie das schon mal gemacht?«

»Nein. Aber es kann ja nicht so schwer sein, oder?«

Natalie band sich die Schürze ab und reichte sie ihr zusammen mit dem Schälmesser. »Aber passen Sie auf. Nicht, dass es noch eine Fleischbeilage gibt.«

Tatsächlich war es nicht ganz so einfach, eine Kartoffel zu schälen, wie Alice gedacht hatte. Vor allem nicht so dünn, wie es sein sollte. Bei ihr zu Hause war die Küche Elses unangefochtenes Reich, und sie selbst hatte noch nie im Leben ein Küchenmesser in der Hand gehabt. Natalies Warnung war deshalb nicht ganz so unbegründet, wie sie geklungen hatte. Bereits beim ersten Versuch hätte sich Alice fast in den Handballen geschnitten, als sie an der harten Kartoffel abglitt. Die rothaarige Frau, die Marthe hieß, zeigte ihr, wie man Messer und Kartoffel richtig hielt, und nach ein paar Versuchen ging es besser. Als schließlich alle Kartoffeln ordentlich geschält im Kochwasser lagen, war Alice richtiggehend stolz. Verhungern würde sie also nicht müssen, falls Else einmal nicht mehr für sie kochte. Inzwischen war es in dem langen, schmalen Raum der Bahnhofsmission voll geworden. Eine armselig aussehende Mutter mit einem Neugeborenen im Arm und mehreren Kindern am Rockzipfel saß erschöpft auf einem Stuhl neben der Tür, ein verloren wirkender alter Mann mit einem weißen Rauschebart, der immer nach einer Ottilie fragte, wanderte ruhelos herum, und ein paar verschüchterte junge Mädchen, Gerda ähnlich, bekamen von Hedwig Adressen und einen Stadtplan. Es war laut, die Kinder weinten und kreischten abwechselnd, dazwischen ertönten immer wieder die unsicheren Rufe des alten Mannes. Und wie das beruhigende Murmeln eines Baches, waren über all dem Lärm die tröstlichen und zugleich energischen Stimmen der Frauen der Bahnhofsmission zu hören, die Ratschläge und Anweisungen erteilten, der Mutter den Säugling abnahmen, ihn hin und her wiegten und die Windeln wechselten, den alten Mann immer wieder behutsam am Arm nahmen und zu seinem Stuhl führten, wo er warten sollte, bis Ottilie gefunden war – die es gar nicht gab, wie Auguste ihr im Vorbeigehen zuraunte. »Ottilie war seine Frau, sie ist vor einiger Zeit gestorben. Er kommt regelmäßig, und wir behalten ihn so lange hier bei uns, bis ihn seine Tochter wieder abholt.«

Hedwig, die ihnen zugehört hatte, nickte und fügte mit ihrer sanften Stimme hinzu: »Bahnhöfe haben etwas an sich, das verlorene Menschen anzieht. Aber was auch immer sie suchen, hier finden sie es äußerst selten.«

Als es Zeit zum Mittagessen war, wurden alle, die gerade anwesend waren, eingeladen, mitzuessen, und die meisten blieben auch. Alice vermutete, dass die Frau mit ihren Kindern – es waren sechs, vom Säugling bis zum rotznasigen ABC-Schützen – sogar nur deswegen gekommen war, weil sie hier umsonst ein warmes Essen bekommen konnte. Sie hatte davon gehört, dass die Arbeiter in der Stadt meist nicht sehr komfortabel lebten und mitunter sehr wenig Geld hatten, was bei sechs Kindern mit Sicherheit ein Problem war. Der Gemüseeintopf, der von Marthe serviert wurde, war nahrhaft und schmeckte ausgezeichnet. Als Alice daran dachte, dass sie es gewesen war, die die Kartoffeln geschält hatte, durchströmte sie erneut ein Gefühl von Stolz. Unwillkürlich dachte sie an ihre Schwester. Sie würde nur verständnislos den Kopf schütteln, wenn sie ihr davon erzählte. Oder sie würde lachen und sagen: »Was hast du nur immer für krause Ideen, Schwesterherz!«

Nach dem Essen half Alice mit, den Tisch abzuräumen und abzuwaschen, eine Tätigkeit, die ihr ebenso neu war wie das Kartoffelschälen, allerdings weitaus weniger schwierig. Als sie gerade dabei war, den letzten Teller abzutrocknen, kam Natalie auf sie zu. »Ich habe jetzt Zeit. Wir können zu Gerda gehen, wenn Sie möchten.«

»Sehr gerne.« Alice trocknete sich die Hände und nahm die Schürze ab. Als sie sich von Marthe verabschiedete, sagte diese: »Seh'n wa Se jetzt öfter hier bei uns?«

»Oh … ich weiß nicht«, sagte Alice verlegen.

»Wir könnten 'ne tatkräftige junge Frau wie Sie gut jebrauchen.« Marthe warf Natalie einen erwartungsvollen Blick zu. »Dit sagst du doch ooch immer. Damit die armen jungen Gören, die hier landen, mehr Vertrauen haben. Wir hier sind ja alles olle alte Tanten. Also, außer Natalie.« Sie warf einen vielsagenden Blick zu Hedwig, die mit einer Frau, die, wie Alice erfahren hatte, Margarethe hieß, am Tisch saß und die Zeitungen nach Stellenanzeigen durchforstete, die sie den ratsuchenden Mädchen anbieten konnten. Margarethe war ziemlich beleibt, hatte einen grauen Dutt, der genau auf der Mitte ihres Kopfes saß und erinnerte Alice an Tante Dotti.

»Alice ist nur hier, um Gerda zu besuchen, Marthe«, wandte Natalie ein. »Du kannst sie doch nicht gleich vereinnahmen.«

»Ich würde sehr gerne helfen, wenn ich darf«, ergriff Alice die Gelegenheit. »Ich kenne mich mit Erster Hilfe aus und … Kartoffeln schälen kann ich auch schon.«

Marthe lächelte zufrieden. »Siehste, sag ick doch.«

Alice spürte, dass Natalie sie nachdenklich musterte. »Erste Hilfe, sagten Sie? Woher wissen Sie darüber Bescheid? Sie scheinen mir noch sehr jung zu sein.«

»Ich bin achtzehn. Mein Vater ist Arzt. Er hat mir und meiner Schwester beigebracht, was man in Notfällen wissen muss.«

»Und was werden Ihre Eltern dazu sagen, wenn Sie in der Bahnhofsmission arbeiten?«

»Sie würden es unterstützen, da bin ich mir sicher. Mein Vater schätzt die Bahnhofsmission sehr, und meine Mutter meint ohnehin immer, ich soll mich ehrenamtlich engagieren und nicht untätig zu Hause herumsitzen. Sie ist sehr für Frauenrechte.« Das war nun etwas mehr als nur beschönigt. Im Grunde war es glatt gelogen. Alice hatte keine Ahnung, ob ihr Vater überhaupt von der Existenz der Bahnhofsmission wusste, und wenn ihre Mutter von ehrenamtlichem Engagement sprach, dann meinte sie damit, dass man zu den Benefizveranstaltungen der Ärztegattinnen gehen und einen von Else gebackenen Kuchen mitbringen sollte. Doch Alice besänftigte ihr aufkommendes schlechtes Gewissen mit dem Gedanken an den Tarnumschlag um ihre neue Lektüre. Manchmal war es für Eltern besser, nicht alles zu wissen. Sie würden sich sonst nur unnötig aufregen.

»Wie auch immer, das können wir auch noch später besprechen«, beendete Natalie das Thema. »Zuerst sollten wir zu Gerda gehen. Das ist es schließlich, weswegen Sie hergekommen sind, nicht wahr?«

»Genau.« Alice nickte entschlossen.

11

Während sie zum Johannisstift gingen, musterte Natalie das Mädchen, das heute so unverhofft in die Mission geschneit war, unauffällig. Ihr anfängliches Misstrauen hatte sich weitgehend gelegt, fast kam sie sich albern dabei vor, geglaubt zu haben, diese zielstrebige junge Frau sei mit einem Mann wie Pavel im Bunde.

Die junge Frau, die neben ihr herging, hatte so gar nichts Düsteres oder Beunruhigendes an sich. Im Gegenteil. Alles an ihr schien offen, geradlinig und hell zu sein, angefangen von den gewellten, blonden Haaren, in denen sich das Sonnenlicht fing, der geraden Nase und dem klaren Blick, bis zu ihrem aufrechten, energischen Gang. Natalie, die es sich zum Prinzip gemacht hatte, sich so lange wie möglich ein gesundes Misstrauen gegenüber Fremden oder neuen Bekannten zu bewahren, musste zugeben, dass dieses Mädchen ihr gefiel. Obwohl sie erkennbar noch nie in ihrem Leben ihre Hände für irgendwelche Art von Arbeit benutzt hatte, hatte sie nicht gezögert, mit anzupacken und sich recht geschickt dabei angestellt. Jetzt kam es noch darauf an, wie die Begegnung zwischen ihr und Gerda verlief, dann konnte sie etwas darüber sagen, ob Alice Hardtleben für die Bahnhofsmission geeignet war. Im Laufe der Jahre hatten ihnen schon viele Frauen aus gutem Hause ihre Hilfe angeboten, doch Natalie hatte den Großteil nach kürzester Zeit wieder fortgeschickt, sehr zum Leidwesen von Pfarrer Burckhardt, der der Ansicht war, jede helfende Hand sei etwas Gutes. Diese Ansicht teilte Natalie nicht, doch es gelang ihr nicht, dem Pfarrer das klarzumachen. Gute Absichten allein genügten nicht. Gerade im Umgang mit den jungen Frauen aus oft armseligsten Verhältnissen bedurfte es einiges an Fingerspitzengefühl, die diese verwöhnten Damen voller Standesdünkel oft nicht hatten. Wenn man nichts anderes hatte als die Hoffnung auf ein besseres Leben, war Würde und Respekt etwas sehr, sehr Wichtiges. Doch das verstanden diese Frauen nicht. Sie traten selbstgerecht oder ungeschickt auf, behandelten die Mädchen gönnerhaft und von oben herab und vergraulten sie damit, richteten also mehr Schaden an, als dass sie für irgendetwas nütze waren. Und Kartoffeln schälen hatte Natalie auch noch keine von ihnen gesehen. Sie schickte diese Frauen meist weiter zu einer Organisation, die sich um in Not geratene Frauen höherer Stände kümmerte, da waren sie besser aufgehoben als bei ihnen. Bei Alice jedoch hatte sie ein gutes Gefühl, auch wenn sie es noch nicht zeigen wollte.

Jetzt hatten sie das Johannisstift erreicht. Natalie nickte Schwester Anastasia an der Pforte kurz zu und ging mit Alice gleich weiter zur Krankenstation, wo Schwester Heidrun sie begrüßte. »Gerda ist mit ihrer Bettnachbarin im Hof, ein wenig Luft schnappen«, informierte sie Natalie, während sie die Betten ausschüttelte. »Es geht ihr schon viel besser, sie ist voller Tatendrang«, fügte sie mit einem Unterton hinzu, der Natalie aufhorchen ließ. Hoffentlich machte sich das Mädchen nicht zu früh aus dem Staub. Manchmal waren diese jungen Dinger so uneinsichtig, da half alles gute Zureden nichts.

»Hast du etwas Ungewöhnliches bemerkt?«, fragte sie deshalb nach. »Hat sich an der Pforte jemand nach ihr erkundigt? Ein Mann namens Pavel vielleicht?«

Schwester Heidrun schüttelte den Kopf. »Anastasia würde keinen dieser schmierigen Kerle auch nur über die Schwelle treten lassen. Da ist sie rigoros. Der einzige Mann, der hier reinkommt, ist Pfarrer Burckhardt.«

Etwas beruhigt ging Natalie mit Alice durch das weitläufige Gebäude und erklärte ihr, dass es sich bei Pavel vermutlich um einen Schlepper handelte, der junge Frauen abzugreifen versuchte, um sie in den Fabriken als billige und vollkommen rechtlose Arbeitskräfte auszubeuten oder aber sie in eines der Bordelle in der Umgebung zu stecken. Den nächtlichen Überfall auf sie behielt sie dabei für sich. Das ging das junge Mädchen nichts an. Alice hörte schweigend zu, und Natalie erkannte, dass diese Informationen für sie vollkommen neu waren. So war es immer bei den Frauen aus besserem Hause. Sie hatten meist keine Ahnung von Schleppern, Zuhältern, den Zuständen in den Fabriken und der desolaten Lage der Dienstmädchen und Arbeiterinnen in der Stadt. Und wenn, hatten sie nur zufällig irgendwo etwas darüber gelesen. Ihre Welten berührten sich nicht. Nirgends. Und bei vielen blieb das bis an ihr Lebensende so. Es war, als ob sie schliefen, in einem Traum gefangen waren, während das eigentliche Leben an ihnen vorüberzog. Dabei war es oft gar nicht einmal ihre Schuld. Bürgerliche und adelige Frauen wurden systematisch ferngehalten von der Politik und der rauen Wirklichkeit jenseits ihrer kleinen behüteten Welt, man traute ihnen nicht zu, sich eigene Gedanken dazu zu machen. Diese Frauen wurden gehalten wie unmündige Wesen, waren nicht mehr als seidige Kaninchen in einem goldenen Käfig.

Das Johannisstift verfügte über einen großen Innenhof, in dem sich die ehemaligen Pferdeställe befanden, die Waschküche, mehrere Teppichklopfstangen, ein Bereich, um Wäsche aufzuhängen und ein großer Gemüse- und Kräutergarten. Daneben hatte man einen Bereich zur Erholung und Kontemplation geschaffen, wie die Diakonissinnen es nannten. Durch einen schmiedeeisernen Zaun abgetrennt vom hauswirtschaftlichen Bereich, gab es symmetrisch angelegte Rosenbeete, einen kleinen Steinbrunnen, der beruhigend plätscherte und eine Holzbank rund um den Stamm einer mächtigen Linde, die in der Mitte des Karrees stand und Schatten spendete. Dort trafen sie die beiden Mädchen an. Sie saßen im Schatten der dichten Blätter und unterhielten sich. Natalie konnte schon aus der Ferne sehen, dass es Gerda besser ging. Es war vor allem sie, die sprach, und sie unterstrich ihre Worte mit lebhaften Gesten. Als die Mädchen die beiden Frauen bemerkten, verstummte das Gespräch. Gerda sah ihnen neugierig entgegen, während Idas Miene sich verschloss, was Natalie einen Stich versetzte. Sie hatte sich sehr um Ida bemüht, doch nichts von ihren Vorschlägen, ein neues Leben zu beginnen, hatte bisher Erfolg gehabt. Ida schien nichts mehr von der Welt da draußen zu erwarten und verbrachte die meiste Zeit zurückgezogen in ihrem Schneckenhaus, stumm, in Gedanken weit entfernt, an einem düsteren, kalten Ort, zu dem niemand Zugang hatte. Umso schöner war es zu sehen, dass die beiden sich zu verstehen schienen. Gerda war ein fröhliches junges Mädchen, und Natalie hoffte inständig, dass sie es bliebe und das Leben ihr nicht doch noch einen Strich durch die Rechnung machte.

Jetzt trat sie auf die beiden zu. »Guten Tag, ihr zwei! Ich habe Besuch für Gerda mitgebracht.«

Das Mädchen sprang auf, und man konnte sehen, dass sie Alice wiedererkannte. »Oh. Sie! Sie besuchen mich?« Ihre Augen glänzten, während sie ihre Finger verlegen ineinander verschränkte.

Alice reichte ihr die Hand. »Ich wollte sehen, wie es dir geht.«

»Schon viel besser, danke.« Gerda machte vor Aufregung einen kleinen Knicks. »Wie haben Sie mich gefunden?«

Alice winkte ab. »Das war mehr Zufall. Wie schön, dass es dir wieder besser geht. Konntest du denn deine Freundin schon treffen?«

Gerdas Gesicht verdüsterte sich. »Sie ist nicht gekommen, um mich abzuholen. Natalie meint … sie könnte mich angelogen haben, und es gibt gar keine Stellung hier für mich.« Sie warf Natalie einen schüchternen Blick zu. »Konnten Sie was über Caroline bei der Postfiliale rauskriegen?«

»Leider nein.« Natalie schüttelte den Kopf. »Ich war dort, aber es konnte sich keiner daran erinnern, wer die Briefe abgeholt hat. Ich habe meine Adresse hinterlassen, falls sie dort noch einmal auftaucht, aber es ist unwahrscheinlich. Es liegt dort keine weitere Post für jemanden mit Carolines Namen.«

»Ich hab nachgedacht«, sagte Gerda zögernd. »Es könnte doch auch sein, dass ihr was passiert ist und sie deshalb nicht zum Bahnhof kommen konnte.«

»Aber dann hätte dieser Pavel es dir doch gesagt.«

»Er kam ja nicht dazu! Sie haben ihn ja gleich verjagt. Vielleicht, wenn er mehr Zeit gehabt hätte …«

»Aber Zeit, nach deinem Dienstbuch zu fragen, hatte er schon.«

»Er wollte doch nur wissen, ob ich tatsächlich diejenige bin, die er gesucht hat!«

»Jetzt hör mir mal zu, Mädchen.« Natalie nahm Gerda am Arm und setzte sich mit ihr zurück auf die Bank. Dort sprach sie eindringlich weiter. »Dieser Mann führt nichts Gutes im Schilde. Er ist nicht das, was er zu sein behauptet.«

»Woher wissen Sie das?«

»Ich weiß es eben.«

»Kennen Sie ihn?«

»Nicht so, wie du denkst, aber …«

»Aber dann können Sie es doch nicht wissen! Er war so freundlich, und er sah gut aus, wie ein feiner Herr …«

»Glaub mir, Gerda. Er ist böse.«

Das Mädchen starrte sie an, sagte jedoch kein Wort. Ihre Augen füllten sich mit Tränen. Alice trat dazu, setzte sich ebenfalls und legte den Arm um Gerda. »Erhole dich erst einmal«, sagte sie. »Alles andere kann man später regeln. Du bist schließlich schon weit gekommen. Von Königsberg bis hierher, das ist doch ein richtiges Abenteuer! Mit ein bisschen Geduld wirst du es auch noch weiter schaffen.« Sie reichte ihr ein Taschentuch.

»Meinen Sie?« Gerda trocknete sich die Augen.

»Ganz sicher. Aber das Wichtigste ist jetzt, ganz gesund zu werden. Du wirst deine Kraft noch brauchen. Ich bin sehr froh, dass du hier gelandet bist.« Alice lächelte sie aufmunternd an, und nach kurzem Zögern erwiderte Gerda das Lächeln. Sie blieben noch eine Weile zu viert unter der Linde sitzen. Alice sprach auch mit Ida, die bei ihren freundlichen, ehrlich interessierten Fragen ein klein wenig auftaute, und Natalie, die Alice und die beiden Mädchen beobachtete, fasste einen Entschluss.

»Wenn Sie wirklich möchten, würde ich mich freuen, wenn Sie bei uns mitmachten«, sagte sie zu Alice, nachdem sie sich von den beiden Mädchen verabschiedet hatten und den Innenhof verließen. »Sie haben ein gutes Gespür. Die Mädchen mögen Sie. Das ist nicht selbstverständlich.«

Alice blieb stehen. »Tatsächlich? Ich kann bei Ihnen arbeiten? Oh, wie wunderbar!«

Die junge Frau schien kurz davor, wie ein kleines Mädchen in die Hände zu klatschen, konnte sich jedoch offenbar im letzten Moment noch beherrschen. Natalie lachte. »Freuen Sie sich nicht zu früh! Diese Arbeit ist anstrengend und oft enttäuschend, Sie bekommen es mit schmutzigen, erschöpften und kranken Menschen und ihren traurigen Geschichten zu tun, mit Trinkern und Verrückten, und die Mädchen, denen Sie versuchen zu helfen, sind oft undankbar und wissen unsere Hilfe nicht zu schätzen. Außerdem wird es miserabel bezahlt. Nämlich gar nicht.«

»Wunderbar!«, wiederholte Alice und strahlte. »Wann kann ich anfangen? Wie oft kann ich kommen?«

»Sofort, wenn Sie möchten. Und Sie kommen, wann immer Sie Zeit haben. Besprechen Sie das mit Hedwig, sie koordiniert die Helferinnen. Aber da es ja eine ehrenamtliche Arbeit ist, sind Sie ziemlich frei in Ihrer Zeiteinteilung. Nur ich und Marthe, die Köchin, sind bei der Kirche angestellt und fast immer da.« Sie reichte Alice die Hand. »Auf gute Zusammenarbeit.«

Sie gingen gemeinsam zurück zur Bahnhofsmission. Alice meinte, sie habe noch Zeit, bevor sie zurück nach Hause musste.

»Wo wohnen Sie denn?«, wollte Natalie wissen.

»In der Alsenstraße«, gab Alice zurück, so als sei es das

Allernormalste der Welt, in einem der elegantesten Viertel von ganz Berlin zu wohnen. Natalie kannte das Quartier am Spreebogen aus ihren Zeiten als »Comtesse de Pougy«. Dort befanden sich neben herrschaftlichen Villen auch viele Botschaften, und sie war hin und wieder auf einem der Feste dort eingeladen gewesen. Sie musterte die junge Frau unauffällig von der Seite. Ihr Vater konnte nicht nur ein kleiner Allgemeinarzt sein. Wer im Alsenviertel wohnte, hatte nicht nur Geld, sondern auch eine gesellschaftliche Stellung, die einen solchen Wohnsitz rechtfertigte.

Es war kurz nach drei, der Markt am Vorplatz hatte sich inzwischen aufgelöst, Straßenkehrer fegten mit großen Reisigbesen den Abfall zusammen. Tauben hüpften zwischen den Müllhaufen herum und pickten nach Essensresten. Ein paar Männer standen vor dem Kiosk neben dem Eingang zur Bahnhofshalle und tranken Bier. Ihren geröteten Gesichtern und dem unsicheren Stand nach taten sie das schon seit dem Vormittag. Als sie vorbeigingen, riefen die Männer ihnen derbe Anzüglichkeiten hinterher, und Natalie bemerkte, wie Alice erschrocken zusammenzuckte, jedoch bemüht war, es sich nicht anmerken zu lassen. Kein Wunder, dachte sie. Das war vermutlich das erste Mal, dass jemand sie auf diese Weise ansprach. Umso erstaunlicher war es, dass sie hierhergekommen war, noch dazu allein. Natalie bezweifelte, dass Alices Eltern davon wussten, egal, was das Mädchen ihr gegenüber behauptet hatte. Doch das ging sie nichts an. Sie hatte noch nie etwas davon gehalten, sich in die privaten Angelegenheiten anderer Menschen einzumischen. Alice war hierhergekommen und hatte ihre Hilfe angeboten. Sie schien anständig zu sein und ehrlich bemüht. Das reichte ihr. Aber wenn diese

Mitarbeit von Dauer sein sollte, würde das Mädchen sich ganz schnell abhärten müssen, sonst würde sie von einem Schock in den nächsten fallen. Allerdings schien Alice einen starken Willen zu haben, sie wirkte sehr entschlossen, was ein gutes Zeichen war.

Rasch durchquerten sie die Bahnhofshalle und blieben einen Moment bei Willi stehen, der wie üblich auf seinem Lumpenberg thronte und Passanten beschimpfte. Während Natalie sich kurz mit ihm unterhielt und ein paar Scherze machte, stand Alice schweigend daneben. Natalie hatte das Gefühl, sie beobachtete, sog alles in sich auf wie ein Schwamm. Natalie fragte sich, was sie wohl dazu bewogen hatte, ausgerechnet in der Bahnhofsmission helfen zu wollen. Normalerweise reichte es solchen Mädchen schon, einmal im Jahr für den Weihnachtsbasar einen Kissenbezug zu besticken, um sich nützlich zu machen. Tiefer wollten sie für gewöhnlich nicht eintauchen. Schon gar nicht, wenn sie aus einer Gegend wie dem Alsenviertel kamen.

Als sie sich anschickten weiterzugehen, verabschiedete sich Alice von Willy mit einem höflichen »Auf Wiedersehen«, was dieser mit einem herzhaften Fluch beantwortete.

»Denken Sie sich nichts dabei«, sagte Natalie. »Er meint es nicht so.«

»Ich denke mir nichts«, erwiderte Alice, einigermaßen um Fassung bemüht. »Der Mann steckt vermutlich so voller Wut, dass es immer wieder mal herausmuss. Wie bei einem Dampfkessel, nicht wahr? Der zischt auch immer wieder, ohne dass etwas passiert.«

Natalie lachte auf. Darauf, Willy mit einem Dampfkessel zu vergleichen, wäre sie im Leben nicht gekommen. Aber es war gar nicht so abwegig. Sie wusste nicht, was ihm widerfahren war, aber mit Wut und Zorn hatte er definitiv zu kämpfen.

Als sie die Bahnhofsmission erreichten, überkam Natalie wie immer ein Gefühl des Stolzes, wenn sie das Schild mit dem orangefarbenen Johanniterkreuz neben der unscheinbaren Holztür erblickte. Sie hatte dazu beigetragen, dass dieser Zufluchtsort entstehen konnte. Sie war ein Teil davon. Dieser Raum, die Menschen, die hier arbeiteten, das war ihre Heimat. Etwas, was sie nie zuvor besessen hatte. Sie freute sich darauf, dem Pfarrer und den anderen Frauen die ungewöhnliche junge Frau an ihrer Seite als neue Helferin vorzustellen. Doch als sie eintraten, wurde schnell klar, dass dies noch warten musste. Etwas war vorgefallen. Hedwig saß am Tisch, die Hände vors Gesicht geschlagen und weinte so heftig, dass ihre Schultern bebten. Margarethe, Marthe und die Gräfin standen hilflos um sie herum. Marthe hatte einen dampfenden Becher Tee und einen Teller Kekse in der Hand, schien jedoch vergessen zu haben, was sie damit wollte.

»Was ist passiert?«, fragte Natalie alarmiert und vergaß Alice für einen Moment.

Die Gräfin, die neben Hedwig saß und ihr über den Rücken strich, sah auf. »Natalie! Gut, dass du da bist. Hedwig kam gerade völlig aufgelöst herein. Seitdem weint sie.«

»Wurde sie überfallen? Ist sie verletzt?« Sie war mit wenigen Schritten bei Hedwig und ging neben ihr auf die Knie. Hedwig hob den Kopf und wischte sich hastig über die Augen. »Es ist alles gut. Es ist eigentlich gar nichts passiert.«

Was offensichtlich nicht stimmte. Ihre roten, vom Weinen geschwollenen Augen und der verängstigte Gesichtsausdruck straften ihre Worten Lügen.

»Was ist los? Erzähl«, forderte Natalie und zog sich einen

Stuhl heran. Nun besann sich auch Marthe und stellte die Tasse und die Kekse vor Hedwig auf den Tisch, bevor sie sich ebenfalls setzte. »Trink 'nen Schluck heißen Tee, Hedwig, dit beruhigt«, sagte sie.

»Danke.« Hedwig zog ein Taschentuch aus dem Ärmel ihres Kleides und schnäuzte sich. Nach und nach gelang es Natalie, aus ihrer etwas wirren Schilderung zu erfahren, was vorgefallen war. Offenbar hatten mehrere Männer sie am Bahnsteig eingekreist und bedrängt. »Sie haben mich geschubst und anstößige Dinge gesagt, die ich nicht wiederholen kann. Und sie haben mich …«, Hedwig schluckte, und ihre immer zartrosa Wangen färbten sich dunkelrot, »… angefasst.« Sie schlug die Hände wieder vors Gesicht.

Margarethe stieß einen kleinen, hohen Schrei aus und rief: »Gute Güte, diese Unholde!«

Da gerade ein Zug eingefahren und der Bahnsteig voll mit Menschen gewesen war, hatte niemand etwas bemerkt, niemand eingegriffen. Ausgerechnet Hedwig musste so etwas passieren. Die allzu zart besaitete Witwe eines Apothekers, die äußerst prüde war und keine Kinder hatte, errötete bereits, wenn jemand das Wort Schenkel in den Mund nahm, selbst wenn es sich dabei um Hühnerschenkel handelte. Anstößige Worte und gar Taten kamen in ihrem Kosmos nicht vor.

Jetzt begann sie wieder zu weinen. »Ich schäme mich so!«, kam es jetzt undeutlich zwischen ihren Händen hervor.

»Wat für'n Quatsch!«, empörte sich Marthe. »Diese Kerle sollten sich schämen, aber du doch nicht!«

»Hast du die Männer vorher schon mal gesehen?«, wollte Natalie wissen.

Hedwig ließ die Hände sinken und schüttelte den Kopf. »Ich weiß es nicht.«

»Wie sahen sie denn aus?«

»Ich kann mich nicht genau an ihre Gesichter erinnern. Ich … ich habe zu Boden geschaut.« Sie schluchzte erneut auf und tupfte sich dann mit dem Taschentuch behutsam über das Gesicht. »Ich möchte nach Hause«, sagte sie leise.

»Natürlich!« Margarethe, die voluminöse Gattin des Geheimrats Bösinger und Hedwigs beste Freundin, stand auf. »Ich begleite dich. Wir nehmen uns eine Droschke.«

Erst als die beiden Frauen den Raum verließen, fiel Natalie Alice wieder ein. Sie stand neben der Tür und schien nicht recht zu wissen, was sie tun sollte. Natalie winkte sie zu sich. »Alice kennt ihr ja schon«, sagte sie. »Sie wird in Zukunft bei uns mitarbeiten.«

»Hab ick mir doch gleich jedacht!«, rief Marthe zufrieden. »Dit Mädel passt zu uns.«

Auch die Gräfin lächelte. »Dann noch einmal ein herzliches Willkommen.«

Alice setzte sich zu ihnen. Sie wirkte erschrocken, aber nicht verstört. Ihre Augen glänzten, und ihre Wangen waren vor Aufregung leicht gerötet. »Sollte das nicht zur Anzeige bei der Polizei gebracht werden?«, fragte sie.

Die Gräfin nickte. »Sehe ich genauso.«

»Was sollen wir denen denn sagen? Dass Hedwig im Gedränge am Bahnsteig von Männern geschubst wurde, an deren Gesichter sie sich nicht erinnert? Die lachen sich doch kaputt«, wandte Natalie ein und schüttelte den Kopf. »Wir sollten lieber wachsam sein, damit das nicht noch einmal passiert.«

»Noch einmal passiert? Was redest du denn da?« Die Gräfin sah Natalie beunruhigt an. »Dieser Vorfall war doch sicher nur ein dummer Zufall. Hedwig war zur falschen Zeit am falschen Ort und ist ein paar Betrunkenen begegnet, denen es Spaß gemacht hat, eine ältere Dame zu ängstigen. Heute war Markt, das nehmen die Männer aus der Gegend oft zum Anlass, sich zu betrinken, das wissen wir doch.«

»Und du glaubst, das war alles? Ein Zufall?«

Die Gräfin hob fragend die Augenbrauen. »Du etwa nicht?«

»Nein.«

»Du meinst, die Kerle hatten es auf Hedwig abjesehen?«, mischte sich nun Marthe in das Gespräch ein.

»Wir sollten die Möglichkeit zumindest in Betracht ziehen, dass das ein Angriff gegen uns alle war. Die Bahnhofsmission hat nicht nur Freunde.« Sie zögerte, dann gab sie sich einen Ruck und erzählt ihnen von Pavel und dem nächtlichen Überfall. »Zwei Vorfälle so kurz hintereinander, das wäre doch ein bisschen viel Zufall, oder?«

Die beiden Frauen sahen sie entsetzt an. »Du wurdest richtig bedroht?«, rief die Gräfin. »Um Himmels willen, Natalie, das ist grauenhaft!«

»Na ja, es ist ja nichts weiter passiert«, versuchte Natalie zu beschwichtigen. Die Verletzung mit dem Messer hatte sie nicht erwähnt. »Der Polizist war ja in der Nähe und hat den Kerl rasch verscheucht. Er wird es nicht noch einmal versuchen.« Sie klang zuversichtlicher, als sie sich fühlte. Ein Mann wie Pavel würde sich vermutlich von einem einzelnen Polizisten nicht einschüchtern lassen.

Die Gräfin warf ihr einen skeptischen Blick zu, und Marthe schnalzte zweifelnd mit der Zunge. »Na, ick weeß ja nicht«, murmelte sie. »Mit solche Leute is nich zu spaßen.«

»Eben. Daher sollten wir uns überlegen, wie wir uns in Zukunft zur Wehr setzen können.«

Die Gräfin, sonst recht hart im Nehmen, runzelte die Stirn, und auch Marthe sah etwas blass um die Nase aus.

»Uns wird schon was einfallen«, beteuerte Natalie energisch. »Ich jedenfalls werde nicht die Hände in den Schoß legen und zusehen, wie unsere Arbeit kaputtgemacht wird.«

»Ob Hedwig dit wohl jenauso sieht?« Marthe begann, den Tisch abzuräumen, und Alice sprang auf, um ihr zu helfen. Marthe goss etwas heißes Wasser vom Kessel in den Spülstein und wusch die Teetassen sauber, während Alice sie abtrocknete und auf das Bord darüber stellte. Natalie und die Gräfin hingen schweigend ihren Gedanken nach, so dass nichts als das leise Plätschern des Spülwassers und das Ticken der Uhr über der Tür zu hören war.

Normalerweise genoss Natalie diese friedliche Stimmung, die sich meist am späten Nachmittag einstellte, wenn keine Fernzüge mehr eintrafen, alle Arbeit getan war und niemand mehr etwas von ihnen forderte. Sie mochte es, wenn sie zusammen mit den anderen den Raum für den nächsten Tag wieder in Ordnung brachte, den Linoleumfußboden kehrte oder nass durchwischte, die Flugblätter und Informationszettel sortierte oder mit Marthe besprach, was an Lebensmitteln für die nächsten Tage benötigt wurde. Es gab ihr ein Gefühl von Frieden und Gewissheit, das ihrige für diesen Tag geleistet zu haben. Heute jedoch mochte sich dieses Gefühl nicht einstellen. Im Gegenteil. Sie empfand die Stille, das Ticken der Uhr, die leisen Geräusche als bedrohlich, so als warteten sie alle auf etwas, ein Verhängnis, das jeden Moment über sie hereinbrechen würde. Den anderen Frauen schien es ähnlich zu gehen. Niemand plauderte so wie sonst über die Ereignisse des Tages, noch nicht einmal Alice, die mit Sicherheit viele Fragen hatte, sagte etwas.

Als plötzlich die Tür aufgerissen wurde, fuhren alle vier vor Schreck zusammen. Ein völlig aufgelöstes junges Mädchen stolperte herein. »Bitte helfen Sie mir!«, stieß sie in höchster Verzweiflung hervor, dann brach sie zusammen.

Sie hatten sie nach hinten gebracht und auf eine der Pritschen gelegt, und langsam kam sie wieder zu sich. Das Mädchen war jung, sehr jung, Natalie schätzte sie auf etwa vierzehn. Sie schien einen weiten Weg gerannt zu sein, ihr Atem ging rasend schnell. Behutsam strich sie ihr die aufgelösten Haare aus dem schweißnassen Gesicht. Dabei sah sie, dass das Mädchen ein blaues Auge hatte. Außerdem war ihre Unterlippe aufgesprungen, und auf ihrer Wange befand sich ein langer Riss, wie von einem scharfen Gegenstand. Das Mädchen war geschlagen worden. Vermutlich von jemandem, der einen Ring getragen hatte. Jetzt richtete sie sich auf und sah sich um. »Was ist passiert?«, rief sie mit zitternder Stimme.

»Du bist kurz ohnmächtig geworden«, sagte Natalie. »Vermutlich vor Anstrengung.«

Das Mädchen nickte, und langsam beruhigte sich ihr Atem etwas. Natalie reichte ihr einen Becher gesüßten Tee. »Trink ein paar Schlucke, dann erzählst du uns, was geschehen ist.« Sie hatte die aufgeschürften Knie des Mädchens gesehen, die beginnenden Blutergüsse und Blutflecken an den Innenseiten der Oberschenkel und erwartete nichts Gutes.

Als das Mädchen, das Babette hieß, schließlich zu erzählen begann, war es die übliche Geschichte. Und das war vermutlich das Traurigste daran. Dass sich die Dinge einfach immer und immer wiederholten. Babette war vor Kurzem mit dem Zug aus Pommern angekommen. Ihre bettelarmen Eltern, die noch sieben Geschwister durchzufüttern hatten, hatten sie in die Stadt geschickt, um dort eine Anstellung zu finden. Ohne Plan und kaum Geld in der Tasche war sie angekommen. Schon am Bahnhof hatte eine Frau sie angesprochen, »eine feine Dame«, wie Babette meinte. Sie habe ihr angeboten, ihr eine Stellung bei einer Bekannten zu besorgen, die ein neues Dienstmädchen brauche und sie gebeten habe, bei der Suche zu helfen. Einstweilen könne sie in einem Gasthaus in der Nähe des Bahnhofs unterkommen, bei einer netten Frau, die dafür kein Geld verlange. Babette hatte ihr Glück kaum fassen können. Ohne Argwohn war sie mit der Frau in das Gasthaus in der Nähe des Alexanderplatzes gegangen. Tatsächlich hatte die Wirtin, die sich als Claire vorstellte, kein Geld verlangt und war sehr freundlich zu ihr gewesen. Sie hatte ihr eine kleine Schlafkammer zur Verfügung gestellt, ihr Essen gebracht und ihr sogar vorgeschlagen, ihr neue Kleidung zu besorgen, damit sie für die neue Herrschaft respektabel aussehe. Babette hatte sich wie im Himmel gefühlt. Doch dann war schnell das böse Erwachen gekommen. Zunächst war die feine Dame, die sie am Bahnhof angesprochen und hergebracht hatte, nicht, wie versprochen, am nächsten Tag zurückgekommen. Babette, die nicht gewusst hatte, wohin, hatte daher das Angebot der Wirtin, einstweilen im Gasthof zu bleiben, dankbar angenommen. Dann jedoch legte Claire ihre anfängliche Freundlichkeit ab und verlangte von ihr, die Kosten für die neue Kleidung, Kost und Logis abzuarbeiten. Babette sollte bedienen und dabei »nett zu den Gästen sein«. Als sie schließlich gestern Abend vor einem Mann, der sie auf seinen Schoß zerrte und küssen wollte, zurückgewichen war, hatte Claire sie geschlagen und in ihr Zimmer gesperrt.

»Dann ist der Mann hereingekommen«, flüsterte das Mädchen mit tonloser Stimme. Natalie schwieg und wartete, bis sie von selbst wieder anfing zu sprechen. Auch die anderen sagten kein Wort. Es schien, als hielten sie alle den Atem an. »Er hat … er hat … ich habe geblutet.« Sie schluckte hart, und eine einzelne Träne rollte über ihre Wange. »Claire hat mich nicht mehr rausgelassen. Ich habe den ganzen Tag nur auf dem Bett gelegen und geweint. Niemand ist gekommen und hat nach mir gesehen oder mir was zu essen oder zu trinken gebracht. Und dann, irgendwann am Nachmittag, habe ich begriffen, dass am Abend wieder Gäste kommen würden und vielleicht wieder einer der Männer …« Ihr versagte einen Moment die Stimme, und sie wandte den Blick ab. Ihr Kinn zitterte.

Natalie strich ihr beruhigend über den Kopf. »Wie hast du es geschafft zu fliehen?«, fragte sie schließlich.

»Ich bin aus dem Fenster gesprungen.«

»Aus dem ersten Stock?«, rief Alice so ungläubig, als sei dies das Schlimmste an der Geschichte.

Babette nickte. »Das war gar nicht so schlimm. Ich bin auf Kohlesäcken gelandet.«

Natalie warf einen Blick auf die zerschundenen, blutigen Knie des Mädchens. Gemessen an den übrigen Schmerzen waren die Knie vermutlich wirklich zu vernachlässigen.

»Wie bist du hierhergekommen? Woher wusstest du von uns?«, wollte die Gräfin wissen.

»Als ich mit dem Zug angekommen bin, hab ich in der Halle Schilder hängen sehen, wo draufstand, dass man zur Bahnhofsmission kommen kann, wenn man nicht mehr weiter weiß. Ich hab nicht richtig drauf geachtet, aber als ich heute durch die Straßen gelaufen bin und einen Wegweiser zum Bahnhof gesehen habe, hab ich mich wieder dran erinnert. Ich bin gelaufen und gelaufen. Ich hatte solche Angst, dass sie mich wieder einfangen.« Babette begann wieder zu weinen, aber die Erschöpfung war so groß, dass nur noch ein paar trockene Schluchzer herauskamen. Natalie wandte sich an Marthe. »Sie hat seit gestern nichts mehr gegessen, kein Wunder, dass sie ohnmächtig wurde.«

Marthe verstand augenblicklich. »Ich mache ein paar Brote. Vielleicht ist auch noch etwas Kuchen da.«

»Ich helfe Ihnen«, sagte Alice und ging mit Marthe in den Küchenbereich. Sie wirkte verstört, und Natalie hatte Mitleid mit ihr. Als sie darüber nachgedacht hatte, dass Alice sich würde abhärten müssen, hatte sie nicht daran gedacht, dass sie es gleich an ihrem ersten Tag mit einer Vergewaltigung zu tun bekommen würde.

Einen Moment lang herrschte Schweigen, dann legte Natalie ihren Arm um das Mädchen, drückte es und sagte: »Du bist hier in Sicherheit. Es wird alles gut.«

»Sie werden mich suchen, ganz sicher. Claire hat gemeint, ihr ist noch nie jemand etwas schuldig geblieben. Ich habe kein Geld, um die Frau zu bezahlen ...«

»Darum kümmere ich mich.«

Die Gräfin schüttelte unmerklich den Kopf, und Natalie wusste, was sie ihr damit zu sagen versuchte: Lass es gut sein. Das geht zu weit. Doch Natalie konnte es nicht gut sein lassen, und es ging ihr auch nicht weit genug. Sie würde sich darum kümmern, gleichgültig, was die anderen sagten.

12

Natalie stand vor dem zweistöckigen Haus, das sich ganz harmlos *Claire's Bierstube* nannte, aber eigentlich ein Bordell war, was in der Gegend jeder wusste. Es war nur einen Steinwurf entfernt von der Mulackritze, einer Kneipe, die früher einmal Natalies Stammlokal gewesen war, weshalb sie Claire und ihre angebliche Bierstube kannte. Die Mulackstraße, wo sich beide Lokale befanden, war so eng und schmal, dass sie tatsächlich mehr mit einer Ritze im feuchten Mauerwerk zu tun hatte als mit einer Straße. Eine gemütliche Bierstube oder gar ein Restaurant, in dem man gepflegt essen und trinken konnte, gab es hier kein einziges. Dafür gab es alles andere, was für Geld zu haben war. Natalie schürzte ihre Röcke, um sich nicht in dem Abwasser, das sich hier überall in schillernden, stinkenden Pfützen sammelte, den Saum zu beschmutzen und ging auf die Tür von *Claire's Bierstube* zu.

»Wat will denn so 'ne Zimperliese wie du bei Klärchen?«, kam es höhnisch von einer der Frauen, die an der Hausmauer lehnten, mit nackten, bleichen Beinen unter ihren Röcken, roten Lippen und harten Augen. »Pass bloss uff, dass du nicht stolperst und in der Scheiße landest. Dann is' Schluss mit etepetete.«

Die anderen Frauen lachten.

»Kümmre dich um deinen eigenen Scheiß, Stiefelfrieda«, sagte Natalie kühl, ohne sich zu der Frau umzudrehen. Als sie die Tür zu dem Lokal öffnete, hörte sie noch, wie die Angesprochene scharf die Luft einzog und »Natalie, bist du dit?« rief. Sie reagierte nicht, sondern trat ein. Der Geruch nach kaltem Zigarettenrauch und abgestandenem Bier schlug ihr entgegen. Es war noch zu früh für Claire, ebenso wie für die Mulackritze. Hier begann das eigentliche Treiben erst ab Mitternacht, und Natalie war dies ganz recht, denn sie wollte Claire möglichst alleine antreffen. Sie hatte extra eines ihrer elegantesten Kleider angezogen, was völlig unpassend in dieser Umgebung wirkte und deshalb genau richtig war. Das elegant geschnittene Kleid aus moosgrün schimmerndem, teurem Seidenstoff, und der dazu passende, extravagante Hut hoben sie deutlich ab von den bedauernswerten Frauen draußen, in ihrem billigen Flitter, der ihnen zerknittert am Leibe hing wie zu oft benutztes Geschenkpapier, nur dazu da, es aufzureißen und wegzuwerfen.

Die Bierstube war ein einziger schmaler Schlauch, mit abgetretenen Holzdielen, in die sich der Schmutz von Jahrzehnten festgetreten hatte und dunkelrot gestrichenen Wänden, die selbst im gnädigen Licht der Kerzen schmuddelig wirkten. Vorne gab es eine Theke sowie einige nackte Tische mit Kerzenstummeln darauf, im hinteren Bereich standen zwei Sofas. Die vergilbten Bilder darüber sollten wohl so etwas wie Wohnzimmeratmosphäre verbreiten. Neben den Sofas führte eine Treppe in den ersten Stock, wo sich die Zimmer befanden, der eigentliche Zweck des Etablissements. Das Lokal war noch leer, lediglich im rückwärtigen Teil saßen zwei Frauen auf einem der Sofas und unterhielten sich. Natalie konnte sie im Dämmerlicht nicht genau sehen, ihre hellen Stimmen verrieten jedoch, dass sie jung waren. Zu jung vermutlich.

Claire, die eigentlich Klara Moltke hieß, stand hinter dem Tresen und rauchte Pfeife. Sie war um die sechzig, klein und dick wie ein Fass, mit einer Oberweite, die wie ein eingetrockneter, blasser Hefeteig aus dem Ausschnitt ihres Kleides quoll. Sie war stark geschminkt, und ihre blondierten Haare waren zu einem schlampigen Vogelnest aufgetürmt.

»Wat wolln Se?«, fragte sie, und ihr pampiger Unterton verriet, dass Natalie besser mit »Nichts« antworten und schnell das Weite suchen sollte, da sie offenkundig kein zahlungskräftiger Freier war.

Natalie lächelte schmal. »Warum so förmlich, Klara?«

Die Frau kniff die Augen zu schmalen Schlitzen zusammen und musterte sie genauer. »Natalie?« Sie paffte ein wenig und fügte hinzu: »Dachte, du wärst längst vor die Hunde jegangen.«

»Bin ich nicht, wie du siehst.«

Klara nickte, wenig erfreut. »Warst im Knast, hab ick jehört.«

»Ist lange her.«

Klara warf einen abschätzigen Blick auf ihr Kleid. »Bist wieder uff die Füße gefallen, so wie's aussieht.«

»Kann man so sagen«, erwiderte Natalie knapp.

Einen Moment schwiegen beide, betrachteten sich abwartend, taxierend. Am Ende war es Klara, die das Schweigen brach. »Und wat willste? Bist ja wohl nicht auf 'ne Molle vorbeigekommen, um auf alte Zeiten anzustoßen.«

Natalie und Klara hatten nie gemeinsame alte Zeiten gehabt. Sie kannten sich nur, weil Natalie oft in der Nachbarkneipe verkehrt war, wo sie sich hin und wieder begegnet waren. Natalie war Klara Moltke schon damals zuwider gewesen. In einem Umfeld, wo jeder sich selbst am nächsten war, waren gewisse Umgangsregeln, ein letzter Rest Anstand und zumindest ein Funken Warmherzigkeit umso wichtiger. Klara hatte nichts davon. Sie war gierig, boshaft und gemein, und man musste schon blind oder so naiv wie Babette sein, um dies nicht in den ersten fünf Minuten zu erkennen.

»Dir geht seit heute Nachmittag ein Mädchen ab.«

»Wer sagt dit?«

»Das Mädchen selbst. Sie heißt Babette und hat ein blaues Auge.«

Klara beugte sich über den Tresen. Ihre wässrigen, farblosen Augen funkelten böse. »Wo ist das kleine Luder?«, zischte sie. Ihr schaler Atem, der nach Pfefferminzlikör und Tabak roch, streifte Natalie. Sie lachte auf. »Du glaubst doch wohl nicht, dass ich dir das verrate?«

Klara packte Natalie am Arm. »Dit is mein Mädchen. Wenn du gloobst, du kannst hier selber wat aufziehen, und dit mit meiner Ware, dann haste dir jeschnitten.«

Natalie entzog sich mit einem Ruck ihrem Griff. »Eher würde ich Kröten fressen.«

»Wat interessiert dich die Göre dann?«, wollte Klara wissen und verschränkte die Arme vor dem Busen.

»Sie ist eine Freundin. Und ich mag es nicht, wenn Freundinnen von mir schlecht behandelt werden.«

»'ne feine Freundin haste da. Dit is 'ne Diebin! Macht Schulden bei mir und haut dann ab. Hab se jut behandelt, und dit is der Dank dafür.« Sie stellte eine empörte Miene zur Schau.

Obwohl ihr eine Menge eingefallen wäre, verzichtete Natalie darauf, dies zu kommentieren. »Wie viel?«, fragte sie.

Der Gesichtsausdruck der Frau änderte sich. Ihr Blick bekam etwas Lauerndes, Gieriges. »Da muss ick erst nachsehen«, sagte sie bedächtig und kramte suchend in den Zetteln zwischen den Gläsern und Schnapsflaschen hinter der Theke herum, so als führe sie allen Ernstes Buch. Als sie Natalie schließlich einen Betrag nannte – ohne tatsächlich irgendwo nachgesehen zu haben – war dieser so absurd hoch, dass Natalie fast gelacht hätte. Babette hätte im Adlon logieren und sich von der Schneiderin der Kaiserin ausstaffieren lassen müssen, um einen solchen Betrag zu rechtfertigen. Sie nahm ihre Geldbörse heraus, entnahm ihr ein paar Scheine und schob sie über den schrundigen Tresen.

»Wat soll ick denn mit die paar Pimpalinge?«, maulte Klara, als sie einen Blick darauf geworfen hatte. »Dit reicht im Leben nicht.«

»Doch. Tut es. Damit sind Babettes Schulden mehr als bezahlt.«

»Und wat is, wenn nicht? Wat machste dann? Etwa Polente rufen?«

Es kostete Natalie Überwindung, den Namen auszusprechen, dennoch tat sie es. Er war ihr Trumpf, ihr Ass im Ärmel. »Dann spreche ich mit Maxim.«

In Klaras Augen flackerte Unsicherheit auf. »Dit wagste nicht.«

»Lass es drauf ankommen.«

Wieder herrschte ein paar Augenblicke Schweigen. Klara musterte Natalie mit einem so scharfen Blick, als könne sie damit ergründen, ob sie tatsächlich nach all den Jahren noch die Macht hatte, ihr Maxim Laski auf den Hals zu hetzen. Schließlich schien sie einen Entschluss zu fassen. Mit einer so flinken Handbewegung, dass es einem Taschenspielertrick gleichkam, schnappte sie sich die Scheine und stopfte sie sich in den Ausschnitt. »Kannst die Göre behalten. Taugt sowieso für nüscht«, brummte sie.

»Ich brauche noch Babettes Gepäck. Sie hatte einen Koffer dabei und trug andere Kleider, als sie hier ankam.«

Klara drehte sich um und rief nach hinten zu den Mädchen, die noch immer auf dem Sofa saßen: »Caro! Hol den Plunder von Babette runter.« Eines der Mädchen stand auf und stieg wortlos die Treppe nach oben. Natalie horchte auf: Caro. Als Caro kurz darauf zurückkam und einen ärmlichen Pappkoffer vor ihr abstellte, betrachtete Natalie sie genauer. Gerda hatte ihre unzuverlässige Freundin Caroline schwärmerisch als blond und wunderschön beschrieben, mit einem Gesicht wie ein Engel. Jeder der Knechte und Diener auf dem Hof hätten ihr schöne Augen gemacht. Das Mädchen hier war blond und drall, mit einem weichen, etwas pausbäckigen Gesicht und großen blauen Augen. Ganz hübsch, aber man konnte jetzt schon sehen, dass sie es nicht lange bleiben würde. Ihre Züge hatten etwas Konturloses und Unbestimmtes, so als ob demjenigen, der angefangen hatte, sie zu modellieren, plötzlich langweilig geworden wäre und er sich etwas Spannenderem zugewandt hätte.

»Heißt du Caroline?«, fragte Natalie.

»Ja, warum?«

»Ich soll dich schön grüßen. Von Gerda.«

Es war ein Schuss ins Blaue, aber er traf. Ertappt wich das Mädchen zurück. »Wwwieso von Gerda?«, stammelte sie. »Ich weiß nicht, wen Sie meinen …«

»Sie ist vorgestern wie vereinbart angekommen, wurde aber nicht abgeholt. Hast du vielleicht die Uhrzeit vergessen?«

Caroline schluckte. Eine flammende Röte überzog ihre

Wangen. »Sie verwechseln mich«, flüsterte sie und warf einen scheuen Seitenblick zu Klara, die sich gerade ein Glas leuchtend grünen Pfefferminzlikör eingoss.

»Wat zum Henker willste jetzt auch noch von Caro?«, mischte sie sich prompt ein. »Die ist schon länger bei mir, mit der haste nüscht zu schaffen.« Sie kippte ihr Glas auf ex.

»Hat Caro den Auftrag, dir neue Mädels vom Land herzulocken?«, wandte sich Natalie nun an sie.

Klara runzelte die Stirn und wirkte jetzt ausnahmsweise ehrlich, wenn auch nur ehrlich überrascht. »Hä? Wovon redest du?«

»Bitte!«, flehte das Mädchen jetzt. »Sie verwechseln mich.«

Natalie ignorierte ihr Flehen und fragte Klara: »Arbeitet Pavel auch für dich?«

Klara wirkte noch überraschter als zuvor. »Wat für'n Pavel? Wer soll dit sein?«

Caroline stellte ebenfalls eine ratlose Miene zur Schau, doch dahinter zeigte sich etwas anderes: Angst. Sie sagte kein Wort, doch ihre Augen beschworen Natalie zu gehen.

Natalie begriff. Um mehr über Pavel herauszufinden, musste sie mit dem Mädchen alleine sprechen. Klara hatte damit offenbar nichts zu tun. »Ich habe dich tatsächlich verwechselt, Caro. Tut mir leid.« Sie griff nach dem Pappkoffer, der überraschend leicht war. Entweder hatte man sich daran bedient, oder Babette besaß einfach nicht mehr, was mitzunehmen sich gelohnt hatte.

»Hau ab und komm bloß nich wieder!«, rief Klara über den Tresen, als Natalie sich zum Gehen wandte. »Man hätte dich gleich nach deiner Geburt wie 'ne Katze ersäufen sollen, du französische Hexe!«

Zurück auf der Straße atmete Natalie auf. Sie fühlte sich klebrig, obwohl sie nichts angefasst, nichts getrunken hatte. Der Geruch von *Claire's Bierstube* haftete an ihr, hatte sich in ihren Haaren und in ihrem Kleid verfangen. Mit dem Pappkoffer unter dem Arm raffte sie erneut ihre Röcke, stieg ein weiteres Mal über die Pfützen und warf dann einen Blick die Straße entlang. Es war dunkel geworden, und die Gaslampen warfen einen matten Schein auf das unebene Kopfsteinpflaster. Ein gelblicher Vollmond hing wie eine überreife Frucht am Himmel. Im Schatten der Hauseingänge bewegten sich verstohlene Gestalten. Die Mädchen und ihre Freier verhandelten oder kamen gleich zur Sache, mal mehr, mal weniger leise. Von Stiefelfrieda, der alten Hure, die sie vorhin angesprochen hatte, war nichts mehr zu sehen. Sie hieß so, weil sie bei der Arbeit angeblich nie ihre Schuhe, wadenhohe schwarze Schnürstiefeletten, auszog, was manche Männer offenbar so unwiderstehlich fanden, dass sie seit Jahrzehnten nur zu ihr gingen.

Etwa zweihundert Meter entfernt leuchtete eine kleine Laterne über dem Eingang eines zweistöckigen Hauses. Auch diese Kneipe hatte einen verhältnismäßig hochtrabenden Namen, *Sodtke's Restaurant*, doch es war bei allen nur unter Mulackritze bekannt. Natalie zögerte. Sie sollte umkehren, das Scheunenviertel auf demselben Weg verlassen, auf dem sie gekommen war. Doch ihre Beine hatten sich bereits in entgegengesetzter Richtung in Bewegung gesetzt. Langsam ging sie auf die Kneipe zu, die für einige Zeit so etwas wie ihr Zuhause gewesen war. Hier war sie gelandet, mit knapp siebzehn, als sie Cleo bei Nacht und Nebel verlassen hatte. Sie hatte lange nicht mehr an Cleo gedacht. Cleo la Belle, eine Tänzerin mit deutschen und französischen Wurzeln, war eine

Schönheit gewesen. Ein Gesicht wie gemeißelt, mit schlanken Gliedern und fast hüftlangen, gewellten Haaren, die sie während ihrer Auftritte stets offen trug. Sie wusste nicht, was aus ihr geworden war, hatte ihre Karriere bewusst nicht weiter verfolgt. Vor vierzehn Jahren, als sie sich zum ersten Mal begegnet waren, hatte sie sich auf dem Höhepunkt ihres Ruhms befunden. Und sie war Natalies Rettung gewesen. Eine Zeitlang zumindest. Bei einer Vorstellung ihres Vaters vor einem noblen Hotel in Straßburg hatte die schöne Tänzerin zusammen mit ihrem Begleiter zugesehen. Natalie hatte wie üblich den Kasper gespielt und vor den Zuschauern Rad geschlagen und getanzt und nach der Vorstellung hatte Cleo sie angesprochen. Sie hatte gemeint, Natalie sei ausnehmend hübsch und talentiert und hätte das Zeug dazu, eine richtige Tänzerin zu werden. Dann hatte sie ihr vorgeschlagen, doch mit ihr zu kommen, sie könne ihr alles beibringen, was sie für eine Tanzkarriere benötigte. Dieser Vorschlag war vermutlich nur so dahingesagt, nicht wirklich ernst gemeint, Cleo la Belle hatte einfach nett sein wollen zu dem mageren Lumpenpüppchen im glöckchenbesetzten Kasperkostüm, doch die damals vierzehnjährige Natalie, zum Platzen gefüllt mit der schmerzhaften Sehnsucht nach einem anderen Leben, hatte die Worte für bare Münze genommen und nicht gezögert, die Chance zu ergreifen.

Sofort nach der Vorstellung hatte sie das Nötigste zusammengepackt, die Blechbüchse mit den Tageseinnahmen mitgenommen und sich noch in derselben Nacht vom Wanderzirkus davongeschlichen, ohne ihrem Vater oder jemand anderem Lebewohl zu sagen. Als sie mit ihrem kleinen Bündel in dem Hotel aufgekreuzt war, hatte man sie als diebisches Zigeunerbalg beschimpft und rauswerfen wollen, aber Cleo, die im Foyer Champagner trank, war auf sie aufmerksam geworden. Natalie hatte ihr Bündel abgelegt und gesagt: »Da bin ich. Bringen Sie mir alles bei, was Sie wissen.« Cleo hatte gestutzt, dann gelacht und sie am Ende tatsächlich mitgenommen.

So war sie zum Schoßhündchen der Tänzerin geworden, war mit ihr fast vier Jahre lang quer durch Europa gereist, hatte tanzen gelernt, ordentlich lesen, schreiben und rechnen, dazu Deutsch, Englisch und, das Allerwichtigste, die Umgangsformen der höheren Gesellschaft. Bis sie sich dann, während eines Gastspiels in Berlin, erneut davonmachte, gezwungenermaßen, ohne Lebewohl zu sagen. Danach hatte sie ein paar Wochen auf der Straße gelebt, hier und dort übernachtet, bis sie schließlich in der Mulackritze gelandet war. Henny und Alfons, die beiden Wirtsleute, hatten sie aufgenommen, ohne Fragen zu stellen. Natalie hatte Gläser gespült, Buletten gebraten, Gulaschsuppe gekocht, den Abtritt gereinigt und das Hurenzimmer im ersten Stock saubergemacht, sobald frühmorgens die letzten Frauen und ihre Freier gegangen waren. Sechzehn Stunden hatte sie jeden Tag gearbeitet, von vier Uhr nachmittags bis acht Uhr morgens, um dann todmüde in das Bett zu fallen, das sie sich ein paar Wochen nach ihrer Ankunft gemietet hatte, weil sie es satt gehabt hatte, in der Küche zu schlafen, wo sie auch tagsüber nicht zur Ruhe kam. Das Bett stand in dem einzigen Zimmer einer fünfköpfigen Familie, eines von vier Betten, mit denen der kleine Raum vollgestellt war, so dass man die hinteren Betten nur erreichte, wenn man über die beiden vorderen stieg. Jedes Bett war mit einem Vorhang vom Nachbarn getrennt, und die anderen Mieter waren ebenfalls Frauen, Fabrikarbeiterinnen, die Schicht arbeiteten und die sie deshalb selten zu Gesicht bekam. Die Familie selbst bewohnte die Küche, die Eltern schliefen auf der Eckbank, die Kinder auf ihren Kleidungsstücken am Boden, das Baby in einer Obstkiste. Sie verdienten ihren Lebensunterhalt mit dem Drehen von Zigaretten, die sie in den Kneipen rund um den Alexanderplatz verkauften, und weil das für zwei Erwachsene, zwei halbwüchsige Kinder und ein Baby nicht reichte, hatten sie die Wohnstube eben viermal untervermietet. Damit kamen sie gerade so über die Runden, auch wenn es tagelang nur dünne Suppe gab und das Baby manchmal vor Hunger die ganze Nacht weinte.

Natalie hatte eine ganze Weile dort gelebt, in der Mulackritze geschuftet und dabei jeden Groschen gespart, bis sie sich eines Tages ein teures Kleid schneidern lassen konnte. Mit diesem Kleid war sie die Comtesse de Pougy geworden. Sie hatte Cleo la Belle imitiert, sich bewegt und gesprochen wie sie und mit großem Erfolg angewandt, was sie in der Zeit bei ihr gelernt hatte. Bald hatte sie sich ein kleines Zimmer in einer besseren Gegend leisten können und ein paar neue Kleider. So ging es weiter, fast drei Jahre lang hatte sie so ein luxuriöses Leben geführt – zumindest zeitweise und je nachdem, wie spendabel ihre Gönner gewesen waren. In der ganzen Zeit jedoch war sie der Mulackritze und den Wirtsleuten treu geblieben, allerdings nicht mehr als Angestellte, sondern als Gast. Hier, in dieser Kneipe, hatte sie alle paar Tage ihre geliehene Comtessenhaut abgestreift, das schöne, glitzernde Leben und all die kunstvollen Lügen, mit denen sie die feine Gesellschaft bezirzte, mit Branntwein hinuntergespült, gelacht, gesungen und auf den Tischen getanzt.

Und dort war sie Maxim begegnet.

Ihr Herz begann stärker zu klopfen, je näher sie der Kneipe kam. Sie hatte weder die Wirtsleute noch Maxim seit ihrer Verhaftung vor vier Jahren wiedergesehen. Nachdem sie entlassen worden war, hatte sie das Scheunenviertel gemieden, aus Angst, vom Sog ihres alten Lebens womöglich erneut mitgerissen zu werden. Doch während sie jetzt auf die Mulackritze zuging, begriff sie zum ersten Mal, dass sie sich etwas vorgemacht hatte. Es war nicht ihr altes Leben, vor dem sie sich gefürchtet hatte. Es war Maxim Laski. Vor ihm fürchtete sie sich. Sie hatte gehört, dass er Karriere gemacht hatte, er war vom talentierten Glücksspieler und Taschendieb zum Chef des Ringvereins Fortuna aufgestiegen, der, wenn man den Gerüchten glauben durfte, das Glücksspiel in der Stadt kontrollierte. Maxim war im Scheunenviertel aufgewachsen, und die Mulackritze war seine Stammkneipe gewesen. Hier hatte er sich mit Gaunern und Spielern getroffen und mit Natalie getanzt. Hier hatten sie sich zum ersten Mal geküsst, hier hatte ihre Geschichte angefangen, diese wilde, schmerzhafte, leidenschaftliche Liebe, deren Ende ihr fast das Herz zerrissen hatte.

Natalie blieb stehen. Sie war nur noch ein paar Schritte von der Eingangstür entfernt. Durch die vergilbten Vorhänge hinter den Fenstern konnte sie die Umrisse der Gäste sehen, die sich hin und her bewegten. Verkehrte Maxim noch immer hier? Es war gut möglich. Er war mit Alfons und Henny ebenso befreundet gewesen wie sie. Sie stellte sich vor, wie er jetzt, in diesem Moment an seinem Stammplatz in der Nähe der Theke lehnte, groß, schlank, dunkel, und eine Zigarette rauchte, während er den Blick schweifen ließ. Maxim hatte nie viel getrunken, er hatte immer gesagt, beim Glücksspiel sei er den anderen schon allein dadurch überlegen, dass er nüchtern bliebe, während alle anderen sich um Geld und Verstand soffen. Ob er sich verändert hatte, jetzt, da er vom kleinen Gauner zum Berufsverbrecher aufgestiegen war? Natalie lauschte ihrem Herzen, das in ihrer Brust flatterte wie ein aufgeregter kleiner Vogel. Sie kannte die Gerüchte, die sich um ihn rankten, die Geschichten von den verprügelten Luden und den unaufgeklärten Morden im Kiez, die man hinter vorgehaltener Hand Maxim zurechnete, hatte sie aber immer für übertrieben gehalten. Andererseits wurde man nicht Chef eines solchen Gaunervereins, wenn man nicht bereit war, über Leichen zu gehen. Im übertragenen wie auch im buchstäblichen Sinn.

Die Tür ging auf, und Natalie stockte für einen Moment der Atem. Ein Mann in einem dunklen Anzug kam heraus, den Kopf gesenkt. Seine Haare waren schwarz, seitlich gescheitelt und glatt nach hinten gekämmt. Doch es war nicht Maxim. Der Mann war klein und gedrungen und bewegte sich wie ein Bierkutscher, meilenweit entfernt von Maxims geschmeidiger, kraftvoller Eleganz. Sie lachte nervös auf. Wie albern von ihr, hier zu stehen wie ein hypnotisiertes Kaninchen. Sie drehte sich um und hastete davon, lief so schnell sie konnte, zurück ins Licht.

13

»Sie lebt noch«, sagte Baba zu ihrem Porzellanteller.

Auch der Teller war eine gute Erinnerung, und wie alle guten Erinnerungen, sprach er mitunter mit ihr.

»Das glaub ich nicht«, antwortete der Teller. »Niemand entkommt den schwarzen Teufeln.«

»Doch. Hab sie gesehen, heut Abend. Sie war unterwegs. Im Scheunenviertel.« Baba machte eine ausladende Handbewegung über ihrem Kopf. »Mit einem schönen Hut.«

»Von mir aus. Aber es ist nicht dein Verdienst.« Der Teller klang jetzt streng.

»Du hast ihr nicht geholfen!«, ließ sich jetzt der geblümte Vorhang vernehmen. »Er hätte sie in Stücke reißen können.«

»Genau! Du hast sie im Stich gelassen!« Dieser Vorwurf kam von der halben Puppe, die zwischen all den anderen Fundsachen lag, die Baba auf ihren Streifzügen auflas und mit nach Hause nahm. Sie war aus grobem Stoff und hatte keine Beine mehr, dort, wo sie gewesen waren, hing das Stroh heraus, so als sei sie mittenentzwei gerissen worden. Vielleicht von einem Hund. Die Puppe erinnerte sie an ihre jüngste Tochter Rachel. Sie hatte eine ähnliche Puppe gehabt. Deshalb war sie auch die unversöhnlichste der guten Erinnerungen. Baba senkte den Kopf. »Ich hätt ihr so gern helfen wollen«, sagte sie leise, ohne die Puppe anzusehen. »Aber ich konnt mich nicht rühren.«

»Papperlapapp!«, rief der Vorhang.

»Faule Ausrede!«, ergänzte der Teller, und die halbe Puppe lachte höhnisch. Sie glaubten ihr nicht. Natürlich nicht. Sie glaubte sich ja selbst nicht. Baba griff nach der Wodkaflasche, die Natalie ihr mitgebracht hatte. Sie war längst ausgetrunken, aber Baba hatte sie für ein paar erbettelte Groschen von einem Schwarzbrenner, der in einem Keller auf der anderen Seite des Bahnhofs hauste, auffüllen lassen. Der Schnaps war so scharf, dass man bei jedem Schluck husten musste, sogar sie. Er ätzte ihre Speiseröhre hinunter und brannte in ihren Eingeweiden wie Feuer. Sie setzte die Flasche an und trank, bis ihr die Augen tränten. »Meine Kinder«, flüsterte sie. »Ich hätt sie retten müssen.«

»Ja, das hättest du!«, kreischte die halbe Puppe, und der Porzellanteller knirschte zustimmend. Der Vorhang vor dem Fenster flatterte bedrohlich und sah gar nicht mehr wie eine gute Erinnerung aus.

»Ich war nicht da«, wagte Baba dennoch zu widersprechen und wiegte den Kopf hin und her. »Ich war nicht da …«

»Du hättest aber da sein müssen!« Das kam vom Teller, und er klang wie ein alter Lehrer von ihr, der die Kinder immer mit dem Rohrstock geschlagen hatte, wenn sie die Antwort auf seine Fragen nicht wussten. »Wenn man seine Kinder liebt, lässt man sie nicht allein.«

»Shmuel war da. Ihr Vater …«

»Papperlapapp!«

»Faule Ausrede!«

»Hat nichts genützt.«

»Sie haben ihn auch erwischt.«

»Sie haben alle erwischt. NUR DICH NICHT!«

»Du warst nicht da!«

»DU LEBST! NOCH IMMER!«

»Du hast sie sterben lassen!«

»Du solltest auch tot sein!«

»Du bist schuld!«

»Verreck endlich!«

Die Stimmen redeten alle durcheinander, wurden schriller, überschlugen sich, und Baba begann zu wimmern, wiegte sich vor und zurück und schlug dabei mit den Fäusten auf ihren Kopf ein. Es musste aufhören, aufhören, aufhören! Es war das Märchenbuch, das sie davor bewahrte, sich selbst den Schädel einzuschlagen. »Tu was!«, brummte es dumpf aus seinem Versteck heraus, und es lag ein schwacher Funken Trost in seinen Worten. Trost, der Baba half, die Fäuste sinken zu lassen.

»Hilf Natascha, bevor er sie ein zweites Mal angreift. Finde ihn«, sagte das Märchenbuch.

Die anderen Stimmen hörten auf zu kreischen. Einen Moment lang war alles still. Dann wiederholten sie, was das Märchenbuch gesagt hatte: »Finde ihn! Finde ihn! FINDE IHN!«

Baba schaffte es, sich aufzurappeln. Sie kroch zu ihrer Matratze und zog das Märchenbuch aus seinem Versteck. Behutsam strich sie darüber. Auf dem rotem Leder prangte ein kunstvoll gestanztes Muster aus Ranken und Schnörkeln. Als sie es aufschlug, öffnete es sich von selbst auf der Seite, wo das Märchen von Baba Jaga begann. Baba blätterte weiter und betrachtete eine Weile die Zeichnung von Wassilissa, der Wunderschönen, dem Mädchen, dem es als Einzige gelang, nicht von Baba Jaga gefressen zu werden. Auf der Zeichnung hielt sie den Totenkopf in den Händen, in dem das Feuer loderte, das sie nach Hause bringen musste. Sie trug eine russische Tracht mit einem reich bestickten Rock, und ihre schwarzen Haare waren zu einem langen Zopf geflochten. Natascha sah genau aus wie Wassilissa in ihrem Märchenbuch. Als Baba sie zum ersten Mal gesehen hatte, war sie stumm vor Überraschung und Angst gewesen. Es hatte etwas zu bedeuten, dass Natascha zu ihr gekommen war. Vielleicht hatten ihre Kinder sie zu ihr geschickt, damit sie wieder gutmachen konnte, was sie an ihnen verbrochen hatte? Die Erinnerungen hatten recht. Sie musste Natascha beschützen. Ihn finden. Als Baba an Pavel dachte, an seine eisigen Augen, schob sich ein brennender Keil in ihren Kopf, der sie vor Schmerz fast blind machte. Wieder schlug sie sich mit den Fäusten an die Schläfen. Wie sollte sie den Mann finden, wenn schon der Gedanke an ihn sie fast ohnmächtig werden ließ? Sie wollte nach der Schnapsflasche greifen, ließ es dann aber sein. Sie würde nicht mehr aufstehen können, wenn sie noch mehr trank.

Als der Schmerz nachließ, war über den Fabriken am Fluss bereits der Mond aufgegangen. Es war ein gelber, kränklich aussehender Vollmond, doch er schickte ein paar Strahlen durch den Spalt, den der geblümte Vorhang freundlicherweise freigelassen hatte und diese blassen Lichtfinger wirkten wie eine Aufforderung. Mühsam stand Baba auf, leise vor sich hinbrabbelnd, um sich selbst Mut zuzusprechen. Sie packte die halbe Puppe und verstaute sie in einer ihrer Rocktaschen in der Hoffnung, sie würde ihr im richtigen Moment eine Hilfe sein, und verließ ihre schützende Hütte. Wie um Witterung aufzunehmen, hob sie den Kopf, sog die milde, nach Kohlerauch und brackigem Flusswasser riechende Nachtluft ein und marschierte dann los. Baba kannte die Gegend um den Schlesischen Bahnhof, die Stralauer Vorstadt sowie das Scheunenviertel wie ihre Westentasche. Sie wusste von jedem Winkel, jedem Versteck, jeder Kaschemme, in denen sich lichtscheues Gesindel verbarg. Sie würde Pavel aufspüren, auch wenn dann ihre mühsam aufrechterhaltene Welt endgültig in tausend Scherben zerbrach.

14

Als Alice vor ihrem Haus in der Alsenstraße ankam, begann es bereits zu dämmern. Hastig schob sie sich die Haarsträhnen, die sich aus ihrer Frisur gelöst hatten, zurück, strich sich über ihr erhitztes Gesicht und versuchte, wieder zu Atem zu kommen. Sie war den ganzen Weg von der Trambahnstation bis hierher gelaufen. Es war schon Zeit fürs Abendessen, sie würde es kaum mehr schaffen, sich davor noch umzuziehen und ihr Zuspätkommen würde Fragen nach sich ziehen. Fragen, auf die sie sich noch keine Antworten zurechtgelegt hatte. Der Tag in der Bahnhofsmission hatte sie weit mehr aufgewühlt, als sie erwartet hatte. Vor allem Babettes Geschichte würde ihr noch üble Träume bescheren, dessen war sie sich sicher. Unvermittelt stiegen Alice Tränen in die Augen. Bereits in der Trambahn war sie kurz davor gewesen, loszuweinen, so sehr hatte sie Babettes Schicksal mitgenommen. Noch nie zuvor war ihr so deutlich vor Augen geführt worden, was für ein Privileg es war, hier in diesem Viertel, in dieser schönen Villa, aufwachsen zu dürfen. Und sie hatte es als Last empfunden, hatte sich eingesperrt und bevormundet gefühlt! Dabei gab es Eltern, die ihre vierzehnjährige Tochter allein und völlig mittellos nach Berlin schickten. Und wie herzlos und gemein waren die beiden Frauen, auf die Babette hier getroffen war. An den Mann und was er mit ihr gemacht hatte, mochte sie gar nicht erst denken. Das Wenige, was sie über derartige Dinge wusste, reichte bereits, um Übelkeit in ihr aufsteigen zu lassen. Dabei war dieses Mädchen noch ein Kind. Die Tränen wollten nicht versiegen. Sie schluchzte auf, und die ganze Anspannung begann sich zu lösen.

»Fräulein Alice?« Eine Stimme ließ sie zusammenzucken. Hastig suchte sie in ihrem Täschchen nach einem Taschentuch, jedoch vergeblich. Taschentücher waren etwas, was sie regelmäßig mitzunehmen vergaß. Jetzt kam ein Mann von der Eingangstür her auf sie zugelaufen. Überrascht erkannte sie ihn: Es war Heinrich von Kessel.

»Guten Abend.« Sie wischte sich notdürftig mit den Händen über die Augen.

»Warum weinen Sie? Ist etwas geschehen?« Er sah sie erschrocken an.

»Nein …« Alice versuchte zu lächeln. »Gar nichts. Ich hatte nur … einen ereignisreichen Tag.« Sie schniefte. »Mir sind ein paar Dinge klargeworden.«

»Keine sehr angenehmen Dinge, wie ich vermute?« Er griff in die Innentasche seiner Jacke und reichte ihr ein Taschentuch. Dankbar nahm sie es entgegen.

»Wie man es nimmt.« Sie tupfte sich über die Augen und schnäuzte verlegen. »Was führt Sie zu uns?«

Jetzt war es Heinrich von Kessel, der ein wenig verlegen wirkte. »Ich wollte nur eine Nachricht abgeben … für Sie, Fräulein Alice.«

»Für mich?«

»Ja. Jetzt kann ich sie Ihnen direkt geben.« Er griff erneut in sein Jackett und entnahm ihm einen kleinen Umschlag, den er ihr reichte. Mit derselben großen, energischen Schrift, die Alice schon von der Widmung in ihrem Buch kannte, stand ihr Name darauf. *An Fräulein Alice Hardtleben.* Ihren Namen in dieser Handschrift dort zu lesen, war ungewohnt und aufregend. Er wartete nicht ab, bis sie den Umschlag öffnete, sondern sprach gleich weiter: »Ich fahre morgen an den Wannsee, ein kleiner Sonntagsausflug, und ich würde mich freuen, wenn Sie mich begleiten würden.«

Alice sah überrascht auf. »Sie möchten mit mir einen Ausflug machen? Allein?«

»Nein! Natürlich nicht«, beeilte sich Heinrich von Kessel zu sagen. Er war jetzt eindeutig nervös. »Entschuldigen Sie, ich habe mich falsch ausgedrückt. Meine Cousine Alma und ihr Mann und noch ein paar Freunde werden dabei sein.« Er kratzte sich verlegen am Kopf. »Natürlich ist mir klar, dass Ihre Eltern nie erlauben würden, dass Sie alleine mit mir ausgingen, obwohl ich betonen muss, dass meine Absichten absolut ehrenhaft sind!«

»Natürlich.« Sie musste unwillkürlich lächeln. Es schmeichelte ihr, dass dieser stattliche und selbstbewusste Offizier ihr gegenüber so befangen war. »Daran zweifle ich nicht.«

»Dann darf ich hoffen, dass Sie meine Einladung annehmen?«

»Sie dürfen.« Alice nickte. »Sofern meine Eltern nichts dagegen haben. Aber ich denke, sie werden es erlauben.«

Auf Heinrich von Kessels Gesicht erschien ein erleichtertes Lächeln. »Wie schön! Ich werde Sie um elf Uhr abholen.«

Alice nickte. »Ich freue mich.«

Der junge Offizier verabschiedete sich mit einer kleinen Verbeugung. »Einen schönen Abend, Fräulein Alice, und ich hoffe, Sie sind nicht mehr allzu traurig.«

»Nein. Es geht schon wieder.« Alice schüttelte den Kopf und sah ihm nach, wie er sich ziemlich beschwingt entfernte. Wie seltsam das Leben doch war. Da passierte ein Jahr lang einfach nur gar nichts und dann, plötzlich, ereigneten sich gleich mehrere aufregende Dinge gleichzeitig, so dass man das Gefühl hatte, davon überwältigt zu werden. Sie hatte eine Verabredung mit einem jungen Mann. Einem sehr reichen und verteufelt gutaussehenden jungen Mann, wie ihre Schwester mit vor Vergnügen blitzenden Augen sagen würde. Und sie hatte eine Arbeit. Eine Aufgabe, die ihrem Leben einen Sinn geben würde. Morgen war Sonntag, da hatte die Bahnhofsmission geschlossen. Dennoch bekam Alice Gewissensbisse, wenn sie an die Bahnhofsmission dachte. Durfte sie überhaupt unbeschwert an den Wannsee fahren, wenn sie doch wusste, wie schlecht es anderen jungen Frauen ging? Doch Natalie hatte ihr mit ziemlicher Entschiedenheit gesagt, sie solle erst am Montag wiederkommen und auch nur für ein paar Stunden. »Man übernimmt sich schnell am Anfang«, hatte sie gemeint. »Unterschätzen Sie das nicht. Mir ist es lieber, Sie kommen kürzer und halten länger durch.«

Alice hatte diese Warnung zunächst seltsam gefunden, natürlich würde sie durchhalten. Doch jetzt, nach dem Erlebnis mit Babette, verstand sie es. Wieder sah sie das entkräftete Mädchen vor sich, das auf dem Boden zusammengesunken war, sah das blaue Auge und die Verletzungen, die Angst und Scham in ihrem Blick und schauderte. Sie hatte heute den ganzen Tag lang das Gefühl gehabt, als öffneten sich ihr Fenster in andere Welten, und so faszinierend sie das zu Beginn gefunden hatte, inzwischen war ihr klargeworden, dass man dabei Dinge zu sehen bekam, vor denen man womöglich lieber die Augen verschlossen hätte.

Johann öffnete ihr die Tür, noch bevor sie am Treppenabsatz angelangt war. »Sie kommen spät, Fräulein Alice«, sagte er mit mildem Vorwurf in der Stimme. »Alle sind schon im Esszimmer versammelt.«

»Alle?«, fragte Alice irritiert nach. Sie hatte erwartet, mit ihren Eltern und Tante Dotti alleine zu essen.

»Ihre Schwester und Ihre Großmutter sind ebenfalls hier.«

Alice unterdrückte einen Seufzer. Es wäre einfacher gewesen, nur ihre Mutter anzuschwindeln, wenn diese wissen wollte, wie ihr Tag gewesen war. Ihr Vater war ohnehin meistens zu zerstreut, um genauer nachzufragen. Constanze hingegen wollte immer alles ganz genau wissen. »Ich werde mich rasch umziehen. Es dauert nur fünf Minuten.«

Johann nickte. »Ich werde meiner Frau Bescheid geben, dass sie noch ein bisschen warten soll.«

Sie war schon am Treppenabsatz, als ein Räuspern sie noch einmal innehalten ließ. »Ist noch etwas, Johann?«

Er schien sich etwas unbehaglich zu fühlen. »Ich kam nicht umhin zu bemerken, dass Sie heute Abend nach Hause begleitet wurden …«, er räusperte sich erneut.

»Nach Hause begleitet?« Alice brauchte einen Moment, um zu begreifen, was Johann meinte. Dann verstand sie. »Aber nein, Johann! Ich habe Herrn von Kessel zufällig vor dem Haus getroffen, er wollte eine Nachricht abgeben.«

»Das geht mich nichts an, Fräulein Alice«, unterbrach Johann sie schnell. »Ich dachte nur, Sie sollten wissen, dass es auch von Ihrer Schwester bemerkt wurde. Sie hat mich gefragt, ob ich davon wusste …«

Alice lachte auf. »Das ist mal wieder typisch Constanze. Sie reimt sich schon wieder irgendwelche dummen Sachen zusammen.«

»Ihre Eltern werden das vermutlich nicht erheiternd finden, Fräulein Alice«, wandte Johann ein.

Alice winkte ab. »Das ist ein Missverständnis. Ich kümmere mich darum. Aber danke für die Warnung, Johann.«

Sie lief die restlichen Stufen zu ihrem Zimmer hinauf. Erst als sie hastig ihr Kostüm auszog und in ein für das Abendessen passendes Kleid schlüpfte, wurde ihr die Tragweite dessen, was Johann anzudeuten versucht hatte, bewusst. Offenbar glaubte er, sie habe heute eine heimliche Verabredung mit Heinrich von Kessel gehabt und deswegen die Zeit vergessen. Und Constanze glaubte das auch! Alice wurde heiß bei dem bloßen Gedanken, sie könne sich eine solche Ungeheuerlichkeit geleistet haben. Ihre Mutter ein wenig anzuschwindeln, um zur Bahnhofsmission zu gehen, war eine Sache, sich aber heimlich mit einem Mann zu treffen, war etwas völlig anderes. Sie wusch sich schnell Gesicht und Hände, frisierte ihr Haar, das völlig in Unordnung geraten war, neu, was in der Eile und ohne Hilfe nur sehr unzulänglich gelang und lief dann die Treppe wieder hinunter. Dabei rekapitulierte sie noch einmal, was sie sich zurechtgelegt hatte, um ein paar Mal in der Woche aus dem Haus gehen zu können, ohne Verdacht zu erregen. Noch auf ihrem Rückweg in der Straßenbahn hätte sie gesagt, es sei eine gute Idee, doch jetzt, nach dem alles sich verkompliziert hatte, war sie sich nicht mehr sicher. Sie war fast eine Viertelstunde zu spät, was an sich schon reichen würde, um unwirsch empfangen zu werden. Wenn Constanze allerdings ausgeplaudert haben sollte, was sie glaubte, gesehen zu haben, würde sie die Möglichkeit, heimlich in der Bahnhofsmission mitarbeiten zu können, für die nächste Zeit vergessen können. In diesem Fall würde ihre Mutter sie, wenn überhaupt, nur noch unter Aufsicht aus dem Haus lassen.

Die Suppe war bereits aufgetragen worden, offenbar war es Johann nicht mehr gelungen, es noch hinauszuzögern. Da ihr Vater den ganzen Tag in der Klinik war und nur abends mit ihnen zusammen aß, wurde seit jeher auf das gemeinsame Abendessen größten Wert gelegt. Pünktlichkeit war neben dem Umkleiden und dem Händewaschen eine der drei unumstößlichen Regeln dafür. Insbesondere das Händewaschen war eine Sache, die ihrem Vater sehr wichtig war. Er predigte oft und gerne, dass ungewaschene Hände die Wurzel allen Übels in der Medizin seien. Nichts war daher schlimmer, als mit ungewaschenen Händen am Abendbrottisch zu erscheinen.

»Du bist zu spät«, sagte ihre Mutter, als sie sich mit einer gemurmelten Entschuldigung auf ihren Platz setzte.

»Tut mir leid, wir haben uns vertrödelt.« Alice faltete die Serviette auseinander und griff nach dem Löffel. Es gab Rinderbouillon mit kleinen Klößen.

Constanze stieß hörbar die Luft aus. Alice ahnte, dass sie Blickkontakt zu ihr suchte und sah sie absichtlich nicht an.

»Wer ist *wir*?«, ließ jetzt ihre Großmutter vernehmen. Victoria Hardtleben saß am Kopfende des Tisches, ihrem Sohn gegenüber. Sie war eine große, streng wirkende Frau, die stets in Schwarz gekleidet war und das für ihr Alter noch üppige silbergraue Haar in aufwändige Wellen und Locken gelegt trug. Ihre etwas hervorstehenden, eisblauen Augen sprühten Funken, wenn sie wütend war oder ihr irgendetwas nicht passte. Aber sie hatte auch eine andere Seite, konnte gütig und freundlich sein, selbst wenn sie es nicht gerne zugab. Im Gegensatz zu Constanze, die die scharfe Zunge ihrer Großmutter fürchtete, konnte Alice sie gut leiden, daher schmerzte es sie, ihre Großmutter anlügen zu müssen.

»Ich war mit Käthe im Tiergarten spazieren«, sagte sie und schluckte ihr Unbehagen mit einem Löffel Suppe hinunter. »Wir haben in den Zelten Kuchen gegessen, Tee getrunken und geplaudert und darüber die Zeit vergessen.«

Wieder kam dieses vorwurfsvolle Atemgeräusch von ihrer Schwester.

»Was ist mit dir, Constanze, Liebes?«, fragte ihre Mutter besorgt. »Fühlst du dich nicht wohl?«

»Ja, das klingt wirklich nicht gut.« Alice warf Constanze einen unschuldigen Blick zu. »Vielleicht solltest du es bei der Suppe belassen und auf den Hauptgang verzichten …«

»Nein! Es ist alles in Ordnung.« Constanze schürzte die Lippen und wirkte verdrossen.

»Ich habe in der Zeitung über ein Stärkungsmittel gelesen«, meldete sich jetzt Tante Dotti zu Wort. »Wie hieß es noch gleich …«, sie kniff ihre kleinen Äuglein hinter der Brille zusammen. »Ja, jetzt weiß ich es wieder: *Lenelos Kraftpulver. Gegen Auszehrung und Schwäche. Für volle Brüste und prächtige Körperfülle.*«

Constanze lachte freudlos auf. »Bloß nicht. Noch mehr Körperfülle wäre mein Untergang.«

»Aber in der Schwangerschaft braucht man alle Kraft, die man kriegen kann. Wenn dir das Atmen schwerfällt …«

»Mir fällt das Atmen nicht schwer, Tante. Ich habe mich nur verschluckt.«

Tante Dotti ließ sich nicht beirren. Wundermittel, die in den Kleinanzeigen der Zeitungen und Zeitschriften angepriesen wurden, waren ihr Steckenpferd. Sie hatte in ihrer Wohnzimmervitrine eine große Sammlung Tütchen, Schachteln und Flaschen mit Geheimwaffen für alle Gelegenheiten. Ihr Blick wanderte von Constanze zu Alice, die froh darüber war, dass die Aufmerksamkeit nicht mehr ihr galt und es zum Totlachen fand, dass Tante Dotti ihrer zunehmend aus dem Leim gehenden Schwester ein Mittel für mehr Körperfülle ans Herz zu legen versuchte.

»Für dich wäre das auch etwas, Alice«, nahm Tante Dotti nun sie aufs Korn. »Es sorgt auch für schöne, große Brüste, das stand dort. Bis jetzt hast du dir über so etwas noch keine Gedanken machen müssen, aber wenn irgendwann mal ein junger Mann auftaucht …«

Nun verschluckte sich Alice. Ihr Blick huschte unwillkürlich zu Constanze, deren Gesicht rot angelaufen war. Ob vor Verlegenheit oder im Versuch, ihr Lachen zu unterdrücken, war nicht festzustellen.

»Dotti! Ich bitte dich!«, kam es scharf von ihrer Mutter, und ihr Vater sagte: »Das ist wohl kaum das richtige Gesprächsthema bei Tisch, Dorothea. Im Übrigen sind diese angeblichen Stärkungsmittel meist nur eine Mischung aus Milchpulver, Stärke und Zucker. Das kannst du dir von unserer Else in der Küche zusammenmischen lassen. Reiner Betrug.«

Alice war froh, dass jetzt das Mädchen mit dem Servierwagen kam und sie zum Hauptgang übergehen konnten. Sie wollte ihren Mangel an Brustumfang oder Körperfülle ebenso wenig bei Tisch besprochen wissen wie Constanze im umgekehrten Fall. Aber das war typisch Tante Dotti. Takt und Fingerspitzengefühl waren noch nie ihre Stärken gewesen.

»Ihr wart also bei Aweyde?«, wechselte Alices Großmutter dankenswerterweise das Thema, während Rindfleisch mit Meerrettichsoße und Wurzelgemüse aufgetragen wurde.

Alice nickte. Die Ausflugslokale an der Spree wurden noch immer Zelte genannt, obwohl sie schon längst feste Bauten waren. Die Konditorei von Rudolf Aweyde befand sich in

»Zelt« Nummer 5, und alle bezeichneten sie nur mit dem Namen des Besitzers. Tatsächlich war Alice früher oft mit Käthe dort gewesen, man hatte einen wunderbaren Blick auf die Spree, und auf der Terrasse des angrenzenden Kronprinzenzeltes spielte immer eine Kapelle. Die einfacheren Leute, die sich Kaffee und Kuchen bei Aweyde oder gar ein Menu im Kronprinzen- oder Kaiser-Wilhelm-Zelt nicht leisten konnten, nutzten die davor gelagerte Wiese für Picknicks und hatten so ebenfalls etwas von der Musik und der sommerlich-leichten Stimmung, die sie verbreitete. Manche tanzten sogar mitten auf der Wiese. Im Winter konnte man dort außerdem Schlittschuh fahren und heiße Schokolade und Gewürzwein trinken.

»Oh, ich war schon lange nicht mehr dort«, sagte ihre Großmutter versonnen. »Ist die Mandelkrokanttorte noch immer so gut?«

»Ich wwweiß nicht«, stotterte Alice, etwas überrumpelt.

»Habt ihr sie denn nicht gegessen? Dafür ist Aweyde doch berühmt! Er hat sie angeblich schon nach Amerika und nach Ägypten exportiert. Noch nie im Leben habe ich dort etwas anderes bestellt.«

»Nein. Wir haben … Erdbeerkuchen gegessen«, sagte Alice.

»Erdbeeren? Um diese Jahreszeit?«

Alice biss sich auf die Lippen. Das war ein grober Schnitzer gewesen. Natürlich gab es Anfang September keine Erdbeeren mehr. »Es waren besondere Erdbeeren, glaube ich«, log sie weiter. »Eine Züchtung aus … Südafrika.«

»Südafrika, du meine Güte!« Ihre Großmutter schüttelte den Kopf. »Wo das noch alles hinführt! Demnächst werden wir wohl chinesischen Spargel zu Weihnachten essen.«

Als der Nachtisch aufgetragen wurde, Birne Helene, fand Alice, dass der richtige Zeitpunkt gekommen war, um mit der Einladung herauszurücken.

»Ich habe übrigens gerade vor dem Hause Heinrich von Kessel getroffen«, sagte sie, so unaufgeregt wie möglich und tunkte ein Stück süße Birne in die Schokoladensoße.

Ihre Mutter sah interessiert auf. »Ach, tatsächlich?«

»Wo hast du ihn getroffen?«, fragte Constanze mit einem vielsagenden Unterton nach.

»Vor dem Haus, das sagte ich doch! Er wollte gerade einen Brief für mich abgeben, eine Einladung, morgen mit ihm an den Wannsee zu fahren.«

»Er und du allein?« Ihre Mutter hob die Brauen.

»Nein! Mit Freunden und seiner Cousine und deren Mann.«

»Was sagst du, Maurus? Sollen wir das erlauben?« Sie warf ihrem Mann einen fragenden Blick zu.

»Was, meine Liebe?« Alices Vater hatte ganz offensichtlich nicht zugehört.

»Darf ich morgen mit Heinrich von Kessel an den Wannsee fahren?«, mischte sich Alice ein.

»Wer ist Heinrich von Kessel?«

Ihre Mutter seufzte. »Der junge Mann, der letztens bei uns zum Essen war.«

»Ach ja, ich erinnere mich. Der Offizier. Schneidiger junger Kerl, recht unerschrocken.« Er sah Alice an. »Möchtest du denn?«

Sie nickte. »Sehr gern.«

»Na dann, warum nicht?« Ihr Vater stand auf. »Entschuldigt mich, ich habe noch zu arbeiten.«

Damit war das Thema erledigt. Alice war sich zwar sicher,

dass ihr Vater irgendwann morgen fragen würde, wo sie denn sei, weil er nicht mehr an diese Erlaubnis und den Ausflug dachte, doch das spielte keine Rolle. Dann wäre sie schon unterwegs. Als auch die anderen den Tisch verließen, zupfte Constanze Alice am Ärmel ihres Kleides. »Begleitest du mich noch nach Hause?«

»Fährst du denn nicht mit Johann?«, fragte Alice, die schon erwartet hatte, dass Constanze sie alleine zu sprechen versuchte.

»Es ist ein so schöner Abend, und ich soll mich ein bisschen bewegen, sagt mein Arzt. Unser Chauffeur kann dich dann nach Hause fahren.« Wie ihr Vater, fand auch Alice Automobile spannend, und sie mochte es, darin herumgefahren zu werden. Am liebsten würde sie selbst fahren lernen, doch das hatte ihre Mutter strikt verboten. »Es reicht schon, wenn dein Vater plant, sich und anderen den Hals zu brechen«, hatte sie gesagt. »Wir müssen nicht gleich die ganze Unfallchirurgie der Charité mit unserer Familie bestücken.«

Alice holte sich ihren Mantel, dann gingen sie nach draußen. Constanze hatte recht gehabt, es war ein wunderschöner Abend. Die Luft war noch mild und erfüllt vom Duft der Sträucher, die über die Mauern der Villen wucherten. Sie gingen hinunter zum Spreeufer. Eine blasse Mondsichel hing über dem Fluss, spiegelte sich im ruhig dahinfließenden schwarzen Wasser.

»Jetzt rück schon raus mit der Sprache!«, fiel Constanze mit der Tür ins Haus, kaum dass sie weit genug vom Haus entfernt waren.

»Ich weiß nicht, was du meinst?«

»Erdbeerkuchen aus Südafrika! Das kannst du vielleicht Großmutter erzählen. Ich glaube dir kein Wort. Du warst natürlich nicht in den Zelten. Viel zu gefährlich, man hätte euch sehen können, Mutters und Großmutters Freundinnen verkehren schließlich alle dort. Wo habt ihr euch dann getroffen? Was habt ihr gemacht? Wie hast du das überhaupt angestellt?« Alice hörte die Überraschung in Constanzes Stimme und so etwas wie Bewunderung und musste lächeln. Auch wenn Constanze völlig auf dem Holzweg war mit ihrem Verdacht, tat es doch gut, ihre ältere Schwester auf diese Art und Weise zu verblüffen. Und während sie anhob, um zu beteuern, dass es sich genauso verhalten habe, wie sie gesagt hatte und sie keineswegs den ganzen Tag mit Heinrich von Kessel verbracht hatte, kam ihr der Gedanke, dass es vielleicht besser wäre, Constanze zur Verbündeten zu machen. Sie würde sich von ihrer Meinung vermutlich ohnehin nicht abbringen lassen. Es konnte hilfreich sein, jemanden zu haben, der sie deckte, wenn sie künftig in die Bahnhofsmission ging, doch das würde Constanze vermutlich nicht tun. Sie würde Alice den Vogel zeigen und fragen, ob sie verrückt geworden sei, ihre Tage zwischen Dienstmädchen und Obdachlosen auf einem schmutzigen Bahnhof zu verbringen. Doch ein amouröses Geheimnis vor den Eltern geheim zu halten, war etwas anderes. Das war ganz nach Constanzes Geschmack. Alice beschloss, erst einmal gar nichts zu sagen und Constanze ihre eigenen Schlussfolgerungen ziehen zu lassen.

»Hab ich mir gleich gedacht, dass er dir gefällt«, sprach Constanze schon weiter. »Wem könnte er nicht gefallen? Er sieht so gut aus. Ist er denn auch nett?«

»Ich kenne ihn ja noch nicht sehr gut, aber ich denke schon, dass er nett ist«, antwortete Alice wahrheitsgemäß.

»Ist er hoffentlich auch anständig?« Constanze blieb jäh stehen und packte Alice am Ärmel. »Das ist von höchster

Wichtigkeit, hörst du? Egal, was er sagt, egal, ob er fleht oder dir Komplimente macht, gib ihm nichts, was …«

Alice riss sich los. »Keine Sorge. Sein Benehmen ist tadellos.«

»Gut.« Constanze atmete auf. »Dann kannst du auf mich zählen. Ich werde dich unterstützen. Gottfried und ich haben uns auch schon eine Weile vor der Verlobung ohne Wissen der Eltern getroffen.« Im Licht der Straßenlaterne sah Alice, wie auf dem hübschen Puppengesicht ihrer Schwester ein spitzbübisches Lächeln erschien. »Man will ja schließlich nicht die Katze im Sack kaufen, nicht wahr?«

Alice nickte, lächelte und schwieg.

15

Es war Sonntagabend, und Natalie trug ihr schwarzes, mit Jettperlen besticktes Kleid. Die ganze Woche über wartete das Kleid geduldig in der Abseite auf diesen Abend, an dem es herausgenommen wurde und Natalie sich in *Madame Natalie* verwandelte. Es war ein wunderschöner Spätsommertag gewesen. Die Sonne hatte vom wolkenlosen Himmel gestrahlt, als wolle sie sich schon einmal vorab für all die grauen Herbsttage entschuldigen, die bald folgen würden. Dazu wehte ein leichter Wind, der das Wasser auf dem Fluss kräuselte und einen an Segelschiffe, weiße Kleider und Strohhüte denken ließ.

Natalie war wie fast jeden Sonntagnachmittag am Fluss gewesen, am Spreeufer unweit des Bahnhofs. Es war keine besonders schöne Gegend, die ehemalige Gasanstalt und die Hafenanlagen verdarben den Blick, doch das störte sie nicht weiter. Im Gegenteil, zu viel Schönheit machte sie seit jeher misstrauisch, zu viel Idylle ließ sie augenblicklich auf der Hut sein, wo sich denn der Haken verstecken mochte. Eine Gegend wie diese jedoch verbarg nichts. Es gab keine Haken und keine Überraschungen. Sie hatte dort den Nachmittag auf einer Bank sitzend verbracht, hatte den Möwen zugesehen, die sich um Abfälle balgten, und war ihren Gedanken nachgehangen. Gedanken, die sie an Orte brachten, an denen sie einmal gewesen war, hässliche und schöne Orte, gefährliche und beglückende. Das Frankreich ihrer Kindheit, kleine Dörfer, graue Steine und graue Dächer, endlos grüne Weiden, Kühe, Schafe, Regen, Kälte, Hunger, und dann der Süden, flirrendes Licht unter Platanen, Boulespieler, das Meer. Später dann, mit Cleo, die noblen Hotels in Paris, Madrid, Prag, London. Theater und Opernhäuser, Plüsch, Spiegel, goldener Stuck und Kronleuchter. Gesichter, die vorüberzogen, Gelächter, Schmeicheleien, Hände, die ihr übers Haar strichen, sie sich auf den Schoß setzten, obwohl sie kein Kind mehr war.

Natalie brauchte diese Sonntagnachmittage, an denen sie nichts anderes tat, als aufs Wasser zu sehen, das träge vorüberfloss. Sie tat es bei Sonnenschein ebenso wie bei Regen. Es waren ihre Souvenirs, diese Erinnerungen, ausnahmslos alle, die schlechten ebenso wie die schönen, jene wie aus einem Märchen gefallenen Bilder von Samt und Seide und Dienern, die ihr, dem schmutzigen, mageren Zirkuskind, das Essen servierten. Die sonntäglichen Stunden am Wasser sortierten ihr Leben, immer wieder aufs Neue, erinnerten sie wie die Schlämmkreide beim morgendlichen Zähneputzen daran, wer sie war. Und mehr noch. Sie verhalfen ihr dazu, ihren innersten Kern zu spüren, das, was blieb, wenn alles Äußere verschwand, das, was sie im Herzen ausmachte. Sie brauchte diese Verbundenheit mit sich selbst so sehr wie die Luft zum Atmen. Mehr als die Hälfte ihres Lebens hatte sie sich nicht gespürt, hatte nur irgendwie existiert, reagiert, war zu sehr damit beschäftigt gewesen zu überleben, als dass sie hätte darüber nachdenken können, wer zum Teufel Natalie Castellana eigentlich war.

Pfarrer Burckhardt hatte ihr diese Frage zum ersten Mal gestellt: Wer bist du? Dabei war es doch eigentlich klar. Es gab viele Bezeichnungen für eine wie sie: Zigeunerbalg, Fremde, Herumtreiberin, Diebin, Hochstaplerin, Betrügerin, Verbrecherin, Strafgefangene. Und trotzdem. Er hatte gefragt und damit etwas in ihr angestoßen. Außer Pfarrer Burckhardt hatte es bis dahin nur einen einzigen Menschen gegeben, den es interessiert hatte, wer Natalie Castellana war. Und dieser hatte nicht zu fragen brauchen. Er hatte es gewusst. Von Anfang an.

Jetzt war sie auf dem Weg zur Arbeit. Zu ihrer anderen Arbeit, derjenigen, die ihr das Geld einbrachte und von der Pfarrer Burckhardt und ihre Kolleginnen in der Mission nichts erfahren durften, weil sie sonst gehen musste. Pfarrer Burkhardt war in diesem Punkt unmissverständlich gewesen. Wenn er sie als Leiterin der Bahnhofsmission anstellte und die Kirche ihr einen Lohn bezahlte, bedeutete dies auch eine moralische Verpflichtung, hatte er gemeint. Sie müsse ihr altes Leben vollständig aufgeben, denn es sei nicht mit den Werten der Mission vereinbar. Natalie hatte sich ohne zu zögern einverstanden erklärt. Niemals mehr würde sie als Hochstaplerin auftreten, das war aus und vorbei, und sie weinte der Comtesse de Pougy keine Träne nach. Irgendetwas jedoch sagte ihr, dass das, was sie stattdessen tat, um Geld zu verdienen, von Pfarrer Burckhardt als etwas vergleichbar Unmoralisches angesehen werden würde. Er verachtete Aberglauben und Scharlatanerie jeglicher Art, und Wahrsagerei gehörte seiner Ansicht nach unbedingt dazu. In diesem Punkt war Natalie nicht mit ihm einer Meinung. Natürlich gab es Leute, die Hilfesuchenden mit billigen Tricks und düsterem Geraune das Geld aus der

Tasche zogen, doch zu denen gehörte sie nicht. Sie bot eine Leistung für Geld an, gab Ratschläge auf die Fragen, die ihr gestellt wurden und sorgte dafür, dass die Frauen – es waren überwiegend Frauen, die zu ihr kamen – sie meist selbstsicherer und entschlossener verließen, als sie gekommen waren. Sie ging zielstrebig die Friedrichstraße entlang. Dank des milden Wetters war sie noch immer voll mit Menschen, die vor den Kinos, Schaubuden, Mokkadielen, Tanzlokalen und Restaurants standen, auf Einlass warteten, rauchten, plauderten und lachten. Hier, auf dem Bürgersteig taxierten sich junge Frauen und Burschen schon einmal, bevor sie mit ihren Freunden eintraten, es gab Blickkontakte, scherzhafte Bemerkungen, vielleicht sogar zufällige Berührungen, und nach der Vorstellung oder beim Tanz begegnete man sich wieder, kannte sich bereits flüchtig von einem kurzen Wortwechsel, einem Lächeln, einem gemeinsamen Freund am Bürgersteig.

Natalie ging an den Trauben fröhlicher Menschen vorbei und blieb vor der Schneiderei ihrer Freundin Juliette stehen. Sie hatte schon geschlossen, aber im Schaufenster brannte noch diskret das Licht einer einzelnen Lampe. Juliette war Französin wie sie, stammte aus der Normandie. Sie war mit einem deutschen Mann verheiratet gewesen und hatte mit ihm in Deutsch-Westafrika auf einer Farm gelebt. Nachdem ihr Mann während des Herero-Aufstands umgekommen war, kehrte sie nach Berlin zurück, der Heimatstadt ihres Mannes und eröffnete mit dem Erbe eine Schneiderwerkstatt. Ihre Kundinnen stammten meist aus bürgerlichen Kreisen, und sie war gut im Geschäft. Dabei schadete es auch nicht, dass sie einen französischen Akzent hatte und behauptete, aus Paris zu stammen. Ihren Nachnamen Kaminski unterschlug sie dabei geflissentlich. Es wollte ohnehin niemand so genau wissen.

Für die Deutschen war Frankreich gleichbedeutend mit Paris, vor allem in Berlin, wo man nach allem lechzte, was *en vogue* war. Wen interessierte da schon ein Kaff in der Normandie. »Es ist die Geschichte, die zählt«, das war Juliettes Verkaufsmotto. Sie konnte derart fantastische Geschichten über Kleider erzählen, dass die Kundinnen im Grunde gar nicht das Kleid, sondern die Geschichte kauften. Natalie war diese Haltung sofort sympathisch gewesen. Es ähnelte ihrer eigenen Art und Weise, durchs Leben zu gehen, zumindest damals, als sie gerade angefangen hatte, Comtesse de Pougy zu werden. Als Tochter eines begnadeten Geschichtenerzählers – darin war ihr Vater trotz aller Fehler unschlagbar gewesen – liebte sie Geschichten.

Inzwischen waren ihre Geschichten andere geworden. Sie drehten sich nicht mehr um ihre angeblich noble Herkunft, ihr Schloss an der Loire und ihre Verbindungen zum russischen Hochadel, sondern darum, was die Karten ihr sagten. Mit Tarotkarten konnte man fabelhafte Geschichten erzählen. Anfangs hatte sie noch in Frauenzeitschriften inseriert, doch inzwischen kamen ihre Kundinnen ausschließlich durch Mundpropaganda in das kleine, gemütliche Anprobezimmer, das ihr Juliette gegen eine kleine Provision immer sonntagabends zur Verfügung stellte, und ließen sich von *Madame Natalie* die Karten legen. Dabei empfing Natalie pro Woche nur vier bis fünf Kundinnen. Sie hätte mehr verdienen können, wenn sie auch an anderen Abenden arbeiten würde, doch das wollte sie nicht. Sie wollte exklusiv bleiben, ihre Termine sollten rar sein – es gab sogar Wartelisten –, und sie war verhältnismäßig teuer. Außerdem hielt sich das Risiko, jemanden zu treffen, den sie aus der Bahnhofsmission kannte, in Grenzen, solange der Kundenkreis überschaubar blieb.

»Salut, ma Chérie!«, begrüßte sie Juliette und hauchte ihr zwei Küsschen auf die Wangen. Sie war zehn Jahre älter als Natalie, etwas größer und fülliger und rothaarig. Ihre dunkelbraunen Augen blitzten meist vergnügt. Juliette war eine Lebenskünstlerin, die sich von nichts und niemandem unterkriegen ließ. Lediglich geizige, ewig nörgelnde Kundinnen brachten sie auf die Palme, dann konnte sie im Dialekt schimpfen wie ein normannisches Fischweib, was die Adressatinnen ihres Zorns, selbst wenn sie des Französischen mächtig waren, glücklicherweise nicht verstanden.

»Du bist spät heute, Fräulein Radowitz wartet schon«, sagte sie leise und wies mit dem Kinn zu der Tür, die in das Hinterzimmer führte. Juliettes Schneiderei verzichtete ganz bewusst auf die angeberische Eleganz der exklusiven Ateliers im Berliner Westen, in denen die adeligen Damen einkauften, die gerne unter sich blieben, unter Kronleuchtern auf zierlichen Rokokostühlen saßen und Champagner serviert bekamen, während ihre Töchter zum Debut eingekleidet wurden. Juliettes Laden war ein liebenswertes Sammelsurium an Stoffen, Federn, Spitzen, Perlen, Knöpfen, seidenen Bändern, alles gut sichtbar aufgereiht in violett gestrichenen Holzregalen vor einer zart violett und weiß gestreiften Tapete. Es gab auch hier Stühle, doch sie waren mit Samtresten bezogen statt mit Seide, und man konnte auch hier Tee und sogar Champagner trinken, während man wartete und sich mit der Chefin zwischen mehreren großen Spiegeln, Schneiderpuppen, einen alten Samowar, der den ganzen Tag vor sich hinblubberte und neuerdings sogar einem Grammophon, über die neuesten Modetrends unterhielt.

»Ich musste noch etwas erledigen«, sagte Natalie und zog ihren Mantel aus. Tatsächlich war sie noch einmal im Scheunenviertel gewesen, etwas früher als gestern und hatte sich unter den Huren nach Caroline umgehört. Sie wusste jetzt, dass sie sich in der Münzstraße, nicht weit von der Mulackstraße entfernt, eine Dachkammer mit zwei weiteren Mädchen teilte. Das Haus gehörte Klara Moltke, was keine Überraschung war. Mit Sicherheit knöpfte sie den Mädchen eine stattliche Summe Miete ab, so dass ihnen von ihrem Verdienst kaum etwas blieb. Natalie würde sich Caroline dort in den nächsten Tagen schnappen und versuchen, mehr über Pavel herauszufinden. Juliette reichte ihr einen Zettel mit vier Namen, ihre Kundinnen für heute Abend.

»Radowitz, Bredow, Ahrens, Rachalsky«, las Natalie. Einzig Fräulein Elly Radowitz kannte sie, sie war eine Stammkundin, kam alle zwei Wochen und wollte keine Antworten auf konkrete Fragen, sondern »allgemeine Tendenzen«, wie sie sich ausdrückte. Sie war Mitte siebzig und nie verheiratet gewesen, ein altes Mädchen, wie sie sich selbst manchmal etwas verschämt bezeichnete. Fräulein Radowitz war Lehrerin in einem Mädchenpensionat gewesen und jetzt, da sie im Ruhestand und offenbar nicht unvermögend war, vertrieb sie sich vordergründig die Zeit mit Rommé-Spielen mit ihren ehemaligen Kolleginnen, Tortenschlachten im Café Kranzler und Museums- und Theaterbesuchen. Ihre wahre Leidenschaft jedoch galt der Astrologie und dem Spiritismus. Sie las eifrig Horoskope, besuchte Séancen, in denen Tische gerückt und das Pendel befragt wurde und liebte es, sich von Natalie die Karten legen zu lassen. Natalie mochte die schrullige alte Dame und freute sich jedes Mal darauf, mit ihr »allgemeine Tendenzen« zu besprechen, was immer eher ein freundschaftliches Gespräch war, in dem Fräulein Radowitz kein Blatt vor den Mund nahm und entsprechend viel gelacht wurde. Mit ihr den Abend zu beginnen war die reine Freude.

Entsprechend gut gelaunt betrat sie Juliettes Anprobezimmer, wo Fräulein Radowitz auf dem zierlichen Stuhl saß, der vor Natalies Kartentisch stand, und auf sie wartete. Als sie sich entschuldigte, winkte die alte Dame ab. »Machen Sie sich keine Sorgen, ich habe mich wunderbar mit Juliette unterhalten. Stellen Sie sich vor, ich werde mir ein neues Kleid schneidern lassen. In Mitternachtsblau! Ich hatte ja meine Zweifel, ob das nicht zu gewagt ist für mein Alter, meine Freundinnen kleiden sich alle in gedecktem Braun und Beige, aber Juliette meinte, das sei eine Unsitte, dieses ganzes Braun, ich wäre doch kein Schrumpelapfel«, sie kicherte, »obwohl ich da vermutlich widersprechen müsste. Aber sie hat mir das Kleid so wunderbar beschrieben, dass ich mich allein durch ihre Worte wie eine Königin gefühlt habe. Wie eine alte Königin zwar, aber immerhin.«

»Juliette hat vollkommen recht«, pflichtete Natalie ihr bei, während sie sich setzte und begann, ihre Karten zu mischen. Sie hatte ein Kartendeck, das sie vor vielen Jahren auf einem Flohmarkt gefunden hatte. Es war zwar alt und schon leicht vergilbt, aber sehr schön gestaltet, die Karten waren fein gezeichnet, und es war in einem kleinen Holzkasten verstaut. Beim Kauf war dieser so verschmutzt gewesen, dass er vollkommen unscheinbar ausgesehen hatte, doch als Natalie ihn zu Hause gereinigt und anschließend poliert hatte, hatte sich nicht nur herausgestellt, dass er aus wunderschön gemasertem Nussbaumholz bestand, sondern es waren auch kunstvolle Intarsien zum Vorschein gekommen: Auf dem Deckel befand sich ein Pentagramm aus Elfenbein und auf der Rückseite war ein Auge in einem Dreieck, umgeben von Strahlen, abgebildet.

Weil die Kassette so schön geheimnisvoll und magisch aussah, ließ sie sie auch immer auf dem Tisch liegen. Ein Pentagramm half dabei, die Kunden in die entsprechende Stimmung zu versetzen.

Sie ließ die alte Dame zunächst eine Karte ziehen, um festzulegen, unter welchen Vorzeichen die Sitzung ablaufen würde. Bei Fräulein Radowitz genügte oft schon diese einzige Karte für die ganze Sitzung. Sie brauchte keine komplizierten Legesysteme, hatte meist keine konkreten Fragen, ließ sich mit größtem Vergnügen ein auf das Spiel der Deutung. Natalie legte die Karte auf den mit dunkelrotem Samt bedeckten Tisch. »Die Liebenden«, sagte sie.

»Ach, du meine Güte!« Elly Radowitz' zarte Wangen färbten sich rosa. »Und das in meinem Alter! Wobei mir mein Nachbar Herr Böhling heute Morgen doch tatsächlich ein Kompliment gemacht hat! Im Treppenhaus, zwischen dem ersten und dem zweiten Stock. Er ist auch alleinstehend und hat einen kleinen Hund, der Bismarck heißt. Ich weiß ja nicht, ob das nicht allzu despektierlich ist, wenn man einen Hund nach einem Staatsmann nennt, der Reichskanzler würde sich vermutlich im Grab umdrehen, aber ich muss zugeben, eine gewisse Ähnlichkeit ist durchaus vorhanden. Er ist ein Schnauzer, wissen Sie. Der Hund, meine ich. Herr Böhling trägt Vollbart. Eisgrau und immer sehr akkurat gestutzt. Doch ich würde nicht so weit gehen und sagen, dass ich ihn anziehend fände, oh nein, das wäre doch sehr verwegen …«, die Röte ihrer Wangen vertiefte sich, und noch bevor Natalie ihr alternative Deutungsmöglichkeiten dieser Karte erklären konnte, waren sie schon mitten im Gespräch, und Natalie war sich sicher, dass sie heute keine weiteren Karten zum Deuten der »allgemeinen Tendenzen« benötigen würden.

Zwei Stunden später waren alle Namen auf der Liste der Kundinnen abgehakt. Natalie gähnte, schob die Karten zusammen und legte sie zurück in die Holzschatulle. Das Kartenlegen strengte sie mehr an als ein Tag in der Mission. Die Emotionen und Erwartungen, die ihre Kundinnen mitbrachten, waren mitunter recht kräfteraubend. Nicht jede von ihnen war so pflegeleicht und amüsant wie Elly Radowitz. Sie wollte gerade aufstehen und sich ein wenig strecken, als die Tür geöffnet wurde und Juliette hereinschlüpfte.

»Es ist noch jemand gekommen«, flüsterte sie. Natalie runzelte die Stirn. »So spät und ohne Termin? Konntest du sie nicht abwimmeln?«

»Nein. Und es ist keine Frau, sondern ein Mann.«

Irgendetwas an Juliettes Ton ließ Natalie aufhorchen. »Was für ein Mann? Wie sieht er aus?«

»Es ist vermutlich das Beste, ich schicke ihn einfach rein, Chérie«, sagte Juliette ausweichend.

»Nein, warte …«, rief Natalie alarmiert, doch Juliette hatte schon wieder den Raum verlassen. Als die Tür sich erneut öffnete, erwartete Natalie, Pavel zu sehen. Sie griff hastig nach der Schneiderschere, die auf der Kommode neben ihrem Kartentisch lag und verbarg sie in den Falten ihres Kleides. Doch es war nicht Pavel, der jetzt eintrat. Ihr Griff um die große Schere lockerte sich. Ihr wurde klar, dass gegen diesen Besucher keine Waffe helfen würde. Alles an ihr fühlte sich plötzlich schwach an. »Maxim«, flüsterte sie.

Er schloss die Tür hinter sich und blieb vor dem Kartentisch stehen. »Du bist es also tatsächlich.« Seine Stimme war wie früher, leise, ohne schwach zu wirken und ohne Berliner Färbung, was ein Wunder war, da er im Scheunenviertel geboren war und nie woanders gelebt hatte.

Sie konnte nur nicken.

Er zog den zierlichen Stuhl, der in seiner Hand wie ein Spielzeug wirkte, unter dem Kartentisch heraus und setzte sich. Maxim war groß, aber nicht besonders muskulös, schon gar nicht bullig, wie so viele der harten Jungs im Scheunenviertel. Ihn umgab eine Aura von Kraft, die nichts mit einem breiten Kreuz oder kräftigen Oberarmen zu tun hatte. Maxim war ein Panther. Dunkel, geschmeidig und gefährlich, wenn es darauf ankam. Natalie hatte sich nie vor ihm gefürchtet, und sie tat es auch jetzt nicht, zumindest nicht auf diese Weise. Doch sie wusste, dass andere es taten. Das war schon damals so gewesen, als er noch ein kleiner Trickbetrüger gewesen war und heute vermutlich noch viel mehr. Wobei, nichts an Maxim war jemals klein gewesen.

»Wie hast du mich gefunden?«, fragte sie. Ihr Herz klopfte irgendwo in der Nähe ihrer Kehle.

»Weshalb musste ich dich überhaupt suchen?«

Weil ich damals, nach dem Gefängnis, weggehen musste, um weiterzuleben. Weil ich Angst hatte, dir erneut zu begegnen. Weil ich nichts auf der Welt mehr fürchtete als das. Und es noch immer tue. Das alles konnte Natalie ihm nicht sagen. Deshalb schwieg sie.

»Du bist einfach verschwunden nach deiner Entlassung. Hast dich in Nichts aufgelöst wie ein Dschinn.« Er schnippte mit den Fingern. »Ich dachte, du meldest dich, irgendwann. Doch nichts. Drei Jahre lang. Da habe ich angenommen, dass du die Stadt verlassen und zurück nach Frankreich gegangen bist. Oder wohin auch immer. Und dann erzählt mir Stiefelfrieda gestern, dass sie dich gesehen hätte, bei Klara, diesem Drecksstück. Sag bloß nicht, dass du …«

»Nein«, sagte Natalie schnell. Sie zitterte jetzt vor Anspannung. »Ich musste dort etwas regeln. Es ging um ein Mädchen, das bei mir Schutz gefunden hat.«

»Schutz?« Er hob seine dunklen Augenbrauen. »Was machst du?«

»Es wundert mich, dass du das nicht weißt. Immerhin hast du mich in nur einem einzigen Tag aufgestöbert.«

Er lächelte, auf diese vertraute, selbstironische Art, die Natalie immer unwiderstehlich gefunden hatte. Alles in ihr wehrte sich, sich daran zu erinnern. »Ich könnte jetzt ein wenig pathetisch sagen, das liegt daran, dass in dieser Gegend nichts passiert, von dem ich nicht irgendwann etwas mitbekomme, doch wie man bei dir sieht, stimmt das nicht. Wenn Natalie Castellana nicht will, dass man sie findet, dann findet man sie auch nicht.«

Er zuckte mit gespielter Gleichgültigkeit mit den Schultern. »Tatsächlich war es purer Zufall. Ich habe mich an Juliette, deine Schneiderin von damals, erinnert und mir gedacht, Frauen mögen ihr altes Leben ablegen wie einen unmodern gewordenen Hut, doch ihre Schneiderin wechseln sie nicht, wenn es nicht unbedingt sein muss. Deshalb bin ich heute Nachmittag hierhergekommen, um mit ihr zu sprechen, und was lese ich da auf einem diskreten Schild im Schaufenster? *Termine bei Madame Natalie, heute Abend ab 7 Uhr.*« Sein Lächeln verschwand. »So bin ich heute Abend noch einmal hergekommen, in der Hoffnung, dass *Madame Natalie* mir einen Termin gewährt.« Sein Ton war jetzt bitter geworden, triefte vor Sarkasmus. »Es war dumm, deinen echten Namen zu benutzen, Manusch. Solche Fehler hast du früher nicht gemacht.«

Natalie hoffte, er habe nicht bemerkt, wie sie zusammengezuckt war. Manusch hatte man sie in der Mulackritze genannt, was so viel wie französische Zigeunerin bedeutete. Es stimmte genaugenommen nicht, mit den echten Manouches hatte sie nie etwas zu tun gehabt, doch andererseits auch wieder schon, denn sie war ebenso heimatlos wie sie, eine Streunerin. Vermutlich hatte sie es deshalb immer gemocht, wenn Maxim sie so genannt hatte. Die Art, wie er es sagte, hatte es für sie von einem Spott- zu einem Kosenamen gemacht.

»Es war kein Fehler«, erwiderte sie. »Ich benutze keine falschen Namen mehr. Das, was ich hier mache, ist nichts, wofür ich mich verstecken muss.« Sie dachte an Pfarrer Burckhardt und ihre Kolleginnen in der Mission und wusste, dass das nicht ganz der Wahrheit entsprach. Dennoch, mit der Hochstapelei von früher hatte es nichts zu tun.

»Verstehe. Also hast dich nur vor mir versteckt.« Seine Stimme war jetzt eisig.

Natalie schluckte. Alles, was sie darauf erwidern konnte, würde er sofort als das entlarven, was es war: ein lahmer Versuch, etwas zu leugnen, was nicht geleugnet werden konnte. Er hatte recht. Ihr Bemühen, ihr altes Leben hinter sich zu lassen, hatte nur gelingen können, in dem sie sich vor ihm verborgen hatte. Sie hatte ihre Liebe geopfert, um weiterleben zu können.

Sie räusperte sich. »Du hast Karriere gemacht, wie man hört. Wie nennt sich dein Verein? Fortuna? Das ist wirklich ein treffender Name für einen Geselligkeitsverein, in dem sich lauter Glücksspieler und Betrüger tummeln. Wie hast du es geschafft, dort zum Chef aufzusteigen? Was musstest du dafür tun …?«

»Hör auf zu plappern, Manusch. Das passt nicht zu dir«, schnitt er ihr harsch das Wort ab.

Natalie spürte, wie ihr heiß wurde. »Du hast keine Ahnung, was zu mir passt!«, fauchte sie ihn an. »Manusch gibt es nicht mehr, und du bist ein Gangsterboss geworden. Wir haben nichts mehr gemeinsam!«

»Ach, tatsächlich?« In seinen dunklen Augen funkelte ebenfalls Zorn auf. »Und das kannst du einfach so bestimmen? Ein neues Leben und alles, was vorher war, ist vergessen? Alles, was wir hatten?«

»Wir hatten nichts!« Natalie schrie jetzt fast. »Nur Lügen. Unser Leben war auf Lügen aufgebaut. Deines genauso wie meines. Ein Windhauch hätte genügt, um es in sich zusammenfallen zu lassen wie ein Kartenhaus.«

Er prallte zurück, als hätte sie ihn geohrfeigt. »Auf Lügen aufgebaut? So siehst du das also?«

Sie nahm sich etwas zurück. »Du weißt, wie ich das meine.«

Er nickte finster. »Jetzt schon.« Dann griff er in die Jacketttasche und zog seine Brieftasche heraus. »Juliette hat mir deinen Preis genannt.« Er legte ein paar Scheine auf den Tisch. »Na los, zieh eine Karte, damit ich deine Zeit nicht umsonst in Anspruch genommen habe.«

»Maxim, bitte …«

»Mach schon.«

Natalie griff nach dem Deck und schob es ihm hin. »Du musst sie ziehen.«

Er nahm die Karten und zog eine aus dem Stapel, ohne sie anzusehen. Mit der Rückseite nach oben legte er sie auf den Tisch und stand auf.

»Willst du sie dir nicht ansehen?«

Maxim schüttelte den Kopf. »Ich habe für heute genug gesehen.«

Er ging und schloss die Tür leise hinter sich. Wie betäubt sah Natalie ihm nach. Es war ein Fehler gewesen, in die Mulackstraße zu gehen. Sie hätte die Sache mit Babette und Klara auf sich beruhen lassen sollen. Die Gräfin hatte recht gehabt, es war nicht ihre Angelegenheit. Sie hatte einen Schritt zurück gemacht, einen einzigen nur, und prompt hatte die Vergangenheit sie eingeholt.

Ihr Blick fiel auf die Karte vor ihr. Maxim hatte sie nicht sehen wollen. Es war nur zum Teil sein Zorn auf sie, das wusste sie. Wie alle Glücksspieler war Maxim abergläubisch. Er hatte ein Verhältnis zu Spielkarten, das schon fast an Besessenheit grenzte, weshalb er auch so gut war. Es hatte schon damals im ganzen Scheunenviertel niemanden gegeben, der so mit Karten umgehen konnte wie er, niemanden, der so schnell war und derart teuflische Tricks auf Lager hatte und niemanden, der so überzeugend bluffte. Selbst wenn er ehrlich spielte, was er immer dann tat, wenn er seinen Mitspielern ausreichend Respekt entgegenbrachte, war er nahezu unschlagbar. Hinzu kam ein unverschämtes Glück, jedes Mal dann, wenn Können nicht mehr ausreichte und diese unnachahmliche Nonchalance, mit der er verlor, was selten, aber doch hin und wieder vorkam. Dennoch vertraute er nicht voll und ganz auf sein Können. Vor großen Spielen ging er schwarzen Katzen aus dem Weg, er spielte, wenn möglich, immer mit den gleichen Karten und nie an einem Freitag dem dreizehnten. Auch wenn er es nicht zugab, Maxim fürchtete sich vor dem Schicksal. Und soweit Natalie wusste, war dies tatsächlich das Einzige, wovor er sich fürchtete. Sie blickte nachdenklich auf die Karte. Eine dunkle Ahnung beschlich sie, und sie war kurz versucht, sie unbesehen wieder zurück in den Stapel zu schieben. Doch dann fasste sie sich ein Herz und drehte sie um, starrte ungläubig darauf, ein schadenfrohes Kribbeln im Nacken, wie immer, wenn etwas eintraf, was man geahnt, aber doch nicht hatte wahrhaben wollen: Maxim hatte eine Trumpfkarte gezogen. Die Nummer fünfzehn der großen Arkana, den Teufel. Er bedeutete Verstrickung, Abhängigkeit und Manipulation. Das Tor zur dunklen Seite, ins Reich der Schatten, dorthin, wo sie nie wieder landen wollte.

16

Maxim kam in der Gosse zur Welt.

Seine Mutter war gerade auf dem Markt, wo sie Besorgungen für die Nonnen hatte machen müssen, als ihre Fruchtblase platzte. Es war der fünfzehnte August. Seit Wochen hatte es nicht geregnet, die Stadt stank, und die Luft war zäh wie Sirup. Anna Laski blieb stehen, als sie spürte, wie es feucht und warm an ihren nackten Beinen herunterrann, wusste nicht, was das zu bedeuten hatte. Niemand hatte ihr gesagt, was zu tun wäre in einem solchen Fall, wie ihr auch niemand gesagt hatte, was überhaupt zu tun war mit diesem dicken Bauch, den sie mit sich herumschleppte, den schwer gewordenen Brüsten, der ständigen Müdigkeit und dem Gefühl, dass da etwas in ihr lebte, was nicht sie war, was sie nicht haben wollte und doch nicht loswurde. Sie hatte es versucht, anfangs, als ihr klar wurde, warum die Gutsherrin sie geohrfeigt und ein jüdisches Drecksstück genannt hatte, das man im Waisenhaus hätte verrotten lassen sollen. Sie war von einer Mauer gesprungen, hatte Bärentraubenblättertee getrunken, wie ihr eines der Dienstmädchen geraten hatte, doch es hatte nichts genützt. Kurz darauf hatte man ihr einen Brief und eine Adresse in die Hand gedrückt und sie in einen

Zug nach Berlin gesetzt, weg, nur weg aus Tapiau, weit weg vom Gut mit seinen endlosen Feldern, den Pferden und dem dunklen, kühlen Forst, weg von dem Ort, der alles war, was sie kannte. Das Haus, in das die Gräfin sie in Berlin schickte, hieß Magdalenenstift, und es war ein Gefängnis für Frauen wie sie, Frauen, deren Bäuche dicker und dicker wurden, ohne dass sie einen Ring am Finger trugen. Sie bekamen einheitliche Kleider aus grobem grauen Stoff, die wie Kutten von Bettelmönchen aussahen, und Hauben aus dem gleichen Material und durften das Haus nicht verlassen, es sei denn, sie bekamen die ausdrückliche Anordnung dazu, etwa um für das Stift Besorgungen zu machen. Die Nonnen, die das Haus leiteten, verachteten die Frauen. Sie waren gemein, kniffen und schlugen sie und befahlen ihnen jeden Morgen um halb sechs, sich nackt auszuziehen und mit der Wurzelbürste zu schrubben, überall, besonders zwischen den Beinen, mit kaltem Wasser und Kernseife, und wenn eine es nicht gründlich genug machte, halfen sie nach, bis die Haut wundgescheuert war. Sie nannten sie Pack und Abschaum, und sie mussten die Wäsche waschen und plätten, die Böden und die Wände scheuern, die Öfen und die Petroleumlampen putzen und dazwischen stundenlang in der Kapelle oder in ihren Kammern auf dem Boden knien und Gott um Vergebung ihrer Sünden anflehen.

Anna stand da, sah an sich hinunter, sah den dunklen Fleck, der sich am Boden ausbreitete und fragte sich, was passiert war. Dann setzte der Schmerz ein, und sie fragte sich nichts mehr. Der Korb mit dem Gemüse, den Heringen und dem fettigen, billigen Fleisch voller Knorpel und Sehnen, das sie immer in der Suppe bekamen, rutschte ihr vom Arm, und sie ging stöhnend in die Knie, genau dort, wo sie sich befand, etwas abseits hinter den Marktständen, wo der Abfall lag, leere Kisten, Gemüsereste, fauliges Obst, Fisch und Fleischreste, und darüber Wolken von Fliegen. Sie suchte Halt und fand keinen, während sich alles in ihr zusammenzog und das Kind begann, sich mit einem schneidenden, bösartigen Schmerz aus ihr herauszupressen. Dieses Kind, das sie hasste, das nicht ihres war, sondern das des Grafen. Er hatte in jener Winternacht, in der er sie gepackt und in den Pferdestall gezogen hatte, das Wenige in ihr, was ihr allein gehört hatte, das Wenige an ihr, was hell und schön gewesen war, kaputtgemacht, mit seinem wilden Grunzen, den blutigen Stößen. Und er hatte ihr sein Kind hineingepflanzt, tief hinein in ihren Körper, so wie er die Landarbeiter mit scharfer Stimme anwies, auf seinen Feldern die Erde aufzureißen und die Samen hineinzuwerfen. Und wie die Erde sich nicht gegen die Gewalt wehrte, die ihr angetan wurde, und die Pflanzen darin gleichgültig und prächtig gediehen, hatte sich auch dieses Kind in ihr ausgebreitet, war von Tag zu Tag größer, schwerer, besitzergreifender geworden.

Der Schmerz kam in kurzen Abständen, immer wieder bedrohlich anschwellend wie eine heranrollende Maschine, dann scharf und spitz auf seinem Höhepunkt. Er nahm ihren Körper vollständig in Besitz, krampfte ihn wie mit einer riesigen Faust zusammen, ohne dass sie etwas dagegen machen konnte. Sie stöhnte wieder und presste dabei die Hände vor den Mund, bemüht, keine Aufmerksamkeit zu erregen, nur ja keinen schändlichen Anblick zu bieten, so wie es die Nonnen immer sagten, und dabei verächtlich auf die dicken Bäuche der Frauen zeigten. Wie sah das denn aus, wenn sie mitten auf der Straße ihr Kind gebar? Die Leute vom Markt waren grob, sie würden sie beschimpfen, womöglich anspucken oder gar davonjagen, mit ihren langen Reisigbesen. Ihr Stöhnen versickerte zu einem erstickten Wimmern, der Schmerz ließ sie fast ohnmächtig werden. Der Graf zerriss sie noch immer, er hörte nicht auf, noch immer nicht, er zerteilte ihr Fleisch, zerriss alles in ihr. Tränen traten ihr in die Augen und liefen über ihr Gesicht, die Haare unter der schlichten Haube, ihre Brust, alles war schweißnass. Sie konnte nicht mehr aufstehen, selbst wenn sie es gewollt hätte. Die Schmerzwellen kamen zu schnell, zu schneidend, zu unerbittlich. Und dann, mit einem Mal, war es vorbei. Sie richtete sich mühsam ein wenig auf und sah an sich hinunter, hob den grauen, groben Rock. Dort lag, in einer dunkel glänzenden Lache, die sich stetig vergrößerte, das Kind, mit Schleim und Blut verschmiert. Es regte sich nicht, schien nicht zu atmen, hing an der dicken blauroten Schnur, noch immer mit ihr verbunden. Sie packte die Nabelschnur mit beiden Händen, versuchte, sie entzweizureißen, sich zu lösen von diesem fremden Wesen, das der Graf ihr eingepflanzt hatte, doch es gelang ihr nicht. Die Schnur war glitschig und erstaunlich widerstandsfähig, ihre zitternden Finger rutschten ab, berührten das Kind, es fühlte sich warm an, zart, und sie zuckte zurück. Das Kind begann sich zu winden und zu strecken, der kleine Mund bewegte sich, und dann begann es zu schreien. »Still!«, keuchte sie und richtete sich auf, griff nach dem Kind, versuchte es zum Schweigen bringen, doch in dem Moment begann sich alles um sie herum zu drehen, und sie sank kraftlos zurück.

Jemand kam. Sie hörte aufgeregte Stimmen, Frauenstimmen, jemand packte sie von hinten unter den Achseln, behutsam und kraftvoll zugleich, hob sie hoch. Sie wusste nicht, was mit dem Kind geschah, trennten sie es von ihr? Es war ihr gleichgültig. Wenn es nach ihr ging, konnten sie es dort liegen lassen, auf den welkenden Kohlblättern und faulen Äpfeln. Das Kind des Grafen war Unrat, wie alles andere, was dort lag. Die Schwestern aus dem Stift brachten die Kinder auch immer weg. Auch in ihren Augen waren sie Unrat, der beseitigt werden musste. Einige starben bei der Geburt, so behaupteten sie jedenfalls, manche wurden adoptiert, die Mütter bekamen ihre Kinder nie mehr zu Gesicht, nachdem sie sie aus sich herausgepresst hatten, sie verließen das Stift kurz nach der Geburt ohne dicken Bauch, aber keineswegs leichter als vorher. Sie gingen stiller und trauriger, als sie gekommen waren, und sie gingen immer allein.

Es wurde dunkel um Anna Laski, die Farben entglitten ihr, in den Augenwinkeln kräuselte sich die Welt um sie herum und verblasste, die Stimmen erklangen nur noch aus weiter Ferne, und ihr wurde kalt. Sie driftete fort, doch auch das war ihr gleichgültig.

Manchmal hat man Glück. Maxim und seiner Mutter war an diesem heißen Augusttag jenes kleine Quäntchen Glück beschieden, das vonnöten war, um zu überleben. Mehr noch, dieser Tag bedeutete eine Wendung zum Besseren. Minna, die Marktfrau, die die beiden entdeckte, hatte ein sehr viel größeres Herz, als Anna es sich hätte vorstellen können. Sie rief die anderen Marktleute zusammen, die Anna und das Kind auf einen Karren hoben und zu ihr nach Hause fuhren. Dort ließ sie eine Hebamme kommen, um die Blutung zu stillen und das Kind zu versorgen. Sie kochte Anna eine kräftigende Hühnersuppe, brachte ihr täglich frische Milch und Obst von ihrem Stand und hin und wieder sogar Schokolade und gab dem kleinen Würmchen verdünnte Ziegenmilch zu trinken.

Anna weigerte sich beharrlich, ihn zu stillen. Gleichgültig, wie oft Minna ihr den Kleinen brachte, sie schob ihn von sich fort und wandte den Blick ab.

Minna kannte das Magdalenenstift und hielt nicht viel von den Schwestern, also war sie nicht verwundert, dass Anna sich weigerte, dorthin zurückzukehren, als sie wieder stark genug war, um aufzustehen. Sie hätten Anna ohnehin nicht mehr aufgenommen, jetzt, wo das Kind da war. Minna bot ihr an, noch eine Weile bei ihr zu bleiben, und Anna nahm dankbar an. Und so wohnten sie zusammen in Minnas kleinem Häuschen, das aus irgendeinem Grund übriggeblieben war aus der Zeit, als es im Scheunenviertel tatsächlich noch Scheunen gegeben hatte, und das jetzt so klein und geduckt zwischen den fünf- oder sechsstöckigen Mietskasernen stand, als schäme es sich, noch da zu sein.

Minna war Witwe und betrieb neben ihrem Stand auf dem Wochenmarkt noch einen kleinen Obst- und Gemüseladen im Erdgeschoss. Das Haus war uralt und winzig. Neben dem Laden und dem rückwärtigen Stall, wo Minna eine Ziege und ein paar Hühner hielt, gab es nur noch die Küche und ein weiteres Zimmer im ersten Stock sowie eine Kammer unter dem Dach, die jetzt Anna Laski und ihr Sohn, der noch keinen Namen hatte, bekamen. Obwohl es so niedrig war, dass man nur in der Mitte aufrecht stehen konnte, das Fenster nicht richtig schloss und man in der Nacht die Mäuse auf dem Dachboden trippeln hörte, war dieses Zimmer ein Luxus, den Anna noch nie zuvor gehabt hatte. Nachts lag sie in ihrem eigenen Bett, ihre Finger strichen über die saubere Bettwäsche, die nach Sonne und frischer Luft duftete und fühlte sich wie im Himmel. Das Kind lag anfangs neben ihr im Bett, atmete meist ruhig und war so still, dass es unheimlich war. Wenn es Hunger hatte, greinte es so leise, als fürchte es sich, ein Geräusch zu machen, und wenn es nicht schlief, hatte es die Augen weit aufgerissen und sah umher, ohne einen einzigen Mucks. Später brachte Minnas Nachbar, ein steinalter Tischler, der nur noch drei Zähne hatte, eine kleine Wiege in ihr Zimmer. Er hatte sie selbst geschreinert, vor vielen Jahren, für seine Kinder, doch die waren längst groß und aus dem Haus. Anna legte das Kind hinein. Noch immer hatte es keinen Namen. Es war ein Junge, mit pechschwarzen Haaren, die sich wie ein zarter Flaum um sein Köpfchen legten. Auch seine Augen, die jetzt noch von einem tiefen, kräftigen Blau waren, würden dunkel werden, zumindest behauptete Minna das. »Der Kleine ist dir wie aus dem Gesicht geschnitten«, sagte sie immer, und Anna musste ihr recht geben. Er hatte zumindest nichts von dem Grafen, der blond und rundschädelig gewesen war, mit feisten Wangen und hellblauen Augen, fahlen Wasseraugen ohne Gefühl und ohne etwas, woran man sich festhalten konnte. Das Kind dagegen war dunkel und schmal, ein bisschen wie sie selbst, aber doch anders.

Anna war mit noch nicht einmal einem Jahr ins Waisenhaus gekommen, hatte also ihre eigene Familie nicht gekannt, daher wusste sie nicht, dass der kleine Junge ihrem Großvater ähnelte, Serafín Vásquez, einem sephardischen Juden, den es über Wien nach Königsberg verschlagen hatte und der dort seinen in Wien zu Laski verballhornten Namen beibehielt, weil er der Meinung war, er sei für deutschsprachige Ohren eingängiger als der so fremd anmutende Vásquez.

Wie Anna den Jungen in seinem neuen Bettchen liegen sah, ruhig und aufmerksam, seine dunkelblauen Augen fest auf sie gerichtet, geschah etwas, was Anna für undenkbar gehalten hatte: Eine Welle der Zuneigung für das kleine Wesen überströmte sie, die so groß war, dass sie alles wegfegte, was an Bitterkeit und Schmerz und Hass auf den Grafen in ihr verblieben war. Sie beugte sich über ihn, um ihn zu streicheln, und da griff seine kleine Hand nach ihrem Finger und hielt ihn fest. Anna spürte die Wärme und die Kraft des kleinen Jungen und sein Vertrauen in sie, und ihr Herz klopfte so stark in ihrer Brust, dass sie meinte, es würde gleich platzen. Sie wagte nicht, sich zu bewegen. Eine ganze Weile verharrten sie so, bis dem Kleinen die Augen zufielen und der Griff seiner kleinen Finger sich lockerte. Anna ging nach unten zu Minna in den Laden und verkündete, dass sie einen Namen für den Jungen gefunden habe. »Er soll Maxim heißen«, sagte sie.

Minna nickte und versuchte, sich ihre Erleichterung nicht anmerken zu lassen. Nach Wochen der Teilnahmslosigkeit und kaum verhohlener Ablehnung hatte Anna endlich begriffen, dass dieses unschuldige Würmchen ihr Kind war, gleichgültig, wie es entstanden sein mochte.

So wurde Minnas kleines Haus im Scheunenviertel, zwischen kleinen Läden, jüdischen Betstuben und verschachtelten Hinterhöfen, in dem die Menschen so dichtgedrängt zusammenlebten wie nirgendwo sonst in der Stadt, Maxims Zuhause. Während Minna wie eine unverrückbare Eiche in Maxims Leben stand, war Anna eher sprunghaft, wechselte von stürmischer Liebe und übermütigem Spaß zu gereizter Ungeduld, und es umgab sie oft eine Melancholie, die Maxim sich nicht erklären konnte. Dann spürte er ihren Blick auf sich ruhen, der voller Trauer war und hin und wieder blitzte etwas wie Misstrauen und sogar Angst darin auf, und die Tatsache, dass sie Letzteres jedes Mal hastig zu verbergen versuchte, bereitete ihm Unbehagen. Er war noch keine zehn Jahre alt, als er zu dem Schluss kam, dass es irgendetwas an ihm sein musste, das seine Mutter traurig machte. Er bemühte sich herauszufinden, was es war, fragte sogar Minna danach, doch er erhielt keine befriedigende Antwort. Seine Mutter arbeitete viel, sie half Minna im Laden, ging mit ihr auf den Wochenmarkt, versorgte die Ziege und die Hühner, und wenn im Laden nichts mehr zu tun war, saß sie in der kleinen Kammer unter dem Dach und nähte und stickte, rollte Zigaretten, bastelte Papierrosen für die Hüte der feinen Damen. Sie arbeitete für Textilfabriken, Zigarettenfabriken und die Hutmacherinnen in der Friedrich- und der Leipzigerstraße. In ihrer gemeinsamen Kammer stapelte sich immer eine Menge Zeug in den Ecken, Stoffe, Seidenpapier, Perlen, Tabak. Man konnte sich kaum bewegen zwischen dem Bett und der Pritsche und dem kleinen Tisch, der dicht am Fenster stand, damit man das Licht ausnutzen konnte. Schularbeiten machte Maxim meist im Laden hinter der Theke, falls er überhaupt welche machte. Während Minna und seine Mutter großen Wert darauf legten, dass er gut lernte, hasste er die Schule und mied sie, wann immer es ging. Die Kinder aus den umliegenden Mietskasernen riefen ihm Schimpfwörter hinterher, die er nicht verstand, stellten ihm ein Bein, wenn er an ihnen vorbeikam, lauerten ihm auf dem Heimweg auf und verprügelten ihn. Der Lehrer war nicht viel besser. Er bekam immer mehr Tatzen mit dem Rohrstock als die anderen, und wenn irgendwo etwas angestellt worden war, konnte er sicher sein, dass er dafür geradestehen musste. Zu Hause konnte er das nicht erzählen, denn das hätte dazu geführt, dass seine Mutter wieder diesen traurigen Blick bekam. Er musste sich selbst helfen. Maxim versuchte zurückzuschlagen, was aber nicht sehr gut funktionierte, weil er allein war und die anderen immer in Gruppen auftraten, und so begann er, der Schule einfach fernzubleiben, was seltsamerweise niemanden so recht zu kümmern schien.

Stattdessen durchstreifte er Tag für Tag das Scheunenviertel und kam nur noch zum Essen nach Hause. Bald kannte er jede Gasse, jeden Hinterhof und jede Absteige. Er wusste, welche Händler freundlich waren und welche nicht, er kannte die Huren in der Münzstraße und ihre Luden und schlich sich hin und wieder in eines der Bordelle und Tanzlokale, in der Hoffnung, einen Blick auf nackte Beine oder gar einen entblößten Busen zu erhaschen. Manchmal ging er auch in die Talmud-Studierstube neben der Synagoge in der Oranienburger Straße. Der Rabbi dort ließ ihn gewähren, solange er still war und nicht störte. Die Studenten waren viel älter als er, und er verstand kaum etwas, doch er lernte Jiddisch und ein wenig Hebräisch und bekam eine Ahnung davon, dass es so etwas wie einen Gott geben könnte, jedenfalls glaubten der Rabbi und seine Schüler daran. Maxim war nicht überzeugt, von zu Hause kannte er diese Idee nicht, doch es war ruhig und friedlich in der Stube, und ihm gefiel die Begeisterung, mit der dort gelernt und diskutiert wurde. Es war fast so schön wie in den Bordellen, wenn dort Musik spielte und getanzt wurde.

Irgendwann lernte Maxim Bogdan kennen. Er war einige Jahre älter, rothaarig, groß, kräftig, und sie freundeten sich sofort an. Bogdan war ein noch schlimmerer Herumtreiber als er, seine Mutter vor Jahren schon gestorben, sein Vater ein Säufer, den es nicht die Bohne kümmerte, ob sein Sohn abends nach Hause kam oder nicht. Bogdan brachte Maxim Dinge bei, die sich für sein späteres Leben um einiges nützlicher erweisen sollten als das, was er in der Schule oder in der Talmud-Studierstube mitbekam. Maxim lernte rauchen und raufen, Letzteres auf eine Weise, die weniger Kraft als Geschicklichkeit benötigte und dem Gegner trotzdem wehtat, auf Deutsch, Jiddisch und Polnisch fluchen und die Brieftaschen feiner Pinkel klauen, ohne dass sie es bemerkten. Vor allem aber lernte er Würfeln und Kümmelblättchen spielen. Die Karten hatten es ihm angetan. Er verbrachte Stunden mit Bogdan damit, Kartentricks zu üben, atemberaubend schnelles Mischen und allerlei Kunststücke einzustudieren, um gehörig Eindruck vor den Leuten zu schinden, die man auszunehmen plante. Bald war er Bogdan darin überlegen, zumal er auch ein Talent entwickelte, die Leute mit Charme und Witz auf sich aufmerksam zu machen. So tauschten sie die Rollen: Maxim legte jeweils die drei Karten auf der umgedrehten, mit einem halbwegs sauberen Halstuch bedeckten Holzkiste aus und forderte die Zuschauer auf, darauf zu wetten, wo sich die Herzdame verborgen hielt, und Bogdan spielte den Lockvogel, einen Dummkopf, der ständig auf die falsche Karte tippte, um die anderen zu animieren und stand anschließend Schmiere, um Maxim vor der Polente zu warnen.

So hätte es weitergehen können. Tat es aber nicht. Ephraim Gossack, der Bäcker in ihrer Straße, kam ins Spiel. Und damit endeten die zwölf guten Jahre von Maxims Kindheit.

17

Der fehlende Alkohol machte sich inzwischen bemerkbar. Seit Baba gestern Abend der halben Puppe versprochen hatte, den Teufel zu finden, hatte sie nichts mehr getrunken. Inzwischen fühlte sie sich seit Jahren wieder einmal nüchtern. Brutal nüchtern. Die Konturen der Dinge waren so scharf, dass sie in ihren Augen schmerzten. Es fehlte der Nebel, der sonst alles Harte, Böse und Gemeine abmilderte, die Kanten des Lebens abschliff und die Scherben, auf denen sie seit fünf Jahren lief, weniger scharf machte.

Zitternd schlich sie durch die Stralauer Vorstadt zurück zum Bahnhof. Es war Sonntag und schon spät. Die Nacht hing wie ein schwarzes Tuch über der Stadt, der Vollmond war fahl geworden, ihm fehlte bereits ein Stück. Baba war übel, und auf ihrer Stirn stand der Schweiß. Ihre Beine schmerzten. Als Natascha das letzte Mal bei ihr geklopft hatte, hatte sie nicht aufgemacht. Die Verbände an ihren Beinen hatten sich gelöst, und jeder Schritt brannte wie Feuer. Seit gestern suchte sie den Mann mit den Eisaugen nun schon, aber vergeblich. Niemand hatte Pavel gesehen, niemand wollte ihn kennen. Manche von denen, die sie gefragt hatte, logen, sie hatte es an ihren Mienen gesehen, an den Blicken. Lügner bekamen andere Gesichter, die Züge wurden spitzer, die Augen suchten einen Ausweg, flogen hierhin und dorthin, während der Mund weiter leicht zu durchschauenden Schwachsinn plapperte. Sie hatte nicht nochmal gefragt, sondern verstanden. Die Lügner fürchteten den Teufel ebenso wie sie. Als sie sich schließlich dem Bahnhof näherte, atmete sie auf. Zu Hause wartete Wodka auf sie und gnädiges Vergessen. Sie konnte aufhören mit ihrer Suche, hatte ihr Bestes getan. Ihre Finger streichelten die halbe Puppe in ihrer Tasche, während sie mühsam auf das Loch im Zaun zuschlurfte, durch das sie ohne Umweg über die Bahnsteige ihre Hütte erreichen konnte. Die halbe Puppe war ruhiger geworden. Mit jeder Stunde, in der die Wirkung des Alkohols nachließ, war ihr Zetern leiser geworden, inzwischen war es zu einem Flüstern herabgesunken, das fast freundlich klang.

Gerade als Baba durch das Loch schlüpfte, wurde sie auf eine Gestalt aufmerksam, die von den Bahnsteigen kam. Es war ein Mann, dunkel gekleidet, mit einer Schiebermütze auf dem Kopf. Er sah sich verstohlen um und sprang hinunter ins Gleisbett, lief über die Gleise und kam in ihre Richtung. Erschrocken duckte sich Baba hinter einer alten Kabeltrommel aus Holz. Als er näher kam, wurde sein Gesicht einen Moment lang von einer der Laternen am Bahnhof beleuchtet, und Baba zuckte zusammen. Er war es. Der Teufel, den sie suchte, kam direkt auf sie zu. Hatte er erfahren, dass sie sich nach ihm erkundigt hatte? War er gekommen, um sie zu holen? Sie kauerte sich noch tiefer hinter die große Holztrommel, versuchte mit dem Schwarz des Schattens zu verschmelzen.

»Er ist's«, flüsterte sie der halben Puppe in ihrer Rocktasche zu. Die Puppe machte leise Geräusche, die wie ein Wimmern klangen, und Baba streichelte sie besänftigend. Nicht

Wimmern. Man darf nicht wimmern und nicht weinen, wenn der Teufel einen holt. Diese Freude darf man ihm nicht lassen.

Sie konnte die Schritte hören, die rasch näher kamen, der Schotter knirschte unter seinen Sohlen. Die Puppe hatte mit dem Wimmern aufgehört. Beide hielten sie den Atem an. Die Schritte waren jetzt ganz nah, direkt auf der anderen Seite der Kabeltrommel. Er blieb stehen. Ein Licht flammte auf, ein brennendes Streichholz flog über die Trommel und landete neben Babas Schuhen, wo es verlosch. Dann ging er weiter. Das Knirschen entfernte sich. Als Baba es endlich wagte, den Kopf zu heben, um zu sehen, wohin er ging, war er schon fast im Dunkel der Nacht verschwunden. Lediglich das kleiner werdende glimmende Pünktchen seiner Zigarette war noch zu sehen. Ein Gefühl durchflutete Baba. Das war so ungewöhnlich, dass ihr Tränen in die Augen stiegen. Sie hatte schon so lange nichts mehr gefühlt, wusste kaum mehr, was das war, wie das ging. Das Gefühl breitete sich in ihr aus wie warmer Tee in einer eisigen Winternacht, kroch ihr bis in die Fingerspitzen und war wie ein Rausch. Sie wusste, was das Gefühl bedeutete und verfluchte sich gleichzeitig dafür: Es war Erleichterung. Der Teufel hatte sie verschont. Wieder einmal. Etwas, was ihrer Familie nicht vergönnt gewesen war. Prompt meldete sich die halbe Puppe und zischte: »Folge ihm. Sieh nach, was er hier will. Denk an Natascha.«

Baba setzte sich in Bewegung, huschte Pavel hinterher, die Puppe in ihrer Tasche fest umklammert. Er wandte sich nach rechts, dorthin, wo ein paar alte Waggons standen. In einen davon kletterte er hinein und kam kurz darauf wieder heraus. Er sprang vom Waggon und packte etwas Großes, Schweres, das er offenbar zuvor an die Tür geschoben hatte, zog es weiter heraus und wuchtete es sich über die Schulter. Dann bewegte er sich weiter, langsamer jetzt, direkt auf die Gleise zu. Er ging weit. Dabei blieb er immer wieder stehen und sah sich um. Jedes Mal erstarrte Baba, hoffte, er würde sie nicht entdecken. Schließlich blieb er direkt vor einem Gleis stehen und ließ das Bündel von seiner Schulter gleiten. Mit einem Plumps landete es am Boden. Er bückte sich, hob es etwas an und legte es quer über die Gleise. Einen Moment lang betrachtete er sein Werk, dann ging er entlang der Schienen zum Bahnsteig zurück. Baba wartete, bis er verschwunden war, und ging dann weiter, auf das reglose Bündel zu. Sie wusste genau, wo sie sich befand. Über dieses Gleis kam der Nachtzug aus Hamburg. Er würde über das dunkle Ding fahren, das dort lag und es in Fetzen reißen. Sie hatte keine Uhr, aber sie wusste, er musste jeden Moment einfahren. Baba kannte alle Züge, sie gehörten zu ihrem Leben, wie der Schlag ihres müden, geschundenen Herzens, sie wusste, wann sie kamen und fuhren, hörte in ihrer Hütte ihr Schnaufen und Pfeifen und das Kreischen der Bremsen, roch den fettigen Kohledampf. In Zeiten, in denen sie trotz des Wodkas keine Ruhe fand, in denen die Scherben der Welt zitterten und die Vergangenheit drohte, durchzubrechen, verwandelten sich diese Geräusche in Schreie von Menschen in Todesangst und der Kohledampf der Lokomotiven, der in ihre Hütte drang, nahm den Geruch der brennenden Häuser von Kischinjow an.

Als sie die Stelle erreichte, wo der Teufel seine Last abgelegt hatte, sah sie weit in der Ferne bereits die Lichter des Zuges näherkommen. Sie kniete nieder, tastete im fahlen Mondlicht das Bündel ab und spürte kalte, glatte Haut, weiche Haare, ein Gesicht. Das Bündel war ein Mensch.

18

Natalie hatte schlecht geschlafen. Maxim war durch ihre unruhigen Träume gegeistert, und böse Vorahnungen hatten sie immer wieder aufschrecken lassen. Als sie früh am Morgen von einem lauten Klopfen an ihrer Zimmertür geweckt wurde, war sie deshalb schon auf schlimme Nachrichten gefasst. Es war Schwester Heidrun, die im Morgenmantel vor der Tür stand. Hinter ihr, verschreckt und mit verheulten Augen, stand Ida.

»Gerda ist weg!«, rief die Schwester, ohne sich mit einer Begrüßung aufzuhalten. Sie schilderte, wie Ida sie geweckt hatte, nachdem Gerda die ganze Nacht nicht nach Hause gekommen war. »Das dumme Ding hat für Gerda gelogen«, schimpfte sie und schob das Mädchen, das immer kleiner zu werden versuchte, nach vorne. Ida war blass und wirkte sehr schuldbewusst, als sie leise zu berichten begann: »Gerda hat mir erzählt, dass sie jetzt weiß, wo Caroline arbeitet. Sie hat mich gebeten, nichts zu verraten, als sie gestern Nachmittag wegging, um sie zu besuchen.«

»Woher sollte sie das denn wissen?«, fragte Natalie verdutzt nach. »Hat sie mit jemandem gesprochen? War sie fort?«

»Ja!«, schluchzte Ida. »Seit es ihr besser ging, ist sie jeden

Nachmittag spazieren gegangen. Sie war immer so unruhig, konnte einfach nicht stillsitzen.«

Natalie warf Schwester Heidrun einen fragenden Blick zu. Diese schien jedoch genauso verwundert wie sie selbst.

»Gerda hat sich immer heimlich davongeschlichen, damit Schwester Heidrun sie nicht ausschimpft, weil sie sich doch noch schonen sollte«, fügte Ida hastig hinzu. »Aber sie konnte einfach nicht glauben, dass Caroline sie im Stich gelassen hat und wollte den Mann vom Bahnhof suchen, um nochmal mit ihm zu sprechen.«

»Verflucht noch mal, dieses dumme Luder!«, rief Natalie zornig aus und erntete dafür einen vorwurfsvollen Blick von Schwester Heidrun. Sie achtete nicht darauf, sondern fixierte Ida streng: »Und? Hat sie ihn gefunden?«

»Ich weiß es nicht. Sie meinte nur, dass sie jetzt weiß, dass Caroline bei einer reichen Dame als Dienstmädchen arbeitet und sie auch …«

»Was für ein Quatsch!«, fiel Natalie ihr ins Wort. »Caroline arbeitet in einem Hurenhaus im Scheunenviertel, und die Besitzerin ist eine alte Vettel und alles andere als eine Dame, Herrgott noch mal!«

Ida fing an zu weinen, und Schwester Heidrun legte tröstend den Arm um sie. »Na, na, na!«, sagte sie. »Alles wird gut, Kleines. Wir werden sie schon wiederfinden.«

Natalie war zu aufgebracht, um sich für ihre scharfen Worte zu entschuldigen. Wenn Gerda Pavel tatsächlich ausfindig gemacht haben sollte – oder war es umgekehrt gewesen? – dann würde nichts mehr gut werden, das spürte sie.

Die Mulackstraße war frühmorgens wie ausgestorben und offenbarte dabei ihre ganze armselige Schäbigkeit so unverhüllt, dass es fast wehtat. Wo am Abend noch mit etwas Fantasie die Laternen für heimelige Atmosphäre gesorgt und dabei so einiges verhüllt hatten, gab es jetzt nur rußgeschwärzte, modrige Häuser, teilweise verlassen, mit zugenagelten Fenstern, kleine Kaschemmen, deren Türen bis zum Abend fest verrammelt waren und den Geruch nach Pisse und Traurigkeit, der über allem lag. Natalie stieg eilig über den Unrat und den Inhalt der Nachttöpfe, der in der Nacht einfach aus den Fenstern auf die Straße gekippt worden war und machte so lange Radau vor *Claire's Bierstube*, bis Klara, verschlafen und mit grauem Gesicht, zur Tür kam. Unter einem verwaschenen Morgenmantel trug sie ein knappes Unterkleid, das ihren aus dem Leim gegangenen, verwelkten Körper nur höchst unzureichend bedeckte. Ihre blondierten Haare waren zerzaust und die Schminke um ihre Augen herum grau verschmiert, was ihr Gesicht kalkig weiß und noch verbrauchter erscheinen ließ, als es ohnehin war.

»Wat willst du denn schon wieder hier?«, blaffte sie Natalie an und zog den schmuddeligen Morgenrock enger zusammen. »Haste mal auf die Uhr gekiekt? Ick bin erst vor zwei Stunden in die Falle gekrochen.« Als Natalie sie nach Gerda fragte, hob Klara höhnisch ihre Augenbrauen. »Noch'n Mädchen, das dir abgehauen ist? Scheint den Gören ja nicht zu gefallen bei dir …«

»Ist Caroline da?«

»Nee! Und jetzt mach 'nen Abflug und lass mich in Ruhe!« Sie schlug ihr die Tür vor der Nase zu, und Natalie blieb nichts anderes übrig, als wieder zu gehen. Ohnehin glaubte sie nicht, dass Gerda hier war. Sie war überzeugt, dass Pavel sie in seine Fänge bekommen hatte. Bereits während ihres Gesprächs am Samstag hätte sie stutzig werden müssen. Gerda hatte ihn verteidigt, hatte ihr vorgeworfen, er sei durch ihr Eingreifen nicht zu Wort gekommen und hatte ihr erkennbar nicht geglaubt, als Natalie gesagt hatte, er sei ein böser Mensch.

Natalie fluchte leise, während sie sich auf den Weg in die Münzstraße machte, in der Caroline nach allem, was sie wusste, wohnte. Sie hätte wachsamer sein, besser auf Gerda achten müssen. Wenn sie sie gestern noch einmal besucht und mit ihr geredet hätte, hätte sie sie vielleicht davon abhalten können, eine solch himmelschreiende Dummheit zu begehen.

Als Natalie an der Tür zu Carolines Bleibe stand, bot sich ihr in etwa das gleiche Bild wie an Klara Moltkes Tür, nur dass das Mädchen im Morgenmantel, das ihr öffnete, nicht älter als zwanzig und sehr viel ansehnlicher war. Sie kniff die Augen zusammen, als könne sie Natalie so besser sehen und nuschelte gähnend: »Ist was passiert?« Ihr Akzent war osteuropäisch, sie hatte rote Haare und hohe Wangenknochen. Ihr Blick war teilnahmslos.

»Ich will zu Caroline«, sagte Natalie und hielt sich nicht lange mit weiteren Erklärungen auf, sondern schob das Mädchen einfach zur Seite.

»He!«, protestierte sie, jedoch nur matt. Entweder sie war zu verkatert, um sich aufzuregen, oder es war ihr egal.

Die Dachkammer ähnelte dem Vierbettzimmer, in dem Natalie nach ihrer Ankunft im Scheunenviertel gehaust hatte, es war genauso beengt, allerdings fehlten die Vorhänge zwischen den Betten. Stattdessen waren Wäscheleinen gespannt, auf denen Kleidungsstücke hingen. Die Wände waren grau und feucht, stellenweise fehlte der Putz und das kleine Gaubenfenster war so schmutzig, dass kaum Tageslicht hereindrang. Eine Kommode, auf der eine Waschschüssel und ein Krug stand, war neben den Betten das einzige Möbelstück.

Es roch muffig, wie immer, wenn mehrere Menschen beengt auf kleinstem Raum zusammen schlafen. Neben den diversen Ausdünstungen lag ein süßlicher Geruch von billigem Parfum und Talkumpuder in der Luft. Das Bett, das am nächsten zur Tür stand, war leer, es gehörte offenbar dem Mädchen, das geöffnet hatte. Ein Bett weiter lag schlafend ein weiteres Mädchen, von dem nur ein dunkler Haarschopf zu sehen war, und in dem Bett dahinter hockte mit dem Rücken zur Wand Caroline, offenbar von Natalies scharfem Ton aufgeschreckt. Sie starrte ihr mit aufgerissenen Augen entgegen. Natalie bahnte sich einen Weg an den beiden anderen Betten vorbei und setzte sich so neben sie, dass Caroline nicht weglaufen konnte, ohne sie beiseitezuschieben. Prompt drückte Caroline sich ein wenig tiefer in die Ecke.

»Wo finde ich Pavel?«, wollte Natalie ohne Umschweife wissen.

»Was für 'nen Pavel? Ich weiß nich, wovon Sie reden. Ich hab Ihnen doch schon letztes Mal gesagt, dass Sie mich verwechseln«, versuchte das Mädchen noch einmal, sich herauszureden und zog einen trotzigen Flunsch.

»Stell dich nicht dümmer, als du bist!«, herrschte Natalie sie an, und Caroline zuckte zusammen. »Ich habe dir einen Gefallen getan, als ich vor Klara so getan habe, als hätte ich dich verwechselt, aber jetzt ist Schluss damit. Ich weiß nicht, was du mit dem Kerl am Laufen hast, aber ich könnte mir vorstellen, dass Klara nicht begeistert ist, wenn sie erfährt, dass du neben deiner Arbeit bei ihr noch andere Eisen im Feuer hast …«

»Nein, so ist das nicht!«, rief Caroline, nun nervös.

»Wie ist es dann?«

»Dieser Kerl, Pavel, hat mich in der Mokkadiele am Stralauer Platz angesprochen. Er war nett, hat mir 'n Glas Sekt und 'n Stück Kuchen spendiert. Klara sagt immer, wir sollen freundlich zu den Männern sein und sie dann in die Bierstube einladen, also hab ich mich 'n bisschen mit ihm unterhalten. Aber der wollt nicht zu Claire. Er wollt auch nix von mir.« Sie zog die Unterlippe in den Mund und kaute beleidigt darauf herum.

»Was wollte er dann?«

»Was Frisches.« Jetzt wurde Caroline tatsächlich ein bisschen rot.

»Was bedeutet das? Ein jüngeres Mädchen?«, fragte Natalie unerbittlich nach, obwohl sie bereits ahnte, was Caroline damit sagen wollte.

»Ja, das auch, aber vor allem sollte sie ... also ...«, Caroline senkte den Blick. »Sie sollte halt noch Jungfrau sein. Und blond. Vom Land und am besten ohne Eltern oder jemanden, der sie suchen könnte. Er hat mir den Typ Mädchen genau beschrieben, den er sucht.«

»Und da hast du gleich an Gerda gedacht?«

»Nee, nich gleich. Ich wollt erst nichts damit zu tun haben, aber er hat nicht lockergelassen und ...«

»Er hat dir Geld geboten.«

Caroline nickte. »Aber das war nicht der einzige Grund, warum ich's gemacht hab, wirklich nicht. Der Kerl hat mir Angst gemacht. Ich hab gedacht, wenn ich tu, was er sagt, dann bin ich ihn los.«

Natalie war es bei Carolines Schilderung kalt den Rücken hinuntergelaufen. »Und du hast dir nicht überlegt, was er wohl mit einem solchen Mädchen, nach dem niemand sucht, anfangen will?«

»Ich habe geglaubt, das ist einer dieser Schlepper, der die

Mädchen in Bordelle nach Übersee bringt. Hab schon so einiges von denen gehört. Biste dich umsiehst, biste auf einem Schiff da runter zu den Wilden und kommst nie mehr zurück.« Sie schauderte und schlang die Arme um ihren Oberkörper. »Ich hatte Angst, dass er vielleicht mich nimmt, wenn er keine andere kriegt.«

»Und es war dir egal, wenn Gerda das passiert?«

Caroline sah Natalie verständnislos an. »Na ja, besser eine andere als man selber, oder nicht?«

Natalie verkniff sich einen Kommentar dazu. Irgendwie konnte sie das Mädchen sogar verstehen. »Wo finde ich Pavel?«

»Keine Ahnung! Ich hab den immer nur in der Mokkadiele getroffen, oder er hat vor der Bierstube auf mich gewartet.«

»Hast du ihn nochmal gesehen, seit du Gerda für ihn hergelockt hast?«

»Nee! Gott sei Dank nicht. Aber warum wollen Sie das alles wissen? Wer sind Sie überhaupt?«

Natalie stand auf. »Ich bin Natalie und arbeite in der Bahnhofsmission am Schlesischen Bahnhof. Wir helfen Mädchen wie Gerda. Wir helfen auch dir, wenn du das willst.«

»Dankeschön auch, ich brauch keine Hilfe, mir geht's prima!«, schnappte Caroline.

»Wie du meinst. Aber wenn dieser Pavel nochmal wegen eines Mädchens auf dich zukommt, dann kommst du zuerst zu mir, versprichst du mir das?«

»Wieso sollt ich? Springt da was für mich raus?«

Natalie seufzte. »Nein. Außer, dass du nicht am Ende doch noch auf einem Dampfer nach Argentinien landest. Aber das ist deine Entscheidung. Du weißt jedenfalls, wo du mich findest.«

Sie bahnte sich einen Weg zur Tür. Das rothaarige Mädchen beobachtete sie stumm, die andere hatte sich keinen Millimeter bewegt.

19

Alice glaubte zu schweben, als sie auf der vormittäglich friedlichen Straße zur Trambahn ging. Ihre Mutter hatte keine Einwände gehabt, als Alice gestern Abend, nach der Rückkehr von ihrem Ausflug an den Wannsee, gefragt hatte, ob es ihr recht sei, wenn sie dem Pfarrer in der Leihbücherei etwas zur Hand ginge. Im Gegenteil, ihre Mutter hatte es ausdrücklich befürwortet. »Wie schön, Liebes, dass du eine Aufgabe gefunden hast, die dir Spaß macht«, hatte sie gemeint, nachdem Alice ihr vorgeschwärmt hatte, wie nett der Pfarrer war und wie gerne sie mit Büchern arbeiten würde.

Alice war geradezu erfüllt von Glück und das lag nicht nur an der Aussicht, weiter für die Bahnhofsmission arbeiten zu können. Der gestrige Tag war ein Traum gewesen. Heinrich von Kessel hatte sie mit dem Automobil abgeholt! Ihre Mutter hatte zwar etwas skeptisch dreingeblickt, hatte aber nichts gesagt, als sie in das schicke dunkelgrüne Gefährt mit den Ledersitzen eingestiegen waren. Es war ein englischer Sportwagen, wie Heinrich nicht ohne Stolz verkündete, und er hatte nur Platz für zwei Personen. Seine Cousine und die anderen waren mit ihrem eigenen Automobil schon vorausgefahren. So waren sie nur zu zweit.

Das Auto hatte kein Verdeck, und Alice band ihren Hut vorsichtshalber mit einem Tuch fest, so schnell war die Fahrt durch die Stadt. Der Wind zauste ihre Haare trotzdem, während sie an der Spree entlangfuhren. Im Grunewald war es noch kühl, das Licht grün und flirrend, und sie entdeckten sogar einige Rehe.

Heinrichs Cousine Alma war eine quirlige junge Frau Mitte zwanzig mit rotbraunen Locken, die Alice überschwänglich begrüßte. Almas Mann, Rudolf, groß und hager mit einem verschmitzten Gesicht, war Fotograf, wie sie erfuhr. Sie nahmen Alice ganz selbstverständlich in ihren Kreis auf, obwohl sie um einiges jünger war. Spannend waren auch ihre Freunde, Karl und Emmy. Beide waren Kunstmaler und lebten teils in Berlin, teils an der Ostsee. Emmy trug ein außergewöhnliches Kleid, schmal, fließend und ohne Taille. Dennoch sah es elegant aus, ganz anders als die eher plumpen Reformkleider, die Alice bisher gesehen hatte und über die sich Constanze immer lustig machte. Es war aus leichter zartgelber Baumwolle, und darüber lag eine fast durchsichtige, mit Spitze durchbrochene Tunika. Emmy trug erkennbar kein Korsett und sah in dem Kleid aus wie eine Nymphe. »Man nennt den Schnitt La Vague«, erklärte sie Alice, als diese es schließlich wagte, danach zu fragen. »Diese neue Mode kommt aus Frankreich, ihr Schöpfer heißt Poiret, und er hat damit hierzulande schon für einige Empörung gesorgt«, lachte Emmy.

»Ich bin ganz und gar nicht empört«, widersprach Alice. »Es sieht wunderschön aus. Und sehr bequem.«

»Na dann, auf zur Schneiderin! Schockieren Sie Ihre Großmama!« Emmy zwinkerte ihr zu. »Ich kann Ihnen ein Schnittmuster besorgen, wenn Sie möchten.«

»Sehr gerne!« Alice dachte bei sich, dass wohl weniger ihre

Großmutter schockiert sein würde, die ziemlich freigeistig in den meisten Dingen war, als ihre Mutter, die auch tagsüber ein Korsett »Sans Ventre« und noch immer Kleider mit Schleppe trug. Und natürlich Constanze. Letztere vermutlich eher deswegen, weil sie nicht würde fassen können, dass ihre kleine Schwester ihr einmal in Modedingen voraus war.

Sie fuhren mit Ruderbooten den See hinaus, paarweise, die Männer an den Rudern lieferten sich Wettrennen, und es wurde viel gescherzt und gelacht. Danach veranstalteten sie unter einer Trauerweide am Seeufer ein Picknick. Heinrich und seine Cousine hatten Wolldecken und zwei große Weidenkörbe mitgebracht, mit kaltem Huhn, Wurst, Käse, frischem Brot, Eiersalat, Fruchtsaft, Obst, Kuchen und Roter Grütze als Nachspeise. Dazu gab es Weißwein, der Alice ziemlich schnell zu Kopf stieg, so dass sie rasch wieder auf Fruchtsaft und Wasser umschwenkte.

Sie saßen im Schatten unter dem Baum und unterhielten sich, Emmy und Karl erzählten von ihrer Malerei und ihrem Leben an der Ostsee, und Alice lauschte ihnen voller Bewunderung. Die beiden klangen so frei und unbeschwert und so völlig anders als alle Leute, die sie kannte. Für einen Moment stellte sie sich vor, sie würde ihren Eltern eröffnen, dass sie Kunstmalerin werden und in einer kleinen Kate an der Ostsee leben würde. Ihre Mutter würde ohnmächtig werden und ihr Vater vermutlich augenblicklich ein Magengeschwür bekommen.

»Woran denken Sie?«, wollte Heinrich wissen, als sie bei diesem Gedanken amüsiert in sich hineinlächelte.

»Ich habe mir gerade vorgestellt, wie meine Mutter reagieren würde, wenn ich Malerin werden wollte. Ich müsste sie nach dieser Nachricht vermutlich wiederbeleben.« Alice lachte auf. »Gut für sie, dass ich kein künstlerisches Talent habe. Der Zeichenkurs nach der Schule hat mir das recht eindrücklich vor Augen geführt.«

»Was würden Sie gerne tun?«, wollte Heinrich wissen.

Alice dachte an ihren Traum, Medizin zu studieren oder Krankenschwester zu werden, doch unter dem Eindruck von Heinrichs freigeistigen Freunden – und womöglich auch ein wenig aufgrund des Weißweins – brach etwas ganz anderes aus ihr heraus:

»Frei sein!«, rief sie und breitete die Arme aus. »Ich möchte frei entscheiden können, was ich tun und lassen will, ich möchte alles lernen, was es zu wissen gibt, studieren, arbeiten dürfen, und ich möchte so ein Kleid wie Emmy, ohne Korsett! Nichts mehr tragen müssen, was mich einschnürt, beengt und zwingt, langsam zu gehen, obwohl ich eigentlich tanzen, hüpfen und springen will.«

Sie verstummte und ließ etwas verlegen ihre Arme wieder sinken. Sie hatte sehr viel lauter gesprochen als beabsichtigt, und alle sahen sie an. Heinrichs Blick ruhte wie gebannt auf ihr, sie konnte ihn fast körperlich spüren. Ihr Gesicht glühte. Vermutlich war es der ungewohnte Wein, der ihr zu Kopf gestiegen war.

»Bravo!« Emmy klatschte in die Hände. »Wenn das mal keine Kampfansage ist.« Sie stand auf. »Alice möchte hüpfen und springen. Was ist? Wer hat Lust auf eine Runde Federball?«

Während die Straßenbahn sie zum Schlesischen Bahnhof brachte, wo richtige, erwachsene, nützliche Arbeit auf sie wartete, zog der gestrige Tag noch einmal vor Alices innerem

Auge vorbei. Eine Abfolge sonnendurchglühter Bilder, erfüllt mit Lachen, Spaß und Sorglosigkeit. Sie spürte noch immer die Sonne auf ihrer Haut, den Wind, der durch die Blätter der Weide fuhr, das leichte Wattegefühl in ihrem Kopf von dem Wein und Heinrichs Blick, der ihrem immer wieder begegnete, gleichgültig, was sie tat, wohin sie ging, was sie sagte. Dabei war er keineswegs aufdringlich, nein, es war einfach das Gefühl, dass er sie sah. Tatsächlich wahrnahm, bei allem, was sie tat. Sie hatte sich ihm verbunden gefühlt, so, als ob sie sich schon lange kannten. Als ob sie ein Geheimnis teilten, was sie irgendwie auch taten, nur dass er nichts davon wusste. Auf dem Nachhauseweg, während sie durch eine Kastanienallee fuhren und Alice sich mit halb geschlossenen Augen den Fahrtwind um die Nase wehen ließ, hatte er sie gefragt, ob sie sich wiedersehen könnten. Sie hatte genickt und, womöglich mit etwas zu viel Enthusiasmus – Constanze riet ihr immer, zurückhaltend zu sein, wenn Männer sich um sie bemühten – ausgerufen: »Oh, es war so ein wunderbarer Tag!«

Jetzt war sie angekommen und lief raschen Schrittes in die Bahnhofshalle. Sie freute sich schon, Natalie und die anderen Frauen wiederzusehen und war gespannt zu erfahren, wie es Gerda und der armen Babette ging. Als sie sich der Mission näherte, sah sie schon von Weitem, dass etwas anders war. Eine Menge Leute hatten sich vor der Tür versammelt, und Natalie stand auf einer Leiter, die an die Wand gelehnt war und schrubbte wie wild an einem Schriftzug herum, der beim letzten Mal noch nicht dagewesen war. Alice beschleunigte ihren Schritt, um ihn lesen zu können. *Vapisst euch ihr Betschwestern!*, stand dort in aggressiven Lettern, grammatikalisch fragwürdig, aber nichtsdestotrotz bedrohlich.

Alice drängelte sich durch die Schaulustigen und ging auf Natalie zu, die ebenso verbissen wie vergeblich mit der Wurzelbürste an einem der tiefschwarzen Buchstaben herumschrubbte. Sie hatte die Ärmel ihrer Bluse bis über die Ellenbogen aufgekrempelt und ihre Röcke geschürzt. Ihr Gesicht war rot, ob vor Anstrengung oder Wut, war schwer zu sagen. Als Alice neben sie trat, fuhr sie herum wie eine Natter, entspannte sich aber, als sie Alice erkannte. »Ach, du …« Sie wandte den Blick wieder ab und schrubbte weiter.

»Wer hat das getan?«, fragte Alice, etwas eingeschüchtert von diesem frostigen Empfang.

»Mischpoke, der wir mit unserer Arbeit in die Suppe spucken«, knurrte Natalie, und es klang, als würde sie diesen Leuten liebend gern mehr antun, als nur zu spucken.

Alice verstand nicht recht, wen sie damit meinte, wagte aber nicht, nachzufragen. Natalie schien in einer gefährlichen Stimmung zu sein. Am Ende bekam sie noch die Wurzelbürste an den Kopf, wenn sie eine dumme Frage stellte. Jetzt ging die Tür auf, und ein grauhaariger Mann im schwarzen Anzug trat heraus. An seinem steifen weißen Kragen erkannte Alice, dass dies wohl Pfarrer Burckhardt sein musste, der Gründer der Bahnhofsmission. Natalie hatte ihr mit großem Respekt in der Stimme von ihm erzählt, was Alice vor allem deshalb aufgefallen war, weil sie ihrem Eindruck nach nicht der Typ zu sein schien, der vor vielen Dingen Respekt hatte.

Der Geistliche war tatsächlich eine beeindruckende Erscheinung, groß, mit graumeliertem Vollbart und einem scharf gezeichneten Profil. Am besten gefielen Alice jedoch seine Augen, die von einem Kranz Lachfältchen umgeben waren und ausgesprochen gütig dreinblickten, auch wenn seine Miene im Moment eher besorgt war. »Natalie, jetzt kommen

Sie endlich herunter«, rief er nach oben. »Das ist Teerfarbe, die bekommen Sie mit Wasser und Seife ohnehin nicht weg.«

Natalie hielt inne. »Aber wir können das nicht so stehen lassen!«, rief sie zornig.

»Wir werden es überstreichen. Es ist noch genug Farbe von der Renovierung da.«

Natalie zögerte noch einen Moment, dann stieg sie die Leiter hinunter. Unten angekommen, warf sie die Wurzelbürste mit einer so wütenden Bewegung in den Zinkeimer, dass das schmutzige Wasser darin hochspritzte. Alice machte einen hastigen Sprung zur Seite.

Natalie warf ihr einen Blick zu. »Oje, sag nur, ist dein hübsches Kleidchen nass geworden?«, fragte sie höhnisch.

Alice fühlte sich, als wäre sie geohrfeigt worden. Ihr traten Tränen der Enttäuschung in die Augen. Wieso war Natalie plötzlich so gemein zu ihr? Hatte sie am Samstag nicht deutlich genug gemacht, dass sie aus anderem Holz geschnitzt war als viele ihrer verwöhnten Altersgenossinnen? Dass sie bereit war, sich anzustrengen? Sich schmutzig zu machen? Sie hatte das Gefühl gehabt, die Leiterin der Mission habe sie nach ihrem Besuch bei Gerda mit anderen Augen betrachtet. Hatte sie sie nicht sogar gelobt? Sie biss sich auf die Lippe. Jetzt zu weinen, wäre eine Katastrophe. Es würde alles bestätigen, was Natalie offenbar von ihr dachte. Da sie nicht wusste, was sie erwidern sollte, stand sie nur da, hölzern, mit hängenden Armen, und in ihrer Brust wurde es eng. Hatte Natalie es sich etwa anders überlegt? Würde sie sie wieder fortschicken? War sie denn zu gar nichts zu gebrauchen?

»Kennen wir uns schon?«, sprach Pfarrer Burckhardt sie jetzt an. Sein Lächeln ließ Alice wieder Mut schöpfen.

»Nein«, beeilte sie sich zu sagen und streckte die Hand aus.

»Ich bin Alice Hardtleben. Natalie hat mir erlaubt, bei Ihnen mitzuarbeiten.« Sie warf einen schnellen Blick zu Natalie, erwartete fast, sie würde widersprechen, doch sie schwieg. Kommentarlos wandte sie sich ab und verschwand in der Mission. Alice sah ihr verzagt hinterher. Ihre ganze Vorfreude, ihr ganzer Stolz, etwas aus eigener Kraft erreicht zu haben, war unter Natalies höhnischen Worten verpufft.

»Wie schön!«, hörte sie den Pfarrer sagen. »Ich hatte schon oft die Hoffnung geäußert, dass sich ein paar jüngere Helferinnen zu uns gesellen. Die Mädchen vertrauen jungen Frauen oft mehr, weil sie denken und fühlen wie sie.«

Er nickte ihr zu und machte eine einladende Handbewegung in Richtung Tür. »Lassen Sie uns hineingehen und diesen dummen Streich für einen Moment vergessen.«

Alice folgte ihm in die Mission, das Kinn erhoben und die Zähne zusammengebissen. Sie würde beweisen, dass sie eine echte Hilfe sein konnte. Und sie würde sich von Natalie nicht mehr verhöhnen lassen.

Drinnen war es warm und einladend. Im Herd brannte bereits ein Feuer, und es roch nach Kaffee und gebratenen Eiern. Babette, das Mädchen von Samstagabend und eine fremde junge Frau in Reisekleidern und mit einem kleinen Koffer neben sich, saßen mit Hedwig am Tisch und frühstückten. Hedwig schien die Pöbelei der Männer vom Samstag einigermaßen verdaut zu haben, sie hatte eine Tageszeitung vor sich liegen, deutete auf die Anzeigen und sprach angeregt mit den beiden. Auguste, die Natalie die Gräfin nannte, stand mit einer anderen Helferin zusammen und trank Kaffee. Natalie selbst saß abseits an einem kleinen Tisch an der Wand, rauchte eine Zigarette und starrte ins Leere.

»Dit is ja meine Kartoffelschälmeisterin!«, rief Marthe aus, als sie Alice zusammen mit dem Pfarrer eintreten sah. »Wenn dit keene Freude ist! Haste schon jefrühstückt?«

Alice nickte lächelnd. »Ja, vielen Dank, Marthe.«

»Aber 'ne Tasse Kaffee wirste schon mögen, nach all der Uffregung da draußen.« Sie deutete mit ihrem runden Kinn zur Tür und verdrehte die Augen. »Wat für Leute!« Sie nahm einen Becher vom Bord an der Wand und schenkte dampfenden Kaffee aus einer großen Kanne ein. »Milch? Zucker?«

»Beides, danke.«

Kurz darauf saß Alice bei den beiden Mädchen und Hedwig am großen Tisch, während der Pfarrer zu Natalie hinübergegangen war und leise mit ihr sprach. Alice warf einen neugierigen Blick zu den beiden hinüber. Zunächst schüttelte Natalie den Kopf, als der Pfarrer etwas zu ihr sagte. Als sie schließlich antwortete, noch immer leise, schienen ihre Worte nichtsdestotrotz heftig zu sein, sie war aufgesprungen, unterstrich jeden ihrer Sätze mit energischen Handbewegungen, ihre ungewöhnlich blauen Augen funkelten zornig, und ihre lockigen schwarzen Haare standen ab wie die Schlangen von Medusas Haupt. Jetzt sah man auch, dass sie Französin war, dachte Alice. Oder eher noch Italienerin. In beiden Ländern sprach man genau so gestenreich und leidenschaftlich wie Natalie es gerade tat, jedes Gespräch wirkte wie eine kleine Theaterszene, selbst wenn man sich nur ein Gericht auf der Speisekarte erklären ließ. Alice hatte es mit eigenen Augen gesehen, auf einer Studienreise nach Rom mit ihrer Lehrerin am Lyzeum und auf einer Fahrt mit ihrer Großmutter an die Côte d'Azur im letzten Winter. Pfarrer Burckhardt legte beruhigend eine Hand auf Natalies Schulter, und Alice erwartete fast, dass Natalie sie in ihrer Erregung abschüttelte, doch sie ließ es geschehen. Mehr noch, ihr Zorn schien sich zu legen, sie wirkte plötzlich mehr resigniert als wütend. Zusammen mit dem Pfarrer kam sie schließlich zu ihrem Tisch.

»Guten Morgen«, sagte sie in die Runde und setzte sich. »Die Aufregung heute Morgen tut mir leid. Wie ihr gesehen habt, glaubte jemand, uns eine Botschaft zukommen lassen zu müssen.« Sie lächelte grimmig. Es war mehr ein Zähnefletschen. »Ich brauche wohl nicht zu betonen, dass wir uns einen Teufel darum scheren! Wir werden diesen Mistkerlen die Hölle …« Pfarrer Burckhardt ließ ein kleines Räuspern hören, und Natalie korrigierte sich. »Was ich damit sagen will, ist, wir lassen uns von solchen Dingen nicht einschüchtern, meine Damen, darin sind wir uns einig, oder?«

»Dit is klar wie Kloßbrühe«, ließ Marthe vernehmen, und auch Hedwig nickte, wenngleich etwas verhalten. Die beiden Mädchen sagten nichts, wirkten jedoch verschreckt. Alice schwieg ebenfalls. Natalie hatte sie keines Blickes gewürdigt. Jetzt stand sie wieder auf und ging in den rückwärtigen Teil des Raums, dort, wo die Pritschen standen. Als sie wiederkam, hatte sie einen Eimer Farbe und zwei Pinsel in der Hand. Sie wandte sich an Babette. »Hast du Lust, mir beim Streichen zu helfen?« Babette nickte, und die beiden gingen hinaus. Alice trank ihren Kaffee aus und brachte die leere Tasse zu Marthe. »Kann ich mich irgendwie nützlich machen?«, fragte sie, noch immer bedrückt.

»Aber immer, Mädel. Es jibt Erbssuppe mit Würstchen, und ick möchte Apfelkuchen backen. Den kannst du übernehmen, wenn du magst.« Alice hatte noch nie irgendetwas gebacken, aber sie nickte. Zusammen mit Marthe würde sie es schon hinbekommen. »Sehr gerne.«

Die nächsten Stunden waren erfüllt mit Arbeit. Alice

schälte Unmengen Äpfel, schlug Eier in eine Schüssel, rührte Teig, danach, als die beiden Kuchen im Rohr waren, brachte sie den Menschen, die unverhofft hereinschneiten, ein Glas Wasser oder eine Tasse Kaffee und hörte sich an, was sie zu sagen hatten. Hedwig zeigte ihr, wo die Flugblätter aufbewahrt wurden und beschrieb ihr die Stellen im Bahnhof, wo sie sie verteilten. »Du kannst am Nachmittag mit mir gehen, wenn der nächste Zug aus Königsberg ankommt«, schlug sie vor. »Natalie meinte, wir sollten von nun an immer zu zweit gehen, damit diese Scheusale uns nicht mehr so leicht aus der Fassung bringen können.«

»Wer sind diese Männer eigentlich?«, wollte Alice wissen.

»Es sind die Schlepper, die die Mädchen für ihre Zwecke ausbeuten wollen. Sie fühlen sich durch uns gestört.« Hedwigs Hände zitterten leicht, als sie die Flugblätter zu einem ordentlichen Haufen zusammenschob. »Es ist sehr beunruhigend«, gestand sie schließlich. »Bisher hatten wird solche Probleme nicht.«

Alice nickte. »Aber es heißt auch, dass Ihre Arbeit inzwischen Früchte trägt. Diese Männer versuchen Sie nur deshalb einzuschüchtern, weil die Bahnhofsmission inzwischen so erfolgreich ist.«

Hedwig sah sie überrascht an. »So habe ich das noch nie gesehen. Aber du hast recht.« Auf ihrem altjüngferlichen Gesicht erschien ein mädchenhaftes Lächeln. »Wir bewirken etwas! Gott ist auf unserer Seite, und das bleibt selbst diesen Schurken nicht verborgen!«

Dann ging erneut die Tür auf, und eine alte Frau kam herein. »Natascha!«, rief sie laut, mit einer sich fast überschlagenden Stimme. »Natascha!«

Hedwig verdrehte die Augen. »Oje«, flüsterte sie Alice zu,

»ausgerechnet jetzt ist Natalie nicht da.« Nachdem Natalie zusammen mit Babette die Schrift an der Wand überstrichen hatte, war sie fortgegangen, ohne jemandem zu sagen, wohin.

»Wer ist das?«, wollte Alice wissen. Die Frau war schmutzig und ungepflegt, ihre Haare hingen ihr strähnig ins Gesicht, und sie trug viele Kleidungsstücke übereinander. Die nackten Füße steckten in abgetragenen Schlappen, die vor Schmutz starrten und kaum noch als Schuhe erkennbar waren.

»Das ist Baba. Eine Obdachlose, die in einem Verschlag irgendwo bei den Gleisen haust. Sie ist Russin und eine schlimme Säuferin. Natalie kümmert sich um sie. Eigentlich kommt sie nie zur Mission, Natalie geht immer zu ihr. Ich frage mich, was sie plötzlich hier will.«

»Natalie ist Natascha?«

Hedwig nickte. »Baba hat einen Narren an ihr gefressen. Natalie ist die Einzige, die sie anfassen darf.«

»Wieso anfassen?«

»Baba hat offene Beine. Natalie reinigt und verbindet sie regelmäßig.« Hedwig verzog das Gesicht. »Wenn du mich fragst, müsste man sie dazu bringen, mit dem Trinken aufzuhören, dann ginge es ihr besser. Wir haben schon versucht, sie im Wohnheim unterzubringen, aber sie will nicht, ist stur wie ein Maulesel.«

Alice warf einen Blick auf Babas Beine. Sie waren dick geschwollen und blaurot verfärbt. Die dunklen Flecken auf den lose herumgewickelten Mullbinden zeugten davon, dass diese schon länger nicht mehr gewechselt worden waren.

»Sie braucht neue Verbände«, sagte Alice mitfühlend.

Hedwig nickte. »Ja, mit Sicherheit. Natalie meinte erst am Samstag, sie habe Baba bei ihrem letzten Besuch nicht angetroffen. Sie hat sich Sorgen um sie gemacht.«

Alice stand auf. »Ich mache das.«

»Aber Kind, das musst du nicht!«, rief Hedwig erschrocken. »Natalie wird gleich wieder zurück sein, dann wird sie sich darum kümmern. Es ist nicht so einfach, wie du denkst.« Hedwig machte eine angewiderte Miene.

»Ich weiß, wie so etwas geht. Auf dem Gut meiner Tante in Küstrin lebt ein ehemaliger Stallknecht, der das gleiche Leiden hat. Sie versorgt ihn und seine Familie. Wenn ich dort bin, helfe ich ihr immer dabei.«

»Baba wird dich nicht an sich ranlassen. Du musst aufpassen, sie ist gewalttätig. Margarethe hat sie schon einmal eine Ohrfeige gegeben.«

Alice hörte nicht mehr zu. Sie ging auf die Frau zu, die bei näherer Betrachtung noch gar nicht so alt war, wie sie gedacht hatte. Ihr Gesicht war gezeichnet vom Alkohol und dem Leben auf der Straße, deshalb sah sie aus wie eine Greisin. Sie stand mitten im Raum, ihr Blick wanderte angstvoll und unentschlossen umher.

»Guten Tag, Baba«, sagte Alice und reichte ihr die Hand, die Baba nach verblüfftem Zögern ergriff.

»Ich bin Alice. Möchten Sie etwas essen oder trinken?«

Baba zwinkerte. »Wo ist Natascha?« Ihre Stimme klang wie eine rostige Türangel, jedoch klar und nicht betrunken.

»Natascha ist gerade nicht da, aber sie kommt bald. Ich bin ihre Helferin. Kann ich etwas für Sie tun?«

Hedwig hinter ihr schnalzte mit der Zunge. »Du sprichst ja mit ihr wie mit einer feinen Dame, das wird sie gar nicht verstehen.«

Baba hatte Alices Hand nicht losgelassen. Im Gegenteil, sie hielt sie so fest, als könne Alice sie davor bewahren, von einem reißenden Fluss fortgerissen zu werden.

»Natascha! Ich brauch sie.«

»Sie kommt gleich.« Alice führte Baba zu einem freien Stuhl.

Hedwig folgte ihnen. »Natascha hat Sie bei ihrem letzten Besuch nicht angetroffen, hat sie uns erzählt. Sie hat sich schon Sorgen gemacht.«

Baba setzte sich zögernd. Der Blick aus ihren tiefschwarzen Augen flog dabei in alle Ecken. »Hab nicht aufgemacht«, murmelte sie. »Da waren doch die Scherben, überall Scherben. Sie haben mich angeschrien, die Puppe und der Teller. Und der Vorhang auch … aber jetzt …«, sie beugte sich so nahe zu Alice, dass ihre Ausdünstungen ihr fast den Atem nahmen, »jetzt hab ich ein Geheimnis. Ich muss es ihr erzählen. Aber niemandem sonst!« Sie legte einen schmutzigen Finger an den Mund. Alices Hand hatte sie noch immer nicht losgelassen. Alice, die kein Wort von dem verstand, was Baba vor sich hinbrabbelte, tätschelte ihre schmutzstarrenden Finger, die die ihren umklammert hielten. »Jetzt sind Sie ja hier. Natascha wird Ihnen gleich helfen.« Sie deutete auf Babas Beine. »Darf ich mir das ansehen, während wir auf sie warten? Sie könnten einen frischen Verband gebrauchen.«

Baba kniff die Augen zusammen und musterte sie, lange und so ausführlich, dass Alice unbehaglich wurde. Dann nickte sie. »Natascha macht das auch immer. Sie ist ein gutes Mädchen.«

»Ja, das ist sie.« Alice entwand sich Babas Klammergriff, richtete sich auf und wandte sich an Marthe und die anderen Frauen. »Könnten Sie mir bitte etwa einen halben Liter von dem kochenden Wasser in eine Schale gießen und einen gehäuften Teelöffel Salz hineinrühren? Und dann bräuchte ich noch saubere Lappen und Verbandszeug.«

Hedwig stand auf und ging zu einem kleinen Kästchen, das an der Wand hing. Sie kam mit Mullbinden und Zinksalbe zurück. »Was willst du denn mit dem Salzwasser anstellen?«, fragte sie skeptisch.

»Die Wunden reinigen.« Alice hatte sich wieder vor Baba hingekniet und rollte vorsichtig die verklebten Verbände ab.

»Mit Salz?« Hedwig klang entsetzt. »Natalie macht so etwas immer mit Wasser und Seife.«

»Eine Kochsalzlösung ist wirkungsvoller und besser für die Haut.«

»Das kann ich mir nicht vorstellen. Vielleicht wartest du doch besser auf Natalie, die kennt sich besser mit solchen Dingen aus …«

»Mein Vater ist Professor für Chirurgie an der Charité«, widersprach Alice energisch. »Er hat meiner Tante und mir erklärt, wie man es richtig macht.«

Hedwig klappte den Mund zu und sagte nichts mehr. Mit skeptischer Miene setzte sie sich wieder, während Marthe Alice die Kochsalzlösung und ein paar frische Lappen brachte.

Babas Beine sahen schlimm aus. Die Haut war an vielen Stellen aufgeplatzt, und es hatten sich großflächige, eitrige Geschwüre gebildet, die jetzt, nachdem der Verband sich gelockert hatte, mit Schmutz verunreinigt waren. Alice reinigte die Wunden gründlich, entfernte Schmutz und abgestorbenes Gewebe und verteilte die Zinksalbe um die Wunden herum, bevor sie sie wieder verband. »Sie braucht Bandagen, die die Venen unterstützen, damit das Blut leichter zurück zum Herzen fließen kann«, sagte sie. »Könnte bitte jemand in eine Apotheke gehen und welche besorgen?« Sie sah sich um. Marthe, Hedwig und die Gräfin starrten sie an. Keine von ihnen antwortete. Alice wurde verlegen. »Ich habe auch etwas

Geld dabei, das dürfte reichen«, sagte sie schnell und nestelte ihre Geldbörse aus der Tasche ihres Kleides.

»Nein, nein, Liebes!« Die Gräfin winkte ab. Ein merkwürdiges Lächeln umspielte ihre Lippen. »Ich erledige das. Am Stralauer Platz ist eine Apotheke. Ich bin gleich zurück.«

Nachdem die Gräfin mit den Bandagen zurückgekommen war, umwickelte Alice Babas Beine fest damit. »Haben wir vielleicht andere Schuhe für Baba?«, fragte sie noch einmal in die Runde und hob die zerfledderten Schlappen hoch. Hedwig meldete sich zu Wort. »Ich habe ein Paar alte Schnürstiefel zu Hause, die könnte ich morgen mitbringen. Vielleicht passen sie ihr.«

Alice lächelte ihr dankbar zu. »Das wäre sehr freundlich.«

Baba hatte während der Behandlung kein Wort gesagt und sich nicht bewegt. Jetzt hob sie die Hand und strich Alice über die Wange. »Helles Mädchen«, sagte sie.

20

Natalie lief seit Stunden durch die Stadt und suchte nach Gerda. Sie hatte es in der Mission nicht mehr ausgehalten. Der Raum war ihr enger erschienen als sonst, stickiger, mit zu vielen Menschen darin. Nach einer Weile hatte sie das Gefühl gehabt, die Wände bewegten sich auf sie zu, unauffällig, nur aus den Augenwinkeln wahrnehmbar, und jedes Mal, wenn sie sich daraufhin bewusst umsah, waren sie ein paar Zentimeter näher gekommen. Sie kannte das Gefühl, in einem Raum ersticken zu müssen, nur zu gut und das nicht erst seit ihrer Zeit im Gefängnis. Es meldete sich immer dann, wenn sie sich hilflos fühlte, ohnmächtig, weil etwas geschah, was sie nicht beeinflussen konnte. Sie wurde dann schnell reizbar und unruhig, schwankte zwischen Flucht und Angriff. Vermutlich war es ein Erbe ihrer Vergangenheit im Wanderzirkus. Dieses seltsame Leben ohne festen Bezugspunkt hatte tiefe Spuren in ihr hinterlassen, die Flüchtigkeit aller Dinge, denen sie damals begegnet war, Orte, Menschen, Landschaften, die sie nach kurzer Zeit wieder verlassen musste, stets mit der Gewissheit, sie nie wiederzusehen, hatte sie wachsam gemacht, stets auf dem Sprung, immer fluchtbereit. Sich nicht einzulassen, nicht zu vertrauen, sich nie völlig in Sicherheit zu wiegen, war ihr zur zweiten Natur geworden. Dieses Leben hatte sie härter gemacht, als sie eigentlich sein wollte.

Natalie hatte natürlich bemerkt, wie verletzt Alice angesichts ihres rüden Verhaltens gewesen war, und es tat ihr leid. Sie würde es wieder gutmachen. Im Moment jedoch war Gerda das Wichtigste. Sie überlegte, wo sie noch suchen könnte. Doch es gab keinen Ort mehr, wo sie noch nachsehen, noch nachfragen konnte. Sie hatte alles abgegrast, was ihr eingefallen war, und es war vergeblich gewesen. Niemand hatte das Mädchen gesehen, niemand wusste etwas. Blieben zwei Möglichkeiten, an wen sie sich noch wenden konnte, und keine davon wollte sie ergreifen: Leo Hirschfeld, der Kriminalpolizist, der in dieser Gegend ermittelte, wie sie inzwischen wusste, und der vielleicht etwas mitbekommen hatte, und Maxim. Doch selbst wenn sie sich durchringen würde, sich an einen von beiden zu wenden, so würde sie das nicht mehr heute tun. Es war bereits später Nachmittag, und sie musste zurück in die Mission, die anderen würden sich wundern, wo sie abgeblieben war. Außerdem musste sie ihnen endlich von Gerdas Verschwinden erzählen.

Als sie kurz darauf müde und enttäuscht von ihrer ergebnislosen Suche den Bahnsteig entlangging, traf sie auf die Gräfin, die dort an ihrem angestammten Platz mit Flugblättern in der Hand stand. Sie und ein paar andere Frauen wechselten sich je Zug ab. Vor einer halben Stunde war der letzte Fernzug auf diesem Gleis eingefahren, so dass ihre Arbeit hier für heute beendet war. Sie schloss sich Natalie an, ohne zu fragen, wo sie so lange gewesen war. Die Gräfin stellte so gut wie nie irgendwelche Fragen. Immer freundlich und gelassen, mit einer Prise Noblesse gewürzt, schwieg sie auch eisern über ihr eigenes Leben, und Natalie hatte das Gefühl, dass dies daran lag, dass sie schon einiges mehr erlebt hatte, als man ihr zutrauen mochte. Es gab wenig, was sie erschrecken konnte, was man beispielsweise von Hedwig oder auch Margarethe nicht behaupten konnte. Diese beiden waren so ängstlich, dass es manchmal wirklich enervierend war. Und sie steckten mit ihrer Furchtsamkeit und ihren ständigen Bedenken die anderen Frauen an. Dies war auch einer der Gründe, weshalb Natalie heute Morgen noch nichts über Gerdas Verschwinden hatte verlauten lassen. Alle waren sehr aufgebracht über die Schmiererei gewesen. Zusammen mit dem Vorfall am Samstag, als Hedwig belästigt worden war, war zu befürchten, dass die anderen Frauen daran zu zweifeln begannen, ob diese Arbeit noch das Richtige für sie war, oder ob sie nicht doch lieber Eierwärmer und Topflappen für den Weihnachtsbasar häkeln sollten. Dies umso mehr, wenn sie jetzt erfuhren, dass eines der Mädchen, das sich in der Obhut der Mission befunden hatte, verschwunden war. Natalie würde sehr vorsichtig mit dieser Information umgehen müssen und ihren Verdacht, dass Gerda am Ende doch noch Pavel in die Hände gefallen war – sogar freiwillig – fürs Erste für sich behalten. Sie konnte auf Hedwig und Margarethe nicht verzichten. Auch wenn sie hin und wieder genervt war von ihren ständigen Bedenken, schätzte sie die beiden sehr. Sie waren verlässlich, großherzig und tatkräftig, und ohne sie wäre die Arbeit der Mission längst nicht so wirksam.

»Ich muss dir gratulieren«, sagte die Gräfin jetzt, während sie gemeinsam auf die Mission zusteuerten, deren Fassade jetzt teilweise in Vanillegelb erstrahlte. Von der Schmiererei war nichts mehr zu sehen. Immerhin etwas. »Dieses Mädchen, das am Samstag mit mir in die Mission gekommen ist und das du gleich als Helferin engagiert hast, ist ein echter Gewinn.«

»Du meinst Alice?«

Die Gräfin nickte. »Genau die meine ich.«

»Wieso? Was meinst du?«

Die Gräfin lächelte nur und meinte geheimnisvoll: »Das wirst du gleich sehen.«

* * *

Als Natalie in die Mission zurückkam, war Alice gerade damit fertig, Baba die Fingernägel zu schneiden. Sie waren so lang und schmutzstarrend gewesen, dass Alice bereits bei ihrem Anblick übel geworden war und sie sich unentwegt all die Krankheitserreger vorstellen musste, die darunter lauerten und von denen ihr Vater bei seinen Händewaschpredigten immer sprach. Vermutlich konnte man jemanden wie Baba nicht dazu bringen, sich regelmäßig die Hände zu waschen, hatte Alice überlegt. So wie sie aussah, hatte sie dort, wo sie lebte, gar keinen Zugang zu frischem Wasser, aber man konnte das Ganze wenigstens ein bisschen abmildern, damit sie sich nicht mit diesen Schmutzkrallen die juckenden Geschwüre an ihren Beinen kratzte und diese sich so immer wieder neu entzündeten. Daher hatte sie Baba um Erlaubnis gebeten, ihr die Hände zu waschen und die Nägel schneiden zu dürfen, solange sie auf Natalie warteten.

Anfangs war Baba misstrauisch gewesen, als Alice mit einer weiteren Schale Wasser – dieses Mal Seifenwasser – einer Bürste und einer Schere angerückt war. Auch die anderen Frauen hatten sie gewarnt. »Pass nur auf, Alice, dass sie dir die Schere nicht zwischen die Rippen rammt«, hatte Margarethe ihr zugeraunt. Doch als Alice Baba genau erklärt hatte, was sie vorhatte, hatte diese friedlich genickt und zugelassen, dass Alice ihre rechte Hand nahm und sie in die Schale mit Wasser tauchte.

Sie schien die Behandlung sogar zu genießen, strich Alice mit der anderen Hand übers Haar und murmelte etwas in einer Sprache, die Alice nicht verstand. Vermutlich Russisch, hatte Hedwig nicht gesagt, sie sei Russin? Es klang aber nicht russisch, einige Worte klangen sogar fast wie Deutsch. Als Alice die Maniküre beendet hatte – es war überraschend schwierig gewesen, einer anderen Person die Nägel zu schneiden – hatte Baba sogar Tränen in den Augen gehabt. Vermutlich war es schon eine Weile her, seit sich jemand auf diese Weise um sie gekümmert hatte, dachte Alice und versteckte ihre eigene Rührung und ihr Mitleid mit dieser armen Frau, der vermutlich Schlimmes widerfahren war, hinter einem freundlichen Lächeln. In diesem Moment kamen Natalie und die Gräfin zur Tür herein.

»Baba!«, rief Natalie erstaunt aus. »Was machst du denn hier?«

»Sie hat nach dir gesucht!«, sagte Hedwig.

»Ja! Janz uffgeregt war sie«, bestätigte Marthe. »Aber Alice hat sich um sie jekümmert.«

»Alice? Gekümmert?«

Natalies Blick fiel auf Alice, die Wasserschüssel, die Bürste und die Schere. »Was zum Teufel …«, begann sie, wurde jedoch von Marthe unterbrochen. »Sie hat die Beene von Baba versorgt. Genau wie'n Doktor, kann ick dir sagen.«

Natalies Blick wanderte zu den einbandagierten Beinen.

»Das mit den Bandagen war auch Alices Idee«, meldete sich nun wieder Hedwig zu Wort. »Wegen des Blutstaus, hat sie gesagt. Damit die Venen entlastet werden. Und sie hat Kochsalzlösung zum Reinigen verwendet, davon hatte ich noch nie gehört, doch sie meinte, ihr Vater sei Chirurg und wüsste Bescheid …«

»… und sie behandeln auch ihren Stallknecht auf diese Weise!«, ergänzte Margarethe eifrig, die bis dahin geschwiegen hatte.

»Stallknecht? Chirurg?« Natalie kniff irritiert ihre Augen zusammen.

Alice hatte den hervorgesprudelten Erklärungen der Damen etwas verlegen zugehört. So, wie sie es erzählten, klang es, als hätte sie eine lebensgefährliche Operation durchgeführt und nicht nur ein paar Wunden gereinigt. Sie wollte gerade abwiegeln, doch als sie Natalies Blick sah, kam die Enttäuschung angesichts ihres abweisenden Verhaltens von heute Morgen zurück, und die Wut packte sie. Ohne nachzudenken, sprang sie auf und schleuderte ihr entgegen: »Ich kann mir vorstellen, dass Sie nur Verachtung für jemanden übrig haben, der einen Stallknecht beschäftigt, aber ich kann Ihnen versichern, dass Franz das nicht so sieht. Meine Tante kümmert sich rührend um ihn und um seine ganze Familie, obwohl er krank ist und schon seit einiger Zeit nicht mehr arbeiten kann.«

»Alice, ich …«, begann Natalie, doch Alice achtete nicht darauf, sondern sprach einfach weiter. »Ich kann nichts dafür, dass meine Eltern Geld haben und ich schöne Kleider trage! Aber mein Vater arbeitet auch sehr hart dafür, das kann ich Ihnen sagen. Sehr gerne bin ich bereit, einen Teil meiner Kleider zu spenden, wie auch Schuhe und anderes, und viele junge Frauen in meiner Position würden das ebenfalls tun, wenn sie wüssten, dass es eine gute Verwendung dafür gäbe. Haben Sie schon mal daran gedacht, eine Kleiderkammer einzurichten für all die armen Frauen und Mädchen, die zu Ihnen kommen? Sie haben nämlich auch schöne Kleider verdient und ordentliche Schuhe und nicht solche elenden Treter!« Sie hob Babas Schlappen auf und hielt sie Natalie vor die Nase. Ihr Gesicht war heiß geworden, und ihr Herz klopfte so heftig, als habe sie gerade einen Dauerlauf vom Alsenviertel bis hierher absolviert.

Um sie herum herrschte erschrockene Stille. Keine der Frauen sagte etwas, noch nicht einmal Baba gab einen Laut von sich. Alice war selbst ein wenig erschrocken über ihren Wutausbruch und rechnete damit, dass Natalie ihr auf der Stelle die Tür wies. Das war es wohl gewesen mit ihrer Arbeit bei der Bahnhofsmission. Auch wenn sie sich im Recht fühlte, dafür, dass sie erst den zweiten Tag hier war, hatte sie sich entschieden zu viel herausgenommen. Andererseits würde sie sich auch nicht entschuldigen. Sie hob ihr Kinn und sah Natalie mit glühenden Wangen fest in die Augen. Sollte sie sie ruhig hinauswerfen. Sie würde ihr nicht die Genugtuung erweisen, um ihre Mitarbeit hier zu betteln. Natalie erwiderte ihren Blick, dann tat sie etwas, was Alice am allerwenigsten erwartet hatte: Sie lächelte.

»Eine Kleiderkammer ist eine sehr gute Idee«, sagte sie. Dann wanderte ihr Blick zu Babas Beinen, und sie nickte anerkennend. »Das hast du gut gemacht. Ich danke dir.«

In diesem Moment schien Baba sich wieder daran zu erinnern, weswegen sie gekommen war. Sie stand von ihrem Stuhl auf und kam zu Natalie. Dabei ging sie ganz vorsichtig, so als liefe sie über Glasscherben. »Der schwarze Teufel!«, flüsterte sie.

Natalie trat auf sie zu. »Wer ist dieser schwarze Teufel?«, fragte sie sanft.

Baba sah sich so furchtsam im Zimmer um, als erwarte sie, dass es jeden Moment über ihr zusammenstürzen könnte, dann, nach ein paar bangen Atemzügen, griff sie in die Tasche einer ihrer Röcke und zog ein seltsames Ding heraus. »Sie hat gesagt, ich muss auf dich aufpassen«, flüsterte sie mit angsterfüllter Stimme. »Finde ihn, hat sie gesagt. Aber dann war da das Mädchen …«

Sie begann plötzlich zu wimmern, in einem seltsamen hohen Ton, bei dem sich Alice die Nackenhaare aufstellten. Jetzt sah sie, dass das Ding, das Baba in den Händen hielt, eine Puppe war. Oder genauer gesagt eine halbe Puppe, denn sie hatte keine Beine. Dort, wo sie gewesen waren, hing das Stroh der Füllung heraus. Die Puppe war aus grobem Stoff genäht, mit aufgemalten Augen und einem kleinen Kussmund, und Alice fand sie fast noch unheimlicher als Babas Wimmern. An ihren Unterarmen bildete sich eine Gänsehaut. Ein rascher Seitenblick zu den anderen Frauen sagte ihr, dass es ihnen ähnlich ging. Alle wirkten erschrocken, besonders Hedwig, die sich verstohlen bekreuzigte. Sogar Natalie schien beunruhigt. »Was für ein Mädchen?«, fragte sie, und Alice konnte hören, wie ihre Stimme zitterte.

»Es ist ein Geheimnis. Ich darf's nicht verraten, sonst kommen sie zurück.« Babas Miene verfinsterte sich. »Aber ich sag's dir trotzdem, Natascha …« Ihre Stimme wurde jetzt so leise, dass sie kaum noch zu hören war. »Pavel … Er ist hierhergekommen. In diese Stadt.« Sie riss ihre Augen so angstvoll auf, dass Alice kurz versucht war, sich umzudrehen und nachzusehen, ob jemand hinter ihnen stand. Pavel. Sie erinnerte sich, dass so der Mann geheißen hatte, der Gerda angesprochen hatte. Er sei ein Schlepper, hatte Natalie ihr erklärt. Alice hatte noch nie von solchen Männern gehört, aber ihr war auch so klar, dass dieser Kerl nichts Gutes im Schilde führte.

Natalie versetzte diese Information in Erregung. Sie packte die alte Frau an den Oberarmen. »Woher kennst du Pavel? Wo ist er? Wo ist das Mädchen? Hast du sie gesehen?«

»Auf den Gleisen. Der Zug aus Hamburg ist gekommen. So schnell …« Ihr Wimmern wurde wieder lauter.

»Entschuldige, ich wollte dich nicht erschrecken«, sagte Natalie sanft. Sie ließ Baba los und legte stattdessen beruhigend den Arm um ihre Schultern. »Zeig es mir. Führe mich hin.« Sie streckte die Hand nach den Schuhen aus, die Alice noch immer in den Händen hielt. Alice reichte sie ihr, und Natalie half Baba, hineinzuschlüpfen. Dann sah sie sich zu den anderen um. »Ich gehe mit Baba.«

»Worum geht es hier?«, wollte die Gräfin wissen. »Von welchem Mädchen spricht sie?«

Natalie räusperte sich. »Es könnte womöglich Gerda sein, das Mädchen, das vor ein paar Tagen von diesem Pavel angesprochen wurde, erinnert ihr euch? Sie hat am Samstag das Stift verlassen, angeblich für einen Spaziergang und ist nicht mehr zurückgekommen. Ich glaube, dass sie ihn wiedergetroffen hat.«

Das Entsetzen im Raum war fast mit Händen greifbar. Alle redeten mit einem Mal durcheinander.

»Herrjeh!«

»Gerda?«

»Dieser Mann, der dich überfallen hat?«

»Um Himmels willen!«

»Warum hast du uns das nicht gesagt?«

Natalie hob kurz die Hände in einer entschuldigenden Gäste und umfasste dann wieder Baba, als fürchte sie, die alte

Frau könne ihr entwischen. »Ich wollte es euch jetzt sagen. Wenn sich die Aufregung um die Schmierereien an der Fassade etwas gelegt hat. Ich war den ganzen Nachmittag unterwegs, um Gerda zu suchen, hatte gehofft, sie würde irgendwo wieder auftauchen.«

Die Frauen schwiegen betroffen. Natalie wandte sich wieder Baba zu. »Wir gehen jetzt, in Ordnung?«

Baba nickte.

»Ich komme mit«, sagte die Gräfin, und als Natalie überrascht aufsah, fügte sie hinzu: »Ich habe nachgedacht. Darüber, was du letztes Mal gesagt hast: dass wir uns zur Wehr setzen müssen und nicht tatenlos zusehen dürfen, wie unsere Arbeit kaputtgemacht wird. Ich war zunächst skeptisch, wie das gehen soll, das muss ich zugeben, aber seit heute denke ich anders darüber. Ich habe zwar immer noch keine Ahnung, was wir gegen diese Leute unternehmen können, aber eines weiß ich sicher: Ich werde mich nicht von Menschen einschüchtern lassen, die unsere Fassade mit Sprüchen beschmieren und dabei nicht einmal die Rechtschreibung beherrschen. Ich möchte wissen, was hier gespielt wird. Daher, liebe Freundin, keine Alleingänge mehr. Wenn es Leute gibt, die sich mit dir anlegen wollen, dann bekommen sie es auch mit mir zu tun.«

Auch die anderen Frauen nickten und murmelten Zustimmung. Auf ihren Mienen spiegelten sich Furcht und Unbehagen, aber auch Entschlossenheit.

Alice schwieg. Sie versuchte noch zu begreifen, was sie gerade gehört hatte. Gerda war verschwunden? Und jetzt hatte die alte Frau sie offenbar gefunden? Auf den Gleisen? Was war mit ihr geschehen?

»Ich komme auch mit«, sagte sie spontan und lief den beiden Frauen hinterher, die sich gerade mit Baba in Bewegung setzten.

Natalie drehte sich um. »Alice, ich glaube nicht, dass das eine gute Idee ist …«, begann sie, unterbrach sich dann aber abrupt und nickte. Alice glaubte sogar, ein winziges Lächeln auf ihrer ernsten Miene gesehen zu haben.

21

Sie gingen durch die Halle und über eine Treppe am Ende des ersten Bahnsteigs hinunter zu den Gleisen. Baba ging voraus. Sie hatte eine merkwürdige Art zu gehen, bewegte sich rasch und dabei sehr vorsichtig, so als fürchte sie bei jedem Schritt, in einen unsichtbaren Abgrund zu stürzen. Sie hatte sich wieder gefangen, das unheimliche Wimmern hatte aufgehört, sie wirkte plötzlich sehr entschlossen und zielstrebig. Während sie über das Bahnhofsgelände gingen, schwiegen alle vier. Alice fühlte sich ein wenig unwirklich. Baba und diese seltsame Geschichte hier hatte so wenig mit allem zu tun, was sie bisher erlebt hatte, dass es ihr so vorkam, als sei es gar nicht sie, die hier über Schotter und Unkraut einer alten Frau in Lumpen hinterherlief. Zumindest war es nicht die Alice von früher, die in ihrem Zimmer gesessen, Däumchen gedreht und das Gefühl gehabt hatte, dass das eigentliche Leben an ihr vorübereilte, ohne dass sie die Möglichkeit hatte, daran teilzunehmen. Obwohl ihr ein wenig bange davor war, was Baba ihnen zeigen würde, war sie aufgeregt, ihr Blut schien schneller zu fließen als üblich, ihr Herz klopfte, und sie fühlte sich lebendiger als je zuvor.

Sie überquerten ein paar stillgelegte Gleise, auf denen ausrangierte Güterwagons standen und gelangten zum Ende des Bahnhofsgeländes. Hier hatte die Natur ihr Terrain fast vollends zurückerkämpft. Hohes, hartes Gras und Brombeerbüsche wuchsen hier, Beifuß, Winden und Brennnesseln überwucherten rostigen Drahtverhau und allerlei Unrat, der zwischen mageren Baumschösslingen herumlag, und man musste aufpassen, um nicht in die zahlreichen Scherben zu Bruch gegangener Flaschen zu treten. Dennoch beschleunigte Baba jetzt ihren Schritt. Trotz ihrer Leibesfülle und den geschwollenen Beinen bewegte sie sich überraschend flink und wich allen Hindernissen geschickt aus. Die drei Frauen in den langen Röcken, die sich immer wieder in den Brombeerranken verhakten, hatten Mühe, ihr zu folgen.

Vor einem windschiefen, von Efeu und Geißblatt fast völlig überwucherten Schuppen blieb Baba schließlich stehen. Offenbar war dies ihre Behausung. Um den Schuppen herum war der Boden etwas sauberer, man sah keine Glasscherben und kaum Unkraut, dafür einen alten Gartenstuhl, der vor der Hütte in der Sonne stand und daneben eine Kiste, die wohl als Tisch fungierte. Das Dach war mit Wellblech gedeckt, und sowohl die Tür als auch das kleine Fenster daneben waren mit einer dicken Kette verrammelt. Aus der Holzwand an der Seite ragte ein verbeultes Ofenrohr. Hinter der Hütte befand sich so etwas Ähnliches wie ein Gemüsegarten, Alice konnte Kartoffelstauden und das große Geflecht einer Kürbispflanze im grünen Durcheinander identifizieren. Ein paar leere Flaschen waren umgedreht auf Holzstäbe gesteckt und blitzten in der Sonne grün, braun und sogar violett, vermutlich, um die Krähen, die auf den nahen Bäumen hockten oder neben den Gleisen nach Essbarem suchten, vom Gemüse fernzuhalten.

Alice betrachtete all das so fasziniert, dass sie fast den Grund ihres Kommens vergaß. Nie hätte sie es für möglich gehalten, dass man so leben konnte. Sie war sich sicher, dass dies auch die Vorstellungskraft ihrer Familie, zumindest aber die ihrer Mutter und ihrer Schwester sprengte. Auch wenn sie sich angesichts der erbärmlichen Verfassung, in der Baba sich befand, darüber im Klaren war, dass ein solches Leben unmenschlich hart und ausgesprochen unhygienisch war und sie keine Nacht hier überstehen würde, fand sie dieses verwilderte Ensemble ganz hübsch, ja fast romantisch. Zumindest wenn, wie jetzt, die Sonne schien und die Luft spätsommerlich warm und mild war. Die Gräfin, die neben ihr stand, schaute sich ähnlich überrascht um wie Alice selbst, offenbar war sie auch noch nie hier gewesen, während Natalie für die Umgebung keinen Blick übrig hatte.

»Wolltest du uns nicht etwas zeigen? Bei den Gleisen? Das Geheimnis, von dem du gesprochen hast?«

»Zu gefährlich bei Tag«, gab Baba zurück. »Es fahren viele Züge.« Sie warf Alice einen Blick zu. »Das helle Mädchen könnte stolpern.«

Alice spürte, wie sie rot wurde. Offenbar hatte Baba sie in ihr Herz geschlossen. Ob die Gräfin, die direkt neben ihr stand, auf den Gleisen stolpern könnte, war ihr offenbar egal.

Baba deutete auf die Gleise östlich des Bahnhofs. »Dort hat er sie hingeworfen. Wie einen Sack Müll.« Sie spuckte auf den Boden.

»Wer? Pavel?«

Baba nickte, und in ihren dunklen Augen flackerte kurz etwas auf, was Alice nicht deuten konnte. Hass? Entsetzen?

»Und das hast du gesehen?«, wollte Natalie weiter wissen.

Sie knetete ungeduldig ihre Hände, und Alice erkannte, wie schwer es ihr fiel, sich auf Babas stockendes Erzähltempo einzulassen. Sie wäre mit Sicherheit schneller vorangeprescht, wenn sie nicht fürchten müsste, dass Baba dann womöglich ganz verstummte.

»Ja. Und dann ist der Zug aus Hamburg gekommen. Es war sein Gleis.«

Alice hörte, wie die Gräfin scharf die Luft einsog, und sie schauderte. Man konnte sich leicht vorstellen, was das bedeutete.

Natalie fragte bereits weiter: »Und dann? Was ist passiert?«

»Ich hab sie runtergezogen. Der Zug ist an uns vorbeigefahren.« Baba machte eine heftige Bewegung, die ihre Röcke fliegen ließ, und Alice verstand. »Im allerletzten Augenblick«, flüsterte sie, plötzlich ganz atemlos vor Anspannung.

Baba senkte den Kopf und hielt ihre Arme vor sich, als wiegte sie ein Kind. »Ich war da«, sagte sie leise. »Ich war da …« Sie begann ein Lied zu summen, und als sie den Kopf wieder hob, konnte man sehen, dass sie weinte. Die Tränen liefen ihre runzeligen Wangen hinab, ohne dass sie Anstalten machte, sie wegzuwischen.

Natalie trat näher an sie heran und strich ihr beruhigend über den Arm. »Wo ist das Mädchen jetzt?«, fragte sie. »Hast du sie in deine Hütte gebracht?«

Baba nickte. »Sie hat sich nicht gerührt. Ich hab sie hochgehoben und heimgetragen. Erst später ist sie aufgewacht, war aber noch ganz krank, sie hat geweint und komische Sachen gesagt.«

Natalie warf der Gräfin und Alice einen Blick zu. »Drogen vermutlich. Dieses Schwein hat ihr Drogen gegeben.«

»Ich hab ihr Tee gekocht, und dann ist es besser geworden.

Guten, starken Pfefferminztee. Aus dem Garten.« Wieder füllten sich ihre Augen mit Tränen. »Ich war da …«

»Das war richtig, Baba. Du hast ihr das Leben gerettet. Lässt du uns jetzt zu ihr? Vielleicht muss sie zu einem Arzt …«

»Nein. Sie bleibt bei mir. Ich lass sie nicht mehr allein.« Baba verschränkte die Arme vor der Brust, und ihre Augen funkelten plötzlich drohend.

Natalie und die Gräfin wechselten einen Blick. »Du musst sie nicht allein lassen«, sagte Natalie schließlich. »Du kannst mitkommen …«

Baba schüttelte den Kopf. »Sie bleibt bei mir.«

»Bitte, Baba. Lass uns wenigstens sehen, ob es ihr gut geht.«

Doch die alte Frau bewegte sich nicht. Massig wie ein Fass stand sie vor der Tür zu ihrer Hütte, die Arme verschränkt.

»Heißt das Mädchen Gerda?«, fragte Alice schließlich in die ratlose Stille hinein.

Baba sah sie überrascht an und nickte dann. »Kennst du sie?«

Alice nickte. »Ich habe sie im Zug kennengelernt und später nochmal getroffen. Natalie kennt sie auch. Wir sind Freundinnen von ihr. Sie freut sich sicher, wenn sie uns sieht.«

Babas Gesicht zeigte, dass sie unsicher wurde. Alice ging zu dem Gartenstuhl, der aussah, als bräche er bei der geringsten Belastung zusammen und setzte sich vorsichtig. »Wir könnten hier eine Tasse von deinem Pfefferminztee trinken. Oder wir gehen in deinen Garten, und du zeigst uns deine Pflanzen. Den großen Kürbis würde ich mir gerne ansehen. Meine Tante hat auch Kürbisse in ihrem Garten und Kartoffeln.«

»Ich hab auch Kartoffeln«, sagte Baba.

Alice machte ein beeindrucktes Gesicht. »Oh, das hätte ich nicht gedacht. Da kannst du für Gerda Kartoffelsuppe kochen. Sie liebt Kartoffelsuppe.«

»Ich mach ihr Borschtsch. Mit viel Fleisch. Damit sie wieder ganz gesund wird.«

Alice hatte keine Ahnung, was Borschtsch war, doch sie nickte eifrig. »Das ist eine gute Idee. Ach, bitte, lass mich zu ihr! Ich bin so froh, dass es ihr gut geht.«

Die letzten Sätze hatte sie wie ein kleines Mädchen gesprochen und dabei die Hände gefaltet. Sie fürchtete schon fast, zu dick aufgetragen zu haben. Schließlich wollte sie die alte Frau nicht übertölpeln, sondern ihr lediglich das Gefühl geben, dass sie Herrin der Lage war und nichts geschah, was sie nicht wollte.

Baba kniff die Augen zusammen, dann nickte sie. »Also gut.« Sie bückte sich, hob einen Stein hoch und griff nach dem Schlüssel, der darunterlag. Damit öffnete sie das Schloss und öffnete die Tür. Ein muffiger Geruch drang ihnen entgegen, und Alice hielt unwillkürlich die Luft an, als sie und Natalie eintraten. Gerda saß auf einer Matratze, die auf der Rückseite der Hütte zusammen mit einigen Decken auf dem Boden lag. Als der Lichtstrahl, der durch die Tür drang, sie traf, riss sie schützend die Arme hoch. »Weg!«, schrie sie, und aus ihrer Stimme klang panische Angst.

Baba drängte sich an ihnen vorbei zu dem Mädchen, nahm sie in ihre Arme. »Geht weg. Ich passe auf sie auf!«, rief sie erregt.

Es dauerte eine geraume Weile, bis es ihnen gelang, Baba zu überzeugen, dass sie nur mit Gerda reden wollten. Schließlich ließ Baba das Mädchen los, blieb aber neben ihr auf der

Matratze sitzen. Nachdem sich ihre Augen an das diffuse Dämmerlicht in der Hütte gewöhnt hatten, sah sich Alice unauffällig um. Das Innere des Schuppens hatte den romantischen Eindruck, den sie zuvor gehabt hatte, rasch zerstört, was vor allem an dem Geruch lag. In der Hütte herrschte zudem ein verstörendes Chaos, so als ob ein wütendes Ungeheuer darin getobt hätte. Offenbar war dies nicht der Normalzustand, denn Natalie sah sich ähnlich fassungslos um wie Alice.

»Was ist hier passiert?«, fragte sie Baba und deutete auf die kaputten Gegenstände, die überall herumlagen, doch diese zuckte nur mit den Schultern und meinte, sie habe sich mit dem Vorhang und dem Teller gestritten. Nach dieser kryptischen Aussage verstummte sie und lehnte sich mit verschränkten Armen gegen die Holzwand, ohne jedoch Gerda aus den Augen zu lassen.

Das Mädchen war fast durchscheinend blass, ihre Augen wirkten zu groß für ihr Gesicht, doch äußerlich schien sie unverletzt. Dafür, dass sie entführt, unter Drogen gesetzt und fast von einem Zug überrollt worden war, wirkte sie erstaunlich gefasst. Lediglich ihr flackernder Blick und die zittrigen, fahrigen Bewegungen verrieten, dass es in ihrem Inneren ganz anders aussah.

Natalie und die Gräfin versuchten behutsam herauszufinden, was passiert war, doch Gerda schüttelte nur immer wieder den Kopf. »Ich kann mich nicht erinnern«, flüsterte sie und fuhr sich mit beiden Händen über das Gesicht, als wolle sie einen Schleier wegwischen. »Es kommen Bilder, aber ich kann sie nicht festhalten … da ist nur Angst vor etwas … Dunklem …« Ihr Kinn begann zu zittern, und sie schlug die Arme um ihren Körper, als ob ihr kalt wäre.

»Wir können das später klären«, meinte Natalie schließlich. »Als Erstes musst du versorgt werden. Wir gehen zurück ins Stift, und du bekommst ein heißes Bad und etwas zu essen, dann sehen wir weiter.«

Baba sagte dazu nichts, doch ihr warnender Blick verriet, dass es nicht einfach werden würde, Gerda von hier wegzubringen.

Zu ihrer aller Überraschung war es Gerda, die den Kopf schüttelte. »Ich möchte nicht zurück ins Stift. Ich möchte hierbleiben, bei Baba.«

»Was?« Der ungläubige Ausruf kam von der Gräfin. »Das ist unmöglich, Kind. Hier kannst du auf gar keinen Fall bleiben!«

»Doch. Baba hat mich gerettet. Sie ist gut zu mir.«

»Sieh dich doch einmal um! Das ist kein Ort für dich, es gibt nicht einmal fließendes Wasser, du kannst dir alle möglichen Krankheiten einfangen. Außerdem ist Baba nicht immer ganz bei Sinnen, sie trinkt ... und sie hat dich eingesperrt!«

»Ich habe sie bisher nur Tee trinken sehen. Außerdem hab ich drum gebeten, dass sie absperrt, damit niemand reinkommen kann, wenn sie nicht da ist.« Gerda sah trotzig in die Runde. »Ihr könnt mich nicht zwingen, mit euch zu gehen.«

Ratlosigkeit machte sich breit. Schließlich meinte Natalie: »Also gut. Ich mache dir und Baba einen Vorschlag: Wir räumen hier auf und machen sauber, und du kannst bleiben, bis wir eine andere Lösung gefunden haben. Aber ihr geht nirgendwo anders hin. Ich komme jeden Tag und bringe euch etwas zu essen. Und sobald du dich erinnern kannst, erzählst du mir, was passiert ist, damit wir andere Mädchen davor warnen können.«

Die Gräfin warf Natalie einen fassungslosen Blick zu. »Das

geht doch nicht …«, flüsterte sie, doch Natalie schüttelte nur den Kopf, und die Gräfin verstummte. An ihrer konsternierten Miene jedoch konnte man ablesen, dass sie mit diesem Vorschlag ganz und gar nicht einverstanden war.

Gerda sah Baba an, und als diese zögernd mit dem Kopf wackelte, nickte sie. »Einverstanden.«

Natalie lächelte und drehte sich einmal um ihre eigene Achse. »Dann lasst uns mal klar Schiff hier machen.«

Als sie Babas Hütte wieder verließen, stand die Sonne bereits tief, und es war merklich kühler geworden. Die Luft war ungewöhnlich klar, und es roch nach Herbst. Die Schwalben flogen tief, das Wetter würde umschlagen, der Sommer war vorüber. Sie hatten aus der Mission Putzmittel, Besen, Decken und Bettlaken geholt und dann zunächst einmal Babas Hütte vollständig ausgeräumt, gelüftet, das kleine Fenster und den selbstgebauten Ofen geputzt und einige der verschmutzten Decken und allerlei Müll, der sich angesammelt hatte, entsorgt.

Baba saß währenddessen ganz still in der Ecke auf einer der Obstkisten und schaute ihnen zu. Man konnte ihr ansehen, dass es ihr schwerfiel, nicht einzugreifen, als ihr ganzer Hausrat auseinandergenommen wurde. In den Augen der anderen mochte es nur Gerümpel sein, was sich in der Hütte angesammelt hatte, für Baba war es ihr Zuhause. Gerda hatte ihnen geholfen, sie hatte den Boden gekehrt und Babas Besitztümer ordentlich in eine der Obstkisten geräumt. Dann waren Alice und die Gräfin zum Stralauer Platz gelaufen und mit Brot, Marmelade, Honig, Äpfeln, Butter und Milch und etwas Emailgeschirr zurückgekommen. Diese Einkäufe hatten sie in einer weiteren Kiste verstaut. Als sie fertig waren, sah es in der Hütte zumindest einigermaßen ordentlich aus. Die Matratze war mit frischen Bettlaken bezogen, es lagen die sauberen Decken darauf, und der strenge Geruch war fast ganz verschwunden. Sie verabschiedeten sich von den beiden und gingen über die Gleise zurück zum Bahnhof.

Als sie außer Hörweite waren, sagte die Gräfin: »Ich bin nicht einverstanden mit dieser Entscheidung! Es ist im höchsten Maße verantwortungslos, die Kleine bei dieser Frau zu lassen! Was, wenn sie ihr etwas antut?«

»Das wird sie nicht«, gab Natalie zurück. »Sie wird sie beschützen.«

»Woher willst du das wissen? Baba ist verrückt! Sie säuft Schwarzgebrannten wie Wasser und spricht mit einer kaputten Puppe, als wäre sie ihre beste Freundin. Und außerdem ist sie schmutzig und völlig verwahrlost. Gerda wird sich die Krätze holen in dieser Hütte, oder Schlimmeres. Und außerdem wissen wir ja noch nicht einmal, was mit dem Mädchen passiert ist. Was, wenn sie Panik bekommt? Was, wenn sie …«

»Lass es gut sein, Auguste«, unterbrach Natalie sie forsch. »Es ist ja nicht für immer. Hast du eine bessere Lösung? Hättest du sie mit Gewalt weggeholt? Sie hat irgendetwas Furchtbares erlebt. Wenn sie Baba vertraut und bei ihr bleiben will, ist das doch schon mal ein Anfang. Denn dann läuft sie hoffentlich nicht fort von ihr. Und Pavel wird sie nicht finden.«

»Pavel?« Die Gräfin sah sie erschrocken an. »Du denkst, dieser Mann sucht nach ihr?«

Natalie blieb stehen. »Das ist so sicher wie das Amen in der Kirche. Er wird doch mitkriegen, dass kein Mädchen vom Zug überrollt wurde, spätestens, wenn nichts davon in den Zeitungen steht, also muss er davon ausgehen, dass sie noch am Leben ist und erzählen kann, was passiert ist. Sie kann ihm gefährlich werden, also muss er sie zum Schweigen bringen. Was glaubst du, wo wird er sie zuerst suchen?«

»Im Stift und in der Mission …«, sagte die Gräfin langsam.

Natalie nickte ernst. »Im Augenblick ist Baba das beste Versteck, das wir haben.«

22

Fünf Tage waren vergangen, seit sie Gerda bei Baba zurückgelassen hatten. Natalie hatte die beiden jeden Tag besucht und dabei darauf geachtet, dass niemand sie dabei beobachtete, wenn sie den Bahnhof verließ und über die Abstellgleise zu Babas Hütte ging. Sie brachte den beiden jedes Mal einen Henkelmann mit Essen aus der Mission mit, um Baba davon abzuhalten, Gerda einen ihrer dubiosen Eintöpfe zu kochen. Während sie gemeinsam aßen, versuchte Natalie, Gerdas Erinnerungen hervorzulocken. Langsam zeigten sich ein paar Erfolge. So hatte Gerda bereits bestätigt, was Natalie schon vermutet hatte: Sie hatte Pavel bei einem Spaziergang wiedergetroffen, »zufällig«, wie er behauptet hatte, und er hatte sie überredet, mit ihr zu kommen. Dabei hatte er ihr versichert, tatsächlich Arbeit für sie zu haben, angeblich bei einer der nobelsten Familien der Stadt. Gerda hatte es geglaubt und sich Samstagabend mit ihm am Schlesischen Bahnhof getroffen. Er sei mit einer noblen Kutsche gekommen, erzählte sie und lächelte verschämt dabei. Das habe sie sehr beeindruckt.

Natalie wollte wissen, wohin sie gefahren seien, doch das konnte Gerda ihr nicht sagen. Sie seien vielleicht eine Stunde oder länger gefahren, zuerst durch die Stadt und dann durch einen Wald. Sie habe nicht besonders gut aufgepasst, alles war so aufregend, die vielen Häuser, der Verkehr, die Kutsche und der fremde Mann, der die Familie, zu der sie kommen würde, in den höchsten Tönen lobte. Sie würde ein eigenes Zimmer bekommen, mit einem echten Federbett und eine schöne Uniform mit einem weißen Häubchen und würde sich nicht mehr die Hände an den Kaminen schmutzig machen oder Wäsche waschen müssen, dafür seien andere da. Und tatsächlich sei das Haus, zu dem sie gefahren waren, prächtig gewesen.

»Wie ein Schloss«, erzählte Gerda, und ihre Augen leuchteten dabei kurz auf. »Es gab Türme und Erker, und hinter jedem Fenster brannte Licht, ich konnte die Kronleuchter an der Decke sehen.« Dort war sie schon erwartet und freundlich empfangen worden. Wie Pavel gesagt hatte, brachte man sie in ein Zimmer mit einem Federbett, »ein ganz feines Zimmer, mit Bildern in Goldrahmen an den Wänden und seidenen Vorhängen«, beschrieb Gerda es. Ein Dienstmädchen hatte ihr süßen Tee und Kekse gebracht und gemeint, sie solle sich erst mal stärken, dann würde man alles Weitere besprechen. Von da an wusste Gerda nichts mehr, und Natalie vermutete, dass im Tee oder den Keksen Drogen gewesen waren. Weiter konnte sie sich auf diese Geschichte jedoch keinen Reim machen, außer, dass es sich bei Pavel, wie sie schon vermutet hatte, ganz offensichtlich nicht um einen normalen Schlepper handelte. Warum hatte man das Mädchen in dieses Haus gefahren und dann betäubt? Wenn es sich bei den Leuten, für die Pavel arbeitete, um jene Banden handelte, die Frauen in Bordelle nach Übersee brachten, wie Caro vermutet hatte, hätte man sie doch eher gleich auf ein Schiff gebracht? Außerdem passte der freundliche Empfang nicht zu dieser Theorie, es sei denn, man hatte Gerda zunächst in Sicherheit wiegen wollen. Doch wofür? Was war danach passiert? Und warum das betäubte Mädchen später wieder zurück zum Schlesischen Bahnhof bringen und dort auf die Gleise legen? Sie sollte sterben, so viel war klar, also musste in der Zeit zwischen ihrer Ankunft und der Rückfahrt etwas geschehen sein, über das sie auf keinen Fall sprechen durfte.

»Kannst du dich danach noch an etwas erinnern? Irgendetwas?«, drängte Natalie. »Alles ist wichtig, auch Dinge, die dir womöglich nicht real erscheinen.«

»Da ist nichts …« Gerda drückte beide Hände gegen die Schläfen. Man konnte ihr ansehen, wie sehr sie sich anstrengte. Plötzlich legte sich ein Schatten über ihr Gesicht wie eine finstere Wolke. Das Leuchten in ihren Augen verschwand und Angst flackerte auf. »Da waren Bäume …«, flüsterte sie, »… und das Trappeln von Hufen …«

An dieser Stelle mussten sie abbrechen, denn Gerda begann so heftig zu zittern, dass ihr ganzer Körper erbebte. Baba sprang von ihrer Kiste auf, nahm sie in den Arm und fing leise an zu singen: »*Shlof main Fegele, mach tzu dain Egele* …«

Natalie saß still dabei und hörte zu. Babas überraschender Gesang berührte sie. Ihre Stimme klang rostig, rau und ungelenk, doch die Melodie des Wiegenlieds war wunderschön, und es lag so viel Gefühl in dem unbeholfenen Gesang, dass es Natalie die Tränen in die Augen trieb. Baba musste einmal Kinder gehabt haben, begriff sie plötzlich. Kinder, denen sie Wiegenlieder vorgesungen hatte. Was war passiert? Wo waren die Kinder jetzt, und was hatte Baba hierher gespült? Sie hatte sich verändert, seit das Mädchen bei ihr war. Gerda hatte recht, Baba trank nicht mehr, und es schien, als habe sich dadurch ein Schleier gehoben, der eine andere Baba zum Vorschein brachte. Sie war weniger aggressiv, weniger mürrisch, wirkte verletzlicher und zugleich stärker, so als habe sie ihre Rüstung abgelegt. Die Hütte war immer aufgeräumt und sauber gekehrt, wenn Natalie kam, die Decken sauber gefaltet, das Laken glatt gezogen. Einmal stand sogar ein Strauß Wiesenblumen in einer leeren Schnapsflasche auf der Obstkiste in der Mitte des Raums. Es roch auch anders. Büschel von wilder Pfefferminze und Salbei hingen von der Decke und verströmten einen frischen, würzigen Duft. Zudem kochte Baba ständig Pfefferminztee. Im Rahmen ihrer bescheidenen Möglichkeiten tat sie alles, was möglich war, um dem Mädchen so etwas wie ein Heim zu bieten.

Am Freitagmorgen machte sich Natalie noch vor ihrer Arbeit in der Mission auf den Weg zu Baba. Sie hatte Gerda nach ihrem letzten Gespräch gebeten, zu zeichnen, woran sie sich erinnerte und war jetzt neugierig, ob etwas dabei herausgekommen war.

Als Natalie zur Hütte kam, empfing Baba sie bereits an der Tür. »Gerda schläft noch«, sagte sie und stellte sich so unmissverständlich in den Türrahmen, dass klar war, dass sie nicht gewillt war, Natalie zu ihr zu lassen.

»Geht es ihr gut?«, fragte Natalie und versuchte, an Baba vorbeizuschauen.

»Ja. Besser. Sie schläft, ohne zu weinen. Wir werden sie nicht stören.« Baba drückte ihr ein paar Blätter in die Hand. »Das hat sie für dich gemacht.« Dann schloss sie ohne weiteren Kommentar die Tür, und Natalie blieb nichts anderes übrig, als zu gehen.

Auf dem Rückweg besah sie sich Gerdas Zeichnungen. Sie zeigten überwiegend Bäume mit wild gezackten Kronen und einen dunklen Umriss, der einen Menschen darstellen konnte, jedoch nichts, was ihr weiterhalf, den Ort zu identifizieren oder herauszufinden, was mit Gerda passiert war.

Ein Bild jedoch war aufschlussreich: Gerda hatte die Villa gezeichnet, in die sie gebracht worden war, und das ziemlich detailliert. Auffallend waren die verspielten Türme und Simse, die tatsächlich den Eindruck eines mittelalterlichen Schlosses erweckten. Auf den Torpfosten thronten zwei Eulen. Das war doch ziemlich markant. Es dürfte in Berlin nicht viele Häuser mit Eulen als Torwächter geben.

Natalie rollte die Blätter vorsichtig zusammen und verstaute sie in ihrer Tasche. Sie beschloss, die Zeichnung der Villa sofort allen Frauen zu zeigen, vielleicht erkannte jemand das Haus. Der Freitag war dafür günstig, denn heute waren neben dem festen Stamm auch der Pfarrer und alle anderen Helferinnen da, weil sie am Freitagvormittag immer ein gemeinsames Treffen hatten. Dabei wurde über die zurückliegende Woche gesprochen, und es wurden die Pläne für die kommende Woche festgelegt.

Als Natalie die Bahnhofsmission betrat, traf sie dort zu ihrer Überraschung jedoch nur den festen Stamm, Margarethe, Hedwig und Marthe, an.

»Wo sind denn alle?«, fragte sie verblüfft.

»Alice kommt etwas später, sie musste heute Vormittag mit ihrer Mutter und ihrer Schwester noch einige Dinge erledigen. Ihr Vater hat morgen Geburtstag, und es wird eine Feier geben. Und die Gräfin ist ja freitags nie da«, ließ sich Margarethe vernehmen. Der Freitag war der »Durchlüfttag« der Gräfin, wie sie ihn nannte. An diesem Tag machte sie Besorgungen, ging in Museen, besuchte Konzerte und trank Tee mit ihrer Nachbarin, einer alten Dame ohne Angehörige.

»Und Pfarrer Burckhardt? Und die anderen Helferinnen?«

Betretenes Schweigen antwortete ihr. Es war schließlich Hedwig, die antwortete: »Die Frauen kommen nicht mehr. Angeblich haben ihre Männer etwas dagegen.«

»Alle auf einmal?«

»Sie haben sich abgesprochen.«

»*Merde*!«, stieß Natalie aus. »Dann sollen sie wegbleiben, diese Hasenfüße!«

»Natalie …«

»Wir finden neue Helferinnen!« Natalie schrie fast. »Wir lassen uns nicht ins Bockshorn jagen von diesen verfluchten …«

»Natalie! Bitte!«

Natalie starrte die etwas verschreckt dreinblickende Hedwig wütend an. »Was noch?«

»Pfarrer Burckhardt wurde heute Morgen ins Dekanat zitiert.«

Natalie spürte, wie ihr das Blut aus dem Gesicht wich. »Was soll das heißen?«, fragte sie.

»Ick gloob, dit hat was mit die vermaledeiten Lügen zu tun, die über uns verbreitet werden«, meldete sich Marthe zu Wort und wiegte sorgenvoll den Kopf hin und her. »Wenn dit mal nicht Ärger von janz oben jibt.«

Tatsächlich hatte sich die Geschichte um Gerdas Verschwinden wie ein Lauffeuer am Bahnhof verbreitet und die Gerüchteküche offenbar befeuert, so dass den Frauen von der Bahnhofsmission neuerdings mit Misstrauen begegnet wurde. Da Natalie und ihre Kolleginnen aus Sorge um Gerdas Sicherheit nicht sagen konnten, dass sie wieder aufgetaucht war, konnten sie die Gerüchte auch nicht entkräften. Allerdings spürten sie deren Wirkung: Deutlich weniger Besucherinnen waren in den letzten Tagen zu ihnen gekommen, und wenn die Helferinnen die ankommenden jungen Mädchen, die etwas verloren am Bahnsteig herumstanden, ansprachen, um sie über ihre Hilfsangebote zu informieren, bemerkten sie, dass die Mädchen offenbar Angst vor ihnen hatten. Nicht selten wurden sie sogar beschimpft.

»Ich verstehe das nicht«, jammerte Hedwig jeden Tag aufs Neue. »Diese Mädchen kommen doch gerade erst in der Stadt an. Wie können sie schon von all diesem Gerede wissen?«

Natalie sah in die verzagten Gesichter der Frauen und begriff, dass sie sich zusammenreißen musste, wenn sie nicht wollte, dass die Frauen, die noch da waren, die Hoffnung aufgaben. Sie nickte und nahm Gerdas Zeichnung aus ihrer Tasche. »Das muss noch nichts heißen«, sagte sie und legte die Blätter auf den Tisch. »Macht euch keine Sorgen. Das Dekanat weiß, dass wir seit Jahren wichtige Arbeit leisten. Und eine einzige Woche, in denen ein bisschen dummes Zeug geredet wird, ändert daran nichts.«

Sie deutete auf die Zeichnungen. »Das sind Dinge, an die Gerda sich erinnert. Seht euch die Bilder an, vor allem die Zeichnung der Villa, vielleicht erkennt ihr sie wieder …«

Keine der Frauen warf auch nur einen Blick darauf. Sie standen nur da und sahen sie betreten an. Natalie richtete sich auf. »Ist noch was?«, fragte sie alarmiert.

Anstelle einer Antwort reichte ihr Hedwig die Zeitung, die sie in der Hand gehalten hatte. Es war die heutige Ausgabe der Berliner Morgenpost. Fassungslos überflog Natalie den Artikel auf der Titelseite, in dem das angebliche Verschwinden eines jungen Mädchens aus der Obhut der Bahnhofsmission genüsslich breitgetreten wurde. »*Kein Rauch ohne Feuer, sagt der Volksmund, und das meist nicht zu Unrecht*«, hieß es da, und der Artikel endete mit der scheinheiligen Frage: »*Sind die Tage der Bahnhofsmission etwa gezählt?*«

Natalie pfefferte die Zeitung mit einem wütenden Ausruf zu Boden, drehte sich auf dem Absatz um und verließ die Mission. Am Bahnsteig holte sie ein paar Mal Luft, dachte kurz nach, dann ging sie durch die Halle und steuerte die kleine Mokkadiele neben dem Vorplatz an, wo, wie sie wusste, Cilli und Josefine meist ihren ersten Vormittagskaffee tranken. Und tatsächlich traf sie die beiden alten Huren dort auch an. Übernächtigt und blass saßen sie an der Bar, jede eine Tasse vor sich.

»Guten Morgen!« Natalie setzte sich zu ihnen und bedeutete dem Mann hinter der Bar, dass er ihr auch einen Kaffee bringen sollte.

»Morjen, Natalie«, brummte Cilli und zog an ihrer Zigarette. Josefine nickte nur. Sie hatte die Augen halb geschlossen und sah aus, als schliefe sie noch.

Natalie gab zwei Löffel Zucker in ihren Kaffee und rührte um. »Wisst ihr, wer hier am Bahnhof Lügen über uns verbreitet?«

Cilli kniff die Augen zusammen und blies den Rauch aus. »Ick weeß schon mal von gar nix.«

Josefine schwieg, hatte jetzt aber immerhin die Augen geöffnet.

»Jetzt kommt schon! Es gibt doch nichts hier am Schlesischen, was ihr nicht wisst. Hörnchen?« Sie winkte dem Barmann erneut. »Drei Butterhörnchen, bitte.«

Cilli lachte. »Du glaubst doch nicht etwa, du kannst uns mit'n paar Butterhörnchen koofn?«

»Würd ich nie wagen.« Natalie schüttelte entschieden den

Kopf. Cilli und Josefine waren zwar Huren, doch sie waren nicht käuflich. »Aber frühstücken können wir doch zusammen, oder?«

Der Barmann brachte drei mit Puderzucker bestäubte Hörnchen auf einem Teller. Natalie nahm sich eines davon und biss herzhaft hinein. So schäbig diese Mokkadiele von außen aussah, die Butterhörnchen und der Kaffee waren erste Sahne.

»Und?«, wollte Natalie wissen, nachdem sich nach kurzem Zögern auch die beiden bedient hatten. »Was wird hier gespielt? Wer will uns ans Bein pinkeln?«

»Dit kannste dir doch denken, Natalie.« Josefine tunkte ihr Hörnchen in den Kaffee. »Dit sind die Luden der Ringvereine, denen ihr die Mädchen wegschnappt. Sie sind schon 'ne ganze Weile sauer, weil ihr euch hier so breitmacht. Und jetzt, wo die Kleene verschwunden ist, seh'n se ihre Chance gekommen. Die schicken ihre Huren in die Züge, um den Mädchen irgendwelchen Scheiß zu erzählen, noch bevor sie hier ankommen.«

»Euch auch?«

Cilli lachte knarzend, und Josefine fiel mit ein. »Nee, uns schafft keiner mehr was an, und uns schickt auch keiner irgendwohin. Außerdem wären wa da schon zu alt für. Die schicken die jungen, die, die noch harmlos aussehen.«

»Und was erzählen die ihnen, wisst ihr das?«

»Sie sagen, ihr wollt die Mädchen ins Kloster sperren und zur Arbeit zwingen. Die Schwestern würden sie schlagen, und wenn se nich spuren, würden se se verschwinden lassen.«

Natalie schnaubte. »Was für ein Schwachsinn.«

»Die Mädels sind noch halbe Kinder, die gloobn alles, wat du ihnen erzählst.«

»Aber woher wissen die Luden überhaupt von dem Mädchen, das verschwunden ist?«

»Dit hat ihnen jemand gesteckt«, sagte Cilli und wechselte einen schnellen Blick mit Josefine.

»Wer? Pavel?«

Die beiden sahen sich an. »Wenn du's schon weeßt, wat fragste dann?«

»Ihr kennt also Pavel? Ist das auch ein Zuhälter?«

»Nee!« Cilli lachte erneut auf, doch es klang eher wie ein Husten, und Josefines Miene verschloss sich, als hätte man einen Fensterladen zugeklappt. Sie beugte sich zu Natalie herüber und sagte: »Der Pavel is nich von hier. Keine Ahnung, was der ist. Ick weeß nur eins: dass ich dit nich rausfinden will.«

Cilli nickte bekräftigend. »Und du solltest dit besser och nich versuchen.«

23

Natalie war am Freitag nicht mehr in die Bahnhofsmission zurückgekehrt. Sie hatte keine Kraft mehr gehabt, die Frauen dort aufzumuntern und Optimismus zu versprühen, wo sie keinen empfand. Nach einer schlaflosen Nacht kam sie am nächsten Morgen jedoch früh wie üblich in die Mission und traf zu ihrer Überraschung Pfarrer Burckhardt an, der dort allein am Tisch saß und einen Tee trank.

»Guten Morgen, Herr Pfarrer!«, rief Natalie, während sie ihr Cape von den Schultern nahm und ihren Hut ablegte. »Mit Ihnen habe ich heute noch nicht so früh gerechnet.«

»Ich hatte gehofft, Sie anzutreffen, bevor die anderen Damen kommen.« Er wirkte nachdenklich, fast abwesend.

Natalie nahm sich eine Tasse vom Bord, schenkte sich ebenfalls einen Tee ein und setzte sich zu ihm.

»Wie geht es Gerda?«, fragte der Pfarrer und deutete auf die Zeichnungen, die noch auf dem Tisch lagen. »Marthe hat mir gestern Abend von den Zeichnungen erzählt.«

Natalie hatte Pfarrer Burckhardt wie auch die anderen Frauen gleich nach dem Wiederauftauchen von Gerda in ihr Geheimnis eingeweiht und um Stillschweigen gebeten. Wie erwartet war auch er nicht begeistert davon gewesen, Gerda bei Baba zu lassen. Er hatte nur unter der Voraussetzung zugestimmt, dass der Aufenthalt nicht länger als eine Woche dauerte und dann eine dauerhafte Lösung gefunden werden musste. Die Woche war nun fast vorüber, und sie hatten bisher weder etwas herausgefunden, was sie auch nur in die Nähe von Pavel und dieser Villa brachte, noch wussten sie, was dem Mädchen eigentlich widerfahren war.

»Es geht ihr etwas besser. Aber ihre Erinnerungen sind noch sehr spärlich«, entgegnete Natalie knapp und fragte dann ohne Umschweife: »Was wollte der Dekan?«

Pfarrer Burkhardt seufzte: »Mit mir über die Gerüchte sprechen, die über die Mission kursieren. Und natürlich über den unsäglichen Artikel in der Zeitung, den Sie sicher auch gelesen haben.«

Natalie nickte. Das war zu erwarten gewesen.

»Der Dekan ist äußerst erbost über diese ›Affäre‹, wie er es nennt und die angeblich dem Ansehen der Kirche schadet. Er beabsichtigt, die Weiterführung der Bahnhofsmission unter kirchlichem Dach zu untersagen, falls nicht rasch und zweifelsfrei geklärt werden kann, dass das Verschwinden des Mädchens mit der Mission und dem Johannisstift in keinerlei Zusammenhang stehen.«

»Die beiden Dinge haben doch rein gar nichts miteinander zu tun!«, rief Natalie zornig aus. »Glaubt dieser verdammte Idiot etwa, Schwester Anastasia hätte Gerda abgemurkst?«

»Das Mädchen war in unserer Obhut, als sie verschwand«, entgegnete Pfarrer Burckhardt sanft, aber bestimmt. »Das können wir nicht leugnen.«

»Aber sie ist verflucht noch mal davongelaufen!«

»Das reicht nicht, um diese Gerüchte zu entkräften. Erst wenn Gerda unversehrt wieder auftaucht und erzählt, was passiert ist, wird der Dekan zufrieden sein. Wobei ich nicht einmal glaube, dass das reichen wird.« Pfarrer Burckhardt seufzte. »Tatsächlich geht es um etwas ganz anderes. Diese Geschichte ist nur ein Vorwand. Der neue Dekan mag die Bahnhofsmission nicht. Er ist der Meinung, wir kümmern uns um die falschen Leute. Mittellose Frauen und Mädchen, die keine Mitglieder der Pfarrei sind, die von Gottweißwoher kommen und versuchen, Profit aus der Hauptstadt zu schlagen, dazu das kriminelle Milieu des Bahnhofs, Huren, Streuner, Diebe und anderes ›Pack‹, wie er sich ausdrückt, das über die kostenlosen Essen der Bahnhofsmission die Mildtätigkeit der Kirche ausnutzt, ohne auch nur daran zu denken, mit seinem gottlosen Lebenswandel aufzuhören.«

Natalie schnappte bei diesen Worten vor Empörung nach Luft, doch als sie etwas entgegen wollte, winkte Pfarrer Burckhardt müde ab. »Ich weiß, was Sie sagen wollen, Natalie, und Sie haben recht, aber behalten Sie es dennoch für sich. Es ist niemandem geholfen, wenn wir fluchen und wüten. Vielleicht werden wir uns tatsächlich etwas anderes überlegen müssen. Eine andere Art von Hilfe, an einem anderen Ort. Vielleicht war meine Idee einer Bahnhofsmission von Anfang an zum Scheitern verurteilt …«

»Sie wollen aufgeben?«, fragte Natalie fassungslos. Es konnte nicht sein, dass Pfarrer Burckhardt, ihr Fels in der Brandung, der Mann, der nie müde wurde, die Wichtigkeit ihrer Arbeit genau hier, am Schlesischen Bahnhof, zu betonen, so resigniert klang.

»Von Wollen kann nicht die Rede sein«, entgegnete er. »Es ist allerdings eine Tatsache, dass unsere Arbeit hier viele Kritiker, ja sogar regelrechte Feinde hat, was man ja an den letzten Vorfällen sieht. Ich weiß nicht, ob ich verantworten kann, dass noch mehr passiert. Wir sind eine karitative Einrichtung. Ich kann von ehrenamtlichen Helferinnen nicht erwarten, dass sie sich mit Verbrechern anlegen.« Er hob den Kopf, und sein Blick war gütig, als er hinzufügte: »Keine Sorge, Sie werden an einem anderen Ort ebenso gebraucht werden wie hier.«

An einem anderen Ort. Es klang so, als hätte Pfarrer Burckhardt bereits aufgegeben. Natalie erwiderte nichts. Der Gedanke, dass die Tage der Bahnhofsmission gezählt waren, erschütterte sie in ihrem tiefsten Inneren. Wo sollte sie hin, wenn es die Mission nicht mehr gab? Es ging nicht einfach nur darum, irgendwo, an irgendeinem Ort Gutes zu tun. Sie hatte ihr rastloses Herz an genau diesen Platz gehängt, hatte sich mit jeder Faser ihrer Seele Pfarrer Burckhardt und seiner Mission verschrieben und das nicht nur, weil er ihr an einem Punkt in ihrem Leben geholfen hatte, als niemand anderes es getan hatte, sondern weil sie an die Bahnhofsmission glaubte. Hier, an dieser Schnittstelle zwischen Kommen und Gehen, wo die Flüchtigkeit der Begegnungen und die Anonymität die Täter mehr schützte als irgendwo anders in der Stadt, waren die Gefahren am größten. Hier, wo die Luft gesättigt war mit Hoffnung und Verzweiflung gleichermaßen, waren die Mädchen den Versprechen dieser Männer hilflos ausgeliefert. Sie befanden sich auf der Schwelle zu einem neuen Leben, das noch nicht begonnen hatte und hatten alles Vertraute hinter sich gelassen. Sie befanden sich im Niemandsland. Was das bedeutete, wusste Natalie sehr gut. Sie war im Niemandsland aufgewachsen. Ein Wanderzirkus war ein ähnlicher Ort wie ein Bahnhof. Nichts war von Dauer, niemand interessierte sich für die Vergangenheit eines Menschen, niemand war registriert, so kümmerte es auch niemanden, wenn einer verschwand. Sie erinnerte sich an Streitereien in ihrer Kindheit zwischen den Männern, an Prügeleien im Suff, an Messer, die immer dabei waren. Manchmal war nach einem solchen Streit am nächsten Tag einer der Kontrahenten nicht mehr da gewesen. Es hieß dann immer, er habe sich davongemacht. Manchmal tauchte er kurz bevor sie weiterzogen wieder auf, ausgenüchtert, kleinlaut und pleite, manchmal nicht, und man sprach nicht mehr über ihn, und niemand erfuhr, was mit ihm geschehen war. War er wirklich gegangen oder lag er verscharrt im Wald oder einer Senke, weil der Streit aus dem Ruder gelaufen war?

Nachdem sie den Wanderzirkus verlassen hatte, fragte sie sich manchmal, ob ihr Verschwinden ebenso achselzuckend hingenommen worden war. Womöglich hatte ihr Vater sie noch eine Weile vermisst, und auch Babette und die alte Nuria. Doch jedes Mal, wenn sie weiterzogen, an einen neuen Ort, mit neuem Publikum, war die Erinnerung vermutlich mehr verblasst, und irgendwann war sie zu einer jener Geschichten geworden, die man sich erzählte, abends am Feuer, war zu einer Pappfigur ohne Tiefe und Schärfe geworden, wie aus dem Papiertheater, ein Schemen von etwas, das einmal kurz dagewesen war und dann verschwunden.

»Ich muss leider los.« Der Pfarrer stand auf und berührte sie sanft an der Schulter. »Nehmen Sie es nicht so schwer, Natalie. So Gott will, werden wir eine gute Lösung finden. Ich vertraue fest darauf.«

Natalie schüttelte nur den Kopf. Dieser wetterwendische Gott des Pfarrers konnte ihr gestohlen bleiben. Sie würde die Bahnhofsmission nicht aufgeben. Es war ihr Zuhause, ihre Heimat, es war der Ort, an dem sie als Mensch aus Fleisch und Blut erinnert werden wollte, ob im Guten oder im Bösen.

Schon bei der Tür, drehte sich der Pfarrer noch einmal

um. »Fast hätte ich es vergessen! Unsere neue Helferin, dieses junge Mädchen …«

»Alice?« Natalie hob den Kopf. »Was ist mit ihr?«

»Sie hat Ihnen gestern noch eine Nachricht geschrieben. Offenbar haben Sie einander verpasst. Marthe hat mir gestern Abend davon erzählt. Die Nachricht müsste im Postfach liegen.«

»Eine Nachricht? Wie seltsam. Hat sie gesagt, worum es ging?« Natalie stand auf und ging zu dem Korb, in dem die Post der Mission gesammelt wurde. Tatsächlich lag dort ein zusammengefalteter Zettel, auf dem ihr Name stand. Hoffentlich hatte nicht auch noch Alice beschlossen, nicht wiederzukommen.

»Es ging um Gerdas Zeichnungen«, sagte der Pfarrer. »Alice hat offenbar etwas darauf wiedererkannt.«

Natalie sah ihn überrascht an. »Tatsächlich?« Hastig öffnete sie die Nachricht und überflog die wenigen Zeilen.

»Hilft es Ihnen weiter?«, wollte Pfarrer Burkhardt wissen.

Natalie faltete das Papier wieder zusammen und lächelte. »Ich hoffe es.«

***

Alice saß gedankenverloren am Frühstückstisch und sah aus dem Fenster. Wieder war das Wetter schön, der Himmel makellos blau. Es war noch früh, doch die Sonne spitzte bereits durch die Bäume, die ihren Garten an drei Seiten begrenzten. Die Zeitungen vermeldeten schon jetzt den sonnigsten und trockensten September seit Beginn der Wetteraufzeichnungen, dabei war noch nicht einmal die Hälfte des Monats vorüber. Ein paar Spatzen hüpften auf der Terrasse herum, flogen auf den Steintisch, auf den ein paar heruntergefallene Blätter geweht worden waren und pickten unsichtbare Krümel auf. Johann und Else waren schon draußen, sie dirigierten mehrere Männer herum, die Stehtische auf die Wiese schleppten und gleich den Stoffpavillon aufbauen würden. Heute war das große Fest, auf das Mutter schon seit Wochen hinarbeitete. Vaters sechzigster Geburtstag. Und es war beileibe keine kleine, private Feier, die heute ab vier Uhr im Garten, im Salon und im Foyer des Hauses stattfinden würde, sondern eine hochoffizielle Angelegenheit. Die halbe Charité war eingeladen, die Leitung natürlich, die Chef- und Oberärzte und ihre Gattinnen, dazu einige Staatsminister, mit denen ihr Vater bekannt war, der Leibarzt des Kaisers und zahlreiche Industrielle, Förderer und Gönner des Krankenhauses, und, nicht zu vergessen, vielversprechende Studenten und Stipendiaten und alte Herren, also ehemalige Studienkollegen und Mitglieder der Studentenverbindung, der Vater angehörte. Frauen würden bei diesem Fest absolut in der Minderzahl sein, wie immer bei solchen Anlässen. Sie waren nur schmückendes Beiwerk, flatterten, bunten Vögeln gleich, in ihren teuren Seidenkleidern zwischen den meist dunkel gekleideten Herren hin und her und gaben dem Ganzen mit ihrem angeblich so »fröhlichen Gezwitscher« eine leichte Note. Im Grunde jedoch waren sie, wie immer, wenn Männer sich trafen, Freundschaften und Beziehungen pflegten und ach so wichtige Fachgespräche führten, verzichtbar. Ihre Anwesenheit war bloße Garnitur, wie die Kirschen auf der Schwarzwälder Kirschtorte, die Efeugirlanden, die den Pavillon schmückten, die üppigen Blumenarrangements im Foyer.

Alice verzog das Gesicht. Ihr selbst kam heute auch eine solche Aufgabe zu. Sie würde am Nachmittag auf der Terrasse einige Klavierstücke vortragen, bevor am Abend die gebuchte Kapelle die Gäste beim Essen und danach unterhalten würde. Alice spielte Klavier seit frühester Kindheit, beherrschte es gut und tat es recht gerne, doch am liebsten für sich allein. Aufmerksamkeit war ihr verhasst, und sie setzte sich heute nur ans Klavier, weil ihr Vater es sich gewünscht hatte. Es war sozusagen ihr Geburtstagsgeschenk. Allerdings hatte sie in ihr Geschenk auch eine kleine Botschaft hineingepackt und entgegen der Vorschläge ihrer Mutter, die Chopin und Mozart bevorzugte, Stücke von Clara Schumann ausgewählt, dieser wunderbaren Komponistin und Pianistin, die von ihrem eifersüchtigen Mann immer wieder in den Schatten gedrängt worden war. Vermutlich würde niemand verstehen, was sie damit sagen wollte, aber sie hoffte, dass es vielleicht ihren Vater ein klein wenig zum Nachdenken anregte.

Alice war noch ganz erfüllt von den Ereignissen der vergangenen Woche, im guten wie im weniger guten Sinn. Da war die Aufregung um Gerda gleich am Montag gewesen, diese Sache hatte ihr schlimme Albträume beschert. Es war ihr nicht aus dem Kopf gegangen, dass es Menschen gab, die so bösartig waren, dass sie ein junges Mädchen betäubten und auf Eisenbahnschienen legten in der Hoffnung, dass es vom Zug überrollt wurde. Über die Dinge, die sie ihm zuvor angetan haben mochten, wollte sie gar nicht nachdenken. In den darauffolgenden Nächten hatte sie von schwarzen Schatten geträumt, Männern, die sich um sie scharten, den Kreis immer enger zogen, bis ihr die Luft zum Atmen fehlte.

Schweißgebadet war sie jedes Mal erwacht und hatte bis zum Morgen nicht wieder einschlafen können. Entsprechend übermüdet war sie tagsüber gewesen. Dennoch hatte sie sich bemüht, jeden Tag ein paar Stunden in der Bahnhofsmission vorbeizuschauen und dort mitzuhelfen. Es gab allerdings nicht viel zu tun, da aufgrund einer schmutzigen Verleumdungskampagne kaum jemand um ihre Hilfe ersuchte. Die Hiobsbotschaft in der Mission schließlich war der Termin von Pfarrer Burkhardt im Dekanat am Freitag, über dessen Ausgang sie noch nichts wusste, der aber, wie sie alle ahnten, nichts Gutes bringen würde. Und dann hatte sie gestern Nachmittag, als sie noch auf einen Sprung in der Mission vorbeigeschaut hatte, Gerdas Bilder gesehen! Wie gebannt hatte sie auf die Zeichnung der Villa mit den Eulen geblickt und sofort gewusst, dass sie dieses Haus schon einmal gesehen hatte. Leider hatte sie Natalie nicht mehr angetroffen. Marthe hatte ihr daher geraten, Natalie eine Nachricht zu schreiben, damit sie es gleich am Samstagmorgen erfuhr, und Alice hoffte, damit einen kleinen Beitrag zur Lösung dieser furchtbaren Geschichte geleistet zu haben.

Ein weiterer Lichtblick in dieser Woche war ohne jeden Zweifel der Mittwochabend gewesen. Wie Alice sich vorgenommen hatte, war sie zu der Versammlung des Vereins *Frauenrechte* gegangen, von dem ihr die Gräfin erzählt hatte. Sie hatte ihrer Mutter vorgeschwindelt, sie würde zu Constanze gehen, um mit ihr über die Einrichtung des Kinderzimmers zu sprechen und hatte gehofft, dass Constanze, die ja der Überzeugung war, sie ginge heimlich mit Heinrich aus, geistesgegenwärtig genug wäre, entsprechend zu reagieren, wenn Mutter sie darauf anspräche und hatte sich dann abenteuerlustig auf den Weg gemacht. Bereits das Restaurant Aschinger zu betreten, war aufregend gewesen. Sie kannte die Lokalkette von Erzählungen, Else und Johann gingen hin und wieder an ihren freien Tagen dorthin, zum Mittagessen, sie selbst war noch nie dort gewesen. Ihre Eltern aßen so gut wie nie auswärts, sie gaben lieber Gesellschaften zu Hause, und wenn sie doch einmal eingeladen waren, etwa ins Hotel Adlon oder ins Horcher, war Alice bisher nie dabei gewesen. Ihre Kenntnis von Restaurants beschränkte sich auf die Cafés in den Zelten oder in der Friedrichstraße und Unter den Linden, wie etwa das Kranzler, in das sie hin und wieder mit ihrer Großmutter ging, die weit davon entfernt am Gendarmenmarkt wohnte.

Als sie das Restaurant in der Leipziger Straße betrat, war sie ganz benommen von der Größe und dem Lärm. Sie befand sich in einer riesigen Halle, unterteilt von gusseisernen Säulen. Darin standen endlose Tischreihen sowie ein Bereich mit hohen Stehtischen, der Stehbierhalle hieß, wie das Schild darüber verriet. Die ganze Halle war voller Menschen, die Bier tranken, Würste, Sauerkraut, Erbsensuppe und Brötchen aßen und sich dabei lautstark unterhielten. Auch wenn das Publikum eher einfach gekleidet war, machte das Restaurant keinen despektierlichen Eindruck. An einer Seite gab es hohe Bogenfenster mit Blick auf die belebte Leipziger Straße, auf der anderen Längsseite ebenso hohe, goldgefasste Spiegel, in denen sich das Licht zahlreicher Kronleuchter brach.

Alice brauchte eine Weile, bis sie sich zum Hinterzimmer durchgefragt hatte, in dem der Verein sich traf und blieb dann schüchtern an der Tür stehen. Das Hinterzimmer war ebenfalls gut besucht, ausschließlich von Frauen höchst unterschiedlicher Herkunft, wie man an der Kleidung sehen konnte. Es gab bürgerliche Matronen mit steifen Korsetts, einfache Arbeiterfrauen in schlichten Röcken und Blusen und elegante Damen der besseren Gesellschaft. Einige der Frauen waren eher ungewöhnlich gekleidet, trugen weite, formlose

Kleider in leuchtenden Farben oder strenge Röcke und Blusen mit Krawatten und manche von ihnen hatten sogar kurzgeschnittene Haare, die ihnen nur bis zum Kinn reichten. Das waren Künstlerinnen wie Emmy, vermutete Alice und fühlte sich sofort zu ihnen hingezogen.

Nach einer Weile entdeckte Alice die Gräfin, die sie herzlich begrüßte und einigen anderen Frauen vorstellte. Alice beschränkte sich darauf, zu lächeln, zu nicken und vor allem zuzuhören. Sie lauschte den Gesprächen der Frauen untereinander ebenso wie den kurzen Vorträgen und darauffolgenden lebhaften Diskussionen, sog alles in sich auf wie köstliche frische Luft nach einem Aufenthalt in einem engen, muffigen Raum. Sie erfuhr vom Kampf der Frauen für das Wahlrecht, von ihren Bemühungen um mehr Rechte in der Familie und in den Fabriken. Sie hörte erstmals von der Idee einer Gesundheitsvorsorge für Prostituierte und vom Schutz der Ehefrauen vor ihren gewalttätigen Männern und den Forderungen nach gerechter Bildung und freiem Zugang zu den Universitäten. Sie hörte auch von den Frauenbewegungen in anderen Ländern, allen voran England und Amerika und den Bestrebungen, sich zusammenzuschließen und gemeinsam zu kämpfen.

Als sie nach zwei Stunden nach Hause ging, noch vor Ende der Veranstaltung, um ihre Mutter nicht misstrauisch zu machen, war ihr Kopf prallgefüllt mit neuen Ideen, und ihr Herz platzte schier vor Kraft und Energie. Sie hatte das Gefühl, ein paar Zentimeter größer geworden zu sein, mehr Platz auf dem Trottoir zu beanspruchen, das Kinn ein wenig höher zu tragen.

Kämpferisch, wie ihr zumute war, wandte sie den Blick nicht ab, wenn ihr Männer entgegenkamen. Sie wich nicht demütig aus, wenn nur Platz für eine Person auf dem Bürgersteig war, sondern ging einfach weiter, und anders als früher waren es die Männer, die beiseitetraten und sie vorbeiließen. Dieser Abend half ihr auch, während der nächsten beiden Tage in der Bahnhofsmission nicht die Zuversicht zu verlieren, als keine einzige hilfsbedürftige Frau zu ihnen kam, sich nicht einmal die üblichen Mittagskunden blicken ließen.

»Alice!«

Sie zuckte zusammen. Es war ihre Mutter. »Wo bist du denn mit deinen Gedanken, Kind?«

»Wieso?«, fragte Alice ertappt.

»Du hämmerst seit fünf Minuten auf dein armes Frühstücksei ein. Wenn du noch länger so weitermachst, ist es zu Brei geklopft. Kalt ist es vermutlich ohnehin schon.«

Alice warf einen Blick auf das Ei in dem kleinen silbernen Becher vor ihr. Tatsächlich hatte sie die Schale schon ziemlich gründlich aufgeschlagen, ohne es zu merken. »Ich habe Johann und Else draußen zugesehen. Und den Männern, die den Pavillon aufbauen«, sagte sie, was nicht einmal gelogen war. Behutsam begann sie, ihr ramponiertes Ei zu schälen.

»Ach, tatsächlich? Und das ist so spannend, dass du alles um dich herum vergisst?« Aus der Stimme ihrer Mutter klang eine Mischung aus Besorgnis und leichtem Spott. »Du hast nicht einmal gehört, dass der Postbote gekommen und ein Paket für dich gebracht hat.«

Alice hob den Kopf. »Ein Paket?«

Ihre Mutter nickte. »Es liegt draußen in der Eingangshalle.«

»Von wem ist es?«

»Ich weiß es nicht. Aber lass uns erst noch zu Ende frühstücken, Liebes«, fügte sie rasch hinzu, als Alice Anstalten machte, aufzustehen. »Danach werde ich den ganzen Tag keine ruhige Minute mehr haben, ich würde mich daher freuen, wenn du mir noch ein paar friedliche Augenblicke lang Gesellschaft leistet. Das Paket läuft dir ja nicht weg. Und dein Ei wird es dir ebenfalls danken, wenn du es nicht verschmähst, nun, da du es so malträtiert hast.«

Alice fügte sich, wie sie es zur Zeit meistens tat, um ihre Mutter nicht zu verärgern. Sie wollte sie friedlich stimmen, damit sie wegen Alices häufigem Fortbleiben nicht genauer nachfragte. Bisher war ihre Mutter zwar so mit den Festvorbereitungen beschäftigt gewesen, dass sie gar nicht darauf geachtet hatte, wie oft und lange Alice unterwegs war, doch das würde sich ändern. Alice löffelte ihr Ei, das tatsächlich schon kalt geworden war und fragte sich, wer ihr wohl ein Paket geschickt haben mochte.

»Du bist ziemlich zerstreut in den letzten Tagen«, sagte ihre Mutter, während sie ihren Tee umrührte. »Bist du dir sicher, dass die Arbeit in der Bücherei nicht womöglich zu viel für dich ist? Ich könnte mit dem Pfarrer sprechen und ihn bitten, dass er dich nicht allzu sehr einspannt …«

»Nein!«, fiel Alice ihr hastig ins Wort. »Danke, aber das brauchst du nicht. Es geht mir gut. Die Arbeit macht mir großen Spaß.« Wie zur Bestärkung griff sie nach einem weiteren Brötchen.

Ihre Mutter schien dennoch nicht ganz zufriedengestellt. Sie warf Alice einen forschenden Blick zu. »Und auch sonst ist alles in Ordnung?«

»Ja, wieso?« Alice schmierte Butter auf eine Brötchenhälfte, gab einen Klecks Johannisbeermarmelade von ihrer Tante aus Küstrin darauf und biss herzhaft hinein.

»Ich finde, du wirkst verändert. Erwachsener vielleicht. Zielstrebiger. Und zugleich umgänglicher. Es ist schon eine

Weile her, seit wir unsere letzte Meinungsverschiedenheit hatten. So viel Friedfertigkeit ist ziemlich ungewöhnlich für dich.« Überraschenderweise lächelte ihre Mutter. »Könnte das einen speziellen Grund haben?«

»Was meinst du?« Alice wurde ein bisschen nervös. War es möglich, dass ihre Mutter längst Bescheid wusste? Aber dann würde sie nicht lächeln, sondern entsetzt sein. Und wütend, weil Alice sie hintergangen hatte.

»Ich denke da an einen gewissen jungen Mann, der neulich bei uns war und dich letzten Sonntag an den Wannsee entführt hat …« Das Lächeln ihrer Mutter wurde breiter. Sie schenkte sich Tee nach und ließ zwei Würfel Zucker hineinfallen, bevor sie wieder umzurühren begann.

»Ach, du meinst Heinrich?« Alice vergaß vor Erleichterung, peinlich berührt darüber zu sein, dass ihre Mutter offensichtlich glaubte, sie sei verliebt.

»Constanze hat da ein paar Andeutungen gemacht«, fuhr ihre Mutter fort, »sie meinte, du würdest dich freuen, wenn er heute Abend auch käme.«

»Heinrich? Auf Vaters Fest?«, fragte Alice verdutzt nach. »Aber …«

»Ich fand das eine gute Idee und habe ihn eingeladen. Und er hat zugesagt.« Ihre Mutter trank den Tee aus und stand auf. »Und jetzt muss ich mich um die Dekoration in der Eingangshalle kümmern. Man muss der Floristin unbedingt auf die Finger sehen, sonst schmuggelt sie wieder so seltsame Farbkombinationen in die Gestecke. Manchmal denke ich, sie ist farbenblind …« Und mit diesen Worten verschwand sie aus der Tür, und Alice sah ihr perplex nach.

Das Paket, das für sie abgegeben worden war, war ziemlich groß, rechteckig und flach, aber nicht schwer. Der Absender war Emmy Lilienthal. Alice erinnerte sich, dass die ungewöhnliche junge Frau versprochen hatte, ihr das Schnittmuster für das Kleid zu schicken, das sie bei ihrem Sonntagsausflug getragen hatte, doch das Paket war zu groß, um nur ein Schnittmuster zu beinhalten. Neugierig trug sie es nach oben in ihr Zimmer, während ihre Mutter in der Eingangshalle mit der Floristin diskutierte und Johann zusammen mit einigen Helfern die Teppiche wegrollte und das Klavier von der Bibliothek in die Eingangshalle und weiter durch das Esszimmer und die Flügeltüren auf die Terrasse trug. Zwei der für heute angeheuerten Aushilfsdienstmädchen liefen ebenfalls geschäftig herum, trugen Blumen, Girlanden und Vasen herein. Im Gegensatz zu ihrem Vater, der nur für die Medizin lebte und vermutlich auch in einer Einzimmerwohnung glücklich gewesen wäre, sofern er forschen und arbeiten durfte, war Alices Mutter darauf bedacht, »standesgemäß« zu leben, wie sie es nannte. Sie war der Ansicht, ein Professor der Charité habe die Pflicht, einen gewissen Standard zu wahren und zu repräsentieren.

In ihrem Zimmer angekommen, entfernte Alice das Packpapier und öffnete die flache Schachtel, die zum Vorschein kam. Darin befand sich, in weißes Seidenpapier gehüllt, ein Kleid. Überrascht und entzückt gleichermaßen hob Alice es vorsichtig heraus und legte es aufs Bett. Es sah vom Schnitt her fast genauso aus wie das Kleid, das Emmy am Sonntag getragen hatte, allerdings war es leuchtend helltürkis, mit einer zarten Tunika aus spitzenbesetztem Tüll in einem etwas dunkleren Blauton. Alice griff nach der Karte, die dabei lag. *Liebe Alice*, stand dort, schwungvoll und fröhlich, wie sie Emmy in

Erinnerung hatte, *statt eines Schnittmusters sende ich Ihnen eines meiner Kleider, das, wie ich finde, viel besser zu Ihnen und Ihren blonden Haaren passt als zu mir. Es müsste genau Ihre Größe sein. Haben Sie viel Freude damit! Herzlich, Emmy*

Etwas überwältigt von dieser großzügigen Geste ließ Alice sich auf das Bett sinken. Ihre Hand glitt behutsam über den seidenweichen, fließenden Stoff. Sie musste es sofort anprobieren! Wenn es ihr passte, würde sie es heute zum Fest tragen.

In diesem Moment wurde die Tür aufgerissen, und Constanze kam herein. »Guten Morgen!«, trällerte sie fröhlich. Sie sah inzwischen sehr viel besser aus als noch bei ihrer Rückkehr aus Küstrin. Ihre Wangen hatten wieder Farbe bekommen, und sie schien von innen heraus zu strahlen. Offenbar hatte sich die ständige Übelkeit gelegt. »Nachdem Frieder wie üblich in der Klinik ist und ich nichts anderes zu tun habe, als Däumchen zu drehen, dachte ich, ich komme schon früher und helfe euch. Mutter hat mir allerdings verboten, ihr zur Hand zu gehen, sie meint, das sei zu anstrengend für mich.« Constanze verdrehte die Augen. »Aber du kannst meine Hilfe sicher gebrauchen, Schwesterherz, nicht wahr? Weißt du schon, was du anziehst? Soll ich dir wieder eines meiner Kleider leihen, der ganze Schrank in meinem ehemaligen Zimmer ist noch voll …« Sie unterbrach ihren Redeschwall, als sie das Kleid entdeckte, das auf dem Bett lag. »Was ist das?«, fragte sie.

»Wonach sieht es denn aus?« Alice grinste.

»Du hast dir ein neues Kleid gekauft?« Constanze sah ihre Schwester ungläubig an. »Das glaube ich nicht!«

»Nein, es ist ein Geschenk. Von einer Freundin von Heinrich, die ich letzten Sonntag kennengelernt habe. Ich habe ihr Kleid bewundert, und sie wollte mir das Schnittmuster schicken. Stattdessen …« Alice deutete auf das Kleid und hob die Hände.

Constanzes Blick wanderte von dem Kleid zu Alice und wieder zurück. »Probier es an!«, forderte sie.

»Wollte ich gerade tun.« Alice stand auf.

Als sie sich kurz darauf im Spiegel betrachtete, eingehüllt in schimmernde türkisfarbene Seide, musste sie vor Überraschung zwinkern, so verändert sah sie in dem Kleid aus. Es passte wie angegossen, und der Schnitt war vollkommen anders als alles, was sie bisher getragen hatte. Es gab nur unter der Brust leichte Abnäher, ansonsten fiel der Stoff fließend in zarten Wellen, ganz ohne Taille. Das feine Gewebe der Tunika lag nahezu schwerelos über den kurzen Ärmeln, wurde vor der Brust von einem perlmuttfarbenen Band gehalten und legte sich dann wie ein feines Netz über den Rock. Alice atmete einmal tief ein und aus und machte ein paar Schritte. Das Atmen fiel so leicht, als trüge sie überhaupt nichts am Leib, nichts schnürte sie ein, alles lag locker, und doch war ihre Silhouette schlank und grazil, keineswegs formlos, wie man hätte meinen können. Sie drehte sich zu Constanze um, die auf der Bettkante saß und ganz entgegen ihrer Gewohnheit bisher noch kein Wort dazu gesagt hatte. »Wie findest du es?«

»Es … ist … unglaublich!«, stieß sie hervor. »Was ist das für ein Schnitt? Woher hat deine Freundin dieses Kleid? Ich habe so etwas noch nie gesehen!«

»Es kommt aus Frankreich. Ein Modeschöpfer dort hat diesen Schnitt kreiert. Er heißt Poiret.«

»Ah!« Constanze nickte langsam. Sie wirkte etwas konsterniert angesichts der Tatsache, dass ihre in Modedingen eigentlich völlig ahnungslose jüngere Schwester besser informiert war als sie. »Poiret, ja, kenne ich«, murmelte sie. »Ich hab von dem neuen Stil gehört, es mir aber nicht vorstellen können, ich dachte, die Kleider sehen wie Kartoffelsäcke aus. La Vague heißt er, nicht wahr?«

»Ja, ich glaube, so hat sie ihn genannt.« Alice drehte sich übermütig im Kreis. »Ich würde ihn *Liberté* nennen.«

»Du siehst wunderschön aus«, sagte Constanze. »Wie eine Nymphe … oder wie Titania, die Elfenkönigin aus dem Sommernachtstraum …«

»Jetzt übertreib mal nicht.« Alice lachte.

»Warte!« Constanze war aufgesprungen und lief zur Tür. Kurz darauf kam sie mit ein paar blauen Samtbändern zurück und hielt sie Alice ins Haar. »Perfekt.« Sie lächelten beide in den Spiegel. Dann wurde Constanze ernst. »Aber auch wenn du wie eine Fee darin aussiehst, Alice, dieses Kleid kannst du nicht anziehen. Nicht heute.«

»Warum nicht?«

»Das ist viel zu gewagt. Du trägst ja nicht mal ein Korsett. All die alten Professoren werden Schnappatmung bekommen, und ihre klunkerbehängten Gattinnen werden dich dafür in der Luft zerreißen. Tante Dotti wird in Ohnmacht fallen und Mutter gleich mit.« Sie kicherte und schüttelte gleichzeitig den Kopf. »Auch wenn ich zu gerne Dottis Gesicht sähe, aber das geht wirklich nicht!«

Alice dachte an Emmy an jenem sonnendurchfluteten Sonntag, an die selbstbewusste Unbeschwertheit, mit der sie sich bewegt hatte, sie dachte an die Frauen, die sie am Mittwoch bei der Vereinsversammlung kennengelernt hatte und an ihre Worte und Ideen und ihren Kampf. Und sie sollte es nicht einmal wagen, ein Kleid zu tragen, das ihr gefiel und in dem sie schön aussah, aus Angst davor, was die Leute sagten?

»Das ist mir gleich. Ich werde es tragen«, sagte sie mit fester Stimme. »Es ist ja nicht so, als ob ich in einem Lumpensack käme.« Sie nahm Constanze die Bänder aus der Hand und legte sie sich wie ein Stirnband um den Kopf.

Ihre und Constanzes Blicke trafen sich erneut im Spiegel. »Du hast dich verändert«, sagte Constanze.

»Du bist nicht die Erste, die das heute zu mir sagt.«

»Liegt das vielleicht an …«

»Sicher nicht«, gab Alice entschieden zurück. »Das hat Mutter auch schon vermutet. Heinrich hat damit nichts zu tun.«

»Aber du freust dich doch, dass er heute kommt, oder?«

Alice nickte. »Schon …«

»Oh mein Gott!«, rief Constanze plötzlich und schlug die Hände vor den Mund. »Ihm werden die Augen aus dem Kopf fallen, wenn er dich in diesem Kleid sieht! Er wird auf der Stelle um deine Hand anhalten, oder nein, warte, gleich mit dir durchbrennen …«

»… kann es sein, dass die Schwangerschaft dir eine allzu blühende Fantasie beschert?«, unterbrach Alice sie lachend.

»Kann sein«, lenkte Constanze gutmütig ein. »Aber möglich ist es schon. Ich kenne die Männer!« Sie grinste und strich Alice zärtlich übers Haar. »Wenn du schon für einen Eklat auf Papas Geburtstag sorgen willst, darf ich dir dann die dazu passende Feenfrisur machen?«

24

Natalie hatte nicht gedacht, dass sie das Polizeipräsidium Berlin Alexanderplatz noch einmal betreten würde, noch dazu freiwillig. Zögernd näherte sie sich dem wuchtigen Backsteingebäude, das von den Berlinern nur die *Rote Burg* genannt wurde. An der Pforte bat sie darum, mit Herrn Kriminalkommissar Hirschfeld sprechen zu dürfen.

»Es ist Samstag, gnädige Frau«, sagte der Pförtner unwillig und biss demonstrativ in seine Butterstulle. »Da haben wir keinen Publikumsverkehr.«

»Aber es ist wichtig! Es geht um ein Verbrechen«, entgegnete Natalie, nicht gewillt, sich abwimmeln zu lassen. »Er hat mich ausdrücklich gebeten, hier vorstellig zu werden.«

Der Portier musterte sie einen Moment unschlüssig und griff schließlich achselzuckend nach dem Hörer des Telefons. »Name?«

»Natalie Castellana.«

»Ich werde nachfragen, ob er da ist. Ansonsten müssen Sie mit dem Kommissar vorlieb nehmen, der heute Bereitschaft hat.«

Zu Natalies großer Erleichterung war Hirschfeld tatsächlich im Büro. Der Portier nannte ihren Namen und gab an, dass sie ihn zu sprechen wünschte »wegen eines Verbrechens«, dann lauschte er Hirschfelds Erwiderung und legte auf.

»Wo muss ich hingehen?«

»Nirgends. Kommissar Hirschfeld kommt herunter.« Der Portier deutete auf eine Reihe unbequem aussehender Stühle. »Hier können Sie warten.« Dann schloss er das kleine Schiebefenster und widmete sich wieder seiner Butterstulle.

Es dauerte keine fünf Minuten, da kam Leo Hirschfeld die breite Treppe herunter. Er trug einen gut geschnittenen Anzug, der seine breiten Schultern betonte und hielt Mantel und Hut in der Hand.

Als er Natalie erblickte, wurde sein Schritt langsamer. »Fräulein Castellana.« Sein Blick war fragend, aber nicht unfreundlich. »Ich muss gestehen, ich bin ziemlich überrascht, Sie hier zu sehen.«

»Ich bin nicht minder überrascht, dass ich mich dazu durchgerungen habe«, gab Natalie mit einem Anflug Bitterkeit in der Stimme zurück.

»Was führt Sie zu mir?«

»Es ist etwas kompliziert«, sagte Natalie und sah sich nervös um. »Nichts, was man zwischen Tür und Angel besprechen könnte.«

Er hob seinen Arm, über dem sein Mantel hing. »Ich wollte gerade in die Mokkadiele gegenüber, einen Kaffee trinken gehen. Wollen Sie mich begleiten? Dann können Sie mir in Ruhe erzählen, was Sie auf dem Herzen haben.«

Erleichtert stimmte sie zu. Außerhalb dieses Gebäudes würde es ihr leichter fallen zu sprechen. Hier, zwischen diesen massiven roten Mauern fühlte sie sich fast schon wieder wie im Gefängnis.

Sie verließen das Gebäude und überquerten den Alexanderplatz. Hirschfeld steuerte zielstrebig eine unscheinbare Tür zwischen einem Hutgeschäft und einem Fotoatelier an, und sie betraten ein schlauchförmiges, schmales Café mit einer glänzenden Theke aus Mahagoni und mehreren, durch Trennwände diskret abgeteilten Nischen. Die blonde junge Frau hinter der Theke nickte ihm mit einem sonnigen Lächeln zu, sie schien ihn zu kennen. »Guten Tag, Herr Kommissar.«

Sie setzten sich in eine der hinteren Nischen.

»Was wollen Sie trinken?«

»Kaffee, schwarz bitte«, erwiderte Natalie, noch immer nervös. Es kam ihr seltsam vor, hier mit dem einst verhassten Kommissar zu sitzen und Kaffee zu trinken, so als ob sie gute Freunde wären, und sie fragte sich, ob sein Büro im Polizeipräsidium für diese Besprechung nicht doch besser gewesen wäre.

Hirschfeld dagegen schien die Absurdität der Situation nicht zu bemerken. Er bestellte zwei türkische Mokka bei der blonden Frau, die es schaffte, in einem einzigen Satz dreimal »Herr Kommissar« unterzubringen und ihn so offensichtlich anhimmelte, dass es schon zum Lachen war. An Hirschfeld perlte die Begeisterung der Bedienung jedoch ebenso ab wie Natalies Nervosität. Er wirkte locker und gleichzeitig aufmerksam, kein bisschen überheblich oder abschätzig, so dass es auch Natalie gelang, sich etwas zu entspannen. Als die beiden Tassen vor ihnen standen, nahm er einen Schluck von seinem Mokka und sagte: »So, dann schießen Sie mal los.«

Natalie räusperte sich und fing an, Gerdas Geschichte zu erzählen, beginnend mit ihrer ersten Begegnung und dem unerfreulichen Zusammenstoß mit Pavel am Bahnhof. Hirschfeld hörte schweigend zu, nippte nur hin und wieder an seinem Mokka. Als sie mit Baba und Gerdas Entschluss, bei ihr zu bleiben, endete, kniff er für einen Moment die Augen zu und fragte nach: »An den toten Gleisen am Schlesischen Bahnhof, sagen Sie? Ich kenne die Gegend. Aber eine Hütte habe ich dort noch nie gesehen.«

Natalie nickte. »Sie ist nicht leicht zu entdecken. Aus der Ferne sieht sie eher wie ein großer, von Unkraut überwucherter Holzstapel aus, der zwischen all den Birkenschösslingen und dem Unrat herumliegt. Deshalb dachte ich auch, dass es eine gute Lösung sei, das Mädchen einstweilen dort zu lassen, damit …«

»… dieser Mann sie nicht findet«, vervollständigte Hirschfeld ihren Gedankengang und nickte. »An sich eine gute Idee. Vertrauen Sie dieser Frau denn?«

»Sie ist etwas … nun ja … sie lebt außerhalb der Gesellschaft und ist nicht besonders zugänglich, ich glaube, sie hat in der Vergangenheit etwas Schlimmes erlebt. Aber ja, ich vertraue ihr.«

»Und was wollen Sie jetzt von mir?«

Natalie stutzte. »Nun, dem Mädchen ist übel mitgespielt worden. Man wollte sie töten! Ist nicht die Polizei dafür zuständig, die Leute zu finden und zu verhaften, die so etwas tun?« Ihre Stimme hatte etwas an Schärfe gewonnen.

»Natürlich, verstehen Sie mich nicht falsch!« Hirschfeld hob seine Hände in einer friedfertigen Geste. »Ich frage mich nur, weshalb Sie ausgerechnet zu mir gekommen sind. Sie hätten den Fall auch einfach zur Anzeige bringen können, und man hätte sich um das Mädchen und auch um diesen Pavel gekümmert. Stattdessen sind Sie zu mir gekommen. Obwohl unsere Vorgeschichte nicht gerade erfreulich ist.« Sein ausdrucksstarkes Gesicht verzog sich, wirkte fast ein wenig reumütig, wie es Natalie schien. »Ich hätte nicht gedacht, dass Sie sich ausgerechnet an mich wenden, wenn Sie Hilfe brauchen.«

Natalie schwieg. Es fiel ihr schwer, all die widersprüchlichen Gefühle, die bei diesen Worten in ihr wieder aufflammten, zu sortieren. Da war dieser junge, dienstbeflissene Polizist, der sie vor dem Varieté verhaftete und dabei die Gründe laut und für jeden ihrer Begleiter hörbar herunterratterte: Verdacht auf Hochstapelei, Betrug, Beischlafdiebstahl – Letzteres hatte sie besonders getroffen, suggerierte es doch, dass sie nicht nur eine Hochstaplerin war, sondern auch eine Prostituierte. Dann die grauenhafte Verhandlung vor Gericht, in der sie behandelt worden war wie eine Schwerverbrecherin, das Urteil, in dem zwar nur die ersten beiden Vorwürfe übrig geblieben waren, was aber ausgereicht hatte, um sie für alle Zeiten als Verbrecherin zu brandmarken und die drauffolgenden Monate im Gefängnis, die Mauern um sie herum, das Gefühl, ersticken zu müssen. Auf der anderen Seite jedoch stand ihr Impuls, sich, wenn überhaupt, an Leo Hirschfeld zu wenden und an niemanden sonst. Wie sollte sie diesem Fremden, den sie bis heute doch zutiefst verabscheut hatte und dem sie unbegreiflicherweise dennoch vertraute, das alles erklären? Achselzuckend sagte sie nur: »Ich habe Sie als äußerst gründlichen Polizisten kennengelernt und vermute außerdem, dass Sie nicht bestechlich sind. Das ist mehr, als man meiner Erfahrung nach von den meisten Polizisten behaupten kann.«

Leo Hirschfeld sah sie einen Moment lang verdutzt an, dann lachte er laut auf. »Sie haben sich nicht sehr verändert. Unverblümt waren Sie damals schon.« Dann wurde er wieder ernst und fügte zögernd, ja fast ein wenig verlegen hinzu: »Ich muss mich bei Ihnen entschuldigen, Fräulein Castellana. Es war nicht richtig, wie ich Sie damals bei der Festnahme behandelt habe. Heute würde ich mich rücksichtsvoller verhalten. Sie waren einer meiner ersten größeren Fälle. Ich war jung und übereifrig, wollte alles richtig machen und habe nicht nachgedacht, was ich damit anrichte.«

Natalie versteifte sich. »Sie haben nur Ihre Pflicht getan«, presste sie hinter zusammengebissenen Zähnen hervor und versuchte, ihre Gefühle hinter ihrer üblichen Maske aus Unnahbarkeit und Abgeklärtheit zu verbergen. Hirschfelds Entschuldigung berührte sie mehr, als sie jemals zugeben würde, betraf sie doch eine der schlimmsten Erfahrungen ihres an üblen Erlebnissen nicht gerade armen Lebens: das Gefühl von Demütigung und absoluter Ohnmacht. Diese beiden Dinge wollte sie nie wieder erleben, das hatte sie sich in den beklemmenden Stunden, Tage, Wochen im Gefängnis geschworen.

Hirschfeld erwiderte nichts darauf, nickte nur leicht und verschränkte seine Finger ineinander. Lange, kräftige Finger, wie Natalie feststellte. Sie sahen eher wie die eines Handwerkers als die eines Kriminalkommissars aus.

»Haben Sie Anhaltspunkte, die uns zu diesem Pavel führen können? Oder vielleicht zu dem Haus, in das das Mädchen gebracht wurde?«, fragte er übergangslos, als habe es die Entschuldigung nicht gegeben.

Natalie brauchte ein wenig länger, um sich zu sammeln, dann jedoch nickte sie ebenfalls und entnahm ihrer Handtasche Gerdas Zeichnungen. »Sie versucht, sich zu erinnern, aber es ist schwierig. Sie stand vermutlich unter starken Drogen, vielleicht hatte sie auch Halluzinationen.« Sie deutete auf die Zeichnung mit dem dunklen Schemen. »Der beste Hinweis bisher ist aber die Villa.« Sie schob die entsprechende Zeichnung zu Hirschfeld hinüber. »Ein auffallendes Gebäude, mit zwei Eulen als Torwächtern. Eine unserer Mitarbeiterinnen glaubt, es wiedererkannt zu haben.« Sie dachte an Alices

Nachricht und das hoffnungsvolle Herzklopfen, das sie bei ihr verursacht hatte. »Sie meint, die Villa steht am Wannsee.«

Hirschfeld, der jede der Zeichnungen in die Hand genommen und aufmerksam betrachtet hatte, sah kurz auf. »Wannsee? Sind Sie sicher?«

Natalie nickte. »Ich denke schon. Alice ist ein sehr vernünftiges Mädchen. Sie würde so etwas nicht sagen, wenn sie sich nicht sicher wäre.«

»Ich werde sie vielleicht persönlich befragen. Haben Sie ihren vollständigen Namen und Adresse?«

»Alice Hardtleben. Sie wohnt im Alsenviertel. Aber es wäre vermutlich besser, Sie redeten in der Bahnhofsmission mit ihr. Ich bin mir nicht sicher, wie viel ihre Eltern von ihrer Arbeit in der Mission wissen, und ich will sie nicht kompromittieren, indem ich ihr die Polizei auf den Hals hetze …« Sie stoppte abrupt, als ihr bewusst wurde, dass das nicht sehr taktvoll gewesen war.

Hirschfeld hob eine Braue. »Sehr rücksichtsvoll«, sagte er mit leichtem Sarkasmus. »Vor allem, wenn man bedenkt, dass es sich dabei um einen erwiesenermaßen indiskreten Polizisten handelt.« Er nahm ein Notizbuch aus seiner Jacketttasche und schrieb sich den Namen auf. »Alsenviertel sagten Sie? Ist die junge Dame etwa die Tochter von Professor Hardtleben?«

Natalie zuckte mit den Schultern. »Ich kenne keinen Professor Hardtleben. Ihr Vater ist Arzt. Chirurg, glaube ich.«

»Professor Maurus Hardtleben ist nicht nur ein Chirurg. Er ist *der* Chirurg und Leiter der chirurgischen Unfallklinik, außerdem Universitätsprofessor. Eine absolute Koryphäe und wohl der zukünftige leitende Arzt der Charité, wie man so hört.«

»Tatsächlich? Darüber hat Alice nie geredet.«

»Das spricht für die junge Dame. Andere würden sich vermutlich nur allzu gern damit schmücken.«

»Ja, sie ist eine außergewöhnliche Person. Sehr zupackend und pragmatisch für ihr Alter. Wir sind alle froh, dass sie bei uns ist. Bringt der Hinweis auf den Wannsee Sie denn weiter? Kennen Sie das Haus womöglich?« Natalie war der veränderte Gesichtsausdruck des Kommissars bei der Erwähnung des Ortes nicht entgangen.

»Das Haus leider nicht, aber es dürfte nicht allzu schwer sein, es zu finden, wenn die junge Dame sich richtig erinnert. Der Ort allerdings sagt mir was.« Hirschfeld zögerte kurz, bevor er einschränkte: »Es ist aber nichts Gesichertes. Nur so eine Idee von mir. Kriminalrat Schlüter, also mein Vorgesetzter, hat die Sache längst ad acta gelegt und …«

Natalie erinnerte sich an Kriminalrat Schlüter. Er hatte nach ihrer Verhaftung die Befragung durchgeführt. Ein unangenehmer dicklicher, kleiner Mann mit rotem Gesicht und dem Gehabe eines Generals.

»Erzählen Sie es mir!«

Hirschfeld schwieg. Er schien mit sich zu ringen, sein Blick ruhte dabei nachdenklich auf ihr. Seine Augen waren braun, allerdings nicht so dunkel und unergründlich wie Maxims, sondern von einem warmen Haselnussbraun. »Es sind nur Vermutungen von mir, die, wie gesagt, mein Vorgesetzter nicht teilt. Versprechen Sie mir, alles, was ich Ihnen erzähle, für sich zu behalten?«

»Natürlich.« Natalie nickte. »Ich bin mit der *Omertà* aufgewachsen.« Als sie Hirschfelds verdutzte Miene sah, musste sie grinsen. »Keine Sorge, mein Vater war italienischer Puppenspieler, kein Verbrecher. Aber Schweigen gegenüber allen

Außenstehenden ist bei Zirkusleuten ein ebenso ehernes Gesetz wie bei der Mafia.«

Um die Mundwinkel des Kommissars zuckte es. »Da bin ich ja beruhigt. Ich hätte Ihnen durchaus zugetraut, die Tochter eines Paten zu sein.«

»Soll das ein Kompliment sein oder eine Beleidigung?«, fragte Natalie.

»Das können Sie sich aussuchen.«

»Um ehrlich zu sein, würde mich ein Kompliment mehr irritieren als eine Beleidigung«, sagte sie trocken.

»Dachte ich mir.« Er fuhr ernst fort: »Letztes Jahr wurde die Leiche eines jungen Mädchens aus dem Wannsee gefischt. Sie war etwa zwanzig Jahre alt und ist offenbar ertrunken. Die Identität konnte nicht geklärt werden, und der Fall wurde recht schnell zu den Akten gelegt.« Als Natalie zornig die Stirn runzelte, fügte er hinzu: »Haben Sie eine Vorstellung, wie viele namenlose junge Frauen es in Berlin gibt? Sie kommen und gehen, niemand kennt sie, niemand vermisst sie, und die meisten von ihnen landen über kurz oder lang in der Prostitution. Es ist sehr schwierig, ihre Wege zurückzuverfolgen.«

»Da können Sie Gift drauf nehmen, dass ich davon eine Vorstellung habe, Herr Kommissar!«, entfuhr es Natalie. »Ich war selbst mal so ein namenloses Mädchen. Deshalb arbeite ich in der Bahnhofsmission, um zu verhindern, dass diese Mädchen einfach verschwinden und sich kein Schwein drum schert.«

»Ich sehe, wir verstehen uns«, kommentierte Hirschfeld ihren Gefühlsausbruch gelassen. »Ich wollte die Sache auch nicht auf sich beruhen lassen. Irgendetwas daran kam mir seltsam vor. Ich habe damals gegen die ausdrückliche Anweisung meines Vorgesetzten eine Obduktion durchführen lassen. Das hat mich fast meine Stelle gekostet.«

»Eine Obduktion?« Natalie runzelte die Stirn. »Was bedeutet das?«

»Das bedeutet eine Leichenschau. Dabei wird der Körper geöffnet und alles untersucht, das Blut, das Gewebe und die Organe. Eine Obduktion dient dazu, die genaue Todesursache festzustellen. Anders als mein Chef habe ich weder an einen Unfall noch an einen Selbstmord geglaubt.«

Natalie nickte langsam. Sie hatte davon gehört, dass so etwas gemacht wurde. »Sie sind tatsächlich ausgesprochen gründlich«, murmelte sie in sich hinein und versuchte, die grausige Vorstellung von einem aufgeschnittenen toten Mädchenkörper so gut es ging abzuschütteln. Laut fragte sie: »Was ist dabei herausgekommen?«

Er seufzte. »Nichts. Jedenfalls nichts, was meinen Vorgesetzten davon hätte überzeugen können, dass es sich lohnen könnte, den Fall genauer zu untersuchen. Im Gegenteil, er war außer sich angesichts meiner Eigenmächtigkeit und drohte mir, mich rauszuwerfen, wenn ich mich weiter damit beschäftige.«

»Und Sie haben natürlich gehorcht«, warf Natalie bitter ein, »und die Hände in den Schoß gelegt. Was ist schon ein unbekanntes totes Mädchen angesichts einer sicheren Anstellung als Kriminalkommissar …«

»Jetzt halten Sie mal die Luft an!«, rief Hirschfeld barsch. »Ich versuche Ihnen gerade eine Verbindung zwischen einem alten Fall und Ihrem Schützling aufzuzeigen und Ihnen fällt nichts Besseres ein, als weiter Ihre Vorurteile zu pflegen? Ich dachte, Sie brauchen Hilfe. *Sie* sind zu *mir* gekommen, schon vergessen? Wir können das hier auf der Stelle beenden.« Er hob die Hand und winkte der Kellnerin, die auf der Stelle angeschwebt kam. »Wünschen Sie noch etwas, Herr Kommissar?«, gurrte sie.

»Ich möchte bezahlen«, sagte Hirschfeld, noch immer wütend, öffnete seine Brieftasche und nahm einen Schein heraus.

»Nein, bitte nicht!« Natalie beugte sich über den Tisch und hielt seine Hand fest. »Bitte!«, wiederholte sie. »Bleiben Sie.«

Der Kommissar sah unwirsch auf, und ihre Blicke trafen sich. Natalie zog ihre Hand so hastig zurück, als habe sie sich verbrannt. »Entschuldigung«, flüsterte sie und spürte, wie ihre Wangen heiß wurden. Es waren nicht nur ihre Wangen, ihr ganzer Körper war erhitzt, und ihr Herz klopfte heftig. Vor Scham, sagte sie sich. Sie hatte sich unmöglich benommen.

»Wollen Se nun bezahlen, Herr Kommissar oder nicht?« Die Stimme der Bedienung war etwas weniger glockenhell als gerade eben noch. Offenbar hatte Natalies spontaner Griff nach der Hand des Kommissars nicht nur sie selbst irritiert.

Hirschfeld schüttelte den Kopf. »Noch nicht. Ein Missverständnis. Entschuldigen Sie.«

»Es tut mir leid«, sagte Natalie, als die junge Frau wieder gegangen war. »Manchmal rede ich, ohne nachzudenken. Bitte erzählen Sie weiter. Ich werde Sie auch nicht mehr unterbrechen, versprochen.«

Hirschfeld warf ihr einen ungehaltenen Blick zu. »Nicht jeder, dem Sie begegnen, ist ein Schweinehund«, sagte er. »Glauben Sie etwa, nur Sie allein verzweifeln manchmal an der Welt?«

Natalie hielt seinem Blick stand. »Nein. Das tue ich nicht. Oder zumindest nicht immer. Manchmal jedoch fällt es mir schwer, an das Gute zu glauben, das muss ich zugeben.«

Hirschfeld seufzte. »Da sind wir schon mal zwei.«

Als er schließlich weitersprach, hatte sich der Zorn in seiner Stimme gelegt, wenngleich Natalie meinte, eine gewisse Distanz herauszuhören, die zuvor nicht dagewesen war. Er schilderte ihr schonungslos, was bei der Leichenöffnung herausgekommen war. »Das Mädchen hatte offenbar kurz vor ihrem Tod sehr gewalttätigen Geschlechtsverkehr. Mein Vorgesetzter nahm dies als Beweis dafür, dass sie eine Hure war, ich bin jedoch der Meinung, dass dies eher ein Beweis für das Gegenteil darstellt, nämlich, dass sie Opfer einer Gewalttat wurde.«

»Wurde sie ertränkt oder ist sie ertrunken?«, fragte Natalie nach.

»Das konnte man leider nicht feststellen. Allerdings hatte sie Verletzungen, die meiner Meinung nach dafür sprechen, dass sie vor jemandem geflohen ist oder …«, er zögerte, »… gejagt wurde und auf diese Weise im See gelandet ist. Vermutlich konnte sie nicht schwimmen …«

»Was sind das für Verletzungen?«

»Schnittwunden an den Fußsohlen, Kratzer und Abschürfungen an Armen und Beinen, die mit ziemlicher Sicherheit nicht von der Vergewaltigung herrühren. Eher von Ästen, an denen sie hängengeblieben ist oder von einem rauen Untergrund, spitzen Steinen, an denen sie sich die Füße beim Laufen verletzt hat. Außerdem hatte sie eine Wunde am Brustbein, für die man keine Erklärung finden konnte. Sie war nicht lang, etwa fünf Zentimeter und auch nicht tief, jedoch zu akkurat, um von einem Ast zu stammen. Es ist auch kein Kratzer, sondern eindeutig eine Schnittwunde. Von einem sehr scharfen Messer ausgeführt. Sehr seltsam. Mir kam es fast wie eine Markierung vor.« Er kratzte sich nachdenklich am Kinn, suchte offenbar nach einer treffenden Beschreibung. »Wie wenn man Bäume, die gefällt werden sollen, mit einem Kreuz markiert. Oder ein Brandzeichen, jedoch mit einer Klinge.«

Natalie hatte seiner Schilderung mit zunehmendem Entsetzen gelauscht. Der Schnitt oberhalb ihrer Brust, den Pavel ihr zugefügt hatte, schien mit einem Mal zu glühen, und ihre Hand flog ungewollt an die Stelle, während Hirschfeld die Wunde beschrieb. Als er endete, sagte sie leise: »Sie haben recht. Das war kein Unglück. Das war Pavel.«

»Woher wollen Sie das wissen? Wir haben keinerlei Beweise für irgendetwas gefunden ...« Er hielt erschrocken inne, als Natalie begann, die obersten Knöpfe ihrer Bluse zu öffnen. Als er den inzwischen nahezu verheilten Schnitt sah, wurde er blass. »Hat dieser Mann, der Sie überfallen hat, das getan?«

»Pavel. Ja. Und er war es auch, der Gerda auf die Gleise gelegt hat.« Natalie knöpfte ihre Bluse wieder zu. »Das ist die Verbindung zu Ihrem Fall.«

Hirschfeld nickte langsam. »Da ist noch etwas«, sagte er dann. »Mir hat die Sache damals keine Ruhe gelassen, und obwohl mir mein Chef verboten hatte, weiter zu ermitteln, habe ich heimlich Nachforschungen angestellt.« Er warf Natalie einen sarkastischen Blick zu, den sie wortlos schluckte. Sie hatte ihn verdient.

»Ich habe mich auf den Wachen in ganz Berlin nach toten Mädchen erkundigt, deren Identität nicht geklärt wurde und habe noch sechs weitere in den letzten zwei Jahren gefunden.«

»Sechs Mädchen!« Natalie hielt die Luft an. »Und hatten sie ähnliche Verletzungen?«

»Das konnte nicht festgestellt werden. Zwei Mädchen sind im Wald verscharrt worden. Sie waren schon so entstellt, dass man äußere Verletzungen nicht mehr feststellen konnte, und ein Mädchen ist in einem Schuppen bis zur Unkenntlichkeit verbrannt. Hier vermutete man nur, dass es ein Mädchen war, weil man einen halbverkohlten Frauenschuh gefunden hat. Die anderen drei …«, er machte eine bedeutungsvolle Pause, »haben sich angeblich vor einen Zug geworfen. Da war nicht mehr viel übrig, was untersucht hätte werden können.«

»Vor einen Zug!« Natalie fröstelte. »Genau wie Gerda«. Diese Geschichte nahm Ausmaße an, die ihr Angst machten.

»Ausgehend von der Theorie, dass das ertrunkene Mädchen vor ihrem Angreifer in den Wannsee geflüchtet ist, sich die Vergewaltigung also vermutlich irgendwo in der Gegend abgespielt haben muss und ich keine anderen Anhaltspunkte hatte, habe ich mir die Fundorte der anderen Mädchen angesehen, und tatsächlich befanden sich alle im näheren Umkreis. Ich habe sie sogar mit Linien verbunden, und sie kreuzen sich alle an einem Ort: am Wannsee.«

»Das heißt, jemand begeht dort Verbrechen an jungen Mädchen, vermutlich in der Villa, die Gerda beschrieben hat, und sie werden anschließend irgendwo in der Nähe entsorgt. Anfangs wurden sie einfach verscharrt, dann ist man vorsichtiger geworden und inszenierte es wie einen Selbstmord oder ein Unglück, damit die Polizei nicht aufmerksam wird. Ein Mädchen konnte entkommen. Aber sie ist ins Wasser gelaufen und ertrunken …«

»So könnte es gewesen sein.« Hirschfeld nickte. »Der Schlesische Bahnhof passt allerdings nicht ins Bild. Er ist zu weit vom Wannsee entfernt. Es ist nicht klar, weshalb Pavel Gerda ausgerechnet dorthin gebracht hat. Es wäre einfacher gewesen, sie auf die Gleise irgendwo in der Nähe zu legen, so wie die anderen Opfer.«

Natalie überlegte eine Weile, dann sagte sie nachdenklich: »Es könnte wegen mir gewesen sein. Bevor Sie ihn verscheucht haben, hat Pavel mir gedroht, dass ich ihm nicht mehr in die Quere kommen soll.« Ihre Hand berührte flüchtig die Stelle an ihrer Brust, wo sich das Mal befand. »Vielleicht wollte er mir damit sagen, was passiert, wenn ich es doch tue. Oder er hat geahnt, dass die Frauen von der Mission und ich nicht aufhören würden, nach Gerda zu suchen. Immerhin war sie nicht mehr völlig anonym. Wir kannten und vermissten sie. Ein Selbstmord am Schlesischen Bahnhof, dort, wo sie verschwunden ist, hätte unsere Suche beendet, und nichts hätte auf einen anderen Ort hingewiesen.«

»Aber warum hat er sich stattdessen nicht einfach ein anderes, unbekanntes Mädchen geholt? Das wäre doch sicherer gewesen. Warum musste es unbedingt Gerda sein?«

Natalie zuckte mit den Schultern. »Vielleicht drängte die Zeit. Gerdas angebliche Freundin, die Pavel dafür angeheuert hat, sie nach Berlin zu locken, meinte, es musste eine Jungfrau sein. Vielleicht spielt auch das Aussehen eine Rolle.«

»Das Mädchen, das im Wannsee ertrunken ist, war blond.«

»Gerda auch.«

Sie sahen sich an.

»Acht junge Frauen, die verschleppt und misshandelt werden, sieben davon sind tot, und niemandem ist bisher ein Zusammenhang aufgefallen?«, fragte Natalie aufgewühlt. Ihre Stimme war heiser vor Entsetzen. »Das ist …«

»… ungeheuerlich«, stimmte Hirschfeld ihr zu und rieb sich mit beiden Händen übers Gesicht. »Es gibt keine Kommunikation zwischen den Polizeiwachen. Kein methodisches Vorgehen bei Verbrechen wie Mord. Die Schupos laufen erst mal kreuz und quer über die Tatorte und zertrampeln alles, und wenn dann endlich die Kriminalpolizei gerufen wird, ist nicht einmal klar, wer den Fall übernimmt, es gibt keine Zuständigkeit für Mordfälle, und oft dauert es Stunden, bis einer von uns vor Ort ist. Das alles spielt den Tätern in die Karten. Sie lachen sich vermutlich ins Fäustchen.« Er seufzte. »In England, bei Scotland Yard, sind sie uns weit voraus. Ich habe alles darüber gelesen und schon mehrmals vorgeschlagen, dass wir unsere Strukturen verändern müssen, aber ohne Erfolg.«

»Und es hat Sie vermutlich nicht unbedingt beliebter bei Ihren Kollegen gemacht«, vermutete Natalie.

»Kann man so sagen. Ich bin als Streber verschrien. Und bei meinem Vorgesetzten gelte ich als Quertreiber und Nestbeschmutzer.«

»Bei unserer letzten Begegnung sagten Sie, Sie ermitteln in der Gegend um den Schlesischen Bahnhof«, erinnerte sich Natalie plötzlich. »Geht es dabei auch um Mord?«

»Nein, das hat nichts mit dieser Sache zu tun.« Hirschfeld hob die Hand, um der Bedienung zu winken und gab keinen weiteren Kommentar dazu ab. »Ich werde nun erst einmal versuchen herauszufinden, wo dieses Haus steht und wem es gehört und mich dann wieder bei Ihnen melden. Wenn Sie in der Zwischenzeit etwas Neues erfahren, rufen Sie mich an.«

Hirschfeld reichte ihr eine Visitenkarte. Als sie das Lokal verließen, warf die blonde Bedienung Natalie einen finsteren Blick zu, den Natalie mit einem leichten Lächeln konterte. Kannst unbesorgt sein, Schätzchen, sollte es besagen, das nächste Mal hast du den Herrn Kommissar wieder ganz für dich allein.

Vor der Tür blieb Hirschfeld stehen und sah sie ernst an. »Ich bin sehr froh, dass Sie mit dieser Sache zu mir gekommen sind. Aber ich kann momentan nur inoffiziell ermitteln. Erst wenn wir handfeste Beweise haben, kann ich damit zu meinem Chef gehen. Ich hoffe, das ist Ihnen klar?« Er wartete ihre Antwort nicht ab, sondern fuhr fort: »Und inoffiziell bedeutet …«

»Omertà« ergänzte Natalie, und er nickte lächelnd. »Genau.«

Sie sah ihm nach, wie er mit langen Schritten den Alexanderplatz in Richtung Rote Burg überquerte und dachte darüber nach, wie seltsam das Leben doch war. Da hatte sie jahrelang in sich den Hass auf einen Menschen geschürt, der sich jetzt womöglich als ein Verbündeter erweisen würde. Mehr noch, vielleicht sogar ein Freund. Wie ertappt wandte sie den Blick von ihm ab und ging schnell in die andere Richtung davon. Sie hatte noch ein zweites Treffen vor sich, das sie lieber vermieden hätte, und es stand zu befürchten, dass dies keinen so angenehmen Verlauf wie die Unterredung mit dem Kommissar nehmen würde.

25

Constanze hielt Wort und zauberte Alice wahrlich eine Feenfrisur. Zunächst bürstete sie ihr widerspenstiges, sprödes Haar mit Unmengen von Eau de Portugal, so dass Alice nach einer Weile wie ein Zitronenbäumchen duftete, dann legte sie es in einer kompliziert aussehenden, langwierigen Prozedur in zahllose Wellen, mit Klammern unsichtbar festgesteckt und arbeitete dabei zwei der Samtbänder mit ein. Als Alice schließlich das Gesamtkunstwerk im Spiegel bewunderte, war sie verblüfft, wie voll ihr Haar war. Außerdem schimmerte und glänzte es so golden wie noch nie zuvor. Ein paar feine Strähnen hatte Constanze mit der Brennschere zu Locken gedreht, die Alice jetzt ätherisch das Gesicht einrahmten.

»Ich sag doch, du bist Titania!«, kommentierte Constanze und klatschte entzückt über ihr eigenes Werk in die Hände, und Alice, sonst gänzlich uneitel, kam nicht umhin, ihr ein kleines bisschen recht zu geben.

Dann war der Zeitpunkt gekommen, hinunterzugehen. Die meisten Gäste waren bereits eingetroffen, und ihre Mutter hatte eines der Dienstmädchen zu ihnen hinaufgeschickt, um sie zur Eile zu mahnen. Als sie Alices Zimmer verließen, nahm Constanze für einen Moment Alices Hand und flüsterte: »Zeig's ihnen! Wenn es einen Eklat gibt, werde ich dein Schildknappe sein.«

Alice warf ihrer älteren Schwester einen erstaunten Blick zu. Der Schildknappe war eine Anspielung auf ihre Kindheit. Bevor Constanze mit etwa dreizehn, vierzehn plötzlich erwachsen und ganz und gar mädchenhaft geworden war, hatten sie oft König Artus und die Ritter der Tafelrunde gespielt. Constanze, als die Ältere, war dabei immer der Ritter in der glänzenden Rüstung gewesen, während Alice die unrühmlichen Nebenrollen – feuerspeiender Drache, hinterlistiger Schwarzer Ritter oder jämmerlicher Bettler – zugekommen waren, die Lanzelot entweder im tapferen Kampf besiegte oder an denen er ein gutes Werk tat. Wenn es keinen Kampf zu schlagen gab, war Alice Constanzes Schildknappe gewesen, schwor dem Ritter Mut und Treue bis in den Tod und wurde als Dank dafür irgendwann selbst in den Ritterstand erhoben. Letzteres fand, wie der Treueeid, in einer feierlichen Zeremonie im Pferdestall statt, der in ihrem Spiel als König Artus Burg fungierte.

Wie Constanze vorausgesehen hatte, war die Wirkung des Kleides spektakulär. Als die beiden Schwestern zusammen in den Garten traten, verstummten die Anwesenden einen Moment lang, dann entstand hie und da leises Gemurmel und Geflüster. Alice hielt den Kopf erhoben, obwohl ihr ein wenig mulmig zumute war, vor allem, als sie das Gesicht ihrer Mutter sah. Sie war bleich vor Fassungslosigkeit, nur an Hals und Dekolleté begannen ein paar unschöne rote Flecken aufzublühen. Mit vor Zorn sprühenden Augen kam sie auf Alice zu.

»Wie siehst du denn aus?«, zischte sie, als sie bei ihr angelangt war. »Absolut schamlos! Wie eine Dirne! Geh sofort nach oben und zieh dir etwas Anständiges an. Wie kannst du es wagen, deinen Vater und mich derart bloßzustellen!« Ihre Mutter brachte dabei das Kunststück zustande, freundlich in die Runde ihrer Gäste zu lächeln, während ihre Worte leise, aber kalt und hart wie Hagelkörner auf Alice einprasselten. Alice senkte den Kopf. Die Freude an dem schönen Kleid war von den Worten ihrer Mutter hinweggefegt worden, und sie fühlte sich hässlich, plump, billig, ja geradezu nackt. Während sie so dastand und mit dem Impuls kämpfte, sich einfach umzudrehen und davonzulaufen, fiel ihr Blick auf Heinrich von Kessel, der zwischen ein paar Studenten ihres Vaters stand und sie unverwandt ansah. Er regte sich nicht, kam nicht auf sie zu, um sie zu begrüßen, und aus seinen Augen sprach eine Mischung aus Faszination und Irritation, zumindest glaubte Alice, das in seinem Blick zu lesen.

Ihre Mutter packte sie mit eisernem Griff am Arm und wiederholte noch einmal: »Geh sofort nach oben und komm erst wieder, wenn du etwas Anständiges angezogen hast.«

Alice wollte sich gerade umdrehen und gehorchen, als Constanze vortrat und mit lauter, selbstbewusster Stimme sagte: »Ich darf nun um Ihre geschätzte Aufmerksamkeit bitten: Meine Schwester Alice wird unserem Vater zu Ehren ein kleines Konzert am Klavier geben.«

Nach kurzem Zögern begannen die Gäste zu klatschen, jemand rief sogar ein voreiliges Bravo und Alice gelang es, sich mit einem Ruck aus dem Griff ihrer Mutter zu lösen. Als Constanze, ihr wackerer Schildknappe, sich bei ihr einhakte und ihr aufmunternd zuzwinkerte, wurde ihr leichter ums Herz. Zusammen gingen sie mit festen Schritten die Stufen zur Terrasse hinauf, um für ihren Vater das versprochene Konzert zu spielen.

Die Musikeinlage wurde wider Erwarten mit großem Wohlwollen aufgenommen, es wurde viel geklatscht, und Alice hatte die Hoffnung, dass ihr »schamloser Aufzug« durch ihr Spiel etwas an Skandalträchtigkeit verloren hatte. Ihr Vater bedankte sich bei ihr, gab ihr einen Kuss auf die Wange und wirkte durchaus stolz. Vermutlich war er aber auch der Einzige der ganzen Gesellschaft, dem das Ungewöhnliche an ihrem neuen Kleid überhaupt nicht aufgefallen war. Alice kannte niemanden, der in Modedingen derart unaufmerksam und gleichgültig war wie ihr Vater. Ihre Mutter bestand zumindest nicht mehr darauf, dass sie sich umziehen solle, was jedoch auch daran liegen mochte, dass der Wechsel der Garderobe zum jetzigen Zeitpunkt womöglich noch für mehr Aufsehen und Getratsche gesorgt hätte. Alice ging ihr vorsichtshalber trotzdem aus dem Weg.

Nach dem Konzert kamen die Dienstmädchen mit Erfrischungen, süßen Petit Fours, herzhaften Schnittchen, selbstgemachter Zitronenlimonade, Sekt und gekühltem Wein, und die Gäste verteilten sich in kleinen Grüppchen im ganzen Garten, in dem Johann mit seinen Helfern Stehtische und den Pavillon aufgebaut hatte. Inzwischen spielte ein Streichquartett leichte Kammermusik.

Alice nahm sich eine Limonade von einem der Tabletts und setzte sich auf die Bank im Schatten der hohen Blutbuche, die zusammen mit einem Ahorn und zwei Birken das Grundstück zum Nachbarn hin begrenzte. Sie war noch ein wenig erhitzt von der Aufregung um ihr neues Kleid und ihrem Klavierspiel und erhoffte sich ein paar ruhige Minuten, bevor das Abendessen begann. Aus der Ferne konnte sie Constanze sehen, die in ihrem leuchtend gelben Kleid zwischen den Gästen hervorstach. Sie ging von Grüppchen zu Grüppchen, unterhielt sich, und manchmal konnte Alice sogar ihr fröhliches Lachen hören. Constanzes Ehemann konnte Alice zunächst nirgends entdecken, sah ihn dann aber zwischen den Oberärzten und ihrem Vater stehen, in ein intensives Gespräch vertieft. Alice hatte sich noch nie viele Gedanken darüber gemacht, ob sie Gottfried Nissen mochte oder nicht. Wie sie ihn aber jetzt dort stehen sah, blass und ernst mit der goldumrahmten Nickelbrille, während seine Frau die Gäste unterhielt, befand Alice, dass sie ihn nicht ausstehen konnte. Sie hatte den starken Verdacht, dass Frieder, wie Constanze ihn nannte, ein überheblicher Wichtigtuer war, so erfüllt von seiner Aufgabe als Mediziner, dass er nichts anderes gelten ließ. Schon gar nichts, was seine Frau betraf. Alice fragte sich plötzlich, was ihre temperamentvolle, fröhliche Schwester eigentlich zu dieser Heirat bewogen haben mochte. Es konnte doch nicht nur des Geldes wegen gewesen sein. Liebte sie ihn? War er womöglich zu Hause ein ganz anderer, offen, humorvoll, zugetan? Sie hoffte es für ihre Schwester, denn andernfalls würde Constanze an seiner Seite irgendwann vor Langeweile sterben.

Während sie so dasaß, an der kalten Limonade nippte und die Leute beobachtete, löste sich ein Mann aus einem der Grüppchen und kam in langen Schritten auf sie zu. Es war Heinrich von Kessel.

Alices Herz machte unwillkürlich einen kleinen Hüpfer. Heinrich sah heute wieder so schneidig aus in seiner Uniform. Sehr viel besser als der olle Gottfried, der neben seiner hübschen Frau immer so blass wirkte wie irgendein namenloser Bediensteter, der der Herrschaft den Regenschirm hinterherträgt. Natürlich hatte sie das Constanze noch nie gesagt und würde es auch in Zukunft für sich behalten. Sie wollte sie schließlich nicht verletzen. Aber vergleichen war schließlich nicht verboten. Und da schnitt der blonde, schnauzbärtige junge Mann mit dem kornblumenblauen Rock, dem leuchtend roten Kragen und Ärmelaufschlägen, den blitzenden Goldknöpfen und pechschwarzen Lederstiefeln erheblich besser ab als Dr. Nissen. Jetzt hatte er die Bank erreicht und blieb vor ihr stehen.

»Sie haben wunderbar gespielt, Fräulein Hardtleben«, sagte er und fügte ein wenig verlegen hinzu: »Ich sollte es vielleicht nicht sagen, aber Ihr Spiel hat mich sehr, sehr tief berührt.« Er legte seine Hand ans Herz.

»Warum sollten Sie das nicht sagen?«, erwiderte Alice. »Etwa weil Offiziere normalerweise kein Herz haben?«

»Mag schon sein. Zumindest sprechen wir nicht oft darüber.«

»Bei mir dürfen Sie das. Ich finde ohnehin, das Herz sollte bei Offizieren zur Grundausrüstung gehören. Noch vor dem Säbel.«

Heinrich lächelte. »Darf ich mich ein wenig zu Ihnen setzen?«

Alice nickte und rückte ein wenig zur Seite, und Heinrich setzte sich, in gebührendem Abstand, doch immerhin so nah, dass Alice der herbe Zederndruft seines Bartöls, vermischt mit einem Hauch Tabak, in die Nase stieg.

»Ein sehr schönes Fest«, sagte er nach einem Augenblick leicht verlegenen Schweigens.

»Ja, das ist es.«

»Glücklicherweise ist das Wetter passend für einen Empfang im Garten.«

»Ja, zum Glück.«

Vergeblich überlegte Alice, wie sie das Gespräch in Gang

halten sollte, doch in ihrem Kopf herrschte plötzlich eine seltsame Leere. Anders als letzte Woche, als sie mit dem jungen Offizier einen ganzen Tag am Wannsee verbracht und unbeschwert plaudernd neben ihm im Auto gesessen hatte, machte seine Nähe sie heute um Worte verlegen. Vielleicht lag es an der Umgebung, dem Haus ihrer Eltern, den vielen Gästen, womöglich fühlte sie sich deswegen gehemmt, obwohl sie, soweit sie das beurteilen konnte, niemand beobachtete, noch nicht einmal Tante Dotti war zu erspähen.

Heinrich von Kessel schien es ähnlich zu gehen. Er bewegte sich unruhig auf der Steinbank hin und her, schien mehrmals kurz davor, etwas zu sagen und überlegte es sich dann aber wieder anders. Als eines der Dienstmädchen ein neues Tablett voller Gläser über die Wiese balancierte, sprang Heinrich auf. »Möchten Sie vielleicht ein Glas Sekt?« Er wartete Alices Antwort nicht ab, sondern winkte, lief dann jedoch selbst rasch auf das Mädchen zu und nahm ihr zwei Sektgläser ab.

»Danke«, sagte Alice, als er zu ihr zurückkam und ihr eines davon reichte.

Er hob sein Glas: »Ich möchte darauf trinken, dass wir uns im Zug begegnet sind, Alice.«

Alice nickte, hob ihr Glas und nippte daran. »Das war eine schöne Fügung«, gab sie ihm recht. »Was hätten wir wohl getan, wenn Sie die arme Gerda nicht ausgelöst hätten.«

»Was?« Heinrich zwinkerte verwirrt.

»Na, der Schaffner im Zug! Er wollte doch kein Geld von mir annehmen!«

»Ach so, ja, stimmt. Dieses Mädchen, ich erinnere mich.« Heinrich nickte, noch immer etwas irritiert, wie Alice schien. Er setzte sich wieder und drehte sich zu ihr. »Aber das meinte ich nicht.«

»Was meinten Sie denn?«

»Sie haben mich bezaubert, Alice! Ich muss die ganze Zeit nur an Sie denken.«

»Ach du liebe Güte!«, entfuhr es Alice, doch dann klappte sie schnell den Mund zu. Ihre Schwester würde die Augen verdrehen angesichts dieses flapsigen Kommentars. Doch was sagte man, wenn einem ein junger Mann ein solches Geständnis macht? Sie versuchte es mit einem Lächeln und Schweigen. Das war offenbar das Richtige, denn Heinrich schien ermutigt, weiterzusprechen. »Der Sonntag am Wannsee war einer der schönsten Tage meines Lebens, und als ich die Einladung für das heutige Fest bekam, wusste ich, dass es Ihnen auch so geht.«

Alice nickte vorsichtig. In Bezug auf den Wannsee konnte sie ihm uneingeschränkt zustimmen, mit seiner Einladung zum Geburtstagsfest allerdings hatte sie nichts zu schaffen gehabt. Doch vermutlich wäre es unhöflich, das zu sagen, deshalb hielt sie den Mund.

»Diese Einladung zeigt mir auch, dass Ihre Eltern nichts dagegen einzuwenden haben, dass wir zusammen verkehren …?« Er sah sie abwartend an, und sie nickte erneut. »Nicht dass ich wüsste. Meine Eltern schätzen Sie.« Sie zögerte kurz und fügte mit plötzlicher Schüchternheit hinzu: »Genauso wie ich.«

»Gut. Das ist gut.« Er stellte das Glas neben sich auf der Bank ab, strich sich über seine blonden Haare und griff dann nach Alices Hand. Sie zuckte ein wenig zusammen angesichts der überraschenden Berührung, die jedoch nicht unangenehm war. Eher im Gegenteil. Seine Hand war warm und kräftig, und der Blick, den er ihr jetzt zuwarf, verursachte ein aufgeregtes Kribbeln in der Magengegend.

»Mein Urlaub geht am Montag zu Ende«, begann er, ohne ihre Hand loszulassen, »und ich werde in nächster Zeit immer nur kurz nach Berlin kommen können. Es wäre daher das größte Glück für mich, zu wissen, dass … wenn Sie sich vorstellen könnten …« Seine zweite Hand schloss sich ebenfalls um die ihre, so dass ihre Finger fest umschlungen waren. Als er weitersprach, war seine Stimme fester und hatte einen feierlichen Unterton: »Liebste Alice, möchten Sie meine Frau werden?«

Alice blinzelte überrascht. »Sie wollen mich heiraten?«

»Nichts lieber auf der Welt!«, sagte er stürmisch und drückte ihre Hand fester.

»Aber … Sie kennen mich doch gar nicht!«, wandte Alice ein. Ihr Herz klopfte bis zum Hals, ohne dass sie hätte sagen können, ob es vor Überraschung oder Verlegenheit oder Freude war. Dieser gutaussehende junge Offizier wollte sie tatsächlich heiraten?

»Ich weiß, es scheint ein wenig schnell, doch ich bin mir so sicher wie noch nie in meinem Leben. Wenn Sie allerdings noch ein wenig Zeit brauchen, bin ich bereit zu warten. Es würde mir schon genügen, wenn ich wüsste, dass Sie ähnlich fühlen wie ich«, erwiderte Heinrich. »Schon bei unserer ersten Begegnung im Zug haben Sie mein Herz berührt! Es war Ihre selbstbewusste Unbekümmertheit und Ihre Schönheit, die mich vom ersten Moment an fasziniert haben. Meine Gedanken waren seitdem immer nur bei Ihnen. Und heute, als Sie in diesem zarten Elfenkleid in den Garten gekommen sind und so bezaubernd Klavier gespielt haben, da wusste ich, dass ich nicht mehr zögern darf, sondern meinem Herzen folgen muss!« Er rückte ein wenig näher und legte ihre Hand auf seine Brust. Sie spürte den festen Stoff der Uniformjacke unter ihren Fingern und stellte sich vor, dass sein Herz vor Aufregung ebenso heftig schlagen musste wie das ihre. Es war eine schöne Vorstellung.

Als sie etwas erwidern wollte, schüttelte er entschieden den Kopf. »Nein. Sagen Sie jetzt nichts. Denken Sie nur darüber nach.« Dann hob er ihre Hand zum Mund und küsste sie.

Das Kribbeln in Alices Bauch weitete sich über den ganzen Körper aus, und sie spürte, wie ihre Wangen zu glühen begannen. Nicht nur ihre Wangen, alles in ihr schien zu glühen. Er hatte sie geküsst. Nur ihren Handrücken, aber ihr war, als sei damit ihr ganzer Körper mit Küssen bedeckt worden. Er stand auf und deutete eine winzige Verbeugung an. »Ich sollte jetzt gehen, um Sie nicht zu kompromittieren. Wir sitzen immerhin schon eine ganze Weile zusammen auf dieser Bank, und die Leute reden gerne über solche Dinge, auch wenn sie nichts wissen. Sagen Sie mir nur Eines: Kann ich auf eine Antwort hoffen, bevor ich morgen Abend nach Küstrin zurückfahre?«

Alice fühlte sich so atemlos, als sei sie gerannt. Ihre Kehle war wie ausgetrocknet, und ihr Herz klopfte noch immer heftig. Dennoch gelang es ihr zu nicken, und er lächelte erleichtert. »Das genügt mir, liebste Alice. Ich werde warten. Und hoffen.«

Sie sah ihm nach, wie er raschen Schrittes über den Rasen davonging und versuchte vergeblich, ihre Gefühle zu sortieren. In diesem Moment ertönte ein Gong, der besagte, dass es Zeit zum Abendessen war.

Am langen Esstisch saß Alice zwischen Heinrich und Constanze, ihren Eltern gegenüber. Neben Heinrich war Tante Dotti platziert worden, die den jungen Mann dankenswerter

Weise sofort in ein Gespräch verwickelte. Alice hätte nicht gewusst, was sie jetzt, nach dieser Unterredung im Garten, Unverfängliches mit ihm hätte reden sollen. Noch immer aufgewühlt, war sie überzeugt, dass jeder am Tisch ihr ansehen musste, dass sie gerade einen Heiratsantrag bekommen hatte. Daher hielt sie den Kopf gesenkt und versuchte, sich ausschließlich auf das Essen zu konzentrieren.

Constanze begann wie üblich sofort damit, lockere Konversation mit allen zu betreiben, die in ihrer Nähe saßen, und Alice war ihr von Herzen dankbar dafür, weil so nicht auffiel, dass sie selbst schwieg. Während sich die Gesprächsthemen am Tisch von den verschiedenen Gartenstilen und ob dem französischen gegenüber dem englischen der Vorzug zu geben war, über die olympischen Spiele in London und der letzten Ansprache des Kaisers langsam politischen Themen zuwandten, wandte sich Constanze diskret an Alice.

»Dein Kleid hat tatsächlich für Furore gesorgt«, sagte sie leise. »Hast du Dottis Gesicht gesehen? Man hätte meinen können, du seist vom Teufel höchstpersönlich geschickt, uns alle ins Verderben zu schicken.« Sie senkte die Stimme noch ein wenig mehr und fügte hinzu: »Und Mutter war wie vom Donner gerührt. Aber du hast auch sehr viele Komplimente bekommen, vor allem von Vaters Studenten. Die konnten die Augen nicht von dir lassen, und ich habe gehört, wie sie sich ziemlich beeindruckt über dich unterhalten haben. Und auch einige Damen waren sehr angetan. Sie fanden das Kleid sehr bemerkenswert. Gewagt, aber apart, meinte die Gattin von Professor Schurig.« Sie kicherte. »Bei ihr allerdings würde es eher nicht apart aussehen. Sie bräuchte so viel Stoff wie für ein Zelt, bei dem Umfang, den sie hat.«

Alice musste lächeln. Niemand schaffte es so gut wie Constanze, sie von Grübeleien abzulenken. Jetzt beugte Constanze sich vor und wandte sich an Alice vorbei zu Heinrich.

»Finden Sie Alices Kleid auch so apart, Herr von Kessel?«

Als Heinrich sich Constanze zuwandte, trafen sich seine und Alices Blicke für einen kurzen Moment, der allerdings bereits genügte, um Alices Herz wieder schneller klopfen zu lassen.

»Nicht nur das Kleid, Frau Nissen«, antwortete er mit einem Lächeln, und Constanze stieß Alice unter dem Tisch mit dem Fuß an. Als Tante Dotti Heinrich wieder in Beschlag nahm, flüsterte sie Alice ins Ohr: »Den hat's erwischt, Alice. Bis über beide Ohren. Wie ich dir gesagt habe.«

Alice erinnerte sich an Constanzes scherzhafte Prophezeiung am Nachmittag, *er wird um deine Hand anhalten* … und fragte sich beklommen, was Constanze sagen würde, wenn sie wüsste, dass sie damit voll ins Schwarze getroffen hatte.

Nach dem Forellenfilet wurde Krebssuppe serviert, eine Leibspeise ihres Vaters, wie auch der Hauptgang, Tournedos à la Rossini in Madeirasoße mit Kartoffeln und Gemüse. Als sie beim Nachtisch angelangt waren – Charlotte à la Russe mit Bayerisch Creme und karamellisierten Apfelspalten, hatte sich Alice wieder etwas entspannt, was vermutlich auch an dem Wein lag, den es zu den jeweiligen Gängen gab, Badischer Weißwein zum Fisch und zur Suppe und Französischer Rotwein zu den Tournedos. Eben war zum Dessert noch ein Likörglas Cointreau serviert worden, doch Alice blieb beim Wasser. Sie fühlte sich ziemlich benommen, aber auf eine angenehme Weise. Die Dinge, die sie vor dem Essen beschäftigt und verwirrt hatten, die Sorgen um die Bahnhofsmission, Gerda und ihr Verschwinden, die Villa am Wannsee, das neue Kleid und Mutters Zorn und vor allem der Heiratsantrag, schienen plötzlich weniger dringend zu sein, das Leben war leicht, sie war jung, fühlte sich schön in ihrem neuen Kleid und konnte sogar mit Heinrich von Kessel wieder unbeschwert Konversation treiben, ohne dass ihr die Röte in die Wangen stieg. Nicht einmal das affektierte Getue von Ilse Bickenbach, der blasierten Gattin eines Universitätskollegen ihres Vaters, die neben ihrer Mutter saß, regte sie auf. Als die alte Schnepfe sich direkt an sie wandte, schenkte Alice ihr sogar ein Lächeln.

»Ihr Klavierspiel heute war sehr gekonnt. Sie haben ein gutes Gespür für Musik, meine Liebe«, lobte Frau Bickenbach mit ihrer gedehnten Sprechweise, um dann sofort einzuschränken: »Allerdings fragten mein Mann und ich uns, wie Sie zu der Auswahl der Stücke kamen. Ich muss gestehen, ich habe nichts davon erkannt und vermutlich ging es anderen auch so. Wir hatten erwartet, dass zu diesem Anlass populärere Komponisten ausgewählt würden, etwa Mozart oder Chopin …«

»Es waren Stücke von Clara Schumann«, erwiderte Alice, noch immer lächelnd.

»*Clara* Schumann?« Frau Bickenbach hob überrascht ihre dünn gezupften Augenbrauen. »Ist das nicht die Ehefrau von Robert Schumann?«

»Ja, das auch«, gab Alice noch immer freundlich lächelnd zurück. »Aber zuallererst war sie eine Pianistin und Komponistin, die musikalisch gesehen ihrem Mann in nichts nachstand, im Gegenteil, sie …«

»Alice beschäftigt sich viel mit Musik und Literatur«, unterbrach ihre Mutter sie hastig. »Neuerdings arbeitet sie deshalb auch ehrenamtlich in der Leihbücherei unserer Pfarrei mit.«

»Ach, tatsächlich?« Alice spürte die scharfen Augen der Professorengattin mit neuem Interesse auf sie gerichtet. An Ilse Bickenbach war alles scharf und spitz. Sie war schlank bis zur Magerkeit, mit hervortretenden Schlüsselbeinen und einer spitzen Nase. Ihre Lippen waren so schmal, dass sie kaum als solche zu erkennen waren. »Ich bin selbst oft in der Pfarrei tätig, in meiner Funktion als Vorsitzende einer Wohltätigkeitsorganisation, *Die Freundinnen des Alsenviertels,* die Pfarrer Lüders in vielen Dingen unterstützt. Ich habe Sie dort noch nie gesehen.«

»Ich bin noch nicht lange dabei«, sagte Alice schnell. »Und außerdem helfe ich nur hin und wieder ein klein wenig.«

»Aber sei doch nicht so bescheiden, Alice!«, wandte ihre Mutter ein und wandte sich dann erneut an ihre Tischnachbarin. »Tatsächlich arbeitet Alice in jeder freien Minute dort. Sie kann gar nicht genug davon bekommen. Gerade heute Morgen sagte ich zu ihr, ich muss einmal mit Pfarrer Lüders sprechen, dass er sie früher heimschickt, nicht dass sie am Ende noch in der Bücherei übernachtet.« Sie lachte.

Frau Bickenbach verzog ihren schmalen Mund zu einem gönnerhaften Lächeln. »Es ist in der Tat erfreulich, wenn junge Leute sich derart engagieren. Das kann man leider nicht von allen sagen. Viele treiben sich lieber herum und bringen ihre Eltern mit ihren Eskapaden zur Verzweiflung. Ich würde Pfarrer Lüders daher eher dafür loben, dass er so motivierend auf Ihre Tochter wirkt. Nächste Woche soll er ja wieder zurückkommen. Ich bin schon sehr gespannt, was er zu erzählen hat.«

»Zurückkommen? Ist er verreist?« Adelheid Hardtleben blinzelte irritiert, während Alices Hand mit der Dessertgabel, die gerade ein Stück Charlotte zum Mund führen wollte, mitten in der Bewegung erstarrte.

»Das wissen Sie nicht? Er ist zusammen mit ein paar geistlichen Kollegen auf Studienreise im Heiligen Land. Seit fast vier Wochen schon. Hat Alice Ihnen das nicht erzählt?«

»Ach ja, doch, jetzt wo Sie es sagen … natürlich hat sie davon erzählt«, beeilte sich Alices Mutter hastig zu bestätigen, wovon Alice keine Ahnung gehabt hatte. Im Gegenteil. Um die Geschichte ihres Engagements in der Bücherei möglichst glaubhaft zu machen, hatte sie ihrer Mutter immer wieder kleine Anekdoten des Pfarrers erzählt und sogar Grüße ausrichten lassen. Als sie jetzt dem Blick ihrer Mutter begegnete, begriff sie, wie töricht das gewesen war. Sie hatte sich in eine Sackgasse manövriert, aus der sie wohl nicht mehr herauskommen würde. Langsam ließ sie die Gabel sinken.

»Ich …«, begann sie, doch ihre Mutter schüttelte den Kopf. »Nicht jetzt«, zischte sie, bevor sie ihre Lippen zu einem Strich zusammenpresste. Ihre Miene war so eisig, dass es Alice fröstelte.

»Sie wollten etwas sagen, liebe Alice?« Frau Bickenbach wandte sich jetzt wieder an Alice.

»Äh, nein, ich …« Alice griff nun doch nach dem Likörglas und stürzte den ebenso süßen wie scharfen Orangenlikör in einem Schluck hinunter. Sie saß in der Falle. Ganz gleichgültig, was sie später ihrer Mutter erzählen würde, diese Lüge würde dazu führen, dass ihre Motive, so ehrenhaft sie gewesen sein mochten, nichts mehr wert waren.

Alices Blick flog von ihrer Mutter zu Heinrich, der Tante Dotti gerade eine Geschichte erzählte, die diese sehr zu amüsieren schien. Ihre faltigen Wangen waren gerötet, und sie kicherte verschämt in ihre Serviette. Die Luft im Salon kam ihr plötzlich stickig vor, es war heiß, und der so hastig hinuntergestürzte Likör befeuerte die Benommenheit, die der Wein verursacht hatte. Alice spürte, wie ihr der Schweiß ausbrach. »Ich …«, begann sie noch einmal, dann fiel ihr Blick auf die eisige Miene ihrer Mutter, und sie fühlte plötzlich eine neue Entschlossenheit in sich aufsteigen. Ihre Mutter würde sie nicht mehr herunterputzen und als Dirne beschimpfen, nur weil sie ein modernes Kleid trug. Sie würde ihr nicht mehr vorschreiben, wie sie ihr Leben zu leben hatte.

Alice hob den Kopf und sagte mit lauter Stimme: »Heinrich und ich haben uns verlobt.«

Wie es der Zufall – oder das Schicksal – wollte, fielen ihre Worte in eine allgemeine Gesprächspause. Diese Stille verlieh ihren ohnehin schon bedeutsamen Worten eine noch ganz andere Gewichtigkeit. Sie wirkten wie ein Paukenschlag in einem allzu gefälligen Konzert, der das Publikum unvermittelt aus seinem wohligen Schlummer reißt. Alice spürte alle Augen auf sich und Heinrich von Kessel gerichtet. Irgendwo klirrte Besteck auf Porzellan, überlaut. Sie selbst war zu Stein erstarrt, ahnte mehr, dass Heinrich sich ihr zuwandte, als dass sie es sah und schämte sich dafür, ihn so überrumpelt zu haben. Dann griff er nach ihrer Hand, die eiskalt war, obwohl sie innerlich glühte. Seine Hand fühlte sich warm und tröstlich an. Er räusperte sich, warf einen Blick auf die erwartungsvollen Gesichter der Tischgesellschaft und sagte: »Wir wollten es eigentlich etwas diskreter mitteilen …«, er nickte Alices Eltern, die ihn reglos musterten, entschuldigend zu, »aber manche Dinge kann man eben nicht lange für sich behalten.«

Voller Überraschung und Freude sah er Alice an, was in ihr eine seltsame Mischung aus Scham und Erregung auslöste. »Es ist wahr. Ich habe um Alices Hand angehalten. Und wie es aussieht, hat sie meinen Antrag angenommen.«

Es war Constanze, die als Erste reagierte. Sie klatschte in

die Hände und rief: »Auf diese wunderbare Nachricht sollten wir anstoßen!« Sie winkte nach einem der Kellner und bedeutete ihm, Sekt und Gläser zu bringen. Damit war das Eis gebrochen. Die Gäste lachten, klatschten, brachten Toasts aus, und es wurde auf das zukünftige Paar angestoßen. Nur Alice schwieg, genau wie ihre Eltern.

26

Es war merkwürdig. Allein der Gedanke, in ihr altes Leben zurückzukehren, hatte Natalie, die sich sonst vor so wenig Dingen fürchtete, einen Schauer über den Rücken gejagt. Doch als sie an diesem Abend nach über vier Jahren die Mulackritze betrat, war es wie Nachhausekommen. Nichts hatte sich verändert in der engen Kneipe mit der dunklen Holzvertäfelung und den verrauchten, ehemals ockergelb gestrichenen Wänden. Noch immer standen die Tische so dicht an dicht, dass keine Bedienung sich einen Weg bahnen konnte, weshalb jeder sich seine Getränke selbst an der Bar holte, noch immer war jeder freie Fleck an den Wänden zugepflastert mit Veranstaltungsplakaten, eines über das andere geklebt, so dass manche in zentimeterdicken Papierschichten von der Wand abstanden. Noch immer der gleiche Geruch, die Mischung aus Zigarettenrauch, Bier, Gulaschsuppe und gebratenen Buletten, zubereitet von Henny, der Wirtin. Und noch immer stand Alfons, ihr Mann, hinter der Theke.

Es war kurz vor Mitternacht, als Natalie eintrat, und die Mulackritze war so voll, wie sie es immer schon an Samstagabenden gewesen war. Die Leute drängten sich mit ihren Biergläsern in der Hand zusammen, stehend, sitzend, im feinen Zwirn und in Arbeitskleidung, Huren, Schauspielerinnen, Straßenkehrer, Zigarettendreher, Literaten, neben Geschäftsmännern, kleinen Gaunern und den ehemals schweren Jungs der Ringvereine. Die Fenster waren beschlagen, und es gab keinen einzigen freien Platz. An einem der Tische saß breitbeinig eine Frau mit einem Akkordeon und sang ein zotiges Lied von einer Dirne und ihren Freiern, das vom Publikum beklatscht wurde.

Natalie schob sich durch die Menge bis zur Theke. Dort angekommen, wartete sie, bis Alfons hinter der Zapfanlage aufblickte und machte sich dann bemerkbar. Alfons war ein vierschrötiger Mann mit breiter Brust. Sein kugelrunder Kopf saß wie eine Billardkugel zwischen seinen Schultern, ohne dass der Hals zu sehen war. Er war früher Ringer gewesen und trug auch heute noch gerne ärmellose Trikots, so dass jeder seine beeindruckenden Armmuskeln sehen konnte. Mit Störenfrieden und Randalierern machte Alfons kurzen Prozess. Meist packte er sie nur am Kragen und warf sie wie einen Müllsack vor die Tür, hin und wieder jedoch, bei besonders renitenten Mitmenschen, konnte es durchaus vorkommen, dass er ihnen zum Abschied die Nase brach.

»Natalie? Dit gloob ick jetzt nicht!« Alfons blinzelte und wischte sich dann mit dem Spüllappen über die schwitzende Glatze. »Dat du nochmal hier rin kommst!«

Er kam um die Theke und nahm Natalie herzlich in die Arme. Ihr blieb für einen Moment die Luft weg. Eingehüllt in seinen feuchten Schweiß- und Biergeruch, von seinen Pranken wie in einem Schraubstock festgehalten, überwältigten sie die Erinnerungen an früher, als diese Kneipe ihre erste Zuflucht gewesen war. »Henny wird Oogen machen. Die hat drei Tage geflennt, als du in' Kahn injefahren bist.«

Als sie wieder Luft bekam, standen sie einen Moment nur da und lächelten sich an. Dann sagte sie: »Und Maxim? Kommt er noch immer her?«

»Hat sich nüscht jeändert. Da Meesta ist heute och hier.« Alfons deutete mit seinem dicken, kurzen Daumen nach hinten. »Wie immer uffm Stammplatz.«

Natalie nickte. Hinten an der Tür, die zum Abtritt und hinauf zur Hurenstube führte, stand ein einzelner Stehtisch, das war schon damals Maxims Platz gewesen. Dort hatte sie ihn zum ersten Mal gesehen. Und sich rettungslos verliebt.

Er war also da. Natalie spürte, wie ihre Handflächen feucht wurden. Jetzt gab es kein Zurück mehr, sie musste durchziehen, was sie sich vorgenommen hatte. Doch es gab noch einen Moment Aufschub.

»Jetzt trinken wa erst mal ’nen Kurzen zusammen! Da Meesta kann noch’n paar Minuten warten.« Alfons legte ihr seinen mächtigen Arm um die Schultern und bugsierte sie hinter die Theke. Dann rief er mit dröhnender Stimme durch die Durchreiche in die Küche: »Henny, kuck mal, wer hier steht! Die kleene Manusch is wieder da!«

Henny war eine zähe Frau mit dunklen Haaren, durch die sich schon deutliche graue Strähnen zogen. Als sie Natalie sah, schlug sie die Hände über dem Kopf zusammen. Erneut gab es eine innige Umarmung, und während Natalie die Kürzestversion der letzten vier Jahre zum Besten gab, schenkte Alfons drei doppelte Korn ein und reichte Henny und Natalie die zwei Schnapsgläser, während das dritte in seiner Pranke fast verschwand. Als sich ein Gast hinter ihnen beschwerte, dass er noch immer auf sein Bier wartete, fuhr er in bewundernswerter Schnelligkeit herum und beugte sich über die Theke: »Pass mal uff, du Armleuchter«, schnauzte er ihn an. »Wennste uff deine Molle nich warten kannst, bis ick unsre alte Freundin hier jebührend willkommen jeheißen habe, kannste gleich 'nen Abjang machen.« Er deutete mit der Rechten zur Tür, und der so Gescholtene duckte sich kleinlaut und murmelte: »Is ja juut, Alfons. Is nich so eilig.«

Sie tranken auf Natalies unerwarteten Besuch, als ob es sich um die Heimkehr in den Schoß der Familie handelte, und obwohl Natalie es besser wusste, bereute sie für einen Moment, nicht schon viel früher bei den beiden vorbeigeschaut zu haben. Es war nicht Alfons und Hennys Schuld, dass sie die Ritze und das ganze Viertel bisher gemieden hatte, sie hatte sich vor sich selbst schützen müssen. Und doch war sie jetzt hier. Nachdem noch ein zweiter Schnaps getrunken worden war, verschwand Henny wieder in der Küche, und Alfons kümmerte sich um den gescholtenen Gast und schenkte ihm endlich seine Molle ein.

Die rothaarige Frau mit dem Akkordeon sang jetzt ein trauriges Lied von einer verlorenen Liebe. Natalie schob sich weiter an den Gästen vorbei nach hinten. Als sie näher kam, sah sie ihn. Maxim lehnte am Stehtisch, eine Zigarette im Mundwinkel und hörte der Sängerin zu. Neben sich hatte er einen Kaffee stehen. Wie üblich war er allein. Natalie nutzte den Moment, in dem sie noch zwischen den Gästen vor seinem Blick geschützt war, um ihn ungestört zu betrachten. Wie bei ihrer letzten Begegnung in Juliettes Schneiderei schlug ihr Herz bei seinem Anblick schneller. Wie würde er reagieren, wenn sie jetzt, nach ihrer letzten so unerfreulichen Begegnung zu ihm kam, um ihn um Hilfe zu bitten? Vermutlich würde er sie auslachen und einfach stehen lassen. Es war nicht seine Art, laut zu werden, doch das hatte er auch nicht nötig. Jetzt, in der Position, in der er sich befand, schon gleich gar nicht. Jeder hier in dem Lokal wusste, dass er der Chef des mächtigen Ringvereins Fortuna war, und niemand legte sich mit ihm an. Nicht etwa, weil er ein brutaler Schläger war, sondern weil man eben nicht genau wusste, was er eigentlich war, man ihm aber alles zutraute. Es war immer besser, sich mit Männern von seinem Schlag gutzustellen, so lautete die allgemeine Meinung, und nur Alfons, der einer seiner ältesten Freunde war, wagte es, ihn halb kumpelhaft, halb respektvoll Meesta zu nennen.

Sie gab sich einen Ruck und trat auf Maxim zu. Er zeigte kaum eine Regung, als sie vor ihm stehenblieb, lediglich sein kühler Blick veränderte sich, wurde vorsichtig. Er war auf der Hut.

»Guten Abend, Maxim.«

»Manusch.« Er nahm einen Zug von seiner Zigarette, hielt sie einen Moment zwischen Daumen und Zeigefinger, bevor er sie im Aschenbecher ausdrückte. »Was für eine Überraschung.«

»Darf ich mich zu dir gesellen?«, fragte Natalie.

»Was willst du?«

»Mich ein bisschen mit dir unterhalten.«

Er kniff die Augen zusammen. »Verarsch mich nicht.«

Natalie seufzte. »Also gut. Ich brauche deine Hilfe.«

»Was?« Maxims Miene spiegelte Ungläubigkeit wider. »Meine Hilfe?« Er lachte trocken auf und schüttelte dann den Kopf. »Egal wobei, vergiss es.«

»Hör mir doch wenigstens zu.«

Natalie deutete seine unwirsche Handbewegung als Aufforderung und erzählte ihm von ihrer Arbeit bei der Bahnhofsmission, von Gerda und Pavel und den Bedrohungen und Verleumdungen, denen die Mission in letzter Zeit ausgesetzt war. Er hörte ihr zu, ohne sie zu unterbrechen. Am Ende sagte er: »Und weshalb kommst du damit zu mir?«

»Ich habe gehört, dass die Angriffe auf die Mission von den Ringvereinen ausgehen. Wir stören ihre Geschäfte mit den Mädchen. Ich weiß, dass dein Verein mit solchen Sachen nichts zu tun hat. Für dich arbeiten keine Zuhälter und auch keine Schlepper. Du hast den Ruf, hier auf dem Kiez für Ordnung zu sorgen und dich mit denen anzulegen, die die Mädchen schlecht behandeln, also dachte ich …«

»Du dachtest, ich soll mich in eure Probleme mit den anderen Ringvereinen einmischen? Wieso sollte ich das tun?«

»Weil du es hasst, wenn Frauen schlecht behandelt werden.«

Maxim lachte, doch es klang nicht fröhlich. »Wie kommst du denn auf so 'nen Scheiß?«

»Ich weiß es.«

»Ich habe mich geändert, seit du von der Bildfläche verschwunden bist.«

»Das habe ich gehört. Aber solche Dinge legt man nicht ab wie zu klein gewordene Kleidungsstücke. Im Inneren bist du immer noch der Gleiche. Du bist immer noch ein Spieler … und ein Beschützer.«

»Da täuschst du dich aber ganz gewaltig, meine Liebe.«

»Nein. Ich habe Klaras Gesicht gesehen, als ich damit gedroht habe, zu dir zu gehen, wenn sie einem Mädchen von mir Schwierigkeiten macht. Sie hatte Angst.«

Maxim musterte sie mit einer Mischung aus Unglauben und Zorn. »Du hast dich nach deiner Zeit im Knast einfach so in Luft aufgelöst und drei Jahre nichts mehr von dir hören lassen und benutzt trotzdem meinen Namen, um irgendwelche Leute unter Druck zu setzen?«

»Nicht irgendwelche Leute. Nur Klara Moltke. Du kannst

dieses Weib ebenso wenig ausstehen wie ich. Und es war nur dieses eine Mal.«

»Darum geht es nicht, Natalie!«

»Worum geht es dann?«

»Tu nicht so, als wüsstest du das nicht.« Seine dunklen Augen schienen sie zu durchbohren, und Natalie spürte, wie eine Gänsehaut ihre nackten Arme überzog. Natürlich wusste sie es. Sie wusste von seiner Liebe zu ihr. Seiner Leidenschaft, die alles, was sie sich im Laufe ihres Lebens an Abwehrmechanismen, an Vorsicht und Schutz aufgebaut hatte, einfach niedergerissen hatte. Und sie wusste, was es sie gekostet hatte, sich von ihm zu lösen. Ohne jeden Abschied. Die Wunde schmerzte noch immer und würde vermutlich niemals verheilen. Ihr Mund fühlte sich trocken an, und es fiel ihr schwer zu schlucken.

»Bitte«, flüsterte sie. »Die Bahnhofsmission ist alles, was ich habe. Ich brauche diese Arbeit. Ich glaube an sie.«

»Wir hatten so viel mehr. Wir haben an so viele Dinge geglaubt«, sagte er bitter.

»Ich weiß. Aber unsere Wege haben sich nun mal getrennt. Nach dem Gefängnis konnte ich nicht zu dir zurückkehren. Ich … ich hatte Angst, von meinem alten Leben verschluckt zu werden.«

»Wir hätten zusammen etwas Neues beginnen können.«

Natalie zuckte nur mit den Schultern. Sie wussten beide, dass es nicht so einfach war. Vieles von dem, was einen ausmachte, war vorgezeichnet, auch wenn Maxim sich weigerte, daran zu glauben. Auch er hatte sich nicht ausgesucht, das zu werden, was er war. Das Leben hatte ihn dazu gemacht.

Sie hob den Kopf und sah ihm in die Augen. »Bitte«, wiederholte sie. »Tu es für mich.«

Eine ganze Weile schwieg er. Sie konnte in seinem Blick nichts lesen und glaubte schon, er würde sie wegschicken, aber dann nickte er schließlich. »Ich werde mich mal umhören, wer dahinterstecken könnte, dann sehen wir weiter. Mehr kann ich nicht versprechen. Und ich tue es nur unter einer Bedingung.«

»Und die wäre?«, fragte Natalie, etwas atemlos.

»Dass du mit mir tanzt.«

»Tanzen?«, fragte Natalie überrascht. Sie hatten viel getanzt früher, doch seitdem war sie nie wieder in einem der Tanzlokale gewesen. Sie wusste, es war ein Fehler, sich darauf einzulassen. Zu viele Erinnerungen würden aufbrechen, wenn sie mit Maxim dorthin ging, und womöglich würde sie nicht die Kraft haben, sich ihnen erneut zu verschließen. Trotzdem sagte sie: »In Ordnung, sag mir einfach, wann und wo …«

»Jetzt.« Er griff nach ihrem Arm und zog sie näher zu sich. »Hier.«

* * *

Alice lag seit über einer Stunde im Bett, doch sie konnte nicht schlafen. Die Ereignisse des Tages wirbelten durch ihren Kopf wie ein wildgewordener Hornissenschwarm. Sie hatte sich mit Heinrich von Kessel verlobt! Nachdem das Fest zu Ende gewesen war und alle sich verabschiedet hatten – auch Heinrich – hatte ihre Mutter sie zu sich gerufen. »Glaubst du nicht, dass es sich gehört hätte, uns diese freudige Nachricht vor allen anderen zu überbringen?«, hatte sie sarkastisch gefragt und hinzugefügt: »Abgesehen davon, dass wir bei dieser Sache auch noch ein Wörtchen mitzureden haben.«

»Natürlich«, pflichtete ihr Alice bei. »Es war nur alles so aufregend, da konnte ich nicht …«

»Ich verstehe dich durchaus, Liebes«, hatte ihre Mutter sie unterbrochen. »Und es ist nicht so, dass ich an dem jungen Mann etwas auszusetzen hätte, er scheint anständig zu sein und kommt aus einer guten Familie, doch die Geschwindigkeit dieser Entscheidung überrascht mich. Es hat doch hoffentlich nicht damit zu tun, dass er dich in eine … kompromittierende Situation gebracht hat und du dich gezwungen siehst, ihn zu heiraten?«

»Aber nein!«, erwiderte Alice hastig. »Ganz und gar nicht!«

»Außerdem heiße ich es nicht gut, dass du dich heimlich mit ihm getroffen und auch noch deine Schwester mit hineingezogen hast.« Sie hob die Hand, als Alice etwas einwenden wollte. »Es war nicht schwer zu erraten. Diese Geschichte mit dem Pfarrer, du meine Güte, wie dumm ich dagestanden bin vor Ilse Bickenbach, dieser missgünstigen Schlange …« Sie schüttelte den Kopf. »Mich derart anzulügen! Wenn Vater davon wüsste, würde er sehr zornig werden.«

»Es tut mir leid!«, hatte Alice kleinlaut gesagt und es aufrichtig so gemeint.

Noch jetzt, während sie im Bett lag und über das Gespräch nachdachte, krümmte sie sich innerlich vor schlechtem Gewissen. Sie log noch immer, hatte nur eine Lüge durch eine andere ersetzt. Wie würde sie aus diesem Geflecht nur wieder herauskommen? Sie würde zuallererst Heinrich die Wahrheit über ihre Arbeit in der Mission sagen müssen. Er würde es gutheißen, ganz sicher. War er nicht der Auslöser dafür gewesen, dass sie es überhaupt gewagt hatte? Und dann würde sie Constanze einweihen und schließlich ihre Eltern. Sie würden nichts mehr dagegen einzuwenden haben, wenn ihr zukünftiger Mann sie unterstützte. In ihrem Magen kribbelte es, wenn sie an Heinrich dachte. An den Handkuss im Garten, seinen freudigen

Blick, als sie mit der Verlobung herausgeplatzt war und die Art, wie er sich von ihr verabschiedet hatte. Er hatte ihre beiden Hände gehalten, ganz fest, und ihr in die Augen geblickt. »Ich werde so schnell wie möglich aus Küstrin zurück nach Berlin und zu dir kommen«, hatte er versprochen und sie dabei auf eine Weise angesehen, die sich wie ein Kuss angefühlt hatte.

Sie dachte darüber nach, ob sie sich danach sehnte, von Heinrich geküsst zu werden. Nun ja, irgendwie schon. Es war aufregend, darüber nachzudenken. Alice kuschelte sich tiefer in ihre Kissen. Liebte sie ihn? Das konnte sie nicht sagen. Sie kannte ihn ja eigentlich gar nicht. Er war nett, sah gut aus und der Gedanke an ihn, an seine Blicke und seine warmen, kräftigen Hände, die die ihren umfassten, ließ ihr Herz schneller schlagen. Womöglich war das schon Liebe? Sie wusste nichts darüber. Doch eines wusste sie genau: Wenn Heinrich von Kessel der Weg in die Freiheit bedeutete, in ein selbstbestimmtes, freies Leben unter Gleichgesinnten, so wie seine Freunde Emmy und Karl es führten, dann würde sie ihn ganz sicher lieben.

* * *

Sie tanzten zu der langsamen Akkordeonmelodie, die die Frau vorne im Lokal jetzt spielte. Natalie war sich der Nähe Maxims so überdeutlich bewusst, dass es ihr schwerfiel zu atmen. Er hatte sein Jackett ausgezogen, und sein Körper strahlte Wärme aus, sie konnte seine Haut riechen, Seife, Rasierwasser, Tabak, diesen herben Geruch, den sie so gut kannte, tröstlich und aufregend zugleich, dass es ihr die Tränen in die Augen trieb. Ihre linke Hand ruhte auf seiner Schulter, sie spürte den teuren Stoff seines Jacketts, die Finger ihrer Rechten waren mit den seinen verschlungen. Das Lied war nicht schnell genug, um richtig zu tanzen, Maxim zog sie näher zu sich heran, so dass ihr Kopf an seiner Brust ruhte, und sie bewegten sich ganz langsam, verloren in Erinnerungen an Vergangenes. Natalie spürte, wie ihr die Tränen über die Wangen liefen und sein Hemd durchnässten, doch es kümmerte sie nicht mehr. Sie hatte einen Schritt zu viel in seine Richtung gemacht, und jetzt gab es kein Zurück. Sie wussten es beide. Als irgendwann – waren es Stunden oder Minuten, sie wusste es nicht – das Akkordeon verstummte und Maxim sie mit einem stummen Blick durch das Lokal nach draußen führte, wehrte sie sich nicht mehr.

Seit sie sich zum letzten Mal gesehen hatten, war er umgezogen, jedoch nur ein paar Straßen entfernt von seiner alten Wohnung. Es erstaunte sie, dass Maxim im Scheunenviertel geblieben war, wo er sich doch mit Sicherheit eine Wohnung in einer erheblich besseren Lage leisten konnte. Jetzt bewohnte er ein Gründerzeithaus in der Grenadierstraße, das sich durch seine gepflegte Fassade mit den neuen Fenstern deutlich von den schäbigen Häusern der Nachbarschaft abhob. Im Erdgeschoss befand sich eine jüdische Bäckerei.

»Das war einmal Gossacks Haus«, sagte er, während sie eine offensichtlich nagelneue Treppe aus glänzendem Mahagoni in den zweiten Stock hinaufgingen, und Natalie glaubte sich zu erinnern, dass so sein Stiefvater geheißen hatte. Ephraim Gossack, ein Bäcker. Als sie sich kennengelernt hatten, hatte ihr Maxim die ganze traurige Geschichte seiner Kindheit erzählt, und Natalie, für die solche Offenheit etwas ganz Neues gewesen war, hatte dies als ein Geschenk empfunden und ihm wiederum ihre Geschichte zum Geschenk gemacht.

Das Haus war auch innen aufwändig renoviert worden. Es roch sogar noch neu, nach frischer Farbe, Tapetenkleister, Holz und schwach nach Kuchen und frischen Backwaren. Die Wände im Flur seiner Wohnung, die sich über zwei Stockwerke sowie das Dachgeschoss erstreckten, waren mit schimmernden Seidentapeten bezogen, es gab elektrisches Licht in jedem Zimmer, im Eingangsbereich hing sogar ein Kronleuchter von der Decke. Er war schlicht, aber immerhin. Vermutlich der einzige Kronleuchter im ganzen Scheunenviertel, dachte Natalie, als sie, erregt und beklommen zugleich, Maxim folgte, der mit langen Schritten vorausging. Sie traten in einen großen Salon, der mit orientalischen Teppichen ausgelegt war. Ein wuchtiges Chesterfieldsofa aus cognacbraunem Leder dominierte den Raum. Die Wände waren dunkelgrün tapeziert, die Vorhänge in einem helleren Goldgrün gehalten. Es gab ein paar Ledersessel, einen Bartisch mit zahlreichen Spirituosen, einen mit Filz bezogenen Spieltisch und ein Grammophon, an dem Maxim sich jetzt zu schaffen machte. Leise Musik erklang. »Wohnst du allein hier?«, fragte Natalie.

»Ja«, antwortete Maxim knapp. Er deutete zum Bartisch. »Möchtest du etwas trinken?«

Natalie schüttelte den Kopf und sah ihn an. Ihre Stimme zitterte leicht, als sie sagte: »Ich möchte noch einmal tanzen.«

Maxim lächelte, dieses wunderbare Lächeln, das sein Gesicht völlig verwandelte und Schutz, Trost und Hoffnung versprach. Er drehte den Ton am Grammophon etwas lauter, dann trat er auf sie zu, umfasste ihre Taille mit einem kräftigen Griff und zog Natalie eng zu sich heran. Sie tanzten das Lied nicht zu Ende.

»Wie kommt es, dass du jetzt hier wohnst?«, fragte sie irgendwann in der Nacht. Sie waren ins Schlafzimmer umgezogen, doch Natalie war zu aufgewühlt, um an Schlaf zu denken. Maxim schien es ähnlich zu gehen. Er saß halb aufgerichtet im Bett, hielt sie im Arm und rauchte eine Zigarette. Ihr Kopf lag an seiner Schulter, und sie streichelte seine Brust. Durch das Fenster drang das Licht der Straßenlaterne herein, ein langgezogenes Viereck, das den Teppich, das Bett und die dahinterliegende Wand schwach beleuchtete. Die Wände waren hellgrau tapeziert, glaubte Natalie, sich zu erinnern, doch sie hatte nicht sehr genau darauf geachtet. Maxim hatte ihr erzählt, dass sein Stiefvater nur zwei Jahre nach der Hochzeit mit seiner Mutter auf dem Weg zur Backstube die Treppe hinuntergestürzt war und sich den Hals gebrochen hatte. Maxim war damals vierzehn gewesen. Gossack hatte noch zwei Söhne aus erster Ehe gehabt, die das Haus und die Bäckerei geerbt hatten, während Maxim und seine Mutter nach seinem Tod leer ausgingen. Er war kein netter Mensch gewesen, wie sie aus seiner knappen Schilderung damals herausgehört hatte.

»Ich habe das Haus gekauft.«

»Und seine Söhne? Hatte er nicht zwei Söhne?«

»Ben hatte nie Interesse an der Bäckerei, er ist zur See gegangen und in einem Raufhandel mit anderen Matrosen irgendwo in der Karibik ums Leben gekommen. Jakob hat die Bäckerei allein weitergeführt. Aber er hat mehr gesoffen als gebacken, weshalb es zur Versteigerung des Hauses kam. Als es so weit war, habe ich es gekauft und die Bäckerei an eine Witwe und ihre Tochter verpachtet.«

»Was ist aus Jakob geworden, nachdem du das Haus gekauft hast?«, wollte Natalie wissen.

Sie spürte, wie Maxim die Schultern hob. »Keine Ahnung.

Ich habe ihn rausgeworfen und hoffe, er schmort in der Hölle, genau wie sein Bruder und sein dreimalverfluchter Vater.«

Bei seinen Worten fröstelte Natalie. Maxims Flüche klangen nie nur so daher gesagt, sondern stets wie ernst gemeinte Verwünschungen, solche, wie sie sie in ihrer Zeit beim Wanderzirkus hin und wieder von Zigeunerfrauen gehört hatte. Auch Nuria hatte solche Flüche gelegentlich ausgesprochen, und Natalie hatte jedes Mal Angst gehabt, dass dadurch Kräfte beschworen wurden, die man lieber nicht weckte. So gut sie Maxim zu kennen glaubte, so ähnlich er ihr in vielen Dingen war, so rätselhaft erschien er in anderen. Er war zärtlich, konnte herzlich und zugewandt sein, hatte Humor und ein Talent, andere für sich einzunehmen, doch andererseits blitzte hinter seiner souveränen Fassade immer wieder etwas Hartes und Kaltes auf, ebenso gefährlich wie das im Verborgenen getragene Messer, von dem er glaubte, sie wüsste nichts davon. Die unnachgiebige, skrupellose Härte, die er besaß, war mit Sicherheit der Grund, weshalb er zum Glücksspielkönig der Stadt aufgestiegen war. Die Leute spürten seine Gefährlichkeit, ohne dass er dafür einen Beweis antreten musste. Sie dachte an die Teufelskarte, die Maxim bei ihrem Wiedersehen gezogen hatte und schauderte. Ihr war, als habe sie mit dieser gemeinsamen Nacht die Büchse der Pandora geöffnet.

»Was ist?«, fragte Maxim. Er hatte zu Ende geraucht und drehte sich zu ihr. Mit beiden Händen umfasste er ihr Gesicht und küsste sie. »Woran denkst du?«

»An nichts«, log sie und schloss die Augen.

Graues Morgenlicht sickerte bereits durch das Fenster, als sich Natalie vorsichtig aus Maxims Armen löste. Als sie unter der Decke hervorkroch und die kalte Morgenluft ihre nackte

Haut traf, hätte ein Teil von ihr sich am liebsten sofort wieder zurück in seine Arme gekuschelt, die Augen geschlossen und die Welt um sich herum vergessen. Dennoch stieg sie aus dem Bett, leise, um ihn nicht zu wecken. Als sie an der Tür war, hörte sie, wie er sich aufrichtete. Sie blieb stehen, drehte sich um und sah seinen dunklen Umriss. »Wirst du wiederkommen?«, fragte er.

Natalie schluckte schwer. Tränen traten ihr in die Augen, doch sie schüttelte den Kopf. »Nein.«

27

Maxim wurde an dem Tag erwachsen, als er seinen ersten Mord beging. Ephraim Gossack war der Bäcker in ihrer Straße, ein großer, kräftiger Jude mit riesigen Händen und einem krautigen Vollbart. Er war Witwer und hatte zwei Söhne, Jakob und Ben, die beide schon in der Bäckerei mitarbeiteten. Maxim kannte sie aus der Talmudstube, wo sie pflichtschuldig die Unterweisungsstunden absaßen, auf die der Vater bestand, doch anders als die anderen Studenten, die freiwillig und mit großem Eifer bei der Sache waren, mit dem Rabbi und sogar mit Gott stritten, während sie um die richtige Lebensweise, die richtige Deutung rangen, hockten die beiden nur da, schrieben sich kleine Zettel, wenn der Rabbi nicht hinsah, und gaben nie auch nur einen klugen Satz zum Besten. Maxim ging ihnen so gut wie möglich aus dem Weg. Er traute den beiden nicht. Eines Sonntags, kurz nach Maxims zwölften Geburtstag, stand Ephraim Gossack in einem schwarzen Anzug vor der Tür ihres Häuschens und fragte, ob Maxims Mutter mit ihm einen Spaziergang machen wollte. Anna Laski war überrascht, setzte sich jedoch ihren besten Hut auf und ging mit dem großen Mann spazieren. Minna und Maxim sahen ihnen nach, wie sie nebeneinander die Straße entlanggingen, der große, ungeschlachte Mann in den Fünfzigern und Maxims zarte Mutter, gerade mal achtundzwanzig Jahre alt. Maxim beschlich ein ungutes Gefühl, als die beiden an der Straßenecke in Richtung Oranienburger Straße abbogen.

»Wo gehen sie hin?«, fragte er Minna. Obwohl er selbst die meiste Zeit des Tages herumstreunte und auch seine Mutter viel unterwegs war, auf dem Markt oder irgendwo in der Stadt, um ihre Heimarbeiten abzuliefern, machte es ihn aus unerklärlichen Gründen nervös, sie mit diesem Mann fortgehen zu sehen.

»Wat wees ick«, gab Minna zurück. »Vielleicht gehen sie in Theerbuschs Park oder nach Schloss Monbijou rüber. Der alte Gossack wird deine Mutter sicher einladen, auf'n Käffchen und 'n Stück Torte. Is ja nich arm, der Mann.« Sie zauste Maxim, der noch immer unbehaglich herumstand, die Haare. »Nu komm in die Küche. Gibt zwar keene Torte, aber 'n Zuckerbrot ist auch nicht zu verachten, wa?«

Es blieb nicht bei dem einen Mal. Ephraim Gossack kam wieder und wieder. Manchmal hatte er Blumen oder Pralinen dabei, hin und wieder brachte er Minna und Maxim eine Tüte mit Gebäck aus seinem Laden mit, Schrippen, Berliner Pfannkuchen oder Flódni, mit Äpfeln, Walnüssen, Mohn und Pflaumenmus gefüllte Kuchen. Anna erzählte wenig über diese Ausflüge, zumindest nicht vor Maxim. Sie seien spazieren gegangen, hieß es meist nur, sie hätten geredet oder Kaffee mit Sahne getrunken. Und irgendwann geschah, was Maxim mit größer und größer werdendem Unbehagen hatte kommen sehen: Seine Mutter und Ephraim Gossack heirateten. Er musste die kleine Kammer in Minnas Häuschen verlassen und in Gossacks Haus einziehen. Er bekam ein eigenes

Zimmer, wieder unter dem Dach und sogar größer als Minnas Kammer, die so viele Jahre sie beide beherbergt hatte, doch Maxim fühlte sich dort nicht wohl. Das Haus hieß sie nicht willkommen, und das Lächeln dieses Mannes, der ihm seine Mutter gestohlen hatte, war so falsch wie seine Zähne. Dieser Mann war wie eine gezinkte Karte. Nichts an ihm war aufrichtig, und nichts war gut für seine Mutter. Maxim versuchte, mit ihr darüber zu sprechen, doch seine Mutter verstand seine Warnungen nicht, wurde sogar böse. »Ich will nichts von diesem Unsinn hören!«, rief sie. »Ephraim ist ein wohlhabender Mann, und er will mir ein gutes Leben bieten. Ich muss nicht mehr Nacht für Nacht nähen und sticken, bis mir meine Augen brennen, und ich habe keine braunen Finger mehr von diesem elenden Tabak. Gönnst du mir denn nicht, auch einmal ein bisschen Frieden und Glück zu haben im Leben?«

Maxim, der bisher geglaubt hatte, gemeinsam bei Minna zu leben wäre Frieden und Glück genug, erwiderte nichts darauf. Er spürte, dass seine Mutter ihm etwas vorwarf, ohne sich erklären zu können, was es war. Von da an schwieg er, doch er nahm sich vor, darauf zu achten, dass seine Mutter diesen Frieden und dieses Glück, das sie sich so sehr erhoffte, auch bekam. Vielleicht würde sie ihm dann nichts mehr vorwerfen und ihr Blick diese Trauer verlieren, die er noch immer gelegentlich in ihren Augen sah.

Er schwieg, als seine Mutter bald darauf mitten in der Nacht aufstand, um nicht nur in der Bäckerei, sondern auch in der Backstube mitzuarbeiten, während Ben und Jakob morgens in ihren Betten blieben. Er schwieg, als sie nach Geschäftsschluss und nach dem Bereiten des Abendbrots die Bäckerei, die Backstube und die Wohnung putzte, weil Ephraim die Frau, die das Putzen bisher erledigt hatte, nach der Heirat nach Hause geschickt hatte. Er schwieg, als Ephraim eines Tages das Essen, das seine Mutter ihnen allen mittags kochte, vom Tisch fegte und brüllte, diesen Schweinefraß könne keiner essen. Und er schwieg auch angesichts der Geräusche, die er nachts aus dem Schlafzimmer hörte, das seine Mutter mit Ephraim teilte, und die sich ganz und gar nicht nach Glück und Frieden anhörten. Maxim war kein Idiot, er wusste von Bogdan und seinen heimlichen Besuchen in den Bordellen genug darüber, was in Huren- und Ehebetten geschah und dass es sich nicht immer friedlich anhörte, doch das, was sich zwischen seiner Mutter und Ephraim abspielte, hatte mit Liebesspielen mit Sicherheit nichts zu tun. Seine Mutter wurde blasser und noch stiller, als sie früher gewesen war. Sie hatte dunkle Schatten unter den Augen, und manchmal glaubte Maxim, blaue Flecken an ihrem Hals und ihren Armen zu sehen, die sie mit langen Ärmeln und Halstüchern zu verstecken versuchte.

Dann kam der Tag, als Ephraim ihr in der Küche vor Maxims Augen eine Ohrfeige gab, die sie durch den ganzen Raum stolpern ließ. Maxim ging dazwischen, bevor der Bäcker ein weiteres Mal zuschlagen konnte und wurde von ihm so verprügelt, dass er zwei Tage nicht aus dem Haus gehen konnte. Während er mit zugeschwollenen Augen, blutigen Lippen und schmerzenden Rippen im Bett lag, fasste er den Entschluss, dass es so nicht weitergehen konnte. Seine Mutter war von Glück und Frieden weiter entfernt als die Erde von der Sonne, und wenn er nichts unternahm, würde noch etwas viel Schlimmeres passieren. Dennoch dauerte es noch eine Weile, bis er den Mut fasste, den Entschluss auch in die Tat umzusetzen. Er schmiedete Nacht für Nacht hasserfüllte Pläne, während er im Bett lag und ohnmächtig dem Wüten dieses Mannes und dem unterdrückten Schluchzen seiner Mutter lauschte. Er hatte ihr versprechen müssen, sich niemals wieder einzumischen und hielt sich daran, auch wenn es ihm schwerfiel. »Er bringt uns sonst beide um«, hatte sie ihn angefleht, und nur der Gedanke, dass seine Mutter darunter leiden würde, wenn er sich mit diesem Ungeheuer anlegte, das so viel stärker war als er, hielt ihn davon ab, es dennoch zu versuchen.

Eines Tages kam er am frühen Abend von Bogdan nach Hause, und seine Mutter war nicht wie üblich in der Küche. Die Bäckerei war schon geschlossen, und Ephraim und seine Söhne waren nicht da. Als sie auf sein Rufen nicht antwortete und er sah, dass ihre Ausgehschuhe und der Hut noch am Haken im Flur hingen, ging er sie suchen und fand sie schließlich in der Backstube. Sie lag am Boden und weinte. Ephraim hatte ihr Gesicht grün und blau geschlagen und ihr einen Arm und das Schlüsselbein gebrochen. Maxim holte Minna, und gemeinsam brachten sie sie ins Hospital, und er bestand darauf, dass sie so lange dort blieb, bis sie wieder gesund war. Er wusste, dass der Moment gekommen war und wollte nicht, dass sie im Haus war.

Als Ephraim an einem der darauffolgenden Abende betrunken von der Eckkneipe nach Hause kam und sofort ins Bett ging, spannte Maxim einen dünnen Draht über die erste Treppenstufe vor dem Schlafzimmer und ging selbst nach oben in seine Kammer. Gegen halb drei Uhr morgens weckte ihn ein lautes Rumpeln. Maxim schlich aus seinem Zimmer, entfernte den Draht und stieg dann die restliche Treppen hinunter, um nachzusehen, ob Ephraim noch lebte. Ben und David, deren Zimmer auf der anderen Seite des Hauses lagen, waren wie üblich noch nicht daheim oder aber zu betrunken, um von dem Lärm aufzuwachen, so dass Maxim ganz alleine mit Ephraim war.

Der Bäcker lebte noch. Er lag stöhnend am Ende der steilen Treppe, unfähig, sich zu bewegen. Maxim setzte sich auf den Absatz und sah ihm beim Sterben zu. Es dauerte länger als erwartet, und zwischendrin überlegte er kurz, ob er nachhelfen sollte, mit einem Kissen womöglich, doch weil er befürchtete, damit Spuren zu hinterlassen, blieb er einfach sitzen und wartete, bis der Mann, der seine Mutter gequält hatte, Atemzug für Atemzug sein Leben aushauchte. Als Ephraim Gossack einmal kurz die Augen öffnete und hilfesuchend ins Licht der Petroleumlampe blinzelte, hob Maxim die Lampe und sorgte dafür, dass Ephraim ihm in die Augen sehen konnte, bevor er endgültig verreckte.

Niemand schöpfte Verdacht. Ephraim war als trinkfreudig bekannt, und ein solcher Unfall am frühen Morgen auf dem Weg zur Backstube passte gut ins Bild, zumal seine Frau in jener Nacht im Krankenhaus gewesen war, eine Fortsetzung des häuslichen Zwistes daher ausschied. Niemand kam darauf, den schmächtigen Bastard Maxim, den Anna mit in die Ehe gebracht hatte, zu verdächtigen, und selbst wenn es jemand tat, äußerte er es nicht laut.

Ephraim Gossack hatte ein Testament gemacht, wonach seine Ehefrau Anna Laski, mit der er zum Zeitpunkt seines Todes noch nicht einmal zwei Jahre verheiratet gewesen war, leer ausging, da seine zwei Söhne die Bäckerei und das gesamte Vermögen erbten. So kam es, dass Maxim und seine Mutter nach zwei Jahren im Haus des Bäckers wieder zurück zu Minna zogen, mit nicht mehr Gepäck, als sie weggegangen waren. Anna zog wieder in das Zimmer unter dem Dach, während Maxim sich eine kleine, bisher ungenutzte Kammer über dem Stall wohnlich herrichtete. Er würde in Kürze vierzehn werden, und die Zeit, bei seiner Mutter zu schlafen, war endgültig vorbei. Er hatte sie vor diesem Mann gerettet, gleichzeitig aber begriffen, dass er ihr nie das würde geben können, was ihr tatsächlich fehlte. Er wusste nicht einmal, was es war.

Nach dem Intermezzo mit Ephraim Gossack hatte Anna kein Interesse mehr an Verehrern. Wenn jemand im Laden oder auf dem Markt besonders freundlich zu ihr war oder ihr gar Komplimente machte, reagierte sie barsch und abweisend. Sie zog sich in eine Welt zurück, in die niemand außer ihr Zugang hatte, war schweigsam und in sich gekehrt und verbrachte die meiste Zeit in ihrer Kammer. Maxim verspürte ein vages Gefühl von Enttäuschung und ging, nachdem er endlich die Schule zu Ende gebracht hatte, zunehmend eigener Wege. Mit sechzehn verdiente er mit seinen Kartenspielertricks – aufgebessert durch Diebstähle und kleinere Betrügereien – mehr Geld als seine Mutter mit ihrer Heimarbeit, doch als er ihr anbot, sie großzügiger zu unterstützen, als er es ohnehin schon tat, damit sie die Heimarbeit aufgeben konnte, lehnte sie es schroff ab. »Soweit kommts noch, dass ich mich von meinem minderjährigen Sohn aushalten lasse«, fauchte sie und fuhr verbissen fort, nachts im Licht der Petroleumlampe winzige Perlen auf Kleider zu nähen, Zigaretten zu drehen und Hutschmuck anzufertigen. Woher er das Geld hatte, das er ihr anbot, fragte sie nicht. Maxim aber fühlte sich ein weiteres Mal, als habe sie ihm aus unerklärlichen Gründen ein Geschenk, das er ihr hatte machen wollen, vor die Füße geworfen. Er verschloss sich ebenfalls, kam nur noch zum Schlafen nach Hause und das auch immer seltener, konnte das angespannte Gesicht seiner Mutter, die bitteren Falten, die sich zwischen Mund und Nase eingegraben hatten, nicht mehr ertragen. Als sie starb, mit sechsunddreißig und an einer rätselhaften Krankheit, für die ihm niemand einen Namen nennen konnte, war er gerade zwanzig geworden. Sie war am Ende kaum mehr ansprechbar gewesen, und bei jedem seiner Besuche hatte sie geweint, ohne ihm je eine Erklärung dazu zu liefern.

Diese erhielt er erst nach ihrem Tod von Minna, die ihm an dem Abend, als sie von der Beerdigung nach Hause kamen, die Umstände seiner Zeugung offenbarte. Dies war das einzige Mal in seinem Leben, in dem er sich so betrank, dass er, als er am nächsten Tag in seiner Kammer aufwachte, nicht mehr wusste, wo er zuvor gewesen war. Um ihn herum war alles kurz und klein geschlagen, seine Hände waren blutig, genau wie sein Hemd, und er konnte nicht sagen, ob es sein eigenes Blut oder das eines anderen war. Von dem Tag an beschloss er, keinen Alkohol mehr zu trinken. Er konzentrierte sich mit fiebriger Besessenheit darauf, Karten zu spielen und blendete alles andere aus. Doch es gab Dinge, die sich nicht ausblenden ließen. Und so beging er ein paar Monate später seinen zweiten Mord. Es handelte sich um einen Zuhälter, der als besonders brutal galt. Nachdem er eines Abends vor einem Bordell in der Münzstraße eines seiner Mädchen vor aller Augen verprügelte, fand man seine Leiche am nächsten Tag genau dort, in seinem eigenen Blut liegend. Jemand hatte ihm die Kehle durchgeschnitten. Wieder wurde der Fall nicht gelöst. Die Polizei strengte sich bei den Ermittlungen nicht übermäßig an, ein Mord im Milieu, noch dazu an einem stadtbekannten Zuhälter, hatte keine Priorität. Es gab nicht wenige, die die Ansicht vertraten, dass sich dieses Pack ruhig gegenseitig die Köpfe einschlagen solle, auf diese Weise würde die Stadt nur sicherer werden.

Im Laufe der nächsten Jahre arbeitete sich Maxim zäh und geschickt bis an die Spitze der besten Glücksspieler der Stadt. Einmal wurde er erwischt, kam wegen Betruges für knapp zwei Jahre ins Gefängnis und wurde danach von Paul Lehmkuhl alias Zinken-Paule, dem Chef des neu gegründeten Ringvereins Fortuna, unter die Fittiche genommen. Fortuna war ein Geselligkeitsverein, in dem ehemalige Strafgefangene, die wegen ihrer Vorstrafen in der bürgerlichen Gesellschaft nicht mehr Fuß fassen konnten, eine Art Zuhause fanden.

Wie der Name schon sagte, war sich Zinken-Paule bei der Vereinsgründung treu geblieben und nahm nur Männer auf, die wegen Glücksspiel, Diebstahl und Betrug verurteilt worden waren. Mörder, verurteilte Gewaltverbrecher, Sexualtäter und Zuhälter waren von der Mitgliedschaft per Satzung ausgeschlossen. Der Verein kümmerte sich vor allem um das gesellschaftliche Leben seiner Mitglieder. Es gab – legale – Kartenspielabende, in denen Skat oder Doppelkopf gespielt wurde, einen Chor, Ausflüge an den Wannsee, zu Weihnachten einen besinnlichen Abend, an dem kleine Geschenke verteilt wurden und in der Faschingszeit eine große Tanzveranstaltung, den legendären Fortunaball in den Räumen der Patzenhofer-Brauerei, zu dem nicht nur die Mitglieder sämtlicher Ringvereine mit ihren Frauen kamen, sondern auch bürgerliche Gäste, einige Strafverteidiger sowie der ein oder andere Polizist, der mit Zinken-Paule ein gutes Verhältnis pflegte. Im Verein unterstützte man sich gegenseitig bei der Arbeitssuche, bürgte füreinander und half auch einmal mit Geld aus, wenn sich jemand erneut in die Bredouille gebracht hatte.

Maxim jedoch genügte das nicht. Er hatte kein Talent dafür, ein anständiges Leben als Kellner oder Kohleschaufler zu führen und auch keine Lust dazu. Ihn interessierte einzig und allein das Kartenspiel, und er erkannte – früher als Zinken-Paule – das Potenzial eines Vereins, in dem die besten Glücksspieler der Stadt versammelt waren. Es war nicht schwer, seinen Gönner, der ebenfalls den alten Zeiten nachtrauerte, von der goldenen Zukunft einer neugestalteten Organisation zu überzeugen, und so baute Maxim zusammen mit Paul Lemkuhl den Verein im Verborgenen nach und nach zu einer Kaderschmiede für Trickbetrüger und professionelle Glücksspieler aus. Die Trickbetrügerei wie etwa das Kümmelblättchenspiel ließen sie nach einer Weile fallen, weil zu riskant und zu wenig einträglich, und konzentrierten sich auf das echte Glücksspiel, vor allem auf Poker.

Als schließlich Zinken-Paule wegen einer angezettelten Rauferei mit unglücklichem Ausgang der Prozess wegen Mordes gemacht wurde, verschaffte ihm Maxim den besten Anwalt, der in Berlin zu bekommen war, bezahlte ihn aus eigener Tasche und übernahm im Gegenzug die Leitung des Vereins, der binnen weniger Jahre zu einem der mächtigsten Ringvereine der Stadt herangewachsen war. Kein Pokerspiel in der Stadt fand mehr ohne seine Beteiligung statt, Maxim organisierte Kartenspielabende für die Crème de la Crème der Berliner Gesellschaft bis in die Kreise des Kaisers, er kassierte Provisionen von jedem Lokal, das im Hinterzimmer Pokerspiele anbot, und seine Leute waren nicht zimperlich dabei, die von Maxim aufgestellten Regeln auch durchzusetzen. Die Tatsache, dass auch Politiker und andere einflussreiche Personen gerne dem Pokerspiel frönten und dabei hohe Summen zweifelhafter Herkunft über den Tisch gingen, bedeutete für

Maxim und den Verein Fortuna größtmöglichen Schutz und Protektion und machte es anderen Glücksrittern praktisch unmöglich, in Berlin in diesem Bereich Fuß zu fassen.

Maxim selbst eilte zudem ein gewisser Ruf voraus, der mit dem Mord an dem Zuhälter einige Jahre zuvor zusammenhing. Es gab einige, die behaupteten, er hätte etwas damit zu tun, wie auch mit ein paar anderen ungeklärten Todesfällen sowie ausgesprochen rüden Behandlungen von Männern, die wegen Gewalt gegenüber Frauen aufgefallen waren. Niemand wusste etwas Genaues, niemand wagte nachzubohren, und so begannen die Gerüchte in den engen Gassen des Scheunenviertels zu wuchern, breiteten sich aus und nahmen dabei immer fantastischere Formen an. Maxim selbst rührte keinen Finger, um dem etwas entgegenzusetzen. Weder widersprach er, noch schürte er die Gerüchte um seine Person. Er spielte Karten und sorgte im Hintergrund dafür, dass das lukrative Geschäft, zu dem der Ringverein Fortuna unter seinen Händen geworden war, am Laufen blieb. Nur hin und wieder, wenn er es für nötig hielt, sorgte er dafür, dass sein Geschäftspartner einen Blick auf das Messer erhaschen konnte, das er stets bei sich trug.

28

Als Alice am nächsten Morgen nach einer unruhigen Nacht erwachte, war ihr Vorsatz, allen auf der Stelle die Wahrheit über ihre Arbeit in der Bahnhofsmission zu sagen, zu einem ganz kleinen, schüchternen »irgendwann vielleicht« zusammengeschrumpft. Heinrich würde heute Abend zu seiner Garnison zurückfahren, und sie wusste nicht, wann er zurückkam. Wenn sie ihm also etwas berichten wollte, würde sie es in einem Brief tun müssen. Doch wie sollte sie ihm das alles schriftlich erklären? War es überhaupt so wichtig, dass er sofort darüber Bescheid wissen musste? Ihn betrafen ihre Lügen ja überhaupt nicht. Und Constanze? Ihr musste sie auch nichts erzählen, denn sie hatte ja ohnehin vermutet, dass Alice sich mit Heinrich traf und sah sich jetzt, nachdem die Verlobung verkündet worden war, in ihrer Vermutung bestätigt. Es tat also gar nichts zur Sache, dass Alice sich gar nicht mit ihm getroffen hatte.

Blieben ihre Eltern. In Bezug auf sie meldete sich Alices schlechtes Gewissen nun doch zu Wort. Sie hatte sie hintergangen, ihrer Mutter direkt ins Gesicht gelogen und schämte sich dafür. Einerseits. Andererseits hatte sie nichts Unrechtes gewollt, als sie darum gebeten hatte, studieren oder Krankenschwester werden zu wollen. Warum hatte man ihr verwehrt, was allen Männern ohne Einschränkungen erlaubt war? Warum sollte sie nichts Sinnvolles anstellen dürfen mit ihrem Leben? Und die Bahnhofsmission war etwas sehr Sinnvolles, das hatte Alice in der kurzen Zeit, in der sie dort mithalf, schon erleben dürfen. Sie konnte die Mission auf gar keinen Fall ausgerechnet jetzt im Stich lassen, wo ihr Fortbestand gefährdet war. Aber wenn sie jetzt ihren Eltern die Wahrheit über ihr Fortbleiben beichtete, nachdem sie bereits durch die Verlobung überrascht worden waren, würde genau das passieren. Ihre Eltern würden keinesfalls erlauben, dass sie dort weiterarbeitete, da machte sich Alice keine Illusionen. Also konnte sie es ihnen nicht sagen. Vielleicht zu einem anderen Zeitpunkt. Wenn sie erst verheiratet war und selbst bestimmen durfte, wohin sie ging, würde all das kein Problem mehr darstellen. Dann war sie frei, und ihre Eltern konnten ihr nichts mehr verbieten.

Entschlossen sprang Alice aus dem Bett. Das alles waren sehr gute Gründe, ihr Geheimnis weiter zu wahren, fand sie. Schließlich tat sie nichts Verbotenes. Im Gegenteil. Sie würde schon irgendwelche neuen Ausreden finden, um ihrer Mutter zu erklären, weshalb sie in nächster Zeit weiter so viel unterwegs war.

Als sie sich gewaschen und angezogen hatte und nach unten ging, erwartete sie zu ihrer Überraschung Constanze im Salon.

»Was machst du denn schon hier?«, fragte Alice verwundert. Seit ihre Schwester schwanger war, war sie eine ausgesprochene Langschläferin geworden, und normalerweise konnte man vor dem Mittagessen nicht mit ihr rechnen.

»Ich wollte dich zu einem Spaziergang abholen«, erwiderte

Constanze. Ihr Lächeln wirkte etwas aufgesetzt, ihre Stimme betont harmlos.

»Was ist los?«, fragte Alice, setzte sich an den Tisch und nahm sich ein Croissant. Ihre Eltern hatten schon früher gefrühstückt, es war nur noch für sie gedeckt.

»Nichts. Ich möchte nur ein bisschen spazieren gehen. Kommst du?«

»Ich werde doch erst noch etwas frühstücken dürfen?«

Constanze setzte sich widerwillig, lehnte es jedoch ab, etwas zu essen oder zu trinken.

»Wo sind denn unsere Eltern?«, fragte Alice, während sie sich Tee einschenkte.

»Vater und Frieder sind in der Klinik. Es gab einen Notfall heute Morgen. Ein Mietshaus in Charlottenburg ist abgebrannt, und viele Verletzte wurden eingeliefert. Mutter ist bei einer Vernissage, ich habe sie und Dotti noch kurz gesehen, als ich gekommen bin. Sie hatte heute Morgen einen Streit mit Lina, die daraufhin fristlos gekündigt hat, und das hat Mutter so aufgeregt, dass Tante Dotti sie mit zu dieser Ausstellung genommen hat, damit sie auf andere Gedanken kommt.«

Alice runzelte die Stirn. Es war erst kurz nach zehn. Erstaunlich, was sie alles verschlafen hatte. »Einen Streit mit Lina? Worum ging es denn?« Lina war ihr Dienstmädchen. Sie war sehr sanft und ruhig, Alice konnte sich nicht vorstellen, worüber man mit ihr streiten konnte.

»Irgendetwas Politisches. Ich glaube, es ging um das Frauenwahlrecht. Lina hat sich wohl etwas zu viel herausgenommen, und Mutter hat sie zurechtgewiesen, und da war sie beleidigt.« Constanze seufzte. »Warum steigern sich die Leute in dieses Thema so hinein? Ich wünschte, diese Frauen bekämen endlich ihr dämliches Wahlrecht, dann würde es nicht überall für Unfrieden sorgen. Frieder erzählte kürzlich, dass auch unter den Schwestern in der Klinik ständig darüber diskutiert wird. Die Oberschwester seiner Station wollte sogar Plakate für eine Versammlung von Frauenrechtlerinnen im Schwesternzimmer aufhängen. Stell dir das mal vor! Frieder war ganz außer sich. In einem Krankenhaus sollte es nur um die Kranken gehen und um nichts anderes, meinte er.«

»Wieso sprichst du von *diesen* Frauen, als ob es dich nicht beträfe? Das Wahlrecht wäre doch auch dein Recht!«, erwiderte Alice. »Würdest du denn nicht wählen wollen?«

»Ich?« Constanze sah sie mit großen Augen an. »Ich habe doch gar keine Ahnung von Politik. Ich wüsste ja überhaupt nicht, wen ich wählen sollte.«

»Man kann sich informieren. Außerdem gibt es auch eine Menge Männer, die keine Ahnung von Politik haben. Das hindert sie nicht daran, trotzdem wählen zu gehen.«

»Wie auch immer.« Constanze zuckte mit den Schultern. »Es ändert sich doch sowieso nichts. Am Ende entscheidet der Kaiser, ganz gleichgültig, ob wir wählen oder nicht.«

»Wenn wir die richtigen Politiker wählen, wird der Kaiser gezwungen, sich um Dinge zu kümmern, die ihn bislang nicht sonderlich interessieren. Die soziale Frage zum Beispiel, oder der freie Zugang von Frauen zu den Universitäten in Preußen. Nichts verändert sich, wenn nicht irgendjemand einmal damit anfängt, es zu versuchen.«

»Soziale Frage?« Constanze musterte Alice verwundert. »Was redest du denn da? Bist du etwa neuerdings Sozialistin geworden? Lass das bloß nicht Vater hören.«

»Das hat doch nichts mit Sozialismus zu tun«, verteidigte sich Alice. »Diese Probleme betreffen uns alle. Du musst doch einsehen, dass …«

»Papperlapapp!«, unterbrach sie Constanze. »Bist du fertig? Lass uns endlich gehen.«

Verwundert stand Alice auf und folgte Constanze nach draußen. Was war nur in sie gefahren? Ihre Schwester war normalerweise alles andere als eine Frischluftfanatikerin, und heute konnte sie es kaum erwarten, nach draußen zu kommen? War das womöglich auch eine der seltsamen Schrullen, die man während einer Schwangerschaft entwickelte und von denen ihre Mutter und Constanze immer sprachen?

Sie gingen zusammen zur Spree hinunter und dann die Uferpromenade entlang.

»Erinnerst du dich, als wir das letzte Mal hier gegangen sind?«, fragte Constanze, kaum, dass sie die Villa hinter sich gelassen hatten, und Alice wurde klar, dass es nicht um frische Luft ging, sondern um Antworten zu Fragen, die sie nicht im Salon hatte stellen wollen.

Alice nickte, scheinbar gleichmütig, aber nichtsdestotrotz auf der Hut. »Das war nach dem Abendessen, als Großmutter hier war. Ich habe dich nach Hause begleitet.«

»Genau. Das war, als ich herausgefunden habe, dass du nicht mit Käthe in den Zelten beim Kaffee trinken warst.« Aus Constanzes Stimme klang jetzt ein deutlicher Vorwurf heraus.

»Ja und?«, fragte Alice vorsichtig nach.

»Du hast mich im Glauben gelassen, dein Ausflug hätte etwas mit deinem Verehrer zu tun.«

»Nun ja …«

»Ich habe nach dem Abendessen gestern noch ein paar Worte mit deinem Zukünftigen gewechselt, ihm gratuliert, so als zukünftige Schwägerin, und scherzhaft gemeint, es wäre nur fair gewesen, wenn du mich vor der Ankündigung eingeweiht hättest, nachdem ich ja ziemlich schnell hinter die geheimen Treffen gekommen bin.«

Alice unterdrückte ein Stöhnen. »Was hat Heinrich gesagt?«

Constanze blieb stehen und verschränkte die Arme vor ihrer Brust. Auf ihrer glatten Stirn hatte sich eine steile Falte gebildet. »Nichts! Er hat mich angesehen wie ein Schaf und hatte ganz offensichtlich keine Ahnung, wovon ich spreche!«

»Heinrich kann gar nicht wie ein Schaf aussehen«, verteidigte Alice ihren frischgebackenen Verlobten.

»Lenk nicht ab. Ich will auf der Stelle wissen, was du mir verheimlichst! Immerhin hast du mich da mit reingezogen: Mutter hat mich heute Morgen noch gefragt, ob du Mittwochabend wirklich bei mir warst, um über die Einrichtung des Kinderzimmers zu sprechen.«

»Was hast du gesagt?«, fragte Alice angstvoll.

»Ist das alles, was dich interessiert?«, fauchte Constanze empört. »Ich hab natürlich ja gesagt. Du warst bei mir, und wir haben über Tapeten und Vorhänge und dergleichen gesprochen, blablabla. Ich verrate doch meine Schwester nicht. Aber ich will, dass du jetzt mit der Wahrheit rausrückst.« Sie hob drohend ihren Zeigefinger: »Und komm nicht auf die Idee, mich noch einmal anzulügen. Ich merke das!«

Alice seufzte. »Also gut. Aber du musst es für dich behalten.«

»Das kann ich dir nicht versprechen.« Constanze warf ihr einen misstrauischen Blick zu. »Ich weiß ja nicht, in welche Schwierigkeiten du dich gebracht hast.«

»Keine Schwierigkeiten und nichts Verbotenes. Ich arbeite nur.«

Alice steuerte eine der Parkbänke an, die an der Promenade standen.

»Du tust was?« Constanze folgte ihr und setzte sich neben sie. Ihr Blick war fassungslos. »Du arbeitest? Als was? Und warum um Himmels willen?«

Alice erzählte ihr die ganze Geschichte vom Anfang bis zum Ende. Als sie damit fertig war, sagte Constanze zunächst kein Wort. Sie schwieg so lange, dass Alice sich fragte, ob es der Schock über ihre seltsame Schwester war, der ihr die Sprache verschlagen hatte. Schließlich sagte Constanze: »Als du klein warst, hast du immer kranke Tiere mit nach Hause gebracht, erinnerst du dich?«

»Wie?« Alice blinzelte überrascht. Sie hatte mit allem Möglichen gerechnet, aber nicht mit einer Geschichte aus ihrer Kindheit.

»Eine Blindschleiche ohne Schwanz, halbtote Käfer, einen jungen Vogel, der in ein Ölfass gefallen war und völlig verklebte Federn hatte und dann diese magere Katze, die Taube …«

»Ja, natürlich erinnere ich mich. Die Tiere sind alle gestorben.«

»Die Blindschleiche nicht.«

»Papa hat mir erklärt, dass sie nicht stirbt, nur weil sie ihren Schwanz verloren hat. Ich musste sie im Garten wieder freilassen.« Alice lachte ein wenig, als ihr diese Geschichte wieder einfiel. Sie hatte der Blindschleiche sogar einen Namen gegeben. Betty.

»Du wolltest immer alle gesund machen.«

»Nun ja, ich war nicht sehr erfolgreich darin.«

»Darum geht es nicht«, widersprach Constanze. »Wir fanden das alle ein wenig seltsam. Ich vor allem. Ich konnte nicht verstehen, wieso du dich mit diesem ekligen Getier abgabst. Und später, als meine Freundinnen und ich uns für Mode und

Männer zu interessieren begannen, da hast du immerzu nur gelesen, und wieder fand ich dich seltsam.« Sie schüttelte den Kopf.

»Ich verstehe nicht, was du mir damit sagen willst«, entgegnete Alice. »Was hat das mit der Bahnhofsmission zu tun?«

»Ich war mein Leben lang der Meinung, jeder müsse so leben, wie ich es tue, müsse sich für die Dinge interessieren, für die ich mich interessiere. Für mich existierte nur diese eine Welt. Und alles andere … war seltsam.« Constanze seufzte und fuhr fort: »Während du erzählt hast, ist mir zum ersten Mal klargeworden, dass ich mit Scheuklappen durch die Welt laufe. Ich weiß gar nicht, wovon du sprichst, wenn du von der ›sozialen Frage‹ redest, und mir graut vor der Vorstellung, wählen gehen zu müssen, weil ich nicht weiß, wie man das macht und ich mich deswegen so dumm fühle. Und dann höre ich, wie meine seltsame kleine Schwester, die sich immer schon um andere kümmern wollte und die man nicht gelassen hat, trotzdem einen Weg findet, es zu tun.« Sie wischte sich kurz mit dem Handrücken über die Augen und sagte leise: »Ich hätte es nicht einmal gewagt, alleine mit der Straßenbahn zum Schlesischen Bahnhof zu fahren, geschweige denn, dort jemanden anzusprechen. Und du verbindest alten Frauen die Beine, gehst ganz alleine auf Versammlungen von Frauenrechtlerinnen und willst nun sogar Verbrechern die Stirn bieten! Gute Güte, Alice, das ist unglaublich mutig.«

»Aber du bist doch auch mutig, Constanze. Du bist verheiratet, führst einen großen Haushalt und bekommst bald ein Kind. Mir graut vor dem Gedanken, was für Schmerzen man dabei haben muss.«

Constanze zuckte mit den Achseln. »Dazu gehört kein Mut. Ich tue nur, was alle tun. Was man uns sagt, das wir zu tun haben. Der Haushalt macht sich doch von alleine. Wir haben so viele Dienstboten, die genau wissen, was wann zu tun ist, wollte ich mich da einmischen, würde ich sie nur in ihrer Arbeit behindern. Ich lese keine Bücher, und Klavier spielen macht mir keinen Spaß. Kurz gesagt, ich langweile mich zu Hause zu Tode. Frieder ist kaum zu Hause, und wenn er dann da ist, sind seine Gedanken noch immer bei Dingen, von denen ich nichts verstehe und die er mit mir nicht teilen kann.«

»Vielleicht könnte er es versuchen. Er kann es dir erklären, und dann könnt ihr euch über seine Arbeit unterhalten.«

»Ich glaube nicht, dass er das will. Er ist froh, wenn er zu Hause abschalten kann. Er möchte eine Frau, die hübsch anzusehen und stets fröhlich ist, ein Haus, in dem alles wie am Schnürchen läuft und viele wohlgeratene Kinder. Er braucht niemanden, der mit ihm über seine Arbeit im Krankenhaus spricht.«

Alice schwieg betroffen. Sie hatte immer geglaubt, ihre Schwester wäre glücklich in ihrer Ehe. Offenbar spürte Constanze ihre Überraschung, denn sie fügte schnell hinzu: »Versteh mich nicht falsch, ich möchte mich nicht beklagen! Ich wollte es ja so. Frieder ist ein guter Mann, und ich freue mich auf das Kind. Es ist nur … manchmal …« Sie schüttelte den Kopf, als wolle sie eine Fliege verscheuchen und drehte sich dann schwungvoll zu Alice um: »Aber um mich geht es ja gar nicht. Was ich eigentlich sagen wollte, ist, dass ich es ganz erstaunlich finde, was du tust. Erstaunlich und mutig und sehr aufregend. Ich werde dich unterstützen.«

Sie legte ihre Hand ans Herz und fügte mit einem theatralischen Augenaufschlag hinzu: »Ich schwöre es.«

»Danke!« Alice lächelte gerührt. Ihre Schwester war doch immer wieder für eine Überraschung gut.

Eine Weile saßen sie nur da und schauten auf den Fluss. Das spätsommerliche Wetter war über Nacht umgeschlagen, heute war der Himmel bedeckt, und es wehte ein frischer Wind, der bereits den kommenden Herbst erahnen ließ. Das graue Wasser floss still dahin, und ein paar Enten quakten. Am Himmel war ein Schwarm Vögel zu sehen, und Alice fragte sich, ob sie sich wohl schon für ihre Reise in den Süden bereitmachten. Der Rotmilan fiel ihr ein, den sie auf ihrer Zugfahrt von Küstrin zurück nach Berlin gesehen hatte. Es war noch nicht einmal zwei Wochen her, und wie viele Dinge waren seitdem geschehen. Ihr war es, als wäre sie damals ein anderer Mensch gewesen.

»Du sagtest, ihr könntet eine Kleiderkammer gebrauchen«, ließ Constanze plötzlich vernehmen, den Blick immer noch auf das Wasser gerichtet.

»Ja, vor allem jetzt, wenn der Winter kommt. Die Frauen, die ankommen, besitzen kaum etwas. Baba hat nicht einmal ordentliche Schuhe, und die Frau mit den vielen Kindern, die oft zum Mittagessen kommt, würde sich sicher über Kleidung für ihre Kinder freuen. Es gibt ja Kleiderspenden in den Kirchen, aber die erreichen diese Frauen nicht. Ich dachte mir, es wäre eine gute Idee, auch in der Mission eine solche Kammer einzurichten.«

»Wie wäre es, wenn wir einen großen Kleiderbasar veranstalten?«, schlug Constanze vor. »Mit langen Tischen in der Bahnhofshalle vor der Mission und Kuchen und vielen Frauen, die verkaufen oder verschenken. Man könnte vielleicht auch Kleider tauschen. Und wir brauchen viele Frauen aus allen Schichten und viele Kleider …« Sie legte die Hand an die Lippen und dachte nach. »Und Seidenstrümpfe!«

»Seidenstrümpfe?« Alice, die ihrer Schwester mit einer

Mischung aus Faszination und Erstaunen gelauscht hatte, schüttelte den Kopf. »Was sollen denn diese Frauen mit Seidenstrümpfen anfangen?«

»Nicht eure Frauen und Mädchen! Die Damen, die kommen und Kleider bringen. Es ist ein Anreiz, verstehst du? Günstige Seidenstrümpfe gibt es nirgends. Und jeder träumt von einem zweiten Paar, weil sie doch so schnell kaputtgehen.«

»Aber wo willst du sie herbekommen? Seidenstrümpfe sind unglaublich teuer.«

»Mein Mann mag ja selten zu Hause sein und seine Frau für zu ungebildet halten, um mit ihr über Medizin oder Politik zu sprechen, aber er hat zwei unschlagbare Vorzüge«, sie hob ihre Hand und zählte an zwei Fingern ab, »erstens ist er unfassbar reich und zweitens außerordentlich großzügig.« Constanze zwinkerte Alice zu und grinste. Ihre Melancholie von gerade eben noch war verflogen, ihre Wangen glühten vor Eifer, und ihre Augen blitzten. »Wenn ich eine große Anzahl Seidenstrümpfe brauche, dann kann ich sie kaufen, keine Sorge. Wir machen schön gestaltete Einladungen, ich schicke sie an alle meine Freundinnen und Bekannten, und sie sollen es weitersagen. Wir machen eine richtige Geschichte daraus, ein bisschen rührselig und gleichzeitig aufregend. So etwas lieben meine Freundinnen. Der ganze Bahnhof muss voll mit Frauen sein. Am Tag des Basars und auch vorher schon.«

»Und was versprichst du dir davon?« Alice verstand nicht ganz, worauf ihre Schwester hinauswollte. Um eine Kleiderkammer zu füllen brauchte man doch keinen Basar. Man konnte einfach die Kirchengemeinde von Pfarrer Burckhardt um Spenden bitten.

»Es erregt Aufsehen! Die Bahnhofsmission ist in Gefahr, und reiche Damen kommen, um sie zu retten. Da wird vermutlich sogar die Zeitung darüber berichten. Es gibt viele Frauen wie mich, die sich zu Hause langweilen, glaub mir, sie sehnen sich danach, etwas Gutes zu tun und dabei noch an einem etwas zwielichtigen Ort Kaffee zu trinken, Torten zu essen und billige Seidenstrümpfe zu ergattern. Vielleicht kann man auch Musik organisieren. Das Quartett von Vaters Geburtstag war doch sehr nett, sie können Walzer spielen, Strauß und Mozart, und wir hängen Wimpel auf. Und Blumen! Das wird hübsch.«

Constanze beugte sich vor und sah Alice drängend an. »Verstehst du denn nicht? Das ist euer Widerstand! Ihr zeigt damit, dass ihr nichts zu verbergen habt. Sogar die eleganten Damen der höheren Gesellschaft kommen in die Mission. Du kannst auch deine Blaustrümpfe aus dem Frauenrechtsverein überreden zu kommen. Es ist doch sicher auch in deren Interesse, dass ihr nicht tatenlos zuseht, wie eure Arbeit kaputtgemacht wird. An diesem Tag können alle sehen, dass der Bahnhof nicht diesem Abschaum gehört, der sich die Mädchen schnappen und euch vertreiben will. Ihr holt ihn euch zurück! Vielleicht finden sich dann sogar noch mehr Frauen, die bei euch mitarbeiten wollen. Je mehr, desto besser. Na, was meinst du?«

Alice hatte ihrer Schwester mit offenem Mund gelauscht. Als sie nicht gleich antwortete, sah Constanze sie verunsichert an. »Warum sagst du nichts? Ist das ein dummer Vorschlag?«

Alice schüttelte den Kopf. »Nein, Schwesterherz«, sagte sie und musste sich räuspern, weil ihr vor Rührung fast die Stimme wegblieb. »Das ist grandios!«

29

Der Montagmorgen begann regnerisch und windig. Der Sommer schien sich verabschiedet zu haben. Auf dem Weg zum Bahnhof wehten Natalie welke Blätter ins Gesicht, und sie musste ihren Schirm tief senken, damit er nicht davonwehte. Auf den Dächern saßen die Krähen, geduckt und missmutig, und der gelbe Rauch der Fabriken am Fluss wurde in Fetzen gerissen, kaum, dass er die Backsteinschlote verlassen hatte. Das trostlose Wetter passte zu ihrer Stimmung. Obwohl sie sicher war, die richtige Entscheidung getroffen zu haben, war ihr zumute, als habe sie sich vergangene Nacht jede noch verbliebene Hoffnung auf Liebe, Trost und Heimat aus dem Herzen gerissen. Maxim hatte sie gehen lassen, hatte nichts erwidert, keine Regung gezeigt, doch ihr war klar, dass er es ebenso empfunden hatte.

In der Mission erwarteten Natalie gleich mehrere Überraschungen. Die erste war Hedwig, dic kurz nach ihr hereinkam. »Ich habe nachgedacht«, meinte sie, während sie ihren Schirm ausschüttelte und ihren voluminösen Paletot an die Garderobe hängte. »Die Gräfin hat recht mit dem, was sie letzte Woche gesagt hat. Ich werde mich auch nicht verjagen lassen. Nicht von ein paar ungewaschenen Tunichtguten, die glauben, wir wären leicht einzuschüchtern, nur weil wir Frauen sind.«

Natalie umarmte sie wortlos. Sie konnte nicht sprechen, denn sonst wäre sie in Tränen ausgebrochen. Sie spürte, wie sich die Anspannung, die sich das Wochenende über in ihr aufgestaut hatte, bei diesen Worten zu lösen begann. Wenn die zarte, altjüngferliche Hedwig mit der Zopffrisur und den immer aufgeregt geröteten Wangen an ihrer Seite war, dann schien es tatsächlich noch so etwas wie Hoffnung zu geben.

»Ist alles in Ordnung mit dir, Natalie?« Hedwig schaute sie besorgt an. »Du wirkst so traurig.«

»Oh. Nein. Alles gut.« Natalie bemühte sich um ein Lächeln und schenkte sich von dem Kaffee ein, den Marthe, die inzwischen ebenfalls eingetroffen war, in einer großen Porzellankanne auf den Tisch gestellt hatte. Sie musste Maxim aus dem Kopf bekommen, sonst würde sie sich nicht auf die Arbeit konzentrieren können. Wenngleich ohnehin nicht viel Arbeit anstand, dachte sie bitter. Es würde diese Woche vermutlich nicht besser werden als letzte Woche. Womöglich sogar noch schlimmer. Und damit hätte das Dekanat allen Grund, die Mission zu schließen. Der Umstand, dass sie in Misskredit gebracht worden war, war nicht das Schlimmste: Eine Einrichtung, die Hilfe anbot, die niemand mehr wagte in Anspruch zu nehmen, hatte ihre Daseinsberechtigung verloren. Zumindest aus der Sicht von Leuten wie dem Dekan. Es war ein Fehler gewesen, Maxim um Hilfe zu bitten, dachte sie, während sie an dem starken, heißen Kaffee nippte. Sie hätte ihn damit nicht behelligen sollen, dann wäre es nicht zu dieser Nacht gekommen, und sie wäre jetzt nicht noch verwirrter und ratloser als ohnehin schon.

Die zweite Überraschung jedoch belehrte sie zumindest in dieser Hinsicht eines Besseren. Die nächste Person, die zur Tür hereinkam, war ein großer, breitschultriger Mann, gut gekleidet, mit einem tief in die Stirn gezogenen Hut und dunklem Anzug. Hedwig sprang sofort auf und stellte sich vor Babette, eines der wenigen Mädchen, die ihnen noch geblieben waren. Gemeinsam hatten sie gerade wieder einmal Tageszeitungen nach Stellenanzeigen durchforstet.

»Was wollen Sie?«, rief sie mit forscher Stimme, und Natalie war erstaunt, welche Wandlung die früher so leicht einzuschüchternde Hedwig in den letzten Tagen durchgemacht hatte. Auch Marthe, Margarethe und die Gräfin blickten überrascht zuerst auf Hedwig und dann auf den Besucher. Der Mann füllte den ganzen Türrahmen aus und wirkte nicht besonders vertrauenerweckend.

Jetzt nahm er den Hut ab, und in diesem Moment erkannte Natalie ihn. Der Mann hieß Bogdan und war ein alter Freund von Maxim. Bogdan hatte ein mächtiges Kinn, borstige rote Haare, unzählige Sommersprossen auf seinem breiten Gesicht, und seine Nase war mit Sicherheit schon mehr als einmal gebrochen worden. Er hatte schon damals, als sie ihn kennengelernt hatte, wie ein übler Schläger ausgesehen, und daran hatte sich trotz des noblen Anzugs nichts geändert.

»Ich bin Bogdan. Bogdan Kurek. Maxim schickt mich«, sagte er. »Ich soll auf Sie aufpassen.« Er machte eine weitausholende Handbewegung, die wohl die Bahnhofsmission und alle darin befindlichen Frauen umfassen sollte. Seine Hände waren so groß wie Klosettdeckel.

Natalie öffnete den Mund, um etwas zu erwidern, kam jedoch nicht dazu, denn Hedwig trat auf den Mann zu und schleuderte ihm mit vor Wut zitternder Stimme entgegen:

»Aufpassen, ha! Dass ich nicht lache. Das ist doch nur wieder ein neuer Versuch, uns einzuschüchtern. Wir kennen keinen Maxim. Scheren Sie sich zum Teufel!«

Alle Frauen sahen Hedwig verblüfft an. Sie stand angriffslustig da, die Arme vor der Brust verschränkt, und ihre Wangen waren vor Aufregung so rot, dass sie fast bläulich schimmerten. Natalie stand auf und trat zu ihr. »Es ist gut, Hedwig. Ich kenne ihn, und ich kenne auch Maxim. Es ist in Ordnung.«

Sie wandte sich dem Hünen zu. »Hallo, Bogdan. Erinnerst du dich noch an mich?«

Seine Miene erhellte sich. »Aber klar doch, Natalie.« Er grinste etwas verlegen. »Gut siehste aus.«

»Du auch.« Natalie erwiderte sein Lächeln. »Maxim hat dich also geschickt, um auf uns aufzupassen?«

»Er meinte, ihr könntet 'n bisschen Unterstützung gebrauchen.« Bogdan nickte und trat wie zur Bekräftigung von einem Fuß auf den anderen. Der große Mann fühlte sich sichtlich unwohl in Gesellschaft von so vielen Frauen, die ihn alle unverhohlen anstarrten. Sogar die Gräfin schien ihre sprichwörtliche noble Zurückhaltung vergessen haben. Ihr Mund stand vor Erstaunen offen.

»Werd mich mal 'n bisschen umsehen, wer sich so rumtreibt«, sagte er und deutete mit dem Daumen nach draußen. »Ich kenn meine Pappenheimer. Die werden Sie nicht mehr belästigen.«

»Danke.« Mehr fiel Natalie nicht ein. Sie war fast ebenso perplex wie die anderen. Bogdan nickte, dann setzte er sich seinen Hut wieder auf und tippte mit einem Finger leicht dagegen. »Ich komm dann später nochmal vorbei.«

»Moment!«, rief Natalie ihm nach, als er die Tür schon geöffnet hatte. »Kennst du auch Pavel?«

»Pavel?« Bogdan runzelte die Stirn. »Von einem Pavel hat Maxim nix gesagt.«

»Vielleicht hat er es vergessen. Ein dunkelhaariger Mann etwa Mitte dreißig, mit auffallend hellen Augen.«

»Werd mal 'n bisschen rumfragen.« Wieder nickte er bekräftigend.

»Kommen Sie doch zum Mittagessen wieder, so gegen zwölf, Herr Kurek«, ließ sich jetzt Hedwig etwas beschämt vernehmen. »Und entschuldigen Sie bitte mein forsches Auftreten von gerade eben.«

»War gut gesprochen, gnädige Frau. Hab mir fast ins Hemd gemacht.« Bogdan grinste. »Machen Sie nur so weiter. Lassen Sie sich von diesen Kerlen nicht einschüchtern.«

Als er gegangen war, wandten sich alle Frauen Natalie zu und bestürmten sie mit Fragen. Sie wollte gerade antworten, wobei sie sich noch nicht ganz sicher war, wie sie ihre Bekanntschaft mit Maxim und die Rolle, die er in der Berliner Unterwelt spielte, bahnhofsmissionstauglich umschreiben sollte, als die Tür erneut aufging. Herein kam Alice Hardtleben. Sie brachte eine weitere junge Frau mit, etwas älter als sie selbst und offensichtlich schwanger, die sie als ihre Schwester Constanze vorstellte.

Die beiden glühten vor Aufregung und begannen augenblicklich von einem Plan zu erzählen, den Alices Schwester ausgeheckt hatte. Als sie mit ihren Erklärungen geendet hatten, herrschte am Tisch erst einmal verblüfftes Schweigen. Alle sahen Natalie an.

»Was hältst du davon?«, wollte die Gräfin wissen. »Mir scheint so ein Basar eine sehr gute Idee zu sein. Es schadet sicher nicht, es zu versuchen, oder?«

Natalie nickte. Sie war ein wenig überwältigt von der

Energie und dem Eifer, die die beiden jungen Frauen mit in die Mission gebracht hatten. »Das klingt …«, begann sie bedächtig, »als ob es funktionieren könnte.«

Die Frauen brachen in Jubel aus und begannen sofort, zusammen mit Alice und Constanze konkrete Pläne zu schmieden. Man konnte spüren, wie jede von ihnen auf einen solchen Impuls gewartet hatte. Allen fiel etwas dazu ein, jede hatte Bekannte oder Freundinnen, die sie kontaktieren würde, und sogar die schüchterne Babette beteiligte sich. Sie erbot sich, Einladungskarten zu entwerfen, sie könne ein bisschen zeichnen, sagte sie bescheiden und begann sogleich auf der Zeitung herumzukritzeln, skizzierte Blumenranken, Schnörkel und schön geschwungene Buchstaben. Natalie saß still daneben, hörte zu und betrachtete dabei unauffällig die beiden Schwestern, die so unterschiedlich waren, dass man nie auf den Gedanken käme, sie seien verwandt. Die stets schlicht gekleidete, geradlinige und zupackende Alice, die durch ihre Art älter wirkte, als sie war und ihre vor Enthusiasmus schier übersprudelnde, elegante Schwester, deren Kleidung, Frisur und Benehmen so viel deutlicher als bei Alice auf ihre Herkunft aus dem wohlhabenden Bürgertum hinwies – womöglich hatte sie noch dazu reich oder gar adelig geheiratet. Und doch saßen sie beide hier in diesem schlichten Raum, in den sich vom Glück begünstigte Menschen normalerweise so gut wie niemals verirrten, tranken Kaffee, knabberten Marthes Kekse und waren offenbar wild entschlossen, die Bahnhofsmission, ihre, Natalies Bahnhofsmission, zu retten. Die Frauen erzählten den Schwestern auch von Bogdan Kurek und schmückten, angesteckt vom Enthusiasmus der beiden, die Begegnung ein wenig aus.

»Ich bin fast in Ohnmacht gefallen, als dieser Schrank

plötzlich in unserer Mission stand«, sagte Margarethe gerade und fasste sich an die Brust. »Er hat uns eine nach der anderen mit finsterem Blick gemustert, und ich dachte, jetzt zieht er gleich sein Messer und schneidet uns allen die Kehle durch.« Sie riss theatralisch die Augen auf. »Aber dann ist unsere tapfere Hedwig aufgesprungen und hat ihn in die Schranken gewiesen. Bravo!« Sie klatschte und Hedwig errötete. »Ach, das war doch nichts. Ich habe gar nicht nachgedacht. Ich war nur so wütend, weil ich geglaubt habe, von diesem Kerl drohe uns neues Ungemach.«

»Er sagte, er habe sich fast ins Hemd gemacht, als Hedwig ihn heruntergeputzt hat«, ließ Babette mit ihrer zarten Stimme vernehmen und kicherte.

»Nu, das hätt ick och. Hedwig war zum Fürchten«, pflichtete Marthe ihr bei. »Er war janz schön einjeschüchert, der arme Tropf.« Sie wandte sich an Natalie. »Und ick bin noch immer völlig baff, Natalie, wat du für Leute kennst. Wer ist denn dieser Maxim, der uns so 'nen kräftijen Beschützer schickt?«

Wieder fühlte Natalie alle Blicke auf sich gerichtet. »Ein alter Freund«, sagte sie ausweichend, doch an den Mienen der Frauen sah sie, dass das nicht genügte. »Er ist … nun ja … er hat gute Beziehungen zu …« Sie kam ins Stottern.

»Ich kenne einen Maxim«, sagte Babette plötzlich, und als die anderen sich wieder ihr zuwandten, verbesserte sie sich rasch: »Also, nicht persönlich. Aber ich habe gehört, wie Claire, die Frau in dem Lokal, in das ich gebracht wurde, ihr wisst schon, mit anderen über jemanden geredet hat, der so hieß. Ich glaube, das ist ein gefährlicher Mann. Ein Verbrecher, der Leute umbringt. Claire jedenfalls hat so was erwähnt. Sie hatte Angst vor ihm.«

Natalie sagte nichts, doch ihr Schweigen bestätigte Babettes Worte. Die Augen der Gräfin waren sorgenvoll auf sie gerichtet, die anderen schwiegen. Da rief Alices Schwester: »Ist doch egal, wer dieser Maxim ist. Er hat euch einen Beschützer geschickt, und das scheint mir eine gute Sache zu sein. Könnte ich vielleicht noch so einen köstlichen Keks haben? Mein Kreislauf ist ein wenig labil …«

Sie holte einen bestickten Fächer aus ihrer Handtasche und fächelte sich Luft zu. »Wo waren wir stehengeblieben? Ach ja, bei den Seidenstrümpfen. Ich würde vorschlagen, wir machen vorab eine Liste von Interessentinnen, damit ich weiß, wie viele ich ungefähr besorgen muss. Sie können sich natürlich auch eintragen, liebe Damen. Wer will schon auf günstige Seidenstrümpfe verzichten?« Sie schob sich einen der Kekse in den Mund und verkündete kauend: »Dieser Basar wird ein Ereignis, von dem man noch lange berichten wird, das kann ich Ihnen schon jetzt prophezeien, meine Damen.«

Und schon galt Constanze Nissen wieder die volle Aufmerksamkeit, was Natalie sehr erleichterte. Sie hoffte, dass so die Frage, wer Maxim war und warum sie ihn kannte, schnell in Vergessenheit geriet. Es reichte schon, wenn er sie aus dem Gleichgewicht gebracht hatte, er musste nicht auch noch durch die Köpfe ihrer Kolleginnen geistern. Eine Sache jedoch hätte sie liebend gern gewusst, bevor sie sich selbst darum bemühte, ihn endgültig aus ihrem Kopf – und ihrem Herzen – zu verbannen: Weshalb hatte Maxim Bogdan Kurek nichts von Pavel erzählt? Dass er es vergessen hatte, glaubte sie keinen Moment.

Dank Alice und ihrer Schwester war die Bahnhofsmission für den Rest des Tages und die folgende Woche mit so viel

Leben erfüllt wie lange nicht mehr. Die Frauen schmiedeten Pläne für den großen Basar und schöpften neue Hoffnung. Alices Schwester hielt Wort und mobilisierte all ihre Freundinnen, ihnen Kleider zu bringen. Jeden Tag schneiten elegante junge Damen in die Mission, die Arme voller Kleider, Schuhe, Tücher, Hüte und anderem Kopfputz, manche hatten sogar ihre Dienstmädchen dabei, die die abgelegten Sachen schleppten. Die Damen sahen sich neugierig um, tranken Kaffee, aßen von Marthes Kuchenkreationen, die diese nun jeden Tag buk und wollten wissen, was es mit der Mission auf sich habe. Manche begleiteten Hedwig und die anderen sogar zu den Zügen, wo die Mädchen und Frauen ankamen, sprachen mit ihnen und ihre ungezwungene, interessierte Art, mit ihnen zu reden, sorgte dafür, dass wieder mehr Mädchen Vertrauen fassten, denn von bösen Nonnen, wie die Gerüchte behaupteten, waren diese farbenfroh gekleideten und mit riesigen Hüten ausgestatten jungen Damen meilenweit entfernt.

Bogdan leistete ebenfalls gute Dienste. Es kam zu keiner weiteren Schmiererei an der Fassade, und keine von den Frauen wurde angepöbelt oder gar bedroht. Er trat nicht öffentlich in Erscheinung, hielt sich diskret im Hintergrund, doch immer wenn Natalie sich in der Bahnhofshalle umsah, konnte sie seine imposante Erscheinung irgendwo in der Nähe der Frauen oder der Mission ausmachen, was ein sehr beruhigendes Gefühl war.

Natalie selbst bemühte sich eisern, sich nur um ihre Arbeit zu kümmern, kam morgens als Erste und ging abends als Letzte, ganz gleich, ob viel oder wenig zu tun war, und das half ihr, nicht an Maxim zu denken.

»Hast du eigentlich meine Nachricht von Freitag bekommen?«, wollte Alice wissen, als sie sich am Tag nach Constanzes überraschendem Besuch gemeinsam auf den Weg zu Baba und Gerda machten.

»Ja, natürlich. Vielen Dank dafür.« Natalie war in der Aufregung des gestrigen Tages gar nicht dazu gekommen, Alice und den anderen von ihrem Gespräch mit dem Polizisten zu erzählen und tat es jetzt. »Kommissar Hirschfeld meinte, das sei sehr hilfreich«, schloss sie die Schilderung. »Er wollte noch einmal vorbeikommen und dich fragen, ob du eventuell mit ihm fahren und ihm die Villa zeigen kannst.«

Alice nickte zögernd. »Ich glaube schon. Wenngleich ich an dem Tag nicht besonders auf die Straße geachtet habe. Es war alles so aufregend und neu für mich.« Sie sah Natalie ernst an. »Es ist furchtbar, was der Kommissar dir erzählt hat. Meinst du wirklich, dass dieser Pavel sieben Mädchen getötet hat?«

»Ich weiß es nicht«, gab Natalie zu. »Es ist alles sehr vage, und niemand anderes als Kommissar Hirschfeld sieht einen Zusammenhang. Es wäre auch nicht ungewöhnlich, wenn sich einige von diesen Mädchen tatsächlich selbst umgebracht hätten. Gründe dafür gibt es haufenweise. Sie werden ungewollt schwanger und deswegen verstoßen, sie geraten in schlechte Gesellschaft, rutschen in die Prostitution ab oder werden krank, können nicht mehr arbeiten und haben niemanden, der sich um sie kümmert. Viele Frauen wissen einfach keinen Ausweg mehr. Es gibt keinen in dieser Stadt, der sich um sie schert. Sie sind nirgends registriert, und auch ihr Tod wird nirgends vermerkt, niemand fasst solche Todesfälle zusammen, niemand außer Kommissar Hirschfeld macht sich Gedanken darüber. Die Frauen verschwinden einfach, so wie sie meist im Leben zuvor schon unsichtbar für alle waren.« Sie dachte an Maxims Geschichte, seine Mutter, ein Waisenkind, das von ihrem Dienstherrn vergewaltigt worden und daraufhin weggeschickt worden war. Wie leicht hätte auch sie unter die Räder kommen können. Niemand hätte sich je an sie erinnert. Eine namenlose Tote. Es wäre gewesen, als hätte sie nie existiert und Maxim hätte es nie gegeben.

»Oh, ich wünsche mir so sehr, dass es dem Kommissar gelingt, diesen Mann zu fassen!«, rief Alice voller Zorn. »Allein dafür, was er Gerda angetan hat, muss er gehängt werden. Es ist nur Baba zu verdanken, dass sie noch lebt.«

Als sie Babas Hütte erreichten, wappnete Natalie sich innerlich für das Gespräch mit Gerda, das sie sich für heute vorgenommen hatte. Sie hatte in den letzten Tagen oft an Kommissar Hirschfelds Schilderung der Leichenschau denken müssen und hatte begriffen, wie wichtig es war, herauszufinden, ob Gerda ähnliche Verletzungen aufwies wie das Mädchen, das im Wannsee ertrunken war. Bisher hatte sie es nicht gewagt, Gerda überhaupt auf Verletzungen anzusprechen, da sie befürchtet hatte, sie mit solchen Fragen noch mehr zu verstören und Baba gegen sich aufzubringen.

Inzwischen jedoch hatte das Mädchen sich so weit erholt, dass solche Fragen sie nicht sofort wieder in Panik versetzen würden, zumindest hoffte Natalie das. Sie hatte Alice gebeten, Baba wenn möglich etwas abzulenken, um ungestört mit Gerda sprechen zu können.

Die beiden saßen einträchtig hinter der Hütte und genossen die blassen Sonnenstrahlen, die sich durch die Wolkendecke gekämpft hatten. Der unerwartete Sonnenschein würde nicht lange vorhalten. Die nächsten Regenwolken hingen schon dunkel und schwer über der Spree. Gerda hatte ein paar späte Wildrosen und wilden Efeu auf ihrem Schoß und wand sie zu einem kleinen Kranz. Ihre Finger waren schmutzig, doch sie lächelte.

»Wie schön!«, sagte Natalie und nahm den halbfertigen Kranz, den Gerda ihr reichte, behutsam entgegen.

»Ich will ihn an die Tür hängen«, sagte das Mädchen. »Auf dem Gutshof, wo ich gearbeitet habe, hatten sie auch immer Kränze an den Haustüren.«

»Das ist eine wunderbare Idee.« Natalie warf einen Blick auf Alice, die Baba erfolgreich in ein Gespräch über ihren kleinen Kartoffelacker verwickelt hatte und mit ihr in dem verwilderten Beet zwischen den Pflanzen umherstieg.

Natalie setzte sich auf Babas Stuhl. »Kann ich kurz mit dir sprechen?« Als Gerda sie fragend ansah, fuhr sie fort: »Hast du irgendwelche Schmerzen seit jener Nacht in der Villa? Verletzungen, über die du vielleicht nicht sprechen kannst?«

Bereits das schamhafte Nicken Gerdas bestätigte ihr, was sie von Anfang an befürchtet hatte. Mit Sicherheit war sie vergewaltigt worden.

»Wir sollten damit vielleicht zum Arzt …«

»Nein!« Gerda schüttelte so heftig den Kopf, dass ihre zu Zöpfen geflochtenen Haare hin- und herflogen. »Bitte nicht«, flüsterte sie. »Es geht schon besser.« Ihr Gesicht überzog sich mit flammender Röte, und sie senkte den Blick. Natalie insistierte nicht. Sie konnte sich vorstellen, was eine derartige Untersuchung für das Mädchen bedeuten würde. Zu allem, was sie durchgemacht hatte, würde noch diese Demütigung hinzukommen. Selbst wenn sie einen verständnisvollen Arzt fänden – Alice würde ihr womöglich dabei helfen können – blieb es immer noch ein Mann. Ärztinnen gab es nun mal in Berlin nicht.

Natalie interessierte im Moment ohnehin eine andere

mögliche Verletzung viel mehr. Sie knöpfte ihre Bluse auf und zeigte Gerda den dünnen, inzwischen fast verheilten Schnitt, den Pavel ihr zugefügt hatte. Gerda starrte sie mit großen Augen an und zeigte ihr schließlich zögernd auch ihre Brust, wo sich in Höhe des Schlüsselbeins ein ähnlicher Schnitt befand. Wie bei Natalie war er nicht tief und schon recht gut verheilt. Es würde vermutlich nur eine dünne Narbe bleiben.

»Hat Baba die Wunde versorgt?«, wollte Natalie wissen, und Gerda nickte.

»Hattest du noch andere Wunden? Schnittverletzungen oder Kratzer, Abschürfungen an den Füßen vielleicht?«

Ein erneutes Nicken. Gerda zog ihre Schnürschuhe aus und zeigte ihre zerschrammten Füße. Dann krempelte sie die Ärmel ihres Kleides hoch und zeigte auch ihre Arme, wo ebenfalls einige Kratzer und schon abheilende blaue Flecken zu sehen waren.

»Du bist durchs Unterholz gelaufen«, sagte Natalie nachdenklich. »Irgendwo in einem Wald vermutlich. Wie ein anderes Mädchen, von dem wir wissen.«

»Ja! Ich bin gelaufen …«, wiederholte Gerda, und in ihrem Blick spiegelte sich etwas wie eine Erinnerung. »Ich war barfuß, es war kalt … Wurzeln und Steine … ich bin gefallen und …« Sie begann zu weinen und schlug sich die Hände vors Gesicht: »Mehr ist da nicht. Es endet immer an der gleichen Stelle …«

»Nein, das stimmt nicht.« Natalie zog Gerdas Arme sanft von ihrem Gesicht und hielt sie fest. »Merkst du's nicht? Jedes Mal erinnerst du dich ein bisschen mehr und irgendwann, wenn du bereit bist, wirst du alles wieder wissen. Und wenn nicht, ist das auch nicht schlimm. Alles ist gut. Du musst dich nicht weiter quälen.« Sie zögerte kurz und sagte dann eindringlich: »Wir finden heraus, was passiert ist. Derjenige, der dir all das angetan hat, wird dafür büßen, das verspreche ich dir.«

Als sie sah, wie Gerda den Kopf hob und sie unter Tränen vertrauensvoll anlächelte, hoffte sie inständig, dieses Versprechen auch halten zu können.

30

Zwei Tage später kam Kommissar Hirschfeld in die Bahnhofsmission. Er fragte Natalie, ob sie Zeit für einen kurzen Spaziergang habe. Es gäbe Neuigkeiten. Natalie, die gerade die Essensausgabe machte, fragte Alice, ob sie für sie einspringen könne und folgte dem Kommissar gespannt nach draußen. Nachdem es die vergangenen drei Tage nahezu ununterbrochen geregnet hatte, hatten sich die Regenwolken heute Morgen verzogen. Die Sonne strahlte von einem nahezu wolkenlosen Herbsthimmel, die Luft war klar, und die graue Stralauer Straße wirkte wie frisch gewaschen. Während sie gemeinsam über den Bahnhofsplatz gingen, meinte der Kommissar: »Hat es noch weitere unangenehme Vorkommnisse gegeben?«

»Nein. Gottlob nicht.« Natalie war gerade versucht, ihm von Bogdan zu erzählen, doch dann wurde ihr klar, dass es keine gute Idee war, einen Vertreter des Gesetzes darüber zu informieren, dass sie von einem Mitglied eines Ringvereins beschützt wurden und klappte den Mund schnell wieder zu. Wie gut sie daran getan hatte, darüber zu schweigen, zeigte sich keine Minute später. »Ich hatte in der letzten Woche ein wenig ein Auge auf die Mission«, erklärte Hirschfeld. »Dabei ist mir ein Mann aufgefallen, der in der Nähe herumlungerte und der polizeibekannt ist. Ein Schläger und womöglich die rechte Hand eines ziemlich gefährlichen Mannes. Er ist groß und rothaarig. Sein Name ist Bogdan Kurek. Wenn er Ihnen Ärger gemacht haben sollte …«

»Nein.« Natalie schüttelte den Kopf. »Uns hat niemand Ärger gemacht. Mir ist kein rothaariger Mann aufgefallen. Und dieser Name sagt mir auch nichts.« Sie zwang sich zu einem Lächeln. »Offenbar haben unsere Widersacher aufgegeben. Das liegt vermutlich daran, dass Sie auf uns aufpassen.«

»Aufpassen wäre übertrieben«, wehrte Hirschfeld ab. »Ich kann leider nicht so viel Zeit erübrigen, wie dazu nötig wäre. Aber aufgrund meiner Ermittlungen in einer anderen Angelegenheit bin ich häufig im Scheunenviertel und in der Spandauer Vorstadt unterwegs, und wenn es noch reinpasst, schaue ich am Bahnhof vorbei.«

»Das ist sehr freundlich, Herr Kommissar«, erwiderte Natalie und meinte es auch so. Nie hätte sie gedacht, dass sie einmal erfreut darüber sein würde, wenn ein Polizist ein Auge auf sie hatte. Andererseits alarmierte sie dieser Umstand auch. Konnte Kommissar Hirschfeld Bogdan und damit auch Maxim gefährlich werden? Befand Maxim sich womöglich bereits im Visier der Kriminalpolizei?

»Diese andere Ermittlung, von der Sie sprachen«, begann sie vorsichtig, während sie zur Spree hinuntergingen, »geht es dabei um diesen … wie hieß er noch?«

»Bogdan Kurek«, half ihr der Kommissar. »Er war schon zweimal wegen Körperverletzung im Gefängnis. Einmal hat er einen Kneipenbesitzer so zugerichtet, dass er sein rechtes Auge verloren hat. Kein sehr angenehmer Zeitgenosse. Unsere Ermittlungen haben aber nur indirekt mit ihm zu tun. Uns interessiert der Mann hinter ihm.«

Natalies Herz setzte einen Schlag aus. Ihre Ahnung hatte sie nicht getrogen. »Sie meinen diesen gefährlichen Mann, von dem Sie sprachen?«

»Ja.«

»Könnte er etwas mit unserem Fall zu tun haben?«, versuchte Natalie, dem Kommissar noch etwas mehr Informationen zu entlocken.

Hirschfeld schüttelte den Kopf. »Nein, davon gehe ich nicht aus. Hier geht es um ganz andere Dinge. Illegales Glücksspiel im großen Stil. Wobei dieser Mann den Gerüchten nach wohl auch vor Mord nicht zurückschreckt. Leider fehlen uns hierfür die Beweise. Bis jetzt jedenfalls.«

Natalie erwiderte nichts darauf. Ihr Mund war trocken geworden, und ihr Magen flatterte nervös. Mord. Sie wusste von den Gerüchten, die sich um Maxim rankten, hatte aber immer geglaubt, sie seien übertrieben. Oder glauben wollen, gestand sie sich jetzt ernüchtert ein. »Und was sind die Neuigkeiten, die Sie mir mitteilen wollten?«, wechselte sie schnell das Thema, um sich nicht womöglich durch ihre Nervosität zu verraten.

Sie waren jetzt an der schmalen Grünfläche angekommen, die den Stralauer Platz von der Spree trennte und an der Natalie meist ihre freien Sonntage verbrachte. Wie selbstverständlich steuerte Hirschfeld auf die Bank zu, auf der Natalie üblicherweise saß und den Möwen zusah.

Beunruhigt folgte ihm Natalie. War es Zufall, dass Hirschfeld mit ihr ausgerechnet hierherkam oder wusste er, dass dies ihr Lieblingsplatz war? Wenn ja, hieße dies, er beobachtete sie. Doch weshalb? Ihre Knie wurden weich, als ihr ein möglicher Grund einfiel. Womöglich hielt er sich gar nicht am Bahnhof auf, um die Mission zu beschützen, sondern um sie zu beschatten. Wenn er Beweise gegen Maxim sammelte, musste ihr Name ihm ebenfalls untergekommen sein. Sie und Maxim waren damals, vor ihrem Gefängnisaufenthalt, unzertrennlich gewesen. Hoffte er, über sie etwas Belastendes über Maxim herauszufinden? Wusste er womöglich längst, dass sie mit Bogdan Kurek in Kontakt stand? Sie hatte sich getäuscht. Leo Hirschfeld war nicht ihr Freund. Er war Polizist. Nichts weiter. Dieser Gedanke versetzte ihr einen überraschend schmerzhaften Stich. Als sie sich neben ihn auf die Bank setzte, war jede Faser ihres Körpers in Alarmbereitschaft.

Im Gegensatz zu ihr wirkte Leo Hirschfeld völlig entspannt. Er streckte seine langen Beine aus und blinzelte in die Sonne. »Man genießt diese letzten schönen Herbsttage viel zu wenig. Bald wird die Stadt für Monate nur noch grau und kalt sein, und man vergisst, wie schön sie im Sommer ist.« Er holte ein Päckchen Zigaretten aus seiner Jacketttasche, klopfte sich eine heraus und zündete sie an. »Möchten Sie auch, Fräulein Castellana?«, fragte er und hielt ihr das Päckchen hin, doch Natalie schüttelte den Kopf. »Nein, danke«, sagte sie spröde. »Verzeihen Sie, Herr Kommissar, es wartet viel Arbeit auf mich, also wenn wir zur Sache kommen könnten …«

»Natürlich. Entschuldigen Sie bitte.« Er richtete sich auf, und seine Stimme wurde wieder förmlicher. »Ich wollte nicht in der Bahnhofsmission darüber sprechen, weil die Sache etwas heikel ist und ich keinen Gerüchten Vorschub leisten möchte«, begann er etwas umständlich und nahm einen tiefen Zug von seiner Zigarette. Dann sagte er: »Ich habe herausgefunden, um welches Haus es sich bei der Zeichnung Ihres Schützlings handelt.«

»Tatsächlich?« Natalie sah ihn überrascht an. Diese Wendung hatte sie nicht erwartet. Bedeutete das, sie waren einen Schritt weiter und Pavel tatsächlich auf der Spur?

»Ja. Definitiv. Ich war dort und habe die Villa mit der Zeichnung verglichen. Das Mädchen hat sie erstaunlich detailliert wiedergegeben. Alles auf der Zeichnung stimmt mit der Realität überein, und auch die Eulen an den Torpfosten passen. Sie sind aus Bronze gegossen und jeweils einen halben Meter hoch. Sehr beeindruckend.«

»Und? Wem gehört das Haus?«

»Das ist das Problem.« Hirschfeld warf ihr einen Blick zu, den sie nicht zu deuten wusste. Ausweichend sagte er: »Das Anwesen ist als Kahlenbergschlösschen bekannt. Es verfügt über einen weitläufigen Park und über einen Zugang zum See. So gesehen passt alles. Trotzdem kann das nicht der Tatort gewesen sein. Ihr Schützling muss sich getäuscht haben.«

»Aber wieso?«

»Die Villa gehört Justus von Cramm.«

Natalie brauchte einen Moment, um diese Information zu verdauen. »Wie?« Sie blinzelte verwirrt. »Ist das nicht ein Politiker?«

»Ja. Er ist der Staatssekretär des Reichsjustizamts und enger Vertrauter des Kaisers.« Leo Hirschfeld seufzte. »Die Zeichnung war eine Sackgasse. Das Mädchen ist vielleicht an dieser Villa vorbeigefahren oder kennt sie aus irgendeinem anderen Grund und hat da was durcheinandergebracht, was weiß ich …«

»Aber was, wenn sie sich nicht getäuscht hat?«

Hirschfeld sah sie an. »Glauben Sie allen Ernstes, dass einer unserer führenden Staatsbeamten reihenweise junge Mädchen entführt, um sie dann in seiner Villa zu schänden und zu töten?«

»Nein, aber vielleicht …«, hob Natalie an, doch Hirschfeld winkte ab. »Vergessens Sie's. Alles, was wir versuchen zu konstruieren, um die Villa mit dieser Geschichte in Verbindung zu bringen, ist eines: konstruiert. Ich habe auch schon sehr gründlich über mögliche Erklärungen nachgedacht, glauben Sie mir. Aber man muss ehrlich sein. Auch wenn es einem nicht gefällt, landet man doch wieder bei Occams Rasiermesser.«

»Was soll das denn bedeuten?« Natalie runzelte die Stirn. »Was für ein Rasiermesser?«

»Das ist ein Prinzip aus der Scholastik«, erklärte Hirschfeld lächelnd. »Es besagt, dass die einfachste Lösung meist die richtige ist. Das lässt sich meist auch auf die Kriminalistik anwenden.«

»Und was wäre in unserem Fall die einfachste Lösung?«, wollte Natalie wissen.

»Dass ich mich getäuscht habe und kein Zusammenhang zwischen all den toten Mädchen rund um den Wannsee sowie Ihrem Schützling, der ja noch dazu ganz woanders gefunden wurde, besteht. Ihr Mädchen ist vermutlich mit einem Schlepper in Konflikt geraten, er hat sich an ihr gerächt und Punkt.«

»Das glauben Sie doch selbst nicht!«, erwiderte Natalie empört. »Sie waren es doch, der die Verbindung erst hergestellt hat! Außerdem hat Gerda die gleiche Verletzung wie das ertrunkene Mädchen, von dem Sie mir erzählt haben. Einen Schnitt an der Brust. Ich habe es mit eigenen Augen gesehen. Sie hatte auch Kratzer an Armen und Beinen, sie muss ebenso wie das andere Mädchen versucht haben zu fliehen …«

»Natalie!« Er sah sie eindringlich an. »Was ich oder Sie glauben, spielt keine Rolle. Wir haben keinerlei Beweise, die es rechtfertigen würden, in Richtung Kahlenbergschlösschen und Reichsjustizamt zu ermitteln. Wir wissen nicht, wer dieser Pavel ist, ob er überhaupt so heißt und was seine Ziele sind. Genaugenommen wissen wir nur, dass er Gerda irgendwohin mitgenommen und vermutlich vergewaltigt hat und später offenbar versucht hat, sie zu ermorden, was ihm gottlob nicht geglückt ist. Wir haben also noch nicht einmal einen Todesfall. Als Zeuginnen Ihrer Geschichte haben wir nur das Mädchen selbst, das sich an nichts erinnern kann und eine alte, verwirrte Säuferin. Was glauben Sie, was mein Chef zu mir sagt, wenn ich ihm mit so einer dünnen Geschichte komme und ihn um Erlaubnis bitte, im Umfeld unseres obersten Vorgesetzten zu ermitteln?«

Natalie starrte ihn an. Ihre Augen brannten und sie wusste nicht, ob vor Enttäuschung oder vor Wut.

Sie tippte sich an die Brust. »Drei Frauen mit identischen Verletzungen. Markierungen, wie Sie bei unserem letzten Treffen sagten. Und das reicht nicht?«

»Nicht für Ermittlungen gegen einen Staatssekretär.« Er schüttelte betrübt den Kopf. »Sie können natürlich Anzeige gegen den Mann erstatten, von dem Sie glauben, dass er Pavel heißt …«

»Drauf geschissen«, gab Natalie erbost zurück. »Dann war's das also?«

»Ich fürchte ja. Außer, dem Mädchen fällt noch etwas Konkretes ein oder …«, er unterbrach sich und schüttelte den Kopf.

»… es taucht ein weiteres Mädchen auf, das womöglich nicht so viel Glück wie Gerda hatte«, vervollständigte Natalie bitter seinen Satz.

Er nickte und hob in einer Geste der Hilflosigkeit die Hände. »Es tut mir leid.«

Natalie musterte den Kommissar. Er sah ehrlich bekümmert aus, wie er die Arme langsam sinken ließ, sich vorbeugte und hinaus auf den Fluss schaute. »Ich wollte …«, begann er und brach erneut ab. Sie würde nicht erfahren, was der Kommissar wollte, und es war ihr auch egal. Sie fühlte sich betrogen. Um ihre Hoffnung auf Gerechtigkeit. Betrogen im Namen all dieser Mädchen, deren Tod ungesühnt bleiben würde, nur weil die einzige Spur, die sie hatten, zu einer Person führte, die unantastbar war. Leo Hirschfeld trug daran keine Schuld, das war ihr klar, selbst wenn sie wütend auf ihn war. Er hatte sich ihre Geschichte angehört und versucht, mehr herauszufinden. Dennoch war das Vertrauen, das sie noch vor ein paar Tagen in ihn gesetzt hatte, mit dem heutigen Tag verpufft. Ihr Misstrauen war zurückgekehrt. Sie stand so abrupt auf, als hätte sie sich verbrannt.

»Ich muss gehen«, stieß sie hervor und fügte nach kurzem Zögern ein knappes »Danke«, hinzu, das so falsch klang, wie es sich anfühlte.

Hirschfeld stand ebenfalls auf. »Ich habe zu danken«, sagte er zu ihrer Überraschung. »Dafür, dass Sie mit dieser Geschichte zu mir gekommen sind. Ich weiß nicht, ob ich an Ihrer Stelle den Mut dafür aufgebracht hätte. Umso mehr tut es mir leid, dass ich Ihnen nicht helfen kann.«

Natalie wusste nicht, was sie darauf erwidern sollte. Sie war aufgewühlt, doch es fiel ihr schwer, ihre Gefühle zu deuten. Außerdem machte sie die Nähe Leo Hirschfelds und der Blick, mit dem er sie ansah, unerwartet nervös. Daher reichte sie ihm nur die Hand und sagte: »Leben Sie wohl, Herr Kommissar.«

Hirschfeld ergriff ihre Hand und hielt sie fest. »Passen Sie gut auf sich auf, Natalie.« Seine Miene war jetzt ernst, und seine haselnussbraunen Augen wirkten viel dunkler als gerade eben noch, als er sein Gesicht in die Sonne gehalten hatte. »Sie bewegen sich auf gefährlichem Terrain. Mit diesen Männern ist nicht zu spaßen.«

Natalie erstarrte. Meinte der Kommissar damit Pavel oder Maxim? Was wusste er?

»Danke für den Hinweis, aber ich passe schon mein Leben lang auf mich auf, Herr Kommissar«, gab sie trotzig zurück und entzog ihm ihre Hand.

Er lächelte. »Ich weiß, Natalie.«

Sie ließ ihn stehen und ging zurück zum Bahnhof, so schnell sie konnte, ohne es wie eine Flucht aussehen zu lassen.

Als sie atemlos in der Bahnhofsmission ankam, waren dort nur noch Marthe und die Gräfin. »Wo sind die anderen hin?«, wollte Natalie wissen und setzte sich an den Tisch.

»Ausgeflogen«, sagte die Gräfin. »Hedwig ist mit Babette zu einer Dame, die ein Hausmädchen sucht, und die anderen sind irgendwo im Bahnhof unterwegs. *Präsenz zeigen*, nennt es Alice, und ihre Schwester konnte einige ihrer Bekannten motivieren, mit ihnen zu gehen. Ich habe das Gefühl, in den letzten Tagen wimmelt es hier bei uns nur so von feinen jungen Damen in bunten Kleidern.« Sie lachte.

»'n Stück Apfelkuchen?«, fragte Marthe und nahm einen Teller vom Bord. »Musst dich sputen, sonst ist keiner mehr übrig.« Sie wartete Natalies Antwort gar nicht erst ab, sondern schnitt ein großes Stück ab und stellte den Teller vor Natalie.

»Ich bräuchte eigentlich etwas Stärkeres als das«, sagte Natalie seufzend. »Aber trotzdem danke.«

»Hatte der Kommissar schlechte Nachrichten?«, wollte die Gräfin wissen. Alle wussten inzwischen von Natalies Besuch bei ihm und von der Geschichte der unbekannten toten Mädchen.

»Ja, kann man so sagen.« Natalie stach ein Stück von dem Kuchen ab und schob es sich in den Mund. »Eine Nachricht, die auf den ersten Blick gut daherkommt, aber einem hinterrücks alle Hoffnung stiehlt. Sieht so aus, als stünden wir wieder mit nichts da.« Sie erzählte ihnen von der Villa und der Sackgasse, in die sie geraten waren.

Die Gräfin hob den Kopf. »Das Kahlenbergschlösschen, sagtest du?«

»Kennst du es?«

»Natürlich. Da bin ich als junges Mädchen ein- und ausgegangen.«

Natalie blieb vor Verblüffung der Mund offen stehen. »Aber warum hast du das nicht gleich gesagt? Der Kommissar meinte, Gerdas Zeichnung sei sehr gut getroffen. Hast du es nicht wiedererkannt?«

»Ich habe die Zeichnung nie gesehen«, erwiderte die Gräfin.

Natalie erinnerte sich, dass sie sie freitags in der Mission herumgezeigt hatte, als die Gräfin nicht da gewesen war. Am Samstag, nach ihrem Gespräch mit Pfarrer Burckhardt hatte sie das Bild dann Leo Hirschfeld gegeben.

»Aber die Eulen! Ich habe euch doch von den Eulen als Torwächter erzählt.«

»Von Eulen weiß ich nichts. Damals, als ich dort war, gab es die noch nicht.«

»Dann biste also dicke mit 'nem Jemand aus'm Reichsjustizamt?«, wollte Marthe wissen. »Dit is ja 'n Ding.«

»Nein, iwo. Die Villa gehört genau genommen gar nicht Justus von Cramm, sondern der Familie Kahlenberg. Justus von Cramm hat Editha von Kahlenberg geheiratet. Sie ist die ältere Schwester von Mathilde von Kahlenberg, mit der ich früher gut befreundet war. Sie haben über die Weihnachtstage, an den Wochenenden und in den Sommerferien dort gewohnt, und ich habe sie oft besucht. Die Villa liegt wunderschön, direkt am Wannsee, im Sommer war das himmlisch. Wir sind mit den Booten rausgefahren, haben Picknick gemacht …«

»Und wer bewohnt die Villa jetzt?«, unterbrach Natalie die Schwärmereien der Gräfin.

»Niemand, soweit ich weiß. Justus von Cramm besitzt selbst Immobilien, unter anderem ein großes Haus am Tiergarten, wo er mit seiner Familie wohnt. Mathilde ist mit einem Industriellen verheiratet, sie leben in Dahlem, und Otto ist im Ausland, zumindest war er das. Der alte Kahlenberg hat zuletzt nur noch in der Stadt gelebt. Er ist vor ein paar Jahren verstorben, seine Frau ist schon länger tot. Ich weiß nicht, ob die Villa aktuell noch als Wochenendhaus genutzt wird oder ob Justus von Cramm sie womöglich für repräsentative Zwecke nutzt.«

»Ist Otto das dritte Kind?«

»Ja. Er ist ein paar Jahre jünger als Editha und Mathilde, ein Nachzügler.« Sie zögerte und etwas an ihrem Blick führte dazu, dass Natalies Nacken zu kribbeln begann. »Was ist mit ihm?«, fragte sie.

»Nun ja …« Die Gräfin runzelte die Stirn. »Es ist alles schon so lange her, aber ich habe mich gerade daran erinnert, dass es mit Otto immer irgendwelche Probleme gab.«

»Welcher Art?«

»Er war ein seltsamer Junge. Überdurchschnittlich intelligent und wahnsinnig ehrgeizig, auch charmant, aber viel zu altklug. Eine Nervensäge. Mir kam er außerdem immer etwas berechnend und verschlagen vor. Er war auf einem Internat, dort gab es jedoch Ärger, und er musste es verlassen …«

»Was denn für Ärger?« Natalies Erregung wuchs. Womöglich waren sie doch auf dem richtigen Weg.

Die Gräfin lachte etwas nervös. »Verrückt, dass ich so lange nicht mehr daran gedacht habe. Es war damals ein großer Skandal innerhalb der Familie und auch in dem noblen Internat, das er besuchte. Otto hatte nie enge Freunde, aber er hatte ein Talent, Bewunderer um sich zu scharen, die ihm überall hin folgten. Ein paar von ihnen waren hin und wieder auch in der Villa zu Besuch, an den Wochenenden und in den Sommerferien. Mathilde und ich nannten sie immer Hündchen, weil sie Otto treu ergeben waren, und das hat dieses Aas auch weidlich ausgenutzt. In einem Schuljahr hat er wohl so etwas wie eine Religion gegründet, die statt Gott den Teufel anbetet. Es war natürlich kindischer Quatsch, die Jungs waren vielleicht sechzehn. Aber bei einer dieser ›Messen‹, die sie abgehalten haben, hat Otto offenbar eine lebendige Ratte gekreuzigt. Einem seiner ›Jünger‹ war das wohl zu viel, und er hat es den Lehrern erzählt. Daraufhin musste Otto die Schule verlassen. Später, als er erwachsen war, gab es noch einen Vorfall sexueller Art, mit einem Dienstmädchen, glaube ich, da hat ihn sein Vater auf lange Reisen geschickt. Danach ist er meines Wissens nach Bessarabien gegangen. Dort hat die Familie ein großes Gut, in der Nähe von Kischinjow.«

»Kischinjow«, wiederholte Natalie, und zu ihrer Erregung gesellte sich Verblüffung darüber, wie sich die Dinge mit einem Mal wie von selbst ineinanderzufügen schienen. »Baba kommt aus Kischinjow. Das hat mir Gerda erzählt. Seit sie nicht mehr trinkt, erzählt sie viel von früher. Es hat dort vor fünf Jahren ein Pogrom gegen Juden gegeben. Ihre ganze

Familie wurde dabei getötet …« Sie schüttelte ungläubig den Kopf. »Das kann doch kein Zufall sein! Als Baba kürzlich in der Mission war, hat sie Pavel explizit beim Namen genannt. Er war der schwarze Teufel, vor dem sie sich so fürchtete.« Sie runzelte die Stirn. »Sie sagte, er sei in diese Stadt gekommen, doch ich habe nicht gefragt, woher. Ich war zu sehr auf Gerda fixiert.« Sie sah die Gräfin an. »Wenn Otto von Kahlenberg der Mann ist, den wir suchen und Pavel sein Handlanger ist … dann stammt Pavel womöglich aus Kischinjow, und Baba kennt ihn von früher, womöglich war er sogar an dem Pogrom beteiligt?«

Die Gräfin nickte langsam. »Ja, das wäre möglich. Nennt sich nicht eine antisemitische, radikale Partei in Russland … schwarze Hundertschaft? Das würde zu Babas Bezeichnung *schwarze Teufel* passen.« Sie schüttelte den Kopf, wie um eine Fliege abzuwehren. »Was für eine grauenhafte Vorstellung, dass Otto etwas mit diesen toten Mädchen zu tun haben könnte. Wobei, möglich wäre es. Ich habe ihm nie über den Weg getraut. Er hatte etwas Unheimliches an sich, schon als junger Bursche. Scherte sich nie um Regeln. Man hatte den Eindruck, er hätte eine ungesunde Lust daran, Grenzen zu überschreiten. Ich kann herausfinden, ob er wieder in Berlin ist. Schon lange wollte ich mich einmal wieder bei Mathilde melden. Es ist Jahre her, seit wir uns das letzte Mal gesehen haben. Wir schicken uns zu Weihnachten Postkarten, das ist alles. Dabei war sie eine so gute Freundin.« Sie seufzte und wirkte plötzlich bedrückt.

»Was ist passiert?«, fragte Natalie. Noch nie hatte die Gräfin von ihrer Vergangenheit gesprochen. Offenbar gab es etwas, das zu einem Bruch mit ihrem früheren Leben geführt hatte. Jetzt hob sie in einer Geste der Ratlosigkeit die

Hände und lächelte wehmütig. »Ich habe mich verliebt. Er war Schauspieler am Theater, und wir waren verrückt nacheinander. Das Problem war nur, ich war verheiratet.«

Einen Moment lang sagte keine der drei Frauen etwas, dann rief Marthe, die ihrem Gespräch bisher schweigend gefolgt war: »Du hattest 'n Techtelmechtel mit 'nem Schauspieler? Da hammse dir aba achtkantich rausjeschmmissen aus der juten Jesellschaft, wa?«

Die Gräfin nickte. »Genau so war es, Marthe. Ich habe eine Weile mit dem Mann zusammengelebt, doch es ging nicht gut. Er war nicht der Typ für eine feste Beziehung und ich wohl doch zu bürgerlich, um etwas anderes aushalten zu können. Nachdem wir uns getrennt hatten, stand ich vor dem Nichts. Zu meinem Ehemann zurück konnte ich nicht, nachdem alle wussten, was vorgefallen war. Ewald war sehr viel älter als ich und wollte sich nicht scheiden lassen. Er hat sich trotz allem großzügig gezeigt. Wir haben ein Arrangement gefunden, und ich bin in eine Wohnung in Charlottenburg gezogen, die ihm gehörte. Kurz danach ist er gestorben. Ich habe trotz allem sein Vermögen geerbt, was nicht unerheblich war, so dass ich mein Auskommen habe, ohne mir Sorgen machen zu müssen. Unsere früheren Bekannten und auch viele meiner Freundinnen haben allerdings den Kontakt zu mir abgebrochen. Vermutlich fürchten sie oder ihre Männer, dass mein liederliches Verhalten ansteckend sein könnte. Mathilde gehörte nicht dazu, mit ihr habe ich mich noch getroffen, doch die Zeit und unsere unterschiedlichen Lebensweisen haben uns schließlich auch getrennt.«

Sie hob den Kopf. »Aber das sind alles alte Geschichten. Ich denke, ich werde mich noch heute bei Mathilde melden und vorschlagen, einmal zusammen einen Tee trinken zu gehen.«

31

Fast eine ganze weitere Woche war vergangen, bis die Gräfin am Mittwochmorgen mit einem verheißungsvollen Lächeln in die Bahnhofsmission kam und Natalie zuraunte: »Ich habe mich mit Mathilde getroffen.« Natalie hätte am liebsten sofort gewusst, was sie dabei in Erfahrung gebracht hatte, doch dazu war keine Zeit. Die Bahnhofsmission war inzwischen wieder rege besucht. Es kamen zwar noch immer etwas weniger Mädchen als vor der Verleumdungskampagne, aber die anderen Hilfe- und Ratsuchenden, Alte und Verwirrte, die sich am Bahnhof nicht zurechtfanden, Aufgeregte, denen die Geldbörse gestohlen worden war, Betrunkene, Verzweifelte und solche, die einfach nur ein wenig Zuspruch und eine warme Mahlzeit brauchten, fanden sich inzwischen wieder ein wie eh und je. Erst am Nachmittag, als es ein wenig ruhiger wurde, setzten sich die beiden mit einer Tasse Kaffee an den Tisch, und die Gräfin berichtete.

»Du hattest recht mit deinem Argwohn«, begann sie leise.

Sie waren übereingekommen, ihre »Ermittlungsergebnisse« in Sachen Pavel und Gerda zunächst nicht an die große Glocke zu hängen. Lediglich Alice war eingeweiht. Alle waren erleichtert, dass die Bahnhofsmission dank Bogdans schützender Hand und dem Einsatz von Alice und ihrer Schwester zu neuem Leben erwacht war. Womöglich würde das Interesse der Damen der Gesellschaft sogar den geplanten Basar überdauern. Einige schienen recht angetan von der Idee, hier etwas Gutes tun zu können, und sie stellten sich auch nicht so dumm an, wie Natalie befürchtet hatte. Constanzes Freundinnen und Bekannte waren allesamt jung, unternehmungslustig und weniger dünkelhaft und zimperlich als die Frauen, die sich sonst bei ihnen vorstellten. Constanzes Idee, viele Frauen mit günstigen Seidenstrümpfen zu ködern, hatte sich als genialer Coup herausgestellt. Sie hatte bereits eingekauft, in der Abstellkammer der Mission stapelten sich flache Kartons mit zarten Strümpfen, teils aufwändig bestickt, teils mit Spitze verziert oder kunstvoll durchbrochen und immer wieder kamen Damen, die sich danach erkundigten und die sie dann auf den kommenden Basar verwiesen.

Wie genau Alices Schwester es angestellt hatte, ob sie die Strümpfe tatsächlich günstiger erworben hatte oder ob es sich um ein Verlustgeschäft handeln würde, allein um mehr Besucher anzulocken, wusste niemand so genau, aber es schien die junge Frau nicht zu beunruhigen, eher im Gegenteil, sie war nach wie vor Feuer und Flamme für ihr Projekt, und so kümmerte es die Frauen der Mission auch nicht. Alle freuten sich einfach, dass etwas Schönes und Aufregendes passierte.

Dies galt auch für Pfarrer Burckhardt, dem allerdings die Sache mit den Seidenstrümpfen verschwiegen worden war. Zum einen aus Schicklichkeitsgründen, denn niemand hatte sich überwinden können, mit ihm über so intime Dinge wie Damenstrümpfe zu sprechen, zum anderen befürchteten die Helferinnen, der Pfarrer fände es womöglich anstößig, Besucherinnen mit solchen Angeboten in die Bahnhofsmission zu locken. Er vertrat die Meinung, allein die christliche Nächstenliebe müsse ausreichen, um seinen Mitmenschen mit Freuden einen Dienst zu erweisen. Nichtsdestotrotz war auch der Pfarrer sehr angetan von der neuen Betriebsamkeit, die in der Mission herrschte. Er hatte auch Bogdan kennengelernt und ihn als »Freund der Mission« herzlich willkommen geheißen, doch der teils besorgte, teils vorwurfsvolle Blick, den er Natalie danach zugeworfen hatte, sagte ihr, dass er ihr die vage Geschichte von dem harmlosen guten Bekannten nicht ganz abnahm.

»Otto von Kahlenberg ist tatsächlich wieder in Berlin«, fuhr die Gräfin mit triumphierender Miene fort. »Als der alte Kahlenberg gestorben ist, hatte er nichts Besseres zu tun, als auf der Stelle das Gut in Bessarabien zu verkaufen und zurückzukommen. Das Kahlenbergschlösschen gehört zwar nach dem Tod des Vaters allen drei Kindern zusammen, doch Mathilde und Editha haben es ihm derzeit überlassen. Sie nutzen es nicht und fanden das die bessere Lösung, als die Villa zu verkaufen. Immerhin gehört sie seit Generationen der Familie Kahlenberg.«

»Konntest du etwas mehr über den Bruder in Erfahrung bringen?«, wollte Natalie aufgeregt wissen. »Gibt es Gerüchte über ihn? Skandale?«

Die Gräfin lächelte. »Weder Gerüchte noch Skandale. Und selbst wenn irgendetwas Skandalöses vorfiele, würden die beiden Schwestern schon dafür sorgen, dass es nicht an die Öffentlichkeit geriete. Sie müssen schließlich die Reputation ihrer recht prominenten Männer schützen. Allerdings …« Sie machte eine bedeutungsvolle Pause.

»Ja?«

»Mathilde hat mir im Vertrauen erzählt, dass sich ihr Bruder als Gutsbesitzer in Bessarabien offenbar nicht zum Besseren gewandelt hat. Er ist nach wie vor der Ansicht, dass die Regeln und Werte von uns Normalsterblichen für ihn nicht gelten und bringt Mathilde damit regelmäßig auf die Palme. Sie meidet den Kontakt mit ihm, wo es geht. Inzwischen kreuzigt er zwar keine Ratten mehr, aber mit dem Spirituellen liebäugelt er noch immer. Er ist Okkultist geworden, meint Mathilde.«

»Okkultist?« Natalie runzelte die Stirn. »Was soll das heißen? Spricht er mit Geistern?«

»Auch. Zumindest behauptet er das.« Die Gräfin schüttelte den Kopf. »Mathilde hält das natürlich für kompletten Humbug, auch wenn sie es vermeidet, mit ihrem Bruder darüber zu diskutieren. Sie ist die nüchternste Person, die man sich vorstellen kann. Tarotkarten sind für sie genauso alberne Scharlatanerie wie Tischerücken oder Pendeln. Von Geistern ganz zu schweigen.«

»Wie kommst du jetzt auf Tarotkarten?«, wollte Natalie wissen.

»Weil Mathilde mir erzählte, dass Otto völlig vernarrt in diese Karten ist. Er verbringt Stunden damit, sie sich selbst zu legen und über ihren Sinn nachzudenken. Und noch etwas wusste Mathilde zu berichten: Alle paar Wochen lädt Otto seine Anhänger und alle möglichen seltsamen Leute in das Kahlenbergschlösschen ein, um ein Wochenende lang gemeinsam ihren spiritistischen und sonstigen Neigungen zu frönen. Dabei wird Kartenlegen wohl noch das Harmloseste sein, zumindest vermutet das Mathilde.« Die Gräfin rollte vielsagend mit den Augen. Dann senkte sie ihre Stimme noch ein wenig mehr und flüsterte: »Manchmal geht die Gesellschaft auch auf die Jagd, das weiß Mathilde von einem Nachbarn. Dabei gibt es im Park des Kahlenbergschlösschens gar kein Wild …«

Natalie starrte die Gräfin sekundenlang an, während sich in ihrem Kopf ein Mosaikstein zum anderen fügte. Entsetzt flüsterte sie: »Du meinst, sie machen Jagd auf …«

»Könnte doch sein, oder? Die zerkratzten Arme und Beine, die Bilder von Bäumen, die Gerda gezeichnet hat, die Schemen … Das passt doch zusammen.«

Natalie erschauerte.

»Was für eine furchtbare Vorstellung, dass eine Meute Verrückter durch einen Wald läuft und ein junges Mädchen vor sich her hetzt.«

»Ja, das ist grauenvoll«, gab die Gräfin ihr recht und fuhr sich fröstelnd über die Oberarme. »Wenn zutrifft, was wir vermuten, muss Otto von Kahlenberg so schnell wie möglich das Handwerk gelegt werden.«

»Das wird nicht geschehen«, erwiderte Natalie bitter. »Ich habe dir doch erzählt, was der Kommissar dazu gesagt hat. Ohne Beweise wird niemand auch nur einen Finger rühren, um herauszufinden, was in dieser Villa vor sich geht. Wen interessieren schon ein paar namenlose tote Mädchen, wenn es um einen Staatssekretär und seine Familie geht.«

Einen Moment lang hingen beide ihren Gedanken nach, dann ergriff Natalie erneut das Wort: »Was meinst du, hätte Otto von Kahlenberg womöglich Interesse an einer Kartenlegerin, die alle Geheimnisse des Tarot kennt? Einer geheimnisvollen Französin …?«

Die Gräfin runzelte die Stirn. »Worauf willst du hinaus?«, fragte sie.

Natalie sah sich kurz um, doch niemand beachtete sie. Marthe war damit beschäftigt, Kaffee zu kochen, zwei Frauen standen am Eingang und sprachen mit einer jungen Frau mit einem kleinen, fiebrig wirkenden Kind auf dem Arm und einer der Obdachlosen, die sie hin und wieder besuchten, saß in einer Ecke, die Hände fest um einen Becher Tee geschlungen und starrte vor sich hin. »Ich muss dir etwas erzählen«, begann sie und beichtete der Gräfin ihren Nebenverdienst als Madame Natalie.

Die Gräfin nahm die Geschichte, die Natalie so lange geheim gehalten hatte, ganz anders auf als erwartet: Sie lachte. »Warum hast du mir das nicht schon längst erzählt?«, wollte sie wissen. »Ich wäre gerne einmal zu dir gekommen, um ein bisschen in meine Zukunft zu sehen.«

»Ich kann nicht in die Zukunft sehen«, widersprach Natalie energisch. »Und ich bin auch keine Betrügerin, die so etwas behauptet. Die Tarotkarten zeigen nur Tendenzen, helfen bei Entscheidungen, werfen Fragen auf. Die Antworten muss man selbst finden.«

»Jaja, schon gut«, beschwichtigte die Gräfin. »Aber trotzdem. Du hättest uns davon erzählen können. Das ist doch eine spannende Sache.«

Natalie verzog das Gesicht. »Ich dachte, Pfarrer Burckhardt findet es nicht gut, wenn er erfährt, dass ich mit solchen Dingen Geld verdiene. Du weißt doch, wie sehr er Aberglauben verabscheut.«

»Aberglauben, ja. Aber wenn du mich fragst, bietest du eher Lebenshilfe an. Zwar ein bisschen rätselhaft und geheimnisvoll verpackt, aber ganz und gar harmlos.«

Natalie dachte an die Teufelskarte, die Maxim gezogen hatte und konnte der Gräfin nicht ganz zustimmen. Tarotkarten mochten vielleicht mehr mit Lebenshilfe als mit Aberglauben zu tun haben, aber harmlos waren sie dennoch nicht.

Das sprach sie jedoch nicht aus. Es war gut, dass die Gräfin diese Sache so pragmatisch sah. Jetzt jedoch ging ihr offenbar auf, was Natalie mit ihrer anfänglichen Frage gemeint hatte, und sie machte ein erschrockenes Gesicht. »Du denkst doch nicht etwa darüber nach, Otto von Kahlenberg die Karten zu legen?«

»Warum nicht? Es wäre eine Möglichkeit, in die Villa zu kommen und vielleicht etwas mehr darüber zu erfahren, was auf diesen Festen vor sich geht. Du sagtest doch, es kommen immer zahlreiche Verrückte an diesen Wochenenden. Da würde doch eine Kartenlegerin aus einem italienisch-französischen Wanderzirkus gut dazu passen.«

Die Gräfin starrte sie an. »Das ist nicht dein Ernst, Natalie. Hast du vergessen, was diesen Mädchen angetan wurde? Und du willst dich freiwillig in seine Hände begeben?«

»Als geladener Gast und nicht als Freiwild, liebe Gräfin. Er wird wohl kaum alle seine Wochenendgäste umbringen. Außerdem wissen wir aus sicherer Quelle, dass er für diese spezielle Art von Vergnügen Jungfrauen bevorzugt, womit ich nun schon mal nicht in Frage komme.« Sie lächelte.

»Und Pavel? Er wird dich wiedererkennen.«

»Ich glaube nicht, dass Pavel an diesen Wochenendvergnügen teilnimmt. Er ist nur Handlanger und Vollstrecker. Nicht gut genug für eine solche Gesellschaft.«

Die Gräfin sah nicht überzeugt aus, doch Natalie gab nicht nach. »Du kannst es doch seiner Schwester gegenüber einfach einmal erwähnen. Sie soll ihren Bruder fragen, ob er Madame Natalie kennt. Man könnte ihn zudem ein bisschen provozieren und verbreiten, dass es nichts gibt, was diese Madame nicht über das Tarot weiß und nicht einmal er, der Auserwählte, würde ihr das Wasser reichen können. Das wird ihn wütend und zugleich neugierig machen.« Natalie sah ihre Kollegin eindringlich an. »Komm schon, Gräfin. Mach dir keine Sorgen um mich, ich kann sehr gut auf mich aufpassen. Und einen Versuch ist es wert.«

Die Gräfin kniff die Augen zusammen. »Also gut. Ich erwähne Madame Natalie gegenüber Mathilde und bitte sie, ihren Bruder nach ihr zu fragen. Aber mehr nicht.«

Natalie lächelte zufrieden. »Das wird reichen, glaub mir.«

Die Gräfin sah sie noch immer streng an. »Und könntest du mir bitte auch einen Gefallen tun?«

»Jeden, den du willst.«

»Könntest du endlich aufhören, mich Gräfin zu nennen? Ich war nur eine angeheiratete Gräfin und habe noch dazu meinem Mann und seinem Namen keine Ehre gemacht. Also nenn mich bitte so, wie ich heiße: Auguste.«

»Einverstanden, Auguste.«

Die Gräfin warf einen Blick auf die Uhr. »Wir sollten gehen.«

»Wohin?«

»Alice hat uns doch gebeten, heute auf die Versammlung des Frauenrechte-Vereins zu gehen, um die Frauen dort für unsere Mission zu gewinnen. Du hast versprochen mitzugehen.«

Natalie nickte. Im Eifer ihres Gesprächs hatte sie diese Versammlung ganz vergessen. Sie stand auf. »Ich hoffe, das dauert nicht allzu lange. Ich kann Vorträge nicht ausstehen, selbst wenn es sich um eine gute Sache handelt.«

Sie verabschiedeten sich von Marthe und den beiden anderen Frauen und gingen nach draußen. In der Bahnhofshalle kamen ihnen Hedwig und Bogdan entgegen, so sehr in ein Gespräch vertieft, dass sie Natalie und die Gräfin gar nicht bemerkten. Wobei, Gespräch konnte man es nicht nennen: Hedwig redete, gestikulierend und mit vor Eifer geröteten Wangen, und Bogdan ging neben ihr her, die Hände in den Taschen seiner Hose vergraben und hörte zu. Ab und zu nickte er.

»Ich glaube, Hedwig hat sich ein bisschen in unseren Beschützer verguckt«, bemerkte die Gräfin, als die beiden vorübergegangen waren.

»Tatsächlich? Bogdan ist doch mindestens zwanzig Jahre jünger.«

»Rein platonisch, natürlich«, erwiderte die Gräfin mit Nachdruck und lächelte dabei ein wenig. »Dieser Bär von Mann tut ihr irgendwie gut, habe ich den Eindruck. Gestern hat sie ihm ein Buch und selbstgemachte Erdbeermarmelade mitgebracht.«

Natalie warf ihr einen amüsierten Blick zu. »Na, ob er dafür Verwendung hat? Er sieht weder wie eine Leseratte aus noch wie jemand, der morgens zum Frühstück Butterhörnchen mit Marmelade isst.«

»Ach, da kann man sich täuschen«, erwiderte die Gräfin leichthin. »Und im Übrigen mögen es auch böse Buben, wenn sie ein bisschen umsorgt und geliebt werden, meinst du nicht?«

Natalie zog es vor, auf diese Frage nicht zu antworten.

32

»… mit Beginn der Industrialisierung ist die Säuglingssterblichkeit in Deutschland stark angestiegen, und man fragt sich, wieso, wenn doch der Fortschritt ein Segen für die Menschheit sein soll …«

Lotte Seiffert, die Vorsitzende des Frauenrechte-Vereins sah fragend in die Runde, wartete jedoch eine Antwort der Zuhörerinnen nicht ab, sondern sprach sogleich weiter: »… weil dieser angebliche Segen für die Menschheit nur ein Segen für die Männer ist und dabei auch nur für jene, die daran verdienen. Für die Frauen, die aus bitterer Armut heraus gezwungen sind, in den Fabriken zu arbeiten, ist es eine Katastrophe, und noch verheerender ist es für ihre Kinder. Es gibt schon nicht genug zu essen für die Familien, da kann sich keine Frau auch noch eine Kinderbetreuung leisten und sei sie noch so gering entlohnt. Viele Arbeiterfamilien leben allein von Brot, Kartoffeln und Alkohol! Die Kinder bekommen Schnaps, mit Zucker vermischt, als Ersatz für Butter, Schmalz oder Marmelade auf ihre Brote geschmiert oder statt Milch in ihre Trinkfläschchen gegeben. Außerdem wachsen sie zum Teil völlig ohne Aufsicht und Verpflegung auf. Sogar Säuglinge werden den ganzen Tag alleine gelassen, weil die Mütter in die Fabriken müssen und niemanden haben, der sich um ihre Kinder kümmert.«

Lotte Seiffert sah sich erneut um. Im vollbesetzten Nebenzimmer des Aschinger in der Leipziger Straße war es mucksmäuschenstill. Alle Frauen hörten Lotte Seifferts Bericht aus einem soeben erschienenen Buch über die sozialen Missstände im Land konzentriert zu, viele mit finsterer Miene. Auch Natalie, die, wie Alice wusste, eher widerwillig mitgegangen war, weil sie eine Aversion gegen »schulmeisterliches Geschwätz« hegte, wie sie es nannte, lauschte gebannt.

Alice hingegen war regelrecht schockiert. Inzwischen wusste sie so einiges über das, was man etwas euphemistisch die »soziale Frage« nannte, das Elend der Menschen, das mit der fortschreitenden Industrialisierung in den Städten einherging, doch es anhand so furchtbarer Beispiele veranschaulicht zu bekommen, war noch einmal etwas ganz anderes. Ihr traten Tränen in die Augen, als sie sich die armen kleinen Würmchen vorstellte, die den ganzen Tag alleine in ihrem Bettchen lagen, nicht gewickelt wurden und vor Hunger weinten, um dann mit Schnaps und Zucker statt mit kräftiger, nahrhafter Milch gefüttert zu werden.

»Das Elend der Kinder beginnt beim Elend der Frauen«, fuhr Lotte Seiffert mit vor Wut bebender Stimme fort. »Sie müssen bis zum Tag der Geburt arbeiten, und das einzige Schutzrecht, das sie haben, sechs Wochen Wöchnerinnenzeit, wird ihnen von den meisten Fabriken nicht gewährt. Die Frauen sind gezwungen, oft schon ein paar Tage nach der Geburt wieder zu arbeiten, um ihre Stellen nicht zu verlieren. Dabei verdienen sie rund vierzig Prozent weniger als Männer bei gleicher Arbeit. Frauenarbeit wird nur als Zubrot zur Arbeit des Mannes angesehen, das heißt, es ist politisch gar nicht gewollt, dass Frauen sich und ihre Familie mit ihrer Hände Arbeit selbst ernähren können! Fabrikarbeiterinnen ohne Ehemann, vielleicht sogar noch mit Kindern, verdienen bei elf Stunden Arbeit täglich nicht genug, um ausreichend Essen für sich und ihre Familie bezahlen zu können. Sie und ihre Kinder müssen hungern, und die schwächsten Glieder in dieser Kette, die Säuglinge, sterben zuerst.« Lotte Seiffert hob ein zusammengerolltes Plakat in die Höhe. »Wie wir alle wissen, ist die Textilbranche der Industriezweig, in dem die Frauen am stärksten vertreten und am stärksten ausgebeutet werden.« Sie wedelte mit ihrem Plakat und stieg dann auf einen Stuhl, der vor einer leeren Wand stand. »Die Namen der Betriebe, die auf diesen Plakaten genannt sind, sind bei uns in der Stadt und im Umland diejenigen, in denen die Frauen am stärksten benachteiligt werden. Wir werden die Plakate heute Nacht in der ganzen Stadt verteilen, vom Kurfürstendamm bis zum Schlesischen Bahnhof, von Spandau über Moabit bis nach Charlottenburg.«

Sie entrollte das Plakat und befestigte es mit Reißnägeln an der Wand. Ein Raunen und Tuscheln ging durch die Reihen der Frauen, als sie unter einer mit dramatisch roten Lettern gedruckten Anklage: *Frauenschinder!* fünf Firmennamen lasen, die jeder in der Stadt kannte.

Alice jedoch sah nur einen Namen: *Tuchfabrik von Kessel.*

Sie spürte, wie alles Blut aus ihrem Gesicht wich. Ihre Finger wurden kalt, und ihre Lippen fühlten sich taub an. Langsam glitt ihre Hand in die Tasche ihres Rocks, wo sich der Brief befand, den sie heute erhalten hatte. Heinrich hatte ihr geschrieben, dass er am Wochenende nach Hause kommen und sie seinen Eltern vorstellen würde. Sie war für Samstag in der Villa der von Kessels zum Tee eingeladen. Heinrich und sie hatten einander in den Wochen seit jenem denkwürdigen Tag viele Briefe geschrieben. Heinrichs Art zu schreiben war lebhaft und unterhaltsam, und Alice hatte begonnen, sich auf seine Briefe zu freuen und ihm gerne zu antworten. Bis heute. Bis diese Einladung gekommen war, die sie daran erinnert hatte, was Verlobung und Heirat tatsächlich bedeuteten: Der Beginn eines neuen Lebens, das Verlassen des Elternhauses, neue Umgebung, Schwiegereltern, Zusammenleben mit einem Mann, den sie noch kaum kannte. In den letzten Wochen war ihr das Ganze mehr wie ein vergnügliches Spiel vorgekommen, nicht wirklich real.

Nachdem sie bei der Geburtstagsfeier ihres Vaters mehr oder weniger unfreiwillig die Bombe hatte platzen lassen und damit ihre Eltern vor vollendete Tatsachen gestellt hatte, hatten diese sich recht schnell an die neue Situation gewöhnt und ihrer Verbindung nachträglich ihren Segen erteilt. Immerhin war Heinrich von Kessel eine gute Partie, wie Tante Dotti es in ihrer unnachahmlichen Art ihrer Mutter gegenüber zum Ausdruck gebracht hatte, als sie geglaubt hatte, ungestört zu sein: »Alice hätte es wahrlich schlechter treffen können, als den einzigen Sohn einer der reichsten Familien der Stadt für sich zu gewinnen. Ich frage mich nur, womit sie das geschafft hat. Mit ihren äußeren Reizen doch vermutlich nicht.«

Alice hatte sich nicht geärgert, als sie das mitangehört hatte und noch nicht einmal dann, als Tante Dotti erneut damit begann, ihr *Lenelos Kraftpulver für mehr Körperfülle und volle Brüste* ans Herz zu legen. Im Grunde war sie nur froh, mit dieser Verlobung erreicht zu haben, was sie sich immer gewünscht hatte: in Ruhe gelassen zu werden. Ihre Eltern schienen ihre Verantwortung Alice gegenüber jetzt, da sie jemandem versprochen war, nicht mehr so ernst zu nehmen, und sie konnte zunehmend tun und lassen, was sie wollte, ohne dass ihre Mutter genauer nachfragte. Sie musste nicht mehr wirklich lügen, und das erleichterte sie. Dabei spielte natürlich auch Constanze eine große Rolle. Es war etwas völlig anderes, anzugeben, der großen Schwester bei den Vorbereitungen einer Wohltätigkeitsveranstaltung am Schlesischen Bahnhof zu helfen, als zu verkünden, dass man an einem solchen Ort *arbeitete.*

Dies wies nach Alices Meinung schon jetzt darauf hin, dass nach der Heirat alles besser werden würde. Als verheiratete Frau würde sie nicht mehr gegängelt und bevormundet werden. Sie konnte es kaum erwarten, den engen Konventionen ihres Elternhauses zu entfliehen und endlich frei zu entscheiden, was sie mit ihrem Leben anfangen wollte. Heinrich würde sie dabei unterstützen, dessen war sie sich sicher. Er war jung, offen, modern, belesen, hatte unkonventionelle Freunde, immerhin Künstler! Womöglich würde sie eines Tages doch noch studieren können? Jedenfalls würde sie ein Leben führen, das sie glücklich machte, ein sinnvolles Leben, angefüllt mit nützlicher und herausfordernder Arbeit. Und Heinrich würde stolz auf seine unabhängige, freigeistige Frau sein können.

Der Brief in ihrer Tasche fühlte sich plötzlich unangenehm an. Sperrig, steif, ja fast bedrohlich. Wie konnte es sein, dass die Tuchfabrik von Heinrichs Familie zu den Textilbetrieben gehörte, die wegen ihrer fürchterlichen Arbeitsbedingungen öffentlich gebrandmarkt werden sollten? Wusste Heinrich von den Zuständen in der Fabrik? Alice konnte sich das nicht vorstellen. Er würde doch versuchen, auf seinen Vater einzuwirken, das zu ändern? Und natürlich würde er selbst die

Arbeitsbedingungen verbessern, wenn er erst einmal die Fabrik übernommen hatte und das Elend mit eigenen Augen sah. Immerhin hatte er sich im Zug für Gerda eingesetzt, hatte ihr den Zuschlag für die Polsterklasse bezahlt. Er war ein guter Mensch, daran hatte Alice keinen Zweifel. Und ein guter Mensch konnte nicht zulassen, dass die Kinder ihrer Mitarbeiterinnen Schnaps statt Butter oder Milch bekamen und stundenlang in nassen Windeln und hungrig zu Hause auf ihre Mütter warteten …

Heftiger Applaus riss Alice aus ihren aufgewühlten Gedanken. Der Vortrag war vorbei. Sie ließ den Brief in ihrer Rocktasche los und fiel in das Klatschen der anderen mit ein. Als Lotte Seiffert kurz darauf noch einmal um Stille bat und in die Runde fragte, ob sich noch einige Frauen bereiterklärten, bei der nächtlichen Plakataktion zu helfen, zögerte Alice, obwohl es sie in den Fingern kribbelte, sich augenblicklich zu melden. Bei allem Verständnis für ihre Motive würde Heinrich es mit Sicherheit nicht gutheißen, wenn er erführe, dass sie mitgeholfen hatte, seine Familie an den Pranger zu stellen. Andererseits, wenn er nicht wusste, was in der Fabrik vor sich ging – und es konnte nur so sein –, war diese Aktion womöglich ein hilfreicher Weckruf, nicht nur für Heinrich, sondern für die ganze Familie von Kessel. Niemand konnte ernsthaft wollen, dass die eigenen Mitarbeiter kurz vor dem Verhungern waren. Womöglich brauchten sie nur einen deutlichen Fingerzeig auf die Dinge, die falsch liefen. Vermutlich waren sie schon viel zu weit entfernt von der Realität der meisten Menschen hier in der Stadt, genauso wie sie es gewesen war, bevor sie begonnen hatte, in der Bahnhofsmission zu arbeiten. Sie war jahrelang mehr oder weniger freiwillig eingehüllt gewesen in einen warmen Kokon aus Samt und Seide, umgeben von festen Mauern, Teppichen, Seidentapeten und wohligem Kaminfeuer. Sie hatte sich in ihrem Leben noch keine Sekunde lang darüber Gedanken machen müssen, woher das Essen kam, das jeden Tag pünktlich auf dem Tisch stand. Ihre größte Sorge hätte, wie bei so vielen ihrer Altersgenossinnen, weiter darin bestehen können, welches Kleid sie zum Tee am Nachmittag trug und ob ihre Hüte noch der aktuellen Mode entsprachen.

Die Begegnung mit der Bahnhofsmission war ihr Weckruf gewesen. Und vielleicht konnte sie nun auch ein Weckruf für andere sein. Vor allem aber würde sie sich nicht mehr morgens im Spiegel ansehen können, wenn sie jetzt nicht zu ihren Überzeugungen stand. War es nicht Heinrich selbst gewesen, der ihr in seiner Widmung ein unerschrockenes Herz bescheinigt hatte? Und an jenem Sonntag am Wannsee hatte sie ihm gesagt, wofür ihr Herz schlug. Sie hatte ihm gesagt, dass sie frei sein wollte, zu tun und zu lassen, was immer sie wollte. Und es hatte ihm gefallen. Sie hatte es ihm angesehen.

Alice atmete tief durch und hob entschlossen die Hand. Lotte Seiffert bedankte sich lächelnd, und Alice wurde vor Erregung und Stolz warm ums Herz. Sie würde sich heute Nacht aus dem Haus stehlen und bei dieser Aktion dabei sein. Weil es richtig war. Und weil sie ein unerschrockenes Herz hatte.

* * *

Natalie wurde durch ein heftiges Pochen aus dem Schlaf gerissen. Als sie schlaftrunken die Tür öffnete, stand Schwester Anastasia im Nachthemd davor, die Augen groß vor Schreck. »Unten steht ein Polizist«, flüsterte sie. »Er will, dass Sie mit ihm kommen.«

Natalie war schlagartig wach. »Wie spät ist es?«, fragte sie alarmiert.

»Drei Uhr morgens.«

»Hat er gesagt, worum es geht?« Natalie begann bereits in ihr Kleid zu schlüpfen.

»Nein.«

Natalie brauchte nur wenige Minuten, um sich fertig anzuziehen und ihre Haare einigermaßen zu ordnen, dann folgte sie der Diakonissin nach unten. Anders als sie erwartet hatte, wartete unten im Eingangsbereich des Stifts nicht Leo Hirschfeld, sondern ein Gendarm in Uniform. Er war jung und sah übernächtigt unter seiner Pickelhaube hervor.

»Sind Sie Fräulein Castellana?«, fragte er, als Natalie näher trat.

»Ja. Was ist passiert?«

»Ich soll Sie auf die Wache begleiten.«

»Bin ich etwa verhaftet?« Eine alte, wohlbekannte Angst kroch in Natalies Herz.

»Nein, nein, gnädiges Fräulein.« Der Gendarm wehrte fast erschrocken ab. »Es wurde eine Verhaftung vorgenommen, und der Kommissar Hirschfeld, der zufällig zugegen war, meinte, Sie könnten womöglich behilflich sein.«

Verwirrt und erleichtert gleichermaßen schlüpfte Natalie in ihren Mantel und setzte ihren Hut auf. »Gehen wir.«

Sie fuhren mit dem Polizeiwagen zum Polizeipräsidium Alexanderplatz. Als sie die Nachtwache betraten, sah sich Natalie überrascht um. In dem Raum befanden sich mindestens ein Dutzend wütender Frauen, die von einer Handvoll Gendarmen mühsam in Schach gehalten wurden. Der Geräuschpegel war entsprechend hoch. Die Frauen setzten sich teilweise mit Schirmen zur Wehr, und die Polizisten wirkten ziemlich überfordert. Als Natalie unter den Frauen Lotte Seiffert erkannte, die sich gerade eine wütende verbale Auseinandersetzung mit einem Gendarm lieferte, ging ihr ein Licht auf. Vermutlich waren die Frauen im Rahmen ihrer Plakataktion festgenommen worden.

»Was haben diese Frauen verbrochen?«, fragte sie den jungen Gendarmen, der sie an der wütenden Menge vorbeilotste.

»Beleidigung, Verleumdung, Sachbeschädigung, tätlicher Angriff, Widerstand gegen die Staatsgewalt …«, zählte der Gendarm an den Fingern seiner linken Hand auf, während er mit der Rechten zwei sich mit einem anderen Gendarmen rangelnde Frauen abwehrte. »Die Damen wurden festgenommen, weil sie diffamierende Schriften verteilt und Plakate an fremdem Eigentum angebracht haben, die Unschuldige verleumden. Außerdem haben sie die Gendarmen beleidigt und tätlich angegriffen sowie sich ihrer Verhaftung widersetzt.«

»Und was geschieht nun mit all diesen gemeingefährlichen Frauen?«, wollte Natalie wissen, die die Vorstellung amüsierte, dass einige der so rechtschaffen wirkenden Damen, die sie am Nachmittag noch in der Versammlung gesehen hatte, mit Regenschirmen oder was auch immer auf die Gendarmen losgegangen waren. Der junge Mann warf ihr einen empörten Blick zu. Ihr Spott war ihm offensichtlich nicht entgangen. »Sie werden über Nacht in Haft gesetzt, damit sich die Gemüter beruhigen. Morgen können ihre Männer oder Väter sie dann abholen und werden sie hoffentlich endgültig zur Vernunft bringen.«

»Die Männer und Väter, natürlich. Na, dann hoffen wir mal auf deren Autorität, damit Reich und Kaiser nicht am Ende noch wegen ein paar hysterischer Weibsbilder ins Wanken geraten, nicht wahr?«

Der Blick des Gendarmen wurde jetzt unsicher, er fragte sich vermutlich – und das nicht zu Unrecht –, ob Natalie ihn auf den Arm nahm. Er war jedoch klug genug, nichts darauf zu erwidern. Sie gingen einen langen Flur entlang und über eine Treppe in den ersten Stock. Dort folgte ein weiterer Flur, dunkel, still und leer. An dessen Ende blieb der Gendarm vor einer Tür stehen, klopfte kurz und öffnete sie. »Das Fräulein Castellana wäre jetzt hier, Herr Kommissar«, sagte er respektvoll, während er eintrat.

»Danke.«

Natalie folgte ihm in das geräumige Büro und sah sich um. Leo Hirschfeld saß hinter einem nüchternen Schreibtisch, auf dem sich Aktenstapel türmten. Auf einem Stuhl etwas entfernt an der Wand saß Alice, mit vor der Brust verschränkten Armen, zerzauster Frisur und trotzigem Blick.

»Alice!« Natalie wusste nicht genau, wen sie erwartet hatte, am ehesten hatte sie mit der Gräfin gerechnet, die sich ebenfalls zu der Plakataktion gemeldet hatte, unten auf der Wache aber nicht zu sehen gewesen war. An Alice hatte sie jedoch überhaupt nicht gedacht.

Sie wandte sich an Hirschfeld. »Was ist passiert?«, wollte sie wissen.

»Guten Abend, Fräulein Castellana«, sagte er förmlich, ohne auf ihre Frage zu antworten. »Danke, dass Sie trotz der späten Stunde gekommen sind.«

Es blieb mir nichts anderes übrig, dachte Natalie, hielt jedoch den Mund. Der Kommissar sah auf die Uhr, die gegenüber seinem Schreibtisch an der Wand hing und notierte sich etwas auf einem Blatt Papier. Natalie fiel erst jetzt auf, dass er sie bei ihrem letzten Treffen mit Vornamen angesprochen hatte. Jetzt hob er den Kopf und sah sie an. Seine Miene war sachlich und fast unbeteiligt. Ein außenstehender Beobachter hätte meinen können, sie begegneten einander zum ersten Mal. Er sah zu Alice hinüber. »Die junge Dame sagte mir, ihr Name sei Alice Hardtleben. Können Sie das bestätigen?«

Natalie warf ihm einen ungehaltenen Blick zu. »Ja. Was werfen Sie ihr vor? Doch wohl kaum einen tätlichen Angriff …?«

»Ich werfe ihr gar nichts vor. Wie Sie unten gesehen haben, haben die Kollegen der Schutzmannschaft zahlreiche Frauen verhaftet, die in Verdacht stehen, sich an einer rechtswidrigen Aktion beteiligt zu haben.« Seine Stimme wurde leiser. »Ich habe die Vermutung, dass das Fräulein Hardtleben, das sich, wie ich weiß, in Ihrer Obhut befindet, rein versehentlich in diese Verhaftung geraten ist …« Er sah sie vielsagend an, und Natalie verstand augenblicklich.

»Ja, das muss so gewesen sein«, erwiderte sie schnell und warf einen unauffälligen Blick zu dem jungen Gendarmen, der neben der Tür stehengeblieben war und mit Sicherheit jedes Wort hörte, das gesprochen wurde. »Wir waren gemeinsam auf einer Abendveranstaltung … der Kirche, die länger gedauert hat und …«, improvisierte sie und überlegte dabei fieberhaft, wie sie begründen konnte, dass Alice irgendwo – sie wusste ja nicht einmal, wo man sie aufgegriffen hatte – allein unterwegs gewesen war, doch bevor sie noch weiter schwindeln musste, winkte der Kommissar ab. »Danke, das reicht mir. Sie können die junge Dame mitnehmen.« Er deutete auf das Blatt Papier, das vor ihm lag. »Bestätigen Sie mir bitte nur fürs Protokoll, dass Sie sie abgeholt haben.«

Natalie überflog die zwei knappen Zeilen und setzte ihre Unterschrift darunter.

Als sie aufsah, traf ihr Blick seinen. »Danke«, sagte sie, und er nickte nur, ohne etwas zu erwidern, doch seine haselnussbraunen Augen lächelten.

Natalie wandte sich an Alice. »Komm, ich bringe dich nach Hause.«

»Ich verstehe nicht ganz«, begann Alice, die bis dahin geschwiegen hatte. »Warum kann ich schon nach Hause gehen, und die anderen …« Sie stand langsam auf und kam auf sie zu.

»Mit denen hast du doch nichts zu tun, meine Liebe«, sagte Natalie und hakte sich energisch bei ihr unter.

»Aber das stimmt nicht …«

»Doch!«, zischte Natalie sie an. »Ich will nichts mehr hören. Kein einziges Wort, verstanden?«

Verschreckt nickte Alice. Natalie verabschiedete sich von Kommissar Hirschfeld, und eskortiert von dem Gendarmen verließen sie das Büro. Sie waren bereits im Flur, als Kommissar Hirschfeld zur Tür kam und den Gendarmen noch einmal zu sich winkte. »Nehmen Sie den Hinterausgang«, wies er ihn an, und der junge Mann nickte. »Jawohl, Herr Kommissar.«

Als sie kurz darauf auf dem Alexanderplatz standen, atmete Natalie auf. »Das war knapp. Was ist passiert?«, wollte sie wissen.

»Herr von Kessel hat die Polizei gerufen. Wegen der Plakate.«

»Herr von Kessel? Aber wie … woher wusste er so schnell davon?«

»Wir haben das Eingangsportal seiner Villa mit Plakaten beklebt. Leider gab es dort im Haus einen Hund, der hat angefangen zu bellen …« Alice hob die Schultern und verstummte.

»Das war aber keine Heldenaktion«, meinte Natalie trocken. »Plakate auf Litfaßsäulen kleben oder an öffentliche

Mauern, das geht ja in Ordnung, aber auf fremdes Eigentum? Noch dazu, wenn es sich um den Betroffenen handelt? Wer hatte denn diese Schnapsidee?«

»Ich kannte die Frauen nicht, die die Idee hatten, ich bin nur mitgegangen, weil ich nicht kneifen wollte. Mir war auch nicht wohl dabei, weil ich … ich hatte Angst …« Mit einem Mal verließ Alice aller Trotz und aller Stolz, und sie fing an zu weinen.

»Na, na, na, so schlimm ist es nun auch wieder nicht«, sagte Natalie, legte einen Arm um Alice und führte sie zu einer nahen Trambahnhaltestelle, wo eine Bank stand. Sie setzten sich. »Ist doch alles gutgegangen. Der Kommissar hat dir geholfen. Er kannte deinen Namen. Ich hatte im Zusammenhang mit Gerda und der Villa erwähnt, dass deine Eltern vermutlich nicht so genau wissen, was du bei uns machst und dass wir dich nicht kompromittieren sollten. Daran hat er sich vermutlich erinnert.« Und damit eine frühere Indiskretion zumindest ein wenig wieder gutgemacht, dachte Natalie und musste unwillkürlich lächeln.

»Was hätte denn passieren können, wenn du mich nicht abgeholt hättest?«, fragte Alice und schniefte.

Natalie warf ihr einen Blick zu und wunderte sich wieder einmal, wie unerfahren diese junge Mädchen doch waren. Sie hatten noch nichts Böses erlebt und konnten sich nichts Schlimmes vorstellen. »Du wärst für eine Nacht ins Gefängnis gekommen, und morgen hätte man deine Eltern informiert, dass sie dich abholen können. Und vermutlich hättest du eine Anklage bekommen. Wegen Verleumdung und Sachbeschädigung. Das hätte im Fall einer Verurteilung bedeutet, dass du vorbestraft gewesen wärst. Eine Kriminelle.« So wie ich, dachte sie, sprach es jedoch nicht aus.

Alice sah sie schockiert an. Erst jetzt ging ihr offenbar die Tragweite dieser Festnahme auf. »Oh mein Gott«, flüsterte sie. »Und ich hatte nur Angst, er würde mich womöglich erkennen.«

»Wer?« Natalie runzelte die Stirn.

»Herr von Kessel. Er hat von oben runtergebrüllt und uns beschimpft.«

»Du kennst den Mann?«

»Nein, nur seinen Sohn, Heinrich. Aber ich werde ihn Samstag in einer Woche kennenlernen. Er wird mein Schwiegervater werden.« Alice begann erneut zu weinen. Unter Schluchzen begann sie zu erzählen, und Natalie erfuhr von der Verlobung, über die Alice bisher kein Wörtchen hatte verlauten lassen, obwohl sie in den letzten Wochen wirklich gute Freundinnen geworden waren.

Natalie war sprachlos. »Du hast bei dieser Plakataktion mitgemacht, obwohl du wusstest, dass es sich dabei um deinen zukünftigen Schwiegervater handelt?«

»Ja! Es bleibt doch trotzdem eine Schande! Und es muss sich trotzdem etwas ändern. Ich dachte, vielleicht …« Alice schüttelte verzagt den Kopf. »Es war ziemlich dumm von mir, das begreife ich jetzt auch.«

Natalie konnte ihr nicht widersprechen. »Warum hast du nichts von deiner Verlobung erzählt?«, wollte sie wissen. »Wir hätten mit dir gefeiert.«

»Ich weiß nicht.« Sie schien zu überlegen. »Mir war wohl nicht nach Feiern zumute. Ich habe das alles nicht wirklich ernst genommen. Erst heute, als ich den Brief mit der Einladung bekommen habe und dann, als ich heute Nacht vor dieser Villa stand, ist das Ganze erst richtig real für mich geworden. Dieser Mann war so wütend! Ich war froh, dass er nur aus dem Fenster gebrüllt hat und nicht heruntergekommen ist. Er hätte uns mit Sicherheit geschlagen.« Sie schauderte.

»Und sein Sohn?«

»Heinrich ist ein guter Mensch. Wir kennen uns noch nicht lange, aber das weiß ich.«

»Liebst du ihn denn?«

Alice sah sie mit großen Augen an. »Wie könnte ich ihn schon lieben, wenn ich ihn doch gar nicht richtig kenne? Aber ich weiß, dass ich ihn lieben werde.«

»Wieso willst du überhaupt schon heiraten? Du bist doch noch so jung.«

»Ich will frei sein, Natalie. Ich will mir von meinen Eltern nicht mehr vorschreiben lassen, was ich zu tun und zu lassen habe. Ich will lernen und arbeiten, aber sie lassen mich nicht. Es geht immer nur um den Ruf meines Vaters, um die Klinik und darum, was sich schickt. Ich vergeude mein Leben deswegen, und das halte ich nicht mehr aus!«

»Du willst also heiraten, um frei zu sein?«, fragte Natalie.

»Ja, genau! Heinrich ist ein offener Mensch, er hat liberale Freunde, Künstler, er wird mich unterstützen, einen Beruf zu lernen.«

»Sagtest du nicht, er sei Offizier und er werde einmal die Fabrik seines Vaters erben?«

»Schon, aber …«

»Hör zu«, Natalie nahm Alices Hand. »Es steht mir vielleicht nicht zu, mich da einzumischen, aber ich glaube, du machst einen Fehler. Bitte denk noch einmal darüber nach. Ich habe schon viele preußische Offiziere getroffen, aber ein liberaler Freigeist war noch nie darunter, so viel ist sicher. Und selbst wenn es so wäre: Als Fabrikantensohn und Erbe seines Vaters wird er nicht viel Spielraum in seinen Entscheidungen haben und du als seine zukünftige Frau auch nicht.« Sie schüttelte den Kopf. »Verabschiede dich von deinen romantischen Träumen! Man kann aus vielen Gründen heiraten, und die meisten davon sind sogar nachvollziehbar. Aber zu heiraten, um frei zu sein, ist das Dümmste, was ich je gehört habe.«

Alice entzog ihr abrupt die Hand. »Du hast recht«, sagte sie gekränkt. »Es steht dir nicht zu, dich einzumischen.«

Natalie seufzte. »Entschuldige, das war nicht böse gemeint. Ich wollte damit nur sagen, dass du dich täuschst, wenn du glaubst, eine Ehe gäbe dir Freiheiten. Eigentlich ist doch das Gegenteil der Fall. Du hast keine Entscheidungsfreiheit mehr, dein Mann darf über alles bestimmen, was dich betrifft, den Haushalt, euer Leben, ja sogar über deine Kinder, solltet ihr welche bekommen!«

Alice sah sie einen Moment lang schweigend an, dann sagte sie: »Es kommt auf den Mann an, meinst du nicht? Heinrich ist nicht so. So … bestimmend. Er hat mich ermutigt, mein Leben in die eigenen Hände zu nehmen.«

Natalie lächelte ihr versöhnlich zu. »Dann ist ja alles gut«, sagte sie und fügte hinzu: »Und mach dir keine Sorgen, dass sein Vater dich wiedererkennen könnte. Es war dunkel, und er hat nur aus dem Fenster gesehen. Die Leute sehen meist nur, was sie sehen wollen, und so wird er, sofern man ihn nicht direkt mit der Nase darauf stößt, nie im Leben seine zukünftige Schwiegertochter mit einer wildgewordenen Suffragette in Verbindung bringen.« Sie musste lachen, und Alice stimmte nach kurzem Zögern in das Lachen mit ein.

Natalie stand auf. »Komm, ich begleite dich nach Hause. Bevor hier die erste Trambahn vorbeifährt, liegst du längst in deinem Bett.«

33

Eine Woche später hielt der Oktober Einzug. Er begann nass und stürmisch. Ein rauer Wind riss die Blätter von den Bäumen am Flussufer, und die Spree floss so schwermütig und grau dahin, dass man meinen konnte, sie hätte rein gar nichts mit dem übermütig glitzernden Fluss des Sommers zu tun. Als Natalie am Freitagmorgen in die Mission kam, waren ihre Schuhe und Strümpfe schon von dem kurzen Weg vom Johannisstift zum Bahnhof nass, und ihr Rock war am Saum schmutzig und durchweicht.

Die Mission empfing sie wie üblich, freundlich und heimelig. Im Herd brannte bereits ein Feuer, es roch nach Kaffee, geröstetem Brot und der Kartoffelsuppe, die Marthe schon für Mittag vorbereitet hatte. Alice war ebenfalls schon da, was Natalie inzwischen nicht mehr überraschte. Seit ihrer Verhaftung letzte Woche war sie jeden Tag von frühmorgens bis zum Abend in der Mission gewesen. Natalie hatte sie mitunter förmlich drängen müssen, endlich nach Hause zu gehen.

Jetzt saß Alice am Tisch und war damit beschäftigt, das Bettzeug der Notpritschen zu flicken. Sie hielt den Kopf konzentriert über einen Kopfkissenbezug gesenkt und nähte mit gewissenhaften kleinen Stichen. Natalie zog ihren Mantel aus und betrachtete sie nachdenklich. Seit dem nächtlichen Intermezzo mit der Polizei war Alice stiller und nachdenklicher als sonst und dabei fast übertrieben fleißig. Immerzu suchte sie nach etwas, womit sie sich beschäftigen konnte. Gestern hatte sie mit Marthes Erlaubnis das Geschirrbord und die Vorratsschränke geleert, geputzt und wieder eingeräumt, und vorgestern hatte sie mit Gerda zusammen Babas Gemüsegarten umgegraben, bis sie Blasen an den Händen hatte. Wenn sie nicht mit Hedwig, Margarethe und der Gräfin am Bahnsteig stand, Flugblätter verteilte und mit den Reisenden sprach, kümmerte sie sich um all die Kleider, die noch immer bei ihnen abgegeben wurden, sie sortierte, plättete und versah sie mit kleinen Preisschildern.

Natalie ahnte, dass diese ständige Betriebsamkeit weniger mit dem Schock ihrer Verhaftung als mit ihrer Verlobung und vor allem mit dem anstehenden Besuch bei ihren zukünftigen Schwiegereltern zu tun hatte. Alice flüchtete sich in die Arbeit, um nicht nachdenken zu müssen. Natalie konnte sie gut verstehen. Nach wie vor war sie der Überzeugung, dass Alice dabei war, einen großen Fehler zu begehen, und sie hoffte, die junge Frau würde es noch rechtzeitig bemerken. Alice schien ihr im Übrigen ihre deutlichen Worte von letzter Woche nicht übel zu nehmen, sie verhielt sich ihr gegenüber ebenso offen und natürlich wie zuvor, worüber Natalie sehr dankbar war. Es hätte sie tief betrübt, wenn sie Alice verschreckt hätte.

Natalie zog ihren Mantel aus und hängte ihn an den Haken.

»Kommt Pfarrer Burckhardt heute?«, wollte sie wissen, den Blick noch immer auf die emsig nähende Alice gerichtet.

»Nee, der Herr Pfarrer hat heute schon wieder 'nen Termin

im Dekanat.« Marthe wiegte vielsagend den Kopf. »Ick hoffe ja, dass es ihm jelingt, die Holzköppe zur Vernunft zu bringen, damit wir weitermachen können. Diese Woche hatten wir fast fuffzig Mittagessen, und alles waren Leute, die dit ooch bitter nötig jehabt haben, so spillerig und mager wie die alle waren. Vor allem die jungen Mädchen und die Frauen mit ihre Kleenen. Mir tut's im Herzen weh, wenn die nüscht mehr haben, wo se hingehen können.«

Natalie nickte. »Es wird schon gutgehen. Wir haben alles getan, was möglich war.«

»Aba die Jeschichte mit die Gerda is noch nich vom Tisch. Wird Zeit, dass das Mädel wieder auftaucht, damit der Dekan Ruhe gibt.«

»Solange Pavel noch frei rumläuft, geht das nicht, das weißt du doch. Es ist zu gefährlich.«

»Pah! Wenn dieser verfluchte Kerl uns zu nahe kommt, schnappt Bogdan ihn sich und schlägt ihn zu Brei.«

Bogdan kam nach wie vor in die Mission, obwohl Natalie Maxim seit jener Nacht nicht mehr getroffen und auch nichts von ihm gehört hatte. Da sie wusste, dass Maxim Bogdan vertraute, hatte sie ihm vor ein paar Tagen eine Nachricht übergeben, in dem sie Maxim davor warnte, dass die Polizei gegen ihn ermittelte. Sie hatte eine Weile vor diesem Schritt gezögert, weil sie paradoxerweise das Gefühl gehabt hatte, Leo Hirschfeld damit zu verraten, es am Ende aber trotzdem getan. Sie war Maxim mehr schuldig als dem Kommissar, mit diesem Argument hatte sie sich zu beruhigen versucht. Schon allein deswegen, weil er ihnen Bogdan geschickt hatte, konnte sie Maxim nicht verschweigen, was sie von Hirschfeld erfahren hatte.

»Ja, kann schon sein, aber Pavel wird sich hüten, hier einfach so aufzutauchen. Er ist ja nicht bekloppt. Das heißt jedoch nicht, dass er nicht hier irgendwo rumschleicht und auf eine Gelegenheit wartet.«

»Meenste? Ick weeß ja nicht.« Marthe sah Natalie skeptisch an. »Ist ja schon 'ne Weile her, dass Baba das Mädel jefunden hat. Vielleicht is er längst schon über alle Berge.«

Natalie widersprach nicht, obwohl sie anderer Meinung war. Es hatte keinen Sinn, sich über Mutmaßungen zu streiten. Sie konnte Marthe durchaus verstehen. Auch sie war frustriert. Nichts war geschehen, seit Gerda gerettet worden war. Obwohl sie vermutlich herausgefunden hatten, wer hinter Gerdas Entführung steckte, hatten sie nichts in der Hand, um ihn zur Rechenschaft zu ziehen. Er würde einfach so weitermachen. Bis wieder irgendwo ein totes Mädchen gefunden wurde. Als ob Marthe ihre Niedergeschlagenheit gespürt hätte, sagte sie plötzlich: »Ach, fast hätt ick es verjessen: Dit lag heute Morgen hier uffm Tisch.« Sie ging zu ihrem Postkorb und kam mit einem Brief zurück.

Natalie drehte das Kuvert überrascht in den Händen. Schweres, cremefarbenes Büttenpapier, mit einem geprägten Wappen und ohne Absender. Der Brief war nicht frankiert, und als Empfänger stand nur *Madame Natalie* darauf. Als sie diese Anrede las, begann sie zu ahnen, worum es sich handeln könnte. Sie griff nach einem Messer, schlitzte das Kuvert vorsichtig auf und entnahm ihm ein Blatt Papier. Mit wachsender Erregung überflog sie die in einer akkuraten Handschrift geschriebenen Zeilen: *Sehr geehrte Madame Natalie! Ihr Ruf als Eingeweihte des Tarots eilt Ihnen voraus. Ich würde mich freuen, bei meiner kleinen Soirée am morgigen Samstag um 21 Uhr im Kahlenbergschlösschen in den Genuss Ihres vielgerühmten Könnens kommen zu dürfen.* Darunter war eine schwungvolle Unterschrift gesetzt: *Otto von Kahlenberg*. Dem Anschreiben war eine Tarotkarte beigefügt, das Rad des Schicksals. Natalies Herz begann schneller zu klopfen. Er hatte angebissen.

»Wo sagtest du, lag der Brief?«

»Na hier, uffm Tisch!« Marthe deutete auf den Tisch, an dem Alice saß. Diese hatte ihr Nähzeug weggelegt und sah jetzt fragend zu ihnen herüber. Natalie schüttelte unmerklich den Kopf. Sie wollte nicht vor Marthe sprechen, das hätte zu viele Fragen hervorgerufen.

»Wat Wichtijes?«, wollte die Köchin wissen.

»Nein, nur eine Einladung.« Natalie zuckte betont gleichgültig mit den Achseln, schob die Karte und den Bogen Papier zurück in das Kuvert und steckte es in die Tasche. »Weiß noch nicht, ob ich sie annehme.«

Erst gegen Abend, als alle anderen schon gegangen waren, fand sich Zeit, mit Alice zu sprechen, und Natalie zeigte ihr den Brief. Alice überflog ihn und machte große Augen. »Du meine Güte, das ist ja schon morgen! Wie schnell das gegangen ist. Da war die Werbetrommel, die Auguste für dich gerührt hat, aber ziemlich erfolgreich.« Nachdem Natalie den Anfang gemacht hatte, waren die anderen auch dazu übergegangen, die Gräfin mit ihrem eigentlichen Namen anzusprechen.

Natalie nickte. »Sie wird mir den Brief gestern Abend noch hingelegt haben. Ich bin etwas früher gegangen, deshalb hat sie mich nicht mehr angetroffen.« Sie seufzte. »Schade, ich hätte zu gerne gewusst, wie es ihr gelungen ist, diese Einladung so schnell zu bekommen.«

»Vielleicht hat sie Otto von Kahlenberg bei seiner Schwester getroffen und ihn direkt angesprochen?«, überlegte Alice. »Ich wüsste zu gern, wie er aussieht. Ob man ihm wohl ansieht, was für ein Ungeheuer er ist?« Sie schüttelte sich schaudernd.

»Wir wissen ja noch gar nicht, ob er wirklich der Täter ist«, gab Natalie zu bedenken, allerdings nur formhalber. Im Grunde war sie wie Alice davon überzeugt, dass Otto von Kahlenberg der Mann war, den sie suchten.

»Aber du wirst ihn morgen auf jeden Fall kennenlernen«, meinte Alice. Ihre Stimme klang beklommen.

Natalie war selbst auch ein wenig unbehaglich zumute. Sie war sehr zuversichtlich gewesen, als sie sich diesen Plan ausgedacht hatte, doch jetzt kamen ihr doch einige Bedenken angesichts der Aussicht, sich freiwillig in die Höhle des Löwen zu begeben.

»Ich muss mich vorbereiten«, sagte sie nachdenklich. »Er wird mich auf die Probe stellen, ob ich wirklich so viel über das Tarot weiß, wie behauptet wird.« Im Geiste begann sie bereits die verschiedenen Legemöglichkeiten durchzugehen, die Zahlenmystik und astrologischen Aspekte, die sich hinter den Bildern verbargen, die Bedeutung der Elemente, der verwendeten Symbole und der Farben ihres abgewetzten Marseiller Decks. In ihren Sitzungen verwendete sie meist nur die gängigsten Methoden, doch von Nuria und den anderen Kartenlegerinnen im Zirkus hatte sie auch komplizierte, nur im Geheimen weitergegebene Legesysteme gelernt, die komplexere Deutungen erlaubten und eine hohe Konzentration erforderten. Sie würde morgen zu Hause bleiben und üben, nahm sie sich vor. Ein Tag Vorbereitungszeit war ohnehin kurz, die Zeit musste sie nutzen.

»Was bedeutet die Karte, die er dem Schreiben beigelegt hat?«, wollte Alice wissen und griff danach.

»*La Roue de Fortune*«, sagte Natalie, unwillkürlich ins

Französische verfallend und betrachtete die Karte in Alices Händen. Ein hölzernes Rad war darauf abgebildet, auf dem drei seltsame Wesen saßen. Zuoberst, auf einer Art Plattform, thronte eine blaue Sphinx, links, in den Speichen des Rads, hockte eine Gestalt, die einem Äffchen glich und rechts ein hundsköpfiges Tier, das ein wenig an den Totengott Anubis erinnerte.

»Das Rad des Schicksals kann vieles bedeuten«, sagte Natalie. »Eine Chance oder eine Erkenntnis, auch Glück, aber ebenso Heimsuchung und Verhängnis. Meist bedeutet es eine gewisse Zwangsläufigkeit. Eine Entwicklung, der man nicht entrinnen kann. Das Rad des Schicksals dreht sich weiter und weiter, gleichgültig, ob man es will oder nicht.«

Alice drehte die Karte stirnrunzelnd in ihren Händen. »Das hört sich nicht besonders vertrauenerweckend an. Bist du dir sicher, dass du hingehen willst? Du könntest es auch einfach sein lassen.«

Natalie schwieg eine ganze Weile, dann sagte sie: »Nein, ich bin mir nicht sicher. Jetzt, wo es so weit ist, ist mir ein wenig bange davor, ohne dass ich genau sagen könnte, wovor ich mich fürchte. Aber ich werde trotzdem hingehen. Vielleicht soll mir diese Karte genau das sagen: Es wird sich zeigen.«

»Was?«, fragte Alice irritiert. »Was wird sich zeigen?«

»Keine Ahnung. Irgendetwas. Ich werde es wissen, wenn es so weit ist. Und wie ist es bei dir?«

Die Tatsache, dass Alice sofort wusste, worauf Natalie anspielte, bewies, dass sie die ganze Zeit vermutlich an kaum etwas anderes gedacht hatte. »Bei mir ist es genauso«, bekannte sie freimütig. »Ich habe Angst, aber ich werde trotzdem hingehen.«

Natalie nickte. Als Alice die Tarotkarte zurück in das Kuvert stecken wollte, hielt sie ihre Hand behutsam fest. »Behalte sie. Als Talisman für morgen. Vertraue auf das Rad und darauf, dass sich zeigen wird, was geschehen soll.«

»Danke.« Alice lächelte beklommen. »Sieht so aus, als ob dieser Samstag ein schicksalsträchtiger Tag für uns beide werden wird.«

34

Alles an diesem Haus war groß. Das Eingangsportal, an dem sich glücklicherweise keinerlei Spuren ihrer nächtlichen Klebeaktion mehr fanden – das Holz war blankgeschrubbt, ebenso die Steinstufen davor –, war etwa doppelt so groß wie die Tür von Alices Zuhause, und die schmucklose Eingangshalle hätte von den Dimensionen einem Schloss Ehre gemacht. Etwas überwältigt blieb Alice stehen und sah nach oben, wo ein gewaltiger Kronleuchter von der Decke hing. Darüber befand sich ein Oberlicht aus buntem Glas, in dem sich das Sonnenlicht brach und die Kristalltropfen am Leuchter funkeln ließ. Im Gegensatz zu gestern war das Wetter heute wieder schön, die Sonne strahlte von einem wolkenlosen Herbsthimmel, die Luft war herbstlich mild. In der Halle jedoch war davon nichts zu spüren. Es war klamm und kalt wie in einem Grab. Eine Freitreppe führte nach oben und eine Galerie entlang, von der einige Türen abgingen. Die Wände dort waren in einem Grün gestrichen, das so dunkel war, dass es fast schwarz wirkte.

Heinrich, der sie mit dem Auto abgeholt hatte, nahm ihre Hand. Er schien fast ebenso nervös wie sie selbst. »Lass dich von dieser Halle nicht einschüchtern«, flüsterte er. »Ich kann sie auch nicht ausstehen. Sie erinnert mich immer an eine

Gruft.« Er lächelte ihr aufmunternd zu. »Wir werden unser Haus anders einrichten. Modern, mit leichten Möbeln und hellen Farben.«

Alice gelang es zu nicken. In diesem Moment trat aus einer der Türen, die von der Halle abgingen, ein ältlicher, arthritisch wirkender Butler und verbeugte sich leicht. Offenbar hatte ihn das Dienstmädchen, das ihnen geöffnet hatte, über ihr Ankommen informiert. »Herr von Kessel.« Er nickte Heinrich und auch Alice zu, wenngleich sehr knapp. »Ihre Eltern erwarten Sie und das Fräulein bereits im Blauen Salon.«

Alice und Heinrich folgten dem Butler in eine große Bibliothek mit zahllosen, edel aussehenden Buchrücken in Mahagoniregalen, die bis zu der hohen Decke reichten. Ein offener Kamin, in dem aber kein Feuer brannte und ein Ledersessel vervollständigten die Einrichtung. Das Zimmer wirkte unbewohnt, so als hielte sich nie jemand hier auf. Sie gingen noch durch zwei weitere Zimmer, deren Funktion nicht sofort erkennbar war. Ihre Wände waren mit Seidentapeten bespannt, und dicke Teppiche verschluckten jeden ihrer Schritte. Wie zufällig verteilt standen ein paar Tischchen, Bodenvasen, Vitrinen und Polstersessel herum. Alice fand es seltsam, dass Heinrich und sie nicht von den Eltern, sondern von einem Diener begrüßt worden waren, so als wären sie Besucher. Sie hatte immer geglaubt, in ihrem Elternhaus ginge es steif zu, aber gegen dieses Haus war es dort geradezu nachlässig locker. Allein das steife Gebaren des Butlers im Vergleich zu Johanns herzlicher Art fand Alice albern. Man mochte meinen, er arbeite für den Kaiser höchstpersönlich, wie er im Frack und blütenweißen Handschuhen vor ihnen herstakte wie ein eingebildeter Storch.

Der blaue Salon befand sich im rückwärtigen Teil des Hauses. Wie der Name schon hatte ahnen lassen, war die vorherrschende Farbe Blau, allerdings kein leuchtendes Himmelblau oder helles Aquamarin, sondern überwiegend gedeckte Töne. Von den deckenhohen, streng unterteilten Bogenfenstern aus konnte man in einen schattigen, von Eiben und Buchsbaum bewachsenen Garten sehen. Davor standen ein rechteckiger Tisch und sechs mit Samt gepolsterte Stühle. Der Tisch war für vier Personen gedeckt, edles Porzellan, Damastservietten und eine silberne Platte mit kleinen Kuchen und Gebäckstückchen standen darauf. Heinrichs Eltern saßen bereits. Als Heinrich und Alice näherkamen, erhoben sich beide, kamen ihnen jedoch nicht entgegen.

Heinrichs Mutter, die, wie er Alice verraten hatte, Luise hieß, war eine große Frau mit einem reizlosen Gesicht und schmalen Lippen. Schwach konnte man eine Ähnlichkeit mit Heinrich erahnen, dessen Züge jedoch sehr viel entschiedener und kühner und dessen Augen lebhafter waren. Sie trug ein hochgeschlossenes dunkles Taftkleid mit Puffärmeln und schwarzen Samtverbrämungen, und ihre blonden Haare waren zu einer komplizierten Frisur aufgesteckt. Die Hand, die sie Alice reichte, war kühl und leblos wie ihr Blick.

»Guten Tag, Fräulein Hardtleben, wir freuen uns, Sie kennenzulernen.« Das Lächeln, das diesen Worten folgte, war ebenso nichtssagend wie ihre floskelhafte Begrüßung. Von Freude konnte keine Rede sein.

Alice erwiderte den matten Händedruck umso kräftiger. »Vielen Dank für die Einladung, Frau von Kessel«, erwiderte sie und spürte, wie die distanzierte, passive Ausstrahlung der Frau sie fast automatisch dazu zwang, Freundlichkeit und positive Energie zu demonstrieren.

Friedrich von Kessel, Heinrichs Vater, war das deutliche Gegenteil seiner Gattin. Alles an ihm strahlte Härte, Entschlusskraft und Autorität aus. Er hatte ein kantiges, strenges Gesicht mit einem seitlich aufgezwirbelten Schnauzer und steingraue Augen. Von ihm hatte Heinrich den breiten, ausdrucksstarken Mund und das kräftige Kinn geerbt. Er nickte nur, als Alice ihm die Hand reichte. Sein Griff war fest und zupackend, doch er ließ ihre Hand so schnell wieder los, als hielte er Händeschütteln für Zeitverschwendung.

Sie setzten sich. Alice und Heinrich saßen seinen Eltern gegenüber, und Alice hatte das unbehagliche Gefühl, auf einer Schulbank zu sitzen und in einem Fach geprüft zu werden, von dem sie keine Ahnung hatte. Der alte Butler war auf ein Nicken von Heinrichs Vater hin geisterhaft leise verschwunden.

»Kuchen?«

Als Alice nickte, legte Frau von Kessler ihr mit einer gezierten Bewegung ein winziges Stück auf den Teller, dann schenkte sie Tee ein. »Lapsang Souchong«, sagte sie in einem gedehnten Tonfall. »Ich weiß nicht, ob Sie diese Sorte kennen, sie ist sehr exklusiv …«

»Durchaus. Chinesischer Rauchtee. Den trinke ich sehr gerne, danke«, gab Alice zurück, froh, dass sie die erste Prüfungsfrage richtig beantwortet hatte. Frau von Kessel schien allerdings von ihrer Antwort nicht so angetan zu sein, sie verzog etwas säuerlich das Gesicht und sagte: »Eine Teekennerin also?«

»Das würde ich nicht sagen«, schränkte Alice schnell ein, um nicht vorlaut zu wirken. »Ehrlich gesagt trinke ich lieber Kaffee«. Dann wurde sie sich bewusst, dass dies womöglich ebenfalls unhöflich war, und sie beeilte sich hinzuzufügen: »Aber jetzt ist Tee wunderbar, danke.«

»Welch ein Glück für uns«, kam es süffisant von Heinrichs Vater.

»Alice spielt ganz vortrefflich Klavier«, ließ jetzt Heinrich vernehmen, und es war offensichtlich, dass er ihr beispringen wollte.

»Sie sind musikalisch? Wie interessant.« Friedrich von Kessel warf ihr einen Blick zu. »Dieses Talent hat mein Sohn leider nicht geerbt. Er kann das Jaulen einer Katze nicht vom Klang einer Geige unterscheiden.«

Alice spürte, wie Heinrich sich neben ihr versteifte. Sie war sich nicht sicher, wen diese Beleidigung mehr hatte treffen sollen, Heinrich oder sie, besagte sie doch, dass Heinrich nicht in der Lage war, ihre Musikalität zu beurteilen und Friedrich von Kessel sein Lob daher anzweifelte.

»Ich glaube nicht, dass es gänzlich unmusikalische Menschen gibt«, widersprach sie. »Womöglich hat Heinrich einfach nur einen anderen Geschmack.«

Einen Moment lang herrschte Stille. Als Frau von Kessel ihre Teetasse abstellte, klang das Klirren fast schrill. »Und welchen Geschmack haben Sie, Fräulein Hardtleben? Gibt es einen Lieblingskomponisten?«

Alice nickte. »Eine Komponistin, um genau zu sein. Ich schätze Clara Schumann sehr. Sie hat eine sehr virtuose Art …«

»Virtuos? Ich bitte Sie!«, unterbrach Friedrich von Kessel sie ungehalten. »Frauen verstehen doch nichts vom Komponieren. Sie mögen gefühlige kleine Melodien schreiben können, Wiegenlieder und dergleichen, aber für wahrhaftige Meisterwerke reichen ihre Fähigkeiten bei Weitem nicht aus.«

Alice spürte, wie ihre Wangen sich vor Ärger röteten, doch sie erwiderte nichts. Stattdessen sah sie Heinrich an. »Wie siehst du das, Heinrich? War das Klavierstück, das ich bei dem Geburtstagsfest gespielt habe, ein gefühliges Wiegenlied?«

Heinrich räusperte sich. »Nun ja, ich fand es schön«, sagte er zögernd. »Leider verstehe ich wirklich nicht viel von Musik. Aber es ist unbestritten, dass Frauen beim Komponieren benachteiligt sind. Schließlich haben sie im Vergleich zu den Männern ein eingeschränktes Zahlenverständnis, und Mathematik und die Sprache der Musik liegen doch sehr nahe beieinander. Also können sie nichts dafür, wenn sie das Niveau männlicher Komponisten nicht erreichen …«

»Ein eingeschränktes Zahlenverständnis?«, fragte Alice ungläubig nach. »Wie kommst du denn darauf?«

»Nun, das ist doch eher eine akademische Frage«, wandte sich Luise von Kessel an Alice. »Sie streben ja vermutlich keine Karriere als Komponistin an, oder?« Sie lachte gekünstelt.

»Nein. Ich beabsichtige Medizin zu studieren, und da das in Preußen bisher noch nicht möglich ist, werde ich zunächst eine Ausbildung zur Krankenschwester machen.«

Heinrichs Eltern starrten sie beide an, als hätte sie verkundet, eine Karriere als Serienmörderin in Betracht zu ziehen. Alice spürte, wie auch Heinrichs Blick auf ihr ruhte, wagte aber nicht, sich ihm zuzuwenden, aus Angst, in seinen Augen eine ähnliche Fassungslosigkeit wie bei seinen Eltern zu lesen. Diese Teeeinladung entwickelte sich noch viel schlimmer als gedacht.

Frau von Kessel war die Erste, die ihre Stimme wiederfand. »Sie möchten als Krankenschwester arbeiten? In einem Krankenhaus?«, fragte sie nach, so als hätte Alice sich nicht richtig ausgedrückt. Und als diese nickte, wanderte ihr Blick zwischen Heinrich und Alice hin und her. »Ich verstehe nicht ganz. Ich dachte, Sie und Heinrich … Sie beide … Heinrich hat uns gesagt, Sie hätten sich verlobt?«

»Ja, das stimmt«, erwiderte Alice. »Heinrich weiß, dass ich ein freies, selbstbestimmtes Leben zu führen gedenke und mich nützlich machen möchte. Er hat mich darin bestärkt, wofür ich ihm sehr dankbar bin.« Sie lächelte ihm zu und nahm seine Hand.

Heinrich hustete und entzog ihr seine Hand so hastig, als habe er sich verbrannt.

»Du hast was?«, fragte nun sein Vater, und seine Stimme schwoll bedrohlich an. Er stand auf. »Auf ein Wort, Heinrich.« Ohne eine Antwort abzuwarten, verließ er das Zimmer. Heinrich warf Alice einen entschuldigenden Blick zu und folgte ihm. Leider vergaß er, die Tür ganz zu schließen, als er den Blauen Salon verließ, so dass man am Tisch jedes Wort hören konnte, das gesprochen wurde.

»Bist du von allen guten Geistern verlassen?«, schrie Friedrich von Kessel seinen Sohn an, und seine vor Wut bebende Stimme wäre vermutlich sogar durch die geschlossene Tür gedrungen. »Du wirst einmal die Fabrik übernehmen! Und da möchtest du eine Frau heiraten, die ihre Erfüllung darin sieht, anderen Leuten den Arsch abzuwischen?«

»Vater, ich bitte dich, sprich nicht so ordinär …«

»Das ist mein Haus, hier spreche ich, wie es mir passt! Ich kann dich nicht verstehen. Was hast du dir dabei gedacht? So hübsch ist dieses junge Ding auch wieder nicht, dass du dafür alles vergessen musst, was ich dir beigebracht habe.«

»Sprich nicht so über Alice! Ich liebe sie!«

»Liebe! Pah. Du hast doch keine Ahnung von Liebe! Stoß dir meinetwegen deine Hörner in Küstrin ab, und dann heirate bitteschön eine Frau ohne solche Flausen im Kopf.«

»Alice wird zur Vernunft kommen! Das ist ohnehin alles ein großes Missverständnis. Ich habe sie nie bei derartigen Plänen bestärkt, das musst du mir glauben. Ich wusste gar nichts davon. Sie ist jung, hat romantische Ideale. Doch sie wird einsehen, dass es ein großes Glück ist, eine von Kessel zu werden und dass sie nichts anderes mehr zu werden braucht. Wir werden ein schönes Haus führen, Gesellschaften geben, da hat sie genug zu tun, und wenn wir erst einmal Kinder haben, wird sie von ganz alleine merken, wo ihr Platz ist, Vater.«

Alice war mit jedem gewechselten Wort mehr erstarrt, jetzt hatte sie das Gefühl, ganz und gar zu Stein geworden zu sein. Hinter ihren Augen brannte es, und in ihrem Hals steckte ein Kloß so dick wie das unberührte Stück Streuselkuchen auf ihrem Teller. Als ihr Blick den von Heinrichs Mutter traf, begriff sie, dass diese bewusst darauf verzichtet hatte, aufzustehen und die Tür ganz zu schließen. Sie hatte vorausgesehen, was für ein Gespräch dies werden würde und es für angebracht gehalten, dass Alice es mitanhörte.

In der Stimme von Luise von Kessel lag so etwas wie gleichgültiger Triumph, als sie sagte: »Nehmen Sie es nicht persönlich, Fräulein Hardtleben. Uns gehören die zwei größten Textilfabriken dieses Landes, und unser Sohn wird diese einmal erben. Das ist eine Verantwortung, die nicht jede Frau schultern kann.«

Als Heinrich und sein Vater zurückkamen, gelang es Alice nur noch mit Mühe, ihre Tränen zurückzuhalten. Sie war so aufgewühlt, dass ihre Hände zitterten, so dass sie sie auf ihrem Schoß verbarg. Sie wusste nicht, was überwog, das Gefühl der Scham darüber, so dumm gewesen oder die Verletztheit darüber, verraten worden zu sein. Als die beiden Männer sich wieder setzten, sie Heinrichs verlegene Miene sah, sein Bemühen, ihrem Blick auszuweichen und Friedrich von Kessel sich mit einer betont gelassenen Geste einen Florentiner von der silbernen Kuchenplatte nahm, spürte sie, wie etwas anderes von ihr Besitz ergriff: Wut. Sie legte die Serviette neben ihren Teller.

»Ich muss mich für dieses aufschlussreiche Gespräch bedanken«, sagte sie und versuchte, ihrer zitternden Stimme einen festen Klang zu geben. Ihre Augen schmerzten von dem Versuch, die Tränen zurückzuhalten, doch sie würde eher sterben, als hier in diesem Haus, vor diesen Leuten, in Tränen auszubrechen. »Ich hörte von Gerüchten, dass es sich bei Friedrich von Kessel um einen überheblichen und rückwärtsgewandten Menschenschinder handelt, der seine eigenen Mitarbeiter des Profits wegen fast verhungern lässt, doch ich wollte es nicht glauben, Heinrichs wegen, von dem ich eine sehr hohe Meinung hatte. Ich habe ihn für einen mutigen, liberalen und großherzigen Menschen gehalten.«

Sie stand auf und blickte auf alle drei von Kessels herab, die reglos dasaßen und sie anstarrten. Noch nicht einmal Friedrich von Kessel zeigte eine Reaktion auf ihre Worte. Er wirkte wie gelähmt vor fassungsloser Wut. »Danke, dass Sie dafür gesorgt haben, dass ich meine Meinung revidieren musste.« Damit drehte sie sich um und verließ den Raum ohne ein weiteres Wort.

35

Als die Mietdroschke in die Auffahrt des Kahlenbergschlösschens einbog, sah Natalie gespannt aus dem Fenster. Die Villa befand sich auf einer sanften Anhöhe und sah genauso aus, wie Gerda sie gezeichnet hatte. Ein verschachteltes, verspielt wirkendes Gebäude mit Erkern, Türmchen, Simsen und Säulen. Alle Fenster waren hell erleuchtet. Sie passierten die beiden Torpfosten, auf denen finster dreinblickende Eulen aus Bronze die Ankommenden begrüßten und fuhren eine weiß gekieste Auffahrt entlang, die links und rechts mit brennenden Fackeln gesäumt war. Auf dem Vorplatz der Villa standen bereits einige Fahrzeuge. Mietdroschken wie die von Natalie, Automobile und die Kutschen einiger Gäste, deren Pferde von den Dienstboten versorgt wurden. Natalie bat den Kutscher, etwas entfernt von den anderen zu halten, entlohnte ihn und stieg aus. Sie brauchte noch einige Augenblicke, um sich zu sammeln, bevor sie den anderen Gästen sowie Otto von Kahlenberg gegenübertreten konnte.

Der Kies knirschte unter den Rädern, als die Kutsche wieder anfuhr. Natalie sah ihr etwas unbehaglich hinterher. Mit der Kutsche entschwand auch die letzte Möglichkeit, es sich noch einmal anders zu überlegen, umzukehren und dem, was in diesem Haus womöglich auf sie wartete, zu entkommen.

Die Kutsche entfernte sich, und Natalie wandte sich ab und ging langsam auf das Haus zu. Kurz bevor sie ins Licht der Fackeln trat, die den Vorplatz erhellten, blieb sie noch einmal stehen. Wie immer zu solchen Anlässen trug sie ihr schwarzes Kleid. Juliette hatte ihre dichten Haare zu einer imposanten Frisur aufgesteckt und mit schwarz glitzernden, jettbesetzten Nadeln und kleinen Perlen verziert. Außerdem hatte sie ihr Ohrringe geliehen, schlichte schwarze Obsidiananhänger, die ebenfalls mit einem Ring aus kleinen Perlen umgeben waren. Natalie griff in ihre Handtasche und nahm einen kleinen Samtbeutel heraus. Dort bewahrte sie Nurias Amulett auf. Sie ließ es in ihre Handfläche gleiten und betrachtete den schimmernden Anhänger aus Labradorit und Glas einen Moment, bevor sie ihn sich mit einer bedächtigen Bewegung umlegte. Ihr war einerseits vollkommen klar, dass kein Amulett der Welt sie vor der Gefahr würde beschützen können, in die sie sich jetzt freiwillig begab, doch andererseits, was wusste man schon von den Dingen zwischen Himmel und Erde? Der Anhänger fühlte sich kühl auf ihrer Haut an und gleichzeitig tröstlich, so als ob sie sich damit mit der alten Nuria und ihrem unverbrüchlichen Glauben an seine Wirkung verband. Und dieser Glaube bot ihr vielleicht den Schutz, den sie brauchte. Ein zweiter, ungleich handfesterer Schutz befand sich unter ihrem Strumpfband: ein kleines, aber sehr scharfes Messer, um sich im Notfall wehren zu können.

Sie schloss die Augen und konzentrierte sich auf ihr Talent, eine andere zu werden, jene Gabe, die ihr als falsche Comtesse de Pougy einige Jahre so gute – und lukrative – Dienste erwiesen hatte. Sie legte Natalie Castellana ab wie ein getragenes

Kleidungsstück und verwandelte sich in *Madame Natalie*, eine Seherin, schön und gefährlich, eingeweiht in alle Geheimnisse des Tarots, fähig eines jeden Menschen Glück und Tod vorherzusehen und – wer wusste das schon zu sagen? – auch herbeizurufen.

Die Veranstaltung eine »kleine Soirée« zu nennen, wie es Otto von Kahlenberg in seiner Einladung getan hatte, war die Untertreibung des Jahrhunderts. Das ganze verschachtelte Erdgeschoss der Villa war zu einem Art Vergnügungstempel umgewandelt worden, in jedem Zimmer gab es andere Lustbarkeiten, denen man nachgehen konnte, und es wimmelte von vergnügungssüchtigen Gästen, Frauen wie Männern. In der Eingangshalle und einigen anderen Räumen spielte Musik, es wurde gesungen und getanzt, Gedichte wurden rezitiert, und es wurden kleine schauspielerische Darbietungen gezeigt. Zudem gab es reichlich zu essen und zu trinken. In einem Zimmer war ein Buffet aufgebaut, in dessen Mitte glasierte Kapaunen thronten, umgeben von einem ganzen geräucherten Lachs, Töpfen mit Kaviar, Roastbeef, Schweinefüßen, Schnecken, Aal, Rinderzunge, exotisch anmutenden Gerichten aus mit Rosenblüten garniertem Reis oder safrangelber Weizengrütze, Rosinen, Nüssen, allerlei Obst, daneben kleine Pasteten, süße Cremes, Kuchen, Fruchtkaltschalen, einem Schokobrunnen und einem Champagnerturm, der immer wieder aufgefüllt wurde. In dunkelrote Samtlivrees gewandete hübsche junge Männer gingen herum und boten Getränke und Petit Fours an.

Die Villa war extravagant, aber geschmackvoll eingerichtet. Jedes Zimmer hatte eine andere Wandfarbe, von Grasgrün über Blutrot zu Ockergelb und Ultramarin. Überall standen Pflanzen, Palmen, Bambus, Hibiskus, Efeu, Asparagus, Kakteen, Gräser in großen Töpfen, und jeder freie Fleck an den Wänden war bedeckt von Gemälden, orientalischen Masken, bunten Wandteppichen und zahlreichen goldgerahmten Spiegeln, in denen sich die flackernden Lichter der Kandelaber widerspiegelten. Ein geräumiger Salon, in dem eine fünfköpfige Kapelle spielte und in dem getanzt wurde, war im ägyptischen Stil eingerichtet, die Wände waren mit Schriftzeichen verziert und vergoldete Statuen mit Tierköpfen standen wie geheimnisvolle Wächter an den Wänden.

Natalie ließ sich durch die Zimmer treiben und sah sich um. Niemand hatte sie bisher angesprochen, es schien keinen besonderen Plan für den Abend zu geben, die Gäste, die teils sehr ausgefallen gekleidet waren, amüsierten sich lediglich, auf entspannte, leicht dekadente Weise, zumindest hatte es so den Anschein. Alles wirkte harmlos, ein bisschen wie jene Künstlerbälle, auf denen Natalie mit Cleo früher oft nach deren Tanzauftritten eingeladen gewesen war und wo sie sich als junges Mädchen jedes Mal tödlich gelangweilt hatte und schließlich auf irgendeiner Chaiselongue oder einem Ohrensessel eingeschlafen war.

Dem Gastgeber war sie bisher nicht vorgestellt worden, und als sie einen der jungen Burschen in Livree nach ihm fragte, meinte dieser, Herr von Kahlenberg stieße immer erst später am Abend zu seinen Gästen. So blieb Natalie nichts weiter übrig, als die Augen offen zu halten und zu warten, wie der Abend sich entwickelte. Nach einer Weile fand sie heraus, dass sich das Fest offenbar nicht nur auf das Erdgeschoss beschränkte. Es gab eine Treppe neben dem ägyptischen Salon, die nach oben führte, und dort hinauf verschwanden immer wieder einige der Gäste, überwiegend Männer, aber auch einzelne Frauen. Neugierig geworden, folgte sie ihnen. Die

Treppe führte auf einen Flur im ersten Stock, von dem einige Türen abgingen, die jedoch anders als unten alle geschlossen waren. Hinter einigen konnte man Stimmen, gedämpfte Musik und leises Gelächter hören.

Gerade, als Natalie etwas unschlüssig den Flur entlanggehen wollte, kam von der Treppe ein Mann im dunklen Anzug, begleitet von einem der jungen Diener, herauf. Die beiden gingen an ihr vorbei, und der Mann öffnete die nächstliegende Tür. Als sie beide eintraten, folgte Natalie ihnen kurzentschlossen und befand sich kurz darauf in einem üppig dekorierten Salon mit großflächigen Gemälden an den Wänden, der nur durch flackernde Kerzen erhellt wurde. Ein Grammophon spielte leise Musik, und es gab zahlreiche Polstersessel und Sofas. Die Luft war schwül und roch süßlich, und die Gäste, die sich hier aufhielten, befanden sich in den unterschiedlichsten Stadien der Nacktheit. Während der Mann, der gerade eingetreten war, dem jungen Diener, der ihn begleitet hatte, mit drängenden Bewegungen die Livree aufknöpfte, hatten sich andere ihrer Bekleidung schon vollständig entledigt. Junge Frauen und Männer, entweder völlig nackt oder nur mit dünnen, durchsichtigen Tüchern bedeckt, tanzten, während andere ihnen zusahen und sich dabei selbst befriedigten oder sich auf den zahlreichen Sitzgelegenheiten miteinander vergnügten.

Natalie trat rasch den Rückzug an. Sie fragte sich, ob wohl hinter allen Türen Ähnliches vor sich ging. Doch da die Gräfin berichtet hatte, dass Otto von Kahlenberg Okkultist war, und sie selbst war ja wegen ihrer Kartenlegkünste eingeladen worden, musste es wohl noch andere »Programmpunkte« an diesem Abend geben, als Orgien zu feiern. An der nächsten Tür lauschte sie erst, bevor sie leise eintrat und sah sich in ihrer Vermutung bestätigt. In einem mit dunklen Tüchern abgehängten Raum saß eine Gruppe um einen Tisch herum und übte sich im Gläserrücken, während große Kandelaber unheimliche Muster an die Decke warfen. Eine Frau mit einem Schleier vor dem Gesicht sprach in einer unnatürlich hohen Stimme auf Russisch. Natalie schloss auch diese Tür wieder. Otto von Kahlenbergs Soiréen schienen so etwas wie ein Bauchladen der heimlichen Gelüste zu sein. Nichts, was sie selbst reizvoll fand, aber auch nicht gerade verbrecherisch oder gar dämonisch. Vermutlich sollte sie sich einfach unten im Foyer ein Glas Champagner nehmen, auf den Gastgeber warten und dabei hoffen, nicht wie früher als junges Mädchen auf einer Chaiselongue einzuschlafen. Lediglich aus Neugierde ging sie noch auf die nächste Tür zu und öffnete auch diese.

Anders als in den beiden anderen Zimmern war hier die Beleuchtung ausreichend, um jedes Detail erfassen zu können. In der Mitte eines eher schlichten Raums stand ein runder Tisch, beleuchtet von einer tief hängende Pendellampe. Um den Tisch herum saßen fünf Männer, die offenbar Poker spielten. Ein paar andere Männer hielten sich im Hintergrund auf, tranken Whisky und sahen dem Spiel zu. Einen der Spieler erkannte Natalie: Es war Kriminalrat Schlüter, Kommissar Hirschfelds Vorgesetzter. Dies nahm sie jedoch nur am Rande wahr, denn ihre ganze Konzentration war auf etwas anderes gerichtet: Der Spieler, der direkt gegenüber der Tür saß und sie jetzt aus seinen blauen Eisaugen musterte, war niemand anderes als Pavel. Und direkt neben ihm, schlank und geschmeidig, im eleganten schwarzen Anzug, mit streng zurückgekämmten, vor Brillantine glänzenden Haaren, saß Maxim.

***

Alice lief wie blind die Linden entlang. Seit sie die Villa der von Kessels verlassen hatte, strömten ihr die Tränen übers Gesicht. Heinrich von Kessel war ihr nicht gefolgt. Zumindest hatte sie nichts gehört, keine Rufe, keine Schritte, keine Bitte um Verzeihung. Sie schluchzte haltlos, während sie weiter und weiter lief. Wie dumm war sie gewesen! Wie einfältig und naiv! Heinrich hatte keine Sekunde daran gedacht, ihr ein freies Leben zu ermöglichen. Er wollte eine Frau wie alle anderen auch. Eine gebärfreudige, hübsche Puppe mit Stroh im Kopf, vielleicht noch mit musischen Fähigkeiten als Dreingabe, eine aufopferungsvolle Mutter für seine Kinder. Sie blieb stehen und trat mit dem Fuß gegen ein Schild, das mit einem Pfeil das Café Kranzler bewarb. Scheppernd fiel es um, und sie trat schluchzend noch einmal nach.

»Na, junges Frollein, wat is Ihnen denn über die Leber jelofen?«, fragte eine Männerstimme hinter ihr. Wütend drehte sie sich um. Dort stand ein Kutscher neben seiner Kutsche, strich dem Pferd über die Nüstern und betrachtete Alice halb neugierig, halb mitfühlend. Alices bittere Verzweiflung wurde durch seinen Blick etwas gedämpft. »Geht schon wieder«, sagte sie und wischte sich über die Augen. »Sind Sie frei?«

»Frei wie'n Vogel. Wo soll's denn hingehen?«

Alice wollte ihm schon ihre Adresse zu Hause nennen, als ihr klar wurde, dass sie jetzt, in diesem Moment, niemals ihren Eltern oder gar ihrer Schwester, die sich heute zum Abendessen angekündigt hatte und mit Sicherheit schon da sein würde, unter die Augen treten konnte. Ihr fiel nur ein einziger Ort ein, wo sie jetzt sein, mit wem sie reden wollte. »Fahren Sie mich bitte zum Schlesischen Bahnhof«, sagte sie und kletterte in die Kutsche.

Es war halb fünf, als Alice die Bahnhofsmission betrat. Hedwig und Margarethe waren ihr schon auf dem Bahnsteig auf dem Weg nach Hause entgegengekommen, und Marthe trat gerade aus der Tür, als sie ankam. Alice huschte schnell an den Damen vorbei und wünschte Marthe hastig einen schönen Abend, bevor sie durch die Tür witschte, die Marthe gerade hatte schließen wollen. Ihnen angesichts ihres aufgelösten Zustands Rede und Antwort stehen zu müssen, hätte sie nicht ertragen. Viel zu spät fiel ihr jedoch ein, dass heute das Fest in der Kahlenbergvilla stattfand, Natalie also gar nicht da sein würde. Prompt traten ihr erneut Tränen in die Augen. Natalie war die Einzige, mit der sie jetzt gerne gesprochen hätte. Sie hatte so recht gehabt mit ihrer unverblümten Meinung, die Alice ihr übelgenommen hatte. Wie blauäugig war sie doch gewesen. Etwas unschlüssig blieb sie in der Tür stehen. Was hatte sie sich nur dabei gedacht, hierherzukommen? Was gab es hier am Abend noch tun? Einzig die Gräfin war noch da, aber spätestens um sechs würde sie ebenfalls gehen, und dann musste sie auch nach Hause.

»Alice! Was ist denn geschehen?«, fragte Auguste jetzt, als sie näher trat, und sah sie erschrocken an.

Alice wischte sich mit beiden Händen über das Gesicht und ließ sich auf einen Stuhl sinken. »Ich wurde aus meinem Dornröschenschlaf geweckt.« Sie versuchte ein Lächeln, das jedoch gründlich misslang. Ihr Kinn begann wieder zu zittern, gleich würde sie erneut in Tränen ausbrechen. Auf der Suche nach einem Taschentuch ertastete sie in ihrem kleinen Häkelbeutel die Tarotkarte, die Natalie ihr überlassen hatte. *Als Talisman für morgen. Vertraue auf das Rad und darauf, dass sich zeigen wird, was geschehen soll*, hatte sie gemeint. Alice schluchzte erneut auf und warf die Karte auf den Tisch.

»Du bist ja völlig außer dir, Kleines!«, sagte die Gräfin bestürzt. »Soll ich dir einen Tee machen? Es ist auch noch etwas Kaffee da, aber der ist nicht mehr ganz heiß, fürchte ich.«

»Keinen Tee, danke. Den hatte ich heute schon. Lauwarmer Kaffee ist genau das Richtige für meine Stimmung.« Alice hatte ihr Taschentuch gefunden und trocknete ihre Augen.

Als sie kurz darauf ihre Finger um die mäßig warme Tasse Kaffee mit einer Extraportion Zucker und Milch schloss, fühlte sie sich sogar schon wieder in der Lage, Auguste von ihrem Kummer zu erzählen. Als sie geendet hatte, strich ihr Auguste sanft über die Wange und meinte: »Was für grässliche Leute! Ich bin stolz auf dich, dass du ihnen die Meinung gesagt hast.«

Alice nippte an ihrem inzwischen ganz kalt gewordenen Kaffee und verzog das Gesicht. »Ich wollte die Dinge nicht sehen, wie sie sind. Habe mich in einem Traum verloren. Natalie hat mich gewarnt, aber ich wollte es nicht hören.«

»Das ist doch völlig normal. Woher solltest du das auch wissen, Liebes? Dir fehlt die Erfahrung, und selbst die hilft einem nicht immer weiter. Apropos Natalie, weißt du, wo sie ist? Ich habe sie heute den ganzen Tag noch nicht gesehen.«

Alice starrte düster in ihre Tasse. »Sie sagte, sie käme heute nicht, weil sie sich noch im Tarot üben müsse. Wegen der Einladung heute Abend.« Sie tippte auf die Karte.

»Welche Einladung?«

Überrascht hob Alice den Kopf. »Na, im Kahlenbergschlösschen. Die Einladung von Otto von Kahlenberg. Hast du das vergessen?«

»Wieso vergessen?« Auguste runzelte irritiert die Stirn. »Wovon sprichst du?«

»Gestern lag hier auf dem Tisch eine Einladung zu der

heutigen Soirée in der Villa. Unterzeichnet von Otto von Kahlenberg. Wir dachten, du hättest sie dort hingelegt. Wir haben uns noch gewundert, dass du so schnell Erfolg hattest.«

Die Gräfin starrte sie an. »Ich weiß nichts von einer Einladung. Ich habe Mathilde noch gar nichts von Madame Natalie erzählt. Mir kamen plötzlich Zweifel, ob es richtig wäre zuzulassen, dass Natalie sich wegen dieser Sache in eine solche Gefahr begibt. Ich weiß, dass sie verbittert ist, weil niemand etwas unternimmt und sie mit allen Mitteln versuchen will, diesen Mann unschädlich zu machen, doch ich glaube nicht, dass der richtige Weg ist, es allein mit einem Mörder aufnehmen zu wollen.«

Alice sah sie beunruhigt an. »Aber wenn du es nicht warst … wer hat dann diese Einladung gebracht?« In ihrem Nacken begann es unheilvoll zu kribbeln, als die Gräfin aussprach, was sich ihr unweigerlich aufdrängte. »Da fällt mir eigentlich nur einer ein: Pavel.«

»Aber …«, Alice versuchte zu begreifen, »… das würde ja bedeuten, dass Pavel Otto von Kahlenberg von Natalie erzählt hat und sie denken, dass sie ihnen gefährlich werden kann.«

Die Gräfin starrte sie entsetzt an. »Weißt du, was du da sagst?«

Alice nickte. Ihr Kummer und ihre Verzweiflung waren plötzlich weit in den Hintergrund gerückt. »Es ist eine Falle«, sagte sie langsam, und das Kribbeln in ihrem Nacken verstärkte sich. »Natalie ist geradewegs in eine Falle gelaufen.«

»Wir müssen sie warnen!«, rief Auguste, und in ihren Augen spiegelte sich die aufkeimende Panik, die Alice selbst verspürte. Alices Hände wurden eiskalt. Sie sprang auf, versucht, sofort loszulaufen, in eine Droschke zu springen und an den Wannsee zu fahren. Doch dann kam ihr ein anderer Gedanke, und sie hielt inne. »Ich habe kürzlich – eher unfreiwillig – einen Mann kennengelernt, der uns vielleicht weiterhelfen kann.«

»Und wer ist das?«

»Der Kommissar, mit dem Natalie schon über Gerda gesprochen hat.«

»Aber der meinte doch, er könne nichts machen, solange es keine Beweise gibt.«

»Offiziell, ja. Aber als ich bei ihm auf der Wache war und er Natalie kommen ließ, um mich aus der Sache mit den Plakaten rauszuhalten, ist mir aufgefallen, wie er sie angesehen hat.« Alice zuckte in einem dürftigen Anfall von Galgenhumor mit den Schultern. »Ich kann mich täuschen. Wie ich gerade erst schmerzhaft feststellen musste, kenne ich mich weder mit Männern noch mit der Liebe aus, aber ich glaube, privat wäre der Kommissar nur allzu gern bereit, Natalie zu helfen.«

***

Natalie prallte wie von einem Schlag zurück. Sie lief zur Treppe, doch Maxim war schneller und holte sie ein, noch bevor sie einen Fuß auf die erste Stufe gesetzt hatte. »Natalie, warte!« Er packte sie am Arm und hielt sie fest.

Sie fuhr herum und stieß ihn gegen die Brust. »Lass mich los!«

Er schüttelte den Kopf. »Nur, wenn du versprichst, nicht wegzulaufen.«

Natalie wollte Maxim überhaupt nichts versprechen, ihm nichts mehr glauben und ihn nie wieder sehen. Dennoch nickte sie, und er ließ ihren Arm los.

»Was machst du hier, verflucht noch mal?«, fragte er.

»Du mieses Schwein steckst mit diesen Verbrechern unter einer Decke!«, fauchte Natalie, ohne auf seine Frage einzugehen. »Wie kannst du nur? Ich dachte immer, du kannst es nicht ertragen, wenn Frauen schlecht behandelt werden …«

»Ich stecke mit niemandem unter einer Decke«, entgegnete Maxim mit zusammengepressten Zähnen, nun ebenso wütend wie sie. »Ich spiele Poker. Das ist mein Beruf!«

»Was für ein Scheißberuf, wenn man sich damit mit Mördern und Vergewaltigern gemeinmacht!«

Maxims Miene verdüsterte sich. »Vorsicht«, sagte er, leise und so drohend, dass Natalie unwillkürlich schlucken musste.

»Du machst mir keine Angst«, sagte sie dennoch und funkelte ihn wütend an.

Er sah sich um, dann packte er erneut ihren Arm und zog sie von der Treppe weg. Er öffnete eine Tür, die dem Zimmer, in dem sich die Orgie abspielte, genau gegenüberlag, schob sie hinein und folgte ihr. Sie befanden sich in einem kleinen Boudoir mit zart bemalten Wänden, einer mit rosafarbener Seide überzogenen Récamiere, zwei zierlichen Stühlchen und einem Schminktisch voller Cremetiegel, Puderquasten, Parfumflakons und mehreren Haarbürsten. Eine filigrane Stehlampe tauchte die Szenerie in weiches Licht. Allein durch seine Größe wirkte Maxim in diesem Raum wie ein Raubtier in einer Puppenstube. Er blieb direkt vor der Tür stehen, so dass Natalie an ihm vorbeimusste, wenn sie hinauswollte.

»Was soll das?«, fragte sie.

»Du hast meine Frage nicht beantwortet: Warum bist du hier?« Er hob ironisch die Brauen. »Was hast du zwischen Mördern und Vergewaltigern und miesen Schweinen zu suchen?« Er sprach ruhig, doch Natalie konnte die Wut in seiner Stimme hören.

»Ich versuche herauszufinden, was hier vor sich geht«, sagte sie. »Ich dachte, der Staatssekretär wäre der Grund, warum nicht gegen Kahlenberg vorgegangen werden kann, doch wenn ich sehe, dass Hirschfelds Vorgesetzter hier, in diesem Haus, mit dir und Pavel Karten spielt …« Sie schüttelte den Kopf. »Alle lügen. Alle stecken unter einer Decke. Und ich war so naiv und glaubte, dich vor Hirschfeld warnen zu müssen.« Sie lachte freudlos auf. Ihre Kehle war trocken, und sie hatte einen bitteren Geschmack im Mund.

»Das war nicht naiv, und ich danke dir dafür, auch wenn ich von den Ermittlungen schon von Schlüter wusste«, widersprach Maxim. »Hirschfeld steckt nicht unter dieser Decke, von der du sprichst. Er ist ein anständiger Kerl und daher schwer zu kontrollieren. Er ist absolut unbestechlich, was man von seinem Chef nicht behaupten kann.« Er verzog das Gesicht zu einem spöttischen Grinsen.

»Warum klingt das wie eine Beleidigung, wenn du jemanden als anständigen Kerl bezeichnest?«

»Sollte es nicht. Ich habe durchaus Respekt vor Leuten wie Hirschfeld. Solange sie mir nicht in die Suppe spucken.«

Natalie sah ihn an. »Und was ist mit Pavel? Und von Kahlenberg? Hast du vor ihnen etwa auch Respekt?«

Maxim schüttelte ungeduldig den Kopf. »Du willst es nicht verstehen, oder? Ich habe mit diesen Leuten nichts zu tun. Pavel ist mir gegenüber als Verbindungsmann für Kahlenberg aufgetreten. Er hat mich in der Mulackritze angesprochen und mich gefragt, ob ich Interesse daran hätte, ein Pokerspiel in der Villa seines Chefs zu organisieren. Mit hohen Einsätzen. Es war ein lukratives Angebot. Ich habe ein paar Leute dazu eingeladen, darunter Schlüter. Er ist ein unverbesserlicher Spieler, hoch verschuldet, aber er spielt nicht schlecht, sehr riskant, was für Spannung im Spiel sorgt und die anderen animiert.« Er hob die Arme. »Das ist alles.«

Natalie schüttelte den Kopf. »Das ist nicht alles. Du machst es dir zu leicht. Ich habe dir in der Mulackritze von Pavel erzählt, und davon, was er tut. Warum hast du mir da nicht gesagt, dass du ihn kennst?«

»Was hättest du getan, wenn ich dir an dem Abend gesagt hätte, dass ich ihn kenne? Du wärst vermutlich wieder abgehauen. Das wollte ich nicht.«

»Aber wie konntest du weiter Geschäfte mit ihm machen, wo du spätestens ab da wusstest, was das für ein Mensch ist?«

Maxim seufzte. »Du hast keinen blassen Schimmer mehr von mir und meinem Leben. Also spiel dich nicht als Moralinstanz auf. Vier Jahre warst du von der Bildfläche verschwunden und hast damit alles zerstört, was zwischen uns war. Dann tauchst du plötzlich wieder auf, bittest mich um Hilfe, erzählst mir eine wilde Geschichte von den Ringvereinen und einem Pavel, der junge Mädchen entführt, schläfst mit mir und stiehlst dich dann im Morgengrauen davon. Jetzt treffe ich dich an diesem Ort wieder, ausstaffiert wie eine schwarze Witwe auf Beutefang und du beschimpfst mich als mieses Schwein? Fällt dir etwas auf?«

Natalie starrte ihn an und nickte langsam. »Allerdings«, sagte sie leise. »Ich habe dich so sehr geliebt. Doch jetzt begreife ich, dass ich nur die Idealversion von Maxim Laski liebe. Den mutigen, liebenswerten, großherzigen Mann, der du hättest sein können, wenn dir das Leben nicht dazwischen gekommen wäre.« Sie streckte ihre Hand aus und strich ihm über die Wange, zeichnete die Kontur seines schönen Gesichts nach, wie um es sich einzuprägen. Er ließ es geschehen, regte sich keinen Millimeter, und an seinen Augen sah sie, dass sie mit ihren Worten ins Schwarze getroffen hatte. Sie sah den kleinen Jungen vor sich, der im Scheunenviertel als gehänselter jüdischer Bastard einer Mutter aufwuchs, die selbst noch ein Kind war und kaum lesen und schreiben konnte. Sie sah sein vergebliches Bemühen um Liebe, die sie ihm nicht geben konnte, die verzweifelten Anstrengungen, seine Mutter glücklich zu machen. Und sie sah seine Einsamkeit, die durch nichts zu stillen war, auch nicht durch die Liebe zu ihr, Natalie, die diese Einsamkeit ebenso kannte wie er. In diesem einen, kurzen Moment sah sie, wer Maxim Laski wirklich war, wenn er alle Mauern, die er um sich errichtet hatte, fallen ließ. Doch es war zu spät. Natalie ließ ihre Hand sinken. Sie meinte, wieder den Schlamm und Dreck ihrer Kindheit zwischen den Zähnen zu spüren und wusste, der Maxim, der er sein musste, um in dieser Welt zu überleben, würde sie an den Ort zurückziehen, wo sie nie wieder hinwollte.

Er trat schweigend zur Seite, als sie zur Tür ging und versuchte nicht, sie aufzuhalten. Als sie schon an der Treppe war, hörte sie seine Schritte, dann eine Tür, die sich öffnete und wieder schloss. Er war zurück zu seinem Pokerspiel gegangen. Tränen traten ihr in die Augen, und die Stufen verschwammen vor ihren Augen, als sie langsam nach unten ging.

An der untersten Stufe wäre sie fast mit einem Diener zusammengestoßen, der auf dem Weg nach oben war. Er blieb abrupt stehen: »Madame Natalie?«, fragte er.

Als sie nickte, machte er eine knappe Verbeugung. »Herr von Kahlenberg bittet Sie, jetzt zu ihm zu kommen.«

»Oh. Ja, also …« Natalie zögerte. »Es ist schon spät. Ich muss mich leider schon verabschieden …«

»Aber das geht nicht! Herr von Kahlenberg wartet auf Sie

in der Krypta, gnädige Frau. Er wäre wirklich nicht erfreut, wenn Sie …«

»Ich begleite die Dame zu Herrn von Kahlenberg«, ließ sich eine Stimme im schleppenden Tonfall hinter ihr vernehmen, und sie spürte, wie eine Hand sich auf ihren Unterarm legte, nicht grob, aber unmissverständlich. »So viel Zeit wird sie sicher noch erübrigen können.«

Noch bevor sie sich nach dem Mann umdrehte und in seine hellen, kalten Augen sah, wusste sie, dass es Pavel war, der hinter ihr stand, für den Fall, dass sie daran dachte, die Flucht zu ergreifen.

Sie dachte trotzdem einen Moment lang daran, doch es war zwecklos. Sie würde Pavel hier nicht entkommen, daher nickte sie steif. War sie nicht deswegen hergekommen? Um Otto von Kahlenberg zu treffen? Ihr kam ihr früherer Plan, auf den sie so stolz gewesen war, wie eine Farce vor.

Sie gingen zusammen weiter. Pavel hatte jetzt den Arm um sie gelegt und hielt ihre linke Schulter so fest gepackt, dass es wehtat. Der nächtliche Überfall am Stralauer Platz stand ihr wieder vor Augen. Erneut war sie ihm so nah, dass sie sein widerliches Rasierwasser riechen konnte, und ihr wurde fast übel dabei. Sie gingen durch den Flur, vorbei an tanzenden, trinkenden und sich amüsierenden Menschen, vorbei am ägyptischen Salon und durch die Eingangshalle. Auf der anderen Seite der Halle öffnete Pavel eine Tür. Es war erneut ein Treppenhaus, doch dieses Mal führten die Stufen nach unten. Sie gingen schweigend hinunter.

Unten angekommen, blieb Pavel vor einer schweren Holztür stehen und machte eine spöttische Verbeugung. »Nach Ihnen, Madame Natalie.«

Natalie trat in einen niedrigen, von einem Kreuzgewölbe

getragenen Raum, der früher womöglich als Weinkeller fungiert hatte. Man konnte noch schwach den Geruch nach Weinfässern erahnen, jetzt jedoch wirkte er tatsächlich wie die Krypta einer Kirche. Dicke Kerzen brannten überall und tauchten die Mauern in unruhiges Licht. Bis auf einen steinernen, altarähnlichen Tisch war er leer. Ihr wurde bewusst, dass sie sich in einem Keller befand, hinter dicken Mauern, die jeden Hilfeschrei verschlucken würden. Nervös blickte sie zur Tür. Pavel stand neben der Tür, mit reglosem Gesichtsausdruck, und es war klar, dass er sie nicht gehen lassen würde.

»Madame Natalie!« Ein Mann war aus dem Schatten des Gewölbes getreten und kam jetzt auf sie zu. Er war etwa Mitte fünfzig, trug einen dunklen Anzug und war fast völlig kahl. Seine wässrig grauen Augen lagen tief in den Höhlen. »Wie schön, dass Sie meiner Einladung nachgekommen sind.« Er reichte ihr die Hand. Als Natalie schwieg und auch den Händedruck nicht erwiderte, ließ er den Arm sinken. »Ich brenne schon seit längerem darauf, Sie näher kennenzulernen. Pavel hat mir schon eine Menge von Ihnen erzählt.« Er lächelte breit.

Natalies Blick wanderte von Kahlenberg zu Pavel, und eine furchtbare Ahnung stieg in ihr auf. Schon in dem Moment, in dem Pavel sie hier herunter begleitet hatte, war ihr klargeworden, dass die Dinge anders liefen als erwartet, doch war sie noch zu aufgewühlt über ihre Begegnung mit Maxim gewesen, um die richtigen Schlüsse zu ziehen. »Sie haben mich gar nicht auf Anregung Ihrer Schwester Mathilde eingeladen«, sagte sie langsam.

»Mathilde? Was sollte sie denn damit zu tun haben?«, fragte von Kahlenberg und hob fragend eine Augenbraue.

»Aber ... es ging doch um Tarot ...«, stotterte Natalie und spürte, wie sie dabei war, die Fassung zu verlieren.

»Ein guter Vorwand, Sie herzulocken, nicht wahr? Ich habe Erkundigungen über Sie eingezogen, meine Liebe. Es war nicht schwer herauszufinden, dass Sie als Madame Natalie gelangweilten Hausfrauen die Zukunft voraussagen.«

»Warum?«, wollte Natalie wissen. »Was wollen Sie von mir?«

»Falsche Frage.« Das Lächeln auf von Kahlenbergs Gesicht verschwand. »Die Frage ist doch vielmehr: Was wollen Sie von mir?«

Natalie war versucht, reflexartig zu leugnen, irgendetwas über ihn zu wissen, doch ihr wurde gleichzeitig klar, dass es sinnlos war. »Jemand muss Sie aufhalten.«

»Und das wollen ausgerechnet Sie sein?« Er grinste. »Wie lustig.«

»Sie entführen und töten junge Mädchen. Warum tun Sie das?«

Von Kahlenberg schüttelte den Kopf. »Für eine Tarotkennerin stellen Sie erstaunlich dumme Fragen, Natalie. Ich werde sie Ihnen aber trotzdem beantworten: Weil ich es kann. Und weil es Spaß macht.« Er machte eine weitausholende Bewegung. »Hier, in diesem hübschen kleinen Haus, tun wir nur Dinge, die Spaß machen.«

»Sie jagen sie, nicht wahr? Wie Wild. Das ist grausam.«

»Das Leben ist grausam. Fressen und gefressen werden, heißt es nicht so? Es gibt Gewinner und Verlierer, Jäger und Beute. Sehen Sie es doch einmal realistisch: Diese Mädchen erfüllen keinen höheren Zweck im Leben. Niemand schert sich um sie, niemand vermisst sie. Sie führen ein kleines, armseliges Leben, schon bei ihrer Geburt sind sie überflüssig, nur ein weiterer Esser, eine weitere Sorge mehr für ihre Eltern, die ein ebenso erbärmliches Leben führen wie das, das ihren Kindern bestimmt ist. Die Welt wird keinen Deut besser durch diese Kreaturen. Und sie wird auch nicht schlechter, wenn sie nicht mehr da sind. Und wir haben wenigstens ein bisschen Spaß.«

»Haben Sie kein Mitleid?«

»Mitleid?« Von Kahlenberg kicherte, als hätte sie einen anstößigen Witz gemacht. »Haben Sie Mitleid mit einer Maus, die von einer Schlange gefressen wird?«

Natalie starrte ihn an. Ihre Wangen brannten vor Zorn. »Ich kenne Männer wie Sie. Eine Frau, von der ich einmal dachte, sie sei meine Freundin, hat sich gerne mit Ihresgleichen abgegeben«, sagte sie. »Sie war Tänzerin, und als sie berühmter und berühmter wurde, hat sie das normale Leben zunehmend gelangweilt. Sie fand es plötzlich interessant, sich mit degenerierten Männern ›von Stand‹ zu umgeben, die Geld wie Heu hatten und denen nichts heilig war.«

Es war an einem dieser Abende gewesen. Natalie war wieder einmal auf einer Chaiselongue eingeschlafen. Als sie wach wurde, irgendwann gegen Morgen, bekam sie Fetzen eines Gesprächs mit, das Cleo nebenan mit dem Gastgeber führte, einem dicken Fettsack mit Tränensäcken. Cleo war betrunken, man konnte es an ihrer verwaschenen Stimme hören.

»Die Kleine, die da drin schläft, ist das Ihre Tochter?«, wollte er wissen.

»Natalie? Aber nein«. Cleo lachte. »Sie ist nur … ein Spielzeug.«

»Hätten Sie etwas dagegen, mir Ihr Spielzeug einmal auszuleihen?«, fragte er, und seine Stimme bekam einen neuen, gierigen Klang.

Cleo lachte erneut. Gelangweilt. Gleichgültig. »Nur zu. Aber machen Sie es mir nicht kaputt …«

An diesem Morgen war Natalie gegangen. Und in Berlin auf der Straße gelandet.

Von Kahlenberg hob gelangweilt die Brauen. »Ach, und das sollte mich interessieren? Ich bin enttäuscht von Ihnen. Sie reden wie eine dieser betulichen Bürgersfrauen, die von morgens bis abends an nichts anderes als an die Moral, den Anstand und das Gerede der anderen denken.«

Er kam näher, so nah, dass sie ihn hätte berühren können, wenn sie das gewollt hätte. Natalie dachte an das Messer in ihrem Strumpfband. Unerreichbar weit weg.

»Dabei wissen wir doch alle, dass Sie alles andere als ein braves Fräulein aus dem Bürgertum sind, nicht wahr?«

»Sie wissen einen Scheiß!«, zischte Natalie.

»Ts, ts.« Von Kahlenberg schnalzte mit der Zunge. »Wir wollen doch jetzt nicht ordinär werden. Ich weiß, dass Sie im Gefängnis waren, Natalie. Dass Sie eine Hochstaplerin und Lügnerin sind. Ich weiß, dass Sie Pavel Ärger machen und mit Polizisten sprechen, was Sie nicht tun sollten. Und ich weiß, was Sie in der Hütte an den Gleisen versteckt halten.«

Natalie wurde kalt. »Sie wissen von Baba?«, fragte sie vorsichtig.

»Ich rede nicht von der alten Säuferin. Ich rede von dem Mädchen. Von meinem Mädchen. Das längst tot sein sollte. Wie Sie im Übrigen auch. Das ist der Grund, weshalb ich Sie hergebeten habe, meine Liebe. Pavel und ich haben genug von Ihnen.«

»Gerda gehört nicht Ihnen.«

»Nun ja, aber sie hat mir gehört.« Von Kahlenberg leckte

sich die Lippen. »Ein weiteres Mäuschen, das die Schlange sich gepackt hat.«

Natalie zitterte. Die Wut, die in ihr aufstieg, war so übermächtig, dass sie ihre Angst vollkommen auslöschte. Diese Teufel hatten Baba und Gerda ausfindig gemacht und würden sie beide töten. Vielleicht hatten sie es bereits getan, während sie sich noch mit Tarotkarten und ihrer Frisur beschäftigt hatte. Alles war umsonst gewesen. Sie hatte sich eingebildet, diesen Leuten die Stirn bieten zu können und war geradewegs in die Falle gelaufen.

Natalie griff nach dem Amulett, das sie um den Hals trug und machte einen Schritt auf von Kahlenberg zu. »Sie sind keine Schlange«, sagte sie leise und sah ihm dabei fest in seine wässrigen Augen. »Sie sind nur ein jämmerlicher, kranker Mann, der mit seinem Leben nichts Sinnvolles anzufangen weiß. Wenn Sie tot sind, wird niemand Sie vermissen. Aber im Gegensatz zum Tod Ihrer Opfer wird Ihr Tod die Welt wenigstens um einiges besser machen.« Sie spuckte ihm ins Gesicht.

Er schrie auf, als hätte eine ätzende Flüssigkeit ihn getroffen und schlug ihr mit der Faust ins Gesicht. Das Letzte, was sie sah, war sein Blick, rasend vor Wut.

Als Natalie erwachte, war es um sie herum dunkel. Mühsam richtete sie sich auf. Ihr Kopf dröhnte, und kleine Blitze durchzuckten ihr Blickfeld. Sie schmeckte Blut und den Sand der Erde, auf der sie gelegen hatte, zwischen ihren Zähnen. Schlamm und Dreck zwischen den Zähnen. War das ihr Schicksal? Langsam gewöhnten sich ihre Augen an die Dunkelheit. Bäume, darüber der Nachthimmel, die Sterne. Sie war barfuß, trug jedoch noch ihr Kleid. Als sie sich aufrichtete, sah sie nur eine Armlänge von sich entfernt den Umriss eines Menschen, der reglos dastand und sie beobachtete. Sie keuchte vor Schreck und wich zurück. Ihre Hand kroch unter ihr Kleid, bekam das Messer zu fassen. Der Schatten kam jedoch nicht näher, sondern versetzte ihr einen groben Stoß mit etwas Langem, einem Stock, einem Prügel. Sie schrie und stolperte von ihm weg, aus dem Dickicht der Bäume hinaus.

Jetzt verstand sie, worum es ging. Es war eine Treibjagd. Pavel trieb das Wild hinaus, dorthin, wo Kahlenberg es finden und hetzen konnte. Vermutlich war es einfacher, wenn die Mädchen unter Drogen standen, kopflos drauflosrannten. Natalie duckte sich, versuchte, sich in einem Gebüsch zu verstecken, doch die Schritte kamen näher, und erneut traf sie der Stock.

»Steh auf!«, zischte Pavel hinter ihr. Sie gehorchte nicht, sondern krümmte sich schützend zusammen. Er packte sie an den Armen und zog sie auf die Beine. Natalie nutzte den Moment, als er ihr so nahe war, und stach zu. Pavel schrie auf. Sie wusste nicht, wo sie ihn getroffen hatte, doch sein Griff lockerte sich, und sie riss sich los und begann zu laufen. Kurz darauf hörte sie hinter sich erregte Stimmen, Stöhnen und Fluchen, und dann leuchtete das Licht einer Laterne auf, das sich auf sie zubewegte. Sie lief blind im Zickzack durch den Wald. Der Boden war uneben und voll scharfer Steine und Gestrüpp. Äste rissen an ihren Haaren und kratzten über ihr Gesicht. Ein paar Mal stolperte sie und stürzte, doch sie rappelte sich jedes Mal wieder auf und rannte weiter. Dennoch kam das Licht näher.

Irgendwann konnte sie nicht mehr. Schwer atmend blieb sie stehen und rang, an einen Baum gestützt, nach Luft. Ihre Lungen, ihre Beine, ihr Kopf, ihr ganzer Körper schmerzte, und sie war noch immer benommen von dem Faustschlag, den von Kahlenberg ihr versetzt hatte. Schwindel erfasste sie, und sie schwankte. Das Licht schwebte durch die Dunkelheit auf sie zu, teilte sich, umtanzte sie. Plötzlich legte sich von hinten eine Hand auf ihren Mund und zog sie nach hinten. Sie ließ das Messer fallen. »Schschhh!«, flüsterte eine vertraute Stimme, und die Hand löste sich von ihrem Mund.

»Maxim!«

»Sie haben sich aufgeteilt. Wir müssen weg. Kannst du laufen?«

Natalie nickte, spürte jedoch, dass ihre Beine sie kaum noch trugen. Sie knickte weg, und als sie erneut stürzte, explodierte in ihrem Kopf ein Feuer. Sie stöhnte auf, und Maxim hob sie hoch und lief mit ihr weiter.

»Wir müssen zurück zum Haus«, sagte er leise. »Vorne in der Auffahrt stehen die Kutschen, einige von Kahlenbergs Gästen fahren bereits nach Hause. Dorthin werden sie uns nicht folgen.«

»Wie hast du mich gefunden?«, wollte Natalie wissen.

»Als Pavel nicht mehr zum Spieltisch zurückkam, wurde ich misstrauisch. Ich habe dich gesucht. Ein Diener sagte mir, Pavel habe dich nach unten in die Krypta zu Kahlenberg gebracht, doch dort war niemand. Eine Tür, die zum Park hinaus führt, war offen, also habe ich dich dort gesucht.«

Er wurde langsamer. Sie waren einen großen Bogen gelaufen, und der dunkle Schatten der Villa kam näher. Die Lichter der Verfolger waren von hier nicht zu sehen.

Maxim setzte sie behutsam ab und lauschte. »Ich glaube, wir haben sie abgehängt«, sagte er leise. »Zumindest für den Moment. Lass uns vor zur Ausfahrt gehen. Kannst du laufen?«

»Ja!« Er stützte sie, und sie umrundeten die Villa.

»Dort vorne sind die Fackeln«, sagte Maxim nach einer Weile, und sie liefen schneller, auf das Licht zu, bis Natalie erneut stolperte und stürzte. Als Maxim sich bückte und ihr aufhelfen wollte, flammte ein helles Licht auf und blendete sie. Jemand rief: »Halt!«

»Nein!«, brüllte Maxim. Er packte Natalie und versuchte sie in die Höhe zu reißen. Da fiel ein Schuss. Maxim prallte zurück, ließ Natalie los und brach zusammen. Natalies schriller Schrei durchschnitt die Nacht. Verwirrt richtete sie sich auf. Sie verstand nicht, was passiert war. Wo war Maxim? Nebel war aufgezogen und hing zwischen den Bäumen. Sie konnte nichts erkennen, nur das grelle Licht, das jetzt näher kam, sich senkte und etwas gedämpft wurde.

»Alles ist gut«, sagte eine Stimme, die ihr vertraut vorkam. »Sie sind in Sicherheit, Natalie.«

Der Mann kam langsam näher. Im Licht seiner Lampe sah Natalie Maxim. Er lag am Boden, sein Hemd war voller Blut. Noch immer begriff sie nicht. »Maxim?« Sie kroch zu ihm, berührte sein Hemd, sein Gesicht.

Als er den Mund öffnete, um etwas zu sagen, drang ein Schwall Blut heraus.

»Natalie!« Als der Mann sich zu ihr hinunterbeugte und sanft an der Schulter fasste, erkannte sie Leo Hirschfeld. »Geht es Ihnen gut? Sind Sie verletzt?«

Statt einer Antwort schluchzte Natalie auf. Sie begriff erst jetzt, was geschehen war: Der Kommissar hatte auf Maxim geschossen. »Warum haben Sie das getan? Suchen Sie Otto von Kahlenberg!«, schrie sie. »Und seinen Spießgesellen Pavel. Sie sind im Park.«

Sie hörte, wie Hirschfeld erschrocken die Luft anhielt. »Ich habe nur gesehen, wie er Sie gepackt hatte … ich dachte,

Sie sind in Gefahr … Sie sind voller Blut …« Seine Stimme erstarb.

Natalie sah an sich herunter. Tatsachlich waren ihr Dekolleté und ihre Hände blutverschmiert.

»Ich glaube, das ist nicht mein Blut. Es ist das von Pavel«, entgegnete sie und bettete Maxims Kopf behutsam in ihren Schoß. Jetzt sah sie auch seine Verletzung. Der Kommissar hatte ihm in den Bauch geschossen. Sie legte ihre Hand auf die Wunde, spürte das warme Blut, das unaufhaltsam in Stößen austrat und schloss für einen Moment die Augen. »Sie haben den Falschen erwischt«, sagte sie tonlos, und ihre Stimme hörte sich fremd an, so als gehörte sie nicht zu ihr. Der Kommissar, die Villa, Otto von Kahlenberg, alles trat zurück, verlor sich im Nebel, der inzwischen dichter geworden war und zwischen den Bäumen hervorwaberte, als wolle er all das Furchtbare, das sich in diesem Park abgespielt hatte, zudecken. Es gab nur noch sie und den sterbenden Maxim.

Sie beugte sich zu ihm hinunter und streichelte sein Gesicht. »Alles wird gut. Alles wird gut …«, wiederholte sie Leo Hirschfelds sinnlose Worte, wohl wissend, dass für Maxim nichts je mehr gut werden würde. Dennoch schien es ihn zu trösten. Er suchte ihren Blick, hielt sich daran fest.

»Ich liebe dich, Maxim«, flüsterte sie und griff nach seiner Hand, meinte zu spüren, wie er ihren Druck erwiderte. Als sein Atem langsamer wurde und schließlich ganz verstummte, blieb sie noch immer reglos sitzen, seine Hand umklammert, so als wäre sie diejenige, die für immer ins Dunkel hinabgezogen wurde.

36

DREI WOCHEN SPÄTER

Paukenschlag für Justiz und Polizei

Wie erwartet und vielfach gefordert, haben heute der Staatssekretär des Reichsjustizamtes, Justus von Cramm, sowie der Leiter der Kriminalpolizei von Berlin, Ansgar Schlüter, mit sofortiger Wirkung ihre Ämter niedergelegt. Justus von Cramm, persönlich als untadelig bekannt, wurde seine verwandtschaftliche Nähe mit dem kürzlich verhafteten Otto von Kahlenberg, dem jüngeren Bruder von Cramms Ehegattin, Mathilde von Kahlenberg, zum politischen Verhängnis. Kriminalrat Schlüter hingegen wird Bestechlichkeit und Teilnahme an illegalem Glücksspiel vorgeworfen. Als Kriminalrat Schlüters Nachfolger wurde Hauptkommissar Leo Hirschfeld ernannt, dessen Ermittlungsarbeit es zu verdanken ist, dass eine der furchtbarsten Mordserien in der Geschichte Berlins aufgeklärt werden konnte. Otto von Kahlenberg, der offenbar acht junge Frauen geschändet und sieben von ihnen von seinem Handlanger Pavel Petrow ermorden ließ, konnte nur aufgrund Hirschfelds brillanter Polizeiarbeit verhaftet werden. Der Kaiser persönlich gratulierte dem frischgebackenen Kriminalrat mit den Worten:

»Leute wie Sie sind der Stolz Preußens«.

Es ist kaum zu glauben, zu welch entsetzlichen Taten Menschen fähig sind. Wie bereits ausführlich berichtet, hat der jüngste Spross der alteingesessenen Berliner Familie von Kahlenberg im Laufe der vergangenen Jahre acht junge Frauen entführt und zu seiner perversen Unterhaltung im privaten Park des Kahlenbergschlösschens am Wannsee wie Freiwild fast zu Tode gehetzt, bevor er sie vergewaltigte und sieben von ihnen ermorden ließ. Das achte Mädchen konnte nur durch beherztes Eingreifen einer Obdachlosen und der tatkräftigen Unterstützung der Bahnhofsmission am Schlesischen Bahnhof gerettet werden. Pavel Petrow, der nach den bisherigen Erkenntnissen im Auftrag Otto von Kahlenbergs die Morde an den Mädchen ausführte, wurde am Abend des Einsatzes von einer Frau verletzt, die von den beiden Spießgesellen als nächstes Opfer auserkoren worden war, sich aber glücklicherweise befreien konnte. Er konnte sich einer Verhaftung bisher entziehen. Es wird fieberhaft nach ihm gefahndet.

Neben der Aufklärung dieses Verbrechens gelang es Hirschfeld zudem, dem organisierten Glücksspiel in Berlin einen schweren Schlag zu versetzen. Maxim Laski, der Kopf des mächtigen Ringvereins Fortuna, der, wie inzwischen bekannt wurde, weniger der Betreuung ehemaliger Strafgefangener als der Rekrutierung krimineller Glücksspieler diente, wurde von Hirschfeld bei seinem mutigen Einsatz in der Villa Kahlenberg getötet. Laski, der das illegale Glücksspiel in der gesamten Stadt kontrollierte, wird auch mit mehreren Morden im Zuhältermilieu des Scheunenviertels in Verbindung gebracht, die jedoch nie aufgeklärt werden konnten. Der Kommissar wurde daher heute vom Kaiser mit dem Allgemeinen Ehrenzeichen für besondere Verdienste geehrt. Dem erst knapp dreißigjährigen Sohn eines jüdischen Kaufmannsehepaares steht eine glänzende Karriere bevor. Zu Recht, denn Leo Hirschfeld hat unsere Stadt ein wenig sicherer gemacht.

Natalie ließ die Zeitung sinken. Jene furchtbare Nacht stand ihr nach wie vor so deutlich vor Augen, als habe sie es gestern erst erlebt. Nachdem Maxim in ihrem Arm gestorben war, hatte Hirschfeld die Gesellschaft rigoros aufmischen lassen. Er hatte eine ganze Abteilung Schutzpolizisten zum Kahlenbergschlösschen beordert, und niemand durfte die Villa oder den Park verlassen, während die Schupos jeden Quadratzentimeter durchkämmten. Tatsächlich konnten sie Otto von Kahlenberg noch in derselben Nacht festnehmen. Ihm war seine Arroganz zum Verhängnis geworden. Als die Schupos eintrafen, war er bereits in die Villa zurückgekehrt, als ob nichts passiert wäre, getragen von der Überzeugung, seine Verwandtschaft mit Justus von Cramm und die Bekanntschaft mit Kriminalrat Schlüter würden ihn unantastbar machen.

Hirschfeld ließ ihn öffentlich abführen, ohne jegliche Rücksicht oder Diskretion, und anders als bei ihr damals empfand Natalie in diesem Fall eine große Genugtuung darüber. Pavel Petrow indes war verschwunden. Er hatte offenbar sehr viel schneller als von Kahlenberg begriffen, dass das Spiel verloren war, zumal er nicht hoffen konnte, von seinem Auftraggeber gedeckt zu werden, dieser vielmehr versuchen würde, alle Schuld auf ihn abzuwälzen. Bisher fehlte von ihm jede Spur, und es wurde allgemein vermutet, dass er sich nach Kischinjow, woher er stammte, abgesetzt hatte. Inzwischen hatten sich Stimmen zu Wort gemeldet, die Petrow von dort kannten. Offenbar war er nicht nur mit Otto von Kahlenberg verbunden gewesen, sondern hatte dort auch bei dem Pogrom gegen die jüdische Bevölkerung eine entscheidende Rolle gespielt.

Für von Kahlenberg würde es aber auch ohne Pavel Petrow eng werden. Zwar würde ihm eine Beteiligung an den Morden vermutlich nicht nachgewiesen werden können, Natalies Aussage hatte dennoch hohe Wellen geschlagen und zahlreiche Zeugenaussagen nach sich gezogen, die ihn schwer belasteten. Seine Machenschaften waren nicht so verborgen geblieben, wie anfangs vermutet worden war. Die Zeugen, die sich jetzt meldeten, sahen sich selbst durch ihre Bekanntschaft mit Kahlenberg in Misskredit gebracht und sorgten sich darum, dass ihre eigenen ungesunden bis illegalen Vorlieben ans Tageslicht gerieten. Sie erkauften sich Diskretion und die Nachsicht der Behörden, indem sie dabei halfen, von Kahlenberg ans Messer zu liefern. Dies nicht zuletzt auch deshalb, weil Hirschfeld mit einer sofort anberaumten Pressekonferenz dafür gesorgt hatte, dass alle Zeitungen Berlins von der Geschichte erfuhren, bevor irgendetwas unter den Tisch gekehrt werden konnte. Hinzu kam noch Gerda, die sich an immer mehr erinnerte. Allein schon ihre Präsenz und die Tapferkeit, mit der sie ihre Aussage machte, hatten großen Eindruck hinterlassen.

Natalie empfand nichts, keinen Zorn, keine Trauer, nur Leere. Das Morgenlicht schien durch das Dachfenster. Es war kalt geworden in den letzten Tagen, der goldene Oktober neigte sich dem Ende zu, und vermutlich würde es früh im Jahr Schnee geben. Das Zimmer war blitzblank geputzt und aufgeräumt, so wie sie es vorgefunden hatte, als sie eingezogen war. Auch die Abseite hinter der Tapetentür war ausgeräumt, das schwarze Kleid, das sie in jener Nacht in der Villa getragen hatte, hatte sie weggeworfen. Die Blechbüchse ihrer Kindheit stand vor ihr, es war kein Geld mehr darin, sie hatte einen kleinen Teil in ihr Portemonnaie gepackt und den Rest in ihr kornblumenblaues Kleid eingenäht, das sie in der Mission immer so gerne getragen hatte und das sie auch jetzt trug. Natalie legte die Zeitung auf den Tisch, nahm stattdessen den billigen Briefbogen, der dort lag, schob ihn zurück in den Umschlag und steckte diesen in die Tasche ihres Kleides. Sie sah sich noch einmal um, dann stand sie auf, nahm ihre Tasche und verließ das Zimmer, ohne sich noch einmal umzudrehen.

Der Basar war ein voller Erfolg. Der Andrang übertraf alle Erwartungen.

Natalie stand ein wenig abseits und betrachtete das rege Treiben. Alle waren sie gekommen: Constanzes Freundinnen und deren zahlreiche Bekannte, eine Menge einfacherer Frauen, die sich für die Kleider der reichen Damen interessierten und natürlich für die Seidenstrümpfe und noch viele andere, die vor allem wegen der Torten und der warmen Getränke kamen.

In und vor der Mission saßen sie alle einträchtig beisammen, die eleganten jungen Damen, handfeste Mütter mit ihren Kindern, Fabrikarbeiterinnen, junge, etwas verschreckt wirkende Mädchen in abgetragenen Kleidern, ein paar Obdachlose, Baba und Gerda, Babette, die inzwischen eine Stellung gefunden hatte und, neben einem glücklich und dankbar dreinschauenden Pfarrer Burkhart, der Dekan, der bereits das dritte Stück Apfelkuchen verdrückte und den Eindruck machte, als wolle er die Bahnhofsmission gar nicht mehr verlassen. Er hatte es sich nicht nehmen lassen, zur Eröffnung des Basars eine kleine Rede zu halten, in der er der Mission vortreffliche Arbeit bescheinigte und ihr eine lange und glückliche Zukunft wünschte, was Hedwig ein glückliches Glucksen entlockt hatte. Neben Hedwig saß Bogdan und neben ihm Kommissar Hirschfeld.

Natalie wandte den Blick ab. Es fiel ihr schwer, die beiden Männer anzusehen. Bogdan, weil er sie zu sehr an Maxim erinnerte, und den Kommissar, weil er die Schuld an Maxims Tod trug. Wobei Schuld nicht das richtige Wort war. Er hatte im Irrtum gehandelt, als er geschossen hatte, hatte Maxim für den Täter gehalten. Hirschfeld hatte sie retten wollen. Wie Maxim auch. Sie konnte es ihm nicht vorwerfen, so sehr sie es sich anfangs gewünscht hatte.

Dennoch war es ihr unmöglich, mit ihm darüber zu sprechen. Der Schmerz in ihrer Brust war so scharf und schwer, wenn sie an Maxim dachte, dass sie mitunter glaubte, es nicht mehr aushalten zu können. Dennoch musste sie weitermachen. Nicht für sich selbst, sondern für das neue Leben, das sie in sich trug. Maxims Kind, das seinen Vater nie kennenlernen würde.

Sie beobachtete Alice, die ruhig und kompetent zwischen den Gästen umherging, Kaffee ausschenkte, mit allen ein paar Worte wechselte und den Kindern über die Haare strich. Sie glaubte, sich selbst ein ganz klein wenig in der jungen Frau wiederzuerkennen. Alice hatte ihr verraten, dass sie mit ihren Eltern gesprochen und darauf bestanden hatte, von nun an das Leben zu führen, das sie wollte. Natalie wusste nicht wie, doch es schien Alice gelungen zu sein, sich durchzusetzen. Jedenfalls kam sie jeden Tag und arbeitete von morgens bis abends für die Mission. Neben Constanze, die inzwischen unübersehbar schwanger war, saß überdies eine herrisch wirkende, sehr elegante alte Dame mit einer eisgrauen Hochsteckfrisur unter ihrem voluminösen Hut. Es war Viktoria Hardtleben, die Großmutter der beiden jungen Frauen. Alice hatte sie ihr mit einem Leuchten in den Augen vorgestellt. Sie sei gekommen, um sich die Arbeit ihrer Enkelinnen anzusehen, hatte Frau Hardtleben gemeint und dabei keineswegs schockiert gewirkt.

Alice würde ihren Weg gehen, daran bestand kein Zweifel. Ihr war es sogar gelungen, eine Lösung für Baba und Gerda zu finden. Noch vor Weihnachten würden sie mit Alice zu deren Tante nach Küstrin fahren. Deren alter Stallknecht war verstorben, und das kleine Pförtnerhäuschen, in dem er gewohnt hatte, stand nun leer. Gerda und Baba würden dort einziehen, und Gerda konnte bei Alices Tante arbeiten und musste dennoch Baba nicht alleine lassen.

Natalie ging in die Speisekammer und holte ihre kleine Reisetasche, die sie dort heute Morgen unauffällig deponiert hatte. Es war so weit, es gab nichts mehr zu tun. Mit einem Lächeln ging sie an den sich eifrig unterhaltenden Menschen vorbei und verließ die Mission, die das einzige Zuhause war, das sie je gekannt hatte. Sie konnte sich nicht von ihren Freundinnen und Pfarrer Burckhardt verabschieden. Das war das Erbe ihrer Zirkusvergangenheit: Abschied hatte sie noch nie gekonnt.

Als sie auf dem Bahnsteig stand, wo jeden Moment der Zug nach Hamburg einfahren würde, hörte sie hinter sich ihren Namen rufen. Sie drehte sich um. Es war Leo Hirschfeld, der auf sie zugelaufen kam. »Natalie!«, rief er noch einmal. Sie sah ihm ohne Zorn, doch etwas ungehalten entgegen, hatte sie doch geglaubt, niemand habe ihren Weggang bemerkt.

»Wohin gehen Sie?«, fragte er, als er bei ihr angekommen war.

»Fort«, antwortete sie.

»Aber weshalb? Wegen mir?« Er sah sie voller Gram an. Diese Geschichte hatte auch sein Leben verändert. Er hatte seinen aufrechten, geradlinigen Blick verloren, und um seinen schön geschwungenen Mund hatten sich zwei tiefe Falten eingegraben.

»Nein.« Sie schüttelte den Kopf und reichte ihm den Brief, den sie, seit er vor ein paar Tagen im Briefschlitz des Johannisstifts gesteckt hatte, mit sich herumtrug. Verwundert öffnete er ihn und nahm das Blatt Papier heraus.

»Du gehörst mir«, las er stirnrunzelnd und gab ihr den Brief wieder zurück. »Was bedeutet das?«

»Das ist eine Nachricht von Pavel.«

»Sind Sie sicher? Pavel ist untergetaucht. Wir wissen nicht einmal, ob er noch lebt. Vielleicht hat er sich irgendwo verkrochen und ist krepiert, Sie haben ihn immerhin verletzt.«

Natalie schüttelte den Kopf. »Nicht so schwer. Er ist noch immer da. Ich weiß es.« Unwillkürlich fuhr ihre Hand zu der Stelle an ihrem Dekolleté, wo sich die Narbe befand. Leo Hirschfeld bemerkte es, und seine Miene wurde hart. »Wenn er noch hier ist, werden wir ihn finden«, sagte er. »Das verspreche ich Ihnen.«

Natalie nickte. »Davon bin ich überzeugt. Aber darauf kann ich nicht warten.«

Er sah sie gequält an. »Ich wollte diesen Orden nicht annehmen. Nicht wegen Maxim, ich weiß, dass Sie und er …«, platzte er heraus, doch ihr Blick ließ ihn verstummen.

In diesem Moment fuhr mit kreischenden Bremsen der Zug ein. Als Natalie nach ihrer Tasche greifen wollte, nahm Leo ihre Hand und hielt sie fest.

»Wohin werden Sie gehen?«, fragte er.

»Irgendwohin, wo Pavel mich und mein Kind nicht findet«, sagte Natalie, und der wild aufflackernde Schmerz in Leo Hirschfelds Augen sagte ihr, dass er verstanden hatte.

»Werden Sie mir jemals verzeihen können?«, fragte er leise.

Natalie betrachtete ihn einen langen Moment. »Ja«, sagte sie und stieg ein.

Michaela Grünig erzählt mit Einfühlsamkeit und Wucht von Schuld, Verlust und Menschlichkeit in dunklen Zeiten

Michaela Grünig
BLANKENESE - ZWEI FAMILIEN
Licht und Schatten
Roman

496 Seiten
ISBN 978-3-7857-2817-8

Hamburg, 1919. John Casparius glaubt nicht mehr an das Gute im Menschen. Die grausamen Erfahrungen des Krieges verfolgen ihn, die einst so florierende Reederei, seit Jahrzehnten in Familienbesitz, ist durch die politischen Turbulenzen angeschlagen. Von Schuldgefühlen geplagt kreisen seine Gedanken darum, ins Wasser zu gehen. Nach einer durchgrübelten Nacht trifft er im Morgengrauen am Elbufer auf die junge Leni Hansen. Zwei Fremde, die der Zufall für einen kurzen, aber schicksalshaften Moment zusammenführt und die nicht ahnen, dass von nun an ihr Leben und das ihrer Familien über Generationen miteinander verwoben sein wird.

Lübbe

Wer wahrhaftig liebt, fürchtet die Wahrheit nicht

Gabriela Groß
DAS GOLDBLÜTENHAUS
- DER RUF EINER
NEUEN ZEIT
Roman

400 Seiten
ISBN 978-3-404-18493-4

Das Kosmetikunternehmen Glanz ist durch seine einzigartige Goldblütencreme berühmt und erfolgreich geworden. Inzwischen führt die Enkelin des Gründers, Leonie Glanz, das Unternehmen. Für ein Familienjubiläum gibt sie eine Firmenchronik in Auftrag. Damit wühlt sie aber, ohne es zu ahnen, einen Teil der Familienvergangenheit auf, den ihre Großmutter Hedi lieber vergessen würde. Kurze Zeit später taucht auch noch ihre Jugendliebe Michael wieder auf. Die Beziehung zu ihm ging unter dramatischen Umständen in die Brüche. Kann Michaels lang gehütetes Geheimnis alles zwischen ihnen verändern? Leonie muss nicht nur um ihre Familie kämpfen, sondern auch um ihr Glück.

Lübbe